BASTEI
LÜBBE
TASCHENBUCH

Weitere Titel der Autorin:

Das blaue Medaillon

Über die Autorin

Martha Sophie Marcus wurde 1972 im Landkreis Schaumburg geboren, studierte in Hannover Germanistik, Pädagogik und Soziologie und verbrachte anschließend zwei Jahre in Cambridge. Heute lebt Martha Sophie Marcus mit ihrer Familie in Lüneburg. Im Herbst 2016 erhielt die Vollzeit-Schriftstellerin den Kulturförderpreis des Landkreises Lüneburg in der Sparte »Literatur«. www.martha-sophie-marcus.de

Martha Sophie Marcus

Das Mätressenspiel

HISTORISCHER ROMAN

BASTEI
LÜBBE
TASCHENBUCH

BASTEI LÜBBE TASCHENBUCH
Band 17698

Dieser Titel ist auch als E-Book erschienen.

MIX
Papier aus verantwortungsvollen Quellen
FSC® C083411

Originalausgabe

Textredaktion: Eva Wagner, Dorfen
Titelillustration: © Richard Jenkins; © guentermanaus/Shutterstock; Rudy Bagozzi/Shutterstock; Ozerina Anna/Shutterstock
Umschlaggestaltung: Johannes Wiebel | punchdesign, München
Satz: two-up, Düsseldorf
Gesetzt aus der Garamond
Druck und Verarbeitung: CPI books GmbH, Leck – Germany
Printed in Germany
ISBN 978-3-404-17698-4

1 3 5 4 2

Sie finden uns im Internet unter www.luebbe.de
Bitte beachten Sie auch: www.lesejury.de

Ein verlagsneues Buch kostet in Deutschland und Österreich jeweils überall dasselbe.
Damit die kulturelle Vielfalt erhalten und für die Leser bezahlbar bleibt, gibt es die gesetzliche Buchpreisbindung. Ob im Internet, in der Großbuchhandlung, beim lokalen Buchhändler, im Dorf oder in der Großstadt – überall bekommen Sie Ihre verlagsneuen Bücher zum selben Preis.

Für meine Mutter, die eine leidenschaftliche Gärtnerin war
und die Herrenhäuser Gärten liebte

Im Anhang dieses Buchs finden Sie eine Liste der historischen und fiktiven Personen und ein Glossar der im Roman verwendeten ungewöhnlichen Begriffe.

1. Kapitel

Ende November 1682

DAS EIS KONNTE noch nicht tragfähig sein. Helena war sich dessen sicher, denn der Frost hielt erst seit zwei Tagen an und war nicht außergewöhnlich grimmig. Trotzdem zog sie eine eiserne Rankstange aus dem kahlen Blumenbeet, nahm sie in beide Hände und tastete sich mit vorsichtigen Schritten auf den zugefrorenen Burggraben vor. Ihre kleinen Schwestern hätten nicht einmal darum betteln müssen, denn sie war selbst gespannt darauf zu erfahren, wie dick die Eisschicht bereits war und wie lange es noch dauern würde, bis sie die Schlittschuhe anziehen durften.

Die beiden standen in ihren Wollkleidern und dicken Wintermänteln hinter ihr am Ufer im Schnee und beobachteten sie aufgeregt. Lore, die ältere, hüpfte auf der Stelle und rieb sich dabei die Arme warm, während Nesthäkchen Ameli mit weit aufgerissenen Augen und offenem Mund dastand und sich bei ihrer quirligen Schwester am Rock festhielt.

Aus ihrer fünfzehnjährigen Erfahrung mit dem Eislaufen heraus hatte Helena für ihre Probe die gefahrloseste Stelle des Grabens ausgesucht. Ein Stück vom Ufer entfernt hielt sie inne, streckte die Arme mit der Stange aus und klopfte so weit wie möglich von ihren Füßen entfernt damit aufs Eis.

»Lieber niiicht!«, quiekte die fünfjährige Ameli.

Helena lachte und warf ihr über die Schulter einen Blick zu. Trotz der ängstlichen Worte leuchteten die Augen der Kleinen ebenso begeistert wie die der größeren.

Mit einem kräftigen Stoß der Stange durchbrach sie die klare,

durchsichtige Fläche, auf der sie stand. Viel zu leicht barst und riss das Eis, sodass sie eilig zurück ans feste Ufer sprang.

»Da habt ihr die Antwort«, sagte sie. »Es ist noch nicht so weit. Wagt es nicht, sonst brecht ihr ein und werdet zu Wassergeistern.«

Lore, die mit ihren sieben Jahren bereits viel Wert darauf legte, nicht mehr zu den kleinen Kindern zu gehören, die jedes Märchen für wahr hielten, tippte sich gegen die Stirn. »Wassergeister gibt es doch gar nicht, Leni! Wir würden nur einen Schnupfen bekommen.«

»Einen schlimmen Schnupfen, bei dem ihr so laut niesen und husten müsstet, dass die Igel und Eichhörnchen aus dem Winterschlaf aufwachen. Und eure Hälse würden so dick anschwellen, dass ihr aussehen würdet wie Kröten. Das wollt ihr auf keinen Fall. Also seid brav, und haltet euch vom Graben fern!« Helena ließ die kalte Rankstange in das schneebedeckte Gras am Ufer fallen, damit sie beim nächsten Versuch bereitlag.

Obwohl sie den Mädchen keine Hoffnungen gemacht hatte, seufzten sie nun und ließen die Schultern hängen. Ameli standen Tränen in den Augen. Sie wartete sehnsüchtig darauf, dass sie zum ersten Mal in ihrem Leben mit Schlittschuhen aufs Eis durfte. Bei ihrem Anblick spürte Helena einen Kloß im Hals. Die Kleine war so kränklich und zart, so still und bescheiden, dass es sich wie eine Schandtat anfühlte, ihr einen Wunsch abzuschlagen. Sie räusperte sich.

»Was haltet ihr von einem Ausritt durch den Winterwald? Die Pferdchen würden sich freuen.«

Mit einem Schlag war die Enttäuschung verflogen, und Lore hüpfte wieder. »Darf ich auf der Lichtung an der langen Leine über den Baumstamm springen? Bitte, Leni!«

Helena lächelte, als Ameli nun auch einen Hopser machte und ihre Hand ergriff. »Wenn dein dicker Pontius heute brav ist,

darfst du springen. Wir werden sehen. Kommt, wir gehen und lassen die beiden satteln.«

An jeder Hand eine ihrer kleinen Schwestern, umrundete sie das alte Gutshaus, das wie eine Miniaturburg auf seiner kleinen Insel thronte und nur über eine derzeit baufällige Holzbrücke zu erreichen war. Die Stallungen lagen bei den anderen Nebengebäuden jenseits des Grabens, wo ihre Mutter vor der Scheune mit dem Verwalter sprach. Sie war in Wollmantel und Schal gehüllt und verschränkte ihre behandschuhten Hände vor sich, um nicht unstandesgemäß zu gestikulieren, wozu sie neigte, wenn sie sich über etwas aufregte. Vielleicht ging es um die Holzarbeiten, mit denen ihre Bauern entlang der Straße beschäftigt waren, und um notwendige Reparaturen an den Brücken des Guts. Helena beschloss, einen Bogen um ihre Mutter zu machen, um nicht in das Gespräch verwickelt zu werden. Die Mädchen sollten ihren versprochenen Ausritt bekommen und nicht noch einmal vertröstet werden.

Als sie mit ihnen den Stall betrat, hörte sie das trockene Hufgeklapper eines Pferdes, das auf der verschneiten Straße herantrabte. Da sie keinen Besuch erwarteten, konnte sie sich einen neugierigen Blick nicht verkneifen. Der Reiter trug Soldatenkleidung und ließ sich vom ersten Bauern, an dem er vorüberkam, die Hausherrin zeigen.

Die Mädchen interessierten sich nicht für den Ankömmling, sondern zogen an Helenas Händen, wohl wissend, dass jederzeit noch etwas ihren schönen Plan vereiteln konnte. Helena folgte ihnen in den Stall und rief nach ihrem Pferdeknecht.

»Hinner! Kannst du uns Pontius und Pilatine satteln? Wir wollen in den Wald.«

Es gab eine klare Grenze für das, was Kindern der Familie in den Stallungen zu tun erlaubt war. Pferde zu striegeln oder aufzuzäumen gehörte ebenso wenig dazu wie das Füttern oder Aus-

misten. Dennoch sah Lore dem Knecht so aufmerksam zu, wie auch Helena es in ihrer Kindheit getan hatte. Auch wenn ihre Herkunft derlei niedrige Arbeit von ihnen fernhielt, kannten sie jeden nötigen Handgriff.

Ameli hingegen hatte keine Augen für den Knecht, sondern schmuste hingebungsvoll mit Pilatine, wobei wiederum Helena stundenlang hätte zusehen können. Die gutmütige Ponystute hegte mütterliche Gefühle für das zerbrechliche kleine Mädchen und beschnoberte es zärtlicher mit ihren weichen Nüstern, als manche Menschenmutter ihr Kind streichelte.

Als die Ponys fertig ausgerüstet waren, pfiff Hinner nach seinem jüngeren Bruder, der seit einem Jahr als Stallbursche bei ihnen half und sie zur Sicherheit in den Wald begleiten musste. Im besten Falle bedeutete das für ihn eine faule Stunde, in der er nichts weiter zu tun hatte, als hinter ihnen herzuschlendern. Entsprechend gut aufgelegt grüßte er sie, bevor er jedem Mädchen auf sein Ross half.

Helena nahm die Führzügel auf und schnalzte den Ponys aufmunternd zu. Amelis seligen Gesichtsausdruck und das Funkeln in Lores Augen fand sie unbezahlbar. Schmunzelnd ging sie voraus über den Hof, und die Tiere folgten brav. Ein paar Schritte vor ihnen kreuzte der fremde Reiter ihren Weg, der seine Aufgabe offenbar schon erledigt hatte und das Gut wieder verließ.

Mit einem unguten Gefühl blickte Helena sich nach ihrer Mutter um, die nun allein am selben Fleck stand wie zuvor. Die eine Hand presste sie sich gegen die Lippen, in der anderen hielt sie einen Brief. Als ihr Blick Helenas begegnete, setzte sie ein gezwungenes Lächeln auf, winkte flüchtig und eilte über die Brücke zum Haus.

Ein Schatten legte sich über die Unbeschwertheit des sonnigen Wintervormittags. Welche Nachricht erschütterte die Gräfin von Minnigerode so sehr, dass sie fliehen musste, um ihre Ge-

fühlsregungen vor ihren Töchtern zu verstecken? Helena war es gewohnt, die Sorgen ihrer Mutter zu teilen, doch sie beide waren stets bemüht, Kummer von den Kleinen fernzuhalten. Vermutlich ging es um ihre ständige Geldnot. Vielleicht hatte sich wieder einmal ein Teil der Hinterlassenschaft ihres Vaters in Luft aufgelöst, weil jemand einen alten Schuldschein eingelöst hatte oder ein Kaufmann, der ihnen etwas schuldete, bankrottgegangen war.

Worum es auch ging, Helena würde es früh genug erfahren, wenn sie mit den Mädchen zurückkam. Bis dahin wollte sie sich die Freude nicht nehmen lassen und genießen, wie gut das weiße Winterkleid ihrem Gutswald stand.

Nach ihrer Rückkehr fand Helena ihre Mutter bei den Rosenbeeten neben dem Haus, wo sie gemeinsam mit ihrer alten Haushälterin Maria Strohmatten um ihre kostbaren Pflanzen band, damit sie nicht dem schärfer werdenden Frost zum Opfer fielen. Die plumpen, fingerlosen Wollhandschuhe an ihren Händen standen im Kontrast zu ihrem zwar etwas abgetragenen, doch aufwendig gefütterten und pelzverbrämten Mantel. Auch ihre bäuerlich geröteten Wangen hätten bei Hof missfallen. Die Haltung der Gräfin von Minnigerode war jedoch stets tadellos und hätte jeder Königin zur Ehre gereicht. Maria erschien neben ihr klein und gebeugt.

»Maman? Wir sind zurück. Ich habe die Mädchen zum Aufwärmen ins Haus geschickt. Hast du noch lange hier draußen zu tun?«

Ihre Mutter blickte sich mit zusammengekniffenen Augen in ihrem Garten um. »Für die kleinwüchsigen Sträucher genügt der Schnee als Schutz, und meine alten Kletterrosen sind hart genug. Nur noch die beiden neuen Stammrosen hier, dann sind wir fertig. Jedes Jahr nehme ich mir vor, mich nächstes Mal früher

darum zu kümmern, und doch überrumpelt mich der Wintereinbruch immer wieder. Es liegt wohl daran, dass ich es einfach nicht wahrhaben will, dass der Winter jedes Jahr kommt.«

Helena musste lachen. »Dabei brauchst du doch die ganze Winterzeit, um zu planen, was in der nächsten Saison an welche Stellen gepflanzt werden soll. Martin Vogt zittert gewiss jeden Winter, weil er befürchtet, dass du im Frühjahr Felder für deine Blumen beschlagnahmen wirst.«

Schulterzuckend hob Maman eine der Strohmatten auf und musterte sie. »Im Gegenteil. Ich habe Angst, dass er eines Tages meine Blumenbeete pflügt und ums Haus herum Rüben und Hafer anbaut. Wir müssten die Erträge steigern, sagt er. Er will Wald roden und einen Teil des Holzes verkaufen, damit wir aus dem Rest unsere Brücken neu bauen lassen können. Aber hätten wir jedes Mal Wald gerodet, wenn unser Geldbeutel abgemagert war, dann stünde hier kein einziger Baum mehr. Du weißt, wie ich darüber denke, nicht wahr? Eines Tages werden Laurentz' Kinder dankbar sein, dass wir ihnen den Wald erhalten haben.«

Maria, die den letzten Knoten in das Band um die soeben verpackte Rose geknüpft hatte, nahm ihrer Brotherrin ohne viel Federlesens die Matte aus den Händen und legte sie um eine der verbliebenen Stammrosen. »Das werden sie, gnädige Frau. Aber Ihr dürft es dem Vogt nicht übel nehmen. Er will nur helfen.«

»Das weiß ich doch, Maria. Und du musst nicht glauben, dass ich nichts auf seinen Rat gebe. Er ist ein kluger Mann, und wir sind froh, dass wir ihn haben. Da spreche ich auch für Laurentz. Bevor er abreiste, sagte er noch zu mir, wie glücklich er sich schätze, dass wir hier Leute um uns haben, auf die Verlass sei.«

Der Vogt war ein entfernter Verwandter Marias, so wie die meisten ihrer Leute wenigstens einen Angehörigen auf dem Gut hatten. Ihr Gesinde war wie eine eigene Art großer Sippe. Helena bewunderte ihre Maman dafür, wie sie dieses Gefüge von Verbin-

dungen im Gedächtnis behielt und den Leuten ganz nebenbei immer aufs Neue die Bestätigung gab, ihrer Treue wert zu sein.

Doch dieses Mal wirkte Maman abgelenkt, als wäre sie in Gedanken weder bei dem, was sie tat, noch bei ihrem Gespräch. Statt sich der letzten Rose zu widmen, verharrte sie mit ernster Miene. Ihr Blick schweifte über den Graben und durch den lichten Wald, wo die Straße nach Hannover und weiter nach Süden führte. Die Straße, auf der Helenas Zwillingsbruder Laurentz vor Monaten davongeritten war, um sich im fernen Wien dem Heer des Kaisers anzuschließen. Nichts regte sich in diesem Moment dort, außer Schnee, den ein leichter Wind von den Ästen aufwirbelte.

Helenas Puls beschleunigte sich. »Was stand in dem Brief, Maman? Ist etwas mit Laurentz?«

Ihre Mutter wandte sich ihr zu und sah ihr in die Augen. »Ich hatte erwogen, es dir nicht zu sagen. Dein Bruder wird vermisst. Es scheint, als wäre seine Kompanie von einem Erkundungsritt nicht zurückgekehrt. Aber sicher bedeutet das nichts. Es kann tausend Gründe geben, warum sie aufgehalten wurden.«

Die beschwichtigenden Worte beruhigten Helena nicht. Entsetzen erfüllte sie, als sich ihr die naheliegendsten Gründe aufdrängten, aus denen eine Kompanie nicht von einem Ritt zurückkehrte. Sie hatte damals mit Laurentz zusammen gelacht, als ihre Mutter ihm davon abgeraten hatte, sich der kleinen Hannoverschen Truppe von Freiwilligen anzuschließen, die die Gunst des Kaisers erringen wollten. Nicht für einen einzigen Augenblick hatte sie sich Sorgen gemacht, dass er dabei ernstlich in Gefahr geraten könnte, denn noch war der Krieg gegen die Türken nur eine nebelhafte Bedrohung am Horizont.

»Stand nichts Näheres da? Was denken sie denn, was geschehen ist?«

Maman seufzte und bückte sich nun doch nach der verbliebe-

nen Strohmatte. »Sie werden uns ihre Mutmaßungen nicht mitteilen, Kind. Aber wer weiß? So lange, wie der Brief hierher gebraucht hat, könnte es sein, dass Laurentz längst wiedergefunden ist und wir in den nächsten Tagen eine neue Nachricht erhalten. Sei du nur froh, dass dein Verlobter besonnen genug war, sich nicht auch in dieses Abenteuer zu stürzen! Seine Reise ist zum Glück weniger gefahrvoll.«

Daran bestand kein Zweifel. Helena kannte ihren Verlobten besser, als ihre Mutter ahnte und wünschenswert gefunden hätte. Adrian von Schwanewede war zwar kein Feigling, aber auch bei Weitem kein solcher Draufgänger wie ihr Bruder. Er würde gut auf sich aufpassen und von seiner Kavalierstour heil und gesund rechtzeitig zu ihrer Vermählung zurückkehren.

Das milderte jedoch nicht im Geringsten Helenas Sorge um Laurentz. Auch wenn sie sich in den vergangenen Jahren seltener gesehen hatten als in ihrer Kindheit, war die alte Vertrautheit zwischen ihnen nie verflogen. Den Gedanken, ihn zu verlieren, konnte sie kaum ertragen. Sie wusste, dass es ihrer Mutter ebenso ging. Doch um ihren Töchtern Kummer zu ersparen, würde sie ihre Angst nicht zeigen, das war ihre Eigenart.

Flink nahm Helena aus einem Korb am Boden die Schnur zum Zusammenbinden der Strohmatten und ging ihrer Maman zur Hand. »Sag das nicht. Immerhin läuft er auf seiner Reise große Gefahr, etwas über die Welt und die schönen Künste zu lernen. Ich kann nur hoffen, dass ihm davon nicht der Kopf platzt. Was Laurentz angeht, hast du sicher recht. Wahrscheinlich ist schon ein Brief hierher unterwegs, der die Sache aufklären wird.«

2. Kapitel

Anfang Dezember 1682

Auch im Winter gab es für die Celler Schlossgärtner Arbeit, doch es ging ruhiger zu als im Rest des Jahres. Floriano Piras bevorzugte den anstrengenderen, aber auch abwechslungsreicheren Sommer. Beim Schneiden kahler Gehölze und beim Bau von Frühbeeten blieb ihm für seinen Geschmack zu viel Zeit zum Nachdenken.

Er blies sich in die Hände, um sie zu wärmen, während er in der Abenddämmerung durch den Obstgarten des Schlossparks zu seiner Hütte ging. Die anderen Gärtner waren schon zum Anbau des Hofgärtnerhauses gegangen, um dort gemeinsam ihr Abendbrot zu essen, doch er wollte in seinem kleinen Ofen das Feuer schüren, bevor er zu ihnen stieß. Seit er einige Jahre zuvor zusätzlich zu seinen sonstigen Aufgaben die des Wächters über den Obstgarten und damit auch dessen Unterkunft übernommen hatte, war es ihm nach und nach gelungen, die Hütte winterfest zu machen, sodass er sie das ganze Jahr über bewohnen konnte. Sie bestand nur aus einem einzigen kleinen Raum, gehörte ihm aber allein und bedeutete ihm deshalb viel.

Sein Weg führte ihn an einem Labyrinth aus hohen immergrünen Hecken vorüber, bei dessen Anlage er in seinem ersten Lehrjahr geholfen hatte. Das war nun vierzehn Jahre her, und die anfängliche Begeisterung der hohen Herrschaft über das – auch in seinen Augen – zu schlichte Labyrinth war vergangen. Nur selten noch betraten es die vornehmen Spaziergänger. Daher hielt er stirnrunzelnd inne, als er nun Schritte darin hörte und das Rascheln eines weiten Rocks, der die Zweige streifte.

Vor ihm trat eine anmutige Frauengestalt aus dem Ausgang des Labyrinths und schüttelte ihr kostbares grünes Samtkleid aus. Wie eine Waldfee aus dem Märchen rief sie ihn mit einem Winken ihres Zeigefingers zu sich, und er näherte sich ihr gehorsam, obwohl seine Knie weich wurden.

»Nun komm schon her, Flori. Meine Hände und Füße sind eiskalt, so lange warte ich schon auf dich. Wir haben uns zu lange nicht gesehen, findest du nicht auch?«

So lange, dass er gezweifelt hatte, ob sie sich überhaupt wiedersehen würden. Er räusperte sich. »Hast du denn heute nichts Wichtigeres zu tun, als deine Zeit im Garten totzuschlagen? Kein Festmahl, kein Theater, kein Konzert, keine Jagd, kein Ball?«

Sie spitzte ihre Lippen zu einem spöttischen Kussmund. »Schmollst du etwa, mein kleiner Gärtner? Du kannst dir doch denken, warum ich nicht zu dir gekommen bin. Aufregende Dinge geschehen im Schloss. Doch darüber wollen wir später sprechen. Bittest du mich in deine Gemächer und wärmst mich auf?«

Sie war das einzige Weib, das so eine Frage stellen und dabei eine Miene aufsetzen konnte, so unschuldig wie die eines kleinen Mädchens beim Blumenpflücken. Große blaue Augen hatte sie und kastanienbraune Locken. Sie war auch die Einzige, die ihn jemals »klein« nannte, denn er überragte beinah alle anderen Angestellten des Celler Hofs.

Unabhängig davon, ob ihr kalt oder warm war, konnte sie davon ausgehen, dass er sie so schnell wie möglich in seine Hütte lassen würde. Es gab zu viele Menschen, die sie nicht allein zusammen sehen durften. Prüfend blickte er sich um. Weit entfernt auf dem Hauptweg trotteten zwei Marktweiber und schlenkerten dabei mit ihren leeren Körben, plauderten und blickten nicht auf. Hastig legte er die paar Schritte zurück, die ihn noch von Gabrielle trennten, ergriff ihre weiche Hand und zog sie hinter

sich her zwischen die hohen Hecken. Schweigend und auf Deckung bedacht liefen sie weiter, bis seine im Gesträuch versteckte Hütte in Sicht kam.

Abrupt blieb Gabrielle stehen. »Was sollen die Bienenkörbe bei deiner Hütte? Warum …? Ich kann nicht näher herangehen.« Ihre Stimme zitterte, und keine Spur der üblichen Koketterie lag mehr darin.

»Wir haben die Körbe hierhergebracht, um die Bienenvölker vor der Kälte zu schützen. Du hast von ihnen nichts zu befürchten. Sie schlafen.«

Sie stieß ein gezwungenes Lachen aus. »Meinetwegen dürften sie alle erfrieren. Der Sommer wäre ein größerer Genuss, wenn die ekelhaften kleinen Biester nicht mit ihrem Herumsurren jeden Spaziergang verderben würden.«

Er legte einen Arm um ihre schmale Taille und schob sie sanft weiter zur Tür. »Würde dir der Honig nicht fehlen? All die Köstlichkeiten, die daraus zubereitet werden?«

Sie schüttelte sich wie eine nass gespritzte Katze. »Ich würde lieber für den Rest meines Lebens nur Saures essen und dafür nie wieder einer Biene begegnen. Bist du ganz sicher, dass sie nicht aufwachen?«

»Ganz sicher«, sagte er, trat mit ihr ins Haus und schloss die Tür hinter sich. Eilig legte er Holz in seinen Ofen und blies in die Glut, bis die Flammen züngelten. »Wie lange hast du Zeit?«

Sie zuckte mit den Schultern. »Vorgeblich liege ich mit Kopfweh im Bett und werde daher nicht zum Abendessen erwartet. Wenn ich kurz nach Einbruch der Dunkelheit wieder ins Schloss schleiche, wird es keine Schwierigkeiten geben.«

Auch würde sie keine Schwierigkeiten damit haben, sich nachträglich eine Nachtmahlzeit zu beschaffen. Im Gegensatz zu ihm, der er sich an diesem Tag darauf verlassen hatte, mit den anderen Gärtnern zu essen. Seine Vorräte reichten nur noch für den

nächsten Morgen, dann musste er sie auffüllen. Doch von seiner ersten Begegnung mit Gabrielle an hatte es stets Wichtigeres gegeben, als den Magen zu füllen.

Als er die Ofentür schloss und sich aufrichtete, hatte sie ihren Mantel bereits auf einen Schemel geworfen und streifte ihre Handschuhe ab. Nichts konnte wichtiger sein, als ihr dabei zu helfen.

Gabrielle hatte ihn nicht entjungfert, aber sie hatte ihn gelehrt, wie ein Weib Lust empfand. Dabei hatten sie selten genug Zeit gehabt, sich völlig zu entkleiden, sodass es Stellen an ihrem Leib gab, die ihn noch immer als unentdeckt reizten. Er sehnte sich nach der Freiheit, mit ihr Stunden oder gar Tage Haut an Haut zu verbringen, ungehindert durch Korsett, Hemden, Unterröcke oder Strümpfe. Doch diese Freiheit würde es für sie niemals geben.

Im Licht einer einzelnen Öllampe betrachtete er ihr Profil, als sie sich für einen Augenblick auf sein Kissen zurücklegte. Klein und spitz war ihre Nase, passend für das Kindergesicht, das ihr jederzeit erlaubte, die Rolle des unschuldigen Mädchens zu spielen. Er war unter Schauspielerinnen und Schauspielern aufgewachsen und konnte daher ihre Fähigkeiten beurteilen. Gabrielle war eine Meisterin, obgleich nicht vom Fach.

Seufzend streckte er sich. »Du musst bald gehen.«

Wie ein zurückfedernder junger Baum setzte sie sich auf. Ohne ihn anzusehen, glitt sie aus dem Bett und widmete sich ihrer Kleidung.

»In zwei Wochen reisen die Jungvermählten nach Hannover ab. Ich wurde auserwählt, Prinzessin Dorothée zu begleiten. Es ist möglich, dass wir uns heute zum letzten Mal … gesehen haben.

Die vielen Dinge, die ich noch erledigen muss! Briefe schreiben, Kleider bestellen, Besucher empfangen und das Packen beaufsichtigen. All das, während die Lustbarkeiten zu Ehren des Paars kein Ende nehmen und meine Anwesenheit dauernd erwünscht ist. Ah, *mon cœur!* Wenn ich nicht wüsste, dass ich meine Liebe zu dir ohnehin opfern muss, um uns beide nicht ins Unglück zu stürzen, wäre es mir unerträglich, dich zurückzulassen.« Sie hielt inne, legte sich beide Hände aufs Herz und sah ihn mit kummervollem Blick an. Der Pose nach war sie von Trennungsschmerz erfüllt, dem Klang ihrer Worte nach jedoch längst voller Vorfreude auf ihr neues Leben am prachtvollen Hannoverschen Herzogshof.

Ihre plötzliche Eröffnung traf Floriano wie ein Schlag. Er wollte sie schütteln und fragen, wie sie so leicht über das hinwegsehen konnte, was sie verband. Verschwendete sie auch nur einen Gedanken daran, wie sie ihn vor den Kopf stieß? Ahnte sie nicht, dass er unter der Trennung von ihr leiden würde?

Entschlossen zwang er sich, ruhig zu bleiben. Trotz allem, was sie miteinander geteilt hatten, stand es ihm nicht zu, Ansprüche zu äußern. Sie war von Adel, und er war nur knapp dem Schicksal eines Straßenkinds entgangen.

»Ich nehme an, es ist eine Ehre für dich. Du bist für die Stellung sicher bestens geeignet. Allerdings sprechen sogar die einfachsten Gärtner gelegentlich darüber, dass der Hannoversche Hof kein Schäferidyll ist. Herzogin Sophie hält weit mehr auf das Zeremoniell, als unser Herzog Georg Wilhelm und Frau von Harburg es tun.«

Gabrielle warf den Kopf in den Nacken und richtete mit beiden Händen ihre Frisur. »Zu meiner Aufgabe wird es gehören, Prinzessin Dorothée dabei zu helfen, auf überzeugende Weise die Nachfolge von Herzogin Sophie anzutreten. Denn das ist schließlich die Zukunft. Die alte Dame wird sich früher oder

später zurückziehen müssen und das Hofleben nicht mehr bestimmen.«

Floriano hatte Herzogin Sophie in seinen Jahren in Celle oft genug erlebt, um zu wissen, dass sie ihre Vorrangstellung am Hannoverschen Hof verteidigen würde wie eine Dogge einen Knochen. »Prinzessin Dorothée zur Seite zu stehen ist eine gute Sache. Ich wünsche dir viel Erfolg.«

»Danke.« Sie kniff die Lippen zusammen und musterte ihn zweifelnd. »Und das ist alles? Kein Wort darüber, dass du mich vermissen wirst?«

»Würde es dir etwas bedeuten?«

Mit ein paar letzten Handgriffen brachte sie ihr Kleid in Ordnung und zog den Mantel über. »Welchem Weib würde das nichts bedeuten?«

»Ich werde dich vermissen.«

Sie lächelte und tupfte mit den Fingerspitzen einen Kuss von ihren Lippen auf die seinen. »Dann sollst du wissen, dass auch ich dich vermissen werde. Wahrhaftig vermissen.«

Ohne ein weiteres Wort schlüpfte sie aus der Tür und ließ ihn mit seinem Schmerz allein.

Ohne ihre letzten Worte hätte er sich vielleicht dem Kummer ergeben. Doch dass sie ihn »wahrhaftig vermissen« würde, klang nicht wie ein gleichgültiger Abschied. Es klang wie eine Aufforderung, die Trennung nicht einfach hinzunehmen. Was hielt ihn in Celle? Er hatte nie vorgehabt, den Rest seines Lebens in der beschaulichen kleinen Residenzstadt zu verbringen. Sein derzeitiger Vorgesetzter, Monsieur Perronet, würde davon allerdings möglicherweise nicht erbaut sein.

3. Kapitel

Mitte Dezember 1682

Um den Einholungszug für die Braut des Herzogssohns Georg Ludwig vom ersten Reiter an bewundern zu können, hatte Helena mit ihrer Mutter und ihren Schwestern schon am Vormittag des 19. Dezember an der Straße von Celle nach Hannover Stellung bezogen. Sie hatten sich mit einem Feuer, warmen Decken, heißen Steinen für die Füße, Gartenstühlen und Körben voll Leckereien auf einem brachliegenden Feld häuslich eingerichtet, so wie auch viele ihrer Nachbarn und Bekannten es getan hatten. Die dünne Schneedecke war von all den Füßen, Hufen und Pfoten bald zu einem schmutzig-weißen Parkett festgetreten, und die gefrorenen Pfützen waren zur Sicherheit mit Tannengrün bedeckt, das seinen harzigen Duft ausströmte. Ein kleiner Kirchenchor sang weihnachtliche Lieder.

Alle adligen Herrschaften und wohlhabenden Bürger hatten sich schillernd herausgeputzt. Auch das Gesinde und die Bauern trugen ihren Sonntagsstaat, ja, sogar die im Hintergrund auf die Heimreise ihrer Besitzer wartenden Pferde waren mit Silberschnallen und Glöckchen geschmückt. Gesehen zu werden war hier ebenso wichtig, wie zu sehen. Noch lange würde die bessere Gesellschaft der Gegend darüber sprechen, wie man keine Mühe gescheut habe, um dem zukünftigen Herzogspaar zuzujubeln, als Prinz Georg Ludwig seine Braut Dorothée nach Hannover heimgebracht hatte.

Helena spielte mit Lore das Fadenspiel, erschwert durch die Handschuhe, die sie beide trugen. Mit jedem Atemzug bliesen sie weißen Hauch in die Luft. Ameli hockte warm eingepackt auf

dem Boden und kraulte den alten Bluthund hinter den Ohren, dem noch ihr Vater den Namen »Major« gegeben hatte. Er ließ sich von Kindern alles gefallen, war aber trotz seines fortgeschrittenen Alters noch ein guter Wächter, der schon manch unwillkommenen Gast mit seinem Knurren eingeschüchtert hatte.

Maman war einer Einladung ihrer übernächsten Nachbarn gefolgt, mit ihnen einen Becher Punsch zu trinken. Der nächste Nachbar vom Gut Minnigerode war Helenas Onkel Roderick, der ältere Bruder ihres Vaters, doch ihn hatte Helena an diesem Tag noch nicht gesehen. Es war gut möglich, dass er die genauere Zeit in Erfahrung gebracht hatte, zu der mit dem Brautzug zu rechnen war, und sich bis dahin noch die Füße vor dem Kamin wärmte.

Lore wusste nichts Sinnvolles mehr mit dem Fadenmuster zwischen Helenas Händen anzufangen, verwirrte den Faden gelangweilt zu einem Durcheinander und warf ihn dem Hund vor die Pfoten. »Dauert es noch lange, bis sie kommen? Wir warten schon seit Stunden.«

Helena drohte ihr mit dem Zeigefinger. »Na, na! Geduld gehört zu den hervorragenden Eigenschaften eines Fräuleins von Adel. Wenn du eines Tages bei Hof weilst, wirst du viel, viel Geduld brauchen.«

Lore grinste. »Wie viel?«

»So viel, wie eine brütende Henne braucht, die auf ihre Küken wartet. Oder so viel wie der alte Konrad, wenn er mit seiner Angel am Fischteich sitzt und hofft, dass ein großer Wels anbeißt.«

Gerade wollte sie ihren kleinen Schwestern ein neues Spiel vorschlagen, als sich Unruhe unter den Schaulustigen ausbreitete. »Aha. Ich glaube, wir müssen nicht mehr viel länger warten. Ameli, steh auf und lass dir von Mariechen den Rock ausklopfen. Und Lore, zeig mir, wie schön du aufrecht stehen kannst. Sehr gut, brav so. Und nun gehen wir ohne Eile zur Straße.«

Drei farbenprächtig gekleidete Reiter näherten sich im Galopp als inoffizielle Vorhut und schwenkten ihre breitkrempigen Hüte. »Sie kommen! Macht euch bereit! Straße frei für den Brautzug!«, riefen sie immer wieder. Sie preschten vorüber, und in der Ferne kam nun auch schon ein Regiment berittener Soldaten in Sicht, das die Spitze des Zugs bildete. Angeführt wurden sie von einem Trompeter, der in seine Fanfare stieß.

Als sie ihre Plätze am Straßenrand erreicht hatten, nahm Mariechen, ihre junge Haus- und Kindermagd, die müde Ameli auf den Arm, wofür Helena ihr dankend die Schulter tätschelte. Von der anderen Seite trat der Pastor des nahegelegenen Dorfs Stöcken an sie heran.

»Fräulein von Minnigerode, eine Freude, Euch hier anzutreffen. Ich hoffe, im Haus sind alle wohlauf?«

»Guten Tag, Herr Pastor. Ja, im Haus sind alle gesund. Bei den Bauern geht ein Fieber um, so hörten wir.«

»Ja, es ist ein Elend. Das Fieber geht alle Jahre um, aber diesen Winter ist es schlimmer als sonst. Habt Ihr denn inzwischen von Eurem Bruder gehört? Ich schließe ihn täglich in meine Gebete ein.«

Helena wusste, dass diese Bemerkung eine Spendenzusage ihrerseits zur Folge hätte haben sollen. Doch ihre Taschen waren auf geradezu lächerliche Weise leer. Mittlerweile sehnte sie ihre Hochzeit auch deshalb herbei, weil sie danach keine Last mehr für ihre Mutter sein würde, sondern als Adrians Eheweib endlich Geld für eigene Zwecke zur Verfügung haben würde. Seiner Familie war es gelungen, ihren Wohlstand sogar in den zurückliegenden Kriegszeiten nicht nur zu erhalten, sondern zu vermehren.

Sie senkte den Blick und dachte bedrückt an ihren Bruder. Es durfte ihm nichts zugestoßen sein! Auch wenn Laurentz im kaiserlichen Heer nicht sein Glück machte, würde es nach seiner

Rückkehr leichter werden. Ihm würden die Leute Kredit geben, weil er die Zukunft des Guts verkörperte.

Sie schüttelte den Kopf. »Leider haben wir nichts gehört. Wir sind in großer Sorge und wissen Eure Gebete zu schätzen. Ich werde Mutter ausrichten, dass wir uns umhören müssen, wie es unseren Bauern geht. Seid herzlich bedankt für Euer Mitgefühl.«

»Wie viele Pferde das sind!«, platzte Lore heraus, die mit weit aufgerissenen Augen auf die Straße blickte.

Helena lächelte. »Ja. Und du würdest nicht glauben, wie viele da noch kommen. Steh schön gerade!«

Dem Regiment folgten berittene Diener mit den Handpferden der mitreisenden Herren sowie die Pagen. Dann kamen die ersten farbenprächtig verzierten, mehrspännigen Kutschen, in denen die hohen Dienstleute des Hofs fuhren. Erst im Anschluss an diese Edlen folgte der Hohe Adel: die Freunde und jüngeren Brüder des Prinzen. Allmählich wurden die Jubelrufe der Zuschauer lauter, und auch Helena applaudierte und schwenkte ihr blaues Seidentuch. Cellesche und hannoversche Trompeter und Trommler in Livree kündigten die nahende Krönung des Zugs an: die von Vergoldungen glänzende Karosse von Herzog Ernst August und Herzogin Sophie, gefolgt von ihren Lakaien und der Leibgarde, dann die Leibkarosse des Prinzen mit ihm selbst, der Braut und den Brauteltern. Dahinter der Wagen der Herzogstochter Sophie Charlotte, dann die Prachtkutsche der herzoglichen Mätresse Clara von Platen, die einen atemberaubend kostbaren Pelzmantel vorführte.

Bei den ersten Beifallsbekundungen hatte sich Helenas Mutter an ihrer Seite eingefunden und winkte ebenfalls würdevoll mit einem himmelblauen Tuch. Als der Wagen mit dem alten Herzogspaar vorübergefahren war, wechselte Helena einen vielsagenden Blick mit ihr. Herzogin Sophie thronte inmitten ihrer Pracht wie eine Königin, verzog keine Miene und schien die Menschen am

Straßenrand kaum wahrzunehmen. Ihre Begeisterung über die Heirat ihres Sohns hielt sich sichtlich in Grenzen.

Als auf der Straße nur noch die weniger wichtigen Angehörigen des Hofs vorbeizogen, neigte Maman sich zu Helenas Ohr. »Arme kleine Dorothée. Ich habe vorhin gehört, dass sie unglücklich über die Wahl ihrer Eltern war. Wenn ich mir diese Hofgesellschaft ansehe, kann ich es ihr nicht verdenken. Eine Schwiegermutter, die keinen Hehl daraus macht, dass sie ihre neue Schwiegertochter verachtet, ein Schwiegervater, der seine Mätresse nobler auftreten lässt als seine Gemahlin, und ein Ehemann, der die Beschäftigung mit einer Jagdflinte, einem Schlachtross oder einer neuen Geliebten jederzeit aufregender finden wird als die Cousine, die nun sein Eheweib geworden ist.«

Helena zuckte mit den Schultern. »Der Prinz sah aber nicht unzufrieden aus. Schließlich ist sie doch sehr hübsch. Vielleicht wird sie ihn stärker fesseln, als du annimmst.«

»Nicht länger, als bis sie guter Hoffnung ist. Darauf würde ich wetten.«

»Dennoch wird sie die nächste Herrin des Herzogshofs. Wenn sie sich nicht allzu ungeschickt anstellt, wird sie ihr Leben wohl angenehm genug gestalten können.«

Maman stieß ein leises, spöttisches Lachen aus. »Sie ist erst sechzehn Jahre alt und tritt gegen eine fünfzigjährige Fürstin an, die seit Jahrzehnten an Macht gewöhnt ist. Gerade weil Herzogin Sophie sich von ihrer Schwiegertochter nicht vom Sockel stoßen lassen will, wird sie deren Möglichkeiten einschränken. Ich glaube nicht, dass Prinzessin Dorothée am Hannoverschen Hof viel bestimmen wird.«

Der Beifall der Zuschauer war abgeflaut, und allmählich zerstreute sich die Menge. Daher bahnten auch sie sich den Weg zurück zu ihrem Lagerplatz, wo Major sich träge reckte und ihnen

entgegentrottete. Ameli war auf Mariechens Armen eingeschlafen, erwachte jedoch, als ihr Onkel Roderick sie aus der Ferne rief.

»Adelheit! Helena! Ich habe euch etwas mitzuteilen!«

Sie warteten auf ihn, während Mariechen mit den Mädchen vorging, um zu packen. Helena stand Roderick von Brünneck nicht nah. Ihr Onkel war in jungen Jahren kinderlos verwitwet und hielt sich seitdem von sämtlichen Frauen und Kindern fern. Doch der mittlerweile grauhaarige Siebenundvierzigjährige war neben Laurentz ihr einziger noch lebender männlicher Verwandter, und sie war zu Höflichkeit ihm gegenüber erzogen worden. Seit der Abreise ihres Bruders hatte ihre Mutter ihn einige Male eingeladen, um Angelegenheiten mit ihm abzusprechen, die ihre Landwirtschaft betrafen.

Maman hielt mit der linken Hand den Schal zusammen, den sie sich über den Kopf gelegt hatte, und bot Roderick ihre Rechte an, die er ergriff, um einen Handkuss anzudeuten. »Guten Tag, Roderick. Wurdet Ihr aufgehalten? Ihr habt den Brautzug verpasst.«

Unter dem nachlässig gepflegten grauen Bartgestrüpp wurden seine von feinen blauen Äderchen durchzogenen Wangen rot. »In der Tat. Aufgehalten. Das wurde ich. Eine Nachricht erreichte mich. Eine schlimme Nachricht, Adelheit. Ich wäre lieber nicht der Bote, der sie Euch überbringt, doch so ist es nun einmal. Laurentz … Man fand seine Kompanie. Das heißt, ihre sterblichen Überreste. Es tut mir leid.«

Helena sah ihre Mutter in sich zusammensacken und fing sie auf, obgleich ihre eigenen Knie nachzugeben drohten. Die sterblichen Überreste von Laurentz' ganzer Kompanie?

»Das muss ein Irrtum sein, Onkel Roderick. Sicher gab es eine Verwechslung. Wir müssen ihnen schreiben und …«

Er schüttelte den Kopf, griff in seine Tasche und hielt ihr den

zerkratzten Rubinring ihres Bruders vor die Augen. »Es ist kein Irrtum möglich. Freunde von deinem Bruder ließen mir ausrichten, dass er diesen Ring dir zugedacht hat, falls ihm etwas zustieße. Nun ist der Ring gleichzeitig Beleg für seinen Tod.«

Ihre Mutter nahm mühsam wieder Haltung an. »Ich wusste es. In meinen Träumen habe ich ihn nur noch tot gesehen. Was ist geschehen?«

»Eine Felswand ist abgerutscht. Das Tal war schwer zugänglich, deshalb hat man die Toten erst nach langer Suche gefunden.« Roderick wirkte eher verlegen als kummervoll. Auch mit Laurentz hatte ihn wenig verbunden.

Helena versuchte ihm zu glauben, doch ein Teil von ihr weigerte sich noch immer. *Ihr Bruder konnte nicht tot sein.* Sie hatte nie einen lebendigeren Menschen gekannt. Er war ein Teil von ihr.

Ihre Mutter zitterte in ihren Armen und rang um Atem. Ganz gleich, was sie selbst fühlte, ihre Mutter brauchte sie jetzt.

»Werden sie ihn zur Bestattung zu uns bringen?«, fragte sie. Ihre Stimme klang gefasster, als sie erwartet hatte.

Ihr Onkel machte ein bekümmertes Gesicht. »Die Kosten wären zu hoch gewesen. Man hat ihn in allen Ehren mit seinen Kameraden in Wien bestattet.«

Maman stöhnte und brach in Tränen aus. »Auch das noch! So weit weg von zu Hause!«

Roderick hatte den Blick gesenkt und betrachtete Laurentz' Ring, als würde ihm erst jetzt auffallen, worum es sich dabei handelte. Helena hatte den Eindruck, dass er zweifelte, ob ihr das Schmuckstück tatsächlich zustand. Eilig streckte sie ihm die Hand hin, sodass er nicht anders konnte, als ihr den Ring zu übergeben.

Er verschränkte die Hände hinter dem Rücken und hob das Kinn. »Ich versichere Euch mein vollstes Mitgefühl. Dennoch

möchte ich nicht zögern, Euch mitzuteilen, welche Folgen Laurentz' Tod für uns alle haben wird.«

Helena legte ihren Arm fester um ihre Mutter. »Das hat doch wohl Zeit. Wenigstens bis wir zu Hause sind.«

Sein Gesicht wurde zu einer verkniffenen Maske aus Widerwillen und Entschlossenheit. »Besser, wir bringen es gleich hinter uns. Mit Laurentz' Tod bin ich der einzige verbliebene Mann der Familie. Euch ist gewiss bewusst, dass damit die Ländereien, die er von seinem Vater geerbt hat, an mich zurückfallen. Das Land unseres Adelsgeschlechts darf nur in männlicher Linie vererbt werden. Um unseren Namen vor dem Aussterben zu bewahren, habe ich beschlossen, noch einmal zu heiraten. Mit Gottes Gnade werde ich einen eigenen Sohn zeugen, der meine Linie fortführt.«

Maman krallte eine Hand in Helenas Arm. »Ihr wollt uns das Land nehmen? Aber …«

Seine steife, aufrechte Haltung veränderte sich nicht. »Helena wird bald heiraten und versorgt sein. Was Euch und die Kinder angeht, Adelheit, biete ich Euch eine Wohnung in meinem Stadthaus und eine ausreichende Pension auf Lebenszeit, wenn Ihr Euch dafür entscheidet, mir auch das Gutshaus und die angrenzenden Ländereien aus Eurer eigenen Erbschaft zu überlassen. Es wäre weit vernünftiger, alles zu einem einzigen Besitz zusammenzuschließen. Und für Euch allein ist es ohnehin kaum möglich, das Haus zu halten.«

Wie erschüttert Maman auch war, fand sie nun doch ihre Fassung wieder. »Ihr habt unrecht, wenn Ihr glaubt, dies wäre der richtige Tag, um derlei Dinge zu besprechen. Wir Frauen haben einen Sohn und Bruder zu betrauern. Wenigstens eine Woche lang werde ich nicht daran denken, wie sein Nachlass zu verwalten ist. Vergebt mir die Unhöflichkeit, aber ich muss mit meinen Töchtern nach Hause fahren, um auch den Kleinen in der si-

cheren Geborgenheit unseres Hauses zu erklären, dass sie ihren Bruder nicht wiedersehen werden.«

Ihr tiefes Einatmen klang wie ein Schluchzen, und nun schossen auch Helena die Tränen in die Augen. Ohne ihren Onkel noch weiter zu beachten, ging sie mit der Mutter zu ihrem abfahrbereiten Wagen.

»Eine Woche also! Nach Weihnachten spreche ich bei Euch vor!«, rief er ihnen nach.

4. Kapitel

Vorweihnachtszeit 1682

Gräfin Clara Elisabeth von Platen, die Mätresse des Herzogs von Hannover, saß Karten legend an einem mit Intarsien verzierten kleinen Tisch, der speziell zu diesem Zweck vor dem Kamin in ihrem Schlafgemach stand. An diesem Morgen bedeutete ihr das Ritual mehr als sonst, denn es war der Tag der Wintersonnenwende, und das Jahr ging seinem Ende zu. Sie war abergläubisch genug, um den Weissagungen in dieser Zeit besonderes Gewicht beizumessen.

Kelche und Schwerter, Herrscherin, Turm, Teufel und das Rad des Schicksals: Für sie waren die Karten die einzigen wahrhaft vertrauenswürdigen Freunde, die sie hatte. Nur mit ihnen konnte sie sich auch über ihre eigenen Schwächen beraten, die sie anderen Menschen gegenüber niemals preisgegeben hätte. Dazu musste sie nicht einmal aufwendigere Kleidung anlegen als ihr seidenes Nachtgewand und den warmen Morgenrock aus Samt. Auch eine Perücke oder Schminke waren unnötig. Es genügte die gefütterte Seidenkappe, um das kurze Haar zu bedecken.

Sie legte die Karten verdeckt zum Zwölferkreis aus und wendete sie dann bedachtsam um. Die zehnte Stelle, zuoberst im Kreis, beschäftigte sie schon ihr Leben lang am meisten. Die Karte, die an dieser Stelle zu liegen kam, sprach von ihrem Ansehen und ihrer Macht. Das Bild dieser Karte befragte sie danach, was sie tun sollte, um ihren Rang zu erhöhen und ihren Einfluss auszuweiten. Sie tippte dreimal auf den Kartenrücken, bevor sie das Blatt umdrehte.

Der Tod.

Zaghafte und ängstliche Gemüter wären vor dem Bild zurückgeschreckt, doch Clara lebte lange genug mit ihren Kartenfreunden, um den Tod nicht unbedingt beim Wort zu nehmen. Sein Erscheinen ärgerte sie dieses Mal eher, weil ihr gegenwärtiges Problem sich nicht einfach mit Gewalt lösen ließe, selbst wenn sie dazu bereit gewesen wäre.

»Verdammter Hundsfott«, murmelte sie. Dabei dachte sie halb an das Bild auf der Karte und halb an den Mann, der ihr bei der Deutung zuerst in den Sinn kam.

Prinz Georg Ludwig war so viel schwieriger als sein Vater Ernst August. Ihr sinnenfroher alter Herzog war daran gewöhnt, auf Frauen zu hören. Das war auch das Verdienst seiner Gemahlin Sophie, wie Clara widerwillig anerkannte. Der junge Prinz hingegen hatte zwar Respekt vor seiner Mutter, blickte aber auf andere Frauen herab. Claras Schwester Catharina hatte ein ganzes Jahr als seine Bettgefährtin verbringen müssen, bevor er ihr die ersten Zugeständnisse gemacht hatte. Ganz zu schweigen von den Geldsummen, die sie ihm geliehen hatte, um ihn bei Laune zu halten. Und nun war der ganze Fortschritt dahin, weil seine Mutter und die Mutter seiner Braut sich in den Kopf gesetzt hatten, dass keine Mätresse den Jungvermählten in die Quere kommen sollte. So hatte man Catharina bis auf Weiteres vom Hof verbannt.

Clara war davon ausgegangen, dass es nur kurze Zeit dauern würde, bis der Prinz die Rückkehr seiner Mätresse forderte. Doch als sie jüngst vorgefühlt hatte, war sie nur knapp an einer Blamage vorbeigeschrammt. Der junge Mann hatte deutlich gemacht, dass Catharina ihn nicht mehr interessierte.

Unter gewöhnlichen Umständen hätte sie ihre kleine Schwester dennoch erneut auf ihn angesetzt. Doch da Catharina sich nicht bei Hof zeigen durfte, wären ihr zu wenig Möglichkeiten geblieben, Georg Ludwig an ihre Reize zu erinnern.

Der Tod als Kartenbild ermahnte sie nun, hinzunehmen, dass ihre Strategie gescheitert war. Wenn sie den Prinzen unter ihren Einfluss bringen wollte, war ein Neuanfang gefragt. Und dieses Mal durfte jeder, der ihr ins Handwerk pfuschte, nur auf Gottes Gnade hoffen. Sie würde um jeden Preis dafür sorgen, dass ihre Macht bei Hof auch über die Herrschaft Ernst Augusts hinaus bestehen blieb. Zu lange hatte sie daran gearbeitet, sie zu erwerben.

Es klopfte an ihrer Tür, zweimal mit einem Atemzug Pause dazwischen: ihr Gemahl.

»Tritt ein, Franz.«

Er kam herein, verneigte sich auf die übliche, leicht ironische Weise vor ihr und legte ein spielkartengroßes Päckchen neben ihre Tarotkarten. »Guten Morgen. Das hier kam schon gestern Abend an, als wir noch im Saal waren. Ist es für seine Durchlaucht?«

Sie berührte es nicht, sondern behielt ihre Karten in der Hand. »Ja. Ein kleines vorweihnachtliches Geschenk. Bleib nicht zu lang hier, er erscheint in letzter Zeit häufig früher als erwartet.«

»Nur auf ein paar Worte. Was hältst du von unserem jungen prinzlichen Paar? Sie wirken zufriedener, als wir es vermutet hatten. Glaubst du noch an Catharinas Rückkehr?«

Mit einem Seufzer legte sie die Karten auf den Tisch und lehnte sich in ihrem Sessel zurück. »Nein. Den Plan habe ich soeben aufgegeben. Für frisches Blut und ein neues Gesicht sind die Aussichten besser. Ich werde so rasch wie möglich eine geeignete junge Dame finden, die meinen Ansprüchen genügt. Es gilt sie rasch einzuführen, damit sie für ihren Auftritt bereitsteht, wenn Georg Ludwig das Interesse an der kleinen Dorothée verliert.«

Franz-Ernst Graf von Platen nickte mit ernster Miene. »Dein Urteilsvermögen in diesen Dingen ist über jeden Zweifel erhaben. Ich hoffe nur, dass du bald fündig wirst. Wie ich unseren

Prinzen kenne, wird seine Aufmerksamkeit für seine Cousine erlöschen, sobald er ihr das letzte Blütenblatt der Unschuld ausgezupft hat. Darüber hinaus hat sie ihm nichts zu bieten, und somit auch uns nichts. Der Versuch, sie für unsere Zwecke zu nutzen, könnte sich sogar leicht gegen uns wenden. Die Herzogin hat so wenig für das hübsche Kind übrig, dass jede Ansicht, die Dorothée in unserem Sinne äußert, möglicherweise sogleich diskreditiert wäre. Und dazu, im Verborgenen zu agieren, wäre sie wohl kaum fähig. Abgesehen davon steht fest, dass unser wichtigstes Ziel für das kommende Jahr bei ihrer Durchlaucht der Herzogin ohnehin keinen Beifall finden wird. Deshalb ist es von äußerster Bedeutung, dass wir Ernst August und Georg Ludwig vollständig dafür gewinnen, bevor sie davon erfährt und sich die Folgen bewusst macht.«

Clara verzog angewidert die Lippen. »Ich bin keine Anfängerin, Franz. Erklär mir keine Selbstverständlichkeiten. Und nun möchte ich dich bitten …« Lässig wies sie auf die Tür.

Auch er verzog den Mund, doch eher zynisch. »Ich will nur sichergehen, dass wir uns in unseren Zielen einig sind.«

Sie wedelte mit der Hand, um seinen Abgang zu beschleunigen. »Gewiss sind wir das. Hoch lebe das zukünftige Kurfürstentum Hannover!« Noch bevor er den Raum verlassen hatte, wandte sie sich demonstrativ wieder ihren Karten zu.

Gleichgültig, wie viel Respekt sie vor ihrem Gemahl hatte – sie würde einem Mann nur aus besonders guten Gründen jemals gestatten, sie zu belehren, als sei er klüger als sie. Ihr Franz kannte sich ausgezeichnet mit dem politischen Geschehen der Welt aus. Die kleinere Welt des Hannoverschen Hofs und seiner Verbindungen zur großen Welt jedoch waren ihre eigene Spezialität.

Die Kurfürstenwürde für Ernst August zu erringen war ein naheliegendes Vorhaben, nun, da die Heirat zwischen Georg Ludwig und seiner Cousine die Besitzungen beider Familien

wieder vereint hatte. Nach dem Tod von Dorothées Vater würde Hannover als geeintes Herzogtum eine Größe, Finanzstärke und militärische Macht haben, die den Kaiser beeindrucken konnten. Weshalb sie ihrem geschätzten dicken Herzog bei der Entscheidung für die Heirat nachdrücklich gut zugeredet hatte.

»Gräfin Clara von Platen, *Maîtresse en titre* des hochwohlgeborenen Kurfürsten von Hannover«, flüsterte sie und ließ sich die Worte auf der Zunge zergehen wie süßes Quittenkonfekt. Sie musste die Fäden geschickt ziehen und durfte vor nichts zurückschrecken, damit dieser Traum wahr wurde – aber darin hatte sie mittlerweile viele Jahre Übung.

Sie nahm das Päckchen zur Hand und öffnete es. Der Goldschmied hatte ein schwarzes Samtband durch den mit Opalen besetzten Ring gezogen, so wie sie es befohlen hatte. Mit beiden Händen rückte sie ihre Brüste zurecht und schnürte das Band am Halsausschnitt ihres Nachtgewands auf. Dort in ihrem Dekolleté würde das teure Schmuckstück sich aufwärmen, bis sein neuer Besitzer es hervorzog. Ernst August liebte es, in ihrer Üppigkeit zu schwelgen. Seine Seele verehrte die Weiblichkeit wahrhaftig.

Im Gegensatz zu der seines Sohnes, die bei einem Gespräch über Kriegsführung, beeindruckende Jagdstrecken oder schnelle Pferde leidenschaftlicher glühte als beim Anblick einer drallen weiblichen Wade. Daher musste Clara eine Frau für Georg Ludwig finden, die an junge Männer und ihren Zeitvertreib gewöhnt war. Nur auf diesem Weg ließ sich sein Blick auch an die anderen Reize fesseln, die seine zukünftige Geliebte ihm darbieten würde.

Sogleich würde sie eine Liste mit Namen anlegen. Sie wischte die Karten zusammen und wollte sie schon in ihre Schatulle legen, zog dann aber eine einzige heraus, die ihr verraten sollte, was für eine Art von Tag vor ihr lag.

Bube der Stäbe.

Das ließ auf aufregende Stunden schließen. Oder auf erre-

gende? Lächelnd legte sie die Hand auf den Ring zwischen ihren Brüsten.

Energisch klopfte es an der Tür. Kein abgezähltes, abgesprochenes Klopfen, sondern einfach der Herr, der Einlass begehrte.

»Herein, Euer Durchlaucht«, rief sie.

5. Kapitel

TROTZ DER TRAUER um Laurentz wurde das Gutshaus weihnachtlich geschmückt wie jedes Jahr. Die alte und die junge Marie banden verzierte Tannenkränze und Girlanden aus gemischtem Immergrün und befestigten sie mit Hilfe der Knechte an den üblichen Stellen. Sie stellten die traditionellen Weihnachtsleuchter mit duftenden Wachskerzen und Schalen mit Nüssen und Äpfeln auf, sorgten für das Bildgebäck, für Honigkuchen und den Aufbau der Krippe. Nur hin und wieder blieben sie stehen, um sich mit dem Ärmel über die Augen zu wischen.

Helena liebte die jährlich wiederkehrenden Bräuche, und obwohl der altbekannte Geruch von Tannengrün, Fichtenharz, Zimt, Holzrauch, Bienenwachs und Äpfeln ihre Erinnerungen an die Kindheit mit ihrem Bruder noch lebhafter zurückrief und ihren Schmerz vertiefte, tröstete es sie doch, dass alles so ablief, wie es sich in ihrem Zuhause gehörte.

Weil es draußen stürmte und nasser Schnee fiel, kauerte sie mit ihren kleinen Schwestern im großen Saal neben der Eingangshalle auf dem Boden und spielte mit ihnen die Spiele, mit denen sie sich früher gemeinsam mit Laurentz die Zeit an langen Wintertagen vertrieben hatte. Sie bauten aus den Steinen einer ganzen Sammlung alter Dominospiele kreisförmige Ketten auf und ließen dann Kreisel auf den glatt polierten Holzdielen schwirren, bis einer von ihnen die Dominoketten zum Umstürzen brachte. Für die Kleinen war das genug Ablenkung von der Trauer. Sie waren mit ihrem viel älteren Bruder nicht auf die gleiche Art verbunden gewesen wie Helena.

Der Türklopfer knallte einige Male energisch gegen die Haustür. Helena legte die Dominosteine aus der Hand, um den Gast einzulassen, verzichtete jedoch darauf, als sie hörte, dass ihr Hausdiener schon öffnete. »Ist die Herrin des Hauses anwesend?«, fragte ein Mann, ohne auf die Begrüßung durch den Diener zu warten. Sie erkannte ihn an seiner Stimme als ihren zukünftigen Schwiegervater, den alten Baron von Schwanewede.

»Gräfin von Minnigerode hält sich in ihren Gemächern auf, Euer Wohlgeboren. Darf ich Euch anmelden?«

»Ich bitte darum. Sie wird aber wohl nichts dagegen haben, wenn ich gleich mit nach oben gehe. Bei diesem Wetter will ich noch vor der Dunkelheit wieder zu Hause sein. Nimm mir nur meinen Mantel ab, er tropft.«

Helena sprang nun doch auf und eilte zur Saaltür. Sie konnte schlecht so tun, als hätte sie den Vater ihres Verlobten nicht bemerkt. »Guten Tag, Euer Wohlgeboren. Darf ich Euch einen Imbiss und einen heißen Punsch zubereiten lassen? Oder brecht Ihr umgehend wieder auf?«

Sein Mundwinkel zuckte auffällig, als er sich ihr mit ernster Miene zuwandte. »Helena. Guten Tag. Mein Beileid zum Tod Eures Bruders. Macht Euch keine Umstände, ich werde in der Tat ohne Verzögerung wieder aufbrechen.« Mit einem ruckartigen Nicken beendete er ihren kurzen Austausch und schritt neben dem Hausdiener die Treppe hinauf.

Ging es ihm nur darum, rasch zu kondolieren, um seiner Pflicht nachzukommen? Oder führte ihn ein anderes Anliegen zu ihrer Mutter? Sie konnte nur hoffen, dass er nicht ausgerechnet jetzt über die Finanzierung ihrer Mitgift sprechen wollte. Wenn ihr Onkel seine Ankündigung wahr machte und ihnen kurzfristig die Ländereien entzog, deren Erträge seit etlichen Jahren all ihre Kosten deckten, würde es äußerst schmerzhaft für sie werden, die Mitgift aufzubringen.

Doch weder Adrian noch seine Eltern hatten sie wegen ihrer Reichtümer als Braut ausgewählt. Seinen Eltern ging es um ihren alten Adel, und Adrian liebte sie. Auch deshalb machte sie sich keine großen Sorgen um die Geldnot ihrer Mutter. Sobald sie verheiratet waren, würde Adrian beide Augen zudrücken, wenn sie ihre Familie mit seinem Geld unterstützte. Er war ein freigiebiger Mensch, so wie es auch ihr Bruder gewesen war. Sie hatte ihn oft genug darüber lachen sehen, wenn er Geld verlor. Eine Weile hatte sie sich sogar davon anstecken lassen und selbst ein paar Schulden gemacht. Es handelte sich nur um geringe Summen, dennoch bereute sie ihre Leichtfertigkeit längst und war derzeit froh, dass ihre Gläubiger geduldige Menschen waren und nicht darüber murrten, dass sie bis nach ihrer Eheschließung warten mussten, um ihr Geld wiederzubekommen.

Ameli und Lore waren dazu übergegangen, aus den Dominosteinen einen Turm zu bauen und auf jedem neuen Stein den kleinsten Kreisel kreiseln zu lassen, bevor sie den nächsten hinzufügten. »Mach mit, Leni!«, sagte Lore, und folgsam schloss sie sich dem neuen Spiel an. Der Turm stürzte mehrfach um, doch schließlich brachten sie es auf eine bemerkenswerte Höhe.

Vorsichtig erhob sich Helena, um sich von Baron von Schwanewede zu verabschieden, als sie ihn die Treppe herunterkommen hörte. Sie kam zur gleichen Zeit an der Saaltür an wie er an der Haustür, wo er eilig seinen Mantel überwarf und den Hut aufsetzte.

»Auf Wiedersehen, Euer Wohlgeboren, und guten Heimritt.«

Ein kurzes Nicken, eine Hand an der Hutkrempe. »Auf Wiedersehen, Fräulein von Minnigerode.«

Hinter ihr stürzte der Dominoturm um, und die Kleinen seufzten enttäuscht. Dann schob der Hausdiener hinter dem flüchtigen Gast die Haustür ins Schloss. »Ein greuliches Wetter, gnädiges Fräulein«, sagte er. »Soll ich Euch und den Mädchen

etwas Gebäck und eine heiße Schokolade für jede bringen lassen? Ein kleiner Vorgeschmack auf die Festtage könnte doch an so einem Tag erlaubt sein?«

Er wollte sie trösten, und sie konnte ihm dafür ein Lächeln nicht verwehren. »Bei allem Kummer ist dieses Haus doch voller guter Geister, und du bist einer davon, Moritz. ›Gebäck und Schokolade‹ klingt wunderbar.«

Helena hatte ihre Schokolade gerade ausgetrunken, als Maman sie durch Moritz zu sich nach oben bitten ließ.

Das ungute Gefühl, das Baron von Schwanewedes kurzer Besuch in ihr hinterlassen hatte, verstärkte sich. Für gewöhnlich trat ihre Mutter einfach an die Galerie und rief laut zu ihr nach unten, wenn sie im Haus unter sich waren. Mit schweren Schritten nahm Helena die Stufen der breiten Holztreppe, die sie schon so oft im Leben auf und ab getanzt war.

Die Tür zum Vorzimmer ihrer Mutter stand offen, und Maman saß mit einer Decke über den Knien in ihrem Armlehnstuhl. Sie hielt die Hände gefaltet und blickte zu Boden, rang sich jedoch ein Lächeln ab, als Helena eintrat.

»Setz dich, Kind!«

Helena gehorchte und folgte dem Beispiel ihrer Mutter, was die Decke anging. Sie heizten sparsam, wenn kein Besuch erwartet wurde, und im Kamin des Gemachs glommen nur noch ein paar Kohlen.

»Unten ist es wärmer als hier bei dir. Warum gesellst du dich nicht zu uns? Wir werden auch ganz leise spielen.«

Ihr Scherzchen hatte keine Wirkung auf die Miene ihrer Mutter. »Helena, ich muss dir etwas mitteilen und suche nach den richtigen Worten, aber es gibt sie nicht. Ich kann dich nur bitten, besonnen zu bleiben, auch wenn die Nachricht erschütternd ist. Kannst du das versuchen?«

Helena spürte, wie die Kälte des Raums nach ihr griff und ihre Muskeln sich verkrampften. »Ist noch jemand gestorben? Nicht Adrian! Dann hätte Baron von Schwanewede doch ... Was ist geschehen? Was hat er hier gewollt?«

Maman seufzte. »Nein, Adrian lebt. Das ist es nicht. Aber ... Sein Vater hat gehört, dass Roderick dringend auf der Suche nach einer standesgemäßen Braut ist. Unfassbar, dass dein Onkel nicht einmal bis nach Weihnachten hat warten können, bevor er diese Angelegenheit in Angriff nahm! Baron von Schwanewede schlussfolgerte richtig, dass es für uns unter diesen Umständen nicht nur schwierig wird, die Mitgift zusammenzubringen. Auch die Aussichten auf Rodericks Erbe, das dein Vater damals bei den Verhandlungen über euren Ehevertrag vollmundig angekündigt hat, sind schlecht. Reiflich über die Sache nachgedacht hätte er, sagte von Schwanewede. Als hätte er dazu überhaupt genug Zeit gehabt! Dennoch ist er zu der Ansicht gelangt, dass dein guter Name kein ausreichendes Gegengewicht gegen deine Mittellosigkeit ist. Zumal die von Schwanewedes offenbar in letzter Zeit selbst finanzielle Verluste erlitten haben. Kurz gefasst: Baron von Schwanewede hat eure Verlobung aufgelöst. Er hat mich vor die Wahl gestellt, einer diskreten und freundschaftlichen Abwicklung zuzustimmen oder abzulehnen und die Verlobung auf die unangenehme und laute Art platzen zu sehen.«

»Das kann nicht sein Ernst sein!« Unwillkürlich sprang Helena auf, marschierte zum Fenster und machte gleich wieder kehrt, um sich vor ihre Mutter zu stellen. »Weiß Adrian davon? Er wird das nicht zulassen.«

Doch schon als sie es ausgesprochen hatte, ahnte sie, dass sie sich irrte. Adrian verehrte seinen Vater und hielt ihn für klüger als sich selbst. Besonders seit dem Tod seiner Mutter widersprach er ihm so gut wie nie. Seine Liebe zu Helena würde dem Angriff durch die väterliche Vernunft nicht standhalten. Um ihren Ver-

lobten festzuhalten, hätte sie bei ihm sein und ihn mit Leidenschaft davon überzeugen müssen, dass sie ihm wichtiger war als die Erwägungen seines Vaters.

Sollte sie zu ihm reisen und es versuchen? Doch wie sollte sie ihn finden? Seinen letzten Brief hatte sie zwei Monate zuvor aus Italien erhalten. Nicht einmal die Reise dorthin konnte sie sich leisten, geschweige denn, ihm zu folgen, wenn er bereits weitergereist war.

Ihre Mutter hatte sie beobachtet. »Ich glaube, du weißt selbst, dass die Antwort keine Rolle spielt. Adrian ist ein folgsamer Sohn, was eine schöne Tugend ist. Er wird nicht gegen den Willen seines Vaters handeln, und es wäre falsch, etwas anderes zu erhoffen.«

Obwohl Adrian ein gehorsamer Sohn war, hätte Helena ihn nicht als tugendhaft bezeichnet. Weder sein Vater noch ihre Mutter kannten seine Geheimnisse. Helena überlief ein heißer Schauder, als ihr bewusst wurde, welche neue Bedeutung diese Geheimnisse erhalten würden, wenn Adrian und sie tatsächlich nicht heirateten. Um vor ihrer Mutter zu verbergen, wie sie errötete, wandte sie sich wieder dem Fenster zu und blickte hinaus auf das winterlich kahle Wäldchen hinter dem Wassergraben. Es ging in den Gutsforst über, den sie im Laufe ihres Lebens durch unzählige Ausritte besser kennengelernt hatte, als manche adlige Frau ihre eigene Garderobe kannte. Das Leben auf dem Gut hatte ihr immer ein Maß an Freiheit gelassen, das andere sich nicht einmal vorstellen konnten. Bis zu diesem Tag hatte sie nie bereut, dass sie diese Freiheit ausgenutzt hatte.

Sie hatte ihre Unschuld an einem Sommertag im Gutsforst verloren. Die sonnenwarme Luft umschmeichelte sie sanft, und das durchs grüne Laub gefilterte Licht zuckte in hellen Flecken auf ihrer Haut. In ihrer Seele musizierte vor Verliebtheit ein lautloses Orchester. Adrian berührte sie so andächtig, wie ein Mäd-

chen es sich nur erträumen konnte. »Ich bete nicht so oft, wie ich sollte. Aber hierfür werde ich Dankesgebete zum Himmel senden«, sagte er.

»Es war schöner, als ich es mir vorgestellt hatte«, sagte sie.

»Du hast es dir vorgestellt? Dürfen wohlerzogene junge Fräulein das denn?«

»Selbstverständlich habe ich es mir erst nach unserer Verlobung vorgestellt.«

Er hatte sich die offenen Haare aus dem Gesicht gestrichen und gelacht. »Helena, ich liebe dich über alles. Wir werden ein herrliches Leben zusammen führen und alle bedauern, die die Ehe als Mühsal empfinden. Ich werde dir immer zu Füßen liegen.«

Hatte sie ihm geglaubt? Vielleicht nicht im tiefsten Inneren, aber sie hatte ihm glauben wollen. Und was hätte es geschadet? Sie hätten eine glückliche Ehe führen können, glücklicher als die meisten. Sollte sie die Hoffnung darauf wirklich so leicht aufgeben?

Maman stieß einen lauten Seufzer aus. »Ich verstehe, dass dieser Schlag dich tief trifft. Glaub mir, es geht mir ebenso. Ich habe mich sehr daran festgehalten, dass wenigstens du versorgt sein wirst. Und ich gebe zu, dass ich auch hoffte, du würdest in einigen Jahren dabei helfen können, für deine Schwestern geeignete Partien zu finden. Wir stehen wirklich nicht gut da. Aber das kannst du dir sicher selbst ausrechnen.«

Helena fühlte ihre leise köchelnde Wut in sich aufwallen. Hatten sie mit Laurentz' Tod nicht genug zu verschmerzen? Mussten sich nun auch noch alle verbünden, um ihnen das Leben schwerzumachen?

»Immerhin müssen wir die Mitgift nicht mehr zusammenkratzen. Das Geld wird an anderer Stelle nützlich sein.«

Ihre Mutter schnalzte tadelnd mit der Zunge. »Zusammen-

kratzen ist ein plumpes, hässliches Wort, Leni. Du solltest es nicht verwenden. Und ich hielte es für unklug, das Geld für andere Dinge zu verwenden. Du wirst doch den Gedanken an eine Ehe nicht aufgeben, nur weil die mäßig Wohlgeborenen von Schwanewedes zu dumm sind, dich zu schätzen zu wissen?«

So bissig erlebte Helena ihre Mutter selten. Offenbar verletzte die Entscheidung von Adrians Vater sie mehr, als es im ersten Moment den Eindruck vermittelt hatte.

»Wichtiger als eine Ehe ist für mich, dass wir unser Zuhause behalten, Maman. Du wirst das Haus und dein Land doch nicht an Onkel Roderick abtreten? Das wäre schrecklich.«

Maman kniff die Lippen zusammen und blickte zu Boden. »Ich versuche eine Lösung zu finden, glaub mir. Aber gerade fühle ich mich dumm. Ich kann nur an Laurentz denken, und nun auch noch an dein Unglück, und mein Kopf schmerzt. Lass mir etwas Zeit.«

Ihr Anblick vertrieb Helenas Wut. Noch nie hatte sie ihre starke Mutter so zerbrechlich erlebt. Sie ließ sich auf ihrer Sessellehne nieder, legte den Arm um sie und küsste sie auf die Stirn. »Wir finden gemeinsam einen Weg. Nach Weihnachten, ja?«

Ihre Mutter hatte Tränen in den Augen. »Ach, meine Große. So hatte ich mir das alles nicht vorgestellt.«

6. Kapitel

Am Tag vor Heiligabend strahlte Gut Minnigerode bereits eine festliche, aber auch wehmutsvolle Ruhe aus. Nur ihre Köchin Therese ließ in der Küche noch keine Andacht aufkommen. Sie würde mit ihren Helfern und Helferinnen bis in die Nacht hinein rupfen, marinieren, tranchieren, stampfen, backen und garnieren. Obgleich Maman sie ermahnt hatte, dieses Mal sparsamer zu kochen, gab es doch Gerichte, ohne die ein Weihnachtsfest nicht auskam. »Wir leben doch zum Glück nicht im Krieg. Sparen können wir das ganze Jahr über«, hatte Therese empört gesagt und auf dem orientalisch gewürzten, mit Maronen, Orangen und Äpfeln gefüllten Gänsebraten bestanden.

Ebenso traditionell wie der Gänsebraten war der Spaziergang, den jedes Jahr am 23. Dezember der Herr des Guts mit dem Verwalter, dem Stallmeister und dem Oberjäger unternahm. Diese Aufgabe fiel nun Maman zu, die Helena bat, sie zu begleiten.

Als sie auf den Hof kamen, warteten die drei Herren bereits auf sie: ihr Verwalter Martin Vogt; Hinner, der ihnen in Ermangelung eines echten Stallmeisters schon seit Jahren als Aufseher über den Tierbestand diente; und Oberjäger Kuhfuß, der eigentlich bei Helenas Onkel Roderick angestellt war, aber den Forst von Minnigerode mitbetreute.

Alle drei verneigten sich vor ihnen, doch Vogt sprach für alle. »Es ist uns eine Ehre, diesen Gang heute mit Euch zu unternehmen, gnädige Frau Gräfin. Doch wir wünschten, Euch und uns wären die traurigen Umstände erspart geblieben, die dazu

führten. Möget Ihr und Eure Töchter uns in Gesundheit erhalten bleiben.«

Maman nickte erst ihm, dann den anderen beiden freundlich zu. »Danke, Herr Vogt. Lasst uns zusammen hoffen, dass wir dem Gut erhalten bleiben und das Gut uns. Wo beginnen wir?«

Helena spielte die stumme Beobachterin, was bei solchen Anlässen häufig die Rolle begleitender Fräulein war, die bei der Sache selbst nicht mitzureden hatten. Ihr entging nicht, dass Vogt und Hinner ihrer Mutter und ihr gegenüber herzliche Wärme ausstrahlten, Oberjäger Kuhfuß jedoch zurückhaltend wirkte. Lag es nur daran, dass der größte Teil seines Mienenspiels von seinem wallenden weißen Bart versteckt wurde?

Vogt gab Hinner einen sanften Klaps auf die Schulter. »Zuerst führt Hinner uns durch die Ställe.«

Hinners Miene verdunkelte sich ein wenig, doch er ging voraus, ohne zu zögern. Das Gesinde hatte die mit Feldsteinen gepflasterten Höfe und Wege zwischen den Gutsgebäuden vom Schnee freigehalten, dennoch waren sie rutschig, weshalb Maman den von Vogt zuvorkommend angebotenen Arm ergriff. Kuhfuß wandte sich Helena zu und bot ihr seinen Arm an, doch sie lächelte ihm nur zu, raffte mit beiden Händen ihren Rock und gab selbst auf ihre Schritte acht.

Unter der Girlande aus Tannengrün, die den Eingang zum Pferdestall schmückte, blieb Hinner stehen. Erst steckte er die Hände in die Taschen seiner Festtagsjacke, dann nahm er sie hastig wieder heraus, verschränkte die Finger vor seinem Bauch, verwarf auch das und legte schließlich die Arme steif ausgestreckt an. »Wir haben jetzt vier Reitpferde, einen hübschen Jährling aus eigener Zucht, vier Kutschpferde, acht Ackergäule, zwei Maultiere, einen Esel und die beiden Ponys, gnädige Frau Gräfin. Der Wallach von Eurem seligen Herrn Gemahl wird langsam altersschwach, einer von den Gäulen hat eine Hufrehe und ein anderer

entzündete Augen. Also nichts, was ich nicht wieder hinbekäme. Sonst sind sie alle in gutem Zustand und machen mir Freude. Mit dem Heu werden wir durch den Winter kommen, und am Hafer können wir ruhig sparen. Müssen ja nicht viel arbeiten, die Zossen.« Helena fand sein Lächeln geradezu zärtlich, wenn er von seinen »Zossen« sprach. Er liebte jedes der Tiere, und wenn er sagte, dass er am Hafer sparen würde, hieß das noch lange nicht, dass er auch nur ein einziges von ihnen Mangel leiden ließ.

»So viele Ackergäule werdet Ihr von nun an nicht mehr brauchen«, sagte Kuhfuß. »Ihr werdet sie wohl verkaufen?«

»Zwei Gespanne müssen wir auf jeden Fall behalten«, warf Vogt eilig ein.

Maman winkte ab. »Ob wir sie verkaufen oder nicht, werden wir erst nach Weihnachten entscheiden.«

Durch den Pferdestall gingen sie ganz hindurch und begrüßten dabei die gestriegelten, zufriedenen Rösser. Helena liebte ihr Schnauben und das gemütlich malmende Geräusch ihrer Zähne, die Wärme der Tiere, den Stallgeruch und den Duft von Heu. Diese beruhigende Stimmung gehörte zu den Dingen, die sie als junges Mädchen in ihrer Zeit als Hoffräulein bei der früheren Herzogin am meisten vermisst hatte. Ihr hatte bei Hof kein Reitpferd zur Verfügung gestanden und daher der einzige akzeptierte Grund gefehlt, sich in den herzoglichen Stallungen aufzuhalten.

Den Kuhstall, den Schweinestall und das Geflügelhaus betraten sie nur kurz, um sich auch dort Hinners Bestandsaufnahme anzuhören. Danach übernahm Vogt die Führung und berichtete ihnen über die Schätze in den Scheunen, Vorratshäusern und Kellern. »Alles in allem kein gutes Jahr, aber es war auch schon mal schlimmer. Die schon angefallenen Kosten werden wir decken können«, schloss er.

»Die schon angefallenen Kosten? Was ist damit gemeint?«, fragte Oberjäger Kuhfuß.

Maman forderte ihn mit einer Geste auf, weiterzugehen. »Das sind die gewöhnlichen jährlichen Kosten. Darüber hinaus führen wir eine Liste von notwendigen Erneuerungen, für die wir die Mittel aufbringen wollen.«

»Aufbringen müssen«, stellte Vogt richtig, was ihm ein Stirnrunzeln von Maman einbrachte.

»Ist es im Leben nicht immer das Beste, zu wollen, was man muss? Nun, wir werden bald entscheiden, mit welcher Arbeit wir beginnen. Nach Weihnachten. Und nun seid Ihr am Zug, Herr Oberjäger. Wie machen sich unsere Wild- und Waldbestände?«, fragte sie.

Kuhfuß dienerte. »Der Wagen steht für eine Rundfahrt bereit, wenn es Euch genehm ist.«

Hinner blieb bei den Gutsgebäuden zurück, während Vogt und Kuhfuß mit ihnen in die offene Kutsche stiegen. Schon als sie über die Zufahrtsbrücke des Guts rumpelten, verzog Kuhfuß das Gesicht.

»Diese Brücke steht gewiss auf Eurer Liste der Einrichtungen, die erneuert werden müssen? Sie wird noch unter einem der nächsten schweren Wagen zusammenbrechen.«

Helena musste ihre Zunge zügeln, um ihm nicht rundheraus zu sagen, dass sie das Gut auf keinen Fall seinem Brotherrn verkaufen würden, gleichgültig wie viel Mühe er sich gab, es schlechtzureden. Auch ihre Mutter lächelte nicht mehr, und ihr Tonfall war spitz.

»Die Brücke wird jedes Jahr instandgesetzt. Sie wird auch noch ein oder zwei weitere Jahre überstehen. Weder müssen wir Kanonen darüber transportieren, noch sind unsere Zugpferde Elefanten.«

Obgleich die Temperaturen seit Anfang Dezember wieder gestiegen waren und nun bloß um die Frostgrenze lagen, brannte Helenas Gesicht vom kalten Wind. Sie bogen aus der von Lin-

den gesäumten Hauptallee in einen Feldweg ab, der sie zu einem der größeren Wege durch den Forst brachte, und der Oberjäger ihres Onkels erzählte ihnen von einer Überzahl an Wildsäuen, die Äcker zerstörten, von Rehen, die wertvolle junge Bäume fraßen, von Sturmschäden an kostbaren Bäumen, die in mühevoller Arbeit aufgeräumt werden müssten, von versumpften Wiesen und Waldstücken, die endlich entwässert werden sollten, von verrotteten Hochständen, Bockkäfern und Holzwürmern in lagerndem Holz, möglicherweise tollwütigen Füchsen, Wölfen und räuberischen Hühnerhabichten, die er am liebsten ausrotten wollte. Er präsentierte ihnen eine lange Aufzählung von Scherereien, die der Wald und seine Bewohner in naher Zukunft verursachen würden, während die Kutsche langsam an all den Stellen vorüberrollte, die Helena und ihre Mutter liebten: Die Findlingslichtung, auf deren großen Steinen sie in so vielen Sommern unter freiem Himmel getafelt hatten; das Wäldchen mit den verkrümmten Buchen, in dem man sich vorstellen konnte, wie Märchen wahr wurden; die vom Bach gespeisten Waldseen, an denen die schillernden Eisvögel nisteten und in denen Wasserschildkröten hausten; den Erdbeerwald, den Blaubeerwald, den Steinpilzwald.

Helena wusste nicht genau, wo die Ländereien endeten, die zum Gutshaus und damit zum Erbe ihrer Mutter gehörten. Es war nie notwendig gewesen, darüber nachzudenken.

»Wo beginnt das Erbland derer von Brünneck?«, fragte sie.

Vogt, der ihr gegenübersaß, öffnete den Mund, um zu antworten, doch Kuhfuß war schneller.

»An den Grenzsteinen sind wir schon lange vorüber. Das alles hier gehört von nun an zum Land Eures Onkels, Fräulein von Minnigerode«, sagte er.

Für die Herablassung in seiner Stimme hätte sie ihn gern aus der Kutsche gestoßen.

Durchgefroren betraten Helena und ihre Mutter später die Küche des Gutshauses, um sich aufzuwärmen, den Duft zu genießen und nach dem Stand der Dinge zu fragen.

»In den Töpfen geht alles seinen Gang, gnädige Frau«, sagte die Köchin. »Mariechen hat ein paar Briefe angenommen. Ich bin noch nicht dazu gekommen, sie Moritz zu geben. Hier sind sie.«

Maman nahm ihr die drei Briefe ab, die sie aus der Schürzentasche gezogen hatte, und blätterte sie durch. »Kondolenzschreiben. Ich sollte mich vielleicht schämen, dass wir keine Beisetzungsfeier ausrichten. Aber ehrlich gesagt, bin ich erleichtert. Ich fände es derzeit zu schwierig, mit all diesen Menschen höflich Konversation zu betreiben. Ich wünschte nur, das Grab läge nicht so entsetzlich weit fort von hier. Wenn ich es wenigstens ein einziges Mal besuchen könnte, um Abschied zu nehmen, dann würde ich …« Ihre Stimme erstarb, und sie drückte Helena hastig die ungeöffneten Briefe in die Hand, bevor sie aus der Küche floh.

Helena spürte, wie die Trauer wieder einmal auch ihre eigene Kehle zuschnürte. Mit verkniffenen Lippen öffnete sie den ersten Brief, um ihre Finger zu beschäftigen.

»Ach, ach, gnädiges Fräulein. Dieses Haus hat so einen Schlag nicht verdient. Aber der Herrgott wird wohl seine Gründe haben«, seufzte die Köchin.

Dass der Herrgott mit Laurentz' Tod einen Plan verfolgt hatte, wollte Helena nicht glauben. Aber die Köchin meinte es gut, deshalb rang sie sich ein Lächeln ab, das tapfer wirken sollte, sich aber anfühlte, als hätte sie auf eine bittere Haselnuss gebissen.

Der erste Brief kam von einem alten Bekannten ihres Vaters, der die traurige Nachricht von Roderick gehört haben musste. Der nächste stammte von einem Hannoverschen Kaufmann, der ihnen im Frühjahr oft Geld vorschoss, das sie regelmäßig nach der Ernte zurückzahlten. Auch ihn musste ihr Onkel in Kenntnis

gesetzt haben. Zwar war in dem Beileidsschreiben keine Rede von Geld, doch es war unmissverständlich klar, dass die Grundlage für ihre Geschäfte aufgehoben war, wenn sie nicht mehr über ihre bisherigen Ländereien verfügten.

Der schlimmste Brief war jedoch der dritte.

Verehrte hochwohlgeborene Gräfin von Minnigerode,
mit großem Kummer versichere ich Euch mein Mitgefühl und drücke Euch mein Beileid zum viel zu frühen Ableben Eures lieben Sohnes aus. Möge Euch Euer fester Glaube an unseren Herrgott über Euren Schmerz hinweghelfen.
Es betrübt mich ungemein, dass ich in dieser Zeit im Bewusstsein Eures schweren Verlusts mit einer geschäftlichen Sache an Euch herantreten muss. Im Vertrauen in die hervorragenden Qualitäten Eures Sohnes erlaubte ich mir, ihm zur Finanzierung seiner vielversprechenden Vorhaben in Wien ein gewisses Kapital vorzuschießen. Die von ihm unterzeichneten Schuldscheine kann ich selbstverständlich beibringen. Insgesamt handelt es sich um eine Summe von 1000 Talern.
So unangenehm mir der Zeitpunkt ist, möchte ich Euch doch untertänigst darum bitten, bei der Ordnung der Nachlassangelegenheiten Eures Sohnes dafür zu sorgen, dass mir dieser Betrag erstattet wird. Angesichts der Umstände kann ich dafür eine Frist von einigen Monaten gewähren, längstens jedoch bis zum zwanzigsten Juno des kommenden Jahres.

Es folgten noch etliche Höflichkeitsfloskeln und gute Wünsche, doch Helena schenkte ihnen keine Aufmerksamkeit. *Tausend Taler, zwanzigster Juno*, hallte es in ihren Gedanken wider. Tausend Taler. Unvorstellbar. Davon konnte ein Mann von mittlerem Stand ein Jahr lang seine Ausgaben bestreiten. Die Summe war ein gutes Drittel ihrer einst vereinbarten Mitgift. Was hatte

Laurentz damit gemacht? Wenn sich das Geld bei seinem Tod noch in seinem Besitz befunden hätte, dann wäre es ihnen doch zurückgesandt worden?

Sie mussten es verloren geben. Vielleicht hatte ihr Bruder es verspielt. Bei aller Liebe zu ihm hielt sie das dennoch für wahrscheinlich, auch wenn sie das ihrer Mutter gegenüber nicht äußern würde.

Zum ersten Mal spürte sie, wie ihr Herzschlag sich beschleunigte, wenn sie an ihre Geldsorgen dachte. Deutlich stand ihr auf einmal vor Augen, dass die Not ernster war, als sie sich vorgegaukelt hatte. Auch wenn Oberjäger Kuhfuß ein Schwarzmaler war, ließ sich nicht von der Hand weisen, dass Kosten auf das Gut zukamen, die sie nicht ohne Unterstützung bewältigen konnten.

Ihr ganzes Leben lang war Helena damit zufrieden gewesen, eine Frau zu sein, doch nun verfluchte sie ihre Nutzlosigkeit. Als Mann hätte sie selbst auf die Suche nach einer Einkommensquelle gehen können. Ein bezahlter Posten in einer Armee oder bei Hof hätte sich gewiss finden lassen. Als Frau von adligem Stand blieb ihr hingegen nur die Eheschließung, um zu Wohlstand zu gelangen. Darauf lief alles hinaus: Sie musste erneut einen gutgestellten, großzügigen Ehemann finden.

Doch was wie ein einfaches Vorhaben klang, war in Wirklichkeit ein kompliziertes Unterfangen. Sie hatte nicht die geringste Vorstellung, wie sie dabei zu Werke gehen sollte. Denn in Wahrheit war auch diese Angelegenheit keine, die eine junge Frau jemals eigenständig plante. Ihre Verlobung mit Adrian war während ihrer Zeit bei Hof durch die Vermittlung von Herzogin Benedikta zustande gekommen. Damals hatte sie mehrere Anträge erhalten, doch das war Jahre her, und die abgelehnten Freier waren längst anderweitig vergeben. Inzwischen war Herzogin Benedikta Witwe und hatte das Land verlassen. Ihre Nachfolgerin Sophie von der Pfalz war mit ihrem Gemahl Herzog Ernst

August drei Jahre zuvor in der Residenz Hannover eingezogen, einige Monate vor dem Tod von Helenas Vater, der sich ihnen noch persönlich vorgestellt hatte. Maman sprach seitdem gelegentlich davon, dass sie dem neuen Herzogpaar noch einmal ihre Aufwartung machen müssten, hatte den Plan jedoch aus verschiedenen Gründen stets wieder fallen lassen.

Helena hatte die Jahre bei Hof als einzige große Anstrengung in Erinnerung und drängte nicht darauf, in die vornehmen Hallen zurückzukehren. Die Ahnung, dass ihr genau das bevorstehen könnte, erzeugte einen unangenehmen Druck hinter ihren Schläfen. Sie seufzte so tief und laut, dass die Köchin ihr mitleidig einen Teller mit frisch gebackenem Lebkuchen vor die Nase hielt.

»Herrje, gnädiges Fräulein, nun bleibt Ihr mir nur tapfer! Es wird sich schon alles finden.«

Helena nickte müde und nahm sich eine der runden Leckereien. »Das wird es wohl. Ich fürchte aber, wir werden nachhelfen müssen.«

Die Köchin stellte das Gebäck ab und widmete sich mit einem langen Holzlöffel energisch dem Umrühren ihres Ragouts. »Auf uns alle hier könnt Ihr dabei zählen, das verspreche ich Euch.«

7. Kapitel

Weihnachten 1682

Auf Gut Minnigerode war das gemeinsame Festmahl nach der Rückkehr vom vormittäglichen Gottesdienst der wichtigste Weihnachtsbrauch. An diesem einen Tag tafelte die Herrschaft des Guts zusammen mit dem Gesinde. Zu Lebzeiten von Helenas Vater hatten sie oft Mühe gehabt, im Saal ausreichend Sitzplätze zu schaffen, doch da sie sich seit seinem Tod einschränken mussten, war das Gesinde nach und nach um die Hälfte geschrumpft. Jede Entlassung war Maman schwergefallen. Niemanden ließ sie gehen, wenn sie nicht wusste, dass eine neue Stelle für ihn in Aussicht stand.

Helena hob ihr Weinglas an die Lippen und lehnte sich im Stuhl zurück. Sie schmeckte verdünnten Apfelmost statt Wein, was sie nicht bedauerte. Ein guter Apfelmost war ihr jederzeit lieber als ein schlechter Wein. Maman saß links neben ihr und plauderte übers Eck mit Vogt über das Winterwetter zur Zeit vergangener Weihnachtsfeste. Der freie Stuhl zu ihrer Linken erinnerte schmerzhaft an die Lücke, die Laurentz' Fehlen in ihr Leben riss. Zum Gedenken an ihn war sein Platz ebenso festlich eingedeckt wie die anderen.

Ihre kleinen Schwestern saßen mit Mariechen an der langen Seite des Tisches. Ameli hatten sie auf einem besonders hohen Stuhl und mehreren Kissen platziert. Die Freuden des Weihnachtstages färbten die Wangen in dem winzigen, blassen Gesicht rosa. Ihr Husten war dank Fenchelhonig und Malventee glücklicherweise abgeklungen. Dennoch wirkte sie beängstigend hinfällig neben Lore, die im Vergleich zu ihr so frisch aussah wie

ein kerngesundes Bauernkind. Ihnen gegenüber hatten Hinner und sein jüngerer Bruder aus ihren Servietten Männchen geknotet und ließen sie zur Belustigung der Kleinen zwischen Tellern und Speisen einen Kampf austragen.

Alle Angehörigen des Guts genossen mit erhitzten und dankbaren Gesichtern die Pastete mit Ragout, die Grießklöße, den Braten, Rotkohl und Backobst. Das warme Kerzenlicht passte zu der Vertrautheit, die Helena mit all diesen Menschen verband.

Sie würde nicht nur ein Haus und einen Wald voller Erinnerungen verlieren, wenn ihre Mutter ihrem Onkel den Besitz überließ. Ihr würde auch der Ort verloren gehen, der sie alle miteinander verband, der ihnen das Gefühl von Zugehörigkeit gab. Sie würde den sicheren Hafen verlieren, in den sie jederzeit zurückkehren konnte und an dem ihre Mutter und ihre Schwestern glücklich waren.

Maman lehnte sich ebenfalls mit ihrem Glas voll falschem Wein zurück und berührte ihren Arm. »Du bist so still. Dabei solltest du dir heute keine Sorgen machen. Genieß den Festtag! Hast du dir den Geschenkkorb angesehen, den Vogt mir im Namen aller überreicht hat? Er ist mit Blumenzwiebeln gefüllt, die sie gemeinsam zusammengetragen haben. Sie stammen von überall aus dem Land, wo unsere Leute Verwandte oder Bekannte haben. Ist das nicht eine wunderbare Geste? Ich bin neugierig, was alles daraus wächst.«

Helena spürte, wie es ihr auf einmal unerträglich wurde, dass sie die drohende Katastrophe verleugneten. »Und du bist überzeugt davon, dass du die Blüten noch zu sehen bekommst, wenn du die Zwiebeln hier einpflanzt?« Kaum hatte sie es ausgesprochen, tat es ihr leid. Ihre Mutter wusste ganz sicher genau, welcher Verlust ihr drohte.

Maman seufzte und drehte ihr Glas in den Händen. »Obwohl ich nicht darüber nachdenken wollte, konnte ich es nicht vermei-

den. Ich will Roderick dieses Haus und mein Erbland nicht geben. Es ist mein Elternhaus. Er hat kein Recht darauf. Aber nach jenem Brief … Möglicherweise war das nicht die letzte Nachricht dieser Art. Alle, denen wir noch etwas schuldig sind, werden sich bald melden und ihr Geld zurückfordern. Sie werden Angst haben, dass sie leer ausgehen, wenn sie zu lange zögern. Ich werde verhandeln. Doch lass mich ehrlich zu dir sein: Ich fürchte, wir werden es ohne Hilfe nicht schaffen.«

Helena hätte gern etwas anderes gehört, und doch war sie erleichtert, dass Maman die Lage so klar sah. »Also brauchen wir Hilfe. Leider ist mir bisher niemand eingefallen, der infrage käme. Haben wir noch Verwandte und Bekannte, von denen ich nichts weiß?«

Mit in den Nacken gelegtem Kopf leerte Maman ihr Glas und stellte es ab. »Dank Krieg und Pest sind nicht viele übrig geblieben. Und die wenigen sind nicht reich. Meine Gedanken drehen sich schon lange im Kreis, was das angeht. Und ich komme immer wieder zu demselben Schluss: Wir müssen dich verheiraten. Wenn du eine gute Partie in Aussicht hast, werden sich unsere Gläubiger beschwichtigen lassen.«

Obgleich Helena der gleichen Ansicht war, verengte sich nun doch ihre Kehle, als sie es von ihrer Mutter hörte. Die Last der Verantwortung legte sich auf ihre Schultern wie ein zu schwerer Mantel. »Wir sprechen morgen darüber«, sagte sie mit kaum hörbarer Stimme.

Am zweiten Weihnachtstag erwachte Helena in der grau verschleierten Morgendämmerung. *Wir müssen dich verheiraten*, war ihr erster Gedanke, und ihr Puls beschleunigte sich. Sie hatte sich seit Jahren für vom Schicksal begünstigt gehalten, weil sie ihren

standesgemäßen jungen Verlobten jederzeit auch aus freien Stücken gewählt hätte. Andere junge Damen, die sich notgedrungen mit ihrem Ehegatten abfinden mussten, hatte sie bedauert. Nun stand ihr das Gleiche bevor. Befürchtungen, die sie zuletzt als Sechzehnjährige vor ihrer Verlobung gequält hatten, kehrten zurück. Mit welcher Art Mann würde sie sich arrangieren müssen? Würde sich überhaupt ein Bewerber für sie finden? Hatte sie genug zu bieten? Gab es auch nur die kleinste Aussicht, eine »gute Partie« aufzutreiben, ohne auf das Netz der höfischen Gesellschaft zurückzugreifen?

Schon nach wenigen Atemzügen hielt es sie nicht mehr auf ihren Kissen. Kurz entschlossen stand sie auf und kleidete sich leise an. Obwohl sie sich beeilte, konnte sie ohne Hilfe nicht so schnell in ihr Reitkleid schlüpfen, dass sie keine Gänsehaut am ganzen Leib bekam. Trotz der eher milden Winterwitterung kühlte ihr selten beheiztes Gemach über Nacht völlig aus.

In ihre warme Kleidung gehüllt, schlich sie auf Zehenspitzen ins Untergeschoss und ging in die Küche, wo die alte Marie und Therese das Feuer bereits geschürt hatten.

»Einen gesegneten zweiten Weihnachtsmorgen wünsche ich.«

Marie sah sie mit hochgezogenen Brauen an. »Das wünschen wir Euch auch, gnädiges Fräulein. Wollt Ihr so früh schon hinaus?«

»Ich mache einen kleinen Ausritt, um mich zu erfrischen. Das viele köstliche Essen hat mich ganz träge gemacht.«

»Gebt gut auf Euch Acht. Unsere ganze Hoffnung ruht jetzt auf Euch, Eure Wohlgeboren«, sagte Therese. Dazu schenkte sie Helena ein mitfühlendes Lächeln und reichte ihr ein süßes Brötchen.

Sie nahm es und seufzte spöttisch. »Du meinst, unsere ganze Hoffnung ruht nun auf meinem zukünftigen Gemahl? Da bleibt nur die Frage zu klären, wie wir den herbeizaubern.«

»So dösig können die ledigen Herren nicht alle sein, dass sie die Gelegenheit nicht ergreifen. So eine hübsche Dame müssen sie anderswo erst mal finden«, sagte Marie.

Helena musste lächeln, weil Marie das tiefernst vorbrachte, obwohl sie in ihrem Leben noch gar nicht so viele Damen gesehen hatte. Genussvoll sog sie den Duft von Hefe, Honig und Vanille ein, als sie das dampfende Brötchen auseinanderbrach. Nirgendwo außer zu Hause gab es solche Brötchen. »Also gut. Wie viele Brieftauben müssen wir aussenden, damit all die geeigneten ledigen Herren eiligst von der guten Gelegenheit erfahren?«

Marie ließ sich nicht zum Lächeln bringen. »Der gute Name Eurer Eltern wird wohl helfen, Euch auch die Tore des neuen Herzoghofs zu öffnen. Da wird sich wohl mit Unterstützung durch die Herzogin ein passender Freier finden.«

»Ahnst du, wie sehr ich diesen Gedanken verabscheue?«, fragte Helena.

»Das ist nicht schwer zu erraten, wenn man weiß, wie Ihr damals gejubelt habt, als Ihr hierher zurückgekehrt seid. Man hätte glauben können, die herzogliche Residenz wäre ein finsterer Kerker für Euch gewesen«, sagte Marie.

»Gewissermaßen war sie das«, gab Helena zurück, und dann floh sie mit ihrem Brötchen in der Hand aus dem Haus und in den Stall.

Hinner brauchte nicht lange, um ihre Stute zu satteln. Währenddessen plante Helena ihren Weg und teilte ihn Hinner mit. Das war die Bedingung ihrer Mutter dafür, dass sie ohne Begleitung ausreiten durfte.

Wenig später ließ sie ihr Pferd durch den angetauten Schnee die Allee entlangtraben. Der nasskalte Wind fand die Lücken in ihrem Schal und drang bis zu ihrer nackten Haut vor. Sie schauderte und stieß ein Grollen aus. Zurück in die höfische Gesellschaft! Niemand wusste, was das wirklich für sie bedeutete. Sie

erinnerte sich noch schmerzhaft genau an ihren allerersten Tag allein am Hof von Herzogin Benedikta.

»Wer ist das?«, hatte eine der Hofdamen die andere gefragt.

»Wieder so ein dummes Gänschen vom Land, das Manieren lernen soll«, tuschelte die andere, gerade laut genug, damit das »dumme Gänschen« sie verstehen konnte.

»Das wird auch Zeit für sie. Seht Euch bloß ihre plumpen Schuhe und das lächerliche Kleid an!«, sagte die Erste.

Von da an hatte Helena sich fieberhaft bemüht, sich anzupassen, und dennoch ständig Angst davor gehabt, zum Gespött zu werden.

Sie bog in den Feldweg ein, den sie mit Oberjäger Kuhfuß gefahren waren, und gab der Stute die Zügel frei. Prompt fiel das Pferd in den leichten Galopp, den sie beide so schätzten.

In ihrem zweiten Jahr hatte sie der Herzogin bei einem Festmahl aufwarten müssen. Das Mahl hatte sich schier endlos in die Länge gezogen, und sie hatte die Tafel nicht verlassen dürfen, obgleich sie so dringend Wasser lassen musste, dass sie es beinahe nicht mehr halten konnte. Als sie endlich gehen durfte, war sie gerannt und hatte es doch nur bis in den nächsten unbelebten Gang der weitläufigen Residenz geschafft, um sich dort auf den Boden zu hocken. Wie lächerlich sie sich verrenkt hatte, um ihre Röcke dabei zu schützen. Nicht, dass sie die Einzige gewesen wäre, die dort gelegentlich in solche Not geraten war. Der Gestank mancher Winkel im Gebäude verriet es.

Sie schnalzte, und die Stute streckte sich ein wenig mehr in den Galopp. Im Nu erreichten sie den Waldrand, wo Helena das Tier in Schritt fallen ließ. Sie wollte die alten Grenzsteine suchen und an diesem Tag möglichst das Erbland ihrer Mutter umrunden. So weit sie eben kam. Tatsächlich führte bei den Grenzsteinen ein Pfad durch den Wald, wie Hinner gesagt hatte.

Manchen Tag bei Hof hatte sie als anstrengender empfunden,

als einen ganzen Tag lang im Sattel zu sitzen. Stehen, stundenlang aufrecht und anmutig dastehen, weil alle Sitzgelegenheiten von vornehmeren Personen besetzt waren! Doch die körperliche Anstrengung war nicht das Schlimmste. Auch nicht die Mühsal, die tausend Regeln des Zeremoniells einzuhalten. Die größten Übel waren die Sucht der höfischen Gesellschaft nach Skandalen und aufsehenerregenden Ereignissen und die von Neid und Missgunst befeuerte Schwatzhaftigkeit.

Neben ihr im Unterholz sprang ein Reh auf und floh in den tieferen Wald. Die Stute zuckte bei dem Geräusch zusammen und trabte an, ließ sich jedoch beruhigen.

Helena hatte damals miterlebt, wie die Höflinge mit ihren bösen Zungen eine Kammerjungfer in den Abgrund gerissen hatten. Die junge Frau war beim Liebesspiel mit einem herzoglichen Bereiter erwischt worden, der einen Ruf als Schürzenjäger hatte und dessen Stellung allein Stoff für viele schmutzige Wortspiele hergab. So inbrünstig spottete der Hof darüber, wie die Jungfer ihre Jungfräulichkeit eingebüßt hatte, dass nicht nur ihre Aussichten auf eine vorteilhafte Eheschließung ruiniert wurden. Die Herzogin verstieß sie zudem vom Hof, und das Mädchen versuchte, sich aus Scham und Furcht vor ihren erbosten Eltern das Leben zu nehmen. Gerettet hatte man sie wohl, doch was anschließend aus ihr geworden war, wusste Helena nicht.

Maman hatte vermutet, dass ihre Eltern sie in ein Kloster gesteckt hatten. »Gut, dass ich nicht befürchten muss, dich in die gleiche Falle tappen zu sehen. Du bist zum Glück zu klug für solche Dummheiten«, hatte sie gesagt.

Wenige Monate später hatte Helena Adrian ihre Jungfräulichkeit geschenkt und war nur insofern klug gewesen, dass sie sich nicht hatte erwischen lassen. Niemals hätte jemand außer ihnen beiden davon erfahren sollen. Doch nun würde ihr noch unbekannter zukünftiger Gatte möglicherweise darauf kommen,

wenn sie ihn nicht geschickt täuschte. Diese Lüge war eine Vorstellung, die ihr schon jetzt ein Drücken in der Magengegend verursachte.

Und das alles, weil Adrians Vater sie plötzlich nicht mehr für gut genug befand. Als zu arm und als ungenügend.

Der Pfad streifte den Waldrand, an dem hier die Grenze verlief, und führte auf eine Brache hinaus. Energisch trieb sie die Stute an, die geschmeidig angaloppierte und das Laufen spürbar genoss. Der nasskalte Wind fegte Helena ums Gesicht und biss in ihre Wangen. Eine Weile gab sie sich nur dem Rhythmus der Bewegung und dem Rausch des schnellen Ritts hin. Dieses Gefühl weckte auch im größten Kummer Jubel in ihrem Herzen.

Der kleine Übermut wiederum stachelte ihren Trotz an. Was würde es für eine Genugtuung Adrians Vater gegenüber sein, wenn sie eine Ehe schloss, die sie am Ende höher aufsteigen ließ, als sie an Adrians Seite gestanden hätte? Wenn sie ihren alten Adel weiter veredelte, statt ihn zu verwässern, wenn sie zu größerem Reichtum kam und Macht erwarb? Welche Genugtuung würde das ihrem Onkel gegenüber sein, der offensichtlich entschieden hatte, dass sie und ihre Schwestern wertlos waren für seinen hochgeschätzten Namen und das Wohlergehen seines Adelsgeschlechts? Als wäre ihr Bruder allein wegen seines Geschlechts ein edlerer Mensch gewesen. Roderick mochte sich auf das Gesetz der Familientradition berufen. Doch in ihrer Familie lebte niemand mehr, der es hätte beanstanden können, wenn er sich nicht an dieses Gesetz hielt. Sie zu berauben war allein seine Entscheidung. Dafür durfte er nicht auch noch mit dem Land und dem Haus ihrer Mutter belohnt werden. Sie musste verhindern, dass das geschah. Und sie würde es tun.

Die Stute wurde von allein langsamer, als sie das Ende der brachliegenden Felder erreichten. Durchatmend blickte Helena sich um und sah zwei Bauernkinder aus dem Wald kommen. Sie

schlugen den Weg zum Dorf ein, wobei der größere von den beiden Knaben, der um die zehn Jahre alt war, stark humpelte. Der Kleine reichte ihm nur bis zur Schulter, stützte ihn aber trotzdem und zerrte auch noch eine Holzkiepe hinter sich her.

Als Helena ihr Pferd vor den beiden zum Stehen brachte, rissen sie sich eilig die Wollmützen vom Kopf und sahen sie mit großen Augen an.

»Gesegnete Weihnachten, ihr zwei. Was ist euch denn zugestoßen?«

Der Große schluchzte trocken. »Gesegnete Wiehnacht, gnädiges Frollein. Vadder hat Fieber und unsere Süster und unsere Naverslüüd ok. Mudder kümmert sik um all, aber unser Holz ist knapp. Wir sollten Ries holen, aber ik … Ik bün umgeknickt.«

Der Kleine seufzte und stülpte sich seine Mütze wieder über. »Konni is vun Boom fullen. Ik heff mek soo verschrocken«, sagte er.

»Pscht!«, fuhr Konni ihn an.

Helena verkniff es sich, über die kindliche Unbedarftheit des Kleinen zu schmunzeln. Die Bauern durften Holz sammeln, das am Boden lag, es aber nicht von den Bäumen schlagen. In schlechten Zeiten hätte es sonst bald keinen Wald mehr gegeben. Was der Knabe auf dem Baum getrieben hatte, lag auf der Hand.

»Wenn euch jemand dabei erwischt, wie ihr im Baum herumklettert, um Holz zu sammeln, geschieht etwas Schlimmes. Tut das niemals!«

Sie schwang sich vom Pferd und warf einen Blick in die kaum zur Hälfte mit Reisig gefüllte Kiepe, die für den Kleinen dennoch schon zu schwer war. »Warum seid ihr nicht zum Gutshaus gekommen und habt um Holz gebeten? Wenn bei euch alle krank sind, hätte Vogt euch welches gegeben.«

Der schuldbewusste Konni wagte weder, ihr in die Augen zu sehen, noch, seine Mütze wieder aufzusetzen. »Mudder wollte

das, aber Vadder hat's verboten. Die gnädige Herrschaft hätt gerade schon genug Hartsehr, hett he seggt.«

»Ach so. Das ist rücksichtsvoll von eurem Vater. Aber unser Herzleid wird den Vogt nicht davon abhalten, einen Karren voll Holz zu eurem Haus zu fahren. Setz die Mütze auf und komm her! Du darfst aufs Pferd. Ich bringe euch nach Hause.«

Alle Ehrfurcht hielt die Kinder nicht davon ab, vor Freude breit zu grinsen. Zuerst hatte sie nur den angeschlagenen Großen reiten lassen wollen, aber dann tat der Kleine ihr leid, der so wacker versucht hatte, seinem Bruder zu helfen. Zu ihrem Glück hatte sie genug Übung im Spiel mit ihren kleinen Schwestern und war kräftig genug, die fliegengewichtigen Knaben auf den Rücken der Stute zu hieven. Zum Schluss reichte sie Konni noch die Kiepe hinauf und musste lächeln, als sie die strahlenden Gesichter der Kinder sah. Wenigstens zu einer kleinen Weihnachtsfreude waren sie auf diesem seltsamen Weg offenbar gekommen.

»Könnt ihr singen? Dann singt uns doch ein schönes Weihnachtslied, während wir übers Land ziehen.«

Tatsächlich sangen die beiden melodiöser, als Helena es vermochte, und so wurde ihr der Weg ins Dorf nicht lang.

Die hohlwangige Mutter der Kinder versank vor Verlegenheit beinah im Boden und entschuldigte sich gleich zehnmal, als sie die Tür öffnete und gerade noch sah, wie das gnädige Fräulein vom Gut ihren Zehnjährigen vom Pferd hob.

»Wi dorven rieden, wiel Konni vun Boom … weil Konni umgeknickt ist«, rief der Kleine.

»So een Töffel. Dat deit mi leed, gnädiges Fräulein. So eine Zumutung für Eure Wohlgeboren. Wie kann ich Euch dafür nur …«

Helena winkte ab und stieg aufs Pferd. Solange sie blieb, würde die sichtlich müde Frau sich von dem Schreck nicht erholen, deshalb lächelte sie ihr beruhigend zu und wendete die

Stute. »Sag deinem Mann, deiner Tochter und den Nachbarn gute Besserung. Und herzlichen Dank für eure Rücksichtnahme. Aber wenn ihr in Schwierigkeiten seid, könnt ihr jederzeit zum Gutshaus kommen. Der Vogt bringt euch Holz.« Und wenn es nach ihr ging, nicht nur Holz, sondern auch ein Huhn, ein paar Brote und Äpfel. Und vielleicht einen Lebkuchen für die Kinder. Doch in diesen Dingen wusste der Vogt am besten Bescheid. Er kannte die Bauern und sorgte dafür, dass niemand verhungerte. Doch er hatte auch den Überblick über die Vorräte des Guts und konnte entscheiden, wie viel Großzügigkeit sie sich leisten konnten und wo sie enden musste.

Sie sah sich nicht um, als sie davonritt, doch sie spürte, dass die Frau und die Knaben ihr noch lange nachblickten.

Zu Reichtum kommen musste sie. Dann würde diese Bäuerin nicht allein zwei kranke Familien pflegen und sich dabei noch ums Nötigste sorgen müssen.

Sie spürte die Kälte nicht mehr, als sie zum Gutshaus ritt. Hungrig war sie, hungrig auf eine herzhafte Mahlzeit, die ihr Kraft geben würde für das, was vor ihr lag. Mit langen Schritten stürmte sie durch die Eingangshalle in den Saal, wo sich ihre Mutter eben vor dem Feuer zum Frühstück niederließ.

»Guten Morgen, Maman. Wir müssen noch heute anfangen, meine Garderobe durchzusehen. Mein Entschluss ist gefasst: Wir werden bei der nächsten Gelegenheit Herzogin Sophie aufsuchen. Wir werden sie sicher dazu bringen, dass sie mich bei Hof aufnimmt und meine Suche nach einem Ehemann unterstützt. Du wirst schon die richtigen Worte finden.«

Ihre Mutter stieß den Atem aus, als hätte sie schon seit langer Zeit die Luft angehalten. »Ich wollte dich nicht darum bitten.«

Helena neigte sich zu ihr herab und küsste ihre Schläfe. »Ich weiß. Aber nun ist es beschlossen. Und wir ziehen mit fliegenden Fahnen ins Gefecht.«

8. Kapitel

Kurz vor Jahresende 1682

AM ZWEITEN TAG nach Weihnachten traf Floriano in Herrenhausen ein.

Von der dünnen Schneedecke der Vorweihnachtszeit waren nur noch Flecken übrig, die schmutziger wirkten als der Schlamm, der sie umgab. Die Kutsche, in der Floriano von Celle aus hatte mitfahren dürfen, brachte ein paar Dienstleute zum Hannoverschen Leineschloss, die sich ebenfalls zum Übersiedeln entschlossen und die Erlaubnis erhalten hatten. Ihn hätte der Kutscher in der Sommerresidenz Herrenhausen absetzen sollen, die am Weg lag. Schon eine Meile vor Herrenhausen kamen sie jedoch nicht mehr vom Fleck, weil sie auf eine Kolonne von schweren Wagen auffuhren, die sich auf der schlechten Straße festgefahren hatte.

Floriano sah keinen Sinn darin, geduldig unter kalten Füßen und Langweile zu leiden, und verabschiedete sich von seinen Reisegefährten, um vorauszugehen. Seine Truhe wollte der Kutscher bei dem Gasthaus abgeben, wo er die erste Nacht verbringen würde.

Erst als er an den fünf kleineren Wagen vorbeimarschiert war, die sich hinter den festsitzenden Fuhrwerken aufgestaut hatten, sah er, was da transportiert wurde. Auf den Leiterwagen lagen große lebende Bäume, deren Kronen zwar beschnitten waren, aber dennoch über die Seiten der Wagen hinausragten. Die gewaltigen Wurzelballen waren in Sackleinen eingeschlagen.

Auch für den Celler Schlosspark hatte der Gartenarchitekt Perronet einmal drei große Bäume erworben, deshalb wusste Flo-

riano, dass es möglich war, sie umzupflanzen. Einer von den drei Bäumen war allerdings eingegangen, obwohl die Witterungsbedingungen günstig gewesen waren und sie alles Erdenkliche für die Pflege der Pflanzen getan hatten. Von besten Bedingungen konnte für die Bäume, die hier unterwegs waren, jedoch gar keine Rede sein. Zwar herrschte im Augenblick kein Frost, doch die eisigen Temperaturen konnten jederzeit zurückkehren. Dann würde der Boden so hart und trocken sein, dass weder den schlafenden Wurzeln noch den Stützpfählen echte Festigkeit zu verleihen war. Der nächste Wintersturm hätte leichtes Spiel. Auch kam es bei Bäumen, die nicht gut im Boden verwurzelt waren, bei starker Kälte leichter zu Rissen im Stamm.

Die Fuhrleute des letzten festsitzenden Wagens der Kolonne, dessen Räder tief in die Furchen des Wegs eingesunken waren, bemühten sich gar nicht, ihn freizubekommen. Sie standen Pfeife rauchend am Straßenrand, die Arme verschränkt.

»Braucht ihr Hilfe?«, fragte Floriano.

»Hat keinen Sinn, aber danke der Nachfrage. Die vorne haben einen Vorspann angefordert, auf den warten wir. Und denn geht es von vorne nach hinten. Dauert noch, bis wir dran sind. Ist nicht das erste Mal, dass wir festsitzen. Hab gleich gesagt, das wird nix, bei dem Wetter. Scharfen Frost hätten wir gebraucht. Aber das wär nicht gut für die Bäume, haben sie gesagt. Narretei, das alles. So'n großen Baum soll man nicht verpflanzen. Geradezu gotteslästerlich ist das. Hätt' der Herrgott gewollt, dass Bäume wandern, hätt' er ihnen Beine gegeben«, sagte einer der Männer, dessen Pelzmütze beinah seine Augen verdeckte.

»Je, nu«, sagte sein Genosse. »Wenn du deiner Alten 'ne Tulpenzwiebel mitbringst, fragst du auch nicht, ob der Herrgott der Tulpe keine Füße gegeben hätte, wenn er wollte, dass sie 'ne Reise macht.«

Floriano zuckte mit den Schultern. »Ich denke immer, der

Herrgott hätt' uns Menschen keinen Verstand gegeben, der sich Flausen ausdenken kann, wenn er nicht auch was für Flausen übrig hätt'. Aus den Bäumen hier wird bestimmt ganz was Schönes. Aber ich geh mal weiter. Vielleicht kann ich vorne helfen.«

Die beiden lachten gutmütig und winkten.

So elend, wie der Zustand der Wege in den Welfischen Herzogtümern war, mussten die Fuhrleute an derartige Verzögerungen gewöhnt sein. Floriano hätte nicht mit ihnen tauschen mögen. Fünfundzwanzig Wagen zählte er, die eine Fracht von rund fünfzig Bäumen beförderten. Ein kleiner Wald auf Rädern: Linden, Kastanien, Ebereschen. Prachtvolle Bäume, soweit er es beurteilen konnte. Der Gedanke an ihre ungewissen Überlebensaussichten tat ihm in der Seele weh.

Er hatte seinen Beruf nicht zufällig erlernt. Die Gärtnerei hatte ihn schon als Kind angezogen, und er liebte alles, was grünte und blühte. Die mütterliche Freundin, die ihm zu der Ausbildung verholfen hatte, war der Ansicht gewesen, es läge an seiner Herkunft. Seine ersten elf Lebensjahre hatte er in den engen Gassen Venedigs verbracht, wo es keine Selbstverständlichkeit war, dass überall etwas wuchs. Seit ihn das Schicksal in die deutschen Lande verschlagen hatte, bewunderte er das überbordende Pflanzenwachstum, welches hier herrschte.

Auch die Fuhrmänner des vorderen festgefahrenen Wagens standen da und warteten, daher hielt er sich nicht auf, sondern ging weiter. Je schneller er sich bei demjenigen meldete, der für die Pflanzung der Bäume die Verantwortung trug, desto eher konnte er sich dabei nützlich machen.

Er trug zwei Empfehlungsschreiben von Perronet bei sich, der zwar über seinen Abschied gekränkt, doch anständig genug gewesen war, ihm trotzdem alles Gute zu wünschen. Den wichtigeren Brief hatte sein alter Meister an Monsieur Charbonnier

gerichtet, den berühmten Gartenarchitekten des Hannoverschen Herzogpaars. Die beiden Gartenkünstler waren miteinander bekannt und hatten sich bereits brieflich darüber verständigt, dass Floriano als gut ausgebildete Arbeitskraft in Hannover willkommen war. Der zweite Brief wandte sich an den herzoglichen Hofgärtner Anton Heinrich Bauer, der Charbonnier unterstellt war, jedoch Florianos Vorgesetzter sein würde.

Herr Bauer war es, den er zuerst finden musste. Seine Behausung lag in einem Seitenflügel des Herrenhäuser Schlösschens, das den Winter über zum größten Teil leer stand. Allerdings würde er sich tagsüber nicht dort aufhalten, sondern auf der zum Herzoghof gehörenden Meierei oder in der neuen Gartenanlage, wo es auch im Winter reichlich zu tun gab.

Der Weg bis zur Meierei war nicht mehr weit. Die Wirtschaftsgebäude lagen nahe der Straße. Das nächstgelegene war ein Geflügelstall, der größer war als die meisten einfachen Wohnhäuser sowie von riesigen Ausläufen umgeben, in denen es von Hühnern, Kapaunen, Enten, Gänsen und Wachteln wimmelte. Die meisten von ihnen würden in der einen oder anderen Zubereitungsform auf der Tafel des Herzogs enden.

Das gesamte Obergeschoss des Hauses schien als Taubenschlag Verwendung zu finden. Dicht gedrängt neben den Ausläufen standen weitere Ställe, deren Bewohner Floriano nur erahnen konnte, die aber gewiss ebenfalls ihren Beitrag zur Verköstigung der edlen Gesellschaft leisteten.

Vier Zweiergespanne schwerer Zugpferde wurden soeben auf die Straße nach Celle geführt: der angeforderte Vorspann für die Wagenkolonne. Ein Stallknecht, der gerade Mist von einer Karre auf einen Wagen umlud, gab Floriano die Auskunft, dass Herr Bauer sich beim Eingangstor zu den Schlossgärten aufhalten würde, um die Bäume in Empfang zu nehmen und das Abladen zu überwachen. Beinahe im Laufschritt legte Floriano das letzte

Stück dorthin zurück, betrat den von hohen Zäunen und Wällen umgebenen Park und fragte sich zu seinem zukünftigen Meister durch.

In der Nähe des Haupttors stieß er auf die Menschenansammlung, zu der man ihn geschickt hatte. Der Oberhofgärtner war leicht zu erkennen, denn alle, die ihn umgaben, duckten sich ein wenig vor ihm. Auch ohne ihre gebeugte Haltung überragte Bauer sie allerdings alle; Floriano war der Einzige in der Nähe, der ebenso groß war wie er. Abgesehen von einem Speckbäuchlein war Bauer ein schlanker Mann, der auf einschüchternde Weise Kraft ausstrahlte. Er mochte um die vierzig Jahre alt sein, doch da eine rehbraune, leicht zerzauste Perücke seine natürliche Haarfarbe verbarg, konnte Floriano es nicht gut einschätzen. Bauers bartloses, aber stoppliges Gesicht zeichnete sich durch schlaff herabhängende Wangen aus, so als wäre er einmal viel fetter gewesen und hätte nun Haut im Überfluss. Die rote Gesichtsfarbe ließ auf ein cholerisches Gemüt schließen. Entsprechend vorsichtig näherte Floriano sich ihm und hörte vorerst nur zu, wie Bauer mit einigen lehmverschmierten Arbeitern sprach, die Spaten und Schaufeln trugen.

»Heute noch!«, bellte der Oberhofgärtner.

Ihm gegenüber stand der Anführer der Arbeiter mit seinem Hut in den Händen und nahm sichtlich all seinen Mut zusammen, um zu widersprechen. »Wir könnten es heute gerade noch schaffen, ein knappes Dutzend hinten im Garten in die Erde zu bringen, wo die Löcher schon fertig sind. Die Stubben hier vorn zu roden, wäre morgen früh genug, wenn wir die Gespanne zur Hand haben.«

»Du faselst nur, weil du nicht arbeiten willst. Statt zu lamentieren, hättet ihr euch den ersten Stubben vornehmen sollen, dann hättet ihr ihn schon heraus. Schert euch wieder zu den anderen und macht weiter!«

»Die Leute haben sich den ganzen Tag noch nicht verschnauft. Und wir haben schon viel …«

Bauer unterbrach den Mann, indem er ihn vorn am Kittel packte. »Denkst du, ihr werdet fürs Verschnaufen bezahlt? Meine Bäume müssen vor dem Frost in den Boden. Bis das geschafft ist, will ich kein Gejammer hören und kein Gerede von Tagen, die zu Ende gehen. Wenn es nötig ist, arbeiten wir bei Fackellicht. Hier verschnauft niemand, bevor jeder Baum an seinen Platz gebracht ist. Und nun geht und rodet diese Stubben aus, bevor ich euch alle mit den Köpfen zuerst einpflanze!« Mit einem leichten Stoß ließ er den Wortführer der Arbeiter los, der beim Versuch, sein Gleichgewicht zu bewahren, fast seinen Hut fallen ließ.

Um aus seiner Reichweite zu kommen, beeilten sich die Arbeiter noch, dann jedoch schleppten sie sich, in ihr Schicksal ergeben, davon.

Bauer folgte ihnen einige Schritte. »Soll ich den Schinder holen für euch lahmende Mähren?«, brüllte er ihnen nach.

Die Auseinandersetzung wurde von einem Ankömmling aus einem anderen Teil des Gartens beendet, der im Trab heranschnaufte. »Herr Bauer! Wir haben Grundwasser in den Pflanzlöchern! Was sollen wir tun? Könnt Ihr Euch das ansehen?«

Bauer schlug die Hände über dem Kopf zusammen. »Kann denn hier niemand etwas allein erledigen? Die Wagen kommen jeden Moment, da will ich hier sein.«

Floriano gab sich einen Ruck und trat vor. »Verzeihung, wenn ich mich einmische, Herr Bauer, aber vielleicht kann ich behilflich sein. Mein Name ist Floriano Piras. Ich komme auf Empfehlung von Monsieur Perronet aus Celle, um bei Euch eine Stellung als Gärtner anzutreten.«

»Ist mir ganz gleich, als was du eine Stelle antreten willst. Ich brauche hier heute nur Männer, die zupacken können. Nimm dir

eine Schaufel und hilf graben, oder fass bei den Zimmermännern mit an, damit die Gerüste zum Entladen fertig werden!«

»Jawohl, Herr Bauer. Allerdings gäbe es noch etwas Dringenderes zu tun, glaube ich.«

Der Oberhofgärtner wandte sich ihm so abrupt zu, dass seine schlaffen Wangen schlackerten. »Was? Kommt da noch so ein Neunmalschlauer daher? Würde ich auf all die Bedenken hören, mit denen die Leute mir die Ohren vollheulen, dann würde hier gar nichts geschaffen, außer einer Kuhwiese mit Disteln. Wenn du nützlich sein willst, dann pack dich und arbeite!«

Nur mit Mühe konnte Floriano seine Belustigung verbergen. »Das will ich ja. Ich kann auch gehen und mich um die Pflanzlöcher mit dem Wasser kümmern. Aber trotzdem …«

»Was?«, brüllte Bauer mit hochrotem Kopf und kam ihm so nahe, dass er flink zurückwich.

»Ich habe die Bäume unterwegs gesehen. Wenigstens die Hälfte von ihnen wird nicht durch diesen Torbogen passen.«

Der cholerische Bauer verstummte für einen Augenblick und starrte auf den Torbogen. »Herrgottverdammtnochmal«, stieß er dann hervor. »Holt mir einen Schmied!«

Floriano wartete, bis sein neuer Vorgesetzter alles in die Wege geleitet hatte, um den eisernen Torbogen vorübergehend aus dem Weg zu schaffen, bevor er wieder an ihn herantrat. »Darf ich Euch das Schreiben von Monsieur Perronet aushändigen, Herr Bauer? Ich befürchte, es andernfalls zu beschmutzen.«

Bauer riss ihm den Brief aus der Hand und stopfte ihn in seine Weste. »Als würde mich interessieren, was da steht. Warum bist du noch nicht unterwegs zu den Pflanzlöchern? Hast den Mund doch voll genug genommen. Pack dich!«

Ohne ein weiteres Wort wandte sich Floriano dem Mann zu, der die Hiobsbotschaft vom Grundwasser überbracht hatte, und ließ sich von ihm führen. Es blieb ihm nur übrig, inständig zu

hoffen, dass Bauers Laune der Aufregung des besonderen Tages zuzuschreiben war. Seufzend krempelte er im Gehen die Ärmel seiner guten Jacke hoch.

»Sag mir bitte, dass er nicht immer so ist.«

Sein Begleiter warf ihm einen kummervollen Blick zu. »Würde ich gern sagen. Kann ich aber nicht.«

9. Kapitel

Anfang Januar 1683

DER HAUPTSITZ des Hannoverschen Herzoghauses war ein klobiges, hohes Fachwerkgebäude am Ufer der Leine, das die Bezeichnung »Schloss« kaum verdiente. Trotz zahlreicher Umbauten unter der gegenwärtigen Generation der Welfenbrüder ließ es die Pracht vermissen, die derzeit alle Fürsten ihren Residenzen zu verleihen versuchten. Beeindruckend wirkte es allein durch seine Größe – ein weiterer Umstand, der Helena während ihres früheren Aufenthalts dort oft in Verlegenheit gebracht hatte. Sie hatte damals zwei Monate gebraucht, bis sie sich nicht mehr verlief, wenn sie einen von Herzogin Benediktas Aufträgen ausführen sollte.

Zumindest vor dieser Schwierigkeit würde sie nun nicht mehr stehen, wenn sie auch von Neuem lernen musste, wer die Bewohner der Räumlichkeiten waren. Falls es tatsächlich zu einem erneuten Aufenthalt kommen würde – woran sie zweifelte, als sie am vierten Tag des neuen Jahres mit ihrer Mutter auf dem Mühlenplatz vor der Schlossbrücke aus der Kutsche stieg. Um ihre Kleidung aufzufrischen, hatten sie ihr Bestes gegeben und bei den Hannoverschen Hofschneidern Erkundigungen darüber eingeholt, was derzeit bei den Damen als »à la mode« galt. Grund, sich für ihr Äußeres zu schämen, hatte Helena also eigentlich nicht. Dennoch stand ihre Selbstsicherheit auf wackligen Füßen. Die seidene und samtene Pracht derer, die mit ihr und ihrer Mutter zusammen über die Brücke zum Schlosstor schritten, um der Herzogin einen Neujahrsbesuch abzustatten, wirkte einschüchternd. All diese Herrschaften schienen besser

in den Hofstaat einer Herzogin und Prinzessin von der Pfalz zu passen als sie.

Die Gemächer von Herzogin Sophie befanden sich im Kammerflügel des Schlosses, der sich entlang des Flussufers erstreckte. Bis ins zweite Obergeschoss mussten sie steigen, um ihr Audienzzimmer zu erreichen, weil es in diesem Gebäude als angenehmer galt, durch die Höhe etwas Abstand zu den Ausdünstungen des Flusses zu gewinnen. Ganz los wurde man den Geruch von nassem Abfall und fauliger Uferböschung allerdings auch hier oben nicht. Im Sommer stank es mitunter widerlich, dafür fiel im Winter die klamme Kälte lästig, die vom Erdgeschoss durch das Mauerwerk bis unter das Dach zu steigen schien.

Auch Benedikta, die Vorgängerin von Sophie, hatte diesen Bereich des Schlosses bewohnt, daher war Helena vertraut damit, wie der Lauf der Jahreszeiten sich hier anfühlte.

Benedikta, die Nichte von Sophie, rief Helena sich ins Gedächtnis. Dieser Zusammenhang war für den Schlachtplan wichtig, den sie mit ihrer Mutter zusammen entworfen hatte. Man sagte Herzogin Sophie nach, dass sie sich ihren weiblichen Verwandten besonders verbunden fühlte. Wenn sie hörte, dass Benedikta und Maman einander freundschaftlich zugetan gewesen waren und ihre Nichte Helenas Verlobung unterstützt hatte, würde hoffentlich zumindest ihr Interesse geweckt.

Zum Audienzzimmer gehörten zwei Vorräume. Im ersten nahm eine Handvoll Lakaien den eintreffenden Besuchern die überflüssigen Kleidungsstücke ab und verwahrte sie. Die wollene Winterkleidung verströmte den Geruch feuchter Schafe, der sich mit dem Rauch des Kaminfeuers und mit dem immerwährenden Odeur von Schweiß und süßlichen Parfums mischte.

Der zweite Raum war ein kleiner Saal, wo die Hofmeisterin der Herzogin mit einem Schreiber zur Seite die Gäste einzeln begrüßte und in ihre Liste eintrug. Sie sorgte dafür, dass alle in

der angemessenen Reihenfolge und Zusammenstellung ins Audienzzimmer gerufen wurden.

Überrascht stellte Helena fest, dass ihr das spitznasige Gesicht der Hofmeisterin bekannt war. Offenbar hatten nicht alle Angehörigen von Benediktas Hofstaat Hannover verlassen. Dabei hätte Helena auf eine Wiederbegegnung mit dieser Frau in diesem Moment gern verzichtet, denn sie war eine entfernte Verwandte Adrians.

Sie wechselte einen Blick mit ihrer Mutter, die ihre alte Bekannte ebenfalls bemerkt hatte und nun dezent mit den Schultern zuckte. »Ich wusste nicht, dass Frau von Wolden noch hier ist. Aber gewiss ist es nützlich, eine erfahrene Haushälterin übernehmen zu können, die mit dem Gebäude und der Umgebung vertraut ist. Ob sie schon weiß, dass …?«

»Falls sie es noch nicht weiß, wird sie es gleich erfahren. Ich kann nicht sagen, dass ich mich darauf freue. Sie hat mir damals sicher hundertmal versichert, dass sie hocherfreut über meine Verlobung ist.«

Maman schlug ihren Fächer auf, betrachtete die bemalte Seide prüfend und schloss ihn wieder. »Sie wird es verschmerzen. Denk daran: Wir gehen mit der Sache um, als wäre sie kein Skandal, sondern nur eine kleine Unannehmlichkeit. Und da kommt die rührige Dame auch schon.«

Frau von Wolden hatte ihr Gespräch mit einem Paar und einem jungen Fräulein, die vor ihnen eingetreten waren, beendet. Nun knickste sie vor Maman und Helena, um anzuerkennen, dass ihr eigener Adelsrang jünger und geringer war als der des auf einen Verwandten Heinrichs des Löwen zurückgehenden Hauses von Brünneck-Minnigerode. Da allerdings Frau von Woldens Stellung bei Hof ihr ebenfalls einen hohen Rang verlieh, erwiderten sie beide die höfliche Geste.

»Verehrte Gräfin von Minnigerode, ich heiße Euch im Namen

ihrer Durchlaucht, Herzogin Sophie, Prinzessin von der Pfalz, willkommen. Lasst mich die Gelegenheit nutzen, Euch mein tiefes Beileid zu Eurem Verlust auszudrücken. Möge unser Herrgott Euch in diesem neuen Jahr vor allen weiteren Schicksalsschlägen bewahren. Darf ich fragen, ob Ihr unserer gnädigen Frau Herzogin heute ein besonderes Anliegen vorbringen möchtet?«

Maman legte die Hand auf ihre Trauerbrosche, die sie zusammen mit schwarzen Bändern und Spitzen an ihrem dunkelvioletten Kleid trug. Helena hatte ihr dunkelgrünes Kleid ähnlich herrichten lassen. Den Besuch in gänzlich schwarzer Kleidung zu machen, hatten sie verworfen.

»Habt Dank für Euer Mitgefühl, gnädige Frau von Wolden. Darf ich davon ausgehen, dass ihre Hochwohlgeboren Herzogin Sophie ebenfalls bereits Kenntnis von unserem Trauerfall erhalten hat?«

Die Hofmeisterin nickte langsam und mit kummervoller Miene. »Eure Nachricht erreichte uns schon vor einigen Tagen.«

»Ich hoffe, dass Ihr und unsere verehrte Prinzessin keinen Anstoß daran nehmt, dass wir in den ersten Tagen eines jungen Jahres, das heiter beginnen sollte, in unserer Trauer hier erscheinen. Dieser letzte Schicksalsschlag hat die Lage meiner Familie auf eine Weise verändert, von der ich es für geraten hielt, sie mit meiner Landesherrin zu besprechen. Wie Ihr wisst, haben meine Tochter Helena und ich uns der gnädigen Zuneigung von Herzogin Benedikta erfreut, solange sie hier in Hannover weilte. Sie berichtete stets nur das Beste von ihrer hochwohlgeborenen Tante Sophie. Wir möchten ihrer Durchlaucht versichern, dass wir uns eine Fortsetzung der freundschaftlichen Verbindung zwischen unseren Häusern sehr wünschen. Helena würde sich über alle Maßen geehrt fühlen, wenn ihre Hochwohlgeboren sie für eine Weile in ihren Hofstaat beriefe, damit sie dessen besondere Gepflogenheiten kennenlernen und die gute Gesellschaft genießen kann.«

Frau von Wolden seufzte lautlos, jedoch für die aufmerksame Beobachterin nicht unsichtbar. »Verehrte Gräfin und liebes Fräulein von Minnigerode, durch den Zuzug von Prinzessin Dorothée und ihren Begleiterinnen hat sich der Hofstaat kürzlich erheblich vergrößert. Daher möchte ich Euch raten, keine zu großen Hoffnungen zu hegen, dass sich Euer Wunsch erfüllt. Doch ich bin sicher, dass ihre Durchlaucht das Anliegen wohlwollend bedenken wird.« Sie verabschiedete sich mit einem Beugen des Hauptes von ihnen und schritt auf die nächsten Neuankömmlinge zu.

Helena neigte sich zum Ohr ihrer Mutter hin. »Hättest du ihr nicht lieber gleich sagen sollen, dass wir einen geeigneten Bewerber um meine Hand suchen? Dann wüssten sie, dass ich nur für eine begrenzte Zeit bleiben will.«

Maman fuhr sich dezent mit der Zunge über die Schneidezähne. »Ja, ja, das wäre wohl richtig gewesen. Aber ich habe es nicht über mich gebracht. Ich bin bereit, als Bittstellerin vor ihre Durchlaucht zu treten. Der selbstgefälligen von Wolden möchte ich so nicht gegenüberstehen. Abgesehen davon weiß sie ohnehin, worum es uns geht, darauf würde ich wetten. Nicht nötig, mit ihr ein demütigendes Gespräch darüber zu führen.«

»Atme tief ein und aus, Maman. Du machst auf mich in diesem Moment nicht den Eindruck, als würdest du meine aufgehobene Verlobung bloß als ›kleine Unannehmlichkeit‹ empfinden. Einige hier halten Becher, aus denen es nach heißem Würzwein duftet. Ich nehme an, das ist die heutige Bewirtung. Soll ich dir einen Becher bringen lassen?«

»Nein, bitte nicht. Der Geruch allein verursacht mir in der stickigen Luft hier schon Schwindelgefühle. Und wir werden unseren klaren Verstand brauchen. Unsere Herzogin ist eine Denkerin, behalte das im Sinn! Mit Lallen und Stammeln werden wir sie nicht für uns gewinnen. Lass uns näher am Fenster stehen.

Auch wenn es geschlossen ist, zieht ein wenig frische Luft durch die Ritzen herein.«

Folgsam begab Helena sich mit ihrer Mutter zum Fenster und blickte sich von dort aus im Saal um.

Bei den Wartenden handelte es sich zum größten Teil um »Frauen von Qualität«, deren Rangunterschiede ungefähr an der Länge ihrer Schleppen zu erkennen waren. Nur einige besonders junge Fräulein mit kindlich runden Gesichtern, denen vermutlich die nahestehenden weiblichen Verwandten fehlten, wurden von ihren Vätern oder anderen männlichen Angehörigen begleitet. Freudig aufgeregt wirkten sie – so, wie sich auch Helena bei ihrem ersten Hofbesuch gefühlt hatte.

Allerdings gab es noch ein weiteres Paar wie ihre Mutter und sie im Raum. Die jüngere Dame musste ebenfalls um die zwanzig Jahre alt sein, die ältere in ihrer Begleitung etwa vierzig, und ihre Mienen waren völlig ernst. Schönheiten waren sie beide nicht, doch ihre exquisite Ausstattung ließ keinen Zweifel an ihrem Reichtum. Die Jüngere trug eine Perlenschnur in üppige dunkle Locken geflochten, die Helenas Vermutung nach zu einer wertvollen Perücke gehörten. Auch sonst war das Fräulein mit so viel Schmuck behängt, dass es dem Gefunkel tatsächlich beinah gelang, den Blick von ihrem fliehenden Kinn und den übergroßen, vorstehenden oberen Schneidezähnen abzulenken. Im Zusammenspiel mit dem winzigen Kinn verliehen die Zähne dem Gesicht etwas Nagetierhaftes. Laurentz hätte sich das Lachen bei ihrem Anblick nicht verkneifen können. Doch später, nachdem er Helenas Ellbogen oder die verärgerten Blicke ihrer Mutter zu spüren bekommen hätte, wäre er besonders freundlich zu der jungen Dame gewesen.

Seit Helena sich das Weinen verboten hatte, schmerzte ihre Kehle, wenn sie an ihren Bruder dachte. Gedankenlosigkeit und Gutherzigkeit waren bei ihm Hand in Hand gegangen. Er hatte

nie jemanden verletzen wollen und hatte es aus Unbedachtheit oft doch getan. Dafür war er ein Meister der Wiedergutmachung geworden. Auch das half ihm nun nicht mehr.

Sie hatte sich gerade vorgenommen, der jungen Frau besonders offen zu begegnen, wenn sich die Gelegenheit ergab, als Frau von Wolden zu den beiden trat und sie zu ihnen führte. »Eure Anliegen ähneln sich, gnädige Frau von Carnitz, und die jungen Damen haben Gemeinsamkeiten. Die Tür zum Audienzsaal wird sich für Euch zur selben Zeit öffnen. Darf ich Euch mit der Gräfin und ihrer Tochter bekannt machen?«

So lernte Helena das niemals lächelnde Fräulein Ileana oder auch Freifrau Ileana Cecilia von Carnitz schneller kennen, als sie erwartet hatte.

Den Rest ihrer Wartezeit verbrachten sie in die Formeln einer unverfänglichen höfischen, größtenteils auf Französisch geführten Konversation versenkt, aus der sich unmöglich ableiten ließ, mit welcher Art von Persönlichkeit man es zu tun hatte.

Eindeutig zu erkennen war jedoch für Helena, dass Fräulein Ileana ebenso wenig ein Neuling bei Hof war wie sie.

Herzogin Sophie saß in ihrem burgunderrot gepolsterten Lehnsessel wie auf einem Thron, als sie schließlich zu ihr hereingerufen wurden. Anders als in einem Thronsaal standen ihr jedoch nicht Fahnenträger, Posaunisten und Leibwachen zur Seite, sondern ein reizendes rundes Tischchen, auf dem zwei mit Lesezeichen versehene Bücher, ein kleiner runder Stickrahmen und eine vergoldete Porzellantasse zu sehen waren.

Dem Geruch nach hatte die Tasse Kaffee enthalten, ein Getränk, dessen steigende Beliebtheit Helena nicht verstand. Die wenigen Male, die sie Gelegenheit gehabt hatte, Kaffee zu kosten, hatte sie ihn als beißend und bitter empfunden. Mochte die Wirkung auch anregend sein, für den Mangel an Genuss war ihr der Trank entschieden zu teuer.

Im Gleichklang mit Maman sank sie vor ihrer Durchlaucht in einen tiefen, demutsvollen Hofknicks.

»Gräfin von Minnigerode, Fräulein von Minnigerode, Freifrau von Carnitz, Fräulein von Carnitz, erhebt Euch. Ich bin erfreut, Eure Bekanntschaft zu machen.« Ein wenig war es an der monoton aufgesagten Begrüßung zu merken, dass die Herzogin an diesem Tag bereits eine ganze Reihe von Besuchern empfangen hatte.

Obgleich erst als Dritte angesprochen, drängte sich Freifrau von Carnitz vor, was von der Herzogin mit leicht angehobenen Augenbrauen quittiert wurde. »Wir danken Euch vielmals für die Ehre dieser Audienz, Eure Durchlaucht. In untertänigster Ergebenheit möchten meine Tochter und ich Euch unsere besten Wünsche für ein gesegnetes neues Jahr überbringen. Gewiss hat Eure Hofmeisterin Euch berichtet, wie sehr wir Eure Hofhaltung bewundern. Sie kann anderen nur als bestes Beispiel dienen. Die Hochachtung vor Euren erhabenen Werten, die sich in all Euren Arrangements verkörpern, bewegte mich zu meinem Anliegen. Meine Tochter Ileana Cecilia hat bereits einige Jahre höfische Erziehung bei unserer verehrten Herzogin Marie Charlotte von Sachsen-Jena genossen, die der Herrgott im August des vergangenen Jahres betrüblicherweise zu sich genommen hat. Ileanas Französisch ist daher exzellent, wie Ihr Euch gewiss leicht vorstellen könnt. Doch wir wünschen uns, dass ihre Ausbildung eine letzte Abrundung, ja eine höhere Vollendung erhält und letztendlich zur Erfüllung ihrer Bestimmung als Dame von edlem Geblüt führt.«

Um Herzogin Sophies Augen zuckte es erneut, doch dieser Hauch von Belustigung musste jedem entgehen, der sie weniger genau beobachtete, als Helena es tat. »Ihr habt noch keinen geeigneten Ehekandidaten für Fräulein Ileana in Aussicht, nehme ich an? Wünscht Ihr in dieser Sache unsere Unterstützung?«, fragte die Fürstin.

Freifrau von Carnitz sank erneut in einen Knicks nieder, der wirkte, als würden ihr vor Erleichterung die Knie schwach. »Wenn es sich ergäbe, wären wir außerordentlich dankbar.«

»Wir werden sehen«, gab die Herzogin zurück und gab ihr sanft den Wink, sich zu erheben und beiseitezutreten.

Gelassen wanderte ihr Blick nun zu Helena und dann weiter zu Maman, was die als Aufforderung zum Sprechen verstand.

»Eure Durchlaucht, es ist mir eine Freude, Euch in blühender Verfassung vorzufinden. Ich erinnere mich an das Jahr Eures Einzugs in Hannover, als Ihr unter Todes- und Krankheitsfällen im Kreis Eurer Angehörigen littet. Wir wünschen Euch von Herzen, dass sich solcher Kummer für Euch nicht so bald wiederholen möge, sondern ein gesegnetes neues Jahr vor Euch liegt.«

Die Herzogin nickte. »Ich danke Euch. Mir ist zu Ohren gekommen, dass hinter Euch soeben eine recht unglückliche Zeit liegt, und ich versichere Euch mein Mitgefühl. Werdet Ihr Euren Sohn heimholen und zu Hause bestatten lassen?«

Maman öffnete die Lippen für eine Antwort, brachte sie aber nicht heraus. Helena legte ihr beruhigend die Hand auf den Rücken und suchte den Blick der Herzogin. »Leider ist das nicht möglich. Mein Bruder war bereits in Wien bestattet worden, als wir die Nachricht von seinem Tod erhielten. Das belastet uns sehr, lässt sich aber nicht mehr ändern.«

»Ich verstehe. Verzeiht, dass ich Salz in die Wunde streute, Gräfin. Mir ist diese Art Schmerz gut bekannt. Möchtet Ihr damit fortfahren, mir Euer Anliegen zu schildern?«

Helena spürte, wie ihre Mutter durchatmete, bevor sie neu ansetzte. »Meine Tochter Helena und ich hatten die Ehre, Eure Nichte …« Wieder schienen ihr die Worte im Halse stecken zu bleiben. Ihr Blick wanderte zu dem Tischchen mit den Büchern, und Helena konnte verfolgen, wie sie auf einmal gedanklich alles über den Haufen warf, was sie hatte sagen wollen. Doch die-

ses Mal blieb Maman nicht sprachlos. »Herzogin Benedikta liest auch sehr gern, wie Ihr sicher wisst. Eure Nichte ist eine gebildete und kluge Frau, die viel von den Geschicken des Landes verstand und die ihr eigenes Leben lenken kann. Ich habe sie stets bewundert. Dennoch war ihr Schicksal an das ihres Ehegemahls gebunden, so wie wir Frauen es kaum anders kennen. Ich bin sicher, Ihr wisst darüber bestens Bescheid, Eure Durchlaucht. Nun denn: Meine Töchter und ich haben die Männer, mit denen unser Schicksal verknüpft war, verloren. Damit wir würdevoll weiterleben können, muss Helena sich baldmöglichst vermählen. Es liegt auf der Hand, dass wir das gleiche Anliegen haben wie Frau von Carnitz und ihre Tochter. Ich möchte nicht Euren Verstand beleidigen, indem ich etwas anderes vortäusche.«

Herzogin Sophie verzog einen Mundwinkel zu einem halben Lächeln. »Welche Vorlieben hat Eure Tochter? Fräulein Helena, womit vertreibt Ihr Euch die Zeit? Lest auch Ihr gern? Musiziert Ihr? Liebt Ihr Handarbeiten, oder verfasst Ihr Gedichte?«

Helena fühlte sich vom durchdringenden Blick der Fürstin durchleuchtet und musste schlucken, bevor sie sprechen konnte. »Ich lese gern und vermag leidlich flüssig über das Gelesene zu sprechen, doch ich bin bei Weitem keine Gelehrte, wie man es von Eurer Nichte sagen könnte oder von Euch. Meine Ausbildung war vielfältig, daher könnte ich auch Handarbeiten anfertigen, wenn man es von mir erwartete. Die Hingabe, mit der meine Mutter ihren Garten pflegt, hat meine Liebe zu außergewöhnlichen Blütenpflanzen geweckt, die ich gern als Raumschmuck arrangiere. Auch beschäftige ich mich gern außerhalb des Hauses. Für das Musizieren und Singen fehlt mir leider die Begabung, doch tanzen konnte ich damals recht gut.«

»Helena beherrscht jedes bekannte Spiel und lernt jedes neue im Handumdrehen. Dafür hat ihre innige Verbundenheit mit ihrem Bruder gesorgt«, steuerte Maman bei.

»Kartenspiele?«, fragte die Herzogin.

»Jedes erdenkliche«, sagte Helena.

»Brag?«

»Mit Vergnügen.«

»Landsknecht?«

»Ich habe viele Stunden damit verbracht.«

»Ballspiele?«

»Mein Bruder war stets geschickter, aber ich konnte mithalten.«

»Nun, eine junge Dame mit solchen Fähigkeiten wird nicht nur unsere Hofgesellschaft bereichern, sondern auch Bewerber finden, die sich glücklich schätzen dürfen. Männer finden es meiner Erfahrung nach zwar reizend, wenn ihnen ein Schnupftuch bestickt wird, verbringen jedoch weit mehr Zeit mit Hazardspielen als mit Schnupfen. Ihr seid mir willkommen. Beide jungen Damen sind mir willkommen. Meine Tochter Sophie Charlotte wird voraussichtlich im Mai vom französischen Königshof zurückkehren und dankbar dafür sein, hier kultivierte weibliche Gesellschaft vorzufinden. Besprecht alles weitere mit Frau von Wolden, meiner Hofmeisterin, die unsere Räumlichkeiten überschaut. Ein gesegnetes neues Jahr wünsche ich Euch.«

Mit einem einzigen Schwenken ihrer Hand machte sie deutlich, dass die Audienz beendet war. Nun war ein Hofknicks fällig, einige Schritte rückwärts, ohne über die eigene, eher kurze Schleppe zu fallen, ein weiterer Hofknicks und die Kehrtwende, und dann ging es zur Tür hinaus.

Zurück im Vorzimmer, streckte Helena die Hand nach ihrer Mutter aus, die sie sofort ergriff.

»Das hätten wir«, sagte Maman, die beängstigend bleich war.

»Nun noch ein kurzes Gespräch mit Frau von Wolden, und dann rasch an die frische Luft!«, sagte Helena.

Freifrau von Carnitz hatte die Hofmeisterin schon entdeckt

und schritt mit ihrer Tochter auf den Fersen so schwungvoll auf sie zu, als würde der Saal ihr auf einmal gehören. Zurückhaltender folgte Helena und ließ dabei nur widerstrebend die Hand ihrer Mutter los, die ein wenig schwankte.

»Die jungen Damen schließen sich also beide dem Hof an? Meinen Glückwunsch. Werden gute zwei Wochen genügen, um alle Vorbereitungen zu treffen? Wie ich sagte, sind die Verhältnisse im Schloss derzeit etwas beengt. Aber ab dem zwanzigsten dieses Monats habe ich ein schönes Gemach frei, welches Fräulein Helena und Fräulein Ileana gemeinsam bewohnen können. Das Gepäck darf gern schon einen Tag vorher geschickt werden. Wollen wir hoffen, dass wir günstiges Reisewetter behalten«, sagte Frau von Wolden.

»Formidabel. Natürlich wäre ein eigenes Gemach für jede unserer Töchter angebrachter, doch da die Verhältnisse sind, wie sie sind … Gewiss werden sie einander angenehme Gesellschaft sein«, erwiderte Frau von Carnitz.

Da Helena zumindest für den Anfang ohnehin nicht mit einem eigenen Gemach gerechnet hatte, fand sie die Sache keiner Bemerkung wert und nickte nur freundlich. »Gibt es sonst noch etwas zu beachten?«, erkundigte sie sich bei der Hofmeisterin.

»Nun, was ich den kleinen Debütantinnen für gewöhnlich erklären muss, kann ich mir in diesem Fall wohl ersparen, nicht wahr? Zeremoniell und Kleiderordnung dürften Euch bekannt sein, und die Tagesabläufe werdet Ihr bald genug kennenlernen. Was der Herzog jüngst noch einmal unterstrichen hat, ist das Verbot von Hunden bei Hof. Nur die Tiere der herzoglichen Familie dürfen noch in den Räumlichkeiten des Schlosses gehalten werden.«

»Eine verständliche Anordnung«, sagte Frau von Carnitz.

Die Hofmeisterin erhob verstohlen den Zeigefinger. »Wenn ich noch einen freundschaftlichen Rat erteilen darf: Es könnte

von Nutzen sein, gleich heute noch bei Gräfin von Platen vorzusprechen. Die hiesigen Verhältnisse sind anders als an manch anderem Hof. Unterstützung durch die Gräfin kann einen hohen Wert haben.«

Helena fühlte sich von den verzwickten Verhältnissen bereits ermüdet, obwohl sie noch gar nicht davon betroffen war. »Würde Ihre Durchlaucht das nicht als unangemessen empfinden?«

Frau von Wolden wehrte mit wackelndem Zeigefinger ab. »Unsere gnädige Frau Herzogin steht über diesen Dingen, seid beruhigt.«

Maman fächelte sich Luft zu. »Wo befinden sich die Gemächer von Gräfin von Platen?«

»Im Leinstraßenflügel, im zweiten Obergeschoss. Einer unserer Burschen wird Euch führen, wenn Ihr ihn auf dem Flur ansprecht. Er trägt Euch auch die Mäntel.«

Zu viert verließen sie die Räumlichkeiten der Herzogin und sahen sich nach einem der erwähnten Laufburschen um.

»Ich wünschte, diese Begegnung ließe sich noch etwas verschieben«, flüsterte Helena ihrer Mutter zu.

»Die von Platen ist zu mächtig, um sie auch nur einen einzigen Tag lang nicht zu beachten, wenn es den Eindruck macht, dass sie beachtet zu werden wünscht. Frau von Wolden wird uns den Hinweis nicht ohne Grund gegeben haben«, erwiderte Maman.

Ileana, die vor der Herzogin und auch der Hofmeisterin geschwiegen hatte, überraschte Helena mit einem lauten Stoßseufzer. »In Sachsen-Jena waren die Verhältnisse auch nicht weniger *compliqué*. Herzog Bernhard führte eine Art zweiter Ehe neben der mit der Herzogin. In meinen ersten beiden Jahren dort habe ich dieses Durcheinander miterlebt. Ich kann mir schon vorstel-

len, was uns hier bevorsteht. Zweierlei Ordnung, zweierlei Zeremoniell. Das wird nicht einfach.«

»Lass das Gejammer. Die Wände haben Ohren«, zischte Freifrau von Carnitz ihre Tochter an.

»Nun, wir wollen ja beide hier nicht alt werden, nicht wahr?«, murmelte Helena.

»Dieses Mal werde ich alles daransetzen, dass das nicht geschieht«, sagte Fräulein Ileana. Der entschlossene Tonfall ihrer Stimme machte den von Natur aus zaghaften Ausdruck ihres kinnlosen Gesichts mehr als wett.

Der Leinstraßenflügel lag am entgegengesetzten Ende des Gebäudes, sodass sie einige Flure zu durchschreiten und Treppen zu steigen hatten, bevor sie ihr Ziel erreichten.

Die Tür zum Vorzimmer der Gräfin von Platen stand offen, und es herrschte ein lebhaftes Kommen und Gehen. Auf den ersten Blick war zu erkennen, dass in diesen Räumen weniger Wert auf das korrekte Zeremoniell gelegt wurde. Dennoch nahm sie im Vorzimmer zuerst einmal ein Bediensteter in Empfang und erkundigte sich nach ihren Namen und ihrem Anliegen.

Bald darauf wurden sie in den Empfangssaal Clara von Platens gewinkt, und Helena sah die Mätresse des Herzogs zum ersten Mal aus der Nähe. Tatsächlich war die füllige Frau noch edler gekleidet als die Herzogin, und ihre Gemächer waren angefüllt mit exotischen und interessanten Kostbarkeiten wie Schnitzereien aus Elfenbein oder Edelsteinen, Figuren aus unregelmäßig gewachsenen großen Perlen und silbernen Tischuhren, deren sichtbare Mechanik nervös zuckte.

Die Gräfin von Platen wirkte nicht halb so steif und erhaben wie die Gemahlin des Herzogs, sondern lebenslustig und frivol. Trotzdem strahlte sie ein Machtbewusstsein aus, das andere Anwesende im Vergleich zu ihr schrumpfen ließ. Gerade legte sie lachend den Kopf in den Nacken, weil sie sich über die Tolle-

rei eines dressierten weißen Hündchens amüsierte, welches auf seinen Hinterbeinen zwischen zwei jungen Männern hin- und hertänzelte. Der eine der beiden war höchstens sechzehn Jahre alt und saß seitlich an einem Tisch voller Spielkarten, der andere war älter und fiel Helena als bemerkenswert gut aussehend auf. Sein dunkler Knebelbart war das Muster aller Knebelbärte und unterstrich seine makellosen männlichen Züge.

»In diesem Teil des Schlosses wird es mit den Hunden offenbar nicht so genau genommen«, sagte Freifrau von Carnitz.

»Oder es ist wenigstens ein Mitglied der herzoglichen Familie anwesend, dem das Tier gehört«, wandte Helena ein.

Der Kammerdiener, der offenbar hier die Aufgaben eines Hofmeisters übernahm, verneigte sich vor ihnen. »Gräfin von Platen empfängt ganz ungezwungen. Es ist erlaubt, sich ihr formlos zu nähern«, sagte er, ließ sie allein und ging zu seiner Dienstherrin, um ihr einige Sätze ins Ohr zu sagen.

»Da sind wir aber erleichtert«, murmelte Maman, woraufhin Helena ihr einen tadelnden Blick zuwarf.

»Gerade hast du mir erklärt, wie wichtig sie ist«, flüsterte sie.

Wieder übernahm Freifrau von Carnitz die Führung und schritt auf die herzogliche Mätresse zu, als seien sie alte Bekannte. »Hochverehrte Gräfin von Platen, welche Freude, Eure Bekanntschaft zu machen. Enchanté, enchanté! Eure Gemächer sind eine Augenweide, und es ist überaus großmütig von Euch, sie uns Gästen zu öffnen. Ich möchte Euch gern meine Tochter vorstellen, die sich in Kürze dem Hof anschließen wird. Hier ist sie: Ileana Cecilia, Freifräulein von Carnitz.«

Die Gräfin hatte gerade ein Stück Gebäck aus einer Silberschale genommen, um es dem Hund zuzuwerfen. Ihre erhobene Hand verharrte nun, und Helena konnte nicht umhin, sich zu fragen, ob die Dame überhaupt allabendlich versuchte, die zahlreichen Ringe von ihren pummligen Fingern abzuziehen, oder

ob der Schmuck bereits mit den Händen verwachsen war. Zudem staunte sie darüber, dass die Fingerkuppen und Nägel trotz der Speckwülste an den Händen zierlich und spitz wirkten.

»Ah, junges Blut für unsere Gesellschaft! Wie wunderbar!«, sagte Gräfin von Platen. Ihre Stimme klang tiefer und voller, als Helena erwartet hatte, und wirkte angenehm.

Fräulein Ileana knickste vor der Mätresse, und dann war Helena damit an der Reihe, vorzutreten und sich von ihrer Mutter präsentieren zu lassen.

10. Kapitel

CLARA HATTE NUR einen Blick aus dem Augenwinkel benötigt, um zu erkennen, dass Frau von Wolden ihr zwei neue Kandidatinnen für ihr Vorhaben geschickt hatte. Die beiden jungen Damen wurden offensichtlich soeben auf den höfischen Heiratsmarkt geworfen. Und höchste Zeit war es damit, denn nach hochadligen Maßstäben waren sie schon alte Jungfern.

Die Erste, deren Mutter sie nun übersprudelnd mit ihrer Begrüßung überfiel, kam als Mätresse für Georg Ludwig nicht infrage. Hätte sie auch noch so viel Witz und Liebenswürdigkeit besessen – das würde den verwöhnten Prinzen nicht über ihre Hasenzähne hinwegsehen lassen. Doch das musste nicht bedeuten, dass die junge Dame für Claras Zwecke unnütz war. Gerade die äußerlich weniger Begünstigten waren oft tiefgründige Persönlichkeiten. Und viele von ihnen dürsteten so sehr nach Anerkennung und Zuwendung, dass sie sich spielend leicht beherrschen ließen.

»Ah, junges Blut für unsere Gesellschaft! Wie wunderbar!«, sagte sie in ihrem wärmsten Tonfall.

Das Hasenmädchen knickste und sah sie erwartungsvoll an, doch für den Augenblick hatte Clara nur ein freundliches Nicken für sie übrig. Denn nun trat die Zweite vor, und die wirkte vielversprechend. Zwar hatte sie wenig auf den Rippen, doch ihre großen braunen Augen verrieten Leidenschaft und Aufgewecktheit. Das Gesicht war klassisch schön geschnitten, die Nase einen Hauch zu groß, doch der Nacken anmutig. Sie hatte die gleiche Größe wie Catharina, würde Georg Ludwig also auch

auf hohen Schuhabsätzen gerade so eben nicht überragen, was er schätzte.

Doch Clara eilte in Gedanken zu weit voraus. Das Fräulein musste noch ganz andere Bedingungen erfüllen, um infrage zu kommen.

»Und Ihr seid …?«, fragte sie.

»Helena Lucia von Minnigerode. In Begleitung meiner Mutter, Gräfin Adelheit von Minnigerode. Es ist mir eine Ehre, Eure Bekanntschaft zu machen, Eure Wohlgeboren.«

Auch ihre Stimme war keine Enttäuschung. Sie war nicht zu tief – denn über auffallend tiefe Frauenstimmen pflegte der Prinz sich lustig zu machen –, doch auch nicht zu piepsig hoch, um nicht ernst genommen zu werden.

»Ganz meinerseits, Fräulein Helena. Wie reizend von Euch, dass Ihr Euch uns hier bei Hof anschließt. Obgleich dieses Schloss ja nicht jedermanns Sache ist. Die Herzogin findet es zu düster und zu feucht. Und Prinzessin Dorothée spricht ebenfalls wehmütig von dem hübschen Schlösschen ihres Vaters in Celle. Verzeiht meine Unwissenheit, Gräfin Adelheit, ich bin noch nicht gänzlich vertraut mit den Hannoverschen Gegebenheiten: Befindet sich Euer Wohnsitz in dem Ort Minnigerode nahe der Stadt?«

Die Mutter der Schönen trat vor und deutete einen Hofknicks nur an, lächelte aber immerhin höflich. »Das Dorf gehörte einst zu unserem Anwesen, und wir sind ihm noch immer verbunden. Das Rittergut Minnigerode ist mein Erbe von väterlicher Seite. Mein vor gut zwei Jahren verstorbener Gemahl und ich machten es gleich nach unserer Heirat zu unserem dauerhaften Wohnsitz. Nach meinem Tod wird der Besitz auf meine Töchter übergehen.«

»Wie wundervoll, dass Ihr so nahe bei der Residenz lebt. So wird Eure Tochter Euch ohne Mühe besuchen können, nicht

wahr? Ach, was für eine nachlässige Gastgeberin ich bin! Seid so gut und bedient Euch an den Leckereien, die für meine Gäste bereitstehen.«

Mit einer einladenden Geste schickte sie die Mütter und Töchter zu dem mit exquisiten Häppchen gedeckten Tisch, damit sie selbst die Damen noch einmal ungestört begutachten und sich ein paar Gedanken machen konnte.

Wenn Gräfin von Minnigerode es für nötig hielt, zu diesem Zeitpunkt zu betonen, was ihre Töchter erben würden, war es um die Mitgift von Fräulein Helena gewiss schlecht bestellt. Falls sie sich nicht irrte, hing über der Gräfin und ihren Töchtern das Damoklesschwert der Armut. Die Zeichen waren ihr wohlbekannt: tadellose, doch sichtlich schon mehrfach getragene Kleidung und altmodischer Schmuck. Dem robusten und bodenständigen Auftreten nach wussten beide Frauen vermutlich ihre Hände zu gebrauchen, was man den meisten reichen und mächtigen hohen Adelsdamen wahrlich nicht vorwerfen konnte.

Bei der Suche nach einem Ehemann würde der mangelnde Wohlstand eine Hürde darstellen. Für ihre eigenen Pläne konnte sich die Notlage jedoch als Vorteil erweisen. Aber sie durfte sich nicht dazu verführen lassen, vorzupreschen. Mutter und Tochter wirkten stolz und würden ihr zu diesem Zeitpunkt noch eine Abfuhr erteilen, wenn sie ihre Absichten auch nur durchschimmern ließe.

Wie anders war sie selbst gewesen, als ihr Vater sie vor langer Zeit mit gewaltigen Ambitionen nach Versailles brachte. Kaum sechzehn Jahre alt war sie gewesen, doch die üblichen Ehrbegriffe junger Fräulein hatten weder damals noch später für sie gegolten. Ihr und ihrem Vater war es gleichgültig gewesen, ob sie einen Mann als Eheweib oder als Geliebte beherrschte, solange er reich und mächtig genug war. Ein wenig heiß wurde ihr noch immer

vor Scham, wenn sie sich daran erinnerte, wie plump sie in ihrer Unerfahrenheit ihre Ziele in Frankreich verfolgt hatte. Entsprechend wenig Erfolg war ihr beschieden gewesen. Doch hatte sie kostbare Lehren daraus gezogen, von denen sie profitierte, als sie nach Deutschland zurückgekehrt war. Nie wieder hatte sie in der Phase der Eroberung versucht, den betreffenden Mann zum Lachen zu bringen. Umso lauter und perlender hatte sie über seine Scherze gelacht. Nie wieder hatte sie ihre eigene Klugheit glänzen lassen, solange ihr Fisch noch nicht fest an der Angel zappelte. Erst wenn ein Mann die Angst vor dem Weib verloren hatte, durfte er erfahren, dass sie ihm geistig ebenbürtig oder gar überlegen war. Im besten Falle würde er es dann sogar zu schätzen wissen. Doch nicht vorher. Vorher würde ihn das geistreiche Frauenzimmer zwar amüsieren, doch nicht seine Sehnsucht wachrufen.

Ob Fräulein Helena derlei Finessen verstehen würde? Doch schon wieder eilte sie in Gedanken zu weit voraus.

Die Fräulein Helena und Ileana waren nicht die einzigen Heiratskandidatinnen, die sich an diesem Tag bei Hof vorgestellt hatten. Da war auch noch die hübsche, mollige Franziska Rose von Wittenburg. Sie wirkte geistig zu stumpf, um als Mätresse für Georg Ludwig geeignet zu sein. Doch der erste Eindruck mochte täuschen. Auch sie brachte kein nennenswertes Vermögen mit, hatte jedoch einen Vater und mehrere Brüder mit attraktiven Posten. Sie gleich zu verwerfen wäre also voreilig gewesen.

Nun, es blieb etwas Zeit, die jungen Damen zu beobachten. Für eine Weile würde der Prinz ja noch mit seiner kleinen Braut beschäftigt sein.

Clara setzte ein strahlendes Lächeln auf und klatschte in die Hände. »Lasst uns nicht so förmlich bleiben, *mes enfants!* Dieser Besuch bei Hof soll den jungen Damen doch nicht als Trauerspiel in Erinnerung bleiben. Wie wäre es mit einer Partie Brag? Seine

Hochwohlgeboren Prinz Maximilian wartet schon den ganzen Vormittag auf ein paar fröhliche Partner am Spieltisch. Oder sind Euch die Karten fremd, verehrte Fräuleins?«

Fräulein von Wittenburgs vertrocknet wirkende Tante schüttelte missbilligend den Kopf. »Meine Nichte spielt nicht, Eure Wohlgeboren. Sie ist sehr religiös erzogen. Was zum Glücksspiel verführen könnte, betrachten wir als Gefahr für die Sittlichkeit junger Mädchen.«

Ein junges Mädchen war Franziska Rose nun gerade nicht mehr. Und gewiss würde sie ihre allzu eng gefasste Sittlichkeit bei Hof bald verlieren. Doch das würde nicht unter den Augen der drögen Tante geschehen. Verständnisvoll nickte Clara. »Oh. Aber gewiss. Was tut sie denn? Fräulein von Wittenburg, würdet Ihr uns gern etwas vorsingen oder musizieren? Oder, wartet … Viktor, zeigt ihr doch meine Uhren und meine Tischautomaten.«

Der hübsche Graf Viktor von Briesen war derzeit ihr hingebungsvollster Verehrer. Nicht im Sinne der Liebe, sondern der Bewunderung für ihre Kunst des Fädenziehens. Er wollte an ihrer Macht teilhaben und bot sich immer wieder als Handlanger an. Ihr war es recht. Seine strammen Waden waren eine Augenweide, und er besaß gerade das rechte Maß von Eleganz und Männlichkeit.

Er dienerte vor ihr und wandte sich mit einer charmanten Geste an Franziska Rose. Die war von seinem Anblick sichtlich hingerissen und vergeudete keinen Gedanken daran, dass der junge Prinz am Spieltisch ihrer Aufmerksamkeit würdiger gewesen wäre.

Fräulein Ileana wandte sich dem Prinzen zu und erwies ihm mit einem Knicks die gebührende Reverenz, ohne das hasenzähnige Gesicht zu verziehen. »Ich spiele nicht so gut, wie Fräulein Helena es angeblich tut, denn ich hatte keinen Bruder, der es mich lehrte. Aber um die Runde vollständig zu machen, wird es

wohl genügen. Und wenn es Eurer Hochwohlgeboren Vergnügen bereitet, wie könnte ich ablehnen?«

So ist es recht, braves Mädchen, dachte Clara. Einem Prinzen war man stets zu Gefallen, auch wenn er erst sechzehn Jahre zählte. Was hatte Ileana gesagt? Fräulein Helena hatte einen Bruder gehabt, mit dem sie gespielt hatte? Möglicherweise war das ein gutes Zeichen.

»Ihr habt also mit Eurem Bruder gespielt, Helena? Wie reizend. Ich habe einen achtjährigen Sohn und eine siebenjährige Tochter. Ernst und Charlotte. Es würde mein Mutterherz erfreuen, wenn sie miteinander spielten, doch es scheint, als könnten sie sich nicht ausstehen.«

Helenas Mutter lächelte und sah sie zum ersten Mal mit etwas Wärme, doch auch mit Wehmut im Blick an. »In dem Alter ist es ganz üblich, dass Jungen und Mädchen sich nicht leiden können. Das bedeutet nicht, dass sich die Geschwister später nicht herzlich lieben werden. Ihre Streitereien sollten Euch also nicht allzu sehr betrüben. Auch Helena und ihr Bruder stritten, obwohl sie sich als Zwillinge besonders nahestanden.«

»Ich halte nicht viel davon, Jungen und Mädchen unbedacht zu vermischen. Die Wildheit der Jungen muss doch einen schädlichen Einfluss auf die Mädchen haben«, warf Gräfin von Carnitz ein.

»Habt Ihr Söhne?«, fragte Gräfin von Minnigerode.

»Einen Stiefsohn. Er war dem Kindesalter bereits entwachsen, als ich die Ehe mit seinem Vater schloss. Für meine Tochter stellte sich die Frage nach dem Umgang mit ihm daher nicht«, gab Ileanas Mutter zurück.

Helenas Mutter bewegte kaum sichtbar den Kopf, als würde sie ihre zu angespannten Nackenmuskeln dehnen. Clara beobachtete sie amüsiert. Diese Mutter wollte eindeutig nichts auf ihren Sohn kommen lassen und machte sich bereit für ein Wort-

gefecht mit Gräfin von Carnitz. Ihr Lächeln war äußerst kühl, als sie weitersprach. »Nun, ich versichere Euch, mein Sohn war ganz gewiss kein schlechter Umgang für meine Töchter. Sie wurden alle im selben Hause und von denselben gewissenhaften Menschen erzogen. Freude im Spiel zu suchen ist etwas liebenswert Menschliches. Zudem schult Spielen das Denkvermögen, die Vorstellungskraft und zuweilen auch die Geschicklichkeit. Das maßlose Glücksspiel ist nur ein schädlicher Auswuchs, der sich durch eine starke Ausbildung der Vernunft vermeiden lässt.«

Ihre Gegnerin setzte an, etwas zu erwidern, doch nun trat das Fräulein Helena selbst vor. »Wenn man mich fragte, könnte ich die Grenzen zwischen Spiel und ernsthafter Tätigkeit gar nicht genau erklären. Ist es nicht eher unsere innere Einstellung, die uns alles, was wir tun, entweder als Spiel oder als Ernst erscheinen lässt? Mein Vater hatte einmal einen Gelehrten zu Gast, der davon sprach, wie man auch die nutzlos erscheinenden Gedankenspielereien zulassen müsse, um auf wahrhaft kluge, neue Einsichten zu kommen. Nicht dass ich glaubte, eine Partie Brag würde uns heute hier zu weisen Gelehrten machen. Aber ins sittliche Verderben wird sie uns wohl auch nicht führen. Ich würde mich geehrt fühlen, einen Platz am Spieltisch einnehmen zu dürfen. Seid Ihr einverstanden, Eure Hochwohlgeboren?«

Damit wandte sie sich mit einem Knicks Prinz Maximilian zu, der das Gespräch beiläufig verfolgt und dabei ein kleines Grinsen unterdrückt hatte. Nun stand er auf und verbeugte sich zuvorkommend gegen die jungen Damen. »Es ist mir eine Freude.« Mit einem Wink zitierte er einen der anwesenden Kammerherren als weiteren Mitspieler herbei.

Zufrieden führte Clara mit einem kleinen Klaps ihre Hände zusammen und blickte von Mutter zu Tante zu Mutter. »Überlassen wir die jungen Leute ihrem Vergnügen. Seht nur, meine Damen, Herr von Briesen hat meine automatische Kutsche auf-

gezogen. Wollen wir zusehen, wie sie fährt? Das kleine Spielzeug entzückt mich immer von Neuem. Es spielt auch eine Melodie!«

Wohlwissend, dass die Ablenkung gelingen und die Auseinandersetzung beilegen würde, ging sie voraus. Sie war schon beinah sicher, dass Fräulein Helena für ihre Pläne infrage kam. Die junge Frau musste nur noch feinfühlig davon überzeugt werden, dass der Weg der Mätresse für sie der richtige war. Gewiss musste sie darüber hinaus auch noch einige Regeln der Strategie lernen, doch das würde ihr als begabter Spielerin kaum schwerfallen.

Mit einem hellen Auflachen trat Clara einen Schritt zur Seite, um der kleinen Silberkutsche auszuweichen, die Viktor auf den Boden gesetzt und in ihre Richtung gelenkt hatte. Was für ein zauberhaftes Spielzeug!

11. Kapitel

Mitte Januar 1683

Gut zwei Wochen nach ihrem Vorstellungsbesuch bei Hof gab Helena jeder ihrer beiden kleinen Schwestern drei Abschiedsküsse. Sechs insgesamt, einen für jeden Tag, der vergehen würde, bis sie sich am Geburtstag ihrer Mutter wiedersahen. Lore und Ameli glaubten, dass sie auch danach alle paar Tage zu Besuch kommen würde. Helena hatte mit Maman zusammen beschlossen, dass ihnen die Trennung auf diese Art vorerst weniger Kummer bereiten würde.

In Wahrheit würde sie sich Besuche nur selten erlauben. Häufige Abwesenheit würde ihr nicht helfen, ihr Ziel zu erreichen. Jede Stunde, die sie nicht bei Hof anzutreffen war, konnte eine verpasste Gelegenheit bedeuten.

»Und dass ihr mir nicht aufs Eis geht, wenn kein Erwachsener bei euch ist!«, ermahnte sie die beiden Mädchen.

»Das sieht doch jeder kleine Dummkopf, dass es nicht hält. Ich passe schon auf Ameli auf«, gab Lore zurück.

Helena winkte ihnen, ihrer Mutter und einem Dutzend Gutsangehörigen aus der fahrenden Kutsche, bis sie sie nicht mehr sehen konnte.

Eine gute Stunde später betrat sie zum ersten Mal ihr Gemach im Leineschloss, wo ihr Gepäck bereits abgeliefert worden war. Zwei verzierte, doch nicht allzu kostspielige Himmelbetten standen darin, zwei Tischchen, zwei lilafarben bezogene Polsterstühle, ein mittelgroßer Spiegel und sonst nur die Kleidertruhen, Kästen und Körbe, die Ileana und sie mitgebracht hatten. Mit all diesen Dingen war es schon zu eng für ihren Geschmack. Sich zu

zweit gleichzeitig umzukleiden würde ein wiederkehrender Tanz werden.

Der Kammerherr, der für die Betreuung des Schlossflügels zuständig war und sie das letzte Stück begleitet hatte, überreichte ihr einen Türschlüssel. »Das gnädige Fräulein von Carnitz ist vor Kurzem gegangen, um sich der Damengesellschaft in Prinzessin Dorothées Gemächern anzuschließen. Ihre Hochwohlgeboren lädt auch Euch ausdrücklich dazu ein.«

Vorausahnend, dass sie sich gleich nach ihrer Ankunft in Gesellschaft würde begeben müssen, trug Helena ein geeignetes Kleid unter ihrem Reisemantel. Eine rasch herbeigerufene Magd half ihr, die Korkenzieherlocken, die Mariechen ihr am Morgen auf Minnigerode eingedreht hatte, wieder adrett anzuordnen, ihren Rocksaum nach Schmutz abzusuchen und die geröteten Wangen weiß zu pudern.

Es gelang Helena, während alldessen zu lächeln, als würde sie sich auf die Runde der jungen Damen freuen. Zu ihrem Erstaunen konnte sie sich auf die Art beinah selbst davon überzeugen. Immerhin war Prinzessin Dorothée mit ihren sechzehn Jahren jünger als sie und galt als freundliches Wesen. Die Begegnung mit ihr war vermutlich ein harmloser Einstieg ins höfische Leben.

Dennoch spürte Helena ihren schnellen Puls, als sie schließlich vor den fürstlichen Gemächern stand. Helles Gelächter drang durch die geschlossene Tür. Einer der beiden Türsteher machte sich bereit, ihr zu öffnen, wartete jedoch auf ihren Befehl. Sie atmete tief durch und nickte ihm dann lächelnd zu.

Heiteres Stimmengewirr umfing sie, als sie eintrat. Der kleine Saal war warm beheizt und von einer großzügigen Zahl Kerzen erleuchtet. Rasch überflog sie mit einem Blick die Anwesenden und kam auf sechzehn Personen. Fünf davon waren Bedienstete, zwei von ihnen die einzigen Männer im Raum. Letztere rückten

emsig Stühle zurecht, um den Damen beim Hinsetzen zu helfen, die durch ihre Kleider behindert wurden.

»Fräulein von Minnigerode!«, rief Ileana von Carnitz aus und enthob sie damit der Aufgabe, sich selbst vorzustellen.

Prinzessin Dorothée zog allein dadurch die Blicke auf sich, dass ihre Ausstattung die der anderen Damen ihres Alters überstrahlte – wenn auch nicht die von Fräulein Ileana. Genau genommen war das ein Fauxpas von Helenas Zimmergefährtin. Nach den Regeln der Höflichkeit hätte sie sich in dieser Hinsicht zurückhalten und erst einmal die Gepflogenheiten ausloten sollen.

Die Prinzessin wandte sich mit fröhlicher Miene Helena zu und verblüffte sie mit ihrer äußerlichen Kindlichkeit. Ihrem Gesicht nach hätte sie ebenso gut erst zehn Jahre alt sein können. Die dunklen Löckchen, die es einrahmten, verstärkten den Eindruck noch.

»Wie reizend, dass Ihr zu uns stoßt, Fräulein von Minnigerode. Helena ist Euer Name? Erlaubt Ihr, dass ich Euch so nenne? Es ist so umständlich mit all den ‚Vons', und wir sind ja hier nur in kleiner Runde beisammen. Fräulein Ileana und Fräulein Franziska kennt Ihr schon. Darf ich Euch vorstellen: Frau von Harling, die hervorragende Kinderfrau und Erzieherin meines Gemahls und seiner Geschwister. Sie unterstützt freundlicherweise unsere Debütantinnen, Fräulein Brigitta von Brietzke, Ursula von Lugniz und Louïse von Teutleben, die als meine Kammerjungfern in den Hofstaat eingetreten sind. Meine bewährte und liebe Kammerfrau Fräulein Eleonore von dem Knesebeck. Und zu guter Letzt meine unentbehrliche Freundin Mademoiselle Gabrielle de Brionne. Möchtet Ihr eine heiße Chocolate trinken? Das vertreibt die ungemütliche Kälte.«

Dorothée verhielt sich bei Weitem zu ungezwungen für den hohen Rang, den sie an diesem Herzogshof eines Tages inne-

haben würde. Helena fand das erfrischend, bedauerte die junge Frau jedoch gleichzeitig für die Unannehmlichkeiten, die ihr das im Laufe der Zeit eintragen musste. Ihre Schwiegermutter würde zweifellos eine saure Miene dazu machen, wenn sie Dorothée ihren Missmut über »all die Vons« äußern hörte. Die Sitten des Celleschen und des Hannoverschen Hofs unterschieden sich offenbar erheblich. Helena fühlte sich auf einmal steinalt im Vergleich zur Prinzessin und den Debütantinnen, von denen keine älter als fünfzehn Jahre sein konnte.

»Eine heiße Chocolate wäre jetzt wirklich genau das Richtige, Eure Hochwohlgeboren. Vielen Dank. Ich hoffe, ich bin nicht zu spät gekommen? Es fiel mir schwer, mich von meinen kleinen Schwestern zu trennen.«

Dorothée strahlte sie an. »Aber das macht gar nichts. Ihr habt also kleine Schwestern. Wie entzückend! Sie sind sicher sehr niedlich. Ich habe leider keine Geschwister, und hätte doch so gern welche gehabt. Ihr müsst mir versprechen, dass ich die Euren einmal zu sehen bekomme.«

Helena stellte sich vor, wie die beiden kleinen Mädchen mit großen Augen durchs Schloss trippelten, um der Prinzessin vorgestellt zu werden, und sie musste schmunzeln. »Die Ehre würde die Kleinen sicher sprachlos machen. Zumindest für einen Augenblick. Danach würden sie so unermüdlich plappern und Eure Hochwohlgeboren mit Fragen belästigen, dass Ihr vielleicht bald wünschen würdet, sie wieder los zu sein.«

Dorothée winkte mit ihrer kleinen, weichen Hand ab. »Jeder Zuwachs an heiterem Geplapper kann mir in diesem Gemäuer nur willkommen sein. Das würde helfen, die düstere Schwere zu vertreiben, die sich hier über alles legt. Es ist ein solcher Jammer, dass auch noch seine Durchlaucht Herzog Ernst August und sein engerer Kreis bald abreisen werden, um den Karneval in Venedig zu erleben. Georg Ludwig meint, er wüsste nicht, was mich be-

drückt. Wie sollte er auch, er ist ja schon wieder fort zur Jagd! Wie freue ich mich auf den Sommer in Herrenhausen! Meine Frau Schwiegermama, ihre Durchlaucht, die Herzogin, hat große Pläne für die Gartenanlagen und den Umbau der Sommerresidenz. Ich male mir schon die schönen Feste aus, die wir dort draußen veranstalten werden. Seid Ihr auch eine Gartenliebhaberin, Fräulein Helena?«

»Meine Mutter liebt ihren Garten und hat mich damit schon vor langer Zeit angesteckt. Das sorgt auch dafür, dass uns der Stoff für Gespräche nie ausgeht. Sie ist geradezu eine Gelehrte der Botanik.«

Über Prinzessin Dorothées Gesicht huschte der Ausdruck, den Helena schon bei vielen Menschen beobachtet hatte, wenn Gelehrsamkeit jeglicher Art erwähnt wurde. Solche Menschen waren überzeugt davon, dass gelehrte Reden sie nur langweilen konnten.

»Ah. *Très bien*«, zwitscherte Dorothée denn auch und wandte sich eilig Fräulein Franziska Rose zu, als befürchtete sie, die Gelehrsamkeit würde anderenfalls aus Helena herausbrechen und sie überfluten.

»Und Ihr, Fräulein Franziska, wie gefällt es Euch im Leineschloss?«

Das Fräulein erinnerte Helena an ein vom Konditormeister verziertes Sahnegebäck. Sie war süß und schön, aber ein wenig plump.

»Wenn Ihr mich so fragt, will ich ehrlich sein. Ich finde es ebenfalls recht düster. All die verschlossenen Türen, von denen man nicht weiß, was sich dahinter verbirgt! Es müssen mehr als hundert sein! Und die Gänge haben so viele dunkle Winkel, in denen jemand lauern könnte.«

Mademoiselle Gabrielle lachte auf. »Mon Dieu! Verehrtes Fräulein Franziska, der Herzogshof ist doch keine Mördergrube.

Ihr müsst Euch gewiss nicht sorgen, dass Räuber oder Messerstecher aus den Schatten herausspringen.«

Fräulein von dem Knesebeck, die sich kleidete, als wäre sie eine alte Matrone, obwohl sie ihrem Gesicht nach zu urteilen das dreißigste Lebensjahr noch nicht erreicht hatte, hob den Zeigefinger.

»Wer weiß so genau, was innerhalb dieser Mauern schon alles geschehen ist? Denkt doch an die schrecklichen Kriege! Manch ein ruheloser Geist mag in Schlössern wie diesem spuken. Es ist doch für die fürstlichen Familien nie einfach gewesen, ihre Macht zu bewahren.«

Dorothée schlug sich die Hand vor den Mund und kicherte. »Verzeiht meiner lieben Knesebeck. Sie hat eine Schwäche für Geistergeschichten.«

Empört spitzte die Kammerfrau die Lippen. »Aber was ich sage, ist doch wahr. In allen Herrscherhäusern wurde irgendwann einmal Blut vergossen.«

Fräulein Ileana nickte. »Nach hohen Würden oder gar einem Thron zu streben hat seinen Preis. Das Stammhaus unserer gnädigen Frau Herzogin ist das beste Beispiel dafür. Herzogin Sophies Vater war zwar König von Böhmen, aber nur für ein einziges Jahr, bevor er vertrieben wurde. Festere königliche Wurzeln hat sie in ihrer englischen Abstammung. Besonders glücklich erscheint mir allerdings auch diese nicht. Ihr Großvater war König Jakob von Schottland und England. Seine Mutter wurde hingerichtet. Sein Sohn Karl, der nach ihm König wurde, verlor ebenfalls den Kopf. Der Sohn Karls, Karl der Zweite, der jetzt König von Schottland, England und Irland ist, hat die Hälfte seines Lebens im Exil verbracht und hatte eine Mätresse, von der man sagt, sie hätte mindestens einen Menschen eigenhändig ermordet. Allgemein hat er offenbar mehr für seine Mätressen übrig als für seine Gemahlin. Die nannte er ›Fledermaus‹, als er

sie zum ersten Mal sah. Wen wundert es da, dass er mit ihr bisher keine legitimen Erben hervorbrachte?«

Sämtliche Anwesende schwiegen betreten. Schließlich räusperte sich die bald sechzigjährige Frau von Harling, deren tiefe Falten verrieten, wie oft sie missbilligend die Mundwinkel nach unten zog. »Meine jungen Damen, darf ich vorschlagen, die dunklen Flecken in der Geschichte der herzoglichen Familie weniger überzubetonen? Solche Reden wirken leicht, als wolle man das Ansehen hoher Persönlichkeiten mit Schmutz bewerfen. Und auch nur der leiseste Eindruck, dass es so beabsichtigt sein könnte, steht wohlerzogenen Fräulein schlecht zu Gesicht.«

Fräulein Ileana wurde unter ihrem weißen Puder rot und presste die langen oberen Schneidezähne in die Unterlippe. Helena erbarmte sich ihrer.

»Fräulein Ileana hat es ganz gewiss nicht böse gemeint. Ihr umfangreiches Wissen über die fürstliche Familie zeigt nur die große Bewunderung, die sie für ihre Durchlaucht hegt.«

»In jeder Familie gibt es ja solche Geschichten«, warf Mademoiselle Gabrielle ein. »Was Fräulein Ileana erzählt, beweist gerade, dass sie das Ansehen echter Fürstenhäuser nie langfristig beschmutzen können. Ma chère cousine erzählte mir gerade von einem Giftmord am französischen Hof, der mit dem König durchaus zu tun haben soll. Stellt Euch vor …«

Und damit begann eine Stunde, in der sich – trotz wiederholter, doch halbherziger Ermahnungen durch Frau von Harling – vor Helena und den anderen Anwesenden ein Kabinett höfischer Schreckenstaten eröffnete. War die eine Dame mit dem Erzählen fertig, so fiel der anderen gewiss noch ein weiterer Mord, ein grausiges Gerücht oder wenigstens ein tragischer Unglücksfall ein, der erwähnt werden musste.

Helena verstummte schon nach kurzer Zeit und sehnte den Moment herbei, an dem sie sich nach den ungeschriebenen Ge-

setzen der Höflichkeit verabschieden durfte. Falls in der fernen Vergangenheit in ihrer eigenen Familie Gräueltaten begangen worden waren, so wusste sie nichts davon, und das war ihr recht. Was die Unglücksfälle betraf, schmerzten die beiden jüngsten noch zu sehr, als dass sie Lust verspürt hätte, darüber zu plaudern. Der Bergrutsch, der ihr Laurentz genommen hatte, der fallende Baum, der ihrem Vater die Organe zerquetscht hatte – beide Geschichten hätten die Sensationslust der Damen füttern können. Ihre Augen hätten noch fiebriger geleuchtet, und die kleinen Debütantinnen wären in hohe Laute des Entsetzens und des Mitgefühls ausgebrochen. Helena hätte es nicht ertragen.

Geradezu wehmütig erinnerte sie sich an die Kartenrunde bei Clara von Platen, die von oberflächlicher Heiterkeit geprägt gewesen war. An jenem Tag hatte sie es nicht eilig gehabt, sich zu verabschieden, zumal Gräfin von Platen ihnen immer neue Kuriositäten vorgeführt hatte. Von ihrer kleinen silbernen Kutsche über den bemalten Panzer einer Riesenschildkröte bis hin zu den kostbar gestalteten Tarotkarten – alles zeugte von ihrer Begeisterung für die Wunder der Welt, aber auch von ihrem atemberaubenden Reichtum. Da sonst am Hannoverschen Hof nicht gedankenlos geprasst wurde, lag es auf der Hand, dass Claras Reichtum Herzogin Sophie ein Dorn im Auge sein musste. Denn ihr Vermögen stammte ganz gewiss zu einem beträchtlichen Teil aus dem Säckel des Herzogs.

»Ihr seid so still, Mademoiselle Helena«, sprach Gabrielle de Brionne sie an.

»Das ist wahr. Neulich beim Kartenspiel wart Ihr nicht so schweigsam«, pflichtete Ileana bei.

Franziska Rose gickste vergnügt und errötete dabei. »Das lag gewiss an den ansehnlichen Männern, die uns dort Gesellschaft leisteten.«

Prinzessin Dorothée strich sich verträumt mit dem Finger

über die Lippen. »Wer blüht nicht in männlicher Gesellschaft auf? Deshalb bin ich beim Tanz immer bester Stimmung. Dann sind alle so angeregt und besonders schön anzusehen. Und die Musik!«

Schwärmerisch rollte sie die Augen gen Himmel und sorgte zu Helenas Erleichterung damit für einen Themenwechsel. Von nun an ging es um Bälle, Kleider, Tänze, Tanzlehrer, Komponisten und Musikanten, was Helena reichlich Gelegenheit gab, Beiträge zum Gespräch zu leisten. So verwischte sie eifrig den Eindruck, eine mürrische Schweigerin zu sein, die sich über das allgemeine Gespräch erhaben fühlte. Kaum etwas hätte ihr an ihrem ersten Tag bei Hof weniger gelegen kommen können, als sich sofort einen Namen als Langweilerin zu machen.

Als sie sich am späten Nachmittag schließlich von der Prinzessin verabschiedete, hielt sie den Wiedereinstieg ins Hofleben denn auch für nicht gänzlich misslungen.

Um etwas Ruhe zu finden, frischte sie anschließend ihre Erinnerungen an die Gänge und Räumlichkeiten des Schlosses durch einen Spaziergang zu dem einen Ort auf, den sie immer gemocht hatte: die Bibliothek. Leider stellte sich heraus, dass ihr Gedächtnis sie jetzt schon trog, denn bereits nach den ersten Abbiegungen war sie nicht mehr sicher, ob sie auf dem richtigen Weg war. Doch von dieser Unsicherheit fühlte sie sich eher angestachelt als entmutigt. Sie musste den Weg finden, also würde sie ihn finden.

12. Kapitel

Zu beginn von Florianos vierter Woche in Hannover überraschte Anton Bauer ihn mit dem Befehl, ihn zu einer Konferenz mit der Herzogin ins Leineschloss zu begleiten. Da Bauer selten mit dem zufrieden zu sein schien, was er für ihn tat, hätte Floriano mit dieser Ehre nicht gerechnet. Zwar hatte sich nach seiner Ankunft in Herrenhausen schnell herausgestellt, dass der Hofgärtner seine Unterstützung gut gebrauchen konnte, und Bauer leugnete das auch nicht. Doch er war ein Menschenfeind, dem niemand – außer dem jüngeren seiner beiden kleinen Söhne – jemals etwas recht machen konnte.

»Du wirst dort nicht den Mund aufmachen, solange ihre Durchlaucht oder Monsieur Charbonnier dich nicht ansprechen, Piras! Hast du verstanden?«

Bauer war der erste Mensch in Florianos Leben, der ihn mit seinem Nachnamen ansprach, als hätte er keinen Rufnamen. Dabei hatte er nie gewusst, woher der Name »Piras« stammte, und immer daran gezweifelt, dass er ihm zustand. Seine Schwester, die ihm in Venedig in seinen ersten Lebensjahren Muttterersatz gewesen war, hatte vermutet, dass der Herkunftsort ihres Vaters so hieß. Ungeachtet dessen fand Bauer, dass »Floriano« ein albern klingender welscher Name sei, den laut über den Hof zu rufen er sich nicht zumuten könne.

»Darf ich fragen, warum ich mitkommen soll? Habe ich dabei eine besondere Aufgabe?«, erkundigte sich Floriano vorsichtig.

»Vier Ohren hören mehr als zwei. Du sollst dir einprägen, was beschlossen wird, damit ich später nichts davon vergesse.

Dieses Hin und Her von Wünschen und Sonderwünschen und Änderungen macht auch den aufmerksamsten Mann wirr im Kopf.«

So kam es, dass Floriano an einem Mittwochnachmittag in seinem besten Rock hinter Anton Bauer die Bibliothek des Leineschlosses betrat. Beim Anblick der Bücher übermannte ihn die Ehrfurcht stärker als beim Anblick der Herzogin. Eine solche Menge aufgeschriebener Weisheit – und er konnte zu seiner Beschämung nichts davon lesen.

»Herr Bauer, wie gut, dass Ihr kommt. Wir warten schon auf Euch«, begrüßte die Herzogin sie.

Floriano folgte Bauers Beispiel und verneigte sich tief.

»Eure Durchlaucht, verzeiht mir, wenn wir zu spät sind. Darf ich Euch meinen neuen Gehilfen vorstellen: Herr Piras. Monsieur Perronet hat ihn aus Celle geschickt, und er ist mir leidlich nützlich. Ich hoffe, seine Anwesenheit stört Euch nicht. Er soll mir hier nur als Stütze für mein Gedächtnis dienen.«

Die Herzogin zuckte mit den Schultern. »Er wird schon nicht stören. Ist er je in einer Bibliothek gewesen? Er wirkt ein wenig überwältigt. Wir haben auf der Galerie eine ausgezeichnete Sammlung von Werken der Botanik, die es in Celle wohl nicht gibt. Wenn er Interesse daran hat, darf er hinaufgehen und sie ansehen. Ein wenig Weiterbildung kann nie schaden.«

»Er kann nicht lesen«, sagte Bauer.

»Um die Abbildungen zu betrachten, muss er nicht lesen können. Vor allem die Bände mit den kolorierten Bildern anzusehen wird ihm aber vielleicht einen Anreiz bieten, das Lesen zu lernen.« Sie winkte ihren Lakaien herbei und beauftragte ihn damit, Floriano die genannten Bücher zu zeigen.

Florianos eigene Ansicht dazu zählte ganz offensichtlich nicht. In diesem Fall störte ihn das kaum, denn einen Blick auf die botanischen Abbildungen zu werfen reizte ihn in der Tat.

»Geh also. Du kannst auch von oben zuhören«, gab Bauer ihm mit auf den Weg.

Oben angekommen, nahm der Lakai drei recht schmale Bände aus einem Regal und legte sie einladend vor Floriano auf ein Lesetischchen. »Wenn ich etwas empfehlen darf: die drei Teile des neuen Blumenbuchs von Maria Sybilla Merian. Ursprünglich als Vorlagen für Stickereien gedacht, sind die Zeichnungen in ihrer Naturtreue auch für Gartenfreunde beachtenswert.«

Floriano bedankte sich mit einem Nicken, woraufhin der Mann ihn mit den Büchern allein ließ.

Verstohlen betrachtete er seine rauen Hände, aus deren Rissen und Fältchen sich der Dreck niemals völlig herausschrubben ließ. Von seinem nächsten Lohn würde er sich ein paar feine Handschuhe zulegen. Andernfalls blieb es ein Wagnis, das weiße Papier der kostbaren Druckwerke zu berühren. Widerstehen konnte er allerdings nicht. Von Frau Merian und ihrem feinen Zeichenstil hatte Perronet ihm schon erzählt. Die Gelegenheit, ihre Bilder zu sehen, konnte er sich nicht entgehen lassen.

Nachdem er den ersten Band aufgeschlagen hatte, vergaß er beinah den eigentlichen Grund für seine Anwesenheit in der Bibliothek. Erst Bauers dröhnende Stimme erinnerte ihn daran. Eilig stellte er sich mit dem Buch ans Geländer der Galerie, damit ihm von dem Gespräch unten nichts entging.

Martin Charbonnier, der langjährige Gartenarchitekt der Herzogin, breitete seine Zeichnungen auf dem Tisch aus, sprach dabei jedoch nur über das Wetter. Floriano wendete sich wieder dem Buch zu, dessen farbige Seiten er lieber bei hellem Tageslicht betrachtet hätte als im flackernden Lampenschein.

Die Malerin hatte einen Stieglitz gezeichnet, der in eine Mohnknospe pickte. Der Vogel wirkte so lebensecht, dass Floriano ihn verzückt berühren musste. Die fransige Blüte des türkischen Mohns hingegen ließ mehr Einzelheiten erkennen, als

das bloße Auge an einer echten Blüte wahrnahm. Die Schönheit des Bildes begeisterte ihn. Wie er es genossen hätte, sich dieses Bild an einer Wand aufzuhängen, um es jederzeit bewundern zu können!

Eine fremde Frauenstimme riss ihn erneut aus seiner Andacht. Überrascht spähte er zu den anderen hinunter. Eine weitere Dame hatte Bauer ihm nicht angekündigt, doch sie wurde soeben von der Herzogin als Fräulein Helena begrüßt. Die schlanke junge Frau wirkte überrumpelt, fing sich aber schnell. Ihre Locken waren so kastanienbraun wie die von Gabrielle.

Der Anblick fachte seine immer glimmende Sehnsucht nach seiner Geliebten an. Er suchte ständig nach Möglichkeiten, ihr unauffällig eine Nachricht zukommen zu lassen, doch bisher war ihm nichts eingefallen. Bauer hielt ihn jede Stunde des Tages mit Arbeit auf Trab, und er kannte noch niemanden, der ihm etwas hätte aufschreiben können, ohne lästige Fragen zu stellen. Das goldbraunäugige Fräulein Helena gehörte gewiss den Kreisen an, in denen Gabrielle verkehrte, und würde sie kennen. Doch da es ausgeschlossen war, sie im Beisein der anderen Herrschaften auch nur anzusprechen, half ihm das nicht weiter. Dennoch beobachtete er sie genau. War sie ein Mensch, der Verständnis für sein Anliegen haben würde? Oder würde allein sein Wunsch, eine Dame ihrer Kreise zu sprechen, sie empören?

Alle paar Schritte begegnete Helena auf ihren Irrwegen in die Bibliothek jemandem, was bewies, wie dicht bevölkert die Residenz derzeit war. Zu ihrer Freude gelang es ihr am Ende ohne fremde Hilfe, die altbekannten, mit geschnitzten Ornamenten verzierten Flügeltüren zu finden, nach denen sie Ausschau gehalten hatte. Sie wurden von einem livrierten Lakaien gehütet,

der eine davon bereitwillig für sie aufschwingen und sie eintreten ließ.

Der Geruch von Leder, Papier, Tabakrauch, Druckerschwärze und geölten Regalbrettern rief flüchtig die Erinnerung an ihren Vater wach. Die dämmrige Bibliothek bestand aus drei durch Türen verbundenen, großen, hohen Räumen, die jeweils mit einer umlaufenden Galerie ausgestattet waren. Steile Holztreppen führten in dieses angedeutete zweite Stockwerk hinauf. Zu Helenas Bedauern hörte sie aus dem mittleren Raum zwei Männerstimmen. Da ihr an diesem Tag nicht nach einer weiteren gesellschaftlich bedeutsamen Begegnung zumute war, überlegte sie, ihren Sehnsuchtsort gleich rückwärts wieder zu verlassen. Doch sie zögerte zu lange. An der Zwischentür erschien Herzogin Sophie mit gerunzelter Stirn und einem aufgeschlagenen Buch in der Hand.

»Ihr dürft eintreten. Habt Ihr Euch verlaufen, kommt Ihr mit einem Anliegen, oder zog Euch der Zweck dieser Räumlichkeiten an, mein Fräulein?«

Helena spürte, wie sie errötete, während sie in einen tiefen Knicks herabsank. »Es waren die Bücher und die Ruhe, die mich anzogen. Also dürfte es sich wohl um den Zweck des Orts handeln, Eure Durchlaucht. Vergebt mir bitte, wenn ich Euch gestört habe. Ich wusste nicht, dass Ihr hier weilt.«

Die Herzogin musterte sie mit weiterhin zusammengezogenen Augenbrauen. »Schon gut. Nun fällt mir ein, wer Ihr seid. Fräulein Helena von Minnigerode, nicht wahr? Die junge Dame, die jedes Spiel spielen kann. Wenn Ihr Ruhe sucht, bin ich es, die um Vergebung bitten muss. Wir haben diesen Raum ausnahmsweise für eine Konferenz okkupiert. Sie ist nicht geheim, daher dürft Ihr bleiben, wenn Euch unser Gespräch nicht stört. Es geht um Gartenfragen. Interessiert Euch das?«

Helena stellte sich die Freude ihrer Mutter vor, wenn sie ihr

beim nächsten Besuch berichten konnte, dass sie diese besondere Konferenz hatte belauschen dürfen. »Es wäre mir eine große Ehre, Euch zuzuhören. Geht es um Eure Herrenhäuser Gärten?«

Beinah hoben die Mundwinkel der Herzogin sich zu einem Lächeln. »Sie zu planen ist mein Trost in diesem Winter. Kommt herein. Vielleicht ist es sogar von Vorteil, eine weitere weibliche Meinung zu hören.«

Die Aussicht, dass ihre Meinung gefragt sein könnte, ließ Helena ihre Ermüdung vergessen. Freudig schloss sie sich der Runde an, die um einen Tisch herumstand und wartete, bis die Herren sich bei ihr vorgestellt hatten.

»Martin Charbonnier, Gartenbaukünstler. Sehr erfreut, Mademoiselle.«

»Gottfried Wilhelm Leibniz, Bibliothekar und Wissbegieriger. Durch die Großzügigkeit unseres gütigen Herrn Herzog und seiner Gemahlin in Diensten des Hofs und stets bereit, meinen bescheidenen Beitrag zu leisten, wenn es um Fragen der Philosophie und anderer Wissenschaften geht.«

»Anton Bauer. Erster Hofgärtner. Ich führe die Aufsicht über die Arbeiten. Seid Ihr die Tochter von Graf Theodor von Brünneck-Minnigerode?« Helena bestätigte mit einem Nicken, woraufhin er sich noch einmal verbeugte. »Habe einmal seine Bekanntschaft gemacht. War ein anständiger Mann, Euer Vater. Mein Beileid zu seinem Ableben. Ein Unfall, hörte ich?«

Der Hofgärtner war ein einschüchternd großer Mann mit Hängebacken wie eine Bulldogge. Helena versuchte, sich zu erinnern, ob ihr Vater ihn jemals erwähnt hatte, doch es fiel ihr nicht ein.

Sie räusperte sich. »Es ist nun schon bald drei Jahre her. In unseren Wäldern waren damals umfangreiche Holzfällarbeiten nötig, und Papa bestand darauf, die Fortschritte täglich selbst zu überwachen. Ein Windstoß ließ eine hohe Buche in die falsche

Richtung fallen. Papa hat noch einige Tage gelebt, ist seinen Verletzungen aber schließlich erlegen.«

»Verdammte Schlamperei. Ich hoffe, man hat die Holzfäller zur Rechenschaft gezogen«, sagte Bauer.

Helena schüttelte den Kopf. »Papa hat betont, dass niemanden eine Schuld traf. Es war ein Unglück.«

»Ein guter Holzfäller weiß, wohin der Baum fallen wird«, grollte Bauer.

Charbonnier hob den Zeigefinger. »Ich muss widersprechen, Monsieur Bauer. Auch der gewissenhafteste Holzfäller kann nicht alles voraussehen. Aber lassen wir doch das traurige Sujet. Gewiss möchte Mademoiselle damit abschließen. Seid Ihr ein wenig vertraut mit den Herrenhäuser Gegebenheiten, meine Verehrte? Werft einen Blick auf meine Zeichnungen.« Er beugte sich über den Tisch und fuhr mit dem Finger auf einem der ausgebreiteten Pläne herum, deren Tinte noch nicht allzu lange getrocknet sein konnte. »Hier im Zentrum des Geschehens wird sich die große Fontäne beeindruckend hoch in die Lüfte emporheben und mit ihrem sanften Sprühregen in heißen Sommern auf amüsante Weise für Abkühlung sorgen. Auch die Spazierwege durch die Alleen und die Boskettgärten werden in diesem Bereich eher schattig und kühl gehalten – zum lauschigen Zeitvertreib. Das Parterre direkt vor dem Schloss jedoch … Seht her, hier: Da halten wir alles offen und übersichtlich. Die bepflanzten Ornamente werden im Sonnenlicht in ihrer Farbenpracht mit den Roben der lustwandelnden Herrschaften um die Wette strahlen. Orangen und Zitronen brauchen wir. Die Zitrusgewächse aus Euren Osnabrücker Gärten werden hier ihre neue Heimat finden, Eure Durchlaucht. Doch sollten wir noch weitere beschaffen. Sie sind zudem ein hervorragender Kompromiss zwischen …«

Die Herzogin stieß die Luft aus und ließ so leise Ungeduld durchschimmern. »Zwischen Euren und meinen Wünschen,

meint Ihr? Charbonnier, Ihr weicht nur aus. Ich erklärte Euch deutlich, dass ein Drittel der uns zur Verfügung stehenden Fläche Pflanzen beherbergen soll, die einen Beitrag zu unserer Küche leisten. Und fangt nun nicht wieder damit an, dass Kraut und Rüben Euren Sinn für Ästhetik beleidigen. Denn gerade diese Aufgabe habe ich Euch gestellt: Richtet es so ein, dass alles in seiner Gesamtheit zur Augenweide wird. Auch unser Acker!«

»Gewiss ist das möglich«, schaltete sich der Hofphilosoph Leibniz ein. »Ist doch jedes Pflänzchen auf seine Art ein Wunder an eigener Schönheit.«

Helena rief sich die Rübenacker und Kohlbeete ins Gedächtnis, die sie in ihrem Leben gesehen hatte, und bedauerte Charbonnier. Er seufzte und strich sich eine Haarsträhne hinters Ohr, die sich aus seinem Zopf gelöst hatte.

»Nun gut, ich überarbeite die Pläne. Aber … Sagt Ihr uns doch einmal, Mademoiselle Helena: Habt Ihr jemals den Strauch einer Bohnenpflanze oder die Blüte einer Karotte bewundert?«

Sie sah ihn mitleidig an. »Nein, Monsieur Charbonnier, das habe ich nicht. Wobei das Kraut von Karotten immerhin eine gefällige Zartheit ausstrahlt. Und die Blüten von Zwiebeln könnte man durchaus als hübsch bezeichnen.«

Die Herzogin musterte sie mit ihrem ausdruckslosen, doch immer streng wirkenden Blick. »Daran erkennt man eine Person, die ihre Kindheit auf dem Landgut verbrachte. Sie hat tatsächlich eine Vorstellung davon, wie eine Zwiebelblüte aussieht. Welche Art Garten besitzt Eure Frau Mutter?«

»Auf der Hausinsel fasst sie außergewöhnliche Blütenpflanzen in harmonischen Beeten so zusammen, dass in jedem Beet die ganze Saison stets etwas blüht, ohne dass die Pflanzen ausgetauscht werden müssten. Die niedrigen Einfassungen sind aus Buchsbaum, der in Form geschnitten bleibt. Nutzpflanzen gibt es auf der Insel nicht. Dafür haben wir den Obst- und Gemüse-

garten. Allerdings gibt es dort auch Blumen, da Maman der Philosphie folgt, dass gewisse Blütenpflanzen dem Gemüse zu gesundem Wachstum verhelfen. Sie wird es nicht müde, diese Zusammenhänge zu erforschen.«

»Euer Interesse konnte sie dafür aber nicht wecken? Wie bedauerlich«, sagte die Herzogin und wandte sich von ihr ab. »Wie dem auch sei: Charbonnier, Ihr wisst, was Ihr zu tun habt. Und nun zu Euch, Bauer. Was sind die brennenden Schwierigkeiten?«

»Das Wasser, Eure Durchlaucht. Für die Fontänen und Wasserspiele muss es aufwendig herangeführt werden, wie Ihr wisst. Und dieser Herr Cadart wird es niemals schaffen, die Hindernisse zu überwinden, wenn Ihr mich fragt. Gleichzeitig müssen wir das Hochwasser der Leine abwehren, damit es nicht jedes Jahr zweimal Monsieur Charbonniers Blümchen überschwemmt. Und als hätte ich nicht mit der Pflanzung der Bäume und Hecken noch genug zu tun, erreichte mich gestern die Nachricht, dass im Hafen von Bremen Chrysanthemen aus Japan eingetroffen sind. Sie müssen selbstverständlich warm stehen, und ich habe in meinem Schlossflügel schon kaum noch genug Platz für mein eigenes Bett. Wir brauchen Gebäude, in denen Pflanzen überwintern können, will ich damit sagen. Und wir brauchen sie, bevor Eure Durchlaucht ernsthaft in Erwägung ziehen kann, sich über die Sommersaison hinaus in Herrenhausen wohnlich einzurichten. Erwähnte ich, dass ich für alle Bereiche unserer Tätigkeit zu wenig Arbeiter habe?«

Die Herzogin blätterte in ihrem Buch und sprach zu dem Hofgärtner, ohne ihn anzusehen. »Ihr leistet hervorragende Arbeit, Herr Bauer. Daran besteht kein Zweifel. Für alle Schwierigkeiten, die Ihr aufzählt, werden sich über kurz oder lang Lösungen finden. Darüber, dass die Chrysanthemen doch noch eingetroffen sind, bin ich hocherfreut. Ich hatte befürchtet, sie wären ver-

loren gegangen. Fräulein Helena, seht einmal diese Abbildung hier. Äußerst kunstvoll! Das sind Chrysanthemen. Besitzt Eure Mutter welche?«

Helena neigte sich zu ihr und spähte ins Buch. »In der Tat prachtvoll. Ja, Maman hat einige. Sie betreibt ihre Zucht und Vermehrung. Und ich interessiere mich durchaus für das, was sie tut. Nur ist sie mir in diesen Dingen weit voraus.«

Der Mundwinkel der Herzogin zuckte, was sie für den Bruchteil eines Augenblicks freundlich wirken ließ. »So, so. Nun, es würde mich erbauen, gelegentlich mehr über ihre und Eure Erkenntnisse in der Chrysanthemenzucht zu erfahren. Leibniz, Ihr wolltet uns einen Gedanken zum Sujet der Wasserkunst mitteilen!«

Leibniz nickte eifrig, trat näher an den Tisch und fuhr nun seinerseits mit dem Zeigefinger auf den Plänen herum. »Wir könnten eine Graft anlegen, um des Wassers Herr zu werden. Ganz um die große Gartenanlage herum. So breit und tief, dass man sie zum Bootfahren nutzen könnte. Stellt Euch vor, es lägen Gondeln darauf wie in …«

»Bei allem Respekt«, fiel Bauer ihm ins Wort. »Wenn Ihr hier auf dem deutschen Land ein neues Venedig bauen wollt, so rechnet damit, dass es etliche Jahrzehnte in Anspruch nehmen wird.«

»Ihr meint, der Bau einer Graft wäre in naher Zukunft nicht machbar?«, fragte die Herzogin.

»Ich bin Gärtner und kein Baumeister. Nach meinem gesunden Menschenverstand weiß ich jedoch nicht, wie wir zum nächsten Sommer etwas anderes zustande bringen sollten als eine Wüstenei, wenn wir uns nun auch noch so einen gewaltigen Kanal vornehmen würden. Nach meinem Dafürhalten wäre das …«

Offenbar war die Herzogin mit Bauers Reizbarkeit und seinem Pessimismus vertraut, denn sie blätterte gelassen weiter in ihrem Buch, während sie nun ihrerseits ihm das Wort abschnitt.

»Ihr seid ein Mann von vielen Talenten. Stellt Euer Licht nicht unter den Scheffel. Was meint Ihr dazu, Leibniz?«

Der hagere, blasse Hofphilosoph hatte im Laufe von Bauers Rede immer mehr die Schultern hochgezogen, als fürchte er, dass der große, laute Mann jeden Moment zu einem Schlag ausholen könnte. Nun räusperte er sich. »Um ehrlich zu sein, war ich mit meinem Vorschlag noch gar nicht am Ende. Um die Wasserspiele wie vorgesehen in Betrieb nehmen zu können, halte ich den Bau weiterer Pumpen- und Speichergebäude für notwendig. Doch ich sehe schon, dass dies möglicherweise nicht der richtige Zeitpunkt ist, um …«

»Ich für meinen Teil möchte Eure Gedanken dazu unbedingt hören«, unterbrach ihn dieses Mal Charbonnier.

Nach Fräulein Helenas Erscheinen hatte Floriano seine Aufmerksamkeit nicht noch einmal von der Gesprächsrunde abgewandt und vor allem sie genau beobachtet.

Sie war hübsch, doch nicht auffällig. Unter der Heerschar junger Hofdamen, die sich mit allen Mitteln zu Schönheiten zurechtmachen ließen, war sie nur eine von vielen. Sie war kein Vergleich zu Gabrielle, die eine berauschende, natürliche Sinnlichkeit versprühte, wo auch immer sie auftrat.

Charbonnier befragte sie nach ihrer Ansicht zur Schönheit von Nutzpflanzen. Ihre Antwort war vorhersehbar. Er hätte ihr gern einmal die üppigen Blüten von Melonen und Kürbissen gezeigt und sie angesichts eines blühenden Kirschbaums gefragt, was schöner sein könnte. Frau Merian hätte es gewiss verstanden, auch aus der Abbildung einer Kohlpflanze ein Kunstwerk zu erschaffen. Zu seinem Bedauern hatte er festgestellt, dass vielen Adligen von Kindesbeinen an eine solche Verachtung für das

Nützliche und Notwendige eingeredet wurde, dass sie unfähig waren, dessen Schönheit zu sehen. Herzogin Sophie stellte eine rühmliche Ausnahme dar.

Auch Gabrielle war der Ansicht, dass es dem Ansehen schadete, eigenhändig nützliche Arbeit zu tun. Einen entzückenden Schmollmund hatte sie gemacht, wenn sie darauf bestand, dass er nicht über seine Arbeit sprach. Herr im Himmel, wie er sich nach ihr verzehrte! Gleichgültig, wie hart und lange er in der Winterkälte arbeitete, er war nie müde genug, um sie nicht vor dem Einschlafen vor sich zu sehen.

Fräulein Helena ging sicher bei der Herzogin und der Prinzessin ein und aus. Vermutlich sah sie Prinzessin Dorothée jeden Tag. Und damit auch Gabrielle. Gab es vielleicht doch eine Möglichkeit, sie unverfänglich auf seine Geliebte anzusprechen? Sonst würde seine Sehnsucht ihn eines Tages noch so sehr um den Verstand bringen, dass er sich ins Schloss schlich, um sie zu suchen.

So aufregend Helena es fand, bei der Gartenkonferenz anwesend zu sein, fiel es ihr doch schwer, den Ausführungen zur Mechanik und Wissenschaft von Pumpwerken zu folgen, die Leibniz vortrug. Sie schweifte gedanklich ab, ließ ihren Blick über die makellos aufgereihten Buchrücken hinauf zur Galerie wandern und zuckte leicht zusammen. Oben stand ein junger Mann, der ein aufgeschlagenes Buch auf dem Geländer der Galerie abstützte und sie beobachtete. Als ihre Blicke sich begegneten, verbeugte er sich eilig und wandte sich mit seinem Buch ab.

Wer war das? Hatte er sie die ganze Zeit angestarrt? Wie unverfroren! Seiner Kleidung nach war er von untergeordneter Stellung.

»Fräulein Helena, wir scheinen Eure Aufmerksamkeit mit un-

serem Gespräch nicht länger fesseln zu können«, sagte die Herzogin mit schneidender Stimme. »Ihr dürft Euch zurückziehen.«

Wegen eben solcher Momente hasste Helena den Aufenthalt bei Hof. Der Herzogin zu widersprechen war ungezogen. Doch wenn sie es in diesem Fall nicht tat, würde sie der Annahme zustimmen, dass sie sich gelangweilt fühlte – was ebenfalls eine Beleidigung darstellte. Wie so oft setzte sich trotz ihrer Zweifel ihr Widerspruchsgeist durch.

»Verzeiht, wenn ich einen unaufmerksamen Eindruck mache, Eure Durchlaucht. Ich gestehe, dass es mir an Kenntnissen fehlt, um dem Diskurs über die Mechanik und Baukunst der Wasserleitungen in allen Einzelheiten folgen zu können. Das bedeutet aber nicht, dass ich die Resultate nicht bewundern würde.«

Bauer stieß einen verächtlichen Laut aus. »Nun, das ist es ja gerade. Zur Zeit gibt es da nichts zu bewundern. Sie funktioniert nicht, die Wasserkunst. Cadart erzählt dauernd nur von undichten Rohren und mangelndem Wasserdruck und verstopften Auslässen. All Eure hübsch ausgedachten Springbrunnen, Statuen, Fontänchen, Kaskaden und Grotten werden im Sommer furztrocken und öde dastehen, Charbonnier. Mit Verlaub, Eure Durchlaucht, es ist mir so herausgerutscht.«

Charbonnier, dessen Wangen nun allmählich auch etwas erhitzt wirkten, stieß einen entnervten Seufzer aus. »Gerade eben erläuterte Herr Leibniz uns, wie vielleicht Abhilfe zu schaffen wäre.«

Bauer schlug mit der Faust auf den Tisch. »Vielleicht! Da habt ihr gleich ausgesprochen, was mich daran stört. Diese Pläne umzusetzen würde kolossal viel Zeit und Münzen kosten – für ein kleines ›Vielleicht‹. Wenn Ihr mich fragt, sollten wir unsere Kräfte bündeln, um vorerst jene Dinge hervorragend zu gestalten, bei denen wir uns des Erfolgs gewiss sein können.«

»Als da wären …?«, fragte die Herzogin.

»Die Alleen- und Boskettpflanzungen, durch die der Garten seine Grundform erhält, und die kleinen Bauwerke, die leicht zu vollenden sind«, sagte Bauer.

»Die Bühne?«, hakte die Herzogin nach.

»Die Bühne ist unverzichtbar!«, stieß Charbonnier hervor.

»Würde es in diesem Sommer nicht auch ein Provisorium tun? Eine Holzbühne mit Kübelpflanzen?«, fragte Bauer.

Die Herzogin schüttelte den Kopf. »Mir liegt viel an der Bühne. Ich werde noch in dieser Woche die Skulpturen in Auftrag geben, die sie säumen sollen. Ihr müsst den Bau möglich machen, Herr Bauer. Solange wir auf die Wasserspiele verzichten müssen, wird die Bühne der Mittelpunkt und das Prunkstück der Anlagen sein. Allein von ein paar Chrysanthemen und gestutzten Hecken würden unsere Gäste schwerlich beeindruckt sein. Was ist mit meinem Privatgarten? Müssen wir auch seine Gestaltung zurückstellen?«

»Wenn es nach mir geht: Ja. Ich müsste die Aufsicht über die Arbeiten andernfalls meinem Gehilfen Herrn Piras überlassen.«

Die Herzogin hob den Blick zur Galerie, wo der junge Mann inzwischen ohne Buch stand und gespannt lauschte. »Wohl Euch, Herr Piras. Der Auftrag sei Euch erteilt. Da Ihr mit besten Referenzen von Monsieur Perronet gekommen seid, setze ich mein Vertrauen in Euch.«

Der hochgewachsene Herr Piras verneigte sich, was wegen seiner räumlich erhöhten Position für einen haarsträubenden Augenblick so wirkte, als wolle er sich kopfüber zu ihnen nach unten stürzen. »Es ist mir eine Ehre und Freude, Eure Durchlaucht. Ich stelle mir vor, Obstspalierbäume als Schmuck und Raumaufteilung zu verwenden. Würde das Eure Zustimmung finden?«, rief er von oben herab.

Um die Mundwinkel der Herzogin zuckte es. »Sollte etwa hier doch jemand meine Wünsche begreifen? Herr Piras, wie wäre es,

wenn Ihr Euch von den Blumenbildern losreißt und zu uns herabsteigt?«

Helena stellte erstaunt fest, dass sich hinter der immer distanziert wirkenden Miene der sonst so sehr aufs Zeremoniell bedachten Fürstin ein wenig Humor zu verbergen schien. Eilig kam der junge Mann, der ihn hervorgelockt hatte, die steile Treppe mehr herabgesprungen als herabgestiegen und verbeugte sich nun flüchtig noch einmal auch vor ihr. »Fräulein Helena, sehr erfreut.«

Ihm noch länger übel zu nehmen, dass er sie beobachtet hatte, war unmöglich. Sein Eifer und seine offene Miene hatten etwas rührend Unschuldiges an sich. Sie nickte ihm zu. »Gleichfalls, Herr Piras.«

Die Herzogin hatte offenbar vergessen, dass sie Helena eigentlich fortgeschickt hatte, denn obwohl sie auch zum weiteren Gespräch kaum etwas beizutragen hatte, durfte sie bis zum Ende bleiben. Dann verabschiedeten sich zuerst der äußerst unzufrieden wirkende Bauer und Piras, anschließend Charbonnier. Nur Leibniz machte keine Anstalten zu gehen, daher sah Helena sich als Nächste an der Reihe.

Sie vollführte ihren besten Hofknicks. »Eure Durchlaucht, ich bedanke mich dafür, dass ich an dieser lehrreichen Konversation teilhaben durfte.«

Herzogin Sophie nickte würdevoll. »Nun, wisst Ihr, nachdem Ihr bis zum Schluss durchgehalten habt, glaube ich Euch tatsächlich, dass Euch meine Gärten interessieren.«

»Das tun sie«, bestätigte Helena.

»Die Höflichkeit gebietet es uns oft genug, Interesse vorzutäuschen. Doch genug für heute. Es wird Zeit zum Umkleiden. Wir hören heute Abend bei Tisch ein Konzert, Fräulein Helena. Seine Durchlaucht, der Herzog, hat mehr für Musik übrig als für Blütenvielfalt. Er plant, in den nächsten Jahren hier am Schloss

ein Opernhaus anbauen zu lassen. Auch deshalb ist es wichtig, dass meine Gärten zügig Fortschritte machen. Wie dem auch sei, nach dem Essen dürft Ihr Euch wieder dem Spiel widmen, das Euch mehr liegt als die Gartenbaukunst, so wie ich es sehe.«

Sie wedelte nachdrücklich mit der Hand, und Helena war dieses Mal zu erleichtert, einfach gehen zu dürfen, als dass sie noch daran gedacht hätte, zu widersprechen.

In der Hoffnung, dass Fräulein Helena doch noch allein aus der Bibliothek kommen könnte, folgte Floriano seinem Vorgesetzten nur langsam. Es hatte sich bereits ein Abstand zwischen ihnen aufgetan, ohne dass sie erschien, als der Oberhofgärtner sich mit finsterer Miene zu ihm umwandte. »Was soll das Getrödel? Hast du für einen Tag noch nicht genug Honig ums Maul geschmiert bekommen? Obstspalierbäume, ha! Das hast du fein geplant, dich bei ihr einzuschmeicheln. Den Mund solltest du halten und im Hintergrund bleiben. Wer hat dir den Floh ins Ohr gesetzt, dass ich deine wilden Einfälle gebrauchen kann? Bilde dir nicht ein, dass ich dich noch ein zweites Mal mitnehme.«

Hastig schloss Floriano zu ihm auf. »Aber Ihr wart es doch, der davon anfing, dass ich die Aufsicht …«

»Narretei! Sie hätte ihren Privatgarten zurückstellen sollen, wenn sie hört, dass ich die Aufsicht einem Gehilfen überlassen muss. Kann ich ahnen, dass sie die Lage derart missversteht?«

»Also traut Ihr mir die Arbeit in Wahrheit gar nicht zu?« Floriano spürte den Zorn in seinen Schläfen pulsieren und dankte dem Herrgott dafür, dass er früh gelernt hatte, sich zu beherrschen.

»Es ist mir gleichgültig, ob dir die Sache zuzutrauen ist. Ich hätte dir diese Arbeit aus freien Stücken niemals überlassen. Nun

bleibt mir nichts anderes übrig. Aber glaub nur nicht, dass du dabei freie Hand bekommst. Du wirst rein gar nichts tun, ohne dass ich es absegne. Verstanden?«

»Verstanden, Herr Oberhofgärtner. Aber was ist mit den Obstspalierbäumen?«

»In drei Teufels Namen: Ja. Die verdammten Spalierbäume wirst du pflanzen. Wirst schon sehen, was für eine höllische Mühe das ist.«

13. Kapitel

Ende Januar 1683

»TRUMPF-ASS! Da soll mich doch … Ihr habt mich geschlagen«, stellte Baron Kaspar von Eichhorn fest. Mit einem Finger kratzte er sich unter dem Rand seiner Perücke an der Stirn.

Helena schenkte ihm ein Lächeln und legte ihre Karten auf den Tisch. »Ich hatte Glück.«

»Und das Glück sollte stets mit den hübschen und redlichen jungen Damen sein«, gab der Baron zurück. Er war doppelt so alt wie sie, einen halben Kopf kleiner, und er lispelte ein wenig. Außerdem wollte sie wetten, dass er unter der Perücke seine natürliche Kahlköpfigkeit verbarg. Doch schien er ein freundlicher und humorvoller Mann zu sein, soweit sie es bisher beurteilen konnte. Lange kannte sie ihn allerdings noch nicht, denn er war erst an diesem Tag mit dem von seinem einwöchigen Jagdausflug zurückkehrenden kleinen Hofstaat Georg Ludwigs erschienen.

Auch Prinz Georg Ludwig hatte sie beim Abendessen zum ersten Mal bei Hof gesehen. Er hatte neben Prinzessin Dorothée gesessen und sich pflichtschuldig um sie bemüht, ohne dabei zu wirken, als würde ihm die Rolle liegen. Nachdem die Tafel aufgehoben war, hatte sich das prinzliche Paar bald in seine Gemächer zurückgezogen. Helena war sicher, dass bei ihrem Abgang jeder noch im Saal Anwesende zumindest flüchtig etwas Ähnliches gedacht hatte: höchste Zeit, dass die beiden wieder unter einem Dach weilten. Die erste Schwangerschaft der Prinzessin konnte nicht früh genug eintreten. Auch Helena stimmte dem zu. Dorothée war zwar noch jung, doch den Zuwachs an Ansehen und Wohlwollen, den ihr eine baldige Schwangerschaft

verschaffen würde, konnte sie gerade wegen ihrer Jugend gut gebrauchen.

Sie zwinkerte dem Baron zu. »Gut, dass es sich mit dem Glück nicht so verhält, Herr von Eichhorn. Sonst müssten wir uns jedes Mal, wenn eine Dame verliert, fragen, was mit ihr nicht stimmt: Ist sie nicht jung, nicht hübsch oder nicht redlich?«

Ileana, die kurze Zeit zuvor zu ihnen gestoßen war und Helena beim Spielen über die Schulter gespäht hatte, hüstelte. »Wenn beim Spielen alle verlieren würden, die nicht jung, hübsch oder redlich sind, dann würde so manche Partie ohne Gewinner ausgehen.«

Diese Bemerkung fand Helena gewagt, doch Baron von Eichhorn schnaubte gutmütig und schob die auf dem Tisch ausgebreiteten Karten zusammen. »Und mir bliebe der Sieg wohl auf ewig verwehrt«, sagte er. »Ihr habt recht – gut, dass es nicht so ist. Sonst hätte ich keine Lust weiterzuspielen, doch das habe ich. Wie wäre es mit einer Partie ›L'Hombre‹? Gesellt Ihr Euch zu uns, verehrtes Fräulein …?«

Da eine junge Dame sich einem unbekannten Herrn schlecht selbst vorstellen konnte, sprang Helena ein und überspielte den lästigen Moment der ungeklärten Höflichkeitsfrage. »Freifräulein Ileana von Carnitz. Ich habe das Vergnügen, ihrer Wohlgeboren Zimmergefährtin zu sein, und darf mir daher wohl die Ehre aneignen, sie Euch vorzustellen.«

Er stand auf und verneigte sich, während Ileana ihm ebenfalls ihre Reverenz erwies. Auch dem Freifräulein reichte der Scheitel seiner eichhörnchenbraunen Perücke nur bis zum oberen Rand ihres Ohrs. Doch ehe er in die Verlegenheit kam, zu ihr aufblicken zu müssen, setzte sie sich und blickte ihrerseits mit weit aufgerissenen Augen zu ihm auf. »Die Regeln sind so schwierig, dass ich vielleicht dann und wann um Rat fragen muss, aber ich würde nur zu gern mitspielen.«

Helena ließ sich nicht anmerken, dass sie durchschaute, wie Ileana Baron von Eichhorn die hilflose Weiblichkeit vorgaukelte. Wenn das Freifräulein sein Glück bei ihm auf diese Weise versuchen wollte, dann sollte sie es tun. Ein Mann, der sich so ein kindlich unterlegenes Verhalten von seinem Eheweib wünschte, würde mit ihr selbst ohnehin niemals zufrieden sein.

In der dazu üblichen Dreierrunde spielten sie L'Hombre, und bald war Helena diejenige, die Ileana die Feinheiten des Spiels erklärte.

Nach kurzer Zeit stand wieder eine Frau hinter ihr, die ihr über die Schulter in die Karten blickte. Dieses Mal war es Gabrielle de Brionne, die Kammerjungfer von Prinzessin Dorothée. Helena fragte sich, ob die Damen alle erpicht darauf waren, dazuzulernen, oder ob sie ihr misstrauten und sie deshalb beobachteten. Nun, in dieser Hinsicht hatte sie nichts zu befürchten. Sie versuchte immer, klug zu spielen, doch sie mogelte niemals.

Tatsächlich gewann Baron von Eichhorn die Partie, weil er ebenfalls klug spielte und dieses Mal über die besseren Karten verfügte.

»Bravo, Herr Baron. Nun sind wir quitt«, sagte sie.

»Doch ich bin sicher, dass mein Vergnügen das Eure übersteigt. Daher sind wir nicht völlig quitt. Spielt Ihr auch ›Belle, Flux et Trente-et-Un‹?«, fragte er.

Ein weiterer Nachteil des Hoflebens war, dass stets der Augenblick kam, von dem an um Beträge gespielt wurde, die nur die wahrhaft Reichen mühelos entbehren konnten. Helena hatte mit Maman zusammen darüber nachgedacht und eine Summe bestimmt, die ihr für Spieleinsätze zur Verfügung stand. Wenn sie sich auf »Les trois jeux« einließ, wie man das Glücksspiel »Belle, Flux et Trente-et-Un« auch nannte, dann würde sie aufpassen müssen, dass diese Summe nicht zu schnell dahinschmolz.

Während sie noch mit ihrer Antwort zögerte, klatschte Baron

von Eichhorn in die Hände. »Aber gewiss spielt Ihr es, und da kommt jemand, der darauf brennen wird, es mit uns zu spielen!« Er erhob sich, nur um sich gleich darauf wieder tief zu verbeugen.

Helena stand unwillkürlich ebenfalls auf und knickste. Erst dann blickte sie sich um und sah, dass Prinz Georg Ludwig den Saal betreten hatte. Offenbar war er doch noch nicht müde genug, um sich mit seinem Eheweib zur Nachtruhe zu begeben. Baron von Eichhorn richtete sich auf und winkte dem Herzogssohn, der tatsächlich zu ihnen an den Tisch geschlendert kam.

»Was wird gespielt, Kaspar?«, fragte er den Baron, ohne Helena oder Fräulein Ileana zur Kenntnis zu nehmen.

Seine gewaltige braune Perücke hing ihm bis auf die Brust und war mit einiger Sicherheit aus kostbarem echtem Menschenhaar, sah aber aus wie ein Katzenfell. Beim Abendessen hatte er sie ordentlich gebürstet getragen, doch nun war sie leicht zerzaust, als hätte er sie achtlos wieder über den Kopf gestülpt. Seinen Justaucorps wieder zuzuknöpfen, hatte er sich ebenfalls nicht die Mühe gemacht. Es schien geradezu, als wolle er den Anwesenden mitteilen, dass er seine Pflicht erledigt hatte, sich davon jedoch nicht von anderen Vergnügungen abhalten lassen würde. Als er neben Helena trat, stieg ihr auch noch der unverwechselbare Geruch des Treibens in die Nase, das die Sittenstrengen unter hartnäckiger Verleugnung der Wirklichkeit den »ehelichen« Akt nannten.

»Les trois jeux, Eure Hochwohlgeboren. Bis eben spielten wir L'Hombre, aber die Damen sind äußerst gewandt, daher strengt es mich zu sehr an«, sagte Baron von Eichhorn.

Ileana prustete leise und verbarg ihre vorstehenden Zähne hinter der Hand. Helena lächelte gezwungen über das Kompliment, während sie innerlich haderte. Das Spiel auszuschlagen, wenn der Prinz daran teilnehmen wollte, war ausgeschlossen. Die Wahl war ihr also abgenommen. »Ihr seid ein liebenswürdiger Schmeichler, Baron. Oder wollt Ihr seine Hoheit in dem Glau-

ben wiegen, dass Ihr ein schwacher Spieler seid? Gewiss weiß er es doch längst besser.«

Prinz Georg Ludwig winkte einem der Lakaien, ließ sich einen Stuhl zurechtrücken und plumpste mehr darauf, als dass er sich setzte. »Bier!«, ranzte er den Bediensteten an. »Und meine Börse für die Einsätze! Nehmt Platz! Ist mir gleich, ob Ihr gescheit seid oder nicht, Hauptsache, es ist nicht langweilig. Wir spielen Pharo. Wenn Ihr das nicht könnt, dürft Ihr Euch zurückziehen. Heda, Graf von Platen, kommt her! Ihr könnt unseren Bankier machen.«

»Dann soll es Pharo sein. Auch eine gute Wahl«, sagte Baron von Eichhorn und setzte sich. »Ich hoffe doch, die Damen bleiben unserem Tisch treu?«

Ileana starrte sichtlich eingeschüchtert den Prinzen an. »Gewiss«, sagte sie mit piepsender Stimme und setzte sich hastig.

Obwohl Helena sie nicht besonders mochte, weckte Ileanas Verlegenheit in ihr einen leisen Zorn auf den ruppigen Georg Ludwig. Sie hatten ihm keinen Grund gegeben, unfreundlich zu sein. Gerade in seiner erhabenen Position hätte er es besser wissen müssen, als sie so herablassend zu behandeln. Er würde schon erleben, ob sie Pharo spielen konnte!

Würdevoll strich sie ihren Rock zur Seite und setzte sich mit besonders aufrechter Haltung auf den Platz neben ihm. »Pharo spielten wir als Kinder schon um Naschereien, als wir kaum der Wiege entwachsen waren, Eure Hoheit. Unser Hauslehrer hielt es für eine ausgezeichnete Methode, unsere Aufmerksamkeit zu schulen und meinen Bruder dazu zu bringen, sich an Regeln zu halten.«

Georg Ludwig warf ihr einen ausdruckslosen Seitenblick zu. »Und hat seine Methode Erfolg gehabt?«

»Wie man es nimmt. Wenigstens litt ich nie Mangel an Zuckerwerk. Und mein Bruder lernte, ein guter Verlierer zu sein.«

Baron von Eichhorn lachte und klopfte auf den Tisch. »Glänzend«, sagte er. »Glänzend.«

Graf von Platen, der langmütige Ehegemahl der herzoglichen Mätresse, zeigte bessere Manieren als der Herzogssohn. Er verbeugte sich zuvorkommend vor Helena und Ileana, bevor er Georg Ludwig gegenüber Platz nahm. »Es ist mir eine Ehre, Euch die Bank zu stellen, Euer Hochwohlgeboren. Sind wir alle bereit?«

Sie stimmten zu, und wenig später versanken sie im Wirbel der Karten. Kerzen brannten herunter und wurden ersetzt, Bier- und Weinkrüge wurden gebracht und Silberkannen voll mit dampfendem Kaffee gereicht und geleert. Lakaien trugen Tabletts herbei, auf denen Stärkungshappen angerichtet waren, Tabakrauch stieg zur Decke, Holzscheit um Holzscheit verbrannte im Kamin, müde Höflinge sickerten langsam aus dem Spielsaal, bis nur noch die besonders begeisterten Spieler dreier Tische und eine Handvoll Zuschauer zurückgeblieben waren.

Helena verspielte die Summe, die sie für sich festgelegt hatte, ein Mal beinahe, doch das Blatt wendete sich zu ihren Gunsten, und ihr Einsatz wanderte zu ihr zurück. Gegen ein Uhr begann sie erneut zu verlieren, und gegen zwei Uhr hatte sie die Summe erneut verloren. Allerdings war ihr Verlust gering im Vergleich mit dem von Georg Ludwig, was sie mit Genugtuung erfüllte. Ileana verlor ebenfalls mehr als sie, Baron von Eichhorn hingegen etwas weniger.

Profitiert hatte letztlich nur die Bank in Person des Grafen von Platen.

Sie verbarg ein gespieltes Gähnen hinter ihren behandschuhten Fingern. »Fräulein Ileana, werte Herren, ich fürchte, meine Kräfte sind erschöpft. Verzeiht Ihr mir, wenn ich mich zurückziehe?«

Ileana, die ihre Verlegenheit verloren hatte und seit Stunden

unverhohlen Baron von Eichhorn schöne Augen machte, stieß einen Protestlaut aus. »Oh, bitte, bleibt! Wie soll ich zurückgewinnen, was ich verloren habe, wenn wir jetzt aufhören? Es ist doch kaum noch jemand hier, der Euren Platz einnehmen könnte!«

Prinz Georg Ludwig brummte unzufrieden. »Wir brauchen keinen vierten Pointeur, um weiterzuspielen. Es geht auch zu dritt. Bloß muss ich selber passen, mein Geldsack ist leer und mein Schatzmeister zu Bett gegangen. Andererseits … Wenn Ihr aufhören wollt, Fräulein Helena, würdet Ihr mir Eure Börse leihen? Ihr habt doch bis zum Morgen keine Verwendung mehr dafür.«

Der Gedanke an den kümmerlichen Rest Münzen in ihrer Börse ließ Helena den Atem stocken. Sie konnte ihm das Geld unmöglich abschlagen, doch ihm zu offenbaren, mit wie wenig sie am Spiel teilgenommen hatte, wäre peinlich gewesen. Durfte sie darauf hoffen, dass er nicht überschaute, wie viel sie verloren und gewonnen hatte? Sie erhob sich und warf einen Blick in das Samtfutteral, als wüsste sie nicht, was darin war.

»Gewiss, Eure Hoheit. Allerdings …«

Zielstrebig schob Gabrielle de Brionne sich zwischen sie und den Prinzen. »Eure Hochwohlgeboren, es wäre mir eine große Ehre, wenn ich Euch sowohl als Mitspielerin als auch mit meiner Börse aushelfen dürfte. Ich bin noch nicht müde und beobachte Euer Spiel nun schon so lange, dass ich mich regelrecht danach sehne, es spielen zu dürfen. Entlasst doch das arme Fräulein von Minnigerode in ihre so dringend benötigte Nachtruhe und nehmt mit mir vorlieb.«

Der Prinz verzog die Lippen zu einem halben, leicht betrunkenen Grinsen. »Keine Einwände. Erholsamen Schlaf, Fräulein Helena. War mir ein Vergnügen.«

Helena sah fassungslos zu, wie Mademoiselle de Brionne sich

auf ihrem noch warmen Platz niederließ und dabei geradezu anzüglich den Prinzen streifte. Als sich die junge Dame zu ihr umwandte und ihr frech ins Gesicht feixte, kam sie jedoch zu sich und brachte rasch noch ein paar Abschiedsworte heraus. »Ich danke Euch für den kurzweiligen Abend und wünsche weiterhin viel Freude.«

Baron von Eichhorn stand auf, um sich vor ihr zu verbeugen, und nickte ihr mit ebenfalls glasigem Blick zu. »Ihr seid eine echte Bereicherung für unsere Gesellschaft, verehrtes Fräulein. Hoffentlich gebt Ihr uns bald wieder die Ehre.«

Helena lächelte und wollte gehen, da überraschte Prinz Georg Ludwig sie damit, dass auch er doch noch aufstand und sich vor ihr verbeugte. »Richtig«, sagte er. »Da hat er recht. Und gute Nacht.«

14. Kapitel

Nach der stickigen Wärme des Spielsaals wirkte die kalte Luft des ungeheizten Schlossflurs auf Helena wie ein Guss mit eisigem Wasser. Trotz der nächtlichen Stunde fühlte sie sich wieder hellwach, als sie den Weg in ihr Schlafgemach antrat. Einer der Türsteher bot ihr an, sie mit einem Licht zu begleiten, doch sie lehnte ab und ließ sich nur die Lampe geben. Sie sehnte sich danach, allein zu sein und in Ruhe über den Verlauf des Abends nachdenken zu können.

Zu ihrer Überraschung hatte sie die Stunden am Tisch des Prinzen nicht als unangenehm empfunden. Georg Ludwig hatte Ileana und sie kaum höflicher behandelt als den Stuhl, auf dem er saß. Nach einer Weile hatte sie aus Ärger darüber ebenfalls weit respektloser mit ihm gesprochen, als es das Zeremoniell verlangt hätte. Das schien ihm jedoch nicht nur nichts auszumachen, sondern ihm sogar zu gefallen. Doch vielleicht hatte seine zunehmende Umgänglichkeit auch mit seinem Rausch zu tun gehabt.

Mit eiligen Schritten huschte sie fröstelnd die leeren, von Nachtlichtern schwach beleuchteten Gänge entlang. Die Gemälde, die in ihren vergoldeten Rahmen die Wände zierten, wirkten im Halbdunkel seltsam lebendig. Als sie sich der Treppe näherte, die in ihr Stockwerk führte, hörte sie Schritte und die Stimmen von zwei Männern, die die Stufen heraufkamen. Was die beiden sprachen, verstand sie nicht gleich, doch sie klangen schon von Weitem nach zwei Zechern, die betrunken scherzten.

Nun tat es ihr leid, dass sie auf die Begleitung durch den Lakaien verzichtet hatte. Einen Augenblick lang überlegte sie, ob sie

umkehren und sich in einem Winkel des Flurs verbergen sollte, bis die beiden vorübergegangen waren. Dann jedoch erkannte sie die Stimmen, und sie blieb stehen wie erstarrt.

Die Männer auf der Treppe hielten ebenfalls inne, als sie Helena bemerkten. Graf Viktor von Briesen trug eine Laterne und hob sie nun in die Höhe, um die Frau auf dem Treppenabsatz heller zu beleuchten.

»Mademoiselle! So spät noch unterwegs?«, fragte er mit schwerer Zunge.

»Nicht später als Ihr, Graf von Briesen«, erwiderte sie, verstummte dann jedoch. Sie sah den zweiten Mann an, und tausend Gedanken schossen ihr durch den Kopf.

Adrian! Seit wann war er in Hannover? Seit wann im Schloss? Hatte er gewusst, dass auch sie hier war? Wie stand er zu ihr? Was dachte er über die Entscheidung seines Vaters? Was empfand sie noch für ihn?

Adrian fasste nach dem Ärmel seines Zechkumpans und zog dessen Hand mit der Laterne nach unten. »Helena? Bist du das? Was …?« Er wich zurück, als hätte sie ihm einen Stoß versetzt, kam dabei aus dem Gleichgewicht und fing sich erst zwei Stufen tiefer wieder, indem er nach dem Geländer griff.

»Warum bist du hier?«, fragte er.

Sie holte tief Luft. »Hast du geglaubt, ich würde ins Kloster gehen? Es ist für Jungfern meines Standes nicht ungewöhnlich, sich bei Hof aufzuhalten.«

Sie wollte ihm noch viel mehr sagen, ihm ihre ganze Wut entgegenschleudern, doch Viktors Gegenwart bremste sie. Die Art ihrer Beziehung zu Adrian ging ihn nichts an. Es war schlimm genug, dass Adrians Erscheinen bei Hof möglicherweise ihre aufgelöste Verlobung zum Gesprächsthema machte. Wie intim sie miteinander gewesen waren, durfte niemand erfahren.

Mit beiden Händen hielt er sich nun an dem polierten steiner-

nen Handlauf fest. »Ich hätte dir geschrieben, aber was hätte ich sagen sollen? Vaters Wille ist hart wie Marmor. Wir müssen seine Entscheidung akzeptieren.«

Helena dachte an die vielen Male, die er seinen Vater hintergangen hatte, um sich heimlich mit ihr auf einer Lichtung oder in einer der leer stehenden Schäferhütten zu treffen. Er hatte ihr beteuert, dass der Wille seines Vaters gegen seine Liebe zu ihr nichts zählte.

Sie wollte ihn verabscheuen, doch ihr Herz schmerzte, als sie in das ebenmäßige Gesicht sah, von dem sie geglaubt hatte, dass sie es bis an ihr Ende vergöttern würde. Zu gut erinnerte sie sich an die Sehnsucht nach ihm, nach seinen Berührungen. Nun, da sie ihm wieder gegenüberstand, fühlte sie das Echo ihrer Vernarrtheit und verachtete sich selbst dafür.

»Dachtest du, ich hätte die Entscheidung nicht akzeptiert? Natürlich habe ich das. Wozu hättest du mir schreiben sollen?«, sagte sie, obgleich sie ihn dafür hasste, dass er ihr nicht einmal eine kurze Nachricht gesandt hatte. Ihre Stimme fühlte sich zittrig an, musste jedoch für jeden, der sie nicht kannte, überzeugend genug klingen.

»Du musst dich vor Viktor nicht verstellen, Helena. Er ist mein Freund. Hast du wirklich schon vergessen, was uns verbindet? Für mich vergeht kein Tag, an dem ich nicht an dich denke. Du kannst nicht so grausam sein, mich dafür büßen zu lassen, dass mein Vater seine Ansicht zu unserer Verlobung geändert hat.«

Helenas Puls beschleunigte sich, und die Hitze ihrer aufsteigenden Wut vertrieb die Kälte in ihren Gliedern vollends. Was, in drei Teufels Namen, erwartete er von ihr? Sollte sie ihm schwesterlich die Wangen küssen? Die Kerze in ihrer Hand bebte und flackerte. Sie musste die Fingernägel der freien Hand in ihren Handballen pressen, um die Fassung zu wahren. Nicht einmal zum Tod ihres Bruders hatte er ein Wort verloren! Sie wollte ihn

anschreien, ihr in Zukunft aus dem Weg zu gehen. Stattdessen atmete sie tief durch und nahm sich zusammen.

»Adrian, es kommt häufig vor, dass die ersten Heiratspläne nicht aufgehen. Wenn du mir nicht hier und jetzt sagen willst, dass du auf unserer Verlobung beharrst und ein Mittel kennst, deinen Vater umzustimmen, dann solltest du verstehen, dass meine Zukunft in der Ehe mit einem anderen liegt. Aus Rücksicht auf meinen zukünftigen Gemahl sollten wir einen geziemenden Abstand wahren.«

Ihr ehemaliger Geliebter ließ das Geländer los und erklomm angespannt die nächsten vier Stufen. »Du hast also bereits einen Nachfolger für mich in Aussicht? Wer ist es?«

»Das habe ich nicht gesagt. Und wenn es so wäre, ginge es dich dennoch nichts an, bis es offiziell würde.«

Einen Augenblick lang starrten sie sich auf der düsteren Treppe im dürftigen Schein ihrer Kerzen stumm an.

Viktor, der ihre Begegnung gebannt beobachtet hatte, räusperte sich. »Mein lieber Freund, du überraschst mich«, brach er das Schweigen. »Wir alle wissen doch um die Zwänge, die uns durch unsere edle Herkunft auferlegt werden. Der Weise zeigt der Welt ob dessen eine gelassene Miene und findet diskrete Arrangements, die auch den persönlichen Vorlieben entsprechen.«

»Aber …« Adrian strich sich mit einer unsicheren Bewegung die lose Stirnlocke seiner blonden Hofperücke nach hinten. Sogar im Zwielicht war zu erkennen, dass seine Wangen gerötet waren. Noch vor wenigen Monaten hätte sein knabenhafter Anblick Helena berührt. In diesem Moment wollte sie ihn schütteln.

»Also gut«, seufzte er. »Gehorche den Zwängen. Aber versprich mir, Helena, dass uns das nicht auf ewig trennen wird. Heirate! Aber schenk mir Hoffnung darauf, dass dein Herz mir weiterhin …«

Helena ergriff mit der freien Hand ihren Rock und mar-

schierte die Stufen hinab, um an den beiden vorbeizugehen. »Nun reicht es aber! Behalt deinen Unsinn für dich. Kannst du dir nicht vorstellen, dass ich auch ohne solche verqueren Einfälle genug Schwierigkeiten zu bewältigen habe? Wenn ich Euch das nächste Mal begegne, *Baron von Schwanewede*, dann verlasse ich mich darauf, dass Ihr mir vorbildlich höflich gegenübertretet. Gute Nacht, Graf von Briesen.«

Adrian machte einen Satz auf sie zu, schwankte leicht und ergriff mit heißer Hand ihren Arm. »Ich werde keine Ruhe geben, bis wir beide wieder dort sind, wo es uns so gut gefallen hat. Erinnerst du dich denn nicht?«

»Nimm deine Hand von mir!«, zischte sie.

Er kam noch näher und flüsterte ihr ins Ohr, sodass sie den Wein in seinem Atem riechen konnte. »Du bist hinreißend, wenn du wütend bist. Ich verstehe, dass die Angelegenheit dich erzürnt hat. Aber du wirst mir vergeben. Nicht wahr, Leni? Du wirst mir vergeben?«

Sie riss sich so heftig los, dass das Wachs ihrer Kerze auf ihr Kleid spritzte. Immer mehrere Stufen auf einmal nehmend, lief sie die Treppe hinab. »Scher dich zum Teufel, Adrian.«

Nur der Eifer ihres Schutzengels ließ sie in ihrer Hast die dunkle Treppe unbeschadet überwinden. Die Zorneshitze stieg ihr zu Kopf, doch auch die Scham heizte ihr ein. An einem heißen Sommertag hatte sie einmal im aufgeknöpften Kleid und mit bloßen Füßen im Wald auf Adrian gewartet. Sie fühlte wieder das weiche Moos unter ihren Zehen, in das er sie kurz darauf gebettet hatte. Niemals hatte sie bereuen wollen, was sie zusammen gewagt hatten. Nun tat sie es doch. Was konnte sie tun, wenn Adrian es sich in den Kopf setzte, sie hier bei Hof zu verfolgen? Wenn sie bloßgestellt wurde, würde sie vor Scham sterben.

Sie musste bei Tageslicht und unter vier Augen mit ihm sprechen, um ihm klarzumachen, was für sie auf dem Spiel stand

15. Kapitel

Am zweiten Vormittag nach dem nächtlichen Zusammentreffen mit Adrian und Viktor hatte Helena ihren ehemaligen Verlobten noch immer nicht wiedergesehen. Prinz Georg Ludwig war erneut zu einem mehrtägigen Jagdausflug aufgebrochen, und Helena vermutete, dass Adrian zu seiner Jagdgesellschaft gehörte.

Bevor sie auf dem Schlosshof in die Kutsche stieg, die ihre Mutter ihr geschickt hatte, blickte sie sich unwillkürlich noch einmal nach ihm um. Doch außer ihr bevölkerten nur Bedienstete den Platz. Einige schlugen mit langen Stangen das Eis von der Brücke, die über die Leine ins Schloss führte. Andere streuten Sand auf das gefährlich glatte Pflaster der Zugangswege.

Helena war überrascht über die Härte des Frostes. Sie und die anderen Hofdamen verließen so selten das Gebäude, dass sie oft kaum wahrnahmen, wie das Wetter sich veränderte. Gewiss wäre es anders gewesen, wenn ein Schlossgarten oder ein Park zu Spaziergängen eingeladen hätte. Die engen Hannoverschen Gassen, von denen das Schloss umgeben war, lockten im Winter kaum jemanden an die frische Luft.

Hinner diente ihr an diesem Tag als Kutscher und hatte sich seiner Aufgabe zu Ehren in seine Livree gezwängt, obwohl sie weitgehend von dem dicken Kutschermantel verdeckt wurde. Er stopfte die Pelzdecke um Helena herum fest.

»Ist die Köhlenpann noch schön heiß, gnädiges Fräulein?«, fragte er.

»Heiß genug. Lass uns fahren, Hinner! Ich habe doch so ein

bisschen Kälte schon öfter überlebt. Und ich freue mich so sehr auf Zuhause.«

Seine Miene wirkte bedrückt, als er nickte. Er warf dem herzoglichen Stalljungen, der die Pferde hielt, eine kleine Münze zu und sprang auf den Kutschbock.

»Es ist doch zu Hause alles in Ordnung?«, hakte sie nach.

Er ließ die Zügel auf die Hinterteile der Pferde klatschen und schnalzte, bevor er sich über die Schulter zu ihr umwandte. »Alle sind gesund, wenn Ihr das meint, Fräulein Helena. Das lütte Fräulein Ameli hustet, aber nicht doller als meistens. Es ist nur, dass … Ihr fehlt auf Minnigerode. Die Dinge laufen nicht so gut, wie man es sich wünschen würde, und es ist hart für Eure gnädige Frau Mutter, allem allein entgegentreten zu müssen.«

Helena nickte, sparte sich aber die Antwort, und er blickte wieder nach vorn. Auf dem schlossnahen, gepflasterten Teil der Straße hielt er die Pferde noch zurück, doch sobald sie in den durch den Frost stumpfen gewöhnlichen Schotterweg überging, ließ er sie flink traben. Bald flog die schmuddlige Kulisse der Stadt nur so vorüber, und Helena musste vor Freude lachen.

»Unseren Rössern geht es jedenfalls gut. Das ist dein Verdienst, Hinner«, rief sie nach vorn. Sich noch einmal umzudrehen, leistete er sich nun nicht mehr, doch er hob dankend die Hand.

Mit langen Schritten stürmte Helena nach ihrer Ankunft ins Haus und traf im Festsaal auf ihre Mutter und ihre Schwestern, die aufgeregt dabei halfen, den Tisch für die Geburtstagsgesellschaft einzudecken. Die Mädchen liefen ihr strahlend entgegen, und Maman lächelte und warf das Buchsbaumkränzchen, an dem sie eben noch mit gerunzelter Stirn genestelt hatte, achtlos auf den Tisch. Mit ausgebreiteten Armen folgte sie ihren jüngeren Töchtern.

»Da bist du endlich!«

»Alles Gute zu deinem Ehrentag, Maman!«

Trotz aller Freude über die Heimkehr und das Wiedersehen blieben Helena die Schatten unter den Augen ihrer Mutter nicht verborgen. Doch um die kleine Feier nicht zu verderben, zu der die Pastoren der umliegenden Gemeinden ebenso geladen waren wie eine Bürgermeisterfamilie und einige andere gute Bekannte, sagte sie vorerst nichts dazu. Vor sich selbst konnte sie die Sorge um Maman allerdings nicht verleugnen. War ihr Plan vielleicht doch unrecht? Hatte sie ihre Mutter nach dem Tod ihres Bruders zu schnell mit allen Aufgaben allein gelassen, die die Verwaltung des Guts mit sich brachte? Oder war es von Grund auf vermessen zu glauben, dass die Kraft von zwei Frauen genügen würde, um ihnen das Gut zu erhalten?

Ihre Mutter war trotz ihrer neuerdings schmerzhaft eingeschränkten Mittel eine herzliche und großzügige Gastgeberin, die am Ende der Feier ohne viel Aufhebens dafür sorgte, dass die Pastoren einen Anteil der übrig gebliebenen Leckereien für ihre ärmsten Gemeindemitglieder mitnahmen.

Erst als auch das erledigt und alle Gäste am späten Nachmittag wieder gegangen waren, saß Helena Maman allein gegenüber. Sie konnte beobachten, wie die lebhafte Freundlichkeit von ihrer Mutter abfiel. Mit leer werdendem Blick rieb sie sich den Nacken.

»Vierzig Jahre bin ich nun alt, Leni!«, sagte sie leise. »Als ich geboren wurde, herrschte noch Krieg, und plündernde Lumpenhorden zogen durch unsere Gegend. Meine ganze Kindheit und Jugend hindurch blieb diese Gefahr, blieb das Elend, das der Krieg angerichtet hatte. Trotzdem haben wir auf diesem Gut niemals aufgegeben. Mein alter Vater war so froh, als dein Vater entschieden hat, hier die Gutsherrenwürde von ihm zu übernehmen. Und gerade jetzt, wo es in unserem Land friedlicher geworden ist, werden wir vielleicht aufgeben müssen. Es war heute

das erste Mal, dass ich Brot für die Armen gegeben habe, das uns selbst morgen fehlen wird.«

Helena erhob sich, trat hinter sie und rieb ihr sanft die Schultern. Ein wenig rau fühlte sich der Brokat an, so wie Mamans Finger, die sich nun über ihre legten.

»Sei doch nicht verzagt. Noch ist unser Spiel nicht verloren. Ich habe doch gerade erst angefangen, die wohlhabenden Herren zu jagen«, scherzte sie.

Doch Maman ließ sich nicht aufheitern. »Wie abscheulich das klingt. Ich sollte dir das nicht zumuten. Nicht, wenn die Chance so schlecht steht.«

»Steht sie schlechter als noch vor drei Wochen? Wir waren uns doch einig, Maman. Mach dir um mich keine Sorgen.«

Ihre Mutter seufzte und rieb sich die Stirn. »Dein Onkel hat über meinen Kopf hinweg Vogt verboten, Holz von dem Land zu holen, das uns nicht mehr gehört. Er lässt uns keine Schonfrist. Wir dürfen nicht einmal mehr die Stämme abfahren, die wir bereits gefällt hatten. Vogt rauchte vor Wut aus den Ohren, als er mir die Nachricht überbrachte. Aber was sollen wir tun? Das Holz liegt auf seinem Land. Kuhfuß hat ein Auge darauf. Wir können ja keine Schlacht darum führen!«

»Aber gerecht ist das nicht. Die Arbeitszeit unserer Leute steckt in den Stämmen. Onkel Roderick sollte uns wenigstens dafür entschädigen.«

»Er ließ ausrichten, dass er die Entschädigung mit den Kosten verrechnet, die durch die Änderung der Besitzurkunden und die Beglaubigungen entstehen. Weiß der Himmel, was er damit meint. Ich werde ihn fragen, doch dazu muss ich erst meine Fassung zurückgewinnen. Sonst könnte es geschehen, dass ich ihm meine Handschuhe um die Ohren schlage. Und ich habe nun wirklich nicht die geringste Vorstellung davon, wie ich mich mit ihm duellieren sollte.«

Sie lachten beide über das absurde Bild eines Duells zwischen ihr und ihrem alten Schwager.

»Darf ich dich etwas anderes fragen, Maman?«

»Was denn?«

»Vorgestern traf ich Adrian im Schloss. Er wirkte, als wäre er mit der Entscheidung seines Vaters nicht einverstanden. Zwar fügt er sich, aber …«

Jäh schloss sich die Hand ihrer Mutter fest um ihre Finger. »Ich hatte gehofft, dass du ihn nicht so bald wiedersiehst. Deine Gefühle sind sicher aufgewühlt, was ihn angeht, aber du musst einen kühlen Kopf bewahren. Adrian wird dich nicht heiraten – das steht fest. Vertrau mir: Er hat es nicht in sich, seinem Vater zu trotzen. Und ich erklärte dir bereits, dass es ohnehin nicht zu eurem Glück führen würde, wenn er es täte. Weise ihn zurück. Entmutige ihn. Je eher er aus deinem Umfeld verschwindet, desto besser.«

Helena drückte ihre Hand. »Ja. Ich weiß. Und ich habe ihn abgewiesen. Allerdings fühlte ich mich dabei hitzköpfiger und wütender, als ich es mir gewünscht hätte.«

Mariechen kam mit einem leeren Tablett zur Saaltür herein, um den Tisch abzuräumen. Lore und Ameli folgten ihr und trugen jede ihr eigenes Ankleidepüppchen, Lore dazu dasjenige, das früher einmal Helena gehört hatte.

»Leni, die Maries haben neue Kleider für unsere Puppen genäht. Für deine auch. Ich habe mit den Stickereien geholfen. Sieh mal, sind sie nun so schön wie die Damen bei Hof?«

Helena lächelte wehmütig, als sie sich daran erinnerte, wie sie selbst als Kind von den schönen Roben und der Pracht der höfischen Gesellschaft geträumt hatte. Sie nickte. »Ich denke, die Hofschneider könnten von unseren Maries noch einiges lernen.«

Ameli, die ihr mit ihren knapp sechs Jahren nur bis zum Bauchnabel reichte, umarmte sie und schmiegte ihr Gesicht in

ihren Rock. »Mariechen sagt, sie wird eine hohe bunte Perlenkrone tragen, wenn sie heiratet, weil das so Brauch ist, wo ihre Verwandten wohnen. Tragen die Hofdamen auch Perlenkronen?«

»Sie tragen viel Haarschmuck, hoch aufgetürmte Frisuren und Perücken, aber keine Perlenkronen wie die Bauersfrauen bei der Hochzeit, Ameli. Willst du denn bald heiraten, Mariechen?«, wandte sie sich an die junge Magd.

Mariechen hatte gerade das Tablett mit Geschirr beladen und hielt es nun vor sich, als würde es ihr Schutz bieten. Sie errötete und versuchte erfolglos, zu lächeln. »Es gibt einen, den ich nehmen würde, und er tät auch mich nehmen. Aber wir werden noch ein paar Jahre sparen müssen.«

Ihre Stimme klang tapfer, doch ihre Augen verrieten eine Hoffnungslosigkeit, die Helena schmerzhaft traf. Unter gewöhnlichen Umständen hätte Maman Mariechen, die von Kindheit an auf Minnigerode lebte und mit Helena zusammen aufgewachsen war, Geld für die Familiengründung vorgeschossen und ihr ein üppiges Hochzeitsgeschenk zugedacht. Doch in ihrer neuen Lage konnten sie sich solche Großzügigkeit nicht mehr erlauben. Wenn Helena mit ihrer Mission keinen Erfolg hatte, würden sie es vielleicht niemals mehr können. Und ihr Mariechen würde auf die Gutherzigkeit eines anderen Arbeitgebers hoffen müssen, den es dann erst einmal zu finden galt.

»Kopf hoch, Mariechen«, sagte sie dennoch gespielt fröhlich. »Es kann immer ein Glücksfall des Weges kommen.«

Die Magd zwang sich ein weiteres verkniffenes Lächeln ab. »Ich bete dafür. Wir alle hier beten für einen Glücksfall. Mutter ist bald mehr in der Kirche als in ihrem Bett. ›Bet' und arbeit', so hilft dir Gott allzeit‹, sagt sie immer.«

Helena seufzte. Sie glaubte schon seit Jahren nicht mehr an die Kraft von Gebeten, wusste aber, wie fromm viele Mitglieder ihres Gesindes waren. »Ein bisschen göttliche Unterstützung könnte

nicht schaden. Aber nun zu den Puppen. Warum haben sie alle drei keine Schuhe?«

Lore zuckte mit den Schultern. »Die Maries wussten nicht, wie besonders feine Schuhe aussehen. Und die alte Marie hat gesagt, dass ihre Augen nicht mehr gut genug sind, um so etwas Kleines hinzumickeln. Kannst du ihnen welche machen?«

»Das würde ich gern. Aber ich weiß nicht, ob die Zeit ausreichen wird. Leider fahre ich doch morgen schon wieder nach Hannover zurück.«

Beide Mädchen stöhnten entrüstet auf, was bei Ameli einen Hustenanfall auslöste.

»Morgen schon? Das ist viel zu kurz«, maulte Lore. »Ich wollte dir soo viel zeigen! Warum bleibst du nicht länger?«

»Nun, weil … Es gibt in Hannover für mich wichtige Dinge zu erledigen, die ihr noch nicht verstehen könnt. Ich muss mich damit beeilen.«

»Wenn du dich beeilst, bist du bald fertig und kommst schnell wieder nach Hause?«, fragte Ameli kurzatmig.

Helena sank kopfschüttelnd neben ihrer Mutter auf einen Stuhl. »Lauft und holt eure Nähkörbe und die Flicken. Wir wollen sehen, wie weit ich heute mit den Schühchen für die Puppen komme.«

Mit triumphierendem Gekicher hopsten die Mädchen aus dem Saal.

Mariechen, die ihr Tablett zwischenzeitlich noch einmal abgestellt hatte, nahm es nun wieder auf. »Sie vermissen Euch so sehr, Fräulein Helena«, sagte sie im Hinausgehen.

Helena ertappte sich dabei, wie sie die Geste ihrer Mutter spiegelte und sich ebenso müde über die Stirn strich. Sie sah Maman an, die sich hastig abwandte. Doch Helena hatte bereits gesehen, dass ihr Tränen in den Augen standen.

»Potztausend Teufel!«, stieß sie den Lieblingsfluch ihres Bru-

ders aus. »Wir werden es schon schaffen, Maman! Verkauf alles, was überflüssig ist, und halte durch. Und wenn Onkel Roderick sich blicken lässt, sag ihm, er soll die verdammten Baumstämme quer schlucken.«

Maman entkam ein kleiner Schluchzer. »Ich hoffe, du fluchst bei Hof nicht so, Leni. Woher hast du diese Ausdrucksweise?«

»Ich habe kürzlich viele Stunden mit einem Prinzen am Spieltisch verbracht. Zum Glück war ich von Laurentz schon einiges gewöhnt, sonst wären mir wohl die Ohren verglüht.«

»Du hast mit Prinz Georg Ludwig gespielt? Sieh dich nur vor, Kind! Einem so hochrangigen Edelmann ›Nein‹ zu sagen ist nicht einfach. Unsere Herzöge sind für ihren zweifelhaften Lebenswandel bekannt. Im Handumdrehen wäre dein Ruf ruiniert. Und dann ist es vorbei mit den Heiratsaussichten.«

»Georg Ludwig ist ein ruppiger Soldat, der jederzeit lieber einer Wildsau nachjagt als einer Dame. Und er will nichts Anstößiges von mir. Nur wenige Männer haben mich je unaufmerksamer behandelt.«

»Sorg am besten dafür, dass es so bleibt.«

»Gewiss, Maman.« Leichthin stimmte Helena zu, um ihre Mutter zu beruhigen. Dabei war es ausgeschlossen, dass sie dem Herzogssohn auswich. Und wenn sie ehrlich mit sich selbst war, hatte sie auch keine Lust dazu. Die Stunden mit ihm am Spieltisch waren die unterhaltsamsten der vergangenen Tage gewesen. Rückblickend fand sie sogar seine mürrische Art eher amüsant als ärgerlich.

16. Kapitel

Februar 1683

Einen Tag nachdem Helena vom Besuch bei ihrer Mutter zurückgekehrt war, brach Herzog Ernst August mit einem aus seinem persönlichen Hofstaat ausgewählten Gefolge nach Venedig auf, um dort wie in den meisten Jahren den Karneval zu genießen. Ihn begleitete sein zweitältester Sohn Friedrich August, nicht jedoch Georg Ludwig, der sich weiterhin auf einem der Jagdschlösser aufhielt.

Auch Graf von Platen reiste mit dem Herzog nach Italien, nicht jedoch Clara von Platen, was viele wunderte. Schließlich erklärte man es sich damit, dass ihre Kinder kränkelten und sie sich deshalb nicht so weit von Hannover entfernen wollte.

Auch die in Hannover zurückbleibende Hofgesellschaft bereitete sich auf Wochen voller Maskenbälle, Komödienspiele und heiterer Konzerte vor. Helena entdeckte bei einem reisenden venezianischen Kaufmann eine Maske aus Pfauenfedern und ließ sich eilig ein dazu passendes Kleid aus schillernder Seide schneidern, um mit den anderen Damen mithalten zu können. Sich von den Münzen zu trennen, die sie dem Schneider dafür bezahlen musste, verursachte ihr ein flaues Gefühl in der Magengrube. Doch wer hätte besser gewusst als sie, dass man ohne Einsatz nichts gewinnen konnte?

Dennoch fiel ihr ein Stein vom Herzen, als sie an einem der folgenden Abende beim Kartenspiel eine herausragende Glückssträhne hatte und den Inhalt ihrer Spielbörse vervierfachte. Dass Herzogin Sophie, die nur selten spielte, zu den Verliererinnen des Abends gehörte, hatte ihr zu Beginn Sorgen bereitet. Doch ihre

hochwohlgeborene Gastgeberin erwies sich als vorbildliche Verliererin und applaudierte ihr würdevoll. Es mochte auch daran liegen, dass die Summe, die Helena segensreich hoch erschien, für die Herzogin kaum mehr bedeutete als eine Handvoll Erbsen.

Kurz darauf beendete Georg Ludwig seinen Jagdausflug und kehrte ins Schloss zurück, was zu Helenas Leidwesen auch Adrian wieder in ihre Nähe brachte. Sie hatte inzwischen ein freundschaftliches Verhältnis zu Baron von Eichhorn entwickelt und noch einige weitere ledige Herren kennengelernt und hätte gern in Ruhe erforscht, ob einer von ihnen als Gemahl für sie infrage kam.

Sobald Adrian auf der höfischen Bühne erschien und sich wieder und wieder wie zufällig ihr und ihrer jeweiligen Gesellschaft anschloss, fühlte sie sich in ihrem Vorhaben gehemmt. Adrian wegen seines Verhaltens zur Rede zu stellen erwies sich als unmöglich, da er sie in Gesellschaft zwar wie ein Wachhund umkreiste, Gelegenheiten für ein Treffen unter vier Augen jedoch ausblieben. Immerhin benahm er sich in der Öffentlichkeit so unverfänglich, dass niemand auf den Gedanken kam, es könnte sie mehr verbinden als eine alte Bekanntschaft.

Nur Herzogin Sophie machte Helena gegenüber eine Bemerkung zu ihrer aufgelösten Verlobung, als sie gemeinsam am Spieltisch saßen und Adrian den Raum betrat. »Was für ein Jammer, dass ein großes Vermögen heutzutage immer häufiger über den Wert alten Adels siegt«, sagte sie mit unbewegter Miene.

Helena warf einen raschen Blick auf Adrian und sah dann wieder auf die Kartenpäckchen. »Welcher Vater und welche Mutter wollen schon ihre Kinder der Gefahr von Armut aussetzen? Bedauerlicherweise ist es mitunter schwierig, nur mit seinem guten Namen für notwendige Dinge zu bezahlen.«

Die Stimme der Herzogin nahm einen strengen Tonfall an. »Ihr müsst nicht glauben, dass ich nie gelernt habe, was begrenzte

Mittel bedeuten, mein Fräulein. Es ist besser, streng hauszuhalten, als seine Würde zu verlieren.«

»Missbilligt Ihr also jede Heirat unter dem eigenen Stand?«

»So weltfremd bin ich nicht. Ich sage nur, dass man sich bei seiner Entscheidung nicht vom Wohlstand blenden lassen sollte. Aber seid beruhigt. Wie ich es einschätze, seid Ihr auf keinem schlechten Weg.«

»Mit Verlaub … Was meint Ihr damit, Eure Durchlaucht?«

»Baron von Eichhorn scheint Euch im Blickfeld zu haben. Er wäre eine ehrenwerte Wahl. Und er brächte ein ansehnliches Vermögen mit.«

Helena versuchte, im Gesicht ihrer Landesherrin zu lesen, wie überzeugt sie von ihrer Beobachtung war. »Möglicherweise täuscht der Eindruck. Ich glaube, seine Wohlgeboren ist von Natur aus freundlich und galant zu allen jungen Damen.«

Herzogin Sophie zuckte kaum sichtbar mit einer Schulter. »Ich behaupte ja nicht, dass Ihr die Partie schon gewonnen habt.«

Die folgenden Tage vergingen in einem Taumel von Tanz und Maskeraden. So freudvoll ging es zu, dass auch Helena sich vorübergehend von der Unbeschwertheit anstecken ließ.

Dann ging die Karnevalszeit in die nüchternere Fastenzeit über, und die Stimmung der Hofleute dämpfte sich wieder. Doch Helena empfand gerade diese Jahreszeit mit ihren länger werdenden Tagen und den ersten wärmenden Sonnenstrahlen als besonders hoffnungsvoll. Die Räume des Schlosses wurden farbenfroh und duftend mit den exotischen Zwiebelblumen geschmückt, die neuerdings in allen Ländern in Gewächshäusern gezogen wurden: Hyazinthen, Tulpen, Narzissen und den auffällig gemusterten Schachblumen. Und auch die Gerüchteküche

des Hofs kündete von froher Hoffnung, denn es wurde gemunkelt, dass Prinzessin Dorothée erste Anzeichen einer Schwangerschaft zeigte.

Helena fragte sich, wann der Tag kommen würde, an dem sie bei sich selbst nach diesen Zeichen forschte. Sie wünschte sich Kinder nicht nur, weil das zu ihrer vornehmlichen Aufgabe als Ehegemahlin eines Adligen gehören würde. Die Unbefangenheit von Kindern machte ihr Freude, und sie war schon immer in alle jungen Geschöpfe vernarrt gewesen.

Bei Hof hatten Kinder allerdings oft wenig zu lachen. Helena begegnete den jüngsten Mitgliedern des Hofstaats häufig, wenn sie in den Raum ihrer nächsten Unterrichtsstunde geführt wurden. Nicht nur der dreizehnjährige Karl Philipp, der elfjährige Christian und der neunjährige August, die jüngeren Söhne des Herzogs, gehörten zu der Gruppe. Auch Clara von Platens Kinder Ernst und Charlotte, die stillschweigend, aber doch allgemein bekannt ebenfalls als Herzog Ernst Augusts Kinder galten, genossen die ausgefeilte höfische Erziehung. Sie alle waren an den meisten Tagen einem strengen Reglement unterworfen und kämpften sich durch viele Stunden der Belehrung. Die Grundlagen der Wissenschaften und Malerei, Sprachunterricht, Musizieren, Tanz und Benimmregeln waren für beide Geschlechter verpflichtend, ebenso wie der Kirchgang und lange lehrreiche Gespräche mit den Hofgeistlichen. Für die Mädchen kamen die verzierenden Handarbeiten und ein Einblick in Warenkunde und Haushaltsführung hinzu, und für die Knaben Militärkunde und die entsprechende körperliche Ertüchtigung. Auch die eine oder andere Reitstunde musste noch im straffen Zeitplan untergebracht werden. Weit mehr Disziplin und Fleiß wurden von den jungen Menschen hier erwartet, als Helena in ihrer Kindheit hatte beweisen müssen. Was nicht bedeutete, dass alle Hofkinder brave und erfolgreiche Zöglinge waren. Über ihre Streiche und

Eskapaden zu tuscheln war ein beliebter Zeitvertreib der älteren Hofleute.

Im Allgemeinen jedoch blieb den Kindern kaum eine andere Möglichkeit, als sich wie kleine Erwachsene zu benehmen. Das galt sogar während des Karnevals. So tanzte Claras knapp achtjährige, mollige Tochter Charlotte mehrere Tänze mit ihrem erwachsenen Halbbruder Georg Ludwig und wirkte dabei wie eine Miniatur ihrer Mutter. Ihr Bruder Ernst war ein Jahr älter als sie und tat sich dadurch hervor, dass er bei allen festlichen Mahlzeiten aß wie ein Großer und mit seinem Kugelbäuchlein Herzog Ernst August recht ähnlich sah.

Helena bewunderte die Herzogin dafür, dass sie die beiden so gelassen an ihrem Hof duldete, als würden nicht alle davon ausgehen, dass sie illegitime Sprösslinge ihres Gemahls waren. Dabei hatte Clara sogar die Unverfrorenheit besessen, den Knaben »Ernst August« zu nennen und dem Mädchen den gleichen Namen zu geben, den Herzogin Sophies geliebte einzige Tochter trug: Sophie Charlotte. Prinzessin Sophie Charlotte hatte als Kind mit ungelenker Zunge daraus »Figuelotte« gemacht und wurde seitdem so genannt, wohingegen Claras Tochter »Charlotte« gerufen wurde. So war es zwar keine Schwierigkeit, die Namen auseinanderzuhalten, doch lag es auf der Hand, dass die Mätresse die Namensgebung ihrer Kinder wie Nadelstiche gegen die Herzogin eingesetzt hatte.

Prinzessin Figuelotte wurde vor allem wegen ihrer musikalischen Begabung häufig erwähnt und ihre Abwesenheit bedauert. Helena allerdings war es ganz recht, dass es noch einige Wochen dauern würde, bis sie ihr Gesellschaft leisten sollte. Denn die zahlreichen Einladungen, die sie mittlerweile an die Spieltische der besten Gesellschaft im Schloss erhielt, beanspruchten einen großen Teil ihrer Zeit. Die Herzogin spielte nur selten und lud sie erst Ende Februar wieder ein, dafür aber in einen sehr

kleinen, exklusiven Kreis, was Helena schon im Voraus Herzklopfen bereitete.

Am festgelegten Tag fand Helena sich nach der Abendmahlzeit als Erste im Spiegelkabinett der Herzogin ein und musste daher stehend auf ihre Mitspieler warten. Sie betrachtete die ausgestellten Schätze und Mirabilia, die gewöhnlicher waren als bei Clara von Platen, sich aber zu einem geschmackvollen Gesamtbild zusammenfügten. Herzogin Sophie liebte ganz offensichtlich Porzellan, Glas und Spiegel mehr als Silber und präparierte Teile von exotischen Tieren. Was ihr Gemach aber in Helenas Augen außergewöhnlich schön machte, war die üppige Pracht frischer Narzissen, Hyazinthen und Tulpen, die, auf ein Dutzend Vasen verteilt, dem Raum auch noch einen betörenden Duft verliehen.

Angespannt wartete Helena auf den nächsten Ankömmling und sank sofort in einen tiefen Knicks, als er eintrat. Es war Prinz Maximilian, Georg Ludwigs sechzehnjähriger Bruder, mit dem sie schon bei ihrem ersten Besuch bei Gräfin von Platen zusammen Karten gespielt hatte. Die beiden Brüder sahen sich ähnlich und kleideten sich im gleichen Stil, dennoch waren sie nicht zu verwechseln. Während die lange Nase der Familie beim sechs Jahre älteren Georg Ludwig noch einigermaßen in Proportion zum Rest seines Gesichts stand, verlieh sie dem schmaleren Antlitz des sechzehnjährigen Maximilian etwas Pferdehaftes.

»*Enchanté*, Fräulein Helena. Ich freue mich, dass ich heute wieder das Vergnügen Eurer Gesellschaft habe. Mutter spielt nicht besonders gern. Sie macht sich nur selten die Mühe, besondere Einladungen dazu auszusprechen. Wenn sie es aber tut, dann ist sie in der richtigen Stimmung, und es wird meistens ein langer Abend.«

»Das Vergnügen ist ganz auf meiner Seite, Eure Hochwohlgeboren. Ich gestehe, dass ich nicht weiß, wer außer uns noch eine Einladung erhielt«, sagte sie.

Er lachte, ging zum Tisch und zeigte nacheinander auf die sechs Stühle, die daran standen. Drei davon hatten Rücken- und Armlehnen, die drei anderen waren nur Hocker ohne Lehnen. Immerhin waren sie wenigstens gepolstert, was für einen langen Abend nicht ohne Bedeutung war. »Vielleicht könnt Ihr es anhand der Stühle erraten, wer dabei sein wird. Ich gebe Euch einen Hinweis: Der Sessel mit den Vergoldungen ist ihrer Durchlaucht, meiner gnädigen Frau Mutter vorbehalten.«

Helena musste ebenfalls lachen. »Das hätte ich erraten. Ihr sitzt auf einem der beiden anderen Lehnstühle, denke ich, und ich nehme mit einem Hocker vorlieb. Das ist mir ganz recht, man hat dort viel Bewegungsfreiheit. Aber wer wird noch erscheinen? Euer Bruder vielleicht? Dann wäre der zweite Sessel für ihn.«

»Gut geschlussfolgert. Die anderen beiden …« Er brach ab, weil einer der Erwähnten eintraf.

Viktor von Briesen stutzte, als er Helena bemerkte, erwies ihr dann jedoch eine tiefere Reverenz, als ihr eigentlich gebührte. »Fräulein Helena. Was für eine angenehme Überraschung. Aber ich hätte es mir denken können. Ich glaube, Ihr seid der Grund für die jüngste Spielfreude unserer verehrten Landesherrin. Ihr habt sie angesteckt.«

Helena lächelte. »Nun, ich denke, diese Ansteckung wird keine schlimmen Folgen zeitigen. Die Interessen Ihrer Durchlaucht sind zu vielfältig. Sie könnte sich nicht einem einzigen Zeitvertreib so ausgiebig widmen, dass man es als Krankheit bezeichnen würde.«

Er zwirbelte die Spitzen seines Knebelbarts und wandte sich dem Tisch zu. »Wie wahr. Sechs Spieler werden erwartet, wie ich sehe. Was wird Ihre Durchlaucht wohl zu spielen wünschen?«

»Mein Bruder will in letzter Zeit dauernd nur Pharo spielen«, sagte Prinz Maximilian.

Als wäre es sein Bühnenstichwort gewesen, trat Georg Ludwig ein. »Max, da ist ein Brief von Vater gekommen. Denk an meine Worte: Wir werden dieses Jahr für den Kaiser gegen die Türken kämpfen! Du solltest noch ein bisschen Fechten üben und dich an den Anblick von Krummsäbeln gewöhnen.«

Maximilian zuckte mit den Schultern. »Für den Ernstfall wäre ich zu haben, aber Üben ist mir zu ermüdend. Der wahre Krieg ist doch ohnehin ganz anders.«

Prinz Georg Ludwig schnaubte verächtlich. »Nicht, dass du über den wahren Krieg schon viel wüsstest. Und du kannst dich darauf verlassen, dass du auch nicht viel darüber erfahren wirst, wenn du Vater nicht beweist, dass du dich gut vorbereitest.«

Sein Bruder errötete und zog zornig die Brauen zusammen. »Das müssen wir wohl kaum hier in Gesellschaft erörtern«, sagte er und wies mit einem Kopfnicken auf Helena und Viktor.

Ihr Wortwechsel wurde durch die Ankunft der nächsten Mitspielerin unterbrochen. Gräfin Clara trat mit weit mehr Pomp und Aplomb ein, als Georg Ludwig es getan hatte, obwohl er im Rang über ihr stand. Eine Zofe hütete ihre Schleppe, ein Page trug ihre Lederbörse, Fächer und Satinbeutel. Die Herzogssöhne schien ihr Auftritt nicht zu stören, denn sie begrüßten die Gräfin mit freundschaftlichen Handküssen, während Georg Ludwig Helena noch immer nicht zur Kenntnis genommen hatte.

»Ma chère Clara, ich bin erfreut. Was würdet Ihr heute gern spielen?«, fragte er.

Das Gesicht der herzoglichen Mätresse war an diesem Tag so stark mit weißer Schminke bestrichen, dass ihr Lächeln starr wirkte. »Selbstverständlich gebührt Eurer Mutter die Entscheidung, was gespielt wird. Und ich bin sicher, dass ihre Durchlaucht eine ausgezeichnete Wahl treffen wird. Guten Abend,

Fräulein Helena. Ich bin entzückt zu sehen, wie gut Ihr Euch eingelebt habt.«

Georg Ludwig ließ nicht zu, dass Claras Aufmerksamkeit sich von ihm abwandte. »Habt Ihr ebenfalls Nachricht von Vater erhalten, Clara? Er hatte auf dem Weg nach Venedig eine Audienz bei Kaiser Leopold. Der Kaiser bittet uns um militärischen Beistand.«

Clara von Platen wirkte auf einmal wie ausgewechselt. Ihr leichtherziger Charme wurde abgelöst von kühlem, berechnendem Ernst. »Das könnte die Gelegenheit sein, auf die Euer Vater schon lange wartet. Er hat keine Mühe gescheut, seinen Truppen Geltung zu verschaffen. Diese Mühe vom Kaiser anerkannt zu sehen war immer sein Ziel. Auf diesem Wege seine Gunst zu sichern eröffnet starke Möglichkeiten, wie Ihr sicher wisst, Eure Hochwohlgeboren.«

»Mir ist bekannt, dass mein Vater Pläne hat. Aber im Einzelnen bin ich nicht eingeweiht«, erwiderte Georg Ludwig.

Als würde eine Wolke vom Antlitz der Gräfin geweht, strahlte sie nun wieder. »Seine Durchlaucht wird jeden zur rechten Zeit einweihen, so viel ist gewiss. Doch lasst uns nicht über diese schwierigen Angelegenheiten sprechen, wenn wir in so reizender Gesellschaft sind. Fräulein Helena langweilt sich vielleicht schon. Bewundert Ihr die Blumen, meine Liebe? Bei all dem Ärger, den uns die Türken machen, sollte man nicht glauben, dass sie uns auch etwas so Schönes beschert haben, nicht wahr?«

Helena langweilte sich keineswegs, ärgerte sich allerdings über Georg Ludwig. Zu gern hätte sie ihm seine Unhöflichkeit ihr gegenüber ausgetrieben. Dem Gespräch war sie dennoch gefolgt. »Ich bewundere zwar die Tulpen, aber ich langweile mich nicht, wenn es um den Kaiser und die Türken geht. Ihr vergesst, dass mein Bruder sich den Truppen des Kaisers angeschlossen hatte und ebenfalls dem Kampf gegen die Osmanen entgegenblickte.

Wir haben vor seiner Entscheidung immer wieder ausgiebig darüber gesprochen. Ergreift der Kaiser die Initiative, oder steht ein großer Angriff der Türken bevor?«

Endlich wandte Georg Ludwig sich ihr zu. »Der Kaiser erhielt zuverlässige Kunde davon, dass Großwesir Kara Mustafa sein Heer zusammenzieht, um auf Wien zu marschieren. Dient Euer Bruder noch bei den Kaiserlichen?«

Helena schüttelte den Kopf. »Nein, er …«

Georg Ludwig schlug sich mit der flachen Hand vor die Stirn. »Herrgott, wie … Verzeiht, Fräulein. Selbstverständlich weiß ich von dem Unglück Eures Bruders. Ich war nur in Gedanken nicht ganz anwesend.«

Sie wusste nicht, ob sie ihm weiter zürnen oder mit einem Lächeln über die Sache hinweggehen sollte, daher blickte sie auf ihren Fächer. Laurentz' Tod zu erwähnen schmerzte nach wie vor, doch es brachte sie nicht mehr aus der Fassung. »Ich verzeihe Euch, wenn Ihr gelobt, für den Rest des Abends in Gedanken ganz anwesend zu sein. Zwar bin ich nicht besonders empfindlich, doch es würde mir dann wohl leichter gelingen, die Stunden zu genießen.«

Sie sah ihm in die Augen, und er verbeugte sich prompt vor ihr. »Ich gelobe, Fräulein Helena. Ich gelobe, dass …«

Die Tür zum Wohngemach der Herzogin öffnete sich, und ein Lakai trat heraus. »Ihre Durchlaucht Herzogin Sophie von Hannover, Prinzessin von der Pfalz«, kündigte er ihre Gastgeberin an.

Sie alle knicksten und dienerten tief, wo sie standen. Als Helena sich wieder erhob, kam die Herzogin auf sie zu. »Was habe ich da gehört, Georg? Was gelobst du unserem Fräulein Helena?«

»Dass ich mir heute Abend keine weiteren geistigen Abwesenheiten erlauben werde. Ich hatte Grund, mich bei ihr für meine Unaufmerksamkeit zu entschuldigen.«

Herzogin Sophie schlug ihm sanft ihren Fächer auf den Arm.

»Du wirst gut daran tun, aufmerksam zu sein, wenn wir mit dem Spiel beginnen. Andernfalls wird Fräulein von Minnigerode dich ausnehmen, denn sie lässt sich nicht so leicht ablenken. Lasst uns beginnen. Sind die Kinder wieder wohlauf, Gräfin von Platen?«

Sie ließ sich von ihrem Lakaien ihren Sessel zurechtrücken und nahm Platz, ohne die Gräfin anzusehen. Clara ging zielstrebig zu dem lehnenlosen Hocker, der dem Platz der Herzogin an der Stirnseite des Tisches gegenüberstand, doch einer der Lakaien war flink an ihrer Seite und dirigierte sie zu dem daneben. Auch das brachte die Mätresse nicht aus dem Konzept. »Die beiden sind auf dem Wege völliger Genesung. Es war am Ende doch nur ein Katarrh, wie sie Kinder so oft befallen. Danke für Eure Besorgnis.«

Der Gräfin gegenüber platzierte der Lakai Maximilian, und an der Stirnseite Viktor von Briesen, sodass Helena schließlich neben der Herzogin und gegenüber von Georg Ludwig saß.

»Habt Ihr meine Blumen bewundert, Fräulein Helena? Unsere Gärtner haben sie dieses Jahr besonders früh zum Blühen gebracht. Ich bin sehr zufrieden«, wandte sich die Herzogin an Helena.

»Der Hyazinthenduft ist betörend, und die Tulpen sind ein Fest für das Auge. Ich habe mich schon gefragt, wie die Gärtner arbeiten«, erwiderte Helena.

Die Herzogin lehnte sich in ihrem Sessel zurück und zog den Mundwinkel zu einem halben Lächeln hoch. »Der neue Gehilfe unseres Hofgärtners, dieser Piras, hatte verschiedene Einfälle, wie sich das Gedeihen der Frühblüher unter Glas beschleunigen lässt. Das war mit einigen Ausgaben verbunden, doch ich betrachte es als wertvolle Forschung für die Zukunft. Allerdings ist dadurch jeder einzelne Blütenkelch derzeit ungefähr so kostspielig wie ein Kelch aus Kristall.«

Clara stieß einen Laut der Verblüffung aus. »Wirklich? Oje!

So hübsch eine frisch aufgeblühte Tulpe auch sein mag, nehme ich dennoch lieber den Kristallkelch. Mit etwas Glück ist der von Dauer.«

Herzogin Sophie richtete sich wieder auf. »Tja. So betrachtet jeder die Welt auf seine eigene Weise. Mir bedeuten die Narzissen und Tulpen das nahende, warme und helle Frühjahr und die Rückkehr in meine Gärten. Es gilt nur noch zwei Monate auszuhalten, bis wir nach Herrenhausen umziehen. Und das ist gut so.«

Helena konnte ihre Landesherrin verstehen. Sie konnte es selbst kaum erwarten, dass der Hof in die Sommerresidenz umsiedelte. »Geht denn die Umgestaltung der Gärten gut voran? Es schien einige Schwierigkeiten damit zu geben.«

Die Herzogin winkte ab. »Bei wahrhaft großen Plänen gibt es immer derartige Schwierigkeiten. Darauf darf man nicht so viel geben. Die Anlagen werden bald in einem wunderbaren Zustand sein. Rechtzeitig, um die Rückkehr meiner Tochter dort feiern zu können.«

»Dann steht unseren jungen Damen ja eine herrliche Sommersaison bevor. Auch Eure Gemahlin wird die lebhaften Gartenfeste gewiss schätzen, Georg, was meint Ihr? Oder wird sie im Sommer womöglich bereits der Schonung bedürfen?«, fragte Clara.

Georg Ludwig beugte sich vor, nahm ein Päckchen Karten vom Tisch und fächerte es auf. »Hm. Dorothée wirkt nicht, als würde sie jemals der Schonung bedürfen oder andere mit ihrer Lebhaftigkeit verschonen wollen. Was auch immer gemunkelt wird, ich weiß nichts. Sie weiß dafür alles. Und spricht auch alles aus.«

Seine Mutter nahm von einem der Lakaien eine Börse in Empfang und nickte ihm dafür gnädig zu. »Deine Gemahlin ist eben anders erzogen worden. Es sind die französischen Sitten ihrer Mutter, das wissen wir doch. Meine Nichte Liselotte

schreibt mir immer neue Wunderlichkeiten aus Versailles, wo es ähnlich zugeht. Aber Dorothée ist noch jung und wird sich hier eingewöhnen.«

»Ich beklage mich ja nicht«, sagte Georg Ludwig.

»Dazu hast du auch wirklich keinen Grund«, warf sein Bruder ein. »Dorothée ist zauberhaft. Du hast Glück mit ihr. Sie kann nichts dafür, dass du ein wenig schwerfällig bist.«

Seine Mutter warf ihm einen Blick zu, der eine Wasserpfütze hätte gefrieren lassen können. »Maximilian!«

Prinz Maximilian schrumpfte in seinem Sessel zusammen. »Verzeiht mir, Euer Liebden. Georg, verzeih.«

Viktor von Briesen, der bisher geschwiegen hatte, lachte nun herzlich auf. »So ist das mit Geschwistern. Kein Tag, ohne dass sie sich necken. Soll ich die Karten mischen? Ich habe ein recht brauchbares Händchen dafür. Was werden wir spielen, Eure Hochwohlgeboren?«

»Zum Warmwerden spielen wir Sizette. Das beherrschen wir alle, nicht wahr? Später würde ich gern etwas Neues probieren. Dieses Spiel aus England, von dem Ihr mir erzählt habt, Graf von Briesen, ›Whist‹. Es kann nicht schaden, wenn wir uns auch über die englischen Sitten auf dem Laufenden halten. Wer weiß, welche Verbindungen sich dorthin noch ergeben werden.«

»Ja, wer weiß?«, stimmte Georg Ludwig trocken zu und warf die Karten in Viktor von Briesens Richtung auf den Tisch. Helena beobachtete ihn gebannt, und dann trafen sich zum ersten Mal an diesem Abend ihre Blicke.

»Versteht Ihr etwas von Whist, Fräulein Helena?«, fragte er, ohne den Blick abzuwenden.

»Nun, ich habe genug davon gehört, dass ich die Regeln erfinden könnte, wenn ich müsste«, sagte sie.

Woraufhin er sie mit einem breiten, ehrlichen Lächeln überraschte.

17. Kapitel

Ende Februar 1683

Am Tag nach dem Spiel bei der Herzogin lud Gräfin Clara Helena schriftlich zu einem Gespräch am folgenden Vormittag ein.

Helena erhielt das Briefchen in Gegenwart von Ileana, die mit ihrer Neugier nicht hinter dem Berg halten konnte. Doch obwohl sie sich in ihren knapp sechs Wochen bei Hof und als Zimmergenossinnen nähergekommen waren, hätte Helena nicht gewagt, das Freifräulein von Carnitz als Freundin zu bezeichnen. Daher teilte sie ihre Neuigkeiten nur zögerlich mit ihr.

Ileana saß auf ihrem Bett und ließ sich von ihrer Zofe lange hellrosafarbene Seidenstrümpfe überstreifen, was bei dem empfindlichen Gewebe ein aufwendiges Unterfangen war. »Du Glückliche. Sicher hast du einen Verehrer. Das konnte nicht ausbleiben, so wie die hohen Herrschaften sich um deine Gesellschaft reißen.«

Davon, dass sich jemand um sie riss, hatte Helena noch nichts bemerkt. Ihrem Empfinden nach beschränkte sich ihr Erfolg auf die Abende im Spielsaal, wo es ihr nie an Gesellschaft mangelte. Allmählich fragte sie sich allerdings, ob das nicht ernsthafte Bewerber eher abschreckte. Träge massierte sie etwas Hirschtalg in ihre wunden Füße ein. Sie hatte am Nachmittag am Tanzunterricht teilgenommen, bei dem ein französischer Tanzmeister die neuen Tänze aus Versailles vorgestellt hatte. Ohne Geldsorgen hätte sie ihre etwas zu engen Schuhe umgehend durch bessere ersetzt.

»Die Einladung kommt von einer Dame, die mich gewiss nicht

verehrt. Ich weiß nichts über ihr Anliegen, aber wahrscheinlich möchte sie nur eine Partie Karten spielen«, sagte sie.

»So? Wer ist es denn?«

»Gräfin von Platen. Sie hat gestern Abend häufig verloren. Ich habe zwar den Verdacht, dass sie es absichtlich tat, um der Herzogin und den Prinzen gefällig zu sein. Aber vielleicht ärgert sie sich doch darüber und möchte eine Revanche.«

»Dann beneide ich dich nicht. Mich gruselt es vor ihr. Sie benimmt sich, als wäre sie die wahre Herzogin, obwohl sie in Schande lebt. Man sollte doch meinen, sie würde bei Anlässen, an denen ihre Durchlaucht selbst teilnimmt, wenigstens Demut zeigen und sich nicht noch aufspielen. Stattdessen hat sie etwas Furchteinflößendes an sich. Wenn ihr etwas missfällt und sie sich unbeobachtet fühlt, dann wird ihr Blick ganz kalt und grausam. Hast du das schon einmal bemerkt?«

Die Zofe war mit Ileanas Strümpfen fertig und ging, um das Kleid für den Abend aus der angrenzenden Kammer zu holen. Nach Ileana war Helena mit dem Ankleiden an der Reihe. An diesem Abend hätte sie wieder einmal gern darauf verzichtet. Ein paar stille Stunden bei Kerzenlicht und mit einem Buch zur Hand wären ihr lieber gewesen, als noch einmal tanzen zu müssen. Doch sie wollte keine Ausrede erfinden, um sich der Verpflichtung zu entziehen.

»Möglicherweise ist Gräfin von Platen klüger, als sie sich gibt, doch von Grausamkeit weiß ich nichts. Allerdings scheinst du sie genauer zu beobachten als ich. Und was ihren Stand als Mätresse betrifft, so wissen wir doch alle recht wenig darüber, nicht wahr? Wenn der Herzog das Arrangement wünscht und die Herzogin es akzeptiert, dann steht es mir nicht zu, es zu verurteilen«, sagte Helena. Dass sie die Gräfin von Platen in Wahrheit für äußerst scharfsinnig und durchtrieben hielt, wollte sie Ileana nicht offenbaren. Sie hatte bisher noch nicht herausgefunden, ob das

Fräulein wusste, dass manche Äußerungen nicht für jedermanns Ohren gedacht waren.

»Aber was ist mit ihrer Seele, Helena? Glaubst du nicht, dass sie verdammt ist?« Nun flüsterte Ileana. »Sie begeht doch nun einmal Ehebruch. So etwas könnte ich niemals tun.«

Helena setzte sich in ihren Unterröcken und mit nackten Füßen an das Tischchen, wo sie für gewöhnlich ihre Briefe nach Hause schrieb, und begann eine dilettantische kleine Kohlezeichnung von einem tanzenden Pärchen, bei dem der Herr ein Hund und die Dame eine Katze war. Sie wollte es Ameli und Lore zur Belustigung schicken.

»Ich bin in der Theologie nicht gelehrt genug, um zu wissen, ob der Herrgott für einen Fürsten andere Gesetze anwendet als für einen einfachen Menschen. Selbst neige ich dazu, in diesen Dingen beide nicht so hart zu verurteilen.«

Ileana stieß einen Laut der Entrüstung aus. »Ich bin doch nicht hartherzig, nur weil ich glaube, dass Tugend und Keuschheit für unser Seelenheil unabdingbar sind. Unsere ganze Ordnung würde auf den Kopf gestellt, wenn jeder die Sündhaftigkeit so nachlässig betrachten würde, wie es bei Hof allzu oft geschieht.«

Helena erstickte einen Seufzer. »Klang es so, als würde ich der Sittlichkeit keinen Wert beimessen? Dann habe ich mich falsch ausgedrückt. Aber ist es nicht auch eine Tugend, über die Fehlgeleiteten mildherzig zu urteilen?«

Mit einem erbosten Grummeln tauchte Ileanas Mäusegesicht wieder aus dem Kleid auf, das die Zofe ihr über den Kopf gezogen hatte. »Nein! Über Unsittlichkeit muss jeder streng urteilen. Sonst breitet sie sich aus wie die Pest. Ich weiß, wovon ich spreche. Kein Eheweib kann sich seiner Stellung noch sicher sein, wenn die Gesellschaft nicht die liederlichen Weiber bei ihrem wahren Namen nennt und ächtet. Pfui!«

Tief senkte Helena ihren Kopf über ihre Zeichnung. »M-hm, gewiss«, murmelte sie und tat, als wäre ihre Aufmerksamkeit ganz von ihrem kleinen Werk gefesselt.

Clara von Platen wollte nicht mit Helena spielen – zumindest kein Kartenspiel. In ihrem Schlafgemach warteten eine appetitlich angerichtete kleine Mahlzeit und Kaffee für zwei, und Helena fragte sich unwillkürlich, ob es hier ebenso aussah, wenn die »Maîtresse en titre« den Herzog empfing. Es überraschte sie, dass sie nicht nur der einzige Gast war, sondern sogar die einzige Person überhaupt. Sogar die Kammerzofe, die sie hereingeführt hatte, ging wieder.

Erst als die Tür hinter der Zofe ins Schloss gefallen war, trat Gräfin von Platen hinter dem Paravent hervor, hinter dem sie beschäftigt gewesen war. Sie trocknete sich die Hände an einem Tuch ab, das sie anschließend achtlos hinter sich zu Boden warf. »Meine Gratulation, Fräulein Helena«, sagte sie und bedeutete ihr mit einer Geste, sich an den gedeckten Tisch zu setzen.

Helena musterte sie verwirrt. »Gratulation, Eure Wohlgeboren? Ich verstehe nicht. Was ist mir entgangen?«

»Vielleicht ist Euch entgangen, dass Euch gelungen ist, was Ihr vorhattet. Doch gewiss nicht, dass Ihr es tatet. Ihr habt die Aufmerksamkeit unseres erstgeborenen Prinzen gewonnen. Ordinären Schlampen aus zweifelhaften Schänken fällt das dem Hörensagen nach leicht, doch für eine junge Dame ist es nicht einfach zu bewerkstelligen. Ich habe also Grund zur Annahme, dass Ihr ein geschicktes Händchen für Georg habt. Trinkt Ihr Kaffee? Natürlich tut Ihr das. Gießt Euch bitte selbst ein. Ihr wirkt, als wärt Ihr auch dazu in der Lage.«

Vor Scham wurde Helena die Kehle eng. Sie fühlte sich gleich-

zeitig ertappt und beleidigt. Hatte sie in ihrem Ärger über Georg Ludwigs Unhöflichkeit wirklich den Anschein erweckt, um seine Aufmerksamkeit zu buhlen? Das war nicht ihre Absicht gewesen, auch wenn sie seine veränderte Haltung ihr gegenüber genossen hatte.

»Wie schmeichelhaft, dass Ihr mir solche Talente zusprecht, aber ich muss Euch enttäuschen. Ich hatte nicht die Absicht, mich bei seiner Hochwohlgeboren besonders beliebt zu machen. Was nicht bedeutet, dass es mich nicht freuen würde, in seiner Gunst zu stehen.«

Clara saß bequem in ihrem Stuhl, sah Helena mit zusammengekniffenen Augen an und tippte unaufhörlich mit ihrem Zeigefinger unterhalb der Schläfe an ihren weiß geschminkten Wangenknochen, als würde ihr das beim Denken helfen. »Ich kenne Georg schon, seit er ein Knabe war, und denke, dass gerade diese scheinbare Absichtslosigkeit bei ihm zum Erfolg führt. Ihr dürft Euch ihm keineswegs aufdrängen oder zu viel Leidenschaft zeigen. Freundlich müsst Ihr sein und nur das gleiche oberflächliche Interesse an ihm zeigen wie an jedem anderen. Und Ihr müsst hartnäckig immer wieder aus eigenen guten Gründen dort erscheinen, wo er seinem Zeitvertreib nachgeht. Letzteres würde für die meisten Frauen die größte Schwierigkeit darstellen. Doch Ihr habt mit Eurer allgemein bekannten Freude am Spiel und Eurer Begabung dafür einen großen Vorteil.«

Ausnahmsweise hatte Helena das Gefühl, ein großer Schluck von dem bitteren Kaffee könnte ihr tatsächlich helfen. Was wollte diese Frau von ihr? »Verzeiht mir, Eure Wohlgeboren, aber ich fürchte, das ist ein Missverständnis. Ihr scheint zu glauben, dass ich mir eine gewisse Stellung bei Prinz Georg verschaffen will, für die ich Eure Ratschläge möglicherweise beachten müsste. Das liegt mir jedoch fern. Es liegt sogar konträr zu meinen eigentlichen Wünschen, denn der Ehemann, den ich brauche, wäre ver-

mutlich nicht einverstanden mit einem derartigen Engagement meinerseits.«

Der Kaffee schwappte ein wenig über den Tassenrand, als die Gräfin sich mit einem hellen Lachen einschenkte. »Reizend, Eure Naivität. Ahnt Ihr wirklich nicht, wie viele Männer sich mit Vergnügen blind und taub stellen, wenn sie hoffen dürfen, dass ihr Eheweib sie mit ›derartigem Engagement‹ in eine profitablere Stellung bringt, als sie es aus eigenen Kräften je könnten? Lasst Euch versichern, mit meiner Unterstützung wäre beides für Euch erreichbar: der Prinz und auch ein Ehegemahl. Stellt Euch vor, wie das Eure Lage verbessern würde! Mit etwas Geschick könnt Ihr es zu Reichtum und einem gesicherten Rang bei Hof bringen. Ich traue Euch zu, genug Verstand zu besitzen.«

Für einen Augenblick vergaß Helena das Atmen.

Die Gräfin sah in ihr die zukünftige Mätresse des Prinzen! Kein Wort davon, dass er gerade jung verheiratet war und ihr ein solcher Verrat an seiner Gemahlin zuwider sein könnte. Kein Wort davon, dass sie es verabscheuen könnte, selbst eine Scheinehe zu führen und sich auf die Art sogar mit zwei Männern herumschlagen zu müssen, die sie nicht liebte. Dachte sie wirklich, dass Macht für jede Frau einen so hohen Wert hatte? Behutsam stellte sie ihre Kaffeetasse ab, bevor ihre Hand allzu verräterisch zitterte.

»Es tut mir leid, dass ich Euch den falschen Eindruck vermittelt habe. Bei Prinz Georg eine Stellung auszufüllen, wie Ihr sie im Sinn habt, kommt für mich nicht infrage. Ihr irrt Euch, wenn Ihr glaubt, dass ich dazu geeignet oder geneigt wäre.«

»Ihr seid geneigt, Euch einen begüterten Ehegatten zu angeln, um Eure Geldsorgen zu besiegen, vielleicht gar Eurer lieben Mutter unter die Arme greifen zu können. Leugnet es nicht, ich habe schon viele junge Damen wie Euch gekannt und bin fähig, meine Schlüsse zu ziehen. Lasst Euch sagen, dass Eure Aussichten

miserabel sind. Was habt Ihr zu bieten, außer Eurer edlen Abstammung und einem augenscheinlich gesunden Leib? Heiratsfähige Männer, denen alter Adel wichtiger ist als ein anständiges Einkommen oder vielversprechende Verbindungen, bevölkern Hannover nicht in Rudeln. Wenn Ihr aber in Prinz Georg Ludwigs höchster Gunst stündet, und sei es auch nur für eine Weile, würde es eine Ehe mit Euch für die meisten Männer hier schon attraktiver machen. Wisst Ihr nicht, was das wohlwollende Wort eines Fürsten für einen Günstling bewirken kann? Es kann zwischen Gewöhnlichkeit und einer glorreichen Zukunft entscheiden. Für Euch allerdings geht es hier nicht um den Aufstieg aus der Gewöhnlichkeit, sondern darum, dem drohenden Elend zu entgehen, nicht wahr? Überlegt Euch gut, ob Euer Dünkel es wert ist, in dieses Elend zu stürzen. Wenn Ihr auf meinen Vorschlag eingeht, dann könnt Ihr Euch überdies auch noch meiner Unterstützung sicher sein. Die Ausgaben für manches neue Kleid, manches Paar Schuhe müssten Euch dann weniger schmerzen. Und Ihr könntet ein neues Kleid brauchen, wenn Ihr mir die Bemerkung verzeiht. Hat übrigens dieser Rubinring, den ihr an der Kette tragt, eine Bedeutung?«

Erneut hatte Clara von Platen jede Spur ihrer verspielten Heiterkeit abgelegt und gab sich als kühle Strategin. Wie hatte sie so gezielt die Wunde finden können, um ihren Finger hineinzulegen? Fassungslos starrte Helena sie an. »Der Ring ist ein Andenken an meinen Bruder. Welchen Gewinn hättet Ihr davon, mich zu unterstützen?«

»Stellt Euch nicht dumm, Ihr seid doch kein Hühnchen. Ich lebe seit vielen Jahren mit dem Herzog zusammen und habe meinen Einfluss auf ihn stets ausgezeichnet und zum allgemeinen Nutzen einsetzen können. Was aber geschieht, wenn sein Sohn ihm als Fürst nachfolgt? Es wäre gut gewesen, wenn meine Schwester seine Stellung bei ihm hätte bewahren können, aber

das war nicht der Fall. Daher liegt es in meinem Interesse, eine junge Dame in der betreffenden Stellung zu wissen, die sich mir verbunden fühlt und meine erfahrenen Ratschläge zu schätzen weiß.«

»Ich soll also den Prinzen in Eurem Sinne beeinflussen? Zwar verstehe ich nun Euren Plan, doch Ihr täuscht Euch in mir. Zu einem solchen Leben wäre ich nicht fähig. Ich wünsche mir nichts weiter als einen verträglichen Ehemann, der wohlhabend genug ist, meine Mutter und meine Schwestern ein wenig zu unterstützen. Selbst brauche ich wenig und würde wohl glücklich genug sein, meinem Gatten auf einem Landgut ein paar Kinder aufziehen zu dürfen, ohne dabei Not zu leiden.«

Die Mätresse stieß einen zischenden Atemzug aus. »Nicht ich täusche mich in Euch, sondern Ihr selbst täuscht Euch. Ihr seid zu viel mehr fähig, als Ihr glaubt. Mir scheint, Eure Zwänge drücken Euch nur noch nicht genug. Doch das wird schon werden. Glaubt mir, darin habe ich die verfließende Zeit auf meiner Seite. Die Wochen werden verstreichen, ohne dass sich ein Bewerber um Eure Hand einstellt. Die Armut wird ihre Hand nach Euch ausstrecken, das Gespenst der alten Jungfernschaft sich an Eure Fersen heften. Dann werdet Ihr umdenken. Doch möglicherweise ist es dann zu spät, weil ich ein anderes geeignetes Fräulein gefunden habe, welches mehr Entgegenkommen zeigt.«

Helena erhob sich, um zu gehen. »Verzeiht mir, wenn ich Euch erzürnt habe. Das war nicht meine Absicht. Ich möchte Euch bitten, mich zu verstehen. Ganz gewiss bin ich nicht die Richtige für Euer Vorhaben. Das würde sich bald zeigen.«

Auch Gräfin Clara erhob sich, und nun lächelte sie wieder charmant. »Ihr habt mich nicht erzürnt. Noch nicht. Ich habe damit gerechnet, dass Ihr Zeit braucht, um Euch an den Gedanken zu gewöhnen. Denkt ein Weilchen darüber nach, macht einen Handel mit Eurem Stolz, und geht dann zuversichtlich ans

Werk. Vertraut darauf, dass ich Euch beobachte und Euch beistehen werde.«

Krampfhaft schloss Helena ihre Hand um die Rückenlehne ihres Stuhls. »Nein! Ich meine … Bitte geht nicht davon aus, dass ich zustimme. Geht davon aus, dass ich …«

»Möglicherweise habt Ihr mir doch nicht gut genug zugehört, Fräulein Helena. Mein Einfluss an diesem Hof beschränkt sich nicht auf den Herzog. Das war einst nur der Beginn. Eine vertraute Freundin des Fürsten zu sein verschafft mir Gehör, auch für mein leisestes Flüstern. Ihr könnt Euch fügen und darauf hoffen, dass Ihr eines Tages ähnliche Macht erwerbt wie ich. Oder Ihr könnt Euch sträuben und erfahren, wie sich meine Macht gegen Euch wendet. Erwähnte ich, dass sich keine Bewerber um Eure Hand einfinden werden? Ratet, wer dafür sorgen wird. Und nun setzt Euch doch wieder, genießt einige von den köstlichen kleinen Pasteten und erzählt mir von Euren Kleidern und Eurem Schmuck. Ihr könnt ein wenig Beratung gebrauchen, was das angeht. Der Ring zum Beispiel bliebe auch ein wunderbares Andenken, wenn Ihr ihn in einer Schatulle verwahrt, statt Euer Dekolletée damit zu verunzieren.«

Kopfschüttelnd setzte Helena ihren Weg zur Tür fort. Unwillkürlich ging sie rückwärts, um Clara von Platen nicht den Rücken zuzuwenden. »Mir ist unwohl, Eure Wohlgeboren, ich muss gehen. Ich bitte Euch von Herzen, mich von Eurem Vorhaben auszuschließen. Nehmt mir nicht die Möglichkeit, auf meinem eigenen Weg …«

»Bitte kein Jammern! Das steht Euch nicht, und es klingt nicht ehrlich. Ich habe Euch studiert und bin mir sicher, dass Ihr stark genug seid, wenn Ihr nur erst eingesehen habt, dass mein Plan zu Eurem Besten ist. Denkt an Eure Mutter und Eure kleinen Geschwister!«

Helena war bei der Tür angekommen, wandte sich um und

floh aus den Gemächern der Mätresse, als jagten ihr bissige Terrier nach.

Hatte sie noch vor Kurzem belächelt, dass Ileana Gräfin Clara grausam genannt hatte? Nun zitterten nicht nur ihre Hände bei der Vorstellung, dass die Mätresse ihre Drohung wahrmachen könnte. Was sollte sie tun? Sie konnte sich Georg Ludwig nicht auf diese Art anbieten! Sie konnte ihr Leben nicht auf Schande, Verrat und Intrigen errichten. Doch welcher Ausweg blieb ihr, wenn sie sich Clara widersetzte? Ihr Magen hob sich vor Aufregung, sodass sie für einen Moment mit vor den Mund gepresster Hand stehen bleiben musste.

Ausgerechnet jetzt kam Viktor von Briesen den Flur entlanggeschlendert und verbeugte sich schon, als er noch etliche Schritte von ihr entfernt war.

»Einen wonnigen Tag wünsche ich, Fräulein Helena. Kommt Ihr von Gräfin von Platen? Ist sie also wieder frei und zu sprechen? Wie erfreulich. Ich nehme an, Ihr hattet eine erquickliche Audienz bei ihr. Bereitet mir die Freude, mir gewogen zu bleiben. Euer ergebenster Diener, meine Gnädigste.«

Sein dreistes Grinsen und der Unsinn, den er redete, ließen sie annehmen, dass er über den Plan der Gräfin Bescheid wusste. Entschlossen richtete sie sich auf. »Aber gewiss doch. Man sollte sich gewogen bleiben, wenn man demselben Ziel dient, nicht wahr?« Mit festen Schritten ging sie an ihm vorüber und nickte ihm zum Abschied nur schroff zu.

Sie würde es mit der Gräfin aufnehmen. Es musste möglich sein, ihr vorzutäuschen, dass sie einwilligte. Mit Glück würde sie ihr eigenes Ziel erreichen, bevor herauskam, dass sie nicht die Absicht hatte, sich zu einer Mätresse machen zu lassen.

18. Kapitel

März und April 1683

Als hätte der Himmel beschlossen, den Aschermittwoch wörtlich zu verstehen, hüllte er sich den ganzen März über in Aschgrau. Als hätte es nicht genug andere Gründe zum Trübsalblasen gegeben, drückte auch noch das triste Wetter Floriano aufs Gemüt. Mit Regen ging es zu seinem Bedauern nicht einher, was bedeutete, dass sie trotz der Kälte Wasser schleppen mussten, um ihren neu gepflanzten Gehölzen in die Zeit des Wachstums hineinzuhelfen. Zu ihnen gehörten auch rund fünfzig Spalierobstbäumchen, die ihm gerade deshalb besonders am Herzen lagen, weil er wusste, dass Bauer nur darauf wartete, dass sie eingingen.

Der einzige Lichtblick war, dass er endlich jemanden gefunden hatte, über den er Gabrielle eine Nachricht zukommen lassen konnte. An einem der letzten Märzabende ging er von seiner Unterkunft in Bauers Wohnung im Herrenhäuser Schlösschen hinüber zur Meierei, um die Küchenmagd aufzusuchen, von der er sich Hilfe erhoffte.

Die Meierei und die Menagerie wurden noch immer umgebaut und vergrößert, sodass er Umwege durch Schmutz und Gerümpel nehmen musste, bis er die Hintertür des Meierhauses erreichte. Er kam am Kehrichthaufen der Küche vorbei, auf dem faule Zwiebeln süßlich stanken. Wieder einmal fiel ihm Fräulein Helena ein, die Zwiebelblüten hübsch und Möhrenkraut zart genannt hatte. Ob auch sie im Mai mit dem Hof nach Herrenhausen kam? Er hätte gern gesehen, welchen Eindruck die neuen Anlagen auf sie machten.

Überhaupt würde sich alles ändern, wenn der Hof einzog.

Unter anderem würde Bauer dann hoffentlich keine Zeit mehr haben, ihn und seine anderen Untergebenen bei der Arbeit auf Schritt und Tritt zu überwachen und zu schikanieren.

Er klopfte, und die hagere, hochgewachsene Küchenmagd öffnete ihm. Lina hieß sie, und sie kam aus einem Dorf am Deister, das nur aus ein paar Höfen bestand. Dafür hatte sie sich wacker emporgearbeitet, was wohl daran lag, dass sie sehr klug war und lesen und schreiben konnte.

»Goden Avend, Flori. Na, hast du dein Papier? Dann komm man gleich an den Tisch, ich hab schon allens sauber gemacht und die Dinte hingestellt.«

»Dir auch einen guten Abend. Und danke, dass du mir hilfst. Bleibt es dabei, dass du am Sonnabend ins Schloss fährst?«

»Jo, dat blievt so. Platzt aus allen Nähten vor lauter Besuch, dat Schloss. Die sind in der Küche froh, wenn ich zum Helfen komm. Nun setz dich mal. Magst einen Schluck Bier?«

Floriano nahm dankend an und setzte sich Lina gegenüber, die gleich die Feder zur Hand nahm, nachdem sie ihm einen Becher Bier eingeschenkt hatte. »Du lässt es aber wirklich niemanden sehen, wenn du den Brief deiner Freundin gibst? Nicht dass jemand wegen mir Ärger bekommt«, sagte er.

»Ich werde schon vorsichtig sein. Darüber hinaus liegt es bei dir, ob aus der Sache Ärger entsteht. Nu segg mol, wat schall ik schrieven?«

Er seufzte und nahm einen Schluck von dem guten Hannoverschen Bier. »Meine liebe … Nein. Meine geliebte … Warte! So geht es nicht. Es muss ordentlich klingen. Du schreibst es doch alles schön deutlich? Verehrte Mademoiselle Gabrielle. Ja, das ist gut.«

»Mademoiselle? Herrje. Ich tue mein Bestes. Hoffentlich wird sie es lesen können. Und denn?«

Es dauerte lange, bis er die richtigen Worte gefunden hatte.

So lange, dass er Lina am Ende dafür hätte küssen mögen, dass sie so viel Geduld mit ihm hatte. Er bedankte sich überschwänglich, doch sie klopfte ihm nur mit einem gutmütigen Lächeln die Hand, bevor sie ihm den ganzen Brief noch einmal vorlas.

»Verehrte Mademoiselle Gabrielle,
von Herzen möchte ich die Hoffnung ausdrücken, dass Ihr Euch wohlbefindet. Ich habe Celle kurz nach Eurer Abreise verlassen und weile nun schon seit Anfang des Jahres in Herrenhausen. Leider habe ich erst jetzt die Gelegenheit, Euch von meinem Umzug Nachricht zu senden. Solltet Ihr geneigt sein, mir von den jüngsten Geschehnissen in Eurem Leben zu berichten, so wäre es mir eine große Freude.
Euer ergebener Diener, F. P.«

»Das klingt vornehm und liebenswürdig. Ich würde dir antworten«, sagte sie dann und blies auf das Papier, damit die Tinte trocknete.

»Du bist ein Goldstück, Lina. Ich hoffe, du sagst mir, wenn ich mal etwas für dich tun kann.«

Sie lachte und schüttelte den Kopf. »Das werde ich. Aber man muss nicht jeden kleinen Gefallen vergelten. Das wird der liebe Herrgott schon tun.«

Eine Weile redeten und lachten sie noch miteinander, dann ging er beschwingt durch die Dunkelheit zurück in sein Quartier und träumte von einer Lilie, die er züchten würde. Das würde ihm Hoffnung geben. Und wenn sie besonders schön wurde, dann würde er sie »Gabrielle« nennen.

Im März nutzte Prinz Georg Ludwig das trockene Wetter, um Zeit mit seinen Truppen zu verbringen, und schenkte Helena damit etwas Aufschub vor Gräfin Claras Forderung. Auch Adrian verschwand für eine Weile, weil sein Vater ihn aus ihr unbekannten Gründen nach Hause rief.

Zahlreiche hochangesehene Gäste gingen im Leineschloss ein und aus, und Helena bemühte sich nach besten Kräften, die heiratswilligen Herren unter ihnen ausfindig zu machen. Sie war möglichst stets dort, wo auch die Herren sich einfanden, und sowohl der Körper als auch die Seele schmerzten sie bald von der Anstrengung, unaufhörlich den besten Eindruck auf alle zu machen. Doch obwohl sie zu vielen der angehenden Ehemänner ein freundliches Verhältnis entwickelte, galten die einzigen Anträge, die in dieser Zeit gemacht wurden, zwei von Prinzessin Dorothées jungen Kammerjungfern.

Es tröstete Helena nicht, dass auch Ileanas Bemühungen ohne Erfolg blieben. Das Gefühl von Erniedrigung drohte überhandzunehmen. Noch verschärft wurde es von der Verzweiflung, die sie befiel, wenn sie darüber nachdachte, was sie bei Georg Ludwigs Rückkehr tun sollte.

Tatsächlich bliesen die regenreichen Stürme des April sowohl Georg Ludwig als auch Adrian wieder ins Leineschloss. Daher befand sich Helena in der Zeit vor dem Osterfest in einer so verzwickten Lage, dass sie kaum noch Schlaf fand und oft bereits lange vor Sonnenaufgang wach lag.

So war es auch nach einem Abend, an dem sie im großen Spielsaal mit Georg Ludwig Karten gespielt und gesehen hatte, wie Clara es mit einem zufriedenen Nicken zur Kenntnis nahm. Dabei war es ihr kaum möglich gewesen, sich auf ihre Trümpfe

oder den Prinzen zu konzentrieren, weil Adrian sie von seinem eigenen Tisch aus unaufhörlich schmachtend anstarrte. Sie rechnete die ganze Zeit damit, dass sein Verhalten den Leuten auffallen und zu Gerede führen würde.

Seufzend richtete sie sich im Bett auf und blickte zum dunklen Fenster. Es regnete, dennoch sehnte sie sich nach einem Spaziergang unter freiem Himmel. Sogar ein paar Atemzüge im Schlosshof erschienen ihr schon als Verlockung. Ileanas Bettvorhänge waren zugezogen, und das Geräusch ihres gleichmäßigen Atems verriet, dass sie fest schlief. Kurzentschlossen schlüpfte Helena zwischen ihren eigenen Vorhängen hinaus und warf sich ihren Mantel über. Er war lang genug, um das Nachtgewand zu verdecken, das sie trug.

Wenig später trat sie auf den Gang vor ihrem Gemach und prallte beinah zurück. An der Wand gegenüber lehnte Adrian, mit gesenktem Kopf und verschränkten Armen. Leise schloss sie die Tür und trat zu ihm. »Adrian?«, flüsterte sie.

Er musste gedöst haben, denn er zuckte zusammen und stand mit einem Ruck aufrecht. »Helena«, flüsterte er zurück, und sogar das gehauchte Flüstern klang wie ein wehmütiger Stoßseufzer.

»Ich brauche frische Luft«, wisperte sie. Mit langen Schritten ging sie los und überließ es ihm, ob er ihr folgen wollte. Er tat es, und sie schlichen sich gemeinsam zu einer unbewachten Dienstbotentür, die in einen kleinen, menschenleer im Dunkeln liegenden Innenhof führte.

Adrian ergriff ihre Hand und zog sie näher zu sich. »Ich verbrenne, Leni. Du kannst mich nicht weiter leiden lassen. Es ist doch, wie Viktor gesagt hat: Wir beide müssen höheren Zwängen gehorchen. Aber das muss uns doch nicht von unserem Glück abhalten. Vater zieht alle Fäden, um mir ein Eheweib zu suchen. Drei Damen habe ich in den vergangenen Wochen kennengelernt, die ich alle nicht haben will. Aber ich werde zustimmen

müssen, wenn Vater es beschließt. Was sollte ich denn tun? Ich kann nicht auf mein Erbe verzichten. Sei nicht so hart zu mir, ich flehe dich an.«

Sie entzog ihm ihre Hand und schlug ihm gedämpft die Faust vor die Brust. »Du bist ein verdammter Narr, Adrian. Wir haben Dinge getan, die wir nicht hätten tun dürfen. Alles ist verloren, wenn der Hof davon erfährt. Hör auf, so offensichtlich um mich herumzuscharwenzeln! Sie werden es bemerken, und dann bricht das Geschwätz los. Kannst du dir nicht denken, wie schwierig alles auch so schon ist? Lass mich …«

Ohne ein Zeichen der Vorwarnung riss er sie an sich und presste seine Lippen auf ihre. Sie war zu überrumpelt, um ihn sofort wieder von sich zu stoßen, doch die Berührung machte ihr deutlich, dass sie seine Küsse nicht mehr wollte. Heftig stieß sie ihn von sich und wischte sich mit dem Handrücken über den Mund.

»Du blöder … Halt dich fern von mir!«, zischte sie. Ehe er die Hand wieder nach ihr ausstrecken konnte, floh sie zurück ins Schloss und hetzte über die Flure, bis sie einen Winkel gefunden hatte, in dem sie sich zusammenkauern und in Tränen ausbrechen konnte.

Ein halbes Jahr zuvor hatte sie mit Zärtlichkeit an Adrian gedacht und in ihm ihre Zukunft gesehen. Nun wünschte sie sich nur noch, er möge sich in Luft auflösen. Dass er tat, als hätte sich an seinen Gefühlen für sie nichts geändert, machte es umso schlimmer. Wenn er tatsächlich so empfand, dann waren diese Gefühle nie viel wert gewesen.

Sie hockte in ihrem Winkel und weinte, bis die Sonne aufging.

Dann ging sie zurück in ihr Gemach, wo Ileana noch immer schlummerte. Mit einem bitteren Gefühl ließ Helena ihren Blick über die im Gemach verstreuten kostbaren Kleidungsstücke ihrer Zimmergefährtin schweifen. Sie musste ein Schluchzen unter-

drücken. So weit war es schon mit ihr gekommen, dass sie auf Reichtum neidisch war.

Obwohl das Wetter schlecht blieb, verbesserte sich die Laune der Herzogin stetig. Während Helena weiter mit ihren Sorgen kämpfte und sich stellte, als genösse sie heiter ihre Tage, schmückten die Bediensteten die Räume des Schlosses österlich mit immer neuen frischen Blüten und Kränzen aus knospenden Zweigen, farbig verzierten Eiern und golden glänzendem Gebäck in Form von Lämmern und Hasen. Nur wenige Mitglieder des Hofs hatten die Fastenzeit mit einem tatsächlichen Verzicht auf bestimmte Speisen begangen, dennoch wurden für die Ostertage Festmähler vorbereitet, als hätten alle vierzig Tage lang gehungert.

In der Osternacht versammelten sich die ledigen Hofdamen nach der Mitternachtsmesse in Prinzessin Dorothées Gemächern und blieben dort bis zum Morgengrauen wach. Als schweigende Prozession trugen sie dann mit Blüten umkränzte Kerzen in die Marktkirche, wo sie gemeinsam mit anderen Hannoverschen Jungfrauen sangen und der Pastor ihnen einen besonderen Segen aussprach. Zudem erklärte er, wie gottgefällig der fruchtbare Ehestand sei, der ihnen zu ihrem Glück gewiss bald bevorstünde. Er verlor noch einige freundliche Worte darüber, wie die jungfräulichen Blumen der Stadt und des Hofs ein besonders schönes Zeichen für die hoffnungsvolle Zeit der Auferstehung und den Fortbestand des Lebens wären, dann entließ er sie.

Als sie wieder aus der Kirche kamen, bevölkerten den Marktplatz zu Helenas Überraschung nicht nur die städtischen Osterkirchgänger, sondern Prinz Georg Ludwig und sein kleiner persönlicher Hofstaat. Die gesattelten Pferde, die am Rande des

Platzes von Knechten festgehalten wurden, verrieten, dass die Herren einen Ausritt hinter sich hatten. Auch Adrian und Viktor gehörten zu der illustren Gruppe, und beide riefen Helena einen Gruß zu, was wiederum auch Georg Ludwig auf sie aufmerksam machte. Sie knickste, als sein Blick auf sie fiel, und die Damen in ihrer Nähe taten es ihr gleich.

»Wären wohl schlechte Manieren, wenn wir die Damen nicht zurück ins Schloss begleiten würden, meine Herren«, sagte er, kam zu ihr herüber und bot ihr seinen Arm an, als wäre sie die selbstverständliche Wahl für ihn.

Sie konnte nicht verleugnen, dass sie sich geschmeichelt fühlte, lächelte und übergab ihm das Blütenkränzchen, das sie vom Schmuck ihrer Kerze zurückbehalten hatte. »Möge es Euch Gesundheit und Segen bringen. Hattet Ihr einen angenehmen Ritt?«

»Nur eine schnelle Runde durch die Eilenriede, um zu sehen, wessen Ross ostermorgens am muntersten ist.«

»Und blühen die Buschwindröschen schon?«

»Aber gewiss. Wie lange wart Ihr nicht draußen, dass Ihr das nicht wisst?«

»Für meinen Geschmack viel zu lange. Das Wetter lud allerdings in diesem Monat auch noch nicht zu Spazierfahrten ein.«

»Reitet Ihr nicht?«

»Doch, mit Vergnügen. Nur habe ich kein Pferd in den herzoglichen Stallungen stehen.«

»Ich leihe Euch eins, wenn Ihr es wünscht. Habe nie verstanden, wie die Damen es aushalten, so viel Zeit in geschlossenen Räumen zu verbringen. Man muss doch auch atmen. Also nehmt mich beim Wort und verlangt in den Ställen ein Ross und Begleitung, wann immer Euch danach ist.«

Helena wusste, wie sehr sie sich über sein Angebot gefreut hätte, wenn es im Licht von Gräfin Claras Auftrag nicht wie

eine bedeutungsvolle Verbindlichkeit gewirkt hätte. So oder so blieb ihr allerdings nichts anderes übrig, als sich dankbar zu erweisen.

»Das ist sehr gütig, und Ihr macht mir eine große Freude damit. Ich gestehe, dass ich mich schon seit Wochen auf den Umzug nach Herrenhausen freue, weil alle davon schwärmen, wie angenehm es sich dort spazieren und ausreiten lässt.«

»Mit ›alle‹ meint Ihr wohl vor allem meine Mutter, nehme ich an? Nicht jeder ist so begeistert. Einige halten die Sommerresidenz für langweiliger.«

»Ihr auch, Eure Hochwohlgeboren?«

»Nein, ich pflichte ihrer Durchlaucht bei. Gepflegte Gartenanlagen sind für das gute Ansehen eines Fürstenhauses unabdingbar. Und wenn man sie denn einmal besitzt, so sollte man sie auch ausgiebig nutzen und genießen. Feuerwerk sehe ich für meinen Teil besonders gern, und das ist dort draußen viel imposanter einzurichten. Ich hoffe nur, dass ich noch lange genug hier sein werde, um wenigstens an den ersten Gartenfesten der Saison teilzunehmen. Wir erhielten eine Nachricht aus Belgrad. Die Türken sind im Anmarsch. Bisher sieht es nicht so aus, als würde jemand sie aufhalten. Wenn sie sich also weiter auf Wien zu bewegen, wird der Kaiser in sechs bis acht Wochen nach uns rufen.«

Er konnte nicht ahnen, dass sie es als Glücksfall betrachtet hätte, wenn der Kaiser ihn möglichst bald und für lange Zeit zu sich rief. Doch ein wenig zwickte auch ihr Gewissen, weil sie ihn lieber im Krieg als bei Hof gesehen hätte. »Ihr klingt so zuversichtlich, als gäbe es keinen Zweifel an der Überlegenheit des kaiserlichen Heers. Demnach befürchtet Ihr nicht, dass die Türken siegen könnten?«

Georg Ludwig hob sein Kinn noch ein wenig höher, als er es ohnehin stets trug. »Unsere Braunschweig-Lüneburgischen Trup-

pen sind stark und gut ausgebildet. Wir werden die Krummsäbel das Fürchten lehren. Vater hat nicht umsonst kolossalen Aufwand betrieben, um ein eigenes Heer aufzustellen.«

»Das heißt, ich muss mir keine Sorgen machen, dass die Osmanen plötzlich an unser Tor pochen? Das ist beruhigend. Ich wünsche Euch jetzt schon einmal Glück und Erfolg für den Fall, dass wir keine Gelegenheit bekommen, uns zu verabschieden.«

Sein Lachen hätte man mit einem Husten verwechseln können. Es klang stets gezwungen, als wagte er es nicht, unbeschwert zu wirken. »Ich hoffe doch, dass wir uns bis zu meiner Abreise noch häufig begegnen. Eure Gesellschaft am Spieltisch ist mir angenehm. Ihr nehmt das Spielen ernst und stellt Euch nicht dumm, um Eure Mitspieler gewinnen zu lassen. Andere Damen tun das häufig. Als wüssten sie nicht, dass das eine Art Betrug ist, die einem die Freude am Spiel verderben kann.«

»Nun, Ihr gewinnt auch ohne mein Zutun oft genug. Warum sollte ich mich also verstellen? Aber habt Ihr niemals jemanden gewinnen lassen, um ihm eine Freude zu machen? Eure jüngeren Geschwister vielleicht?«, fragte sie.

»Niemals. Nur wer weiß, wie sich Verlieren anfühlt, lernt das Siegen richtig zu schätzen. Wenn sie gegen mich gewinnen wollen, müssen sie sich eben anstrengen.«

»Daran ist gewiss viel Wahres. Doch gibt es auch empfindsame Geister, die entmutigt werden, wenn sie immer nur verlieren. Sie lernen nicht, dass sich das Kämpfen lohnen könnte.«

Er grinste breit und schüttelte den Kopf. »Ich verstehe schon, was Ihr für eine ältere Schwester seid. Ihr könnt es nicht ertragen, wenn Eure Schwesterchen weinen.«

Sie nickte. »Da habt Ihr mich ertappt.«

»Und wer hat Euch gewinnen lassen, als Ihr noch ein Kind wart?«, fragte er.

»Mein Bruder hat es versucht. Doch er benahm sich anschlie-

ßend so gönnerhaft, dass ich es immer durchschaut und ihm die Karten an den Kopf geworfen habe.«

»Da seht Ihr! Vielleicht würden Eure kleinen Schwestern das auch tun.«

»Eigentlich ist es nur die kleinste, die wir alle gelegentlich gewinnen lassen, und wir lassen es sie nicht merken. Sie ist so zart, dass sie jede kleine Freude gebrauchen kann.«

Vermutlich hätte Georg Ludwig sich noch weiter mit ihr unterhalten, doch auf halbem Weg zum Schloss kamen ihnen einige Herren entgegen, die ihn in einer wichtigen Angelegenheit sprechen wollten und von ihrer Seite rissen. Seinen Platz nahmen Adrian und Viktor ein, was Helena mit einem Augenrollen quittierte. Der eine ging rechts, der andere links von ihr, und sie unterhielten sich an ihr vorbei.

»Was kann am Ostermorgen so aufregend sein, dass sie ihm entgegenrennen, um es ihm zu erzählen?«, fragte Viktor.

»Der kaiserliche Hahn hat ein Ei gelegt? Woher soll ich das wissen? Wenn es uns betrifft, werden wir es wohl bald erfahren«, erwiderte Adrian. Er klang mürrisch, was ihm nicht ähnlich sah.

Misstrauisch warf Helena ihm einen Blick zu. »Der Ostermorgen sollte eine Zeit friedlicher Besinnung sein. Ich hoffe, dass wir heute von jedem Aufruhr verschont bleiben.«

»Hofft Ihr das? Ich dachte, dass Ihr ein wenig Aufruhr jederzeit …«

Einer der Höflinge, die in der Runde um Georg Ludwig mitgehört hatten, schloss sich aufgeregt Viktor an. »Hört Euch das an, von Briesen: Da haben ein paar adlige Verbrecher in England geplant, den König umzubringen. Man hat sie erwischt. Es sind bekannte Namen dabei. Scheint schon ein paar Tage her zu sein, aber die Nachricht kam gerade erst gestern Nacht mit einem Reisenden an. Kann man sich so was vorstellen? Sie wollten ihn beim Pferderennen in Newmarket ermorden. Doch dann brannte es in

Newmarket, und das Rennen fiel aus. Der König fuhr nicht hin und blieb verschont. Was für ein Glück!«

Viktor von Briesen schnalzte zufrieden. »Das ist es also. Damit ist es um die besinnliche Osterstimmung der Herzogin wohl getan. Ein Mordanschlag auf ihren Verwandten! Grauenhaft.«

Doch Helena bemerkte sehr wohl, dass er keine Entrüstung empfand.

19. Kapitel

Anfang Mai 1683

»Sachte!« Floriano bekam Herzklopfen, als er sah, wie die italienischen Fuhrleute mit der kostbaren Fracht umsprangen, die gerade angekommen war. Einer von ihnen stand oben auf dem Wagen und warf den anderen die in Sackleinen eingeschlagenen Teile zu, nachdem er sie aus ihrem Strohbett ausgegraben hatte.

Auf seinen Ausruf hin lachten die Männer ihn aus. »*Siate calmi, vigliacco!* Es ist nicht das erste Mal, dass wir das machen!«, rief der eine.

Es war lange her, dass er zuletzt Italienisch gehört oder gesprochen hatte, aber es war seine Muttersprache, und die würde er niemals vergessen. Er wusste, dass *vigliacco* Hasenfuß hieß. »Tieni a freno la lingua o ti faccio vedere, chi è il vigliacco! Wehe, wenn ihr unterwegs Glocken zerbrochen habt. Die Herzogin wird sie nicht bezahlen. Dann könnt ihr sehen, wie ihr mit eurem Herrn abrechnet.«

Er ließ die Männer allein weitermachen und ging durch das kleine Mauertor in den Teil des Nutzgartens, wo die aus Venedig gelieferten Murano-Glasglocken verwendet werden sollten. Die großen, geschwungenen Hauben wurden vorwiegend für die Aufzucht von Melonen verwendet, doch er hatte auch viele andere Pflanzen darunter gut gedeihen sehen. In diesem Jahr hatten sie die vorhandenen Glocken vor allem dazu verwendet, das Wachstum und die Blüte von Frühlingsblumen zu beschleunigen, die für das Schloss bestimmt waren. Weil sie damit so erfolgreich gewesen waren, hatte Bauer eingewilligt, mehr von der teuren Glasware zu bestellen.

Nun, da sie ankamen, war es beinah schon zu spät dafür, sie sinnvoll zu verwenden. Dennoch hatte Floriano in bester Sonnenlage einige Hochbeete vorbereiten lassen, wo Melonen, Pfefferschoten und Artischocken wachsen sollten.

Als er bei den Beeten ankam, stellten die beiden vierzehnjährigen Lehrlinge, die ihm mit dem Auspacken der Glasglocken helfen sollten, gerade den Pflanztisch auf, an dem sie die Arbeit erledigen wollten. Neben ihnen setzte einer der Italiener schon die erste Glocke auf dem Boden ab.

»Otto, du packst sie hier am Tisch aus, und wir beide tragen sie gleich einzeln zu ihren Plätzen auf den Beeten. Leg das Sackleinen beiseite, das können wir noch brauchen«, sagte er.

Otto grinste, stellte die erste verpackte Glocke vor sich auf den Tisch und schnitt die Verschnürung durch. »Glöös för Räsen sünd dat!«

Floriano sprach Italienisch und Deutsch gleich gut und hatte in seinen Jahren in Celle sogar etwas Französisch gelernt. Doch manchmal sprachen die Leute in Hannover ein Deutsch, das ihm ein Rätsel war. »Was hast du gesagt?«

Otto lachte kopfschüttelnd, und sein Freund Willi feixte. »Gläser für Riesen sind das, hat er gesagt. Da hat er recht.«

Mit einem belustigten Schnauben nahm Floriano Otto die Glocke ab und untersuchte sie auf Schäden. »Ja, richtig. Und wir lassen Erbsen für Riesen darunter wachsen.«

Die beiden lachten laut wie die Kinder, die sie im Grunde noch waren.

Während sie langsam die Gläser auspackten, waren die Fuhrleute weit schneller und hatten bald beide Wagen abgeladen. Aufgetürmt standen und lagen die eingewickelten Glocken neben dem Pflanztisch.

Sie hatten rund ein Drittel der Lieferung auf den Beeten platziert, als Oberhofgärtner Bauer im Nutzgarten erschien. Mit

mürrischen Blicken nahm er zur Kenntnis, was sie bereits geschafft hatten, und stellte sich dann mit verschränkten Armen vor Otto, dessen Bewegungen prompt ein wenig unsicher wurden.

»Kannst du das nicht schneller? Ihr scheint euch nicht im Klaren darüber zu sein, was wir noch alles zu tun haben, bis morgen der Hof eintrifft. Piras, was soll das hier werden? Glaubst du, eure Faulheit fällt hier nicht auf? Ihr bewegt euch wie Schnecken!« Er kam mit geballten Fäusten zu dem Beet herübergestampft, wo Floriano gerade das Pflanzloch für einen Melonensetzling aushob.

Obwohl Floriano längst herausgefunden hatte, dass Bauer oft in einer Verfassung war, in der Erklärungen nicht zu ihm durchdrangen, versuchte er, ihn zu beschwichtigen. »Wir haben heute früh schon alle restlichen Pflanzen aus den Sälen im Westflügel geräumt und beim Ausfegen und Putzen geholfen. Die Jungen haben seit dem Aufstehen keine Verschnaufpause gehabt. Außerdem sind die Maiglöckchen gekommen, und ich …«

Es klirrte, und Otto fluchte. »Kracken, verdammte!«

Floriano und Bauer wandten sich zu ihm um und sahen, wie er mit gerunzelter Stirn die Scherben einer Glocke aneinanderhielt. Bevor Floriano etwas sagen konnte, stürmte Bauer auf den Lehrling zu und ohrfeigte ihn rechts und links.

Verdattert starrte der Junge ihn an. »Aver …«

Woraufhin ihm Bauer auch noch eine Kopfnuss versetzte und so laut brüllte, dass seine Stirn rot leuchtete. »Hat sich was mit ›Aver‹! Sich vor der Arbeit drücken und dann noch Schaden anrichten und fluchen! In einer halben Stunde steht ihr alle mit Harken und Besen auf dem Parterre und poliert die Pfade, verstanden?« Unter vollen Segeln rauschte er davon und ließ Floriano mit den fassungslosen Lehrlingen zurück.

»Aber ich war's doch nicht«, flüsterte Otto in perfekt verständlichem Deutsch.

Floriano seufzte. »Mach dir nichts draus. Er ist nur so, weil er Angst hat, dass die Herrschaften morgen unzufrieden mit ihm sind. Wenn er streng ist, fühlt er sich wohl eher so, als hätte er alles getan, was er kann.«

»Woher weißt du das?«, fragte Willi.

Sanft gab Floriano ihm einen Klaps in den Nacken. »Das denke ich mir so. Und nun wieder an die Arbeit! Leg die Scherben in den Eimer. Vielleicht kann sie noch jemand verwenden.«

»Wenn Vadder mich verdroschen hat, dann hatte das immer einen richtigen Grund. Das kann ich leichter einsehen«, beschwerte Willi sich.

Otto zuckte mit den Schultern. »Soll er eben hauen. Bin ja kene Bangbüx. War nur … Ich war's halt nicht.«

»Ich glaube dir. Wir sagen es Herrn Bauer, wenn er wieder ruhiger ist. Und nun 'ran, damit wir fertig werden und fegen können.«

Erst bei Sonnenuntergang hatten sie ihre Aufgaben erledigt, und Floriano stellte todmüde das Werkzeug weg. Die letzte Stunde war er auf Strümpfen die mit weißem Sand bestreuten Pfade zwischen den Ornamenten entlanggegangen, die im Herbst aus schienbeinhohem Buchsbaum neu gepflanzt worden waren, um jedes vergessene trockene Blatt, jedes doch noch aus dem Formschnitt herausragende Zweiglein und jeden verunzierenden Vogelkot zu beseitigen. Als würde nicht der leichteste Wind über Nacht die unnatürliche Ordnung wieder stören.

Er konnte nur hoffen, dass Bauers Besessenheit nachließ, wenn der Hof sich eingelebt hatte. Morgen würden sie eintreffen: all die hohen Herrschaften, für deren Vergnügen sie den Garten gestalteten und pflegten. Nur das Ergebnis sollten sie sehen, nicht aber die harte winterliche Arbeit, die es hervorgebracht hatte. All die Damen, die in ihren schönen Roben mit ihren Verehrern auf den Fersen die Alleen entlangflanierten, würden glauben, dass

die Gärtner stets nur in weißen Hemden und Livreen an den Hecken zupften und die Wege walzten. Die Herzogin. Die Herzogsmätresse. Fräulein Helena. Gabrielle.

Gabrielle. Sie hatte ihm nicht geantwortet.

Ihm war danach, einen letzten Blick auf das zu werfen, was er mitgeschaffen hatte, bevor die Herrschaften alles bevölkerten. Mit schweren Füßen stieg er die Treppe empor, die vom Eingang der künstlich angelegten »Grotte« auf das flache Dach des westlichen Schlossflügels führte. Von hier aus konnte er nach Süden hin das »Große Parterre« überblicken, die mit unerbittlicher Genauigkeit angelegten niedrigen Ornamente, die aus der Ferne aussahen wie die aufwendigen Stickereien an den Kleidern der Adligen.

An sorgfältig ausgewählten Stellen standen die ersten der weißen Steinfiguren, von denen die Herzogin drei Dutzend bestellt hatte. Den Mittelpunkt bildete ein rundes, flaches Brunnenbecken mit einer kleinen Fontäne, die ebenso unzuverlässig sprudelte wie die seitlich vom Parterre angelegten Kaskaden mit ihren kleinen, muschelförmigen Schalen. Floriano sah schon vor sich, wie sie all diese Wasserbehältnisse wieder und wieder beim Morgengrauen von Hand auffüllen und jeden Tag bejubeln würden, an dem die Rohrleitungen ausnahmsweise ihren Dienst taten.

Es gab Blumengärten, halbhohe und hohe Boskettquartiere oder »Lustgebüsche« mit versteckten Nischen, Lauben und Sitzplätzen; ein kleines Labyrinth, und östlich vom Gebäude den umschlossenen Privatgarten der Herzogin. Die von der Herzogin nachdrücklich verlangte Bühne prunkte an prominenter Stelle ebenfalls in der östlichen Hälfte der Anlage. Sie war so breit und tief, dass darauf mehr Musiker, Schauspieler oder Tänzer Platz gehabt hätten als Zuschauer im Raum davor. Rechts und links war sie je mit einer Reihe beschnittener Hainbuchen und einigen vergoldeten Statuen gesäumt. Völlig entsprach sie noch nicht den

Vorstellungen Charbonniers, doch für die erste Saison sollte sie genügen.

Die großen Ulmen und Pappeln, die sie im Winter gepflanzt hatten, schienen zum größten Teil überlebt zu haben. Genau würden sie es erst wissen, wenn sie ihr Laub vollständig ausgetrieben hatten. Ihren Formschnitt sollten die Bäume im Laufe des Jahres erhalten. Ihm war noch nicht klar, wie sie die Arbeit bewerkstelligen würden. Sie würden jedenfalls ein paar hohe Gestelle auf Rädern brauchen, auf denen sie zum Beschneiden der oberen Äste stehen konnten.

Charbonnier wollte, dass sie die Pflanzen streng trimmten und sie in Formen wachsen ließen, die wirkten wie Bauwerke und Skulpturen. Er hatte ihnen Zeichnungen von all den Formen gezeigt, die möglich waren. Säulen, Mauern mit Fenstern, Kugeln und Torbögen sollten auf diese Weise entstehen. Floriano leugnete nicht, dass das seinen Reiz hatte, doch als Gärtner jagte ihm der Gedanke Schauder über den Rücken, dass in diesen streng geplanten Konstruktionen Pflanzen welkten oder gar starben, wie es umso wahrscheinlicher war, je härter man sie verbog und beschnitt. Jede Lücke, die so entstand, würde nur mit hohem Aufwand wieder auszufüllen sein.

Dagegen war der Umgang mit den empfindlichen Kübelpflanzen, den Orangen, Limetten, Myrten, Granatapfelbäumchen, Jasmin- und Oleandersträuchern, die den Winter in den Innenräumen des Schlosses verbrachten, geradezu ein Kinderspiel. Sie waren zwar kostbar, die meisten jedoch ersetzbar. Und es wurden immer mehr. Gerade hatte Bauer wieder neue Tonkübel bestellt.

Während seiner Lehr- und Arbeitszeit in Celle unter Perronet hatte Floriano sich zwar oft gelangweilt, doch niemals an dem Handwerk gezweifelt, das er selbst gewählt hatte. Hier in Herrenhausen langweilte er sich nicht, zweifelte jedoch oft. Das kindliche Vergnügen daran, Pflanzen zum Wachsen, Blühen und

Tragen zu bringen, das ihn als Knaben darum hatte bitten lassen, zur Lehre angenommen zu werden, wurde von all dem Beschneiden und In-Form-Zwingen beinah erstickt.

Wenn Gabrielle ihm geantwortet hätte, wäre es etwas anderes gewesen. Doch ihr Schweigen ließ ihn an allem zweifeln, was er je entschieden oder getan hatte.

Am ersten Mai, dem Tag nach der Ankunft der Hofgesellschaft in Herrenhausen, befestigte Floriano in den hohen Bosketten die Zweige junger Hainbuchen an ihren Formgerüsten, während er nach jungen Damen Ausschau hielt. Früher oder später musste Gabrielle erscheinen, er durfte sie nicht verpassen. Seit dem Morgen beschäftigte er sich schon in den Bereichen des Gartens, von denen aus er die ein- und ausgehenden Herrschaften im Auge behalten konnte.

Als es endlich so weit war, stockte ihm der Atem. Er erkannte seine ehemalige Geliebte von Weitem, als sie endlich die Gartenanlagen betrat. Sogar wenn sie sich Mühe gab, würdevoll einherzuschreiten, wippte sie beim Gehen ein wenig mehr als die anderen auf und ab. Ihre Lebenslust war kaum zu bändigen. Zwei der Damen, die sie begleitete, kannte er aus Celle: Prinzessin Dorothée und Fräulein von dem Knesebeck. Eine etwas ältere, bescheidener gekleidete Frau schien die drei sehr jungen Fräulein zu hüten, die außerdem zu der Gruppe gehörten. Der siebenköpfige, farbenprächtig schillernde Damenschwarm wandelte den Mittelweg zwischen den Ornamenten des Parterres entlang und blieb immer wieder stehen, um Einzelheiten der Anlage zu bewundern. Die Knesebeck trug einen Sonnenschirm, mit dem sie Prinzessin Dorothée vor den raren Strahlen schützte, die den Weg durch die lockere Wolkendecke bis zu ihrer weißen

Haut fanden. Die junge Gemahlin des Herzogssohns sei bereits schwanger, hatte Floriano munkeln hören, doch das sah man ihr von Weitem noch nicht an.

Ihm wurde bewusst, dass er nicht starrend dastehen durfte, wenn er nicht auffallen wollte. Hastig nahm er seine Schere zur Hand und beschnitt die Zweige, die er beim Festbinden der Hainbuche hatte knicken müssen. Aus dem Augenwinkel verfolgte er, wohin die Damen gingen. Ihre hohen, lebhaft schwatzenden Stimmen drangen zu ihm, als sie schließlich die Boskette erreichten.

Der Mittelweg, auf dem sie auch weiterhin blieben, führte zwischen je zwei der quadratischen Gärtchen hindurch, die mit in gerade Formen geschnittenen übermannshohen Sträuchern eingefasst und in der Regel von nur einer Stelle aus begehbar waren. Die Damen planten an diesem Tag offenbar noch nicht, die Geheimnisse des Gartens und seiner Lustgebüsche zu erkunden, sondern machten nur einen Rundgang.

Sie würden bis zu dem runden Wasserbecken am Ende der Anlage gehen, das Charbonnier als Heim für eine Gruppe von Schwänen vorgesehen hatte. Allein die Vögel dort anzusiedeln hatte viel Mühe bereitet. Obgleich sie mit ihren gestutzten Flügeln nur watschelnd fliehen konnten, hatten sie anfänglich hartnäckig versucht, zur herzoglichen Menagerie zurückzukehren, in der sie aufgewachsen waren. Nachdem man endlich eine Handvoll von ihnen vom Bleiben überzeugt hatte, entwickelten zwei Exemplare eine solche Angriffslust, dass sie zum Schutz der Herrschaften entfernt werden mussten. Doch für die Damen sah es nun aus, als hätten die fünf weißen, sanftmütigen Grazien schon seit jeher auf dem künstlichen Teich zwischen Seerosen und steinernen Nymphen gelebt.

Ohne darüber nachzudenken, setzte Floriano sich in Bewegung, um mit den Frauen auf einer Höhe zu bleiben – wenn

auch durch Hecken und Boskette von ihnen getrennt. Was sie sprachen, konnte er nicht verstehen, doch er hörte sie. Gabrielle so nah zu wissen brachte sein Herz zum Hämmern.

Die Damen erreichten das Schwanenbecken und warfen den Tieren Futter zu, soweit Floriano das aus ihrem Gesprächsgeplätscher ableiten konnte. Würden sie denselben Weg zurückgehen oder sich für einen der anderen entscheiden? Auf keinen Fall durfte ihn jemand dabei erwischen, dass er sie beobachtete. Solche Ungehörigkeit würde ihn die Stellung kosten, wenn nicht gar die heile Haut. Aber er musste es unbedingt so einrichten, dass sie an ihm vorübergingen.

Vorsichtig schob er sich durch eine eigentlich unerwünschte Lücke zwischen den noch zu karg verzweigten jungen Boskettsträuchern. Die Mitte des Quartiers war mit steinernen Bänken, einem Tisch und bepflanzten Steinvasen als verborgener Sitzplatz für Mahlzeiten im Freien gestaltet. Unwillkürlich prüfte er mit einem raschen Blick, ob sich die Bepflanzung in bestmöglichem Zustand befand, bevor er an einer Stelle wieder in die Hecke eintauchte, von der aus er erspähen konnte, welchen Weg die Damen wählten.

Zu seinem Kummer schlugen sie die Richtung ein, die von ihm fort führte. Kurzentschlossen pflückte er eine besonders schön gemusterte Tulpe aus einer Vase. Dann drängte er sich außerhalb des Blickfelds der Frauen aus dem Boskett und hetzte über einige Wege und quer durch ein weiteres Gärtchen, bis er einen Seitenpfad erreichte, an dem sie vorbeimussten. Atemlos zog er seine Schere aus der Kitteltasche und machte sich an den nächstgelegenen Sträuchern zu schaffen, als wäre er schon lange dabei. Als sich die Prinzessin mit der Knesebeck zur Seite näherte, trat er noch einen Schritt näher und verbeugte sich tief. Sich schüchtern stellend, hielt er Prinzessin Dorothée dabei die Tulpe hin.

Sie schlug die Hände zusammen wie ein Kind. »Für mich? Reizend. Erheb dich. Wie heißt du denn?«

»Floriano Piras, Eure Hoheit. Soll ich Euch einen Strauß pflücken lassen? Diese eine Blüte fand ich abgebrochen. Ich hob sie auf, weil ich sie nicht vergeuden wollte. Hätte ich gewusst, dass Ihr … Euch gebührt mehr als eine abgebrochene Blüte. Ich stehe zu Euren Diensten.«

Sie lächelte ihn mit leuchtenden Augen an. »Alles blüht so schön hier draußen! Ich finde es nicht nötig, noch mehr Blumen in meine Gemächer zu tragen. Doch diese eine nehme ich gern als Zeichen deiner Freundlichkeit.«

»Ich danke Euch ergebenst«, sagte er, als hätte sie ihm das Geschenk gemacht und nicht umgekehrt. Damen wie sie waren es gewöhnt, mit Geschenken überhäuft zu werden, und zweifellos hätten es die meisten Herren als hohe Gunst empfunden, wenn sie ihr Geschenk wohlwollend annahm. Für ihn bedeutete es jedoch nur, dass Gabrielle ihn nicht übersehen konnte.

Tatsächlich versengte sie ihn förmlich mit flammenden Blicken. Er machte sich nicht vor, dass Leidenschaft dieses Feuer in ihr entfachte. Vermutlich war sie höllisch wütend, weil er ihr und ihrem erhabenen Kreis aufgelauert hatte wie ein Wegelagerer. Sie war scharfsinnig genug, um zu wissen, dass er ihr nicht zufällig vor die Füße gestolpert war.

Er erwiderte ihren Blick mit unbewegter Miene und verbeugte sich noch einmal, als die Prinzessin und ihre Begleitung sich wieder in Bewegung setzten. An ihn wurde kein weiteres Wort gerichtet. Auch Gabrielle folgte der Prinzessin, ohne ihn weiter zu beachten. Doch die kleinen Zeichen ihres Unmuts – das ruckartige Heben ihres Kinns, die schmal zusammengekniffenen Lippen, die Hand, die sich fester als nötig um eine Rockfalte krampfte – ließen ihn ahnen, was sie jeden Moment tun würde. Quer durch das Boskettquartier huschte er zurück zum nächsten

Seitenweg und wartete dort. Nur ein paar Atemzüge später kam sie allein zu ihm.

»*Andouille!* Ich habe gesagt, ich hätte meinen Fächer verloren. Das ist ein ungeschickter Vorwand. Und du bist daran schuld! Was fällt dir ein, mich zu überrumpeln? In welche Lage du mich bringst! Das ist hier nicht mehr das kleine Celle, wo es niemanden kümmert, wie ich meine Zeit verbringe!«

»Komm mit in die Büsche. Ich muss mit dir sprechen«, sagte er leise.

Sie sah sich über die Schulter um und zog unwillig die kleine Nase kraus, kam aber doch zu ihm in den Boskettgarten. Es war nicht der mit den Bänken. Stattdessen gab es einen Pavillon aus Rosenbögen in seiner Mitte, der erst in der Blütesaison seine Pracht entfalten würde. Schutz vor den ersten Blicken derer, die das Quartier betraten, bot er allerdings schon jetzt.

»Hast du meine Nachrichten nicht erhalten?«, fragte er.

»Ein sträflicher Leichtsinn, deine Nachrichten! Habe ich dir nicht deutlich erklärt, dass es für diese … diese Sache zwischen uns keine Zukunft gibt? Mir solche Nachrichten zu schicken! Wenn jemand davon erfährt! Ich wäre für alle Zeiten verbannt und erledigt! Du hättest in Celle bleiben sollen.«

»Ohne dich gab es für mich keinen Grund, dort zu bleiben. Ich habe hier eine gute Anstellung gefunden. Natürlich werde ich dich nicht weiter belästigen, wenn du es nicht wünschst. Du kannst dir überlegen, ob du mich noch einmal sehen willst.«

Nun zögerte sie, und der Zorn wich aus ihrer Miene. »Armer kleiner Flori. Habe ich dich so fest an mich gebunden? Aber es geht nicht. Das musst du doch einsehen!«

»Es ging auch vorher nicht. Und doch bist du immer wieder zu mir gekommen.«

Sie zuckte mit den Schultern. »Nun, ich sage ja nicht, dass es mir kein Vergnügen bereitet hat. Du bist … Du bist ein anzie-

hender Kerl mit deinen schönen dunklen Augen, und du verstehst dich auf … *N'importe!* Wir müssen damit aufhören.«

Er verschränkte die Arme und lehnte sich gegen den Torpfosten des Pavillons. Sein Herz hämmerte, pochte in seinen Schläfen, ließ es in seinen Ohren rauschen. Gleichzeitig wollte er sie an sich reißen und küssen, sie aber auch packen und schütteln. Doch es war ihre Wahl, und er hielt still.

»Wenn du es sagst«, sagte er.

Sie drückte beide Hände auf ihr Herz wie eine Schauspielerin und sah ihn mit weit aufgerissenen Augen an. »Ach, Flori«, flüsterte sie.

Einen Wimpernschlag später schlang sie die Arme um seinen Nacken und küsste ihn heftig, sodass er nicht länger widerstand. Hitzig küssten sie sich, mit wildgewordenen Zungen, und Gabrielles Hände suchten ebenso unverfroren nach seiner nackten Haut wie seine nach ihrer.

Ihre Gier wuchs, je länger sie weitermachten, und möglicherweise hätten sie es bis zum Äußersten getrieben. Doch Gabrielle zuckte zusammen, als eine Hornisse mit lautem Gebrumm an ihnen vorüberflog, sodass Floriano zu sich kam.

Er entzog ihr seine Lippen und schob sie sanft weg. »Da wären wir also wieder. Hören wir nun auf damit, oder nicht?«

Auf einmal kniff sie die Augen zusammen und wurde steif vor Wut. Ehe er begriff, versetzte sie ihm eine schallende Ohrfeige. »Komm mir nicht noch einmal zu nahe!«, stieß sie hervor und stürzte davon.

Verblüfft hielt er sich die Wange, während das Rauschen in seinem Kopf anhielt und ihm die Knie zitterten.

Er hatte sich längst damit abgefunden, dass er dieses Geschöpf nie ganz verstehen würde. Dennoch gelang es ihr immer wieder, ihn aus der Fassung zu bringen. Wusste sie jemals selbst, was sie wollte?

Drängender war für ihn nun allerdings die Frage, ob er ihr überhaupt vertrauen konnte. Wenn sie irgendjemandem gegenüber auch nur andeutete, dass er sich ihr gegen ihren Wunsch unsittlich genähert hatte, konnte es ihn das Leben kosten.

Langsam verließ er das Gärtchen und bewegte sich auf einem anderen Weg als dem ihren in Richtung des Parterres. Gabrielle hatte die anderen Damen eingeholt und erklärte ihnen vermutlich soeben, warum sie ihren Fächer gefunden oder auch nicht gefunden hatte. Jedenfalls verursachte sie keine Aufregung bei ihnen, was sicher bedeutete, dass sie ihnen nichts von ihm erzählte.

Ohnehin wurde die Aufmerksamkeit ihrer Begleiterinnen jetzt von etwas anderem angezogen. Prinz Georg Ludwig war mit einigen Gefährten im Garten erschienen und kam auf die Gruppe zu. Seine gewaltige hellbraune Lockenperücke zeichnete ihn auch aus der Ferne als den obersten aller Löwen aus. Höflich begrüßte er seine junge Gemahlin, während die anderen Frauen in ihrem Hofknicks verharrten. So hübsch der Anblick der gebauschten bunten Kleider auch war, blieb Florianos Blick doch von Gabrielle gefesselt. Allerdings schlug ihn dieses Mal nicht die Sehnsucht nach ihr in Bann, sondern das, was sie tat.

Verstohlen weitete sie mit einer Hand das Dekolleté ihres Kleides, bis ihre Brüste beinah heraussprangen, während sie Georg Ludwig im Auge behielt. Als er die Damen bat, sich zu erheben, trat sie unauffällig einen Schritt auf ihn zu. Floriano nahm an, dass nur er es wahrnahm, aber für ihn strahlte ihre Haltung aus, dass sie sich dem Prinzen anbot.

Eifersucht durchlief ihn wie eine heiße Woge. Er verabscheute sich selbst dafür, denn er hatte immer gewusst, dass sie ihm nicht zustand. Dennoch ritt ihn der Drang, den nächstbesten Gegenstand aufzuklauben und nach ihr zu werfen. Zu seinem Glück hatte die makellos aufgeräumte Gartenanlage nicht das kleinste Ding für diesen Zweck zu bieten.

Mit zusammengebissenen Zähnen wollte er sich gerade zurück in die Boskette und an seine Arbeit begeben, als Gabrielle sich noch einmal halb umwandte und ihm über die Schulter einen Blick zuwarf. Was zum Teufel ging nur in ihr vor?

20. Kapitel

Ausnahmsweise hatte Clara keine Geduld mit ihren Tarotkarten. Unzufrieden schob sie das Blatt zusammen und legte den Stapel beiseite.

Sie war nicht mit nach Herrenhausen umgezogen, denn das Schlösschen dort war nicht groß genug, um die nötige Diskretion und Trennung zwischen ihren Angelegenheiten und denen der Herzogin zu wahren. Seit jeher residierte sie deshalb über den Sommer im von Platenschen Anwesen, das auf halber Strecke zwischen dem Leineschloss und Herrenhausen lag. In diesem Jahr hatte sie es allerdings nicht eilig, ihren Wohnsitz zu verlegen. Ernst August war noch immer nicht aus Venedig zurück, und ihr selbst gefiel es auf dem eher bescheiden ausgestatteten Anwesen nicht, das ihr Gatte erworben hatte. Tausendmal hatte sie ihn schon gebeten, alles standesgemäßer herzurichten. Auch ihrem Herzog flüsterte sie seit langer Zeit ein, dass eine prächtigere Umgebung angemessener für sie und sein Ansehen wäre. Früher oder später würde sie auch in dieser Angelegenheit ihr Ziel erreichen, doch noch saß sie in ihren Gemächern im Leineschloss und zögerte den Umzug hinaus, während der Hof das Schlossgebäude bereits am Vortag verlassen hatte.

Die Umsetzung all ihrer Pläne schlich derzeit für ihren Geschmack zu langsam dahin. Wenn Ernst August und Georg Ludwig sich tatsächlich in einigen Wochen mit ihren Truppen dem Kaiser bei Wien anschließen würden, würde sie für eine Weile jeden Einfluss auf sie verlieren. Ausgerechnet dann, wenn sie sich möglicherweise die Gunst ihres Herrschers erwarben und diesen

Umstand schnell und geschickt nutzen mussten. Kaiser Leopold konnte in die Wege leiten, dass Hannover zum Kurfürstentum erhoben wurde, was einen immensen Gewinn an Macht und Einkommen bedeutete. Doch er musste nachdrücklich dazu veranlasst werden.

Wenn Ernst August Kurfürst wurde, musste er die Primogenitur durchsetzen und Georg Ludwig zu seinem Thronfolger und Haupterben erklären. Diese Veränderung würde weder bei seinen restlichen Söhnen noch bei der Herzogin auf Zustimmung stoßen, sondern für Spannungen sorgen. Umso wichtiger war es, Ernst August und Georg Ludwig den Rücken zu stärken. Auch deshalb wollte Clara die neue Mätresse für Georg installieren, bevor er abreiste. Zu ihrem Ärger hatte sich Helena von Minnigerode zwar als vielversprechend, doch auch als zögerlich entpuppt. Georg Ludwig fühlte sich offensichtlich von ihr angezogen, doch sie hatte es bisher noch nicht fertiggebracht, diese Anziehung zu dem unwiderstehlichen Verlangen auszubauen, das ihr Macht über ihn gegeben hätte. Das konnte nur daran liegen, dass sie es nicht wirklich wollte und sich Claras Anweisung insgeheim widersetzte.

Mit dem Zeigefinger schnippte Clara die oberen Karten vom Stapel und musterte das Bild, das zum Vorschein kam. Sie hatte gehofft, dass milde Drohungen genügen würden, um das Fräulein zur Einsicht zu bringen. Das hätte die spätere Zusammenarbeit mit ihr angenehmer gemacht. Doch nun war sie bereit, ein schwereres Geschütz aufzufahren.

Wie sie von ihrem getreuen Viktor erfahren hatte, glaubte Helena ein Geheimnis zu hüten, das sie längst mit ihr teilten. Das törichte Kind hatte dem ebenso törichten Verlobten geschenkt, was klügere Frauen nur gegen einen hohen Preis aufgaben. Somit hatte sie neben ihrer Jungfräulichkeit auch die Unantastbarkeit ihres Ansehens verloren. Es wäre ein Leichtes, dieses Wissen so

an die Öffentlichkeit zu bringen, dass es sie vernichtete. Und das Fräulein war klug genug, das zu erkennen und zu fürchten.

Es war an der Zeit, die zukünftige Mätresse des Herzogssohns daran zu erinnern, was sie alles zu verlieren hatte. Das obere Blatt war die Sechs der Schwerter: ein Fährmann, der ängstliche Reisende über einen Fluss setzte. Das sprach für den richtigen Zeitpunkt. Der Fährmann war sie selbst, ihr Fahrgast die zögerliche Helena. Die Gelegenheit würde nicht günstiger werden. Prinzesschen Dorothée war schwanger und ließ ihren Gatten vermutlich bereits nicht mehr in ihr Bett. Jetzt musste sie – und keine andere als sie selbst – ihm eine andere hineinlegen. Dabei würde sie sich nicht von den dummen Skrupeln eines Landfräuleins aufhalten lassen.

Der Tanzsaal im Herrenhäuser Schloss war kleiner als die Säle im Leineschloss und engte sowohl die Tänzer als auch die Zuschauer und Wartenden ein. Deshalb drehte sich während dieser Tanzstunde das Gespräch um die Vorfreude auf die Gartenfeste, auf denen man ohne die räumliche Beschränkung tanzen würde.

Der Tanzmeister huschte zwischen seinem Platz nah bei den drei Musikern und dem vortanzenden Paar hin und her, das soeben seinen Unterricht genoss. »Kleine Schritte! Nicht mehr als zwei Fußlängen, *s'il vous plaît*, mein Herr. Die Damen lernen es früher, *n'est-ce pas?* Und wir denken an den Faden, der unser Haupt in die Höhe zieht! *Merci! Très bien!*«

Helenas Tanzpartner war an diesem Tag Graf Hagen-Falko von Rauchhaupt, der sich erst kurz vor dem Umzug nach Herrenhausen der Hofgesellschaft angeschlossen hatte. Dem Grafen leuchtete der Reichtum aus jedem Knopfloch seines glänzenden Justaucorps', und er war ein heiratswilliger Junggeselle, soweit

sie wusste. Sie empfand es daher als Glücksfall, dass er sie aufgefordert hatte. Bei den vorangegangenen Gelegenheiten hatte sie oft mit Baron von Eichhorn getanzt, doch sie gaben zusammen kein besonders anmutiges Paar ab, weil sie den Kopf stark neigen musste, um dem kleinen Mann ins Gesicht sehen zu können. Graf von Rauchhaupt war größer, und seine Art, sich zu bewegen, ließ vermuten, dass er bereits ein geübter Tänzer war.

Noch allerdings waren sie nicht an der Reihe. Der Tanzmeister ließ ein Paar nach dem anderen seine neuesten Figuren ausführen. Er hatte mit den unerfahrensten Paaren begonnen und würde mit den meisterhaften abschließen. Helena ordnete er für gewöhnlich in der Mitte ein. Besonders viel Übung hatte sie zwar nicht, doch es fiel ihr leicht, sich Schrittfolgen einzuprägen. Sie empfand es als reizvolle Herausforderung, darin immer schneller und besser zu werden.

Im Vorzimmer des Tanzsaals hatte ein Parfümeur einen Tisch aufgestellt und lud die Wartenden dazu ein, seine Parfums, Salben, Puder und Farben zu begutachten. Die ungewöhnliche Abwechslung wurde von vielen begrüßt, weshalb das Gedränge am Tisch für Helenas Geschmack zu stark war. Sie hielt sich daher zurück, obwohl sie auf die Parfums durchaus neugierig war.

»Fräulein Helena, ich habe den Eindruck, dass Ihr nur zu gern so ein neues Düftchen kennenlernen würdet. Ihr äugt immer wieder hinüber zu dem Salbenmeister. Soll ich Euch dorthin begleiten?«, fragte Graf von Rauchhaupt.

Helena hatte bereits festgestellt, dass er selbst nach Parfum roch und auch sonst auffallend gepflegt wirkte. Sein Bärtchen war gebürstet, seine Fingernägel sauber. Gewiss ein Mann, der Verständnis für ihr Interesse an der Schönheitspflege hatte. Dennoch war es ihr peinlich, dass er es bemerkt hatte. »Schweift meine Aufmerksamkeit so offensichtlich ab? Dann bitte ich um Verzeihung. Tatsächlich hielt ich nach einem günstigen Moment

Ausschau. Ins Gedränge möchte ich mich wegen des kleinen Zeitvertreibs nicht begeben.«

Mit einem Lächeln winkte er seinen persönlichen Lakaien herbei, der im Vorzimmer in einer Reihe mit anderen Dienern parat stand. »Das verstehe ich nur zu gut.« Er flüsterte seinem Diener etwas zu, woraufhin der sich höflich, aber bestimmt zu dem Parfümeur durchdrängte. Wenig später kehrte er mit einem Körbchen zu ihnen zurück und präsentierte es Helena mit einer Verbeugung.

»Ihr kennt die Redensart vom Berg und dem Propheten?«, fragte von Rauchhaupt.

Sie musste lachen. »In der Tat. Allerdings hielt ich mich nie für einen Berg und hatte daher keine Hoffnung, dass je ein Prophet zu mir kommt.« Vergnügt nahm sie eine der Phiolen, öffnete sie, schnupperte und bot sie dann dem Grafen an. »Süß wie überreifes Obst. Was haltet Ihr davon?«

Er umfasste sanft ihr Handgelenk und führte es statt des Fläschchens an seine Nase. »Ein wenig zu schwer für Euch. Doch es mag einen passenden Anlass dafür geben. Verwerft es nicht gleich, sondern behaltet es ruhig.«

Mit einem Kopfschütteln entzog sie ihm die Hand und legte die Phiole zurück in den Korb. »So gern ich sie alle hätte, muss ich mich doch für ein oder zwei entscheiden. Da wähle ich lieber etwas Zurückhaltenderes.«

»Da habt Ihr die Sache mit dem Berg und dem Propheten falsch verstanden. So ein Prophet ist nicht wankelmütig, sondern bleibt, wenn er einmal da ist. Ich möchte Euch bitten, das ganze Körbchen anzunehmen. Als Zeichen meiner Ehrerbietung. Das wird Euch dabei helfen, später Euren ganz eigenen Duft zusammenstellen zu lassen«, sagte er.

Helena vermutete, dass der Inhalt des Körbchens den Grafen so viel kostete, wie sie für zwei Paar neue, hervorragende Schuhe

bezahlt hätte. Ihr Herz machte einen kleinen Freudensprung. Ihm musste bewusst sein, dass ein Geschenk von solchem Wert eine Verbindlichkeit war, die weder leichthin gegeben noch angenommen wurde.

»Ihr macht mir damit eine große Freude, Graf von Rauchhaupt. Wollt Ihr mir dennoch helfen, den besten Duft für mich und den heutigen Anlass herauszufinden?«

Seine Augen waren nicht blau, wie sie zuerst angenommen hatte, sondern grau, und sie verrieten nicht, was in ihm vorging. »Mit Vergnügen«, sagte er, nahm einen zweiten Duft aus dem Korb, roch daran und begann, sie weltmännisch zur Wahl ihres Parfums zu beraten.

Schließlich wurden sie zum Tanz gebeten, und er befahl seinem Diener, das Körbchen zu Helenas Gemach zu bringen.

Der Tanzmeister klatschte begeistert in die Hände, als sie ihre Stellungen einnahmen. »Da haben wir einen Herrn, der etwas vom würdevollen Auftreten versteht. Euer Blick zeigt es: Ihr seht und werdet gesehen. *Formidable! Pliés, s'il vous plaît, dann Relevés.* Nun unsere Grundschritte der Gavotte. Welche Anmut, mein Fräulein!«

Sich anmutig zu bewegen fiel Helena an der Seite des hochgewachsenen, eleganten Grafen leichter als an der Seite der plumperen Herren, mit denen sie bisher getanzt hatte. Cello und Geigen brillierten, die Schrittfolge beherrschte sie nach dem langen Zusehen fehlerlos, und der Hoffnungsschimmer, den sie erspäht hatte, hob ihre Stimmung. Seit langer Zeit hatte sie das Tanzen nicht mehr so genossen.

Als sie sich nach einer Wende wieder in Richtung der Saaltür bewegten, fiel ihr Blick auf Prinz Georg Ludwig. Er konnte eben erst angekommen sein, da sich noch nicht alle in seiner Umgebung wieder aus ihrer Reverenz erhoben hatten. Sie und von Rauchhaupt waren davon befreit, ihn sofort begrüßen zu müs-

sen, weil sie sich mitten im Tanz befanden. Doch da er sie direkt ansah, nickte Helena ihm zu. Auch dem Grafen gelang es, eine Verbeugung anzudeuten, ohne die Tanzfigur zu stören. Anschließend widmeten sie sich wieder der Ausführung perfekter Schritte und Figuren und erhielten am Ende Beifall.

»Trés bien, wirklich! Ein schönes Paar! Ich darf Euch zu Eurer Leichtfüßigkeit beglückwünschen, Eure Wohlgeboren!«, rief der Tanzmeister.

Wie es sich gehörte, wollten sie die nötige Ehrerbietung Georg Ludwig gegenüber nun nachholen, doch sie fanden ihn nicht mehr vor. Offenbar hatte er den Tanzsaal gleich wieder verlassen, was Helena wunderte.

»Ihm fiel wohl etwas Wichtiges ein, was er noch zu erledigen hatte«, beschwichtigte Graf von Rauchhaupt sie.

»Nichts Unangenehmes, hoffe ich«, sagte sie.

Er schmunzelte, was seinem Gesicht einen überheblichen Ausdruck verlieh. »Ihr schätzt Georg Ludwig, sehe ich. Darin stimme ich mit Euch überein. Er wird gewiss ein würdiger Nachfolger seines Vaters. Eure Sorge ist allerdings entzückend weiblich. Sie erscheint mir übertrieben. Vertraut mir, der Prinz ist auch unangenehmen Aufgaben völlig gewachsen.«

Sie verbarg ihre Irritation über seinen Tadel, indem sie ihren Fächer öffnete und sacht schwang. »Natürlich. Ich wollte nichts anderes andeuten. Haltet Ihr es denn für eine weibliche Eigenart, anderen zu wünschen, dass sie von Unannehmlichkeiten verschont bleiben?«

»Ja, in der Tat. Männer wissen besser, dass nur das tapfere Bestehen unangenehmer Prüfungen zu echten Triumphen führt und die Seele stärkt. Daher sollten wir ihnen nicht ausweichen. Doch bleiben wir lieber bei den Annehmlichkeiten, die uns verbinden. Leider regnet es, sonst würde ich Euch gern in den Garten spazieren führen. So kann ich nur hoffen, dass Ihr mir das

Vergnügen Eurer Anwesenheit beim Abendessen gönnt. Und Ihr würdet mich zu einem glücklichen Mann machen, wenn Ihr mich anschließend beim Tanz erneut zum Partner wählt.«

Helena bezweifelte, dass Männer mehr über unangenehme Prüfungen wussten als die meisten Frauen. Doch sie wollte auf keinen Fall mit von Rauchhaupt streiten, bevor sie einander besser kannten. »Gemeinsam mit Euch zu Abend zu essen wäre mir in der Tat angenehm, wenn unsere Sitzordnung es zulässt. Nach der Mahlzeit spiele ich allerdings üblicherweise Karten. Vielleicht mögt Ihr Euch anschließen?«

Mit spitzen Fingern zog er ein sauberes Seidentuch aus seinem Ärmel und ließ es einige Male verspielt durch seine Hand gleiten. »Nein, ich denke nicht. Lieber solltet Ihr einmal vom Üblichen abweichen, das bekommt einer jungen Dame von Zeit zu Zeit gut. Ihr tanzt nicht schlecht, doch nach einem letzten Schliff solltet Ihr noch streben. Ihr könntet es zu höchsten Würden bringen. Und ich würde Euch nur allzu gern dabei begleiten.«

Mit langsamen Bewegungen stopfte er das Tüchlein zurück in den Ärmel und lächelte dabei, ohne dass seine Augen die geringste Herzlichkeit zeigten. Auf einmal befiel Helena der Verdacht, dass er in Wahrheit von ganz anderen Dingen sprach als von Essen, Kartenspielen und Tanzen. Sie setzte ein Lächeln auf, das dem seinen ähnelte, und nickte höflich.

»Und dennoch bleibe ich heute lieber beim Spielen. Ich habe meine Anwesenheit bereits verschiedenen Mitspielern zugesagt, die ich nicht enttäuschen möchte. Gewiss versteht Ihr meine Bedenken. Bleibt uns die Verabredung zum Essen?«

»Ich bin überzeugt, dass sich die Sitzordnung unserem Wunsch anpassen wird. Wir sehen uns dann.« Mit einer Verbeugung verabschiedete er sich von ihr und ging.

Verwirrt blieb sie zurück. Worauf hatte er mit seinem Gerede von unangenehmen Prüfungen eigentlich abgezielt?

Der Tanzsaal leerte sich, denn nicht alle der jüngeren Leute hatten genug Geduld, um bis zum letzten Paar zuzusehen, und es wurde Zeit, sich für das Abendessen umzukleiden. Gerade tanzte einer der zu Besuch in Herrenhausen weilenden pfälzischen Neffen der Herzogin mit seiner jungen Gemahlin, und Helena bewunderte die ausdrucksvollen Gesten der Dame. So federleicht dahinschweben würde sie selbst wohl niemals.

Auf einmal stand Viktor von Briesen neben ihr – er musste sich von hinten angeschlichen haben. »Nicht viel besser, als Ihr es mit Graf von Rauchhaupt wart, Fräulein Helena«, sagte er. »Ihr passt ausgezeichnet zueinander, wenn Ihr mir die Keckheit verzeihen wollt.«

Sie sah ihn nicht an. »Nein, ich will sie nicht verzeihen, Graf von Briesen. Derartige Mutmaßungen und Meinungen unbedacht zu äußern hat schon viel Schaden angerichtet. Und ich denke nicht, dass Euch mein Verhältnis zu Graf von Rauchhaupt etwas angeht.«

»Da irrt Ihr Euch. Ich bin beauftragt worden, Euch ein wenig im Auge zu behalten. Wir haben, wie Ihr sehr gut wisst, eine gemeinsame Freundin, die Euer Bestes im Sinn hat. Sie erwartet, dass Euer Verhältnis zu einem ganz bestimmten Kandidaten innerhalb der nächsten Zeit deutlich enger wird. Damit meine ich nicht von Rauchhaupt, wie Ihr gewiss durchschaut.«

Viktors süffisantes Grinsen machte sie so wütend, dass sie es ihm nur zu gern ausgetrieben hätte. »Wollt Ihr mir verbieten, Graf von Rauchhaupt Aufmerksamkeit zu schenken? Dann muss ich Euch enttäuschen, denn zu solcher Unhöflichkeit wäre ich nicht fähig. Zudem vermute ich, dass er mich meinen eigenen Zielen viel näherbringen würde als der unsägliche Plan unserer gemeinsamen ›Freundin‹.«

Nun schnaubte er auch noch belustigt. »Ihr müsst Clara von Platen für eine simple Person halten. Sie will Euch Graf von

Rauchhaupt keineswegs verbieten. Im Gegenteil, er ist ihr Geschenk an Euch. Für den Fall, dass Ihr brav Eure Aufgabe erledigt. Wisst Ihr, er ist tatsächlich so reich, wie er aussieht. Und äußerst erpicht darauf, eine große Karriere zu machen. Wenn Ihr also einen Rat wollt: Nehmt den Plan endlich ernst und tut Euren Teil. Ihr seid näher am Ziel, als Ihr vielleicht glaubt. So wie Georg Ludwig vorhin den Saal wieder verlassen hat, als er Euch mit von Rauchhaupt sah, zappelt er schon beinah am Haken. Werdet Ihr den Abend mit dem Grafen verbringen?«

Helenas Enttäuschung ballte sich in ihrem Magen zu einem brennenden Schmerz zusammen. Nur daher stammte also Graf von Rauchhaupts Großzügigkeit. Nur weil er mit der intriganten Mätresse unter einer Decke steckte, bemühte er sich um sie. »Wie freundlich von Euch, dass Ihr mich über die Zusammenhänge aufklärt. Damit steht fest, dass ich den Abend ganz gewiss nicht mit ihm verbringen werde. Ich bin zum Kartenspielen verabredet. Und nun muss ich gehen, und …«

Viktor trat näher und bot ihr seinen Arm an. »Ich begleite Euch. Nun kommt schon, ziert Euch nicht. Ihr wollt doch kein Aufsehen erregen. Und wenn Ihr hört, was ich zu sagen habe, werdet Ihr froh sein, wenn wir weniger Neugierige um uns haben als hier.«

Mit zusammengebissenen Zähnen nahm sie an und ließ sich durch das Vorzimmer des Saals auf den Flur hinausbringen. Er schritt voran, als wäre es selbstverständlich und unverfänglich, mit ihr durchs Schloss zu spazieren, und notgedrungen spielte sie sein Spiel mit.

Glücklicherweise schlug er nicht den Weg zu dem Gemach ein, welches sie hier in der kleinen Sommerresidenz wie zuvor mit Ileana, aber zusätzlich auch noch mit Franziska Rose teilte. Stattdessen stieg er mit ihr die Treppe zum Aussichtsdach des Schlossflügels empor und führte sie durch den Nieselregen bis

an das Geländer, von wo aus man das Parterre und den vorderen Boskettbereich des Gartens überblicken konnte. Dem Wetter gedankt, waren sie hier oben allein. Helena vermied es, Viktor von Briesen anzusehen, er jedoch schien sie von der Seite anzustarren.

»Gräfin von Platen lässt Euch ausrichten, dass sie bisher ungewöhnlich geduldig mit Euch war. Doch die Zeit drängt, und sie fordert Euch nun auf, Eure lächerliche Hinhaltestrategie fallen zu lassen. Schon einmal hat sie Euch darauf hingewiesen, wie leicht sie Euer Leben zerstören könnte. Das liegt nicht in ihrer Absicht, doch wenn Ihr weiter ungehorsam seid, wird sie nicht zögern. Züchtigkeit und Anstand solltet Ihr besser nicht länger vorschützen, denn ihr ist zu Ohren gekommen, dass Ihr in beidem nicht glänzt.«

Helena schnappte nach Luft. »Wie bitte? Wie und wo sollte ihr so etwas zu Ohren gekommen sein?«

Er lachte spöttisch. »Reizend, wie hochfahrend Ihr die ungeknickte Blume spielt. Dabei habt Ihr Euren ehemaligen Verlobten nicht nur ein Mal an Eurem Duft schnuppern lassen, nicht wahr? Lasst die Heuchelei. Ich war dabei, als Ihr ihn im Leineschloss wiedergetroffen habt. Erinnert Ihr Euch nicht?«

»Weder Adrian noch ich haben Euch bei der Gelegenheit Grund zu einer solchen Annahme gegeben.«

»Nun, aber der arme Adrian war anschließend in furchtbarer Verfassung und brauchte Trost. Auch tapfere Männer müssen die Schmerzen ihrer Seele dann und wann einmal einem Freund anvertrauen. Ich kenne also die Wahrheit. Und Gräfin von Platen kennt sie ebenfalls. Und nun überlegt noch einmal, ob Ihr sie weiter ärgern wollt.« Und mit diesen Worten ließ er sie im Regen auf dem Dach stehen.

Kochend vor Wut und Scham verharrte Helena an der Balustrade und ließ zu, dass der Regen ihr Kleid durchnässte. Sie hätte gern laut geschrien. Stattdessen verengte sich ihre Kehle, sodass

sie kaum noch Luft bekam. Wie hatte Adrian sie so verraten können? Wie konnte er sich mit einer so niedrigen Kreatur wie Viktor abgeben, der sich aus Machtgier Geheimnisse von Menschen erschlich und sie verkaufte! Und Clara von Platen … Wie leicht sie es der Giftschlange gemacht hatte! Dazu die Enttäuschung über Graf von Rauchhaupt. Helena musste sich an der Balustrade abstützen, weil ihr die Knie zitterten.

Was konnte sie nun tun, außer der Gräfin zu gehorchen? Floh sie vom Hof, würde Clara noch leichteres Spiel damit haben, ihr Ansehen in den Dreck zu ziehen. Ihr ruinierter Ruf würde sogar die weniger erstrebenswerten Heiratskandidaten abschrecken, die ihre Mutter vielleicht noch auf dem Land ausfindig machen konnte. Und viel Wasser würde die Leine hinabfließen müssen, bevor die Sache in Vergessenheit geriet. Sie würden das Gut verlieren und sich auf ein Leben in Armut einrichten müssen, abhängig von den Gefälligkeiten ihres Onkels.

Prüfend blickte sie in sich hinein. Konnte sie Georg Ludwigs Mätresse werden? Würde sie es über sich bringen, ihn ohne jede eigene Leidenschaft in ihr Bett zu locken, ihn zu umschwärmen und seine junge Gemahlin zu hintergehen? Sie wusste es nicht. Ein Schluchzen drängte sich schmerzhaft aus ihrer engen Kehle, doch sie unterdrückte die Tränen. Ganz gleich, was sie tat, zusammenbrechen durfte sie nicht.

Eines jedoch war sicher: Sie konnte Graf von Rauchhaupt gegenübertreten. Sie war so wütend auf ihn, dass sie sich auf die Begegnung sogar freute. Schluss mit dem demütigen Vermeiden jedes Streits! Wenn er mit Clara im Bunde war und sich große Vorteile von einer Ehe mit ihr erhoffte, dann würde er gewiss nicht so leicht vor ihr zurückschrecken. Zumal wenn sie so tat, als hätte sie ein Einsehen und würde Claras Willen erfüllen.

Mit brodelnden Gefühlen entschied sie, an diesem Abend zugunsten des Tanzes auf das Spielen zu verzichten.

21. Kapitel

Mai 1683

ADRIAN WOHNTE NICHT im Schloss, sondern bei einem der Gastgeber, die im Sommer ihre Häuser für den entfernteren Anhang des Hofs öffneten. Den ganzen Abend lang, während Helena mit Graf von Rauchhaupt tanzte und bissige Worte mit ihm wechselte, hatte sie darüber nachgedacht, wie und wo sie ihren ehemaligen Verlobten zur Rede stellen konnte. Schließlich hatte sie ihm eine Nachricht zukommen lassen, in der sie ihn aufforderte, ihr seinen Gastgeber zu nennen und früh am nächsten Morgen vor der Tür von dessen Anwesen auf sie zu warten. Er sagte umgehend zu. Mit einer zweiten Nachricht bestellte sie sich beim Hofmeister eine überdachte Kutsche für die passende Zeit.

Im Morgengrauen verließ sie, mit einer Kapuze verhüllt, das Herrenhäuser Schloss und stieg in den bereitstehenden Wagen.

Der Kutscher fuhr die prächtige frühlingsgrüne Lindenallee entlang, die das Winter- mit dem Sommerschloss verband. Jeden Tag herrschte hier reger Betrieb. Die Herzogin selbst ließ täglich zwölfmal eine große Kalesche für Besucher hin und her fahren. Doch um die frühe Stunde wurde die Allee noch von den Warenkarren der Händler und Bauern beherrscht. Außer ihnen begegnete Helena nur ein Trupp berittener Soldaten, bevor sie den Ort erreichte, wo Adrian auf sie wartete. Er sprang zu ihr herein, sobald sie den Kutscher halten ließ, und wollte sie umarmen, woraufhin sie ihn so hart vor die Brust stieß, dass er auf der gegenüberliegenden Sitzbank landete.

»Du setzt dich und bleibst da sitzen!«, fauchte sie ihn an und

rief dem Kutscher zu, dass er weiterfahren sollte. Sie hatte ihm schon im Voraus erklärt, dass sie nur eine kleine Runde auf wenig genutzten Wegen fahren würden, bis sie ihm das Zeichen zum Umkehren gab.

Sie musste große Selbstbeherrschung aufbringen, um so leise mit Adrian zu sprechen, dass der Kutscher durch das Rumpeln der Räder hindurch nicht verstehen würde, was sie sagte. »Du hast Viktor von Briesen erzählt, dass du mich entjungfert hast. Gibst du das zu?«

Eben noch war er lebhaft gewesen, voller Vorfreude auf ein Techtelmechtel mit ihr, doch nun sank er in sich zusammen. »O Gott, Helena, hat er dir das etwa verraten? Du musst das verstehen! Nachdem wir uns damals wiederbegegnet waren und du mich so schroff abgewiesen hattest … Ich war betrunken. Verzeih mir!«

»Du warst betrunken und brauchtest Trost, so hat der Mistkäfer von Briesen es auch ausgedrückt. Was glaubst du, wie oft ich in den vergangenen Monaten Trost gebraucht hätte? Bin ich zu deinem Vater gerannt und habe gesagt: ›Lieber Herr von Schwanewede, Euer Sohn hat mir die Ehre geraubt. Ihr müsst dafür sorgen, dass er mich heiratet‹?«

Er wurde blass. »Nein. Das hättest du niemals getan. Vater hätte dich für immer verachtet, und mir hätte er den Kopf abgerissen.«

»So ist es. Ich habe unser Geheimnis also bewahrt, obwohl es möglicherweise zu meinem Nachteil war. Und du? Du plapperst es ohne Verstand aus. Hast du nicht wenigstens einen Augenblick daran gedacht, welche Folgen das für mich haben kann? Du hast mich in eine entsetzliche Lage gebracht und benimmst dich immer noch, als wäre es eine Lappalie. Aber das ist es nicht, Adrian! Dein falscher Freund hat Clara von Platen davon erzählt. Der Frau, die wie eine Spinne ihr Netz über die ganze Hofgesellschaft

gespannt hat und nur darauf wartet, dass dumme Fliegen wie ich sich darin verfangen. Jetzt hat sie mich in der Hand, und das verdanke ich dir.«

Nun drückte er sich in die Rückenlehne seiner Sitzbank, als könne er auf die Art ihrem Zorn entgehen. »Ich verstehe deinen Ärger. Wirklich, das schwöre ich! Aber übertreibst du nicht ein wenig? Was kann die Mätresse des Herzogs von dir wollen, wofür sie dich erpressen würde?«

»Bedauerlicherweise hat sie eine Verwendung für mich, und wenn ich ihr nicht gehorche, wird sie keine Skrupel haben, meinen guten Ruf zu vernichten.«

Er legte die Hände bittend zusammen und sah sie flehend an. »Dann gehorche doch. Ich kenne deinen Stolz, aber überwinde dich, bitte! Wenn du es tust, wird mein Fauxpas vielleicht keinen Schaden anrichten. Vielleicht erweist sich das, was sie von dir verlangt, ja sogar als vorteilhaft für dich? Sie wird dich schließlich nicht zu Mord oder einem anderen Verbrechen anstiften, nicht wahr? Auch die Mätresse eines Herzogs würde für so etwas früher oder später zur Rechenschaft gezogen. Ich kann mir nicht vorstellen, dass sie ihre hohe Stellung so lange behalten hätte, wenn sie eine Verbrecherin wäre.«

Erneut spürte Helena das Verlangen, ihn zu ohrfeigen. Er drehte es so, als wäre ihr Stolz das Verhängnis. »Wie kannst du mich auffordern, Befehlen zu folgen, die du nicht kennst? Kommt es dir nicht in den Sinn, dass es gute Gründe geben könnte, dass sie mich dazu erpressen muss? Dass mein Verstand wach genug ist, um beurteilen zu können, dass ich ihren Befehlen lieber nicht folgen sollte? In drei Teufels Namen, Adrian! Wie konnte ich jemals glauben, dass du mich wertschätzt?«

Er rutschte vom Sitz und sank auf dem Kutschenboden vor ihr auf die Knie. Prompt musste er sich kurz an ihren Knien festhalten, um nicht vom Geschaukel des Wagens umgeworfen zu

werden. »Verzeih mir, bitte verzeih mir! Ich bin nicht so geschickt mit Worten wie du, das weißt du doch! Ist es denn wirklich so schlimm, was sie von dir will? Was ist es denn? Sag es mir doch!«

Helena hielt ihn an der Schulter fest, damit er sich nicht weiter an ihre Knie oder Röcke klammerte. »Wie sollte ich dir das anvertrauen? Ich kann nicht wissen, zu welchem Unsinn es dich treiben wird. Vielleicht gehst du zu deinem nächsten falschen Freund und plapperst es aus. Oder du wirst wütend und richtest anderen Schaden an. Die Sache geht dich nichts an. Und du wirst mir jetzt versprechen, dass du dich nicht mehr in Dinge einmischst, die mich betreffen. Zwischen uns ist nichts mehr und wird nie wieder etwas sein. Halte dich von mir fern!«

»Herrgott, Helena! Ich ahne es doch längst! Du sollst für sie spionieren, nicht wahr? Aber warum regt dich das so auf? Der halbe Hof spioniert doch für sie! Viktor sagt, dass sie die wahre Regentin des Herzogtums ist. Und es geht uns allen dabei ja nicht schlecht. Vielleicht magst du sie nicht, damit wärst du nicht die Einzige. Aber du musst doch zugeben, dass sie sehr klug ist. Also tu ihr eben den Gefallen! Gehorche ihr!« Mit dem nächsten Schlenker der Kutsche schien ihm seine missliche Haltung klar zu werden, und er setzte sich wieder auf die Bank.

Helena konnte nicht mehr an sich halten. »Sie will mich zu Prinz Georgs Mätresse machen. Nennst du das klug? Nennst du das eine kleine Gefälligkeit? Das wird mein Leben zerstören, gleichgültig, wie ich mich entscheide! Wäre ich bloß nie an den Hof gekommen! Wäre ich doch niemals so dumm gewesen, mit dir … Ach!«

Auf einmal konnte sie seine Anwesenheit nicht länger ertragen und lehnte sich zum Fenster, um den Kutscher zum Anhalten aufzufordern. Adrian hielt sie mit beschwichtigend ausgestreckten Händen zurück. »Warte! Gräfin von Platen hat dich auserwählt, eine Stellung einzunehmen, die der ihren ähnlich ist,

und du empfindest es als Schmach? Dann habe ich recht damit, dass dein Stolz dich verblendet. Nur weil du dich ihr nicht unterordnen willst, bist du so bockig. Und nur weil du so bockig bist, siehst du nicht, was für eine unfassbare Möglichkeit sich dir bietet. Hunderte von Damen wären froh, wenn sie deine Stelle einnehmen könnten, das ist ja wohl gewiss. Stell dir doch nur den Rang vor, den du erreichen könntest! Denk doch an den Reichtum, den sich die Gräfin im Laufe der Jahre auf diese Art verschafft hat! Herr im Himmel, Helena! Wenn ich das Vater erzähle, dann lässt er mich mit dem Heiraten noch warten. Vielleicht können wir beide doch noch … Die Mätresse des Herzogs! Alle würden dich anbeten. Und ich wäre derjenige, der dir einen guten Namen bietet. Und wir könnten jederzeit … Natürlich nur, wenn es den Herzog nicht stört. Dann …«

Helena schrie es dem Kutscher so laut zu, dass er den Wagen mit einem Ruck auf der Stelle zum Stehen brachte: »Halt an!« Sie stieß die Tür auf, ergriff Adrians Arm und schob ihn aus dem Wagen. »Verschwinde! Raus! Und untersteh dich, noch ein einziges Wort zu irgendjemandem über mich zu verlieren! Sonst werde ich dich ruinieren! Fahr weiter, Kutscher, zurück zum Schloss!«

Hastig sprang Adrian ab, um nicht unter die Räder zu geraten. »Helena!«

Zitternd vor Wut wandte sie sich ihm durch die noch halb offene Tür zu, bevor sie sie zuschlug. »Nur noch ›Fräulein von Minnigerode‹ für Euch, Baron von Schwanewede!«

Als die Tür geschlossen war, konnte sie die Tränen nicht länger zurückhalten.

Bei ihrer Ankunft auf dem Schlossplatz fühlte sie sich so verheult, dass sie es nicht wagte, auf geradem Weg in ihr Gemach zurückzukehren. Die Sonne war inzwischen ganz aufgegangen, und im Schloss erhoben auch die ersten Herrschaften sich allmählich. Doch im Garten würden sie noch lange nicht erschei-

nen. Mit einem Dank und ein paar kleinen Münzen verabschiedete sie sich von dem Kutscher und ging eilig am Schloss vorbei. Mit langen Schritten überquerte sie das Parterre, ohne ihm einen Blick zu widmen. Sie sehnte sich nach der grünen Zuflucht, die das hohe Boskett ihr bieten würde. Niemand würde sie hier vermuten. Das gab ihr Zeit, sich zu fangen.

Zwei Nächte und ein Tag waren vergangen, seit Floriano Gabrielle im Garten getroffen hatte, und noch immer war er nicht zu einem Schluss darüber gekommen, was er von ihrer Begegnung halten sollte. Ihre Wut auf ihn schien nur oberflächlich gewesen zu sein. Doch auch die Küsse danach entstammten vermutlich nicht tieferen Gefühlen. Dass sie flatterhaft war, *capricieuse*, wie sie es selbst nannte, wusste er. Doch war sie auf ihre launenhafte Art dumm genug, um sich an Prinz Georg Ludwig heranzumachen, während dessen Ehegattin, mit der sie eigentlich gut befreundet sein sollte, neben ihr stand?

Obwohl sie ihm seit ihrer Begegnung keine Nachricht geschickt hatte, war er sicher, dass sie es früher oder später tun würde. So war es immer gewesen. Sie hatte ihn ausgezankt, ihm eine Tragödie vorgespielt, eine Weile geschwiegen und sich schließlich doch wieder in seine Arme geworfen.

Vorsorglich hatte er einen vor allen Blicken geschützten Treffpunkt im Garten ausgewählt, der für solche Zwecke wie gemacht war, und den bisher noch kaum jemand bemerkt hatte. Früher oder später würden ihn die Herrschaften bei ihren Spaziergängen entdecken und dem Geheimnis den Garaus machen. Doch bis dahin war er ein hübsches Versteck. Eines der Quartiere im hohen Boskett hatte einen Eingang, der aussah wie eine Sackgasse mit einer Steinvase am Ende. Erst wenn man den ganzen Weg

zur Vase zurückgelegt hatte, sah man, dass man dort durch eine Lücke in der Hecke weiter ins Innere gelangen konnte.

Schon in der Dämmerung hatte er mit den anderen Gärtnern begonnen, die täglichen Pflichten des Bewässerns und Ausschneidens trockener Blüten und Zweige zu erledigen. Die anderen hatten sich jetzt zu einer Frühmahlzeit im Gemüsegarten zusammengesetzt, doch er hatte sich unter einem Vorwand davongestohlen. Nun trug er sein Stück Brot durch die noch menschenleere Anlage zu dem Boskettgärtchen, in dem er seinen Gedanken nachhängen konnte, ohne gestört zu werden.

Kurz hielt er bei der mit Tränenden Herzen bepflanzten Vase inne und streifte eine Spinnwebe von ihrem Sockel. Mit dem Finger strich er über eine der rosafarbenen Blütentrauben, als würde er sie malen. Es beseelte ihn, wenn er daran teilgehabt hatte, dass eine solche exotische Schönheit gesund zur Blüte kam.

Er ging durch die Hecke und folgte dem noch zweimal abbiegenden Laubengang bis zu dem kleinen, von einer Statue geschmückten Ziehbrunnen, an dem sich zwei von Fliederbüschen umgebene Liebesbänke gegenüberstanden. Hier hatte er sich niederlassen wollen – doch er hatte sich darin geirrt, dass dieser Ort noch ein Geheimnis war. Eine der Bänke war besetzt. Und er war so gedankenlos dahingewandert, dass es ihm nicht mehr möglich war, sich unbemerkt zurückzuziehen, als er es bemerkte.

»Oh. Ich bitte tausendmal um Verzeihung, Eure Hochwohlgeboren. Ich habe nicht damit gerechnet, dass jemand hier ist.«

Er verbeugte sich und wollte wieder gehen, doch sie hob die Hand. »Wartet. Wir kennen uns doch. Ihr seid der Gärtner, nicht wahr? Herr Piras, wenn ich mich richtig erinnere? Bleibt ruhig hier und tut, was immer Ihr zu tun vorhattet.«

Ihre Stimme klang so erschöpft, dass er sie besorgt genauer musterte. Sie trug eine Kapuze, die ihr Gesicht beschattete, des-

halb hatte er sie nicht gleich erkannt. Zurückhaltend ging er um den Brunnen herum und näherte sich ihr.

»Fräulein Helena? Ich möchte mich nicht aufdrängen, aber fühlt Ihr Euch unwohl? Kann ich etwas für Euch tun? Ist es für eine junge Dame um diese Tageszeit nicht noch etwas zu frisch, um hier draußen zu sitzen?«

Sie zuckte mit den Schultern, seufzte und senkte den Blick. »Ein wenig zu frieren ist nur halb so schlimm, wie ein zu enges Mieder erdulden zu müssen. Herrgott, was rede ich da? Nein, ich danke Euch für Eure Fürsorge. Ich leide unter nichts, dem Ihr abhelfen könntet. Auch nicht unter einem engen ... Das war nur so dahingesagt. Es freut mich, dass wir uns wiederbegegnen. Ihr und Herr Bauer habt mit diesen Gärten ein großartiges Werk vollbracht. Ich habe noch lange nicht alles gesehen und bin doch schon tief beeindruckt.«

Ihr Tonfall klang weder erfreut noch beeindruckt, sondern nur höflich.

»Ihr müsst mit mir nicht so förmlich sprechen, gnädiges Fräulein. Ich stehe im Rang weit unter Euch. Gewiss habe ich Euch gestört, und Ihr möchtet nur freundlich sein. Das ist sehr liebenswürdig, aber ich lasse Euch gern allein, wenn Euch das guttut.« Er verbeugte sich und wollte gehen.

»Nein!« Nun klang sie doch lebhafter. »Das wäre ein unschönes Missverständnis. Ich gestehe, meine Stimmung ist tiefschwarz. Doch an jedem anderen ... oder an jedem meiner gewöhnlichen Tage hätte ich mich ehrlich gefreut, Euch wieder zu begegnen. Denn der Garten ist wirklich ein Wunder, und ich würde Euch gern viele Fragen stellen. Das heißt ... Das würde ich gern, wenn mein Verstand nicht gerade im Kreis laufen würde. Verzeiht. Was hattet Ihr denn vor, hier zu tun?«

Verlegen rieb er sich den Nacken. »Ehrlich gesagt, wollte ich nur mein Frühstücksbrot essen und meine Gedanken ein wenig

im Kreis laufen lassen. Das hier ist ein guter Ort dafür. Wenn der Anlass Euch nicht offensichtlich Kummer bereiten würde, würde ich mich freuen, dass Ihr ihn gefunden habt. Wir könnten nun jeder auf seiner eigenen Bank sitzen und im Kreis denken, doch ich glaube, dass es besser ist, wenn ich gehe. Selbstverständlich nicht, weil ich Eure Gesellschaft nicht schätze. Doch wenn uns jemand hier vorfindet, dann klappern die Mühlen, wenn Ihr versteht, was ich meine.«

Sie stieß ein bitteres kleines Lachen aus. »Das verstehe ich nur zu gut. Aber es ist mir gerade völlig gleichgültig. Setzt Euch bitte und esst Euer Frühstück. Ein ganzer Brunnen und ein Knabe mit Pfeil und Bogen zwischen uns, das wird dem Anstand wohl Genüge tun.« Sie zeigte auf die Statue, die den Brunnen schmückte.

»Das ist Amor«, sagte er und nahm ohne weitere Widerworte seinen Platz auf der Bank ein, die der ihren gegenüberstand.

»Das weiß ich, aber wenn Ihr mich fragt, dann ist Amor nur ein dummer Bengel mit Pfeil und Bogen, der niemals weiß, was er tut«, gab sie zurück.

»Liebeskummer?«, entfuhr es ihm, bevor er nachgedacht hatte. Er zog ein wenig den Kopf ein, weil er eine Zurechtweisung erwartete.

Sie schüttelte den Kopf. »Wenn es das nur wäre! Es ist viel verwickelter. Aber lasst uns davon schweigen. Was quält denn Euch?«

»Liebeskummer«, sagte er. »So eine Art. Aber es ist ebenfalls viel verwickelter, als es klingt. Lasst uns auch davon lieber schweigen. Was wolltet Ihr mich über den Garten fragen?« Er wickelte seine beiden Brote aus dem Tuch aus, mit dem er sie in seiner Rocktasche getragen hatte. Als er das erste Mal abbiss, fing er ihren Blick auf und stand sofort auf. »Was für ein Trampel ich bin! Eure Hochwohlgeboren, meine Speise ist vielleicht völlig unter Eurer Würde, aber darf ich Euch etwas davon anbieten?«

»Fragt Ihr das ehrlich?«

»Natürlich.«

»Mit einem kleinen Stück Brot würdet Ihr mich gerade ein großes Stück glücklicher machen.«

Er musste lachen. »Ihr könnt alles haben.«

»Dann würde ich mich so schämen, dass ich wieder unglücklich wäre. Nur ein kleines Stück, das wird mir schon helfen.«

Lächelnd ging er zu ihr und reichte ihr das unangebissene Brot. »So viel Freiheit habe ich immerhin, dass ich zwischen zwei Arbeiten kurz meinen besten Hundeblick anlegen und in die Küche gehen kann. Die Küchenmägde sind herzensgut und haben immer noch ein Stückchen von etwas Nahrhaftem übrig.«

Sie blickte auf das Brot und wischte sich mit der freien Hand über die Augen. »Wie schön es ist, dass es hier auch herzensgute Menschen gibt. Danke, dass Ihr mit mir teilt, Herr Piras.«

Einen Augenblick verharrte er und sah sie mit gerunzelter Stirn an. Dann beschloss er, sich das Nachfragen zu verkneifen, und setzte sich wieder auf seine Bank. »Zurück zum Garten! Habt Ihr meine Spalierobstbäume gesehen?«

Ihre sich aufhellende Miene dankte ihm nicht nur für das geschenkte Brot, sondern auch dafür, dass er das Thema gewechselt hatte. »Ich bin heute Morgen an ihnen vorbeigegangen und verstehe nicht, wie die Pflanzung so schnell zustande kommen konnte. Die Bäume sind schon so groß. Werden sie denn alle gut anwachsen?«

»Ihr würdet nicht glauben, wie groß viele der Bäume hier bereits waren, als wir sie pflanzten. Wir Menschen sind in der Lage, mit Schießpulver Tunnel in Berge zu sprengen und Städte ins Meer zu bauen. Ein paar große Bäume umzupflanzen wirkt daneben doch wie eine leichte Aufgabe.« Herzhaft biss er in sein Brot.

»Nun, Bäume gehören allerdings zu den lebendigen Wesen,

und die können gelegentlich sehr eigensinnig sein. Aber von dem Tunnel in Frankreich habe ich auch gehört. Mit der Stadt meint Ihr Venedig?«

Er musste einen Moment kauen und schlucken, bevor er antworten konnte. »Venedig, ja. Dort wurde ich geboren. So sagte man mir zumindest. Mein eigenes Gedächtnis lässt mich in dieser Hinsicht im Stich. Viele von Venedigs Häusern sind auf lange Pfähle gegründet. Ich habe das als Knabe immer bewundert.«

»Warum seid Ihr hierhergekommen?«, fragte sie.

Wieder zögerte er kurz mit der Antwort. Würde sie weiter mit ihm sprechen, wenn er seine niedrige Herkunft eingestand? Aber was kümmerte ihn das? War es nicht im Grunde sogar besser, wenn sie ihn mied?

»Ich bin als Waise von einer Theatertruppe der *Commedia dell'arte* aufgenommen worden. Einige Jahre lang war ich ihr Laufbursche, dann wurden sie von Herzog Georg Wilhelm nach Celle eingeladen, und ich durfte mitkommen. Es geschahen damals Dinge, die am Ende dazu führten, dass ich blieb und eine Lehre beim Hofgärtner begann. Ich bin dankbar, dass ich Fürsprecher und Gönner fand, die mir das ermöglichten.«

Längst hatte Helena die Kapuze zurückgeschlagen und ebenfalls mit Appetit in ihr Brot gebissen, doch nun vergaß sie, weiterzuessen. Mit weit aufgerissenen Augen lauschte sie ihm, und er revidierte die Meinung, die er ursprünglich zu ihrem Aussehen gehabt hatte. Wie sie da in ihrem etwas aufgelösten Zustand ganz ungeschminkt dasaß und ein einfaches Käsebrot in Händen hielt, wirkte sie schön wie eine Wildrose. Ein wenig schlaksig mit ihren langen Gliedmaßen, doch widerstandsfähig und bereit, unter jeden erdenklichen Umständen zu erblühen. Und ein Teil ihres Zaubers bestand darin, dass sie sich dieser Schönheit gar nicht bewusst zu sein schien.

»Das klingt, als hättet Ihr schon in einem Alter spannende

Geschichten zu erzählen gehabt, in dem andere noch mit Murmeln spielen«, sagte sie. »Ich würde Euch gern einmal von Eurer Kindheit erzählen hören. Aber lasst uns für den Augenblick beim Garten bleiben. Das erinnert mich an meine eigene Jugend. Meine Mutter ist eine leidenschaftliche Gärtnerin, müsst Ihr wissen. Wäre sie hier, würde sie den ganzen Tag damit verbringen, Euch auf den Fersen zu folgen und sich alles erklären zu lassen.«

»Sie muss eine reizende Dame sein, dass sie das den anderen Vergnügungen des Hoflebens vorziehen würde«, sagte Floriano.

Helena schnaubte verächtlich. »Dazu muss man keine reizende Dame sein, wenn Ihr mich fragt. Aber sie ist dennoch eine, da habt Ihr recht. Sagt, würdet Ihr trotz der bedauerlichen Abwesenheit meiner Mutter vielleicht mich in Eurem Garten herumführen?«

Dieses Mal kaute er besonders langsam, um sich Zeit zu verschaffen. Verfolgte sie mit ihrer Bitte eine Absicht, die er nicht begriff? Und wenn es nicht so war, entstammte sie dann vielleicht nur ihrem verzweifelten Zustand, der sie zu Unbedachtheit verleitete? Ihm fielen auf Anhieb zwanzig verschiedene Arten ein, auf die sie ihn in Schwierigkeiten bringen konnte, wenn er sie zu nah an sich heranließ. Der Umgang mit Gabrielle war bereits ein Spiel mit dem Feuer. Noch mehr Zunder zu jonglieren würde ihm nicht gelingen.

»Verzeiht, Fräulein Helena, ich möchte Euch selbstverständlich zu Diensten sein und den Garten nur zu gern vorführen. Aber die Bedenken, die ich vorhin bereits äußerte … Ich schlage vor, Ihr überdenkt das Vorhaben wenigstens bis morgen und lasst mir dann auf dem gewöhnlichen Wege Eure Wünsche ausrichten.«

Mit einem tiefen Seufzer lehnte sie sich zurück und schloss ihre goldbraunen Augen. »Ja. Natürlich. Nur wird dann ein Schwarm Hofdamen mich begleiten wollen, und Herr Bauer

wird die Führung selbst übernehmen, um nicht zu wenig von seinem zweifellos verdienten Ruhm zu ernten. Bei Hof ist niemals irgendetwas einfach. Jeder Schritt, den man tut, muss in tausend Folgen bedacht werden.«

Nun klang sie wieder so müde und niedergeschlagen wie ganz zu Anfang, und das versetzte ihm einen Stich. »Habt Ihr aufgegessen? Ich habe ein wenig Durst. Darf ich Euch auch einen Schluck Brunnenwasser schöpfen?«

»Habt Ihr denn einen Becher?«

»Es hängt eine Kelle am Eimer. Ich gestehe, dass ich gelegentlich zum Trinken herkomme, wenn mein Schlauch leer ist. Das Brunnenwasser ist sauber und schmeckt gut.« Rasch zog er mit der Kurbel des Brunnens einen Eimer Wasser herauf, füllte die Kelle und trug sie zu ihr.

Sie trank, ohne zu zögern, als wäre sie an Wasser aus einfachen Quellen gewöhnt. Er konnte sich nicht davon abhalten, sie zu beobachten. Sie stellte ihn vor Rätsel. Wenn sie so unzufrieden mit dem Hofleben war, was machte sie dann hier? Gab es für eine Dame wie sie keine andere Möglichkeit, ihr Leben zu gestalten?

Die Frage rutschte ihm heraus, ohne dass er etwas dagegen tun konnte: »Darf ich fragen, warum Ihr Euch bei Hof aufhaltet, Fräulein Helena? Mir scheint, Ihr seid hier unglücklich.«

Sie hielt kurz inne, trank dann jedoch aus und gab ihm die Kelle zurück. »Ich kam, um einen Ehemann zu finden, der mit seinem Vermögen den Besitz meiner Mutter retten kann. Mein Zuhause. Ich war ein dummes Ding, zu glauben, dass ich dem gewachsen wäre. Aber nun haltet Ihr gewiss auch nichts mehr von mir. Eine alte Jungfer, die einen Ehemann nur um seines Reichtums willen einfangen will! Mir ist sehr wohl bewusst, wie lächerlich und wenig ehrenhaft das wirkt.«

Er ging gelassen zum Brunnen zurück, schöpfte eine Kelle voll Wasser für sich selbst und trank einen Schluck. »Zum einen seid

Ihr keine alte Jungfer, sondern eine schöne junge Dame. Zum anderen ist es meines Wissens nicht nur in Euren Kreisen üblich, dass sich Leute aus allen möglichen Überlegungen auf den Heiratsmarkt begeben. Und ganz gewiss ist Euer Vorhaben nicht aussichtslos. Andernfalls müssten all die ledigen Herren Narren sein, die nach Hannover kommen. Seid Ihr deshalb so traurig? Weil Euch die Bewerber fehlen?« Erst im Nachhinein bemerkte er, dass er seine Lippen an dieselbe Stelle der Kelle gelegt hatte wie sie. Rasch drehte er die Kelle ein wenig und hoffte, dass sie es nicht bemerkt hatte.

Doch sie hatte ihre Augen ohnehin wieder geschlossen und lehnte den Kopf zurück. »Nein, das ist es nicht. Mein Vorhaben hat mich in ein Intrigenspiel verwickelt, das niemals mein eigenes wäre, aus dem ich aber dennoch nicht entkommen kann. Deshalb muss ich bleiben und habe dabei keine Aussichten mehr, meine eigenen Ziele zu erreichen. Ich diene nur noch den Zielen anderer.«

Nun hätte er ihr gern tröstend übers Haar gestrichen. »Das tut mir leid. Ich kann mir vorstellen, wie Euch das bedrücken muss. Ich verstehe nichts von Intrigen, aber gibt es denn wirklich keinen Weg, Euer ursprüngliches Ziel trotzdem zu erreichen?«

»Ich habe mir schon den Kopf darüber zermartert. Mir fällt keiner ein.« Tränen stahlen sich unter ihren geschlossenen Lidern hervor, und sein Herz schmolz.

»Seid doch bitte nicht so verzagt. Es wird sich eine Tür auftun, und dann wendet sich alles zum Guten. Eines Tages blickt Ihr zurück, und dann werdet Ihr lächeln und Eurem jüngeren Selbst die Schulter streicheln.«

Sie schlug die Augen auf und versuchte es schon jetzt mit einem Lächeln. »Das habt Ihr hübsch gesagt, und ich bin überzeugt davon, dass Ihr recht habt. Wenn es nur um meine gescheiterten Pläne ginge, dann wäre ich auch weniger traurig als

verärgert. Aber es hat mich jemand verraten, an dem mir früher viel lag. Ich wünschte, es würde mich nicht berühren, aber leider … Nun, mit dieser Wunde werde ich noch eine Weile leben müssen, bis sie verheilt.«

»Ich glaube, Ihr seid tapfer genug, auch das zu ertragen. Wie steht es nun, wollen wir einen Rundgang machen? Ich habe es mir überlegt. Wenn wir uns zufällig im Garten begegneten, wäre doch nichts natürlicher, als wenn Ihr mich ansprecht und mir Eure Fragen stellt. Was meint Ihr?«

Ihr Lächeln wurde breiter und heiterer. »Einverstanden. Ihr geht zuerst, ich folge Euch. In einem Augenblick werden wir uns zufällig in der Nähe der Schwäne begegnen, ja?«

Er zwinkerte ihr zu und ging voraus.

22. Kapitel

AM NACHMITTAG, nachdem Helena mit Adrian gesprochen hatte und Floriano im Garten begegnet war, hielt sie sich im Kreis einer informellen Gesellschaft im Empfangssaal der Herzogin auf. Ohne Vorankündigung erschien auch Gräfin von Platen, um der Landesherrin ihre Aufwartung zu machen. Sie überbrachte ein Geschenk, das sie durch ihren dunkelhäutigen Pagen überreichen ließ: ein Pärchen leuchtend goldgelber Kanaris in einem kostbaren vergoldeten Käfig.

»Sie singen herausragend schön, Eure Durchlaucht. Viel melodienreicher als die gewöhnlichen Exemplare! Das verdanken wir einem neuen Zuchterfolg, und ich fand, dass diese bezaubernde Neuigkeit Euch gebührt. Ich hoffe, Ihr gewährt mir die Ehre, diese Vögelchen anzunehmen.« Die Tiere blieben den Beweis ihrer Fähigkeiten nicht schuldig, sondern jubilierten durchdringend, als der Page dem Käfig die schützende Decke abnahm.

Die Herzogin betrachtete die Vögel sichtlich erfreut. »Eine freundliche Geste, Gräfin von Platen, seid bedankt. Sobald die Witterung es zulässt, wird dieses Pärchen einen besonderen Platz in der Gartenanlage erhalten. Ich habe schon eine Stelle im Sinn.«

Helena beobachtete Gräfin von Platen genau. Das Geschenk war ein weiterer Zug in Claras Spiel, und es betraf auch sie, da war sie sicher. Es wirkte, als wolle die Gräfin ihr deutlich machen, dass sie jederzeit am längeren Hebel saß, sogar, wenn es um die Gunst der Herzogin ging.

Doch Helena hatte ohnehin nicht vorgehabt, sich ihrer Gast-

geberin anzuvertrauen. Herzogin Sophie hätte das Problem vermutlich auf die für sie einfachste Art gelöst und sie sofort vom Hof verwiesen. Was Clara nicht davon hätte abhalten können, ihren Ruf noch im Nachhinein zu zerstören.

Gemeinsam mit Ileana und Franziska Rose hatte Helena das Werk eines Porträtmalers begutachtet, der gerade bei Hof weilte. Zwei seiner Gemälde waren auf Staffeleien ausgestellt: eines von Prinzessin Dorothée, ein anderes von einer der Nichten Herzogin Sophies. Gräfin Clara trat nach ihrem Abschied von der Herzogin zu ihnen und stellte sich so nah hinter Helena, dass ihre Röcke gegeneinander schwangen und sie den Atem der älteren Frau im Nacken spüren konnte.

»Recht hübsch, die Malerei«, stellte die Gräfin fest. »Und doch nur ein schwacher Widerschein der Wirklichkeit. Ihr seid ja noch hier, Fräulein Helena. Ich dachte, Ihr wärt abgereist. Wie kam ich nur darauf? Wohl eine dumme Verwechslung oder ein Missverständnis. Umso schöner, denn gewiss würdet Ihr nicht nur mir fehlen. Ich hoffe, ich sehe Euch bald wieder einmal bei mir? Sagen wir: morgen Abend? Einige Spieltische, etwas Musik … nur im familiären, kleinen Kreis. Ich lasse Euch eine Einladung zukommen.« Sie tippte Helena spielerisch mit ihrem Fächer gegen den Arm und wartete nicht auf eine Antwort, bevor sie weiterging, um mit anderen Anwesenden zu plaudern.

Franziska Rose riss die Augen weit auf und hielt sich eine Hand vor den Mund. »Helena! Wie wichtig sie dich nimmt!«, flüsterte sie. »Du bist zu beneiden. Ich würde etwas dafür geben, so in ihr Haus eingeladen zu werden. Nun werden alle von dir sprechen!« Ihr rosiges, rundes Gesicht offenbarte, dass sie wörtlich meinte, was sie sagte – was bei ihr meistens der Fall war. Das Fräulein konnte sich tatsächlich nicht vorstellen, dass Helena es nicht wunderbar fand, wenn alle über sie sprachen.

Ileana war weniger naiv. Sie zuckte mit den Schultern und

fuhr sich mit der Zunge über ihre Hasenzähne. »Ja, ja, Fräulein von Minnigerode ist auf dem Weg zu größerem Ruhm. Da muss unsereins sich mit den Brosamen zufriedengeben. Die sind allerdings nicht immer vom schlechtesten Stück abgefallen, wenn ihr mich fragt. Baron von Eichhorn hat mich nun schon zweimal zum Tanz gebeten. Dabei glaubte ich noch vor Kurzem, dass Helena ihm längst den Kopf verdreht hätte.«

Es versetzte Helena einen kleinen Stich, dass der liebenswerte Baron sie offenbar bereits aufgab. Eine Ehe mit ihm erschien ihr im Vergleich zu allen Möglichkeiten, die ihr noch offenstanden, höchst erstrebenswert. Doch sie würde in dieser Hinsicht nun wohl kaum noch etwas selbst entscheiden dürfen.

»Ihr solltet euch nicht so viel dabei denken. Es geht sicher wieder nur darum, dass Gräfin von Platen an jedem ihrer Spieltische jemanden braucht, der die Regeln des Spiels kennt. Darauf bilde ich mir nichts ein, und es wäre seltsam, wenn die Hofleute einen Grund fänden, darüber zu sprechen. Dass du dich mit Baron von Eichhorn gut verstehst, freut mich, Ileana. Er ist wirklich ein reizender Mann«, sagte sie.

Die großen Türen des Zimmers wurden von den Türstehern geöffnet, und der Hofmeister stieß seinen Stab auf den Boden. »Seine Hochwohlgeboren Prinz Georg Ludwig«, kündigte er an, und die Anwesenden sanken pflichtschuldigst in ihre Reverenzen.

Es war unüblich für den Prinzen, um diese Tageszeit bei seiner Mutter zu erscheinen, die ihm auch zu jeder anderen Zeit eine private Audienz gewährt hätte. Helena fragte sich noch, was dahintersteckte, da stand der Prinz auch schon vor ihr.

»Fräulein Helena, wie angenehm, Euch hier anzutreffen. Ich werde morgen zur Jagd ausreiten, und mir fiel ein, dass Ihr Freude am Reiten habt. Werdet Ihr mir das Vergnügen bereiten, Euch meiner kleinen Jagdgesellschaft anzuschließen?«

Es schien Helena, als wäre seine Perücke an diesem Tag zu besonders löwenhafter Pracht gebürstet und als hielte er sich noch etwas aufrechter als sonst. Sie neigte das Haupt und knickste erneut. »Es ist äußerst liebenswürdig, dass Ihr Euch an meinen Wunsch erinnert, Eure Hochwohlgeboren. Selbstverständlich ist es mir eine Ehre, Euch begleiten zu dürfen.«

Er rieb sich die Hände. »Ausgezeichnet, ausgezeichnet. Wir sammeln uns in Reitzeug beim Marstall. Die Wagen warten um acht Uhr im Schlosshof, um uns hinzubringen. Kommt Ihr mit einem schnellen Pferd zurecht, oder braucht Ihr ein ruhiges Tier?«

Sie musste ihr Lächeln nicht vorspielen. »Ich habe lange nicht im Sattel gesessen. Mit einem Wildfang hätte ich daher vielleicht meine Schwierigkeiten. Doch ich würde mich freuen, mit Euch mithalten zu können und Euch nicht im Tross nachschleichen zu müssen.«

Mit einem zufriedenen Nicken deutete er eine Verbeugung vor ihr an. »Sehr wohl. Der Stallmeister erhält gleich Bescheid. Wir sehen uns morgen.«

Zwar wechselte er noch einige höfliche Worte mit einer Handvoll anderer Personen im Raum, doch gleich darauf ging er wieder. Es lag für alle auf der Hand, dass er nur da gewesen war, um Helena zu begegnen. Und nun geschah wirklich, was Franziska vorhergesagt hatte: Alle sprachen über sie. Helenas Wangen glühten, als sie wahrnahm, wie Ileana und Franziska Rose vielsagende Blicke miteinander tauschten.

Franziska stieß ein kleines, spitzes Kichern aus und stellte sich auf die Zehenspitzen, um in Helenas Ohr zu flüstern. »Bildest du dir darauf etwa auch nichts ein? Du kleine Heuchlerin, du!«

Einige Stunden, nachdem Georg Ludwig Helena auf seinen Jagdausritt eingeladen hatte, wurde sie von einem Pagen aus dem

Tanzsaal zu ihrem Gemach gerufen. Dort warteten ein Schneider und eine Kammerzofe mit einem Kleid, für das angeblich eine Anprobe vereinbart sei. Ihre Verblüffung legte sich, als der Mann ihr ein Briefchen dazu überreichte.

Verehrtes Fräulein Helena,
in Vorausahnung verschiedener Anlässe erlaubte ich mir, einige Kleider für Euch anfertigen zu lassen, die Euren Maßen entsprechen dürften. Kleine Änderungen besorgt mein Schneider über Nacht, seid unbesorgt. So steht Euch das Kleid morgen für Euren Ausritt zur Verfügung. Ich muss wohl nicht betonen, wie sehr es mich kränken würde, wenn Ihr es nicht tragt.
Hochachtungsvoll, Clara von Platen

Ein Teil von Helena wollte die Boten samt Kleid hinauswerfen und Clara von Platen vor die Füße spucken. Doch ihr Verstand sagte klar, dass dies nun die Art war, auf die ihr Verhältnis zu Georg Ludwig gelenkt werden würde. Die Gräfin würde von ihren Verabredungen wissen, noch bevor sie es selbst wusste. Sie würde die passenden Kleider aussuchen und bezahlen und Helenas Beutel mit Münzen füllen, bis das Ziel erreicht war. Sich dagegen aufzulehnen war sinnlos.

So ließ sie sich das Reitkleid ohne Widerworte anlegen und duldete, wie der Schneider mit zusammengezogenen Brauen daran herumzupfte und Nadeln hineinsteckte. »Schon recht gut, Euer Hochwohlgeboren. Morgen früh jedoch ist es perfekt, das verspreche ich Euch. Wenn Ihr gestattet, komme ich am Freitag noch einmal zur Anprobe der anderen Gewänder. Ich darf Euch versichern, Ihr werdet entzückt sein. Gräfin von Platen hat einen exquisiten Geschmack.«

Helena nickte höflich. »Davon bin ich überzeugt.« Und tatsächlich musste sie der Frau zumindest das zugestehen: Ihr Ur-

teilsvermögen, was Garderobe und Ausstattung betraf, war ausgefeilt. Das Reitkleid hätte Helena sich möglicherweise auch selbst ausgesucht, wenn sie jemals keine Rücksicht auf die Kosten hätte nehmen müssen. Es war aus rehbraunem Seidensamt und mit Stickereien in hellen Grün- und Beigetönen bedeckt. Der Schnitt hätte nicht eleganter und gleichzeitig für den Zweck bequemer sein können. Außerdem gehörten ein federgeschmückter Hut, Reitstiefel und Handschuhe dazu. Wäre nicht der Stachel des Widerwillens gegen die Spenderin gewesen, hätte sie sich darauf gefreut, das Ensemble zu tragen.

Helena stieg am Morgen nicht als Einzige in einen der herzoglichen Wagen, die zum Marstall fuhren. Viktor von Briesen war ebenso mit von der Partie wie Prinz Maximilian und Gabrielle de Brionne, die Zofe von Prinzessin Dorothée. Die letzten beiden vertrugen sich blendend und kokettierten unaufhörlich miteinander. Doch soweit Helena es beurteilen konnte, war das weniger persönlich als ihre übliche Art.

Georg Ludwig ließ sich bereits auf dem Hof des Marstalls Pferde vorführen, als sie dort ankamen. Sein Erscheinungsbild unterschied sich an diesem Tag erheblich von dem, an das Helena gewöhnt war. Statt der pompösen Perücke trug er sein eigenes, nicht besonders langes Haar zum Zopf gebunden und mit einem Hut bedeckt. Seine Kleidung war zwar edel, doch vor allem zweckmäßig, und die Kniehosen und Stiefel sogar ein klein wenig abgewetzt. Auf Schmuck hatte er völlig verzichtet. Der größte Unterschied war jedoch sein Ausdruck: Zur Abwechslung schien er sich in seiner Haut ganz und gar wohlzufühlen.

Er war umgeben von weiteren Herren in Reitkleidung, Jägern, Hundeführern mit Hunden, Dienern, die Gewehre auf ihre

Pferde luden, und den Männern seiner Leibgarde. Damen waren außer Helena und Gabrielle nur zwei weitere anwesend, die von ihren Ehegatten begleitet wurden.

Der Prinz unterbrach seine Tätigkeit nicht, als er Helena erblickte, winkte sie jedoch heran. Ein wenig ungeduldig beschleunigte er mit einem Wedeln der Hand ihre Reverenz, was sie zum Schmunzeln brachte.

»Guten Morgen, Fräulein Helena. Ich habe mich soeben für meinen braunen Hengst Furioso entschieden. Für Euch stehen diese kleine schwarze Stute hier zur Wahl oder der Schimmelwallach. Sie sind beide schnell und brav. Die Stute hat ein wenig weichere Gänge, der Schimmel springt besser. Möchtet Ihr selbst wählen?«

»Ich bin sicher, sie sind beide fabelhaft. Doch da ich mich gerade auf das Springen freue wie eine Katze auf die Sahne, entscheide ich mich für den Schimmel, wenn Ihr gestattet.«

Er lächelte ihr zu und winkte den Pferdeknecht mit dem Schimmel heran. »Ausgezeichnet. Daran gefällt mir auch, dass ich nicht so weit nach unten sehen muss, falls wir uns unterwegs ein wenig unterhalten möchten. Und der Schimmel ist ein Prachtkerl. Sogar Mutter ist ihn schon geritten und konnte ihn gut leiden.«

»Es wird ihre Durchlaucht doch nicht stören, wenn ich ihn reite?«

Mit verschränkten Armen sah er zu, wie der Knecht mit geübtem Auge Maß nahm und die Steigbügel für Helena einstellte. »Ihre Durchlaucht würde es in der Tat sehr stören, wenn Ihr es wagen würdet, auf ihrem Polsterstuhl Platz zu nehmen. Pferde und Reiterei hingegen sind ihr nicht mehr wichtig. Sie geht lieber zu Fuß durch ihren Garten. Wollt Ihr schon aufsteigen? Es dauert noch einen Augenblick, bis wir alle bereit sind.«

Bevor Helena zustimmen konnte, trat Mademoiselle de Bri-

onne zwischen Georg Ludwig und sie. »*Bonjour, Monsieur le prince!* Was für ein zauberhafter Morgen! Darf ich fragen, welches Pferd Ihr mir zugedacht habt? Fräulein Helena scheint ja bereits ein passendes Ross gefunden zu haben.«

Georg Ludwig musterte sie flüchtig, als hätte er vergessen, wer sie war. Doch er fing sich rasch und nickte ruckartig. »Ja. Gewiss. Für Euch ... Nun, vielleicht ist die Stute für Euch das Richtige.« Er gab dem Knecht das Zeichen und wandte sich dann wieder Helena zu, indem er an Mademoiselle de Brionne vorbeisprach. »Ihr macht mir die Freude, an meiner Seite zu reiten, wenn es losgeht, Fräulein Helena, ja? Ich muss noch ein Wort mit meinen Jägern sprechen.«

Helena knickste und rieb anschließend dem Schimmel eine Weile den Kopf, um ihn kennenzulernen. Der Knecht gab ihr ein Stückchen Rübe, das sie dankend verfütterte. »Ist ein lieber Kerl. Schwierigkeiten werdet Ihr mit dem nicht haben, gnädiges Fräulein. Nur manchmal springt er ein bisschen früh ab, darauf solltet Ihr gefasst sein. Aber er springt so weit, dass er Euch schon immer sicher auf die andere Seite bringt, keine Sorge.«

»Wir werden uns gewiss verstehen. Hilfst du mir aufsteigen?«

Kurz darauf saß sie seit langer Zeit zum ersten Mal wieder zu Pferd und spürte die Freude auf den Ritt wie ein Prickeln in den Adern.

Viktor von Briesen war ebenfalls schon im Sattel und drängte mit seinem Fuchs an ihre Seite. »Was für ein strahlendes Lächeln! So ist es recht, da sieht man die Lebenslust! Und was für ein schmuckes Kleid! Exzellenter Geschmack! Ihr reitet neben Prinz Georg, nehme ich an?«

Helena ließ ihr Lächeln erlöschen. »Wenn Ihr mich weiterhin lebenslustig sehen wollt, von Briesen, dann sorgt dafür, dass Ihr mir möglichst selten unter die Augen kommt. Mein Lächeln und Ihr, das verträgt sich nicht. Haltet Abstand. Glaubt mir, jedes

bisschen Einfluss, das ich gewinne, werde ich sonst gegen Euch ausspielen.«

Seine eben noch überhebliche Miene erstarrte. Schulterzuckend hielt er seinen Fuchs zurück, als sie ihr Pferd an ihm vorübergehen ließ, um sich dem Prinzen anzuschließen. »Wenn Ihr es so wollt«, presste er bissig heraus.

Umringt von fröhlichen Reitern und an der Seite von Prinz Georg Ludwig fand Helena rasch zurück zu ihrer guten Stimmung. Der blaue Himmel und die warme Brise kündigten einen traumhaften Maitag an, und den Stechfliegen war es noch zu früh im Jahr. Sie war fest entschlossen, sich von ihrer verzwickten Lage nicht sämtliche Freuden verderben zu lassen. Und Georg Ludwig konnte gewiss nichts dafür, dass man sie ihm auf den Hals gehetzt hatte.

Er hielt seinen lebhaften Hengst zurück, damit ihr Wallach mühelos neben ihm gehen konnte, und unterhielt sie mit Anekdoten von amüsanten jagdlichen Missgeschicken. Obwohl die eigentliche Jagd Helena nie besonders interessiert hatte, musste sie sich nicht anstrengen, ihm zuzuhören, denn er erzählte kurzweilig.

Schließlich verließ ihre kleine Gesellschaft das eng besiedelte Gebiet und erreichte das freie, von Wäldchen durchzogene Feld. Georg Ludwig wechselte einen Blick mit Helena. »Gleich geht es über Stock und Stein. Seid Ihr bereit?«, fragte er.

Sie setzte sich mit einem Lächeln im Sattel zurecht. »Wenn dieser Schimmel hält, was Ihr versprochen habt, werdet Ihr mich nicht abhängen.«

Er gab das Zeichen, und einer der Piköre machte seine Stöberhunde los. Mit den Nasen nah am Boden zogen die Hunde eifrig ihre Schleifen über die vor ihnen liegende Wiese, bis der erste Hase aufsprang, gleich darauf der zweite.

Mit einem lauten »Horrido!« ließ der Prinz seinen Hengst vor-

preschen, und Helena musste ihren Schimmel gar nicht antreiben, damit er ansprang und dem Prinzen folgte. Zu den beiden mit langen Sätzen vor den Hunden fliehenden Hasen kamen noch zwei Rehe, die aus einer Mulde aufstanden und geradlinig fortrannten. Nun wurden auch die restlichen Hunde losgelassen, und die wilde Hetzjagd hatte begonnen.

Hasen, Rehe und die bellenden Hunde liefen voran, die Pferde preschten ihnen nach. Helena genoss das Gefühl, mit dem Prinzen zur Seite den anderen Reitern voraus zu sein. Der Wind pfiff ihr ums Gesicht, die Hufe der Pferde dröhnten über den federnden Boden, aufgescheuchte Vögel zeterten, und die jubelnden Schreie der Reiter brachten Helena zum Lachen. Ihr Schimmel sprang wie beflügelt über einen schmalen Graben, der ihnen als erstes Hindernis im Weg lag, und sie fühlte sich wie berauscht von der Geschwindigkeit.

Ein Aufkreischen hinter ihr verriet ihr, dass nicht alle Damen das gleiche Glück empfanden. Als sie sich kurz umblickte, sah sie, wie Gabrielle de Brionne im Sattel um ihr Gleichgewicht kämpfte. Da ihr jedoch gleich mehrere Herren beistanden, schien keine echte Gefahr zu bestehen.

Schon bald hatte Helena nicht mehr die geringste Ahnung, wohin die Hasen geraten waren. Sie sah ein gutes Stück vor sich nur noch die beiden Rehe, denen nun sämtliche Hunde folgten. Weitere Sprünge forderten ihre Aufmerksamkeit. Ein Baumstamm, ein Graben, eine niedrige Hecke, und allmählich fühlte sie ihr Pferd ermüden. Doch auch die Rehe erreichten das Ende ihrer Kräfte. Am Ufer eines Tümpels wurden sie von den Hunden gestellt. Die Hunde warteten nicht auf den nächsten Befehl ihrer Herren, sondern sprangen eines der Rehe an, töteten und zerrissen es. Das zweite stand mit dem Rücken zum Gesträuch und versuchte, die blutrünstigen Jäger mit den Vorderhufen abzuwehren.

Georg Ludwig zügelte seinen Hengst neben Helena und ließ sich von seinem Diener, der wie durch Zauberei mit seinem Pferd neben ihm erschien, eine Flinte geben. Mit leuchtenden Augen legte er auf das zweite Reh an, schoss und stieß einen Triumphschrei aus, als das Tier zusammenbrach.

Der Knall der Feuerwaffe ließ Helenas Schimmel zusammenzucken, doch viel härter traf er sie selbst. Als würde sie plötzlich erwachen, wurde ihr bewusst, an welcher Grausamkeit sie soeben teilgehabt hatte. Mit großen Augen sah sie zu, wie die Rehe von den unbeherrschten Hunden sinnlos zerfleischt wurden. Solche Schauspiele hatte es bei der Jagd auf Gut Minnigerode nicht gegeben. Gewiss war es auch ihrem Vater und ihrem Bruder nicht um das Wohl der Wildtiere gegangen, doch das Wildbret war für die Küche gedacht und nicht als Spielzeug für eine schlecht erzogene Meute.

Georg Ludwig sprang vom Pferd, schnitt im Vorübergehen mit seinem Messer einen kleinen Zweig von einer Eiche, verdrängte mit viel Gebrüll die Hunde von ihrer Beute und zog den Eichenzweig durchs Blut. Strahlend wie ein glückliches Kind kam er dann damit zu Helena und reichte ihn ihr. »Waidmannsheil! Gut geritten, Fräulein Helena!«

Helena zwang sich zu einem Lächeln und nahm den Eichenbruch an. »Waidmannsdank, Euer Hochwohlgeboren. Und gleichfalls gut geritten.«

Er lachte – befreiter, als er es sonst tat. »Dabei kann man sich endlich einmal richtig lebendig fühlen, nicht wahr?«

Inzwischen waren sie umringt von der Reiterschar, und Helena blieb es erspart, antworten zu müssen. Nach einer Verschnaufpause ließen sie die hingemetzelten Rehe hinter sich, und das Spiel begann von Neuem, wobei das hässliche Schauspiel sich nicht wiederholte. Die Wildsau, die von den Hunden als Nächstes gestellt wurde, hielt die Meute mit ihrer Wehrhaftigkeit auf

Abstand, bis die Reiter herangekommen waren. Und dieses Mal ließen es die Piköre nicht zu, dass die Hunde sich nach dem Abschuss auf die Beute stürzten.

Dennoch hatte Helena die Freude an dem Zeitvertreib verloren, der den Prinzen so offensichtlich begeisterte, und konnte ihre Fröhlichkeit nur noch heucheln.

Andere Mitglieder der Gesellschaft jedoch schienen durch den Geruch des Blutes erst richtig aufzublühen. Gabrielle zwitscherte bei jedem Halt wie ein ganzer Starenschwarm, so sehr fühlte sie sich offenbar durch die Erlebnisse beschwingt.

Als sie am Nachmittag zum Marstall zurückkehrten, war Helena erleichtert, dass es vorüber war. Gleichzeitig wusste sie, dass ihr noch viele solche Tage bevorstehen würden, wenn sie tatsächlich zur Gefährtin des Prinzen werden wollte. Mit einem Schaudern kam sie zu dem Schluss, dass sie wohl gut daran tat, sich mit seinen Liebhabereien anzufreunden.

»Ist Euch kalt, oder seid Ihr von dem bisschen Vergnügen schon so erschöpft?« Schon wieder war es Viktor von Briesen gelungen, sich an sie anzuschleichen. Seine Stimme war ihr mittlerweile so verhasst, dass sie eine Gänsehaut bekam, wenn sie ihn hörte.

»So bald werdet Ihr mich nicht erschöpft sehen. Es war ein Gedanke, der mich schaudern ließ. Ihr solltet überlegen, ob er mit Euch zu tun hatte. Und nun erinnert Euch an das, was ich Euch schon früher sagte: Geht mir aus dem Weg«, sagte sie und lächelte dabei dem Prinzen zu, der quer über den Hof hinweg ihren Blick suchte.

»Ihr kränkt mich ein wenig, muss ich sagen. Doch wenn Ihr es unbedingt so wollt, dann halten wir fest: Je besser Ihr Eure Arbeit erledigt, desto seltener werdet Ihr Euch mit meiner Anwesenheit abfinden müssen. Heute, glaube ich, seid Ihr auf einem guten Weg. Ich werde Gräfin von Platen entsprechend Bericht erstatten.

Und Ihr seht mich für eine Weile nicht wieder. Bis heute Abend, nehme ich an.« Er lachte spöttisch, und Helena musste den Drang unterdrücken, mit ihrer Reitgerte nach ihm zu schlagen.

Kurz bevor Helena am Abend zu ihrer Einladung bei Gräfin von Platen aufbrechen musste, erhielt sie einen Brief ihrer Mutter. Ameli lag wieder einmal krank zu Bett und fragte täglich weinend nach ihrer großen Schwester. Obgleich Maman betonte, dass sie auf keinen Fall kommen sollte, wenn es ihr nicht passte, las Helena zwischen den Zeilen die flehentliche Bitte heraus, es zu tun. Doch so gern sie dem Wunsch ihrer Mutter und ihrer Schwester umgehend gefolgt wäre, so unmöglich konnte sie es ohne Verzögerung. An diesem Abend musste sie sich erst einmal im Haus der Mätresse sehen lassen. Bedrückt legte sie den Brief in die Schatulle, in der sie inzwischen auch den Ring ihres Bruders aufbewahrte.

Entgegen seiner Ankündigung gehörte Viktor nicht zu den Gästen, was Helena freute. Anwesend war hingegen Graf von Rauchhaupt, der sich zum Tric-Trac-Spielen mit ihr herabließ, obgleich er wiederholt betonte, dass er das Spielen für Vergeudung von Geisteskräften hielt. Schließlich verlor Helena die Geduld mit ihm.

»Mein verehrter Graf von Rauchhaupt, bei den meisten Menschen sind Geisteskräfte kein Gut, von dem nur ein erschöpflicher Vorrat zur Verfügung steht. Im Gegenteil nehmen diese Kräfte in der Regel zu, je mehr man sie verwendet, so wie auch unsere Muskulatur. Wenn es bei Euch anders ist, dann solltet Ihr besser das Denken umgehend völlig einstellen. Sonst steht Euch vielleicht bald keine Geisteskraft mehr zur Verfügung, falls Ihr sie doch noch einmal braucht.«

Er verzog angewidert die Lippen. »Solche Bissigkeit steht Euch nicht, mein Fräulein. Ihr wisst, dass ich es so nicht meine. Ich bin nur überzeugt, dass es für einen wachen Geist wichtigere Beschäftigungen gibt, als die Zeit mit fruchtlosen Spielereien zu vertun. So solltet gerade Ihr Euch lieber auch Gedanken zu den Feinheiten der herzoglichen Regentschaft machen, da Ihr möglicherweise bald involviert werdet. Ihr solltet Euch bilden und wissen, welche Ziele es zu erreichen gilt. Doch das ist natürlich von einem Weibe viel verlangt, ich weiß. Ihr werdet der geistigen Führung bedürfen, um die Winkelzüge der Landesfürsten und ihrer Feinde und Verbündeten zu begreifen. Männer sind dem bekanntlich weit besser gewachsen. Ihr solltet Euch auf einen vertrauenswürdigen Gefährten stützen, wenn es so weit ist.«

»Jemanden wie Euch?«, fragte sie und lächelte honigsüß, während sie ihm die Würfel zuschob.

Er würfelte, ohne hinzusehen. Dann neigte er sich ein wenig zu ihr herüber, als wäre das nötig, um einen Spielstein zu setzen, während er so leise weitersprach, dass sie ihn kaum noch verstehen konnte. »Gewiss. Ich wäre Euch ein Ratgeber und ein zuverlässiger Halt. Auch eine Art Gegengewicht gegen gewisse andere Kräfte, die sich Eurer zu bemächtigen versuchen, wenn Ihr wisst, was ich meine. Noch ist es ratsam, ihnen entgegenzukommen, doch eines Tages könntet Ihr es mit meiner Unterstützung zu ausreichend Macht bringen, um sich ihrer zu entledigen. Und nun lächelt bitte weiter so niedlich!«

Das Lächeln gefror ihr auf den Lippen. »Ihr habt eine hohe Meinung von Euch selbst. Gräfin von Platen lebt seit vielen Jahren an diesem Hof und hat sich in ihrer Stellung stets behaupten können. Ihr seid erst kürzlich hier erschienen, wenn ich es richtig beobachtet habe. Wir kommt Ihr darauf, dass Ihr sie bezwingen könntet?«

Belustigt schnaubend glättete er sich mit dem Finger den Schnurrbart, wie er es häufig tat. Wieder neigte er sich zu Helena herüber, und dieses Mal flüsterte er. »Sie ist nur ein Weib. Und ihr Gatte wird bereits alt und durchschaut den Lauf der Dinge nicht mehr. Vertraut mir. Wir beide, Ihr und ich, wir sind die Zukunft.«

Mit ihrem starren Lächeln im Gesicht warf sie die beiden Würfel, zog einen ihrer Spielsteine, um den zu schlagen, den von Rauchhaupt so achtlos bewegt hatte, und setzte einen zweiten, um ihren lang geplanten Block zu schließen. »Einmal ein Punkt und einmal zwei. Damit habe ich zwölf Punkte, und Ihr verliert, Herr Graf. Bedauerlich, dass ich kein Mann bin, sonst hätte ich wohl nur halb so lange gebraucht, um Euch zu schlagen. Ich nehme nicht an, dass Ihr noch einmal spielen wollt. Daher begebe ich mich nun an Gräfin von Platens Tisch. Ihr mögt vom Spielen nichts halten, doch ihr solltet wissen, dass man nirgends sonst so leicht so viel über die Persönlichkeit seiner Mitmenschen erfährt wie am Spieltisch.«

Er lachte, als hätte sie einen guten Scherz gemacht. »Vergnügt Euch, wie Ihr mögt. Ich nehme an, Eure Börse ist wohlgefüllt? Wenn sie zu schlaff wird, kommt gern zu mir.«

Helena konnte ihren Ärger nicht zurückhalten. Sie ging zu ihm zurück und neigte sich nun ihrerseits zu seinem Ohr herab. »Na endlich, werter Herr. Da kommt Ihr nun doch noch auf den einzigen guten Grund, den es für mich gäbe, mich mit Euch zusammenzutun.«

»Meine Fähigkeit, Eure Börse zu füllen?«, fragte er langgezogen.

»Oh nein! Ich meine Eure Zusage, mich tun zu lassen, wie ich mag!« Womit sie sich abwandte und ihn allein sitzen ließ. Er lachte wieder, doch dieses Mal schien ihr zu ihrer Genugtuung ein wenig Irritation mitzuschwingen.

Clara von Platen hieß sie mit einer einladenden Geste willkommen. »Ich dachte schon, Ihr beehrt meinen Tisch heute Abend gar nicht mehr. Ihr scheint Graf von Rauchhaupt in Euren Bann geschlagen zu haben. Als ich das letzte Mal meine Karten legte, verrieten sie mir, dass es sich zu Eurem Vorteil entwickeln wird, seine Bekanntschaft zu pflegen.«

Wieder zwang Helena ihre Lippen in das steife Lächeln gespielter Freundlichkeit. Es saßen noch weitere Gäste am Tisch, die ihr wahres Verhältnis zur Gräfin nichts anging und die sich nur vorgeblich mit ihren Karten oder Tischnachbarn beschäftigten, während sie die Ohren spitzten und lauschten.

»Ihr befragt Eure Karten zu meinem Schicksal? Das ist sehr mitfühlend von Euch«, sagte sie und setzte sich auf den angebotenen Platz.

Die Gräfin gab einem Diener den Wink, ihr Wein nachzuschenken und auch Helena ein Glas davon anzubieten. »Meine Karten würden mir wohl nichts über Euer Schicksal verraten, wenn sie nicht der Ansicht wären, dass es mit meinem eigenen verknüpft ist. Ihr habt heute einen vergnüglichen Tag mit Prinz Georg verbracht, hörte ich? Er kann sehr unterhaltsam sein, wenn er aufgeräumter Stimmung ist, nicht wahr? Und das Jagdreiten liebt er. Was für ein Glück, dass Ihr so gut mithalten könnt. Sicher freut Ihr Euch schon auf das nächste Mal? Hat der Prinz Euch erzählt, womit er sich morgen die Zeit vertreiben wird?«

Helena musste kurz darüber nachdenken, was Georg Ludwig erwähnt hatte. Tatsächlich hatte er ihr für einen der nächsten Tage einen gemeinsamen Besuch auf einem der herzoglichen Gestüte vorgeschlagen, um die jungen Fohlen zu betrachten. Sie war überzeugt, dass ein solcher Ausflug ihr besser gefallen würde als eine weitere Jagd, doch hoffte sie, dass er nicht am nächsten Tag stattfinden würde. Sie musste zuerst nach Minnigerode, um die

kranke Ameli zu sehen. Aber würde Clara von Platen ihr diese Reise gestatten? Sollte sie davon sprechen oder einfach abreisen und die Gräfin vor vollendete Tatsachen stellen? Nein, das würde sie nur reizen. Sie musste lernen, zu denken wie sie.

»Seine Hochwohlgeboren könnte etwas erwähnt haben, doch es ist mir entfallen. Ohnehin werde ich morgen ohne seine Gesellschaft auskommen müssen, denn ich werde in einer dringenden Angelegenheit verreisen.«

Clara von Platen hob überrascht ihre künstlich aufgemalten Brauen. »Das muss eine wahrhaftig dringende Sache sein, dass Ihr sie der Gunst eines Prinzen vorzieht.«

Helena stieß ein kleines Lachen aus. »Gerade ein Mann wie seine Hochwohlgeboren Prinz Georg Ludwig würde sich wohl mit Menschen, für die nichts anderes als nur seine Gunst eine hohe Bedeutung hat, entsetzlich langweilen, meint Ihr nicht?«

Verspielt hob sie ihr Glas der Gräfin entgegen und sah ihr in die Augen. Deutlich erkannte sie den Moment, in dem ihre Gegnerin zu verstehen glaubte. Ihre Augen weiteten sich, und gleich darauf griff sie ebenfalls nach ihrem Glas, um Helena unauffällig zuzuprosten.

»Natürlich, Teuerste. Gerade ein Mann wie Prinz Georg! Oberflächlichkeit ist ihm ein Graus. Dann hoffe ich, dass Ihr Eure dringende Angelegenheit morgen zu Eurer Zufriedenheit erledigen könnt und uns alle übermorgen wieder mit Eurer Anwesenheit erfreut. Ach … Mein Schneider teilte mir mit, dass seine Arbeit Eure Zustimmung gefunden hätte. Das freut mich. Ihr werdet seine Dienste also weiter in Anspruch nehmen?«

»Aber gewiss, mit Vergnügen. Seine Arbeit hat mich überzeugt. Ich bin Euch überaus dankbar für Eure Empfehlung«, sagte Helena. Langsam gewöhnte sie sich daran, die hinter den ausgesprochenen Worten verborgenen Fragen zu verstehen. Clara hatte sie in Wahrheit nicht gefragt, ob ihr neues Kleid ihr gefiel. Ihre Frage

hieß so viel wie: *Ich sehe, du beginnst, das Spiel zu spielen, mein Fräulein. Dann sind wir also im Geschäft?*

Und Helena hatte in die ausgestreckte Hand eingeschlagen. Sie hoffte, dass sie nicht gezeigt hatte, wie viel Abscheu sie dabei empfand.

23. Kapitel

MAMAN WAR WENIGER in Sorge um Ameli, als Helena befürchtet hatte. Sie stiegen gemeinsam die Treppen zur Kammer der Mädchen empor und tauschten in aller Kürze die wichtigsten Neuigkeiten aus.

»Noch sieben Wochen, bis wir zahlen müssen, Leni. Du hast geschrieben, dass es Grund zur Hoffnung gibt. Aber wenn ich den Gläubigern nicht bald von guten Neuigkeiten berichten kann, dann wird es zu spät sein. Sie machen gewiss schon ihre eigenen Pläne.«

Helena holte tief Luft, um das beklemmende Gefühl in ihrer Kehle loszuwerden. »Ein wenig Zeit brauche ich noch. Ich erzähle dir nachher alles. War Doktor Klose hier?«

»Mit einem großen Glas voller Blutegel. Lore war entzückt von dem Anblick, aber Ameli musste sich vor Aufregung und Ekel erbrechen, als er sagte, er würde sie bei ihr ansetzen. Er hat versucht, sie zu überreden, am Ende aber doch Abstand von dem Vorhaben genommen. Leider schmollt er nun, weil er meint, ich hätte mich schon viel zu oft seinen medizinischen Anordnungen widersetzt. Dabei habe ich treu und brav alle Pülverchen und Salben gekauft, die er Ameli je verschrieben hat. Stärker ist ihre Lunge davon allerdings nicht geworden. Das beste Heilmittel scheint noch frische Luft zu sein. Bevor sie krank wurde, habe ich sie wenig nach draußen gelassen, weil ich dachte, es wäre zu kalt. Neulich ist Lore ins Wasser gefallen, weißt du? Das darf Ameli nicht passieren.«

»Davon hast du nichts geschrieben.«

»Ich wollte dich nicht beunruhigen. Lore hat nicht einmal einen Schnupfen davongetragen.«

Lore kniete auf Amelis Bett und spielte ihrer kleinen Schwester mit Puppen eine Theaterszene vor. Mit der linken Hand führte sie einen bunten Kasper, in der anderen hielt sie Helenas alte Ankleidepuppe. »Ich will dich nicht heiraten. Du bist dumm und hässlich und gemein. Lieber werde ich eine Köchin und koche mir mein Essen selbst«, sagte die Puppe soeben mit piepsiger Stimme. »Aber du musst mich heiraten. Du bist ein Mädchen, und Mädchen müssen …«, setzte der Kasper an. Doch dann bemerkte Lore Helena, ließ die Puppen fallen und sprang juchzend vom Bett. »Leni!«

Helena hob sie für einen Augenblick hoch und küsste sie, dann setzte sie sich auf Amelis Bettkante. Die Kleine war so bleich, dass die Haut durchscheinend wirkte, und sie schien geschrumpft zu sein.

»Ameli, was ist hier los? Therese sagt, du magst ihr Essen nicht mehr. Ihre ganze Schürze ist deshalb nassgeweint. Und die Ponys beschweren sich darüber, dass du dich nicht um sie kümmerst.«

Ameli rappelte sich hoch und krabbelte in ihre Arme. »Ich muss immer so husten, dass mir die Beine wackeln. Deshalb muss ich meistens im Bett bleiben. Und Thereses Essen hat besser geschmeckt, als du noch zu Hause warst. Bleibst du jetzt wieder hier?«

»Heute bleibe ich hier. Draußen ist ein feiner Frühlingstag, und all die neuen Blättchen und die Blüten in Mamans Garten warten darauf, dass wir sie zusammen begrüßen.«

»Und die Ponys«, sagte Ameli.

Lore kicherte. »Die Ponys wollen besonders gern die Blättchen begrüßen. Darüber freuen sich die Blättchen aber gar nicht.«

Helena lachte und zog sie noch einmal in eine Umarmung. »Willst du Hinner suchen und ihm sagen, dass er die Ponys fer-

tig machen soll? Ich werde nur mein Kleid wechseln, und dann gehen wir hinaus.«

Die nächsten Stunden verbrachte sie damit, die warm eingepackte, zarte Ameli auf ihrem Pony herumzuführen, während Lore sich in ihrer Nähe wilderen Vergnügungen hingab.

Als sie später wieder ins Haus gingen, begeisterte Ameli den ganzen Haushalt damit, dass sie tatsächlich mit mehr Appetit aß als seit langer Zeit. Allerdings gab Helena ihrer kleinen Schwester insgeheim recht: Thereses Kochkunst schnitt im Vergleich zu früheren Zeiten recht armselig ab.

Am Abend gingen die Mädchen früh zu Bett. Helena genoss die letzten Stunden Tageslicht mit ihrer Mutter im Garten. Maman hatte sich bei ihr untergehakt, und sie schlenderten langsam von Beet zu Beet. »Laurentz hat den Mai so sehr geliebt. Wie oft werde ich diesen Monat noch erleben, bis ich nicht mehr weinen muss, weil er ihn nie mehr erleben wird? Viele Eltern verlieren ihre Kinder. Ich weiß, das ist der Lauf der Dinge. Und doch ist es entsetzlich falsch, wenn das geschieht. Ihr junges Gemüse sollt wachsen und gedeihen, wenn wir Alten verschrumpeln und vergehen.«

Helena musste lächeln. »Wir Kinder lieben den Mai, weil er dich immer glücklich gemacht hat. Im Mai entfaltet dein Garten seine Pracht, und du strahlst. Ich habe in Hannover einen jungen Gärtner kennengelernt, mit dem du dich gut verstehen würdest. Er spricht liebevoll mit allem, was lebt. Ähnlich, wie du es tust. Neulich führte er mich über die neue Gartenanlage in Herrenhausen. Man hätte glauben können, dass er von seinen Kindern spricht, als er mir seine Pflanzen erklärte. Oder andersherum: Wenn er eines Tages mit seinen Kindern so umgeht, wie er es jetzt mit den Pflanzen tut, dann wird er ein wunderbarer Vater.«

»Das klingt sehr sympathisch. Aber ein junger Gärtner? Wie

bist du ihm begegnet? Ich hoffe, du bist dir jederzeit bewusst, dass alles, was du tust, strengen Blicken standhalten muss?« Mamans Blick traf Helena in genau der erwähnten Strenge. Dabei war ihre Sorge angesichts der wahren Schwierigkeiten ein wenig absurd. Helena war mit dem Vorsatz gekommen, ihr die neue Lage behutsam beizubringen. Doch nun wusste sie nicht, wie sie damit anfangen sollte.

»Herr Piras ist nur ein Bekannter. Wir sind einander bei einem Gespräch mit der Herzogin vorgestellt worden. Kein Grund zur Sorge also.«

Ihre Mutter kniff zweifelnd die Augen zusammen. »Wirklich? Ich glaubte, eine unangebrachte Zuneigung aus deinen Worten zu hören und in deinem Gesicht zu lesen, als du über ihn sprachst.«

Helena biss sich verärgert auf die Lippen. Verriet sie sich wirklich so leicht? Tatsächlich waren die beiden Stunden mit Floriano Piras die schönste Erinnerung an die vergangenen Wochen. Doch das beruhte wohl nur darauf, dass sie seit langer Zeit keinem so freundlichen Menschen begegnet war. Um ihre Verlegenheit zu verbergen, schnaubte sie ungehalten. »Das ist gut möglich. Wenn du mich so fragst, dann ist er möglicherweise der angenehmste Mann, dem ich bei Hof bisher begegnet bin. Aber glaube mir, ich bin mir völlig darüber im Klaren, dass das ohne jede Bedeutung ist. Ich habe übrigens nicht geschwindelt, als ich dir schrieb, dass Grund zur Hoffnung besteht. Jemand hat sich mir auf eine Weise erklärt, die schon beinah ein Antrag war. Die Zweifel liegen allein auf meiner Seite, denn aus meiner derzeitigen Lage könnten sich noch weitere Möglichkeiten ergeben.«

Maman blieb stehen und legte ihr die Hände auf die Arme, so wie sie es früher gemacht hatte, wenn sie eine ernste Ermahnung aussprechen wollte. »Das klingt für mich eher, als würdest du dich gegen alle Möglichkeiten sträuben. Helena, wenn du es

nicht über dich bringst, dann verstehe ich das. Ich habe gehofft, dass du einem Mann begegnest, der nicht nur unser Problem löst, sondern für den du dich auch erwärmen kannst. Du darfst nicht glauben, dass ich dein lebenslanges Unglück als angemessenen Preis für die Rettung unseres Guts betrachte. Lass den Plan fallen, wenn du keine Aussicht auf ein zufriedenes Leben für dich selbst darin siehst.«

Sanft griff Helena nach den Händen ihrer Mutter, löste sie und umschloss sie mit ihren eigenen. »Und wie sollte es dann weitergehen? Ich würde damit nicht nur uns ins Unglück stürzen, sondern auch viele von denen, die für uns arbeiten. Dabei habe ich die Rettung tatsächlich in der Hand. Wenn ich die richtige Entscheidung treffe, dann ist das Gut mit allen, die hier leben, in Sicherheit. Treffe ich aber die falsche – wie sollte ich dann noch mit mir selbst und meinem Gewissen auskommen können?«

Maman schüttelte den Kopf. »Vielleicht fänden wir noch einen anderen Weg. Marie sagte es neulich erst wieder zu mir: Wenn man die Zuversicht behält, öffnet sich immer eine neue Tür.«

»Maman, von Zuversicht wird man nicht satt. Es mag sein, dass sich am Ende eine Tür öffnet, aber bis dahin könnte man verhungert sein. Gib doch zu, dass ihr schon jetzt mehr am Essen spart, als gesund wäre.«

Ihre Mutter wich ihrem Blick aus und seufzte. »Ich tue mein Bestes, um das Nötigste zu bezahlen. Es ist nicht leicht.«

Clara von Platen hatte Helena am Vorabend einen großzügig gefüllten Geldbeutel zugesteckt und darauf bestanden, dass sie ihn annahm. *Stell dir vor, ich führte ein Geschäft und du stündest in meinen Diensten*, hatte sie geflüstert, als hätte sie sich mit dem Geld das intime »Du« erkauft. *Es fiele ein Schatten auf mich, wenn du knausern müsstest. Georg darf nicht auf den Gedanken kommen, dass du arm bist.*

Helena hatte das Geld eingesteckt, um die Gräfin zufriedenzustellen. Dabei hatte sie sich insgeheim vorgenommen, es nicht auszugeben. Nun sah sie, dass der Vorsatz eigensüchtig war, da ihre Mutter das Geld dringend brauchte. Dennoch zögerte sie. Wenn sie das Geld aus der Hand gab, gehörte sie anschließend der Gräfin mit Haut und Haaren. Doch was machte das noch für einen Unterschied? Kurzentschlossen zog sie den Beutel aus der Rocktasche und hielt ihn ihrer Mutter hin. »Hier. Das müsste euch die nächsten Wochen über Wasser halten.«

Mit erschrockener Miene wich Maman einen Schritt zurück und starrte auf den Beutel. »Ist das ein Teil von dem Geld, was wir für dich aufgebracht haben? Dann musst du es behalten. Oder woher …?«

»Eine hohe Dame bei Hof protegiert mich. Sie hat mir dieses Geld zur freien Verfügung gegeben.«

»Die Herzogin? Nun, das ist großzügig, doch recht unüblich. Immerhin beherbergt sie dich schon. Was steckt dahinter?«

Das Misstrauen stand Maman ins Gesicht geschrieben. Sie würde keine Ruhe geben, bis sie die Wahrheit oder einen überzeugenden Teil davon erfuhr.

»Es ist nicht die Herzogin, sondern Clara von Platen. Durch ihre Vermittlung wird wohl auch meine Ehe zustande kommen.«

Haltsuchend streckte ihre Mutter die Hand aus und erwischte das Spaliergitter einer Kletterrose. Mit einem Schmerzenslaut ließ sie gleich wieder los und führte den Finger zum Mund, mit dem sie in einen Stachel gegriffen hatte. »Die von Platen? Herr im Himmel, Leni! Wie kannst du dich auf dieses Weib einlassen? Sie wird dir nicht aus Selbstlosigkeit helfen. Was sollst du für sie tun?«

Zu sehr sehnte sich Helena danach, ihr Herz auszuschütten. Der Wunsch, ihre Mutter zu schonen, verlor dagegen. »Sie will, dass ich die neue Mätresse von Prinz Georg Ludwig werde. Bevor

du etwas dazu sagst, musst du wissen, dass es bereits beschlossene Sache ist. Ich bin nicht glücklich darüber, aber ich werde es tun.«

»Das wirst du nicht!«, stieß Maman hervor. »Wie kannst du daran nur denken? Du wärst nicht mehr als ein Spielzeug für diesen Mann, das er eines Tages voll Verachtung fortwirft. Ganz gleich, wie viel dir dein Hurendienst einbrächte, deine Seele würde es zerstören! Das kann nicht dein Ernst sein!«

Die Reaktion ihrer Mutter war so heftig, dass Helena sich gedrängt fühlte, die Gegenseite stärker zu verteidigen, als sie es sonst getan hätte. »Gräfin von Platen sieht das ganz anders. Und ihre Sichtweise wird von vielen geteilt. Mit etwas Geschick könnte ich es in dieser Position zu höchstem Ansehen bringen. Prinz Georg Ludwig schätzt mich. Und die Gräfin hat mir jede Unterstützung zugesichert, wenn ich zum Wohle des Herzoghauses mit ihr zusammenarbeite. Das bedeutet, sie würde dafür sorgen, dass mir eine Eheschließung möglich ist, die mich absichert, auch wenn die Liaison mit dem Prinzen nicht andauert. Versuch es ganz nüchtern zu betrachten: Ich könnte nichts anderes unternehmen, was derart vorteilhaft für uns wäre.«

Einen Atemzug lang starrte Maman sie an, dann schlug sie sich die Hand vor den Mund. »Hast du dich in Georg Ludwig verliebt? Ist das der Grund, warum du dich darauf einlassen willst?«

Dankbar griff Helena nach dem Rettungsseil. Sie senkte den Blick, als würde sie sich nun auf einmal schämen. Nur mit einem angedeuteten Nicken antwortete sie ihrer Mutter, in der vagen Hoffnung, dass die Lüge dadurch weniger zählte.

»Oh lieber Gott, mein armes Kind! Was soll daraus nur werden? Und du glaubst, er schätzt dich tatsächlich? Er ist frisch verheiratet, mit einer sehr jungen, sehr hübschen Frau. Sie wird ihn dir wohl kaum kampflos überlassen.«

»Prinzessin Dorothée ist bereits froher Hoffnung, und Georg

Ludwig sucht ihre Gesellschaft nicht. Er scheint eher erleichtert, dass er seine Pflicht für den Moment getan hat. Wenn ich mich zurückziehe, wird er bald eine andere Favoritin an seiner Seite haben, das weißt du so gut wie ich. Aus Rücksicht auf die Prinzessin zu verzichten wäre also sinnlos. Und nun lass uns nicht mehr darüber sprechen. Wie ich bereits sagte: Ich habe es beschlossen. Bitte versuch nicht, mich davon abzuhalten.«

»Wie könnte ich das noch? Nun sieht es so aus, als würde wahrhaftig unser aller Glück davon abhängen, dass du eine Rolle spielst, die ich in meiner Überheblichkeit mein Leben lang verachtet habe. So lehrt uns das Schicksal Demut, Helena. Ich werde eine Weile brauchen, bis ich mich an den Gedanken gewöhnt habe. Nimm es mir nicht übel.«

Helena kämpfte damit, ihre Tränen zurückzuhalten. »Solange du dich nicht von mir abwendest. Das könnte ich nicht ertragen.«

Maman streckte die Arme aus. »Wie kannst du glauben, dass ich das fertigbrächte? Niemals, mein Kind.«

Ameli und Lore zuliebe blieb Helena einen weiteren Tag auf Minnigerode und kehrte erst am übernächsten Nachmittag, rechtzeitig zu ihrem Termin mit dem Schneider, nach Herrenhausen zurück. Die Anprobe der atemberaubenden Kleider zog sich über den Rest des Tages hin, sodass sie erst am Abend wieder zur Hofgesellschaft stieß. Georg Ludwig war nicht anwesend, dafür jedoch Adrian, der sich offenbar mit Prinz Maximilian angefreundet hatte.

Helena hatte den Verdacht, dass ihr ehemaliger Verlobter sich um diese Freundschaft aus den falschen Gründen bemühte. Seine Blicke wanderten für ihren Geschmack weit zu häufig in

ihre Richtung, und seine Miene spiegelte auf abstoßende Weise seine Mitwisserschaft. Sie hatte alle Mühe, weder ihren Ärger über ihn noch ihre Enttäuschung über Georg Ludwigs Abwesenheit zu zeigen. Obgleich sie selbst entschieden hatte, dem Hof so lange fernzubleiben, wäre es ihr nun lieber gewesen, das ihr aufgezwungene Spiel baldigst weiterzuspielen.

Am Ende des Abends, den der größte Teil der Höflinge bei einer von einem kleinen Lichterfest umrahmten amüsanten Vorführung der *Commedia dell'arte* im Garten verbrachte, erhielt Helena durch einen Pagen ein Briefchen von der Herzogin.

Verehrtes Fräulein Helena, ich erwarte Euch morgen früh um acht Uhr in meiner Kammer. Sophie, Herzogin von Hannover, Prinzessin von der Pfalz

Helenas Herz schlug ihr bis zum Hals, und zu ihrem Leidwesen hörte es damit die ganze unruhige Nacht hindurch nicht auf. Was wollte die Herzogin von ihr? Sie konnte nur hoffen, dass sie mit ihrem Verhalten Georg Ludwig gegenüber nicht bereits unangenehm aufgefallen war und das Missfallen seiner Mutter erregt hatte. Was würde geschehen, wenn das der Fall war? Würde sie noch die Gelegenheit bekommen, sich herauszureden? Oder würde die Herzogin sie gleich vom Hof verbannen?

Während ihre beiden Zimmergefährtinnen am Morgen noch süß weiterschlummerten, wusch Helena sich im Ankleideraum das müde Gesicht und ließ sich dann von einer Zofe in eines ihrer neuen Gewänder kleiden. Immer wieder ging sie im Kopf all die beschwichtigenden Sätze durch, die sie in der Nacht für das Gespräch mit der Herzogin entworfen hatte.

Als sie schließlich vor der Tür der fürstlichen Gemächer stand, hätte sie eine flammende Rede voller guter Gründe halten können, aus denen sie unbedingt die Mätresse des Prinzen werden

musste. Die Situation kam ihr so absurd vor, dass sie beinah bitter über sich selbst hätte lachen müssen.

Die Herzogin war noch im Schlafrock, als Helena ihr Gemach in Begleitung der Kammerfrau betrat. Auf ihrem Schoß lag ein Stickrahmen mit einer angefangenen Stickerei, in den Händen hielt sie ein aufgeschlagenes Buch. Mit gerunzelter Stirn verglich sie eine Abbildung im Buch mit ihrer Handarbeit. Helena sank in ihren Knicks, bevor ihre Landesherrin überhaupt aufblickte.

»Fräulein Helena, danke, dass Ihr gekommen seid. Ihr dürft Euch erheben.« Die Fürstin klang sachlich, was Helena aufatmen ließ. Wäre es um eine Ermahnung oder Schlimmeres gegangen, hätte Herzogin Sophies Stimme wohl ihre Verärgerung verraten.

»Danke, Eure Durchlaucht. Ich hoffe, Ihr hattet eine angenehme Nachtruhe, und wünsche Euch einen guten Morgen. Wie darf ich Euch dienlich sein?«

Nun schlug die Herzogin das Buch zu und sah sie an. »Zuerst einmal möchte ich Euch um Verzeihung bitten, mein Fräulein. Ich habe Eurer Mutter und Euch Grund gegeben, auf meine Unterstützung zu hoffen, was Eure Suche nach einem standesgemäßen Ehemann betrifft. Leider habe ich mich nicht so eifrig darum bemüht, wie ich es hätte tun sollen. Ich hörte, Ihr habt Eure Mutter kürzlich besucht. Befinden sie und Eure Geschwister sich wohl?«

»Es ist sehr freundlich von Euch, nachzufragen. Es geht allen so weit gut, außer meiner jüngsten Schwester, die ein zartes, empfindliches Kind ist. Aber auch für sie scheint zurzeit keine Lebensgefahr mehr zu bestehen.«

Herzogin Sophie hatte beim Zuhören besorgt die Lippen gespitzt. »Hat sie denn schon einmal bestanden, diese Gefahr?«

Helena nickte. »Leider ja. Amelis Lunge ist schwach. Jede kleine Verkühlung, die andere Kinder leicht überwinden, ruft bei ihr einen lang andauernden, starken Husten und häufig auch ein

Fieber hervor. Dabei ist sie so ein heiteres, liebenswertes kleines Mädchen. Ich hoffe sehr, dass sie im Laufe der Jahre kräftiger wird.«

»Ameli heißt sie, ja? Wie die jüngste Tochter meiner lieben Nichte Benedikta. Besteht ein Zusammenhang?«

»Maman und ihre Durchlaucht Herzogin Benedikta standen sich nah. Deshalb hatte ich auch die Ehre, meine Erziehung an ihrem Hof zu genießen.«

»Nun, mit dem Ergebnis dieser Erziehung bin ich nicht völlig unzufrieden. So viel Aufmerksamkeit habe ich Euch denn doch gewidmet, um das beurteilen zu können. Dann und wann schimmert in Eurer Miene ein wenig Ungeduld mit dem *Ennui* des höfischen Zeremoniells durch, doch dagegen können wir uns wohl alle nicht völlig verwehren. Umso beachtlicher, wenn wir die Form dennoch wahren. Oder seid Ihr anderer Ansicht?«

»Ich gestehe, dass ich in manchen Momenten das Gefühl habe, es könnte wichtigere Dinge geben, mit denen ich meine Zeit verbringen sollte. Doch mir ist die Bedeutung des Zeremoniells sehr wohl bewusst. Verzeiht mir, wenn ich einen anderen Eindruck vermittelt habe.«

Ein spöttisches Lächeln spielte um die Lippen der Herzogin. »Ihr werdet überrascht sein, aber für mein Anliegen an Euch wird gerade Euer Quentchen Aufbegehren gegen das Zeremoniell möglicherweise von Nutzen sein. Sagt mir: Was haltet Ihr von Georg Ludwig?«

Von einem Wimpernschlag zum nächsten war Helenas Erleichterung wie weggewischt. Hatte sie die Verstellungskunst der Herzogin unterschätzt? Angespannt verschränkte sie ihre Hände ineinander, um die Finger vom Zappeln abzuhalten. »Er ist ein herausragender junger Mann und wird Eurem Haus gewiss immer Ehre machen.«

Diese Antwort tat die Mutter des Genannten mit einem We-

deln ihrer Hand ab. »Sagt mir nicht etwas, von dem Ihr glaubt, dass ich es hören will. Die Höflichkeit ist eine unverzichtbare Kunst, doch in diesem Fall möchte ich wahrhaftig wissen, wie Ihr zu meinem Sohn steht. Mir ist bewusst, dass nicht jeder ihn mag. Seine Gemahlin hält ihn für einen groben Klotz, soweit ich weiß. Sie verkündet jedem, der zuhört, dass er sie nicht halb so viel beachtet, wie sie es verdient hätte. Nun, sie ist noch jung. Ihr seid schon etwas weiter. Und unter uns bemerkt: Ich halte Euch zudem für klüger. Also sprecht!«

Unwillkürlich wanderte Helenas Blick zum Fenster, als könne sie dort hinaus fliehen. In der Ferne waren die sonnenbeschienenen Wipfel des hohen Bosketts zu sehen, in dessen Schutz Floriano möglicherweise gerade seine Arbeit tat. Wie sie sich jetzt in sein Versteck am Brunnen sehnte! Sie atmete tief durch.

»Die Gesellschaft Eures Sohnes ist mir angenehm. Er kann sehr unterhaltsam sein, wenn er sich wohlfühlt, und er verhält sich mir gegenüber äußerst liebenswürdig. Wir teilen einige Vorlieben, und ich schätze seinen Verstand und sein Pflichtgefühl. Selbstverständlich verfolgt er auch sein eigenes Vergnügen, doch mir scheint, er behält stets ein offenes Ohr für die Ratgeber, die mit ihm Angelegenheiten des Fürstentums erörtern wollen.«

»Hm. Wenn Ihr mich fragt, so sind seine Ohren in dieser Beziehung oft zu weit geöffnet. Was mich zu meiner nächsten Frage bringt: In welchem Verhältnis steht Ihr zu Clara von Platen?«

Ein Schreck folgte dem anderen. Klagte die Herzogin sie am Ende doch eines Vergehens an? »Gräfin von Platen gefällt es, mich ein wenig zu protegieren. Dafür muss ich ihr dankbar sein.«

»Ein wenig? Nun … Neue Kleider, Einladungen in ihren innersten Kreis von Vertrauten, die ständige Beobachtung durch ihre Spitzel – das wirkt, als hättet Ihr eine hohe Bedeutung für sie. Ihr solltet nicht glauben, dass ich nicht meine eigenen Informanten hätte, was die Vorgänge an meinem Hof angeht.«

Helena ließ mit einem Seufzer die Schultern sinken. »Eure Durchlaucht, ich hatte angenommen, dass Ihr Euch damit nicht belastet. Da Ihr es aber tut, fragt doch bitte geradeheraus, was Ihr wissen möchtet. Ich werde wahrheitsgemäß antworten.«

»Also gut, dann: Was will die Schlange von Euch?«

Ein bitteres kleines Lachen entkam Helena. »Gräfin von Platen ist der Ansicht, dass seine Hochwohlgeboren Prinz Georg Ludwig auf der Suche nach einer neuen Favoritin ist. Sie würde mich gern in dieser Rolle sehen und hält mich dazu an, ihren Plan zu verfolgen.«

»Und Ihr habt zugestimmt.«

»Sie hat mir verdeutlicht, dass ihre Gunst meine einzige Hoffnung auf eine gesicherte Zukunft ist. Ich stand vor der Wahl, mich ihren Wünschen anzupassen oder sie mir zur Feindin zu machen.«

»Ihre Unverfrorenheit kennt keine Grenzen. Doch ich habe bereits vor langer Zeit gelernt, dass es sich nicht lohnt, sie offen zu konfrontieren. Die meisten ihrer kleinen Ränke sind zu unbedeutend. Dieses Mal jedoch ist es etwas anderes. Fräulein Helena, ich bin überzeugt davon, dass Ihr im Grunde Eures Herzens eine anständige junge Dame seid. Deshalb möchte ich Euch um etwas bitten. Es ist eine Herausforderung, vor die ich Euch stelle, doch ich glaube, dass Ihr sie meistern könntet. Jedenfalls, wenn Ihr meinem Sohn tatsächlich gewogen seid. Wollt Ihr für mich arbeiten?«

»Ich nehme an, dazu müsste ich meine Übereinkunft mit Gräfin von Platen auflösen? Ich …«

»Nein, nein. So meine ich es nicht. Ich werde es Euch erklären. Während Eurer Abwesenheit gestern erkundigte sich mein Sohn bei mir nach Euch. Meiner Einschätzung nach ist er in der Tat interessiert. Und da er seinem Vater ähnelt, wird er sich in vielen Fragen von Euch beeinflussen lassen. Was wiederum

Clara von Platen ausnutzen wird, der Ihr verpflichtet seid. Ich könnte nun versuchen, diese Liaison ganz zu unterbinden. Allerdings ist es ein aussichtsloses Unterfangen, ihm keine Mätresse zu erlauben. Und die von Platen wird schließlich einen Weg finden, ihm wieder eine ihrer Marionetten ins Bett zu legen. Verscheuche ich also Euch, die Ihr mir vernünftig und umgänglich erscheint, dann habe ich es bald vielleicht mit einer viel schlimmeren Person zu tun. Ich bin noch immer froh, dass es möglich war, die Schwester der Gräfin loszuwerden. Daher schlage ich Euch vor, Eure Übereinkunft mit ihr zum Schein einzuhalten. In Wahrheit jedoch besprecht Ihr Euer Verhältnis zu Georg Ludwig auch mit mir und folgt meinen – selbstverständlich diskret erteilten – Anordnungen.«

Helena verbarg ihre Fassungslosigkeit, fühlte sich aber für einen Augenblick sprachlos. Sie räusperte sich. »Eure Durchlaucht, ich kann nicht so tun, als fiele mir diese ganze Sache leicht. Ich bin Eurem Sohn zugetan und wünsche weder ihm noch Euch oder Eurem ganzen Hause etwas Schlechtes. Deshalb wäre ich nur zu gern bereit, mich in Eure Dienste zu stellen, obwohl ich mir nie hätte träumen lassen, in eine solche Lage zu geraten. Aber es ist nicht so, als hätte ich mich mit seiner Hochwohlgeboren bereits geeinigt. Es könnte sein, dass sein Interesse nicht so weit reicht, wie wir jetzt annehmen. Gräfin von Platen schlägt vor, mich zu meiner Absicherung mit Graf von Rauchhaupt zu verheiraten, der sich dann ihrer Ansicht nach ähnlich verhalten würde wie ihr eigener Gemahl. Ich selbst bezweifle das, weil ich ihn für geltungssüchtig halte. Er könnte es vielleicht eine Weile verbergen, doch nicht dauerhaft. Wozu würdet Ihr mir hierbei raten?«

Herzogin Sophie sah sie an, als hätte sie ihr eine Rechenaufgabe gestellt. Von Mitgefühl lag in ihrem Blick keine Spur. »Ich stimme Euch darin zu, dass von Rauchhaupt ein wenig suspekt

erscheint. Doch ich brauche weitere Informationen über ihn, bevor ich etwas Sicheres dazu sagen kann. Andererseits wäre es mir ohnehin lieber, wenn wir einen Ehegatten für Euch fänden, dessen Einstellung mir vertraut ist und der mehr in meinem Sinne handeln würde. Wir wäre es mit Baron von Eichhorn? Ich dachte anfänglich ohnehin, dass er ein passender Kandidat für Euch wäre. Er ließe sich von mir vermutlich entsprechend lenken.«

Auf einmal schien Helena alles gleichzeitig viel verworrener und doch leichter zu werden. »Baron von Eichhorn wäre mir angenehmer als Graf von Rauchhaupt. Allerdings ist unklar, wie Gräfin von Platen dazu stünde.«

Ihre neue Verbündete schlug mit einem dumpfen Klaps die Hände zusammen. »Nun denn. Ich bin froh, dass wir uns über die Grundlagen einig sind. Der Rest wird sich finden. Wir sprechen uns bald wieder. Ach, ich nehme an, das Luder versorgt Euch mit Geld? Wie passend, da es ohnehin aus der Tasche meines Gemahls stammt.«

Und mit einem zynischen Lächeln veranlasste sie Helena, sich mit der üblichen Reverenz zu verabschieden.

24. Kapitel

Der sonntägliche Kirchgang der Höflinge zog sich wie üblich bis in den frühen Nachmittag hin. Anschließend traf Helena mit Ileana und Franziska Rose in ihrem gemeinsamen Gemach zusammen, um sich für einen Nachmittag im Garten umzukleiden. Das milde Maiwetter hatte die Herzogin dazu veranlasst, alle nach draußen zu beordern. Tische mit Erfrischungen und Leckereien sollten aufgebaut und allerlei kleine Vergnügungen dargeboten werden. Ein gesellschaftliches Getümmel im Garten war bestens geeignet, um die strikten Regeln des Zeremoniells ein wenig zu lockern und sich ohne viele Erklärungen in die Nähe von höhergestellten Personen zu begeben.

Helena war sich sicher, dass Herzogin Sophie mit dieser Veranstaltung auch an sie gedacht hatte. Und sie würde sich nicht länger drücken, sondern an diesem Tag einen großen Schritt auf Georg Ludwig zugehen.

»Wir gehen gemeinsam, ja, Helena?«, fragte Franziska Rose. Wenn sie aufgeregt war, schimmerte ihre rosige Haut sogar durch die bei Hof jetzt allseits beliebte weiße Schminke hindurch.

»Sie wird zu beschäftigt für uns sein, Rose«, wandte Ileana ein.

Immer häufiger glaubte Helena Feindseligkeit aus Ileanas Worten herauszuhören, wenn es um sie ging. »Warum sollte ich zu beschäftigt sein? Ich habe für heute Nachmittag keine Verabredungen getroffen. Selbstverständlich würde ich mich gern mit euch gemeinsam im Garten vergnügen. Wir finden gewiss einen Zeitvertreib, der uns allen Freude macht.«

Ileana verzog in übertriebener Ungläubigkeit das Gesicht.

»Keine Verabredungen? Keine Audienz bei der Herzogin? Nicht eingeladen zum Spiel mit Gräfin von Platen oder einem Ausritt mit dem Prinzen? Auch keine Tanzstunde mit Graf von Rauchhaupt? Wie enttäuschend das für dich sein muss!«

Beinah hatte Helena die Lippen schon geöffnet, um sich zu verteidigen, als sie begriff, dass sie auch mit Neid und Eifersucht würde leben müssen. »Ich empfinde eure Gesellschaft in der Regel nicht als enttäuschend, Ileana. Aber da wir nicht allein im Garten sein werden, hat unser Beschluss, gemeinsam dorthin zu gehen, ohnehin nur eine begrenzte Bedeutung. Es könnte gut sein, dass wir Lust bekommen, uns anderen anzuschließen. Vielleicht schließen sich auch andere uns an.«

Franziska Rose lächelte breit. »Aber gerade das hoffe ich ja. Du bist à la mode, Helena. Alles Mögliche könnte geschehen, wenn wir zusammen hinausgehen. Vielleicht schließt sich uns sogar der Prinz an. Stellt Euch vor, wie uns dann alle bestaunen würden!«

Eine der Kammermägde, die ihnen beim Ankleiden halfen, konnte ein Kichern nicht unterdrücken. Helena atmete tief durch, um die Geduld zu bewahren.

»Lassen wir das auf uns zukommen. Ich habe jedenfalls die Absicht, diesen wunderbaren Nachmittag draußen zu genießen – ganz gleich, wer sich zu uns gesellt.«

Für drei Uhr hatte Herzogin Sophie die Gesellschaft auf den gartenseitigen Schlosshof bestellt und eine Überraschung angekündigt. Gespannt warteten die sommerlich gekleideten Damen und Herren auf dem Platz, der an drei Seiten von den Flügeln des Schlosses umgeben war. Der Parfumgeruch, der von den Hofleuten ausströmte, übertraf den jedes Blumengartens. Pagen brachten farbenprächtige Sonnenschirme für ihre Herrschaften herbei, fein verzierte Fächer wurden geschwungen, Herrenhüte gelüpft und wieder aufgesetzt, Stickereien auf neuen Kleidern und Wes-

ten bewundert, und vor allem wurde unablässig geplaudert. In Helenas Ohren klang es wie das Geplätscher einer besonderen Art von Kaskade, ähnlich des Wasserspiels im Garten, welches aus technischen Gründen meist trocken stand, das Floriano ihr aber vorgeführt hatte.

Prinz Georg Ludwig war ebenso auf dem Hof anwesend wie Graf von Rauchhaupt, Baron von Eichhorn und Adrian, der sich zwar etwas von ihr zurückhielt, ihren Zorn aber weitgehend vergessen zu haben schien.

Schon vor einer Weile hatte die Turmuhr drei Uhr geschlagen, und seit noch längerer Zeit war schon niemand mehr aus dem Gebäude gekommen, sodass sich die Blicke immer ungeduldiger der geschlossenen, direkt ins Obergeschoss führenden Haupteingangstür des Schlosses zuwandten. Die symmetrisch rechts und links des Durchfahrttors liegenden Freitreppen zur Tür schwangen sich elegant in den Hof herab. Einerseits wirkten sie wie die Bühne für einen prachtvollen Auftritt, andererseits irritierte es ein wenig, dass eine dort auftretende Person nicht im Zentrum des Bildes bleiben konnte, sondern sich für eine Seite entscheiden musste. Für einen wahrhaft majestätischen Auftritt hätte Helena an der Stelle des Fürsten eher eine einzelne, gerade herabführende Treppe ausgewählt.

Endlich öffneten zwei Lakaien die Türflügel, und zu lautem »Oh!« und »Ah!« trat die Herzogin heraus. Allerdings machte sie nur einen einzigen Schritt bis auf den Treppenabsatz, wo sie von allen gut zu sehen war. Dort hob sie beide Hände, um die Gesellschaft zum Schweigen aufzufordern. Wer eine Rede erwartete, wurde allerdings enttäuscht. Wortlos gebot die Landesherrin mit erhobenem Zeigefinger einer Hand, aufmerksam zu lauschen, und blieb ruhig stehen.

Flötenmusik erklang und wurde lauter, bis nacheinander sechs Flötisten aus der Tür kamen und rechts und links von der Her-

zogin in ordentlich symmetrischer Manier die Treppen hinabgingen. Unten stellten sie sich zwischen den Treppenflügeln auf und begleiteten mit ihren Melodien den Zug von Darstellern, die nun aus der Tür und immer hinter der Herzogin entlang die Stufen herabströmten. Tänzer, Tänzerinnen und einige Zwerge sprangen und flatterten, in Vogelkostüme gewandet, in den Hof hinunter und bildeten eine Gasse für mehr als ein Dutzend Lakaien, die in ihre besten, von Goldbrokat und anderem goldenen Zierrat funkelnden blau-roten Livreen gekleidet waren. Jeder von ihnen trug einen Käfig, in dem ein oder mehrere Vögel saßen, unter ihnen auch die Kanaris, die Gräfin von Platen Herzogin Sophie geschenkt hatte.

Würdevoll schritten die Käfigträger in einer Reihe und ließen sich von zwei Zwergen mit Zeremonienstäben anführen, während die Flötisten hinter ihnen hermarschierten. Die Tänzer umtanzten den zwitschernden und pfeifenden Zug, und die Herzogin setzte sich an die Spitze der nachfolgenden Hofgesellschaft. Sie war auf der Gegenseite der Treppe hinabgegangen, als der Letzte der Lakaien den größten Käfig in den Hof trug.

Keine Theatertruppe hätte einen Auftritt eindrucksvoller gestalten können, war Helena überzeugt. Sie fragte sich, ob sie die Einzige war, die in der Inszenierung eine Art trotzige Antwort auf Claras Geschenk sah. Der Herzogin gelang es, die wertvollen Vögel gleichzeitig zu würdigen und das Geschenk dennoch in der Pracht und dem Reichtum, die sie längst besaß, verschwinden zu lassen.

Sie folgten den Vögeln bis zu den inzwischen blickdichten Hecken des Irrgartens im hohen Boskett. Helena wusste von Floriano, dass die Gärtner jeden Morgen die noch schütteren Stellen der Hecken mit frischem Grün aus anderen Quellen zusteckten, damit niemand einen Makel bemerkte.

Am Eingang des Labyrinths hielt der Zug an, die Zwerge stell-

ten sich rechts und links davon auf, die Flötisten setzten ihre Flöten ab, und die Tänzer verharrten mitten in der Bewegung und standen still wie mechanisches Spielzeug, dessen Uhrwerk abgelaufen war. Auch das Getuschel der Höflinge, das während des Marsches zugenommen hatte, verstummte nun.

Aus der unsichtbaren Mitte des Irrgartens erhob sich eine atemberaubend hohe, perfekt geschulte Gesangsstimme zu einer Arie, und zum Klang ihrer Melodie trugen die Lakaien die Vögel in das Labyrinth. Hinter ihnen kreuzten die beiden Zwerge ihre spaßhaften Zeremonienstäbe und hielten so alle anderen davon ab, ihnen nachzufolgen.

Nach einer Weile endete der Gesang, der Helenas Vermutung nach von einem Kastraten stammte. Kurz darauf kamen die Lakaien ohne die Vogelkäfige, dafür in Begleitung des Sängers aus dem Labyrinth und gingen zurück zum Schloss. Die Flötisten und Tänzer verbeugten sich und folgten ihnen unter dem begeisterten Beifall der Hofleute.

Die Miene der Herzogin wirkte so gelassen wie üblich, auch als sie nun die Komplimente für die gelungene Überraschung entgegennahm. Schließlich klatschte sie in die Hände und bat noch einmal um Aufmerksamkeit für ihren Hofmeister, der die gebotenen Attraktionen des Tages ankündigte.

»Die Vögel verbleiben im Inneren des Labyrinths. Sie werden den Suchenden dort als kleiner Schatz erwarten, den er am Ende seines Irrweges finden und bewundern darf. Jedem steht es frei, sein Glück zu versuchen. Doch wir haben heute noch andere Gelegenheiten für Euer Gnaden Vergnügen geschaffen. Wir haben in einem der Boskettquartiere einen Billardtisch versteckt, in einem anderen ein Ringwerfspiel. Auf der Allee zwischen Tor und Schwanenteich soll Paille-Maille gespielt werden. Zum Promenieren bitten wir daher untertänigst, die anderen Wege zu nutzen oder eine Rundfahrt um den Garten in einer

unserer Zwergenkutschen zu genießen. Die Herren möchten sich vielleicht als Zuschauer oder Teilnehmer den Degenfechtern auf dem Hof anschließen. Auf dem Grün vor dem Privatgarten ihrer Durchlaucht liegen Federballspiele für die lebhaften, doch weniger kampflustigen Herrschaften bereit. Und auf der Bühne wird Signor Carioso in Begleitung unserer Hofmusiker weitere Beispiele seiner hervorragenden Gesangskunst darbieten. Die Tische bleiben bis in die Nacht gedeckt, dafür entfällt das Abendessen im Saal. Ich wünsche allen einen freudvollen Nachmittag.«

Er verneigte sich zum Beifall der Zuhörer. Schmunzelnd wedelte daraufhin die Herzogin mit den Händen, als wolle sie ihre Hofleute auseinandertreiben, und die dankten ihr den kleinen Scherz mit Gelächter und weiterem Applaus. Georg Ludwig und sein Bruder Maximilian küssten ihr die Hand.

Anschließend bot Georg Ludwig seiner Gemahlin Dorothée seinen Arm an, und sie ließ sich von ihm ins Labyrinth führen. Helena nahm erleichtert zur Kenntnis, dass ihr für den Augenblick jede Bemühung um seine Aufmerksamkeit erspart blieb. Es kam ihr gelegen, dass sich statt des Prinzen Baron von Eichhorn als Erster zu ihr und ihren beiden Zimmergefährtinnen gesellte.

»Was für eine gelungene kleine Vorführung«, sagte er. »Ich nehme an, meine verehrten jungen Damen, dass Ihr ebenfalls gern einen Blick auf die Vögel im Irrgarten werfen würdet?«

Helena sah ihm lächelnd in die Augen. »Das würde ich tatsächlich gern. Gerade neulich sagte jemand zu mir: ›Ein Garten ist eine Schatzkammer des Lebendigen.‹ Es ist ein reizender Einfall, diese prächtigen Vögel darin wie Juwelen zu verstecken. Aber ich schlage vor, wir warten noch eine Weile, bis das Gedränge sich gelegt hat. Sonst bestünde kein Grund, selbst nach dem Weg zu suchen, und das halbe Vergnügen wäre dahin.«

»Für die Ehre, drei so entzückende Fräulein durch einen Irrgarten begleiten zu dürfen, würde ich einen ganzen Tag warten.

Was haltet Ihr von der Stimme dieses Sängers? War sie passend, um die Vögel in ihrem neuen Heim zu begrüßen?«

Franziska Rose errötete und wedelte sich energisch mit ihrem Fächer Luft zu. »Mir sind Kastraten unheimlich. Sie haben etwas Monströses an sich.«

Ileana warf ihr einen leicht verächtlichen Blick zu. »Die Stimmen von Knaben und Kastraten wurden von der Kirche schon immer besonders hoch geschätzt, und ich finde, mit gutem Recht. Die Tonlage dieser Sänger spricht doch die Seele in besonderer Weise an.«

Aus dem Eingang des Labyrinths kam Adrian, der zuvor mit dem Gefolge von Georg Ludwig und Dorothée hineingegangen war. Suchend blickte er sich um. Helena wandte sich rasch ab, um ihm keinen Anlass zu geben, sie anzusprechen. Baron von Eichhorn fasste ihre Bewegung als Zeichen der Hinwendung zu ihrem Gespräch auf. »Nun haben wir eine strikte Ablehnung der vom Schicksal so eigenartig ausgezeichneten Kastraten und ein hohes Lob. Fräulein Helena, schließt Ihr Euch einer Seite an?«

Sie schüttelte den Kopf. »Ich vertrete wohl eher die Mitte. In meiner Kindheit lebte eine Tante in unserem Haus, die mich zum Singen anhielt. Sie verzweifelte an mir, weil ich mit meiner Stimme jede Melodie nur ungefähr treffe. Ich habe also eine natürliche Hochachtung vor jedem, dem es besser gelingt, und zu denen gehört Signor Carioso zweifellos. Mein eigener Geschmack bevorzugt zwar tiefe Gesangsstimmen, doch zum Einzug der Vögel würde ein Tenor oder Bass nicht passen. Und da Herzogin Sophie eine Kennerin der Opernmusik ist, hat sie mit diesem Kastraten gewiss einen Künstler höchster Qualität eingeladen.«

Baron von Eichhorn bückte sich, um ein Tuch aufzuheben, das Ileana kurz vorher hatte fallen lassen. Mit einer Verbeugung reichte er es ihr, und sie dankte ihm lächelnd und mit mehr

Wimpernschlägen verziert, als in der kurzen Zeit notwendig gewesen wären. Sein Lächeln blieb so unverbindlich galant wie üblich, und sein Tonfall wies nicht darauf hin, dass er seiner Geste besondere Bedeutung beimaß.

»Da gebe ich Euch recht. Auch mein Urteilsvermögen beruht in dieser Hinsicht nur auf persönlichem Geschmack, und ich höre lieber eine einfache Frauenstimme, selbst wenn sie weniger gut ausgebildet ist. Doch echte Kenner wie ihre Durchlaucht oder besonders unser bedauerlicherweise noch immer abwesender Herzog haben höhere Ansprüche und angemessenere Maßstäbe. Doch für Monstren haltet Ihr die Kastraten nicht, wenn ich es richtig verstehe?«

»Nein, das nicht«, gab Helena zurück. »Ihre Eigenarten faszinieren mich eher. Ich gestehe, dass ich mich für ihre Lebensgeschichten interessieren würde, wenn es schicklich wäre.«

Adrian hatte sich zu ihrem Bedauern nicht dadurch abschrecken lassen, dass sie ihm die kalte Schulter zeigte. Und obendrein stolzierte nun auch noch Graf von Rauchhaupt auf dem Weg heran, der vom hinteren, zweiten Ausgang des Labyrinths aus zu ihnen führte. Beide Männer gesellten sich zu ihnen, als ob es selbstverständlich wäre. So wandten sich die lockeren Regeln, über die Helena sich noch mittags gefreut hatte, gegen sie.

Baron von Eichhorn ignorierte die beiden Neuankömmlinge vorerst. »Wenn Ihr mich fragt, Fräulein Helena, dann ist das möglicherweise der wahre Grund, warum diese Sänger so verehrt werden. Jeder teilt die Faszination, die Ihr so bewundernswert freimütig eingesteht, doch niemand wagt es, den Fragen nachzugehen, die sich ihm aufdrängen. So bleibt immer der Zauber des Geheimnisses an diesen Gestalten hängen. Auf die Art lassen sich auch Menschen von ihren Stimmen betören und halten sie für überragend, die eigentlich gar nicht über das entsprechende Urteilsvermögen verfügen.«

Helena fand klug, was er sagte, und wollte ihm gerade beipflichten, als Graf von Rauchhaupt sich auffallend laut räusperte.

»Das kann nicht Euer Ernst sein, von Eichhorn! Über so viel Urteilsvermögen muss jeder verfügen, dass er die Darbietung von Signor Carioso als exzellent erkennt. Haben gerade wir Herren nicht eine gewisse Bildung genossen? Ich habe schon in jungen Jahren auf meinen Reisen Opernaufführungen in Italien, Venedig und Frankreich besucht. Zwangsläufig stellte sich neben der Verfeinerung meines Geschmacks auch eine gewisse Fachkundigkeit ein. Ist es Euch denn verwehrt geblieben, Euch auf solche erquickliche Art fortzubilden? Wie dem auch sei: Lasst Euch versichern, dass wir soeben Zeugen einer Vorführung wurden, die höchsten Ansprüchen genügt.«

Franziska Rose sah ihn mit weit aufgerissenen Augen an. Sie rang ihre Hände derart, dass Verknotungen ihrer Finger zu befürchten waren. Wieder einmal schien die Prahlerei eines einigermaßen gut aussehenden Mannes ihren begrenzten Vorrat an Verstand völlig zu lähmen. »Wenn Ihr es sagt, Herr von Rauchhaupt. Wenn ich recht überlege, nehme ich zurück, was ich sagte. Diese Kastraten sind mir weniger unheimlich, als dass sie mich einschüchtern. Doch das tun sie gewiss vor allem durch ihre außerordentliche Leistung.«

Adrian trat etwas näher und wandte sich Franziska Rose zu. »Ihr solltet Eurem ersten Gefühl ruhig vertrauen. Ihr habt nicht unrecht damit, dass die Kastraten monströs wirken. Die unnatürliche Länge ihrer Gliedmaßen zusammen mit dem winzigen Kopf – das ist schon grotesk. Man möchte im alltäglichen Leben nichts mit ihnen zu schaffen haben. Dennoch lassen die Stimmen eher an Engel als an Monstren denken. Ich gestehe, dass ich nicht genug von ihrem Gesang bekommen kann. Ich rechne es ihrer Durchlaucht hoch an, dass sie den Sänger eingeladen hat. Vielleicht kommt Ihr ja auch mehr auf den Geschmack, wenn

Ihr ihm später noch einmal zuhört, Fräulein von Wittenburg. Falls Ihr Euch dabei schutzbedürftig fühlt, wäre es mir eine Ehre, Euch zu begleiten.«

Bereits die schiere Anwesenheit von zwei Männern hatte Franziska Rose verwirrt. Die Aufmerksamkeit eines dritten ließ sie um Atem ringen. Helena machte sich darauf gefasst, dass ihre Zimmergefährtin jeden Moment in Ohnmacht fallen würde. Was war nun in Adrian gefahren? Hatte er wirklich auf einmal Gefallen an dem Fräulein von Wittenburg gefunden?

»Ein vernünftiger Vorschlag«, sagte Graf von Rauchhaupt. »Wir sollten uns alle zur Bühne begeben, wo Carioso die Vorstellung fortsetzen wird. Meine Diener werden uns die Erfrischungen dort servieren.«

Ohne auf eine Antwort zu warten, drängte er sich an Helenas Seite und hielt ihr so entschieden seinen Arm hin, dass Widerstand schwierig war. Dennoch blieb sie lächelnd stehen.

»Später, Herr von Rauchhaupt. Zuerst werde ich mit Baron von Eichhorn das Labyrinth durchwandern, wenn er noch zu seinem Angebot steht. Und um ehrlich zu sein, würde ich anschließend lieber ein wenig in Bewegung bleiben. Vermutlich wird die Musik ohnehin im ganzen Garten zu hören sein.«

Er ließ den Arm sinken. »Nun, sie aus der Ferne zu hören ist kaum vergleichbar mit dem unmittelbaren Genuss. Aber wie Ihr meint. Ich war bereits im Irrgarten und kann Euch hindurchführen.«

»Danke für das Angebot, Graf von Rauchhaupt. Aber wir wollen uns damit vergnügen, den Weg selbst zu finden«, sagte sie. Mit einem höflichen Nicken trat sie an ihm vorüber und wieder an die Seite von Baron von Eichhorn, der ihr nun ebenfalls seinen Arm anbot. Würdevoll legte sie ihre Hand darauf und ließ sich von ihm zum Eingang des Irrgartens führen. Aus dem Augenwinkel nahm sie wahr, dass Ileana kurz entschlossen Graf

von Rauchhaupt dazu brachte, sie zu begleiten, während die halb ohnmächtige Franziska Rose sich von Adrian führen ließ.

Wieder einmal sah Helena die Bank an Amors Brunnen vor ihrem inneren Auge. Sie hätte es als das Himmelreich empfunden, einfach nur allein dort sitzen zu dürfen, bis alle anderen den Garten wieder verlassen hatten. Dort im Schatten ein Käsebrot mit Floriano zu teilen wäre ihr lieber gewesen als die feinsten Köstlichkeiten in Begleitung der vier, die hinter ihr und Baron von Eichhorn gingen.

Den Weg durch den Irrgarten zu finden erwies sich als nicht schwierig, war aber dennoch kurzweilig. Gerade die Sackgassen warteten mit hübschen Überraschungen wie kleinen Skulpturen, bewachsenen Wasserschalen und besonders intensiv duftenden oder prächtig blühenden Kübelpflanzen auf. Als sie schließlich die Vögel im Zentrum so laut hörten, dass nur noch eine einzelne Hecke zwischen ihnen und den Käfigen liegen konnte, kam ihnen Prinzessin Dorothée mit ihren Hofdamen entgegen. Da sie selbstverständlich den Vortritt hatte, mussten sie den Weg freimachen und erwiesen ihr, eng an die Hecke geschmiegt, ihre Reverenzen.

Die Prinzessin beschränkte sich auf ein unpersönliches Zunicken, was unüblich kühl für sie war. Ihr gequälter Gesichtsausdruck und die Art, wie sie die Hand auf die Magengegend drückte, ließen Helena vermuten, dass ihr unwohl war – wie so oft seit Beginn ihrer Schwangerschaft.

Nachdem die Damen in einer Woge von raschelnder Seide, rauschendem Tüll und einer Duftwolke aus allen Obstsorten des Paradieses an ihnen vorübergewallt waren, stellte Helena fest, dass ihr heiß geworden war. Erst im Nachhinein wurde ihr bewusst, wie schuldig sie sich schon jetzt dieser noch kindlich jungen Frau gegenüber fühlte. Würde ihr in Zukunft jede Begegnung mit ihr ängstliches Herzklopfen und ein Pochen ihres Gewissens bereiten?

Baron von Eichhorn trat lächelnd wieder an ihre Seite. »Meine Schwestern haben beide schon Kinder auf die Welt gebracht. Ich habe mir sagen lassen, dass es mit dem Unwohlsein im vierten oder fünften Monat des hoffnungsvollen Zustands besser wird. Lasst uns unserer jungen Prinzessin das wünschen. Sie leidet gewiss darunter, dass sie ihren Divertissements nicht mit der üblichen Lebensfreude nachgehen kann.«

Mehr als ein Nicken brachte Helena darauf nicht heraus, doch da sie nun die Mitte des Labyrinths erreichten, fiel das nicht auf.

Als Herzstück des quadratischen Innenraums hatten die Gartenbaumeister einen künstlichen Baum aus Holz und Eisen errichtet, an dessen Ästen die Vogelkäfige befestigt waren. In den vier Ecken des Platzes stand je ein gleich aussehender, besonders prächtig gestalteter Käfig. In jedem hockte eine einzelne Nachtigall. Umgeben von einigen Höflingen, stand Georg Ludwig leicht vorgebeugt vor einer dieser Nachtigallen und pfiff ihr etwas vor. Seine bauschige Perücke war etwas verrutscht und wirkte wie eine Einladung an die Vögel, in ihr zu nisten. Helena musste lachen, woraufhin er sich zu ihr umdrehte und ebenfalls lachte.

»Da habt Ihr mich schön bei einer Narretei ertappt, Fräulein Helena. Aber man versicherte mir, dass die Vögel sich auf diese Art zum Singen reizen lassen. Wollt Ihr einmal herkommen und es versuchen? Vielleicht gefällt Euer Anblick dem Tier besser als meiner.«

Ohne dass Helena es hätte verlangen müssen, führte Baron von Eichhorn sie zu Georg Ludwig und verbeugte sich dort vor dem Prinzen, bevor er sie losließ.

»Der Anblick müsste genügen, denn meine Pfeifkünste sind kümmerlich, Euer Hochwohlgeboren. Mein Vater war der Ansicht, Mädchen dürften nicht pfeifen«, sagte sie.

»Aha. Daraus entnehme ich immerhin, dass Ihr es gegen seinen Wunsch dennoch gelernt habt«, erwiderte Georg Ludwig.

»Wie Ihr bereits wisst, hatte ich einen Zwillingsbruder. Wie so oft bestand er darauf, dass wir es insgeheim gemeinsam lernten. Damals erboste es mich, dass er es bald besser konnte, weil ihn niemand zurechtwies, wenn er es übte.«

Georg Ludwig runzelte die Stirn. »Würde es das Andenken Eures Vaters schmähen, wenn Ihr auf meine Bitte hin den Vögeln etwas vorpfeift?«

Helena sah ihm in die Augen. »Aus heutiger Sicht bin ich überzeugt, dass nur das Wenigste von dem, was wir als Kinder heimlich taten, den Erwachsenen tatsächlich verborgen blieb. Ich vermute, dass mein Vater sich insgeheim über unsere närrischen Spiele amüsiert hat. Er wäre wohl eher verwundert, wenn ich Eurer Bitte nicht nachkäme, denn er hegte stets größten Respekt vor dem herzoglichen Haus.«

Hinter ihr fragte Adrian leise Franziska Rose, ob sie je versucht hätte, zu pfeifen. »Ich wüsste gar nicht, wie ich das anstellen sollte«, flüsterte sie zurück.

Helena trat neben Georg Ludwig vor den Nachtigallenkäfig und achtete darauf, den Prinzen dabei sacht zu streifen. Seit der Erkenntnis, dass ihr nichts anderes übrigblieb, als diesen Mann zu erobern, war sie im Geiste immer wieder alle Mittel der Koketterie durchgegangen, die ihr einfielen. Nun musste sie lernen, damit umzugehen. Noch ein Lächeln tauschte sie mit Georg Ludwig, dann neigte sie sich dem Vogel zu.

Verdutzt stellte sie fest, dass das Tier sie mit seinen schwarzen Perlenaugen ängstlich beobachtete. Sie konnte sich nicht des Eindrucks erwehren, dass es auf menschliche Art darüber nachdachte, was sie von ihm wollte und warum man es eingesperrt hatte. Ihr kam ein Einfall.

Sie richtete sich wieder auf. »Euer Hochwohlgeboren, wir können dem Tierchen zwar etwas vorpfeifen. Aber um ehrlich zu sein, glaube ich, dass es zu große Angst hat, um uns zu antworten.«

Verblüfft zog er die Brauen hoch. »Wovor sollte es Angst haben? Niemand tut ihm ein Leid an. Ohne jede Anstrengung erhält es Futter und Wasser. Nichts wird von ihm erwartet, außer ein wenig Gesang. Ich bin sicher, so ein Kastrat hat ein weit härteres Leben und mehr Grund zur Furcht.«

Helena fühlte, wie ihr die Hitze in die Wangen stieg, weil sie sich nun mit ihren Worten in das unwegsame Dickicht der verborgenen Bedeutungen begeben musste. »Die Nachtigall ist jung und nicht an ihre Lage gewöhnt. Sie weiß nicht, ob sie auf unsere Zuneigung vertrauen kann oder ob wir ihr Schaden zufügen werden, wenn sie unsere Gunst verliert. Der goldene Käfig ist wunderschön und ein angenehmer Ort, solange der Eigentümer darauf achtgibt. Endet das, wird er zur tödlichen Falle. Vor diesem Hintergrund wird die Zurückhaltung des Vogels verständlich, oder nicht?«

Georg Ludwigs Miene war nun ernst geworden. »Ich verstehe, was Ihr meint, Fräulein Helena. Was also werden wir tun, um das Vertrauen unserer Nachtigall zu gewinnen?«

Sie zwinkerte ihm schalkhaft zu. »Wir treten einen Schritt zurück und pfeifen ihr das Versprechen vor, sie stets freundlich zu behandeln.«

Freudig trat er einen Schritt zurück. »Nichts leichter als das. Wollen wir es gemeinsam tun? Das wird die Wirkung sicher verstärken.«

Aufrecht stellte sie sich neben ihn. »Gewiss. Auf Drei. Eins, zwei, drei.«

Da sie beide munter und ohne gemeinsame Melodie drauflos pfiffen, war es völlig gleichgültig, wie gut sie es beherrschten. Es wurde ohnehin ein so misstönendes Konzert daraus, dass Helena sich krampfhaft bemühen musste, weiterzupfeifen, obwohl ihre Lippen lieber lachen wollten. Als schließlich auch noch eine der Nachtigallen in den anderen Käfigen anfing zu singen, bra-

chen sie beide zusammen mit sämtlichen Zuhörern in Gelächter aus.

»So kann es im Leben gehen«, stieß Helena hervor. »Dem einen pfeift man zu, und der andere fühlt sich gemeint.«

Sie sah Georg Ludwig, der noch immer mit offenem Mund lachte, in die Augen. Beinah schon schmachtend erwiderte er den Blick, und sie fragte sich, ob sie das Spiel schon gewonnen hatte. War es wirklich so einfach, einen derart mächtigen, von allen Seiten umworbenen Mann zu erobern?

Eine hohe Frauenstimme störte den Moment. »*Quelle représentation magnifique!* Oh, bitte, darf ich es auch einmal versuchen?« Gabrielle de Brionne, die den Irrgarten kurz zuvor im Gefolge von Prinzessin Dorothée verlassen hatte, war zurückgekehrt.

»Naturellement, Mademoiselle. Niemand wird Euch davon abhalten«, sagte Georg Ludwig.

Daraufhin schwebte Dorothées Hofdame anmutig wie eine Tänzerin zu dem Käfig mit der singenden Nachtigall, faltete die Hände vor sich und pfiff einen Triller. Helena hatte niemals zuvor jemanden so virtuos pfeifen hören, wie sie es nun zu hören bekam. Und die Nachtigallen waren offenbar der gleichen Ansicht, denn eine weitere antwortete – ob der anderen oder der Mademoiselle, spielte keine Rolle. Das Ergebnis versetzte die Anwesenden in Verzückung.

Gabrielle fügte noch eine Melodie hinzu, dann knickste sie spielerisch vor Georg Ludwig. »Ich konnte nicht widerstehen, noch einmal hierher zurückzukehren, Euer Hochwohlgeboren. Ich wusste, dass die traurigen Vögel Euch hier noch eine Weile festhalten würden. Aber das haben wir remediert, was meint Ihr? Nun sind sie fröhlich. Petits oiseaux heureux.«

»Das habt Ihr gut gemacht, Mademoiselle. *Très jolie, très jolie!*«, sagte er, wandte sich dann jedoch wieder Helena zu. »Und

nun, Fräulein Helena, was wollen wir unternehmen? Mir ist danach, eine Partie Paille-Maille zu spielen. Habt Ihr auch das mit Eurem Bruder zusammen gelernt?«

Sie ließ sich ihre Genugtuung nicht anmerken, sondern tat, als wäre Gabrielle nur eine Schauspielerin, deren Auftritt beendet war. »Leider nicht. Glaubt Ihr, dass Ihr es mich lehren könntet?«

Georg Ludwig deutete eine Verbeugung an. »Ich stehe zu Eurer Verfügung. Wir werden Gruppen bilden und sie aus Könnern und Anfängern mischen, dann ist es gerecht. Ihr spielt in meiner Gruppe. Wer sonst wird mitspielen?« Forschend blickte er sich um und zählte die Teilnehmer. »Graf von Rauchhaupt schwingt den Mallet versiert und kann eine weitere Gruppe führen. Von Schwanewede, Baron von Eichhorn, Euch habe ich auch schon spielen sehen. Seid Ihr dabei?«

Ileana hob den Finger. »Ich spiele recht gut und würde gern mittun.«

»Moi aussi«, sagte Mademoiselle Gabrielle.

»Da möchte ich zusehen!«, rief Franziska Rose und schlug sich sogleich errötend die Hand vor den Mund.

»Zusehen ist nicht halb so unterhaltsam, wertes Fräulein. Und Zuschauer werden wir ohnehin genug haben«, sagte Georg Ludwig. »Ihr spielt mit! Graf von Rauchhaupt wird Euch unter seine Fittiche nehmen. Fräulein Ileana, Baron von Eichhorn und Mademoiselle de Brionne spielen zusammen. Adrian, Ihr verstärkt meine Gruppe. Und ich glaube, der dritte Mann für die Gruppe von Fräulein Franziska … Max, hast du Lust, mit uns Paille-Maille zu spielen?« Er rief die Frage seinem jüngeren Bruder zu, der am Baum mit den Käfigen vor den Papageien stand und mit zwei sehr jungen Hofdamen scherzte.

Maximilian tat, als würde er seine hellbraune Lockenperücke wie einen Hut lüpfen, woraufhin Georg Ludwig prompt die seine geraderückte.

»Stehe zu Diensten. Fangen wir gleich an?«, fragte er.

»Ohne Verzögerung.«

Georg Ludwig musste seinen Dienern keine Anweisungen geben, damit sie das Spiel vorbereiteten. Als die neunköpfige Spielgesellschaft samt Tross am Ausgangspunkt der als Bahn für das Spiel gedachten Allee ankam, hatten die aufmerksamen Lakaien bereits für alles Notwendige gesorgt.

Sie spielten mit drei Kugeln, die im Durchmesser eine Hand breit waren und aus unterschiedlich eingefärbtem Buchsbaumholz gefertigt. Jede der Gruppen bekam ihre eigene Kugel und dazu noch einen langstieligen Holzhammer für jeden Mitspieler. Es ging nun darum, die Holzkugel mit möglichst wenig Schlägen die Bahn entlang bis durch den Eisenring zu treiben, von denen einer an jedem Ende aufgestellt war.

»Wir spielen mehr als eine Runde. Die erste dient also nur zum Aufwärmen. Deshalb fange ich an, damit die unerfahrenen Damen wissen, worum es geht. Ich nehme die rote Kugel, Max nimmt die blaue und Baron von Eichhorn die gelbe«, sagte Georg Ludwig.

Maximilian und Baron von Eichhorn machten in den anderen Gruppen den Anfang, und bald wurde der leise, süße Gesang des Kastraten, der von der Bühne her zu ihnen drang, vom Knallen der Holzhämmer gegen die harten Kugeln und dem anschließenden Beifall der mitlaufenden Höflinge und Bediensteten übertönt. Georg Ludwig und Maximilian waren geübte Spieler und benötigten beeindruckend wenige Schläge, um ihre Kugeln durch den Ring zu treiben.

Baron von Eichhorn brauchte sechs Schläge mehr als Maximilian, der zwei hinter seinem Bruder lag. »Wir wärmen uns ja nur auf, nicht wahr?«, sagte er mit einem Augenzwinkern zu Helena, als seine Kugel endlich durch den Ring rollte.

Sie lachte. »Ja, gewiss. Es erscheint mir vernünftig, dass Ihr Eure Kräfte noch ein wenig schont.«

Georg Ludwig legte die rote Kugel in Position. »Und nun zurück! Ihr seid an der Reihe, Helena. Wisst Ihr schon, wie Ihr den Mallet anfassen müsst?«

Helena nahm ihr Spielgerät fest, doch nicht verkrampft in die Hand. »Ich habe genau zugesehen. Ist es so richtig?«

Er trat neben sie und legte seine rechte Hand auf ihre, als müsste er ihren Griff prüfen, drückte dabei jedoch nur verspielt ihre Finger. »Ausgezeichnet. Ich bin gespannt.«

Sobald sie ihre Aufmerksamkeit auf die rote Kugel richtete und mit dem Holzhammer zielte, vergaß sie ihre schwierige Situation. Nun zählte nur noch, einen guten Schlag abzuliefern. Da sie keine Schläge zur Probe gemacht hatte, schlug sie vorerst nicht mit voller Kraft zu, sondern bemühte sich vor allem, die gerade Richtung beizubehalten. Es gelang ihr leidlich, doch bei Weitem nicht perfekt. Dennoch applaudierten Georg Ludwig, Baron von Eichhorn und Adrian begeistert.

»Bravo! Ich wusste es! Sie lernt alles so schnell«, rief Adrian.

Der Ausbruch brachte ihm einige verdutzte Blicke von ihren Mitspielern ein, während Helena sich wünschte, dass er einfach nur den Mund halten möge.

Als Nächstes war die Reihe an Franziska Rose, der Graf von Rauchhaupt bereits einen Vortrag zur richtigen Position der Hände am Mallet und der Ausführung des Schlags gehalten hatte. Mit hochroten Wangen trat sie vor, holte mehrfach aus, um dann doch nicht zu schlagen, und drosch schließlich mit für ihre weich und schwach wirkenden Arme erstaunlicher Kraft auf den hölzernen Spielball ein. Die Kugel wäre denn auch einige Schritte weiter gerollt als die von Helena, wenn sie nicht die Richtung verloren hätte und in der Hecke eines Boskettquartiers gelandet wäre. Trotzdem quittierte Franziska Rose ihren Schlag mit einem

begeisterten Jauchzen, und Helena musste lachen, weil sie sich ehrlich mit ihr freute. Einer der Diener barg die Kugel flink aus der Hecke und legte sie wieder auf der Bahn in Position.

Nun begab sich Gabrielle an den Abschlagspunkt und hantierte ungeschickt mit dem Holzhammer, um ihn schließlich auf dem Boden abzustellen. »*Au secours*, Eure Hochwohlgeboren! Ich bitte Euch, zeigt mir, wie man es macht!«, flötete sie.

Seine Hochwohlgeboren verhielt sich pflichtgemäß und begab sich an ihre Seite. Schamlos schmiegte Gabrielle sich in seinen Arm und ließ sich von ihm beim ersten Schlag die Hände führen. Helena musste sich zusammenreißen, um nicht den Kopf zu schütteln. Mademoiselles Hilflosigkeit war so offensichtlich vorgetäuscht, dass auch Georg Ludwig sie ganz gewiss nicht für wahr hielt. Der Schwung war schwach, obwohl er ihn führte, und die Kugel blieb hinter der von Helena liegen. Woraufhin Georg Ludwig einen Blick mit Helena wechselte und mit den Schultern zuckte, was sie zum Schmunzeln brachte.

»Das wird schon werden, Mademoiselle«, sagte er zu Gabrielle.

Als sie weiterschlenderten, blieb die Mademoiselle hartnäckig an seiner Seite, während Helena mit Ileana und Baron von Eichhorn ein wenig hinterdrein ging.

»Wie galant seine Hochwohlgeboren heute wieder ist. Nicht wahr, Helena?«, sagte Ileana und klang in Helenas Ohren dabei höhnisch.

»Galant, ja«, bestätigte sie. »Doch es entspricht vor allem seiner allgemeinen Freundlichkeit, uns Unbeholfenen beizustehen. Nicht jeder hätte die Geduld.«

Baron von Eichhorn war außer den drei Spielern, die an der Reihe waren, der Einzige, der seinen Mallet selbst trug und ihn nicht von einem Diener tragen ließ. Er setzte ihn wie einen Gehstock bei jedem zweiten Schritt sacht auf dem Boden ab. »Nun, für Euch ist Geduld nicht vonnöten. Ich bin sicher, Ihr würdet

nach einem kurzen Erproben der Möglichkeiten auch allein zurechtkommen. Bei manchen Menschen sind Verstand und Geschicklichkeit in dieser Art eingerichtet, dass sie sich vieles selbst lehren können. Andere bedürfen der Anleitung, um etwas zustande zu bringen.« Er warf einen nachdenklichen Blick auf Franziska Rose, die nun bei ihrer Kugel stand und mit großen Augen den fortwährenden Erläuterungen von Graf von Rauchhaupt lauschte. Zu Helenas Erstaunen war es Adrian, der den Grafen unterbrach.

»Von Rauchhaupt, Eure Worte scheinen eher für Verwirrung zu sorgen als für Zuversicht. Die junge Dame hat ihren ersten Schlag doch gut gemeistert. Lasst sie auch den zweiten frohgemut versuchen.«

»Nun, Fräulein von Wittenburg ist kein Mann, der sich seine Bewegungen aus einer Vielzeit von Fertigkeiten herleiten kann. Naturgemäß sind die Möglichkeiten einer jungen Dame stark eingeschränkt. Sie tut also gut daran, den Rat des erfahrenen Mannes sorgsam anzuhören und ihn zu beherzigen. Schließlich hängt von ihrem Bemühen heute das Ergebnis unserer Gruppe ab.«

»Sorgsam zugehört hat sie ja nun«, sagte Adrian. Wenn Helena nicht weiterhin wütend auf ihn gewesen wäre, hätte sie ihn dafür gemocht.

Leise wandte sie sich an Baron von Eichhorn. »Graf von Rauchhaupt glaubt offenbar nicht daran, dass junge Damen ohne Anleitung lernen können. Und weil er es nicht glaubt, glaubt auch Fräulein Franziska es nicht.«

Er schnaubte belustigt. »Ihr habt meine Gedanken erraten. Ich dachte gerade, dass die junge Dame den Eindruck macht, als wäre sie sehr beeinflussbar.«

Ileana spielte mit einer violetten Schwertlilienblüte, die sie aus einem Pflanzkübel gepflückt hatte. »Und ist das nicht et-

was, was die Herren bei einer jungen Dame schätzen? Habt Ihr nicht den Wunsch, Eure zukünftige Gemahlin in Eurem Sinne zu formen?«

»Verehrteste, ich war schon einmal verheiratet. Wir waren beide noch jung, und meine Ehefrau ähnelte Fräulein Franziska Rose. Man hatte sie dazu erzogen, jede Neigung ihres Gatten vorauseilend zu erfüllen und stets einer Meinung mit ihm zu sein. Eine Weile schmeichelte das meinem jugendlichen Selbstwertgefühl, dann setzte die Langeweile ein, und ich begann, mit ihr zu streiten. Ihre Fügsamkeit weckte einen kleinen Dämon in mir, der mich Gründe für Streit suchen ließ, wo keine waren. Nur weil ich endlich einmal Widerworte und heftige Gefühle bei ihr erleben wollte, reizte ich sie. Das machte uns beide schließlich unglücklich, bis ich einsah, dass ich mich ändern musste, wenn sie sich ändern sollte. Bloß hatte keiner von uns mehr Zeit dazu, denn sie starb sehr früh. Nun bin ich ein Mann von vierzig Jahren und möchte meine Fehler nicht wiederholen. Gewiss möchte ich keine Gemahlin, die stets rücksichtslos ihren eigenen Willen durchsetzt. Doch ich würde eine Frau schätzen, deren Verstand sie zu einer eigenen Meinung führt.«

Helena lächelte ihm zu. »Das macht Euch sympathisch, Herr von Eichhorn.«

»In der Tat«, schloss Ileana sich an und hielt dabei die Blume vor ihre vorstehenden Zähne. »Meine Mutter wäre erstaunt, dass ein Mann wie Ihr existiert. Sie ist der Ansicht, dass Frauen ihren Verstand sorgfältig verbergen sollten.«

Baron von Eichhorn schüttelte ungläubig den Kopf. »Davon kann sie unmöglich überzeugt sein. Betrachtet doch nur zum Beispiel ihre Durchlaucht Herzogin Sophie und die Damen, mit denen sie sich umgibt. Da seht Ihr eine prächtige Ausstellung von weiblichem Verstand und hoher Bildung.«

»Nun, das ist etwas anderes«, sagte Ileana. »Bei Hof dürfen die

Damen ihren Geist glänzen lassen und werden vielleicht sogar von den Herren dafür bewundert. Doch wenn es um die Ehe geht, werden die meisten Männer es sich zweimal überlegen, bevor sie eine geistreiche Frau heiraten. Mein älterer Stiefbruder, der seit dem Tod unseres Vaters das Haupt der Familie ist, wird jedes Mal geradezu tobsüchtig, wenn ich etwas, was er gesagt hat, als Unsinn entlarve. Wenn ich mich umsehe, gibt es mehr von seiner Sorte als von Eurer, Herr Baron.«

Franziska Rose hatte auf Adrians ermutigende Aufforderung hin ihre Kugel geschlagen und stand nun mit vor den Mund gepresster Hand, aber vergnügtem Blick da. Die Kugel war erneut ins Gebüsch gerollt, dieses Mal so weit in ein Boskettgärtchen hinein, dass die Leute, die sich offenbar darin aufhielten, in Lachen ausbrachen. Eilig machte einer von Georg Ludwigs Dienern sich auf den Weg, um die Kugel zurückzuholen.

Gabrielle brachte noch einmal Georg Ludwig dazu, ihr mit dem nächsten Schlag zu helfen. Doch dieses Mal ging es ihr so offensichtlich nur darum, seine Berührung zu suchen, dass er sich irritieren ließ und der Schlag misslang. Die gelbe Kugel stieß gegen Helenas rote und trudelte dann an den Rand der Bahn, während die von Helena ein Stück zur Seite rollte.

Mit einem entschiedenen Rückwärtsschritt machte Georg Ludwig sich von Gabrielle los und wandte sich Helena zu. »Wie ungeschickt von mir! Gewöhnlich sind es nur die gerissenen und fortgeschrittenen Gegner, die Kugeln auf diese Weise zur Seite stoßen. Die Regel besagt, dass Ihr unsere Kugel von dort weiterspielen müsst, wo sie nun liegt. Dafür schulde ich Euch eine kleine Wiedergutmachung. Ihr dürft mich später daran erinnern.«

Helena ließ sich ihren Mallet reichen und ging zur Kugel. »Das werde ich mit Freuden. Doch warten wir ab, ob es sich überhaupt als Nachteil herausstellt. Es kommt vor, dass die Win-

kelzüge unserer Gegner sich nicht gegen uns, sondern gegen sie selbst wenden. Wir müssen nur ganz gelassen bleiben.«

Erneut tauchte sie in den geistigen Zustand ein, in dem sich all ihre Aufmerksamkeit auf die Aufgabe richtete, die sie vor sich sah. Die Kugel, die Bahn, ein Hammer aus Holz, ihre Beobachtungen und die Erfahrung des vorherigen Schlags. Entspannt und doch mit all ihrer Kraft schlug sie die Kugel. Die Zuschauer brachen in Beifall aus, noch während die Kugel rollte.

Auch Georg Ludwig applaudierte. »Perfekt. Weiter schafft man es nur auf einer völlig glatten Bahn aus Stein und mit ausgeprägterer Muskelkraft. Ich sehe, meine Sorge war unbegründet. Ihr werdet Euch auch gegen gerissene Anschläge behaupten können.«

»Ich hoffe das Beste«, gab Helena zurück und warf Gabrielle einen durchdringenden Blick zu, den die jedoch mit einem Schütteln ihrer dunklen Löckchen abtat.

Sie spielten bis in die Abendstunden hinein, unterbrochen nur von zwei kleinen Mahlzeiten, die ihnen gebracht wurden und die sie im Stehen einnahmen, und von der Aufregung um eine der von Zwergen gelenkten Miniaturkutschen, deren durchgegangene Ponys quer über die Bahn galoppierten. Die kreischenden Damen, die als Fahrgäste darin saßen, verloren Haarteile und Schmuck aus ihren hochgetürmten Frisuren, einen Fächer und einen Schuh, bevor die Kutsche zum Stehen gebracht werden konnte. Georg Ludwig lachte so herzlich und anhaltend, dass der kleinwüchsige Kutscher gewiss keinen Tadel zu erwarten hatte.

Im Laufe des Nachmittags stellte sich heraus, dass Ileana das Paille-Maille-Spiel meisterhaft beherrschte. Sie hielt bei ihren Schlägen stets die Richtung ein und führte sie mit dem passenden Schwung aus. Franziska Rose schlug weiterhin die Kugel beinah jedes Mal von der Bahn, amüsierte sich dabei aber so rührend,

dass niemand es ihr hätte übel nehmen können. Ausgenommen Graf von Rauchhaupt, der seine Schutzbefohlene vor und nach jedem Schlag mit harschen Bemerkungen rügte und korrigierte. Helena dachte insgeheim, dass sie ihm an Franziskas Stelle früher oder später den Holzhammer gegen das Schienbein geschlagen hätte. Doch ihre Zimmergefährtin hörte ihm mit großen Augen und halb geöffneten Lippen zu. Sie tat es sogar dann noch, als er sich seinen großen Worten zum Trotz selbst als bloß mittelmäßiger Spieler erwies. Einzig Maximilian hielt seine Gruppe im Rennen, der sich mit seinem Bruder einen ehrgeizigen Wettkampf lieferte. Dennoch musste er sich am Ende wegen seiner schwachen Mitspieler geschlagen geben.

Bei der Abrechnung nach vielen Runden belegte Helenas Gruppe den ersten Platz knapp vor der von Baron von Eichhorn, Ileana und Gabrielle, die ihre Ungeschicklichkeit recht plötzlich auf rätselhafte Weise ohne weitere Hilfe überwunden hatte.

Adrian hatte den ganzen Nachmittag über die Frohnatur gespielt und sich gegeben, als sei er besonders an Franziska Rose interessiert, dabei aber Helena gelegentlich mit tragisch schmachtenden Blicken traktiert.

Als der Lakai, der ein Protokoll über die gespielten Runden geführt hatte, die Platzierung der Gruppen verkündet hatte, drehte Graf von Rauchhaupt mit kühler Miene Franziska Rose den Rücken zu. »Ein angenehm geselliger Nachmittag«, sagte er, ohne dabei zu klingen, als hätte er ihn wirklich genossen. »Wenn auch ein ernsthafter Wettstreit nicht in gemischter Gesellschaft mit all ihren Ablenkungen stattfinden kann. Ein Mann verzichtet ja stets darauf, sein Können voll auszuschöpfen, wenn es gilt, Rücksicht auf die Damen zu nehmen.«

Helena konnte sich nicht zurückhalten. »Eure aufopferungsvolle Haltung ist wahrhaft bewundernswert, Herr von Rauchhaupt. Doch ganz so viel Rücksicht hättet Ihr nicht nehmen

müssen. Ein wenig besser hättet Ihr schon spielen dürfen, und wir Damen hätten wohl trotzdem noch unsere Freude gehabt.«

Sie hatte es leise gesagt, damit Georg Ludwig und Maximilian es nicht hörten. So stark beschämen wollte sie den Grafen denn doch nicht. Adrian allerdings hatte ihre Bemerkung verstanden und lachte schallend. Unwillkürlich versuchte sie, ihn mit einem »Psst« zum Schweigen zu bringen, doch er begriff nicht.

»Was denn? Es ist doch wahr, was du sagst. Seine Wohlgeboren hat wirklich erheblich zu viel Rücksicht genommen. Ihr solltet Euch in Acht nehmen, Graf von Rauchhaupt. Helena wird Euch am Ende in jedem Spiel schlagen, auch wenn Ihr Euch anstrengt.«

Sie vor den anderen so vertraut bei ihrem Namen zu nennen, stand ihm nicht zu. Außerdem mischte er sich schon wieder in Verhältnisse ein, die auch ohne ihn schon kompliziert genug waren. Helena holte tief Luft.

»Herr von Schwanewede, Ihr übertreibt. Und zudem ist nicht jedes Spiel nach meinem Geschmack. Auf viele verzichte ich nur zu gern.«

Graf von Rauchhaupt kniff die Lippen so fest zusammen, dass sein Mund wie ein gerader Einschnitt in seinem Gesicht aussah. Langsam wie ein gereizter Kater wandte er sich Adrian zu. »Man könnte Eure Worte leicht als Beleidigung auffassen, von Schwanewede. Wenn sich jemand in Acht nehmen sollte, dann wohl Ihr. Wenn Ihr es wünscht, können wir uns gern in einem männlicheren Wettstreit messen. Würdet Ihr Euch einer Herausforderung zum Degenkampf stellen? Ich stünde zu Eurer Verfügung.«

Offenbar hatte auch Franziska Rose zugehört. »Oh nein, Graf von Rauchhaupt, Baron von Schwanewede! Bringt Euch bitte nicht in Gefahr!«

Ihr Ausruf hatte nun endgültig auch die Aufmerksamkeit der

Herzogssöhne auf sie gezogen. »Wer bringt sich in Gefahr?«, fragte Georg Ludwig.

Helena lächelte ihm zu. »Es geht wohl nicht um eine echte Gefahr. Graf von Rauchhaupt ist einem kleinen Degenkampf nicht abgeneigt. Das wäre gewiss sehenswert, doch ich muss gestehen, dass ich mich müde fühle und mich gern eine Weile setzen würde. Werdet Ihr mich entschuldigen, Euer Hochwohlgeboren?«

Der Prinz erwiderte ihr Lächeln. »Oh, wenn es Euch nicht stört, schließe ich mich an. Kommt, wir suchen uns eine Sitzbank an einem lauschigen Ort, wo wir die Dämmerung abwarten können. Wird Euch kühl? Soll ich nach einem Mantel für Euch schicken?«

Überdeutlich sah Helena das Boskettquartier mit dem Brunnen vor sich: ein lauschiger Ort, eine Bank für ein inniges Paar. Um ihr Ziel zu verfolgen, hätte sie vorschlagen sollen, dorthin zu gehen, doch sie brachte es nicht über sich. Denn wenn sie sich den Ort ins Gedächtnis rief, saß dort immer auch Floriano, der sie mit warmherzigem Blick ansah, ihr zuhörte und sie mit den kleinen Geschichten aus seinem Leben tröstete. Sie hatte dort mit ihm nichts Verbotenes getan – trotzdem hatte sie das Bedürfnis, den Ort und ihre Begegnungen als kleines, kostbares Geheimnis zu hüten.

»Einen Mantel brauche ich noch nicht, vielen Dank. Aber ein Platz auf einer Bank wäre hochwillkommen. Wie wäre es mit der Bank bei dem Kaskaden-Wasserspiel?« Dort würden sie nicht verborgen, sondern völlig öffentlich sitzen.

Wortlos erwiderte er ihr Lächeln und bot ihr seinen Arm an, den sie nahm. In würdevoller Haltung führte er sie über die Pfade des Parterres bis zur Kaskade – nicht anders, als würde er seine Gemahlin führen.

Ein großer Teil des Gefolges, das die vergangenen Stunden in

ihrer Nähe verbracht hatte, bummelte ihnen hinterher. Spätestens jetzt würde die Hofgesellschaft keine Zweifel mehr daran hegen, wie sehr Fräulein Helena *à la mode* war.

Die Krönung des Tages folgte jedoch, als sie sich der Bank näherten und sich herausstellte, dass sie von ihrer Landesherrin höchstselbst besetzt war. Neben ihr stand der Hofphilosoph Leibniz und plauderte über Feuerwerksvorführungen.

»Aah, Görgen«, begrüßte die Herzogin ihren Sohn, als sie näher gekommen waren. »Genießt du den Tag? Ist der Garten nicht zauberhaft?«

»Zauberhaft, Mutter. So wie auch meine Gesellschaft heute. Fräulein Helena hat neue Talente offenbart und meiner Gruppe beim Paille-Maille zum Sieg verholfen. Wir hatten einen formidablen Nachmittag und wollten nun hier ausruhen. Offenbar hatten Euer Liebden den gleichen Gedanken. Es geht um Feuerwerk, höre ich? Ich hoffe, wir werden noch eines zu sehen bekommen, bevor Vater mich nach Wien abberuft.«

»Wenn es denn dazu kommt, dass Ihr Eure Kräfte gegen die Türken ins Feld werft. Dein Vater scheint noch nicht überzeugt davon zu sein, dass der Kaiser unsere Unterstützung zu schätzen wüsste. Warten wir ab. Was das Feuerwerk betrifft, plane ich für den 22. Mai ein großes Lichterfest. Am nächsten Wochenende gibt es eine kleine Probe davon, zur Feier von Figuelottes Heimkehr. Dann wirst du gewiss noch hier sein.«

»Gibt es Neuigkeiten über den Verlauf ihrer Reise?«, fragte Georg Ludwig.

Die Herzogin schüttelte den Kopf und streifte Helena mit einem nachdenklichen Blick. »Nein, nichts. Daher gehe ich davon aus, dass sie zwischen Mittwoch und Freitag eintreffen wird.«

»Ich freue mich darauf, meine Schwester zu sehen. Doch für Euch wird es sicher eine besonders große Freude, sie wieder um Euch zu haben.«

So kühl die Fürstin oft blickte, wenn es galt, Untergebene auf Abstand zu halten, so warm wurde ihr Blick meist, wenn sie ihre Kinder ansah. So war es auch nun, als sie sich würdevoll erhob und Georg Ludwigs Hand ergriff. »Ach, mein Sohn, du weißt doch, wie sehr ich Euch alle liebe. Gewiss macht es mich glücklich, meine einzige Tochter zu sehen, doch das schmälert nicht meine Freude darüber, meine Söhne um mich zu haben. Und nun überlasse ich dir und Fräulein Helena diese Bank, damit Ihr den Tag angenehm ausklingen lassen könnt. Leibniz und ich besichtigen noch einmal die Stellen, wo das Feuerwerk aufgestellt werden kann.«

Ihr Sohn küsste sie auf die Wange. »Was wären wir ohne Euer Liebden? All Eure Kinder lieben Euch ebenfalls, wie Ihr hoffentlich wisst.«

Seine Mutter lächelte, klopfte ihm zärtlich die Wange und nickte dann auch Helena wohlwollend zu.

Sie blieben respektvoll stehen, bis die Herzogin sich entfernt hatte, dann bot Georg Ludwig Helena an, sich zuerst zu setzen. Auch dieses Zeichen würde von den aufmerksamen Beobachtern des Hofs zur Kenntnis genommen werden.

Ein wenig steif setzte sie sich und atmete tief den angenehmen Geruch der nassen Sandsteine ein, aus denen die Kaskade gebaut war. Sie musste aufhören, unaufhörlich daran zu denken, dass sie beobachtet wurde.

Mit einem lustvollen Seufzer nahm Georg Ludwig neben ihr Platz und lehnte sich lässig zurück. »Eine prachtvolle Frau, meine Mutter. Was allerdings die Wertschätzung des Kaisers für unsere Hilfe angeht, durchschaut sie wohl nicht völlig, welche Folgen sie haben könnte. Könnt Ihr ein Geheimnis bewahren?«

Ein Geheimnis, das er ihr in dieser Umgebung anvertraute, würde nicht allzu schwerwiegend sein, nahm sie an. Daher nickte sie nur.

»Mein Vater verhandelt mit dem Kaiser darum, Hannover zum Kurfürstentum erheben zu lassen. Die Kurfürstenwürde ist nicht nur eine Erhöhung unseres Ranges, wie sie meiner Mutter gefallen würde. Sie bedeutet auch eine beeindruckende Steigerung unserer Einkünfte. Als Gegenleistung müssten wir im Großen und Ganzen nur fortführen, was wir ohnehin schon tun. Die Sache wäre also überaus lohnend. Allerdings gibt es eine zwingende Bedingung dafür, und die scheint meine Mutter gern zu vergessen. Seine Durchlaucht – mein Vater – muss mich als Erstgeborenen zum alleinigen Erben aller Titel, Pfründe und Ländereien erklären. Nicht, dass ich dagegen etwas einzuwenden hätte. Mein Geldbeutel ist für meinen Geschmack meistens zu schlank. Doch ich bezweifle, dass meine Brüder diese Änderung gelassen hinnehmen werden. Soweit ich weiß, ist keinem von ihnen bisher klar, dass uns etwas dergleichen bevorstehen könnte.«

»Wenn es dazu käme, stünde Euch und Hannover eine glanzvolle Zukunft bevor. Ich nehme an, Ihr könntet Eure Geschwister im Laufe der Zeit zu ihrer Zufriedenheit entschädigen. Es hieße für sie nur, etwas Geduld beweisen zu müssen. Und immerhin würde auch ihr Ansehen sich erhöhen und ihnen womöglich neue Türen öffnen«, sagte Helena.

Er lächelte. »Sehr verständig, wie Ihr die Sache betrachtet. Als Mann weiß ich allerdings, dass hitzige Gefühle leicht die Oberhand über den Verstand gewinnen. Oder ist Euch das auch bekannt? Ihr seid mir ein Rätsel, wisst Ihr? Ihr seid so lebendig, habt einen wachen Geist und gelegentlich eine scharfe Zunge. Ihr begegnet mir freundlich und interessiert, und doch scheint Ihr im Inneren immer einen Abstand zu wahren. Es ist, als ob Ihr Euer wahres Selbst mit einem Schleier verhüllt. Ihr reizt meine Neugier damit, ich möchte Euch den Schleier rauben. Gleichzeitig lässt Eure stolze Haltung mich davor zurückschrecken, mich Euch so aufzudrängen.«

Helena sah ihn nicht an und hatte dennoch sein Gesicht deutlich vor Augen. Die große Nase, die etwas wulstigen Lippen. Nein, schön war er nicht, doch auch nicht abstoßend. Dennoch würde sie ihn niemals begehren. Wie sollte sie es anstellen, ihm vorzutäuschen, dass sie es tat? Früher oder später musste sie es zulassen, dass er sie entkleidete, und er musste glauben, dass sie sich danach sehnte. Wie lange konnte und sollte sie den Augenblick noch hinauszögern?

»Mit Verlaub, Eure Hochwohlgeboren, ich schätze Euch außerordentlich für eben dieses Feingefühl. Eure Gesellschaft ist mir teuer, und ich bin froh, dass Ihr mich nicht zwingt, zu fliehen. Ihr müsst wissen, dass meine Lage nicht einfach ist. Mein Herz darf über nichts allein entscheiden, denn ich trage Verantwortung für andere. Erinnert Ihr Euch an das, was ich über die Vögel in den Käfigen sagte?« Er gab einen zustimmenden Laut von sich, und nun sah sie zur Seite und blickte ihm in die Augen. »Einen wunderschönen Käfig zu betreten, der mit allen erdenklichen Annehmlichkeiten und schönen Verführungen bestückt ist, muss jede Nachtigall verlocken. Doch unweigerlich schließt sich ein Türchen hinter ihr, und von nun an ist sie der Gnade ihres Herrn ausgeliefert. Verliert sie seine Gunst, steht ihr ein trauriges Schicksal bevor. Selbstverständlich bin ich keine Nachtigall, Euer Hochwohlgeboren …«

»Georg. Sagt Georg, bitte, wenn wir so unter uns sind. Herrgott, hat Euch schon jemand gesagt, was für entzückende kleine Ohren Ihr habt? Perfekt sind sie, einfach perfekt!«

Sie lächelte, ließ sich aber nicht von ihrem Gedankengang abbringen. »Georg, also. Ich bin keine Nachtigall, die in Wahrheit nicht vorausdenken kann. Wusstet Ihr, dass von meinem Schicksal auch die Zukunft meiner Mutter und meiner Schwestern abhängt? Meine Mutter betet dafür, dass ich mich gut verheirate und dann sie und die Mädchen unterstütze. Wenn ich meinem

Herzen nachgebe, könnte diese Aussicht leicht für immer dahin sein.«

Er stöhnte auf, es klang ungehalten. »Ihr könnt nicht glauben, dass ich so rücksichtslos wäre, Euch … Glaubt mir, es gibt hundert Möglichkeiten, das Türchen wieder zu öffnen, ohne dass die Nachtigall etwas zu erleiden hätte. Ihr habt es gerade erlebt: Sogar meine Mutter mag Euch. Sie wird Euch nicht im Wege stehen. Meine Gemahlin hingegen … Sie ist in einem empfindlichen Zustand, wie Ihr vielleicht wisst, deshalb ist derzeit für mich eine gewisse Zurückhaltung und Diskretion geboten. Dennoch ließen sich leicht einige Sicherheiten vereinbaren, auf die Ihr Euch berufen könntet, wenn ich nicht mehr … Nun sagen wir, wenn ich nicht mehr zu Eurer Verfügung stünde.«

Erst jetzt wich sie seinem Blick erneut aus. »Nun fühle ich mich, als würde ich um etwas schachern, was doch frei und mit Freude gegeben werden sollte. Ich möchte gewiss nicht mit Euch über Schritte verhandeln, die nötig werden, wenn etwas endet, was noch nicht einmal begonnen hat.«

»Aber darin irrt Ihr Euch. Es hat bereits begonnen«, sagte er.

Sie strich mit dem Zeigefinger über ihre Lippen und nickte. »Da habt Ihr wohl recht. Werdet Ihr mir trotzdem noch etwas Bedenkzeit gewähren?«

Er küsste seinen Zeigefinger und berührte damit den ihren. »Wenn Ihr versprecht, mir nicht davonzulaufen.«

Sie stieß ein neckendes kleines Lachen aus. »Glaubt Ihr etwa, Ihr könntet mich nicht einholen?«

»Vielleicht werden wir das eines Tages herausfinden.«

25. Kapitel

Floriano verbrachte den Sonntagnachmittag mit der Aufsicht über die livrierten Gärtner, die dazu eingeteilt waren, jede Unordnung, die die Herrschaften im Garten anrichteten, umgehend zu beseitigen. Riss jemand Blütenstängel ab und beschädigte dabei die Pflanzen so stark, dass sie unansehnlich wurden, ersetzten oder beschnitten die Gärtner sie. Trampelten herumtollende Gäste unachtsam durch die aus farbigem Kies und Sand angelegten Ornamente, folgte ihnen ein Gärtner mit einer kleinen Harke auf dem Fuß und brachte die Linien wieder in Ordnung. Verunzierende Abfälle und Kot wurden eingesammelt, Fundstücke dem Hofmeister oder der Hofmeisterin zur Aufbewahrung gebracht, gelegentlich auch Fragen der Gäste beantwortet, die sich nach bestimmten Pflanzen erkundigten.

Die Gärtner hatten ständig zu tun, doch Floriano verbrachte viel Zeit damit, müßig ganz am Rande des Geschehens vor seinen Spalierbäumen zu stehen und dem Trubel zuzusehen. Er sah Gabrielle, die sich lachend und scherzend mit dem Hofstaat von Prinzessin Dorothée und Prinz Georg Ludwig in die Prozession der Käfigvögel einreihte. Lange blieb sein Blick an ihr hängen, bis sie sich im Zug weiter nach vorn drängte, eindeutig, um sich Georg Ludwig zu nähern. Jedes Mal, wenn Floriano sie sah, schien sie damit beschäftigt zu sein, um die Gunst des Prinzen zu buhlen. Eifersucht kannte er gut, doch das, was er jetzt fühlte, war keine.

Am ehesten war sein Gefühl mit Trauer zu vergleichen. Ihr Verhalten stieß ihn ab, weshalb sie in seiner Achtung sank. Er war

sich nicht mehr sicher, ob er sich noch nach ihr sehnte. Darüber trauerte er. Seine tragische Liebe zu ihr war zumindest eine eindeutige und aufregende Empfindung gewesen.

Sein Blick schweifte ab und wanderte auf der Suche nach einer anderen Person über den Rest des Umzugs. Da war sie: Fräulein Helena. Ihre langgliedrige Eleganz verlieh ihr auch von Weitem eine ganz andere Erscheinung als Gabrielle.

Nun, da er das Fräulein einmal kennengelernt hatte, würde er sie überall auch aus der Ferne entdecken. Stolz und würdevoll wirkte ihre Haltung. Dabei hatte sie viel nahbarer gewirkt als alle anderen ihm bekannten Damen, als er im Boskett sein Brot mit ihr geteilt hatte und mit ihr spazieren gegangen war.

Da er selbst dem Umzug der Vögel nicht ins Boskett folgte, verlor er Helena für eine Weile aus den Augen. Erst als sie in Begleitung von Prinz Georg Ludwig und einem ganzen Schwarm weiterer Hofleute einschließlich Gabrielle zum Paille-Maille-Spiel ging, fiel sie ihm wieder auf. Worum es wohl bei den Intrigen ging, die sie erwähnt hatte? Wessen Zielen musste sie dienen? Und gab es für sie wirklich keine Aussichten, einen der Herren zu heiraten, die sie so zahlreich umgaben? Nicht, dass er einen von denen als passend für sie empfunden hätte. Aber das ging ihn nichts an. Nun ließ sich Prinz Georg Ludwig die Holzkugel auf der Bahn zurechtlegen, stolzierte mit seinem Hammer in der Hand hin und her, beschirmte mit der anderen Hand seine Augen und spähte zum Ziel, als könne das für seine Schläge einen Unterschied machen.

Es lag nicht an Neid oder Eifersucht wegen Gabrielle, dass er den jungen Edelmann nicht mochte. Vielmehr lag es daran, dass er dessen Gemahlin in Celle hatte aufwachsen sehen – vom niedlichen Kleinkind bis hin zu der fröhlichen, charmanten jungen Dame, die aus ihr geworden war. Zu seinem Bedauern war ihre unbefangene Fröhlichkeit dahingeschwunden, seit sie in Han-

nover lebte. Und das lag gewiss nicht nur daran, dass sie guter Hoffnung war und daher gelegentlich unter Übelkeit litt. Wenn er richtig vermutete, war es das kühle Verhältnis zu Herzogin Sophie und ihrem Kreis, das sie bedrückte. Wäre Georg Ludwig ein fürsorglicher Gemahl gewesen, hätte er gewiss Mittel gefunden, ihr diese Last zu erleichtern. Doch dem Anschein nach war es ihm weitgehend gleichgültig, wie es ihr ging. Sonst hätte er wohl kaum einen so großen Teil seiner Zeit bei Hof mit anderen jungen Damen verbracht. Wie zum Beispiel mit Fräulein Helena.

Der Prinz warf sich vor ihr in die Brust wie ein Hahn. Gabrielle spielte dabei eins seiner Hühnchen, doch sie beachtete er kaum. Es war eindeutig Helena, die er wollte.

Floriano fühlte einen merkwürdigen Stich im Herzen. Nicht nur, dass der Prinz seine Gemahlin unglücklich machte. Ausgerechnet diese beiden Damen mussten darin verwickelt sein. Gabrielle warf sich ihm an den Hals, Helena ließ ihn zumindest gewähren. Andererseits blieb ihr vielleicht kaum etwas anderes übrig. Sie konnte den erstgeborenen Sohn ihrer Landesherrin schlecht vor den Kopf stoßen. Dennoch ärgerte ihn der Anblick, wie die beiden eng beieinander die Bahn entlanggingen, maßlos. Und als er sich vorstellte, dass der Prinz gerade diese Frau zum Ehebruch in sein Bett beordern würde, wurde ihm so heiß vor Wut, dass er nur zu gern selbst mit dem Hammer auf etwas eingedroschen hätte.

»Was ist hier los, Piras? Träumst du die ganze Zeit nur?«, riss ihn die Stimme von Hofgärtner Bauer aus seinen Gedanken.

Wäre der Garten nicht von einer Geräuschkulisse aus Stimmen, Vogelzwitschern, Musik, Hundegebell und Ponywiehern erfüllt gewesen, hätte Floriano gehört, wie sein Vorgesetzter sich anpirschte. Nun musste er den Schreck überspielen.

»Ich muss bleiben, wo die anderen mich jederzeit finden können, wenn sie eine Antwort von mir brauchen. Und von hier aus

kann ich einen großen Teil des Gartens überblicken. Gerade sehe ich, dass nun Paille-Maille gespielt wird. In einer Weile sollte jemand mit Harke und Walze zur Allee gehen, für den Fall, dass die Bahn nicht mehr glatt ist.«

Bauer sah ihn so kalt an, wie es mittlerweile zwischen ihnen üblich war. »Nicht in einer Weile sollte das geschehen, sondern auf der Stelle! Willst du wirklich erst warten, bis einer der empfindlichen Herren sich über ein Loch in seinem Weg beklagt? Wie schwer du von Begriff bist! Man sollte doch meinen, dass du allmählich verstanden hättest, dass es hier anders zugeht als in deinem Kuhdörfchen Celle. Hier soll eine Residenz entstehen, für die sich kein Kaiser schämen müsste. Da haben die Diener parat zu stehen! Sie spielen nicht Karten, bis Beschwerden eintreffen! Ich werde mir überlegen, ob ich dir noch einmal die Aufsicht über andere überlasse.«

Diese Drohung hörte Floriano nicht zum ersten Mal, doch wenn es so weit war, fiel Bauers Wahl doch wieder auf ihn. Trotz seines Gemaules war Bauer durchaus klar, dass Floriano zu den Fleißigeren und Gewitzteren seiner Untergebenen zählte.

»Spielt jemand Karten? Ich bitte um Verzeihung, dass wusste ich nicht. Meines Wissens sind alle im Garten unterwegs und erfüllen ihre Aufgaben. Willi sammelt die Äppel von den Ponys ein. Er müsste gleich von seiner Runde zurück sein. Ihn wollte ich zur Allee schicken. Ich hoffe, das findet Euer Einverständnis. Alle Kartenspieler werden selbstverständlich umgehend einen Tadel erhalten.«

»Herrgott noch mal, was für ein Döspaddel du bist. Das war doch bildlich gesprochen. Kartenspielen, das ist ein Bild für deine nachlässige Haltung, verstehst du? Nein, natürlich verstehst du es nicht. Es ist unglaublich, mit wie viel Dummheit ich mich jeden Tag herumzuschlagen habe! Von wo muss Willi kommen? Ich werde ihm Beine machen!«

Ohne die Antwort abzuwarten, marschierte Bauer los, als hinge das Schicksal der Welt davon ab, dass er seinen Lehrling einen Augenblick früher am Rande der Allee strammstehen ließ. Dabei würde Willi dort vermutlich nur wenig zu tun bekommen.

Floriano bedauerte seinen Vorgesetzten. Eines Tages würde ihm das Herz in der Brust platzen, vor lauter Angst, seinen adligen Brotgebern zu missfallen. Was seine Beleidigungen anging, trafen sie Floriano nicht. In dieser Hinsicht war er als Kind durch eine harte Schule gegangen und hatte später doch seinen eigenen Wert zu schätzen gelernt. Wütend machte Bauer ihn allerdings, wenn er auf die gleiche, ungerechte Weise mit den jüngeren Gärtnern sprach. Die waren danach oft am Boden zerstört und bangten um ihre Zukunft.

Er wandte seinen Blick wieder der Allee zu, wo die Spieler nun das andere Ende der Bahn erreicht hatten und umkehrten. Fräulein Helena war an der Reihe und trat vor, nicht überheblich wirkend, aber ohne jeden Selbstzweifel.

Er musste lächeln. Wäre es möglich gewesen, dann hätte er ihr gern den ganzen Tag lang zugesehen.

26. Kapitel

Graf von Rauchhaupt schniefte mit einem hässlichen, schnorchelnden Geräusch, und sein Schnurrbart zuckte dabei. Rastlos ging er mit hinter dem Rücken verschränkten Händen in Claras Empfangszimmer von einem Fenster zum anderen, als sie hereinkam.

Er hatte sie ausdrücklich um ein Gespräch unter vier Augen gebeten. Nicht jedem ihrer Bekannten hätte sie diese Gunst gewährt, dazu waren ihre Tage zu ausgefüllt. Doch von Rauchhaupt war ein Bauteil in ihrem derzeit wichtigsten Plan, und sie musste ihn bei Laune halten.

Mühelos legte sie das Lächeln einer liebenswürdigen Gastgeberin an. »Setzt Euch doch, Euer Hochwohlgeboren. Dann plaudert es sich angenehmer. Was möchtet Ihr trinken?«

»Wenn Ihr guten Branntwein habt, dann nehme ich ein Gläschen davon, sonst nichts, danke. Ich werde Eure Zeit nicht lange in Anspruch nehmen«, sagte er.

Um ihm zu schmeicheln, nahm sie eigenhändig eine bauchige Flasche Branntwein aus dem Schränkchen, in dem sie eine Auswahl teurer Getränke aufbewahrte, und goss ihm drei Fingerbreit davon in ein Glas. Er nahm es mit einer Verbeugung von ihr an, die mechanisch wirkte, als wäre ihm das Verneigen in Fleisch und Blut übergegangen, ohne dass er dabei noch wahrhaft Respekt verspürte. Aufsteigen wollte er, so viel wusste sie. Vielleicht glaubte er, über alle anderen aufsteigen zu können. Sie war sich noch nicht schlüssig, ob sie ihn mochte, doch sein Ehrgeiz spielte ihr in die Karten.

»Lieber Graf, ich würde Euch stets ausreichend Zeit widmen, um Euren Kummer anzuhören. Also schüttet ruhig Euer Herz aus.«

Er blieb stehen und zog ein Tuch aus seinem Ärmel, mit dem er sich die Nase abwischte. »Nun, ich wünsche nicht zu klagen, sondern Euch einige folgenschwere Feststellungen mitzuteilen. Wie Ihr Euch gewiss denken könnt, geht es um Fräulein Helena. Sie macht Fortschritte beim Prinzen – so weit verläuft unsere Unternehmung wie erwünscht. Doch Ihr müsst sie zurechtweisen, was ihr Verhalten mir gegenüber betrifft. Mir ist durchaus bewusst, dass sie mir gerade in Gegenwart des Prinzen distanziert begegnen muss, doch ihr Benehmen war gestern geradezu unverschämt. Wie soll ich mein Gesicht wahren, wenn sie in der Öffentlichkeit Baron von Eichhorn eindeutig den Vorzug gibt und mich degradiert? Ich werde mich nicht in der Lage sehen, die Ehe mit ihr einzugehen, wenn sie sich nicht bessert und mir mit vollstem Respekt begegnet.«

Clara hatte sich ebenfalls einen Schluck Branntwein eingegossen und setzte sich mit ihrem Glas in den Lehnsessel, der leise unter ihr ächzte. Sie zog die Augenbrauen hoch, als wäre sie überrascht. »Sie bevorzugt Baron von Eichhorn, sagt Ihr? Interessant. Ich glaubte, sie hätte verstanden, welche Verhältnisse für sie von Vorteil sind. Der Mann gehört bisher nicht zu meinen engeren Freunden.«

Erbost nahm von Rauchhaupt das Glas von den Lippen, obwohl er gerade daran hatte nippen wollen. »Bisher? Wenn Ihr in Erwägung zieht, ihm meine Rolle zu überlassen, dann seid Euch im Klaren darüber, dass unser Bündnis für mich seinen Wert verliert. Wir haben eine Vereinbarung getroffen. Mein Geld und mein Einfluss vereinen sich mit Eurem, damit die Machtverhältnisse im herzoglichen Haus auch in Zukunft zu unser aller Wohl balanciert werden. Nur die Ehe mit der *Maîtresse en titre*

des zukünftigen Herzogs und möglicherweise Kurfürsten bietet mir den angemessenen Gegenwert für meinen Einsatz.«

Sie schwenkte sanft den Branntwein im Glas und strich sich mit dem Mittelfinger über den Brustansatz, obwohl sie dort nichts kitzelte. Den Blick verärgerter Männer auf ihren Busen zu lenken erwies sich immer als günstig. »Ihr dürft das nicht so eng sehen, von Rauchhaupt. Auch ich würde am liebsten Euch in dieser Rolle sehen. Doch sollten die Geschehnisse tatsächlich einen anderen Verlauf nehmen als geplant, wird sich ein Mann wie Ihr mit meiner Unterstützung trotzdem in eine hervorragende Stellung bringen können. Seid Euch gewiss, dass ich Fräulein Helena ermahnen werde. Doch wer weiß, vielleicht hat sie einen Vorteil darin entdeckt, für den Augenblick Baron von Eichhorn zu schmeicheln? Ich will sie anhören, bevor ich mein Urteil darüber fälle.«

Er schnaubte unwillig. »Dann sagt Ihr, dass ich auf dem ursprünglichen Plan beharre. Welchen Vorteil sie auch entdeckt haben mag, sie wird sich damit irren. Wenn von Eichhorn sich mit jemandem verbündet, dann eher mit der Herzogin als mit Euch, Gräfin. Er ist ein Mann von altmodischen Prinzipien. Ohnehin halte ich es aber für sträflich unklug, einen weiteren Herrn ins Boot zu holen, der es zum Schaukeln bringen kann, indem er seine eigenen Ziele verfolgt. Wozu mir noch einfällt, dass auch dieser Baron von Schwanewede ein Ärgernis ist. Er scheint nicht zu Fräulein Helenas Favoriten zu gehören, sich aber dafür zu halten. Seine Aufdringlichkeit und seine Frechheit stören die Vorgänge um sie herum empfindlich.«

»Aha? Macht er ihr den Hof?«

»Nicht im engeren Sinne. Doch er spielt sich auf und lenkt damit Fräulein Helenas Aufmerksamkeit von denen ab, die sie eigentlich genießen sollten. Er ist nichts weiter als ein besserer Bauernlümmel, der nicht der vornehmen Gesellschaft bei Hof

lästig fallen, sondern sich seine Sporen auf dem Schlachtfeld verdienen sollte. Als ich in seinem Alter war, habe ich unermüdlich angesehenen Feldherrn gedient und so meinen Rang und mein Ansehen erhöht.«

Sie nickte und blickte ihn mit großem Augenaufschlag an. »Das habt Ihr in der Tat mit viel Erfolg, lieber Graf. Und wir sind uns einig darin, dass Ihr nun die Früchte ernten sollt. Seid beruhigt, was den jungen von Schwanewede angeht. Ich werde dafür sorgen, dass er Euch nicht mehr im Wege ist. Habt Ihr sonst noch ein Anliegen?«

»Wisst Ihr inzwischen, wann seine Durchlaucht zurückkehren wird? Ich hatte darauf gezählt, mich ihm bald empfehlen zu können. Auch das wäre schließlich dem Gedeihen unseres Plans zuträglich.«

Auch wenn sie etwas Genaueres über Ernst Augusts Rückkehr gewusst hätte, wäre Graf von Rauchhaupt in diesem Moment nicht derjenige gewesen, mit dem sie ihr Wissen geteilt hätte. Je mehr er im Ungewissen blieb, desto abhängiger war er von ihr. Und das war für das Gedeihen ihrer Pläne stets viel wichtiger. »Gewiss wäre es das. Doch ich fürchte, Ihr werdet Euch noch gedulden müssen. Derzeit haben seine Verhandlungen mit dem Kaiser Vorrang vor allen anderen Dingen.«

Er leerte sein Glas mit einem ruckartigen Kippen des Glases und in den Nacken gelegtem Kopf. Dann seufzte er genießerisch. »Aah. Wer wüsste das besser als ich? Das Kriegsgeschehen und die strategischen Überlegungen lassen keinen Aufschub zugunsten häuslicher Angelegenheiten zu. Richtet ihm meine Anerkennung und Bewunderung aus, wenn Ihr ihm schreibt. Ich bin sicher, dass wir bald seinen Erfolg feiern werden.«

Sie prostete ihm zu und trank ein weiteres Schlückchen aus ihrem Glas. Der Tag war noch lang, und sie würde bis zur letzten Minute einen klaren Kopf bewahren.

Zu ihrer Freude ging der Graf gleich nach seiner überheblichen Anordnung, ohne dass sie ihn hätte hinauskomplimentieren müssen. Er hatte noch nicht begriffen, dass es Menschen gab, die sie dafür bezahlten, dem Herzog Grüße auszurichten.

Ihr Kammerherr wollte wie üblich gleich den nächsten Besucher vorlassen, doch sie hielt ihn zurück und ließ sich stattdessen von ihm ihre Karten reichen. Sie legte sie nicht aus, sondern ließ sie nur durch die Hand gleiten und betrachtete sinnierend ihre feinen Verzierungen.

Graf von Rauchhaupt war nicht der Erste gewesen, der ihr Bericht über das Paille-Maille-Spiel des Prinzen erstattet hatte. Helena schien ihre Aufgabe nun endlich zu erfüllen und dabei zu glänzen. Darüber hätte Clara zufrieden sein sollen, doch sie schmeckte einen Wermutstropfen im süßen Gefühl des Erfolgs. Offensichtlich hatte die Herzogin der Verbindung ihres Sohnes mit Fräulein Helena inoffiziell, doch durchaus öffentlich durch ihr Verhalten den beiden gegenüber ihren Segen gegeben. Helenas Hinwendung zu Baron von Eichhorn war ein weiterer Hinweis darauf, dass dieser Segen für Claras Geschmack viel zu weit ging. Denn im Gegensatz zu Graf von Rauchhaupt wusste sie, dass der Baron ungefähr im gleichen Verhältnis zu Herzogin Sophie stand wie der Graf zu ihr selbst. Es lag auf der Hand, dass Sophie ihr Helena abspenstig machen wollte. Dagegen musste sie etwas unternehmen, was sowohl Helena als auch die Landesherrin davon überzeugte, dass man sich nicht auf solche Art mit ihr anlegen durfte.

Karte um Karte nahm sie in die Hand, schaute, überlegte, erwog ihre Optionen, schätzte die Kräfte aller Beteiligten ein. Schließlich winkte sie ihren Kammerherrn heran und gab ihm die Karten.

»Du kannst den Nächsten hereinlassen. Aber hol mir Viktor von Briesen her. Wenn er ankommt, lass ihn vor!«

27. Kapitel

Am Mittwochnachmittag stand Helena zusammen mit einigen anderen auserwählten jungen Damen und hohen Bediensteten vor der Tür des Schlosses, um die Tochter der Herzogin zu erwarten. Prinzessin Figuelotte hatte einen Reiter vorausgeschickt, um ihre Ankunft frühzeitig anzukündigen. Daher hatten sie ohne Eile Aufstellung nehmen können, um ihr einen angemessenen ersten Empfang zu bereiten.

Der mit Kopfsteinen gepflasterte halbrunde Platz, auf dem die Kutschen vorfuhren, befand sich an der dem Garten abgewandten Seite des Herrenhäuser Schlosses. Hof und Zufahrt lagen tiefer als die in einiger Entfernung vorüberführende Straße und waren von einer niedrigen, mit Buchsbaumkugeln in Pflanzkübeln verzierten Steinmauer eingefasst. Hofgärtner Bauer kam höchstpersönlich mit zwei von seinen Gärtnern, um den wartenden Hofdamen die frischen, duftenden Blumenbuketts zu bringen, die sie der Prinzessin überreichen sollten. Zusätzlich schmückten die Männer die eintönigen Buchsbaumkübel mit Blütengestecken, und Bauer stellte sicher, dass der Vorplatz untadelig sauber war. Seine Gärtner hoben noch rasch jedes vom Wind herbeigetragene Blättchen und Hälmchen auf.

Helena hatte zu ihrer Linken Ileana und Franziska Rose, zu ihrer Rechten die ehrwürdige Frau von Harling mit ihren Falten der Missbilligung. Die alte Dame betätigte sich mittlerweile nicht nur als Erzieherin, sondern übernahm hin und wieder auch die Funktionen einer Hofmeisterin für Herzogin Sophie. An diesem Tag war sie gleichzeitig die Aufseherin über das erste Begrü-

ßungszeremoniell und die Hüterin der drei mit der vierzehnjährigen Prinzessin ungefähr gleichaltrigen Fräulein Brigitta, Ursula und Louise. Die jungen Damen standen zu Helenas Rechter ein wenig hinter ihr und hielten vor Aufregung keinen Augenblick still. Die erfahrenen Bediensteten, die hinter ihnen allen in ihren besten Livreen warteten, verhielten sich weit würdevoller. Keiner von ihnen zappelte oder schwatzte wie die Mädchen. Frau von Harling hatte reichlich damit zu tun, sie zu ermahnen.

Franziska Rose hingegen war ebenso unruhig wie die jüngeren Damen. Immer wieder fand sie Stellen an ihrem Kleid, ihrer Frisur, ihrem Hut, ihren Handschuhen, ihrem Blumenbukett, an denen sie glaubte, noch herumzupfen zu müssen. »Ich bin so aufgeregt. Wie sie wohl ist? Sie soll ja einschüchternd klug sein für eine junge Dame ihres Alters. Ob sie oft mit seiner Majestät König Ludwig persönlich gesprochen hat? Die Herzogin von Orléans, bei der sie zu Gast war, steht ihm schließlich recht nahe, so hört man. Stellt euch das vor: fast ein Jahr in dem sagenhaften Glanz von Versailles verbringen zu dürfen. Hach, ich bin neidisch! Die Kleider, die sie mitbringt, sind sicher traumhaft.«

Ileana legte ihr Blumenbukett in der Armbeuge ab und kratzte sich mit der freien Hand hinter dem Ohr. »Dafür wird sie wohl gesorgt haben. Ihr Frachtwagen ist wahrscheinlich bis oben mit Kleidertruhen beladen. Schließlich kann sie davon ausgehen, dass die Schneider sich hier überschlagen werden, um so schnell wie möglich alles nachzuahmen. Mein Schneider jedenfalls wird das tun. Gewiss wird unsere Prinzessin noch von vielen anderen Neuerungen und französischen Sitten berichten. Der frische Wind wird uns allen guttun. Es bleibt nur zu hoffen, dass Figuelotte sich nach ihrer Zeit am aufregendsten Hof der Welt hier nicht zu Tode langweilt. Mir wird ganz anders bei dem Gedanken, dass es auch unsere Aufgabe ist, das zu verhindern.«

Helena atmete den Duft ihrer Blumen ein und bewunderte jede Blüte einzeln. Keine einzige wies einen Makel auf. Die Gärtner hatten sich Mühe gegeben. Was die Langeweile bei Hof anging, vermutete sie, dass sie selbst sich am französischen Königshof noch mehr gelangweilt hätte als in Hannover. Doch damit stand sie wohl alleine da. Sie zuckte mit den Schultern. »Soweit ich weiß, liebt die Prinzessin ihre Mutter sehr. Sie wird daher vor allem glücklich sein, sie, ihre Brüder und alle alten Freunde wiederzusehen. Das wird die Langeweile vielleicht fernhalten. Und du kannst nicht behaupten, dass hier nicht auch so einiges geboten wird.«

»Dass du dich hier nicht langweilst, wissen wir alle, Helena. Schließlich bist du eine Favoritin und wirst in jede Vergnügung mit einbezogen. Mein Gott, nun hast du auch noch dein eigenes Gemach! Dennoch ist Prinzessin Figuelotte nun Besseres gewöhnt. Und meiner Erfahrung nach hält das Wiedersehen mit den Freunden und Verwandten die Langeweile nur für kurze Zeit fern«, sagte Ileana. »Rasch hat man sich alles erzählt, und dann merkt man, wie sehr man sich entfremdet hat und sich dorthin zurücksehnt, wo man gerade heimisch geworden war. Wartet nur ab: Spätestens in einer Woche wird die junge Dame schlechte Laune bekommen und sich wünschen, wieder auf eine Reise aufbrechen zu dürfen.«

Frau von Harling war offenbar doch nicht so sehr mit ihren Schützlingen beschäftigt, dass sie Helena und ihren Zimmergefährtinnen nicht hätte zuhören können. Sie räusperte sich auf ihre missbilligende Art. »Prinzessin Figuelotte ist im Gegensatz zu manchen anderen Damen ihres Alters zu gut erzogen, um sich launenhaft zu benehmen. Außerdem weiß sie sehr gut, dass ihre Eltern in Bälde weitreichende Entscheidungen über ihre Zukunft treffen. Sie wird diese Überlegungen wichtiger nehmen als die ordinäre Gier nach Zerstreuung und Kurzweil. Zumal damit

zusammenhängt, dass sie ohnehin nur noch eine überschaubare Zeit in Hannover verbringen wird, wenn Ihr versteht.«

Franziska Rose schlug sich die Hand gegen die Stirn. »Aber natürlich! Sie wird ja gewiss bald heiraten! Für eine junge Dame ihres Standes dürfte es längst eine ganze Reihe von Bewerbern geben. Ist es nicht so?«

Frau von Harling zog die Mundwinkel herunter. »Solche Spekulationen stehen niemandem von uns zu. Nur so viel: Ich bin davon unterrichtet, dass mit den höchsten Häusern verhandelt wird.«

»Nun habt ihr unsere Neugier erst recht geweckt, gnädige Frau von Harling. Wer wird es? Sagt uns wenigstens: Geht sie ins Ausland, oder bleibt sie in den deutschen Landen?«, fragte Ileana.

»Auch darüber schweige ich, wie es sich geziemt«, gab die Hofgouvernante zurück und wandte sich dann Fräulein Louise zu. »Himmel, Mädchen! Man sollte meinen, Ihr könntet eine kurze Wartezeit überstehen, ohne Eure Blumen fallen zu lassen! Die Kutsche muss jeden Augenblick eintreffen!«

Gerade verließen die Gärtner hinter ihrem Vorgesetzten Bauer den Hof. Helena musterte die blank gefegte Fläche und die Buchsbaumkugeln in ihren Kübeln. Einer der Kugeln schienen auf einmal Hörner gewachsen zu sein. Verdutzt kniff sie die Augen zusammen und erkannte die Hörner als Teile einer braunen Ziege, die hinter dem Kübel stand und an der Pflanze schnupperte. Als das Tier den Kopf senkte und am Blütenschmuck knabberte, rief Helena unwillkürlich nach dem Oberhofgärtner. »Herr Bauer!«

Er hörte sie und kam höflich zurück. Doch bevor sie ihn auf die Ziege aufmerksam machen konnte, kamen eine zweite, dritte und vierte mit schellenden Glöckchen an ihren Halsbändern oben auf der Straße angetrabt und schlossen sich der ersten an. Eine schwarze Zicke sprang gleich von der Mauer auf den Hof

hinunter, riss das Schleierkraut aus einem der Gestecke und fraß es auf. Während Franziska Rose und zwei der jungen Damen aufkreischten, mussten Helena ebenso wie Ileana lachen. Herr Bauer nahm den Angriff der Ziege allerdings höchst ernst und fasste ihn offenbar als persönliche Beleidigung auf.

»Ihr Holzköpfe, na wartet!«, schrie er seine beiden Gärtner an. »Seid ihr blind? Habt ihr nicht gesehen, dass die Zicken da oben frei herumlaufen? Schafft sie weg, aber schleunigst!«

Zwei gefleckte Ziegen folgten der schwarzen auf den Hof, während die braune von oben nach den leckersten Zutaten der Blumengestecke suchte. Und schon ließ eine der Gefleckten ihre Kötel auf den frisch gefegten Platz fallen. Bauer stieß ein Wutgebrüll aus und versetzte dem Tier einen Schubs. Mehr als einen Schritt zur Seite bewegte es sich dadurch nicht. Einer der Gärtner hatte die zweite Gefleckte inzwischen beim Halsband gegriffen und versuchte, sie hinter sich her die Mauer hinaufzuziehen. Die Ziege beantwortete diese Anstrengung damit, dass sie ihre vier Beine in den Boden stemmte, derweil die Schwarze sich von dem zweiten Gärtner jagen ließ und dabei meckerte, als würde sie ihn auslachen. Die Braune oben auf der Mauer kaute seelenruhig. Bauers Kopf war bereits hochrot, als er zu ihr hinaufstieg. Gerade als er oben war, sprang sie zu den anderen herab.

Helena legte sich die Hand vor das Gesicht, um ihre Heiterkeit zu verbergen und die Lage nicht zu verschärfen. Die Bauern in der Nähe von Gut Minnigerode besaßen ebenfalls Ziegen, die sich nicht immer an die ihnen gesteckten Grenzen hielten. Aus Erfahrung wusste sie daher, dass zu einem Zeitpunkt wie diesem bei einem Verhältnis von vier Ziegen zu drei Männern die Ziegen weit in der Übermacht waren.

»Das wird so nichts«, stieß sie belustigt schnaubend hervor. »Wenn die Ziegen verschwunden sein sollen, bevor die Kutsche kommt, dann müssen wir schnell alle helfen.«

Ileana, die sich leicht verkrampft mit Franziska Rose an der Hand hielt, sah sie entgeistert an. »Wie meinst du das? Ich werde mich diesen Biestern ganz gewiss nicht nähern!«

Frau von Harling hingegen wandte sich ihr mit entschlossener Miene zu. »Habt Ihr einen Plan? Dann heraus damit. Wir können es noch schaffen!«

»Wir müssen in einer Linie vorrücken und die Ziegen mit Händeklatschen, Rufen und Besenschwenken vor uns her treiben. Dann fliehen sie.«

»So machen wir es«, stimmte Frau von Harling zu und übernahm das Kommando wie ein sturmerprobter Feldwebel. Ihre Anweisungen waren klar und ihr Tonfall so bestimmt, dass nicht einmal Ileana es wagte, aus der Reihe auszuscheren. Die Gärtner nahmen die Hilfe dankbar an, und wenig später hatte die Empfangsgesellschaft die Ziegen erfolgreich vertrieben.

Keinen Augenblick zu früh stellten sie sich wieder auf und zupften erneut ihre Kleider und Blumen zurecht, denn die Kutsche rollte soeben die Auffahrt entlang. Vierspännig reiste Figuelotte an, und der Kutscher brachte seine vier Schimmel elegant auf dem Hof zum Stehen. Eilig, doch ohne ungeschickte Hast spielten die Bediensteten ihre Rollen, öffneten die Wagentür und reichten Figuelotte und ihren beiden Reisebegleiterinnen beim Aussteigen die Hand.

Dafür, dass die Prinzessin die gereichte Hand nur als Andeutung ergriff, konnten sie nichts. Auch nicht dafür, dass niemand mehr Zeit gehabt hatte, die Ziegenkötel zu beseitigen.

Figuelottes Fuß glitt aus, und um Haaresbreite wäre sie gestürzt, wurde jedoch noch von dem Lakaien aufgefangen, der ihr die Hand gereicht hatte. Verärgert hob sie ihre Röcke, blickte auf den Boden und seufzte tief. »*C'est incroyable.* Woran könnte man deutlicher merken, dass man wieder in Hannover ist? Ziegendreck unter den Schuhen. Wir sind zu Hause, Mesdames.«

Möglicherweise hatte Ileana doch recht damit, dass Figuelotte sich sehr bald langweilen würde, dachte Helena.

Für den Moment jedoch hatte die Prinzessin sich wieder gefangen und nahm alle Reverenzen und Blumen fröhlich und freundlich an, bevor sie sich in die Schlosshalle begab, wo ihre Mutter und ihre Brüder auf sie warteten.

Helenas neues Gemach im Obergeschoss des Schlosses war klein, doch es stand ihr allein zur Verfügung, und sein Fenster wies nach Osten, sodass die Morgensonne hereinschien. Wenn sie hinaussah, fiel ihr Blick auf den noch nicht ganz fertiggestellten Privatgarten der Herzogin. Zwei Mal schon hatte sie von hier aus Floriano Piras bei der Arbeit an seinen Spalierobstbäumen beobachten können.

Für ihren Umzug in dieses Zimmer hatte die Herzogin gesorgt, was Helena die Röte in die Wangen trieb. Es war so eindeutig, dass ihre Landesherrin ihr die Möglichkeit geschaffen hatte, einen Liebhaber unter vier Augen zu empfangen. Auch eine eigene Zofe hatte sie für Helena ausgewählt, die vermutlich dafür bezahlt wurde, Bericht zu erstatten.

Auch am Samstagmorgen fanden warme Sonnenstrahlen den Weg durchs Fenster, und Helena öffnete die Fensterflügel weit, um beim Ankleiden die milde Mailuft zu spüren. Frida, ihre neue Zofe, war gerade damit beschäftig, die unzähligen Häkchen an der Rückseite ihres Kleides zu schließen, als jemand an die Tür klopfte. Ein Kammerdiener Georg Ludwigs brachte auf einem silbernen Tablett ein Briefchen, das nach Rosenöl duftete.

»Erwartet seine Hochwohlgeboren eine Antwort?«, fragte Helena.

»Davon hat er nichts gesagt.« Der Diener verabschiedete sich mit einer Verbeugung, und Frida kehrte zu den Häkchen zurück.

Mit Herzklopfen hielt Helena den Brief in der Hand und wollte ihn nicht öffnen. Seit Sonntagabend war Georg Ludwig nicht mehr auf sein Verlangen nach ihr zu sprechen gekommen, wenn auch sonst seine Aufmerksamkeit ihr gegenüber nicht nachgelassen hatte. Sie ahnte, dass der Brief das Ende ihrer Bedenkzeit verkündete. Mit zusammengekniffenen Lippen starrte sie auf den mit einem inoffiziellen, verspielten Initialsiegel verschlossenen Umschlag.

»Wollt Ihr den Brief nicht öffnen?«, fragte Frida.

»Ich genieße die Vorfreude«, gab Helena zurück, ohne allzu große Begeisterung vorzutäuschen.

»Wenn ich jemals so einen schönen Brief bekäme, würde ich vor Freude tanzen.«

»Duftendes Papier ist es nicht, was einen schönen Brief ausmacht«, sagte Helena und überwand sich endlich. Behutsam löste sie das Siegel und schlug das Papier auf.

Verehrte Helena,
in Erinnerung an den formidablen Abend, den wir vergangenen Sonntag gemeinsam genossen, wünsche ich mir mehr als eine bloße Wiederholung. Da ich Euch seitdem bei jeder unserer Begegnungen wohlwollend vorgefunden habe (und von Tag zu Tag schöner, mit Verlaub), bin ich zuversichtlich, dass Eure Entscheidung am Ende zu meinen Gunsten ausfallen wird. Wenn es nach mir geht, werden wir dieses Ende schon heute erreichen. Ihre Liebden, meine Mutter, hat einen prachtvollen Abend mit Feuerwerk geplant, wofür ich eine besondere Schwäche habe, wie Ihr ja schon wisst. Da ich Hannover möglicherweise bald verlassen muss, würdet Ihr mich überglücklich machen, wenn Ihr mir später die Ehre Eurer

Gesellschaft gewährt und mich von meiner quälenden Sehnsucht erlöst.
Ich darf Euch versichern, dass ich mir Eure Besorgnis zu Herzen genommen und veranlasst habe, Euch im Falle unserer Einigung eine auskömmliche Apanage zu verschreiben. Damit solltet Ihr vorerst auch der Verantwortung für Eure Mutter und Eure Schwestern gewachsen sein. Fürchtet Euch also vor nichts.
Ihr müsst mir nicht antworten. Ich bitte Euch nur, als Zeichen Eures Einverständnisses heute eine Fliederblüte am Kleid zu tragen.
In hoffnungsvoller Erwartung
G. L.

Helenas Hände zitterten, als sie den Brief wieder zusammenfaltete. So war der Tag also gekommen, an dem sie nicht mehr ausweichen konnte. Unwillkürlich blickte sie auf ihr breites Bett. Sollte sie froh sein, dass sie schon heimliche Erfahrungen mit der körperlichen Liebe gemacht hatte? Oder wäre sie nun besser dran, wenn sie noch unschuldig und unwissend wäre, wie Georg Ludwig es annehmen musste? Einen anderen ungeliebten Mann zu heiraten hätte sie in dieser Hinsicht in die gleiche Lage gebracht, sagte sie sich fest.

Dennoch wurde sie das Gefühl nicht los, schaudernd an einem Abgrund zu stehen. Was sie hatte erringen wollen, war über der Untiefe aufgehängt. Sie musste sich nur strecken, die Balance bewahren und danach greifen. Doch das würde sie wieder und wieder tun müssen – jedes Mal, wenn der Prinz sie in ihrem Gemach besuchen würde. Keine falsche Bewegung, kein falsches Wort, sonst würde sie stürzen.

Frida hatte die Arbeit an den Häkchen beendet und klappte den Kasten mit dem Haarschmuck auf. »Eurem Gesicht nach

muss etwas Schreckliches darin gestanden haben. War der süße Duft also wirklich eine Täuschung?«

Genug des Selbstmitleids!, rief Helena sich zur Ordnung. Sie würde immerhin nicht durch einen brennenden Reifen springen müssen, um ihr Ziel zu erreichen.

»Ganz im Gegenteil. Es ist ein überaus schmeichelhafter Brief, auf den ich angemessen antworten werde. Kannst du mir Fliederblüten besorgen? Ich möchte sie heute im Haar und am Kleid tragen.«

»Kein Feuerwerk ohne Schießpulver«, erklärte Herr Leibniz auf dem Platz vor der ausnahmsweise sprudelnden Kaskade dem Kreis um die Prinzen und Prinzessin Figuelotte. Helena hatte Georg Ludwig nach den Zutaten eines Feuerwerks gefragt, und der hatte die Frage an den umfassend gebildeten Hofbibliothekar und Philosophen weitergeleitet. »Salpeter ist der wirksamste Teil des Schießpulvers, er verursacht die Verpuffung. Man benötigt eine reine Qualität. Neben Salpeter braucht es noch guten Schwefel, am besten den feinsten italienischen, und Kohle. Von der Kohle rührt wohl der Name Schwarzpulver her. Doch keinesfalls darf das Schießpulver kohlschwarz sein, wie man annehmen könnte. Seine Farbe sollte vielmehr der des Schiefers gleichen, also einem Blaugrauschwarz. Doch all diese Dinge weiß seine Hochwohlgeboren ebenso gut wie ich. Er wäre kein so ausgezeichneter Feldherr, wenn er gutes Schießpulver nicht von schlechtem unterscheiden könnte. Um die Farbenpracht des Feuerwerks zu erzeugen, bedarf es nun allerdings verschiedenster anderer Stoffe. Feilspäne von Eisen machen weiße und rote Funken, zerstoßenes Gusseisen wird ebenfalls verwendet, und Kupferspäne ergeben grünliche Funken. Ich könnte Euch noch zwei Dutzend weitere geheimnisvolle färbende Substanzen aufzählen, doch fürchte ich, Euch damit eher zu ermüden als zu erbauen.

Solltet Ihr aber den Wunsch hegen, Euch tiefgehend weiterzubilden, so habe ich in unserer Bibliothek ein oder zwei Schriften, die ich Euch selbstverständlich gern heraussuche. Wendet Euch in derartigen Fragen gern jederzeit an mich.«

Helena schenkte ihm ein warmes Lächeln, weil nicht jeder Mann einer jungen Dame solche Wissbegier zugetraut hätte. »Das ist ein freundliches Angebot, auf das ich gern bei Gelegenheit zurückkomme, Herr Leibniz. Für heute Abend begnüge ich mich damit, das Feuerwerk genau zu beobachten.«

Leibniz nickte und blickte besorgt in die Richtung, wo der Irrgarten lag. »Ich hoffe, der Lärm wird die armen Vögel in ihren Käfigen nicht zu sehr erschrecken.«

Prinzessin Figuelotte, deren französisches Kleid wirkte, als sei sie in eine violette Wolke aus Spitzenbesätzen gehüllt, lachte hell auf. »Ach, Ihr seid so eine gute Seele, Herr Leibniz! Ihr habt sogar Mitgefühl mit den Vögeln! Ein wahrer Franz von Assisi!«

Der Philosoph schmunzelte. »Zur Freude aller, die Euch kennen, habt ja auch Ihr kein hartes Herz, Eure Hochwohlgeboren. Und ich bin nun einmal überzeugt davon, dass auch den Tieren so etwas wie eine Seele innewohnt.«

»Glaubt Ihr denn, dass die Vögel in ihren Käfigen unglücklich sind?«, fragte Helena.

Mit nachdenklich gerunzelter Stirn faltete Leibniz die Hände hinter dem Rücken. »Bei Geschöpfen, deren Natur das Fliegen ist, möchte man davon ausgehen, dass ein Leben im Käfig sie betrübt. Doch meine Beobachtungen brachten mich überraschend zu der Annahme, dass es auch unter den Vögeln und Tieren ganz unterschiedliche Persönlichkeiten gibt. Bei einigen sind die Wildheit und der Drang nach Freiheit stark ausgeprägt, andere scheinen geradezu Vergnügen daran zu finden, sich in Gefangenschaft mit uns Menschen anzufreunden.«

Georg Ludwig lachte auf die gepresste, hüstelnde Art, mit

der er stets stümperhaft nur so tat, als würde ihn ein Gedanke amüsieren. »Sprecht lieber weiter über Schießpulver, Leibniz. Ihr werdet sonst noch unseren Damen jeden Appetit auf Geflügel verderben.«

Viktor von Briesen, der sich zu Helenas Missfallen ebenfalls einen Platz im Gefolge der herzoglichen Jugend verschafft hatte, lachte genauso falsch wie Georg Ludwig, doch schallend laut. »Wohl gesprochen, Euer Hochwohlgeboren, wohl gesprochen! Solche schwierigen Gespräche gehören doch nicht zu einem Abend wie diesem, an dem wir alles tun sollten, um für das Vergnügen der Damen zu sorgen. Ich gestehe freimütig, wenn ihre Hochwohlgeboren Prinzessin Figuelotte den Wunsch nach bunten Federn für ihren Hut äußerte, dann könnte kein Vogel auf mein Mitgefühl hoffen. Ich würde ihr die schönsten bringen, ganz gleich, was ich dafür rupfen müsste und ob es eine Seele hätte.«

Kokett wandte die vierzehnjährige Figuelotte sich ihm zu. »Das habt Ihr reizend gesagt, Graf von Briesen. In den Gärten von Versailles wimmelt es von prächtigen Pfauenvögeln, die allerwegen ihre Schwänze zum Rad aufschlagen und damit die Vorübergehenden bezaubern. Ihr Trompeten ist nicht so hübsch, aber das nimmt man für die Schönheit gern in Kauf. Ich finde, wir sollten hier auch solche Vögel haben. Zu Eurer Beruhigung, Herr Leibniz: Die Tiere laufen nicht fort und brauchen daher keine Käfige.«

»Wir haben Pfaue in der Menagerie«, sagte Georg Ludwig. »Sie landen regelmäßig auf der Tafel, wenn du dich erinnerst, Figuelotte. Und von ihren Federn kannst du so viele bekommen, wie du möchtest, dazu musst du unseren Viktor nicht bemühen.«

Die Prinzessin kniff die Lippen zusammen und winkte ungehalten ab. »Ach! Es geht mir doch nicht um die Federn. Die glanzvolle Stimmung! Der Esprit der Gärten! Der Zauber, den

solche Details zur gelungenen Gestaltung beitragen. Aber das wird man hier wohl nie so verstehen, wie die Franzosen es tun.«

Viktor von Briesen legte die Hand aufs Herz. »Oh, doch, ich verstehe gut, was Ihr meint, Eure Hochwohlgeboren. Man müht sich hier redlich und erzielt Erfolge – diese Anerkennung müssen wir den Gärtnern zollen. Doch stets verspürt man, dass es bei einem etwas zaghaften Nacheifern der wahren Weltläufigkeit bleibt, nicht wahr? Ich kann mir vorstellen, dass Euer Blick nach Eurer Reise dafür geschärft ist.«

Figuelotte strahlte ihn an, offensichtlich überglücklich darüber, bei jemandem auf Verständnis zu stoßen.

Helena musste sich zwingen, nicht die Augen zu rollen. Für sie lag auf der Hand, dass jedes von Viktors Worten nur darauf zielte, Georg Ludwigs kleiner Schwester zu schmeicheln. Doch wenn das dazu führte, dass die Prinzessin sich wohler fühlte und sich ihre Stimmung besserte, sollte es ihr recht sein.

Langsam brach die Nacht herein, das letzte Tageslicht versickerte in den Schatten der Bäume und Hecken. Es roch nach frisch geschnittenem Gras und Maiblüten mit einer leisen Note von faulen Eiern, die vom Schwefel des bereitstehenden Feuerwerks stammen musste.

»Noch ein kleiner Gang durch den Garten?«, fragte Georg Ludwig. Er richtete das Wort nicht an sie allein, doch er hatte sich so hingestellt, dass er ihr in die Augen sehen konnte, und zwinkerte ihr zu. Dorothée weilte nicht bei ihnen, denn jemand hatte ihr weisgemacht, dass das Knallen des Feuerwerks dem ungeborenen Kind schaden konnte.

Huldvoll nickte Helena Georg Ludwig zu, und er lächelte triumphierend. »Wunderschön die Blüten in Eurem Haar, Fräulein Helena. Ich liebe Flieder und seinen Duft.«

Mit der üblichen Umständlichkeit ordneten sich Prinzen, Prinzessin und Gefolge zu einer nur vordergründig ungezwun-

genen Formation, in der sie ihren Spaziergang antreten konnten. Doch als sie sich gerade in Bewegung setzten, dröhnte ein ohrenbetäubender Donnerschlag durch den Garten, und ein grelles Licht blitzte in der Nähe der Gartenbühne auf. Dem ersten Schrecken folgte das Entsetzen, als ein qualvoller Schrei erscholl.

Ohne nachzudenken, lief Helena los. »Eine Bahre! Vielleicht braucht man eine Bahre!«, stieß sie hervor.

Georg Ludwig überholte sie und rief über die Schulter zu den vor Schreck erstarrten anderen zurück: »Macht schon! Lasst eine Bahre holen!«

Außer Atem kamen sie mit den Herren aus Georg Ludwigs Gefolge, die ihm kaum jemals von der Seite wichen, und einigen Bediensteten bei der Bühne an. Rasch fanden sie die Stelle des Unglücks.

Ein Gärtner lag zusammengekrümmt und schreiend auf dem Boden, die Hände vor das Gesicht gekrampft. Neben ihm kniete ein zweiter Mann, der sich mit einer Hand die Schläfe hielt und mit der anderen versuchte, die Hände vom Gesicht des ersten wegzuziehen. Entsetzt erkannte Helena in ihm Floriano. Neben den beiden Verletzten stand ein Gehilfe des Feuerwerkers, presste sich beide Hände auf die Ohren und schüttelte immer wieder den Kopf.

Helena beugte sich hinab und berührte Floriano an der Schulter. »Herr Piras? Was ist geschehen? Was hat er? Was ist mit Euch, seid Ihr verletzt?«

Floriano sah sie mit großen Augen an und zeigte schulterzuckend auf seine Ohren. »Ich kann nichts hören. Wir müssen Willi ins Licht bringen. Er hat Funken ins Gesicht bekommen. Seine Augen … Wir haben noch Lampions aufgehängt. Einer fiel herab, und dann …«

Helena sah Blut vom Haaransatz über Florianos Schläfe und Wange laufen, zog das Taschentüchlein aus ihrem Ärmel und gab

es ihm. Sanft ergriff sie seinen Arm, zog ihn auf die Füße und führte ihn an die Seite. Sie ließ ihn sich auf eine Steinbank setzen, während Georg Ludwig und sein unerschrockeneres Gefolge sich um Willi kümmerten. Im Schein einer Fackel untersuchte sie die Wunde an Florianos Kopf, die sich zu ihrer Erleichterung nur als tiefe Abschürfung erwies.

Einen Augenblick später kamen Diener mit einer Bahre angerannt, auf die sie Willi legten. Als sie ihn fortbrachten, drückte Floriano ihre Hand und folgte ihnen, ebenso wie der noch immer halb betäubt wirkende Feuerwerkergehilfe.

Mit ihrer Hand auf dem Herzen blickte Helena ihnen nach, bis Georg Ludwig sich zu ihr stellte. »Was für ein Schreck«, sagte er. »Im Krieg ist man es ja gewöhnt, aber so ein unerwarteter Knall im friedlichen Garten kann einen schon gehörig durchrütteln. Was mit den Augen von dem jungen Gärtner ist, weiß ich nicht, aber die anderen Leiden scheinen mehr oder weniger nur vom Gedröhn herzurühren. Ich hoffe, das hat Euch die Lust auf das Feuerwerk nicht verleidet?«

Sie stieß die Luft aus und rieb sich die Stirn. »Ich weiß es noch nicht, um ehrlich zu sein. Was ist mit Euch?«

»Wenn man wie ich schon Feuergefechte erlebt hat, dann kann so ein kleiner Zwischenfall einem nicht den Tag verderben. Oder die Nacht, besser gesagt.«

»Natürlich, das verstehe ich. Ich werde mich also zusammenreißen und mir vorstellen, ich sei ein kampferprobter Soldat. Dann werde ich bei jedem Knall erleichtert sein, dass keine fliegende Kugel damit einhergeht, und das Feuerwerk auf die Art genießen können.«

Er lachte, dieses Mal ungezwungen. »Ich glaube, Ihr wärt ein recht guter Soldat. Wie tapfer Ihr eben losgelaufen seid …« Er neigte sich zu ihrem Ohr und flüsterte: »Nun bin ich endgültig davon überzeugt, dass Ihr genug Mut habt, mein Fräulein. Darf

ich hoffen, dass Ihr mich für später, nach dem Feuerwerk, zu Euch einladet?«

Im Gegensatz zu ihm musste sie sich zu ihrem Lächeln zwingen und senkte den Blick, um ihre wahren Gefühle zu verbergen. »Ich dachte, dessen hätte der Fliederduft Euch längst versichert? Ich werde mich überaus geehrt fühlen, wenn Ihr mich besucht.«

»Dann sei es so. Ich bin ein glücklicher Mann«, sagte er, warf sich in die Brust und bot ihr seinen Arm an.

Gemeinsam gingen sie den Herren voran und trafen auf dem Parterre wieder mit dem aufgeregten Rest der Gesellschaft zusammen. Trotz der Dunkelheit und des Trubels entging es Helena nicht, dass Prinzessin Figuelotte sich hervorragend mit Viktor von Briesen zu unterhalten schien.

Wohl um die Leute den Schreck des Unfalls schnell vergessen zu lassen, setzte das Orchester ein, dessen Musik das Feuerwerk begleiten sollte. Kurz darauf begann die Vorführung mit der auf den Takt abgestimmten Explosion einer Reihe kleiner Knallkörper, die kaum lauter waren als Hagelschläge auf dem Stalldach. Dem folgte das Aufflammen funkensprühender Räder, die sich an verschiedenen Stellen am Rande des Parterres auf ihren Halterungen drehten. So ging es weiter und steigerte sich in Lautstärke und Üppigkeit, bis Helena sich dabei ertappte, eine Hand auf ihr Ohr zu drücken und die andere um Georg Ludwigs Arm zu verkrampfen, der sie dort mit seiner eigenen festhielt.

Sie wurde das Bild von den beiden Verletzten nicht los. Immer wieder sah sie Floriano vor sich, dem das Blut über die Schläfe lief. Sie wäre am liebsten gegangen, um sich auf die Suche nach ihm zu machen. Hatte er wirklich nur oberflächliche Schrammen davongetragen? Sie hoffte es. Und wie stand es um Willis Augen? Bei wem konnte sie sich danach erkundigen? Hier zu stehen und dem bunten Leuchten zuzusehen kam ihr schrecklich unnütz vor.

Georg Ludwig neigte sich zu ihrem Ohr. »Du hast wohl doch

Angst? Keine Sorge, meine Liebe, dir geschieht nichts. Gleich ist es vorbei. Und dann ist es endlich Zeit, dass wir uns zur Nachtruhe begeben. Sehnst du dich auch danach?«

Helena stieß in Gedanken einen gotteslästerlichen Fluch aus, wie er sogar ihren Bruder hätte erröten lassen. Sehnte sie sich auch danach? Den Teufel tat sie! Tief atmete sie durch. »Der Schreck sitzt mir tiefer in den Gliedern, als ich gedacht hatte. Ja, heute werde ich froh sein, wenn das hier vorüber ist. Würdet Ihr mir übelnehmen, wenn ich jetzt schon vorginge, um mich ein wenig frisch zu machen?«

»Ganz und gar nicht. Im Gegenteil. Das könnte sich als günstig erweisen. Ich komme dann später inkognito zu dir.« Endlich ließ er sie mit einer freundlichen Verbeugung los. Sie knickste tief und gab sich dabei besondere Mühe, nichts Auffälliges zu tun. Die Blicke der Höflinge brannten geradezu auf ihrem Gesicht, ihren Händen, ihrem Nacken. Jede ihrer Gesten würde zum Anlass für Spekulationen werden. Noch rätselten sie, wie weit ihr Verhältnis mit dem Prinzen bereits ging. Bald würde ihnen alles klar werden, und von da an wäre sie in aller Munde das, was sie nie für möglich gehalten hätte: eine Mätresse.

Langsam ging sie und verabschiedete sich mit höflichem Nicken und kurzen, freundlichen Worten, obwohl sie gern davongerannt wäre. Mit gespielter innerer Ruhe und aufrechtem Gang – so würde sie versuchen, ihren Stolz zu bewahren.

Sobald sie außer Sichtweite des Gefolges war, wandte sie sich an den nächsten Lakaien. »Ich wüsste gern, wie es den beiden Gärtnern geht, die bei dem Unfall verletzt wurden. Ist schon etwas bekannt?«

»Jawohl, gnädiges Fräulein. Der Junge wird vierzehn Tage lang einen Verband um die Augen tragen müssen, erst dann weiß man, ob sie einen bleibenden Schaden davongetragen haben. Aber Herrn Piras geht es gut.«

Helena atmete hörbar auf. »Was für ein Glück. Werden die beiden gut versorgt?«

»Man hat sie hinüber zum Wirtschaftshof gebracht. Herr Piras ist dort sehr beliebt, daher ist sicher alles in Ordnung. Soll ich nachfragen lassen, gnädiges Fräulein?«

»Nein, nein. Ich bin überzeugt, du hast recht. Wir wollen niemandem zusätzliche Mühe machen.«

»Nun, ich habe dort drüben mein Quartier und gehe ohnehin bald. Wenn Ihr es wünscht, erkundige ich mich und lasse Euch gleich morgen früh Nachricht schicken. Fräulein …«

Helena lächelte. »Wenn es so ist, gern. Fräulein Helena. Helena von Minnigerode.«

»Sehr wohl. Ich werde es nicht vergessen.«

»Dann vielen Dank. Und gute Nacht.«

»Erholsame Nachtruhe, Euer Wohlgeboren.«

Sie verabschiedete sich mit einem Nicken. Herr Piras war also sehr beliebt auf dem Wirtschaftshof. Das überraschte sie nicht. Wahrscheinlich war die liebenswürdige Küchenmagd, die er erwähnt hatte, überaus besorgt um ihn. Eine Küchenmagd zu sein war vielleicht gar nicht so übel. Mit den eigenen Händen zu arbeiten, so gut es eben ging, und auf bescheidene Weise für sich zu sorgen und für die, die man liebte. Doch ein verschuldetes Gut ließ sich auf die Art nicht retten.

In ihrem Gemach wartete ihre Zofe auf sie und half ihr aus dem Kleid, nur um sie gleich darauf wieder anzukleiden. Zum ersten Mal würde sie das kostbare und raffiniert geschneiderte Nachtgewand tragen, das Gräfin Clara ihr für diesen Anlass hatte anfertigen lassen. Der Ausschnitt mit seinen halb durchsichtigen Spitzenverzierungen ließ ihre Brüste wirken wie ein kunstvoll verpacktes Geschenk. Die Seide des Gewands und der Strümpfe glitt schmeichelnd über ihre Haut, die Strumpfbänder waren Schmuckstücke, die vermutlich so viel gekostet hatten, wie sie

selbst nicht einmal für ein ganzes Kleid ausgegeben hätte. Den größten Teil ihres Lebens war sie in einem schlichten Leinenhemd zu Bett gegangen und hatte es darin bequem gehabt. Nun war sie beinah ebenso eng verschnürt wie sonst tagsüber. Immerhin hatte es so wenigstens ein Gutes, wenn Georg Ludwig sie auszog.

»Du kannst jetzt gehen, Frida. Und lass dir nicht einfallen, auf dem Gang oder in der Nähe herumzulungern. Du erfährst schon alles früh genug.«

Frida kniff säuerlich die Lippen zusammen. »Gewiss, Eure Wohlgeboren. Gesegnete Nachtruhe.«

Die Zofe verließ sie, und Helena öffnete das Fenster, um noch einen Blick auf das stille Gärtchen der Herzogin zu werfen. Die Luft stand auch draußen so still, dass die Kerzenflammen in ihrem Gemach ruhig weiterbrannten. Tief die milde Nachtluft einatmend, lehnte sie sich hinaus.

Unten stand ein hochgewachsener junger Mann und blickte zu ihrem Fenster empor. Nun, als er sie entdeckte, winkte er.

»Fräulein Helena! Alles in Ordnung? Ich wollte Euch noch danken«, sagte er halblaut, obwohl ihn außer ihr wohl ohnehin niemand hören würde, solange beim Feuerwerk noch die letzten Fontänen pfiffen, prasselten und rauschten und das Orchester sein Finale spielte. Nur musste sie mit einem Ohr auf das Klopfen an ihrer Tür lauschen, mit dem Georg Ludwig sich ankündigen würde.

»Herr Piras? Seid Ihr wohlauf? Und Willi? Ich habe mich gerade erkundigt, da hieß es …«

Er lächelte breit und nickte. »Ich weiß, der Lakai hat es mir ausgerichtet. Aber ich wäre auch sonst gekommen. Man hat mir erzählt, Ihr wärt am schnellsten losgelaufen, um zu helfen, als das Unglück geschah. Euch dort zu sehen war tröstlich, auch wenn ich Eure Stimme nicht hören konnte. Es klingelt noch immer in

meinen Ohren. Willi hat allerdings schlimmere Schmerzen als ich. Zum Glück haben sie ihn in der Küche so viel Branntwein trinken lassen, dass er trotzdem eingeschlafen ist. Wir hoffen alle, dass seine Augen wieder heil werden.«

»Das hoffe ich auch. Solltet Ihr nicht lieber ebenfalls ruhen?«

»Im Gegensatz zu Willi kann ich nicht so viel Branntwein trinken, dass ich einschlafe. Mir wird nur übel davon. Was ist mit Euch? Geht Ihr zu Bett?«

Sie nickte. »Es war ein langer Tag. Und …«

Es klopfte an der Tür. Ein Schauder überlief sie. Mit ganzem Herzen wünschte sie sich zu Floriano hinab, um mit ihm in die Dunkelheit zu verschwinden. Doch das musste ein Traum bleiben. Hastig winkte sie ihm zum Abschied. »Verzeiht, es hat geklopft. Bis morgen«, sagte sie, trat vom Fenster zurück und schloss es schnell.

Mit hämmerndem Herzen ging sie zur Tür und öffnete. Vor ihr stand Georg Ludwigs Bote. »Verzeiht die Störung, Eure Wohlgeboren. Hier ist eine Nachricht von seiner Hochwohlgeboren Prinz Georg Ludwig. Eine Antwort ist nicht nötig.«

Sie nahm ihm den Brief ab, und er eilte mit lautlosen Schritten davon. Verwirrt schloss sie die Tür und ließ sich auf ihrem Bett nieder, um den Brief zu lesen.

Verehrte Helena,
bedauerlicherweise muss ich Euch schreiben, um Euch meine tiefe Enttäuschung mitzuteilen. Meine Gemahlin fühlt sich unwohl und bat nachdrücklich um meine Anwesenheit. Ihr werdet verstehen, dass ich alles vermeiden möchte, was sie in einen Zustand übermäßiger Erregung versetzen würde. Daher füge ich mich ihrem Wunsch, in der Hoffnung, damit für die nahe Zukunft umso mehr Freiheit zu gewinnen. Ich hoffe, Ihr

bleibt mir so gewogen, dass Ihr in meiner Absage nur einen kleinen Aufschub unseres gemeinsamen Glücks seht.
So wünsche ich Euch denn eine ruhige Nacht und süße Träume
Euer Georg Ludwig

Draußen verklang der Beifall für das Feuerwerk, und endlich wurde es still. Helena traten vor Erleichterung Tränen in die Augen. Tief einatmend stand sie auf, warf den Brief aufs Bett und begann, die Verschnürungen des Nachtgewands zu lösen. Unwillkürlich ging sie dabei zum Fenster und sah hinunter. Doch dort war niemand mehr.

28. Kapitel

Am sonntag sah Helena Georg Ludwig in der Kirche, doch dort wäre ein Gespräch unangemessen gewesen. Zudem lagen die Plätze der Herzogsfamilie traditionsgemäß weit von denen der gewöhnlichen Höflinge entfernt.

Auch im Anschluss an den Gottesdienst kam keine Begegnung zwischen ihnen zustande. Helena zog sich in ihre Kammer zurück, schrieb einen Brief an ihre Mutter und ihre Schwestern und las in einem Buch über Gartenkunst, das Herzogin Sophie ihr empfohlen hatte. Jeden Augenblick rechnete sie mit einer Nachricht von Georg Ludwig. Sie war ganz sicher, dass er seinen Besuch bei ihr in der bevorstehenden Nacht nachholen wollte. Die Erleichterung des Vorabends war nur noch eine schöne Erinnerung.

Sie verschrieb sich so häufig, dass sie ein Blatt Papier vergeudete, weil der Brief vor lauter Ausstreichungen unleserlich geworden war und sie von vorne anfangen musste. In dem Gartenkunstbuch las sie viele Sätze mehrfach und hatte ihren Inhalt danach noch immer nicht aufgenommen.

Schließlich gab sie auf, ging hinaus und schloss sich einer Gruppe von Hofleuten an, die sich auf dem Dach des westlichen Schlossflügels unter einem schattenspendenden Segeltuchpavillon versammelt hatten. Sie plauderten, ließen sich Häppchen servieren und sahen zwei jungen Malern bei der Arbeit zu, die dort an ihren Staffeleien standen. Der eine malte die Ansicht des Gartens, der andere Prinzessin Figuelotte, die sich anmutig an die Balustrade lehnte. Auch Ileana schaute den Malern über die

Schultern, und sie war die Erste, die Helena begrüßte, als sie die Treppe hinaufkam.

»Helena! Hast du schon die Neuigkeiten gehört? Heute Vormittag trafen Depeschen aus Wien ein. Seine Durchlaucht Herzog Ernst August soll dem Kaiser endlich die Hannoverschen und Celleschen Truppen zugesagt haben. Die Herren, die es betrifft, beraten sich im Kabinett des Prinzen. Aber was rede ich: Natürlich weißt du davon. Schließlich gehörst du ja … Nun ja. Du Arme! Gewiss wird Georg Ludwig sehr bald abreisen.«

Ileanas Mitgefühl war so schlecht gespielt, dass Helena sich wieder einmal fragte, ob nur der Neid ihre ehemalige Zimmergefährtin gegen sie einnahm oder ob noch etwas anderes dahintersteckte.

»Ich höre erst jetzt davon, aber die Nachricht kommt nicht überraschend. Es wird hier bei Hof stiller werden, wenn die Feldherren und ihr Gefolge fort sind. Ich bin wohl nicht die Einzige, die das bedauert«, sagte sie.

Dabei hatte sie gegen Stille in Wahrheit nichts einzuwenden. Doch ihr würde die Veränderung neue Unsicherheit einbringen. Solange Georg Ludwig noch da war, hatte sie für die Intrigantinnen und Intriganten des Hofs einen Wert. Wie diese Menschen sie nach seiner Abreise betrachten würden, blieb abzuwarten. Wenn er sie zurückließ, ohne noch einmal deutlich Interesse an ihr zu zeigen, würden sich Clara und die Herzogin vielleicht von ihr abwenden. Dann war alles vergeblich gewesen. So sehr ein Teil von Helena sich auch wünschte, der Lage zu entkommen, überwog doch die Angst davor, plötzlich vor dem Nichts zu stehen.

Figuelotte stieß einen theatralischen Stoßseufzer aus. »Ach! Wem sagt Ihr das! Wenn nun auch noch meine großen Brüder und ihre Freunde Hannover verlassen … *Quelle tristesse!*«

Helena holte Luft, um etwas Aufmunterndes zu sagen, doch

ihr kam eine Dame zuvor, die soeben unbemerkt hinter ihr die Treppe heraufgekommen sein musste. Ihre Stimme verursachte Helena eine leichte Gänsehaut. Es war, als müsste sie nur an diese spinnenhafte Frau denken, damit sie in Erscheinung trat.

»Aber Prinzessin! Lasst Euch doch nicht derart betrüben«, sagte Clara von Platen. »Es bleibt noch genug amüsante Gesellschaft bei uns. Nicht alle Herren haben schließlich mit dem Militär zu tun. Und ich verspreche, dass ich helfen werde, die angenehmsten von ihnen zu versammeln. Sie werden mit Freuden kommen, wenn ich damit prahlen darf, die schöne Tochter unseres Herzogs zu Gast zu haben. Werdet Ihr mir den Gefallen tun? Auch gewisse Herren, deren Bekanntschaft Ihr bereits gemacht habt, wären hocherfreut.«

Figuelottes Wangen färbten sich unter dem weißen Puder rot. »Danke, Gräfin von Platen. Das ist wirklich ein Lichtblick. Es wäre mir eine Freude, Euch zu besuchen.«

Helena vermutete, dass die Prinzessin für diesen Besuch erst noch die Erlaubnis ihrer Mutter einholen musste. Doch solche Dinge wurden nicht vor den Ohren der Öffentlichkeit erörtert.

Gräfin von Platen klatschte begeistert in die Hände. »*Merveilleux!* Wir werden uns prächtig vergnügen. Doch für den Moment bleibt hübsch ruhig stehen, damit das Porträt gelingt. Es wird gewiss bald jemanden in höchstes Entzücken versetzen. Ich habe vorerst noch etwas mit dem Fräulein von Minnigerode zu besprechen. Helena, Verehrteste, können wir unter vier Augen reden? Lasst uns einen kleinen Spaziergang durch die Gärten unternehmen! Was haltet Ihr davon?«

Mit ihrem Erscheinen gerechnet hatte Helena nicht. Doch nun, wo Clara da war, überraschte es sie nicht. Die Maîtresse en titre wusste sicher längst, dass mit der baldigen Abreise des Prinzen zu rechnen war. »Selbstverständlich. Es ist mir eine Ehre, Gräfin von Platen«, sagte sie und ließ Clara vorangehen.

Bis sie die Mitte des Parterres erreicht hatten, beschränkte Gräfin von Platen sich auf entzückte Ausrufe wie: »Seht nur die knospenbeladenen Päonien in diesem Füllhorn. Ich kann mir schon vorstellen, wie prächtig sie blühen werden!« oder »Gott, was für bezaubernde Muster in diesen Beeten! Die Geduld dieser Gärtner!«

Dann waren sie außer Hörweite der Hofleute, und die Mätresse ließ ihre Maske fallen. »So. Und nun zu unseren gemeinsamen Interessen, mein Fräulein. Man trug mir verschiedene Nachrichten zu, von denen mir einige Freude machen und andere missfallen. Könnt Ihr Euch denken, wovon ich spreche?«

Helena fühlte sich durch ihren Tonfall und ihre Wortwahl herabgesetzt, als wäre sie eine Zehnjährige, die von ihrer Gouvernante gemaßregelt wurde. »Sollte Euch noch immer daran liegen, eine Verbindung zwischen Georg Ludwig und mir herzustellen, werdet Ihr vermutlich zufrieden damit sein, dass er mir seine Gunst öffentlich gezeigt hat. Wenn es Euch missfällt, dass es mit diesem Vorhaben nicht noch schneller vorangeht, dann kann ich dazu nur sagen, dass es nicht an mir lag. Er zögert aus Rücksicht auf seine Gemahlin.«

»Was dir vermutlich nur allzu recht ist, mein Kind. Aber …«

Eine plötzliche Woge von Zorn überflutete Helena. »Was auch immer Ihr mir zu sagen habt, nennt mich nicht ›Euer Kind‹. Meine Mutter hat keinerlei Ähnlichkeit mit Euch.«

Claras Blick wurde eiskalt. »Hach! So viel Widerspenstigkeit? Erinnere ich mich denn falsch, wenn ich davon ausgehe, dass es dir gerade darum ging, dein liebes Mütterchen und die lieben Schwesterchen zu retten? Ist das auf einmal nicht mehr wichtig, dass du glaubst, mir unverschämt begegnen zu dürfen? Oder kam dir ein neuer, unfehlbarer Plan in den Sinn, für den du mich nicht zu brauchen glaubst? Dann lass dir sagen: Darin täuschst

du dich! Ich weiß längst, warum Georg gestern nicht zu dir kam, obwohl es zwischen euch vereinbart war. Ein Geheimnis ist nur dann ein echtes Geheimnis, wenn eine einzelne Person davon weiß. Wissen es zwei, dann ist das Kästchen nicht verschlossen, und die dritte wird bald kommen, um es zu öffnen. Kein Brief, der in diesem und vielen anderen Häusern heimlich von Gemach zu Gemach getragen wird, ist vor mir sicher. Das solltest du niemals vergessen! Dass Dorothées Gejammer Georg gestern zurückgehalten hat, ist ein Ärgernis. Und die Depeschen, die heute ankamen, verlangen von dir, dass du dich mit dem nächsten Schritt beeilst und noch heute echtes Engagement zeigst. Doch mein Missfallen betrifft eine andere Angelegenheit. Kommst du noch immer nicht darauf?«

Die füllige Mätresse hatte sich so in Rage geredet, dass sie währenddessen immer schneller gegangen war. Nun rang sie um Atem und blieb stehen, um Luft zu holen. Helena sah ihr in das dick geschminkte Gesicht. Keine Röte schimmerte durch die helle Paste, mit der die Fünfunddreißigjährige ihre kleinen Falten zugeschmiert hatte, obgleich sie erhitzt war. Die Hautunebenheiten waren dennoch zu erkennen, wenn man genau hinsah.

Würde sie selbst sich in fünfzehn Jahren ähnlich verhalten, wenn Georg Ludwigs noch ungeborener Sohn seine ersten Erfahrungen mit Frauen machte und mit seinem Erwachsenwerden der nächste Machtwechsel am Horizont sichtbar wurde? War sie bereit, jemals eine solche Rolle zu spielen?

Inzwischen wusste sie, worauf Clara hinauswollte, doch ihr fiel nichts Besseres ein, als sich dumm zu stellen. Mit großen Augen blickte sie Clara fragend an.

Die verzog verächtlich die Lippen. »Ihre Durchlaucht Herzogin Sophie ließ dich zu sich rufen, nicht wahr?«

Helena zuckte mit den Schultern. »Das geschah schon häufig. Ihr wisst, dass sie mich als Mitspielerin in ihren Runden schätzt.

Dieses Mal gab sie mir ein Buch über die Gartenkunst, weil wir uns unlängst darüber unterhielten.«

Clara ergriff ihren Arm und zog sie weiter. Für die Beobachter in der Ferne musste es aussehen wie eine freundschaftliche Geste, doch ihr Griff war schmerzhaft.

»Oh ja, sie schätzt dich als Mitspielerin. In der Tat! Du solltest äußerst vorsichtig damit sein, mich zu belügen. Ruf dir ins Gedächtnis, wem du deine wacklige Position an diesem Hof verdankst. Es ist nicht die Herzogin. Es ist die Gräfin von Platen! Wer hat dir deine Spielbörse gefüllt und dein Ansehen erhöht? Wer hat dir deine Kleider beschafft? Wer hat dir einen Vorschuss geliehen, mit dem du deine traurige Verwandtschaft über Wasser halten konntest, während du unentschlossen um deine Aufgabe herumschlichst? Das war ich, meine Liebe. Und ich lasse mir Treulosigkeit nicht bieten. Mehr werde ich nicht dazu sagen, aber sei gewarnt!«

Sorgfältig hielt Helena ihr Mienenspiel unter Kontrolle. »Es tut mir leid, Euren Unmut geweckt zu haben, obwohl ich nicht weiß, womit. Darf ich es trotzdem wagen, Euch um Rat zu bitten? Ihr sagt, ich müsse mich mit meinem nächsten Schritt beeilen. Wisst Ihr, wann Georg Ludwig abreisen wird?«

»Wie schön, dass du fragst. Nun hör dir aufmerksam die Antwort an: Du wirst noch heute mit Georg das Bett teilen. Oder meinetwegen einen Ort, der dem Bett vergleichbar ist. Jedenfalls wirst du ihm heute das Himmelreich zeigen, das dein Leib für ihn zu werden verspricht. Du wirst dabei unschuldig tun und sündhaft sinnlich handeln. Streichle seine männlichen Teile mit Andacht, und lass ihn mit seiner Zunge in deinem Mund oder an deinen Brüsten spielen. Darüber hinaus wehrst du seine Hände ab, schiebst deine Schüchternheit vor und vertröstest ihn auf später. Er darf dich besteigen, und du seufzt vor Schmerzen wie eine Jungfrau, die danach keine mehr ist. Ob du blutest, spielt keine

Rolle, denn das tut nicht jede. Wichtig ist, dass er in dieser ersten Nacht nicht alles haben darf, was er will, verstehst du? Er muss in den kommenden Wochen von dir träumen.«

Helena spürte, wie ihre Wangen heiß wurden. »Wenn Ihr meint, dass dieses Verhalten ihn fesseln wird, werde ich mein Bestes versuchen.«

Die Gräfin schlenderte mit ihr am Arm um eines der Beete und führte sie auf den Weg, der zurück zum Schloss führte. »Wenn ich meine? Ich meine nicht, ich weiß. Du vergisst, dass meine Schwester vor seiner Hochzeit seine Geliebte war. Wenn du den ersten Schritt gemeistert hast, werde ich dir mehr über seine Vorlieben erklären. Schätze dich glücklich, dass du nicht alles selbst herausfinden musst.«

»Was soll ich tun, wenn er auch heute nicht abkömmlich ist? Offenbar nimmt er an den Beratungen zur Planung des Feldzugs teil. Vielleicht hat er heute Abend Wichtigeres im Sinn, als sich mit mir zu vergnügen.«

»Gerade kurz vor einem Feldzug gibt es für einen Mann nichts Wichtigeres. Du wirst ihn vermutlich daran erinnern müssen, aber er wird ganz sicher Zeit für dich finden. Warte also nicht auf seine Anweisung, sondern such ihn auf! Falls ich erfahren muss, dass du es nicht getan hast, wirst du es bereuen, glaub mir. Wir sind nah am ersten Sieg. Du wirst mir das nicht verderben.«

»Aber …«

»Es gibt kein ›Aber‹. Du verlierst alles, was du bereits von mir erhalten hast und noch viel mehr, wenn du ihn heute nicht an dich bindest. Ich kann dich so ruinieren, dass du den Ring deines Bruders versetzen musst, um vom Erlös aus dem Land zu fliehen. Gelingt es dir aber, unterstütze ich dich und deine Lieben auch während Georgs Abwesenheit.«

Helena musste beim Abendessen nicht nachfragen, um zu erfahren, dass Georg Ludwig mit seiner Herrengesellschaft in seinen Gemächern geblieben war. Das Tischgespräch drehte sich um nichts anderes als den Einsatz der Hannoverschen Truppen, die zum Abmarsch bereit gemacht wurden, und alles, was damit zusammenhing.

Nach dem Essen rief Helena einen der Laufjungen zu sich, die Clara ihr empfohlen hatte. Sie bezahlte den Knaben dafür, dem Prinzen eine Nachricht von ihr zuzustecken und ihr unauffällig seine Antwort zu überbringen.

Gegen ein Uhr nachts schlich sie schließlich durch die Dienstbotentür in Georg Ludwigs Schlafkammer und wartete im Schatten des Betthimmels auf ihn. Ihr Herz schlug gleichmäßig, die Hände waren ruhig und ihre Sinne wach. Beim Abendessen hatte sie sich in Versuchung gefühlt, sich einen kleinen Rausch anzutrinken, um sich zu betäuben. Doch es war ihr wichtiger, das Geschehen mit klarem Verstand überblicken und lenken zu können. Sie hatte sich vorgenommen, die Angelegenheit mit kühlem Kopf hinter sich zu bringen. Ein Hasenherz war sie nie gewesen, und sie wollte nun nicht damit anfangen.

Eine Wolkendecke verhüllte den Mond, sodass kein Licht durch den zugezogenen Vorhang schimmerte. Bis auf zwei einzelne Kerzen rechts und links von Georg Ludwigs imposantem Himmelbett war der Raum unbeleuchtet. Der Geruch von Sandelholz, Leder und Flieder erfüllte die Luft. Die Dienstbotentür knarrte leise, und Helena schrak zusammen. Doch es war nur der zweite Kammerdiener, der hereinkam, ein rundes Tablett auf einem Tisch abstellte und wieder ging, ohne sie zur Kenntnis zu nehmen. Das zweite Glas bei der Weinkaraffe wies allerdings darauf hin, dass er von ihrem Besuch beim Prinzen wusste.

Endlich öffnete sich die Tür, die Schlafkammer und Wohngemach verband, und Georg Ludwig trat mit seinem ersten Kam-

merdiener und einem Pagen ein. Auch diese beiden Diener sahen sie nicht oder gaben vor, es nicht zu tun. Und Georg Ludwig selbst grüßte sie nur mit einer kaum sichtbaren Geste seiner Hand.

Page und Kammerdiener entkleideten ihn achtsam: sein Justaucorps, dessen dichte, seidige Stickereien im Kerzenschein glänzten, die üppige Lockenperücke, Halsbinde, Kragen, Hosenbund, das Hemd gegen ein anderes ausgetauscht, Hose, Strümpfe und immer so weiter. Die Prozedur schien kein Ende zu nehmen und strapazierte Helenas Geduld so sehr, dass ihre Haut kribbelte.

Doch schließlich stand der Prinz barfüßig, in Bruche und Nachthemd da und schickte seine Helfer hinaus. Kaum hatten sie die Tür hinter sich geschlossen, stürmte Georg Ludwig in ihren schattigen Winkel.

»Helena! Wie glücklich du mich machst! Die Sitzung hätte diese Nacht gar kein Ende genommen, wenn ich nicht gewusst hätte, dass du hier auf mich wartest. Ich habe die Bagage grob hinausgeworfen, angeblich, damit wir uns ausruhen, bevor es ins Feldlager geht. Doch nach Ausruhen steht mir überhaupt nicht der Sinn. Komm her, und lass dich …« Er drückte sie heftig an sich.

Sie war überrascht, wie unbeholfen er wirkte, und fand es leicht, sich zu stellen, als wäre sie es ebenfalls. Feucht presste er seine Lippen an ihren Hals, und sie zuckte zusammen, als wäre sie davon überrumpelt. »Georg!«, stieß sie hervor. »Ihr seid so ungestüm!«

Er richtete sich wieder auf und lachte. »Verzeih, die Rösser gehen mit mir durch. Für dich ist das ja noch alles ganz neu. Gut, dass du mich daran erinnerst. Möchtest du etwas Wein?«

Ihr scheues Nicken genügte ihm als Antwort. Sie folgte ihm zum Tisch, nahm das von ihm gefüllte Glas und prostete ihm zu. »Auf Eure Gesundheit und Euren Ruhm.«

Nachdem sie beide einen Schluck getrunken hatten, nahm sie all ihre Entschlossenheit zusammen und ging zum Angriff über. Während er erneut das Glas ansetzte, stellte sie das ihre ab, legte ihre Hände auf seine Hüften und hauchte ihm einen Kuss unter das Ohr. »Ihr werdet mir aus meinem Kleid helfen müssen«, flüsterte sie.

Deutlich spürte sie, wie ihn ein Schauder der Erregung überlief und sein Atem sich beschleunigte. Einen Augenblick später wusste sie, warum Clara ihr befohlen hatte, seiner Zunge freies Spiel zu lassen. Er küsste und lutschte mit Begeisterung, beinah so, als wäre er als Säugling in dieser Hinsicht zu kurz gekommen. Sie war von Herzen dankbar dafür, dass er keinen üblen Atem hatte. Seine Küsse einigermaßen überzeugend zu erwidern fiel ihr leichter, als sie erwartet hatte. Schwieriger war es, zu erdulden, wie er sich mit seinem Gesicht in ihren Ausschnitt wühlte.

Ein Klopfen an der Dienstbotentür riss ihn aus seinem Vergnügen. Vorsichtig schob Helena ihn ein wenig von sich weg und zupfte ihr Kleid zurecht.

»Ja?«, rief er mit rauer Stimme.

Die Tür wurde einen Spalt breit geöffnet. »Monsieur?« Helena erkannte die weibliche Stimme als die von Gabrielle de Brionne und wich in den Schatten zurück.

»Mademoiselle?« Mit eiligen Schritten ging Georg Ludwig zur Tür und blockierte Gabrielle unmissverständlich den Eintritt. »Womit kann ich Euch dienen?«

»Oh, *Monsieur George*, Euer Hochwohlgeboren, ich bin besorgt um Euch.« Dicker als sonst trug Gabrielle ihren französischen Akzent auf, vergaß das H vom Hochwohlgeboren und ließ das ich klingen wie isch.

»Seid Ihr das aus eigenen Stücken oder im Dienste meiner Gemahlin? So oder so, wüsste ich den Grund dafür nicht. Mir geht

es ausgezeichnet, danke.« Er klang nicht unfreundlich, doch ein wenig ungeduldig.

»Verzeiht mir, wenn ich Euch gestört habe, Monsieur. Doch als ich erfuhr, wie man Euch heute beansprucht, hatte ich Sorge, dass Euer Wohlbefinden darunter leidet. Dabei sollte ein Mann doch sein Leben auskosten und sich gründlich verwöhnen lassen, so kurz vor Strapazen, wie sie Euch bevorstehen. Nur deshalb kam ich, um mich zu erkundigen, ob man Euch auch alle Annehmlichkeiten bietet, die Ihr begehrt. Ist es so?« Nun klang sie unüberhörbar anzüglich.

Deutlicher hätte sie sich ihm kaum anbieten können. Helena biss sich auf die Lippen. Noch vor einem halben Jahr hätte sie Mademoiselle de Brionne für ihr Benehmen tief verachtet. Nun aber stand sie auf einer Stufe mit ihr. Wer wusste, ob Dorothées junge Hofdame aus eigenem Antrieb handelte?

Georg Ludwig offenbarte nicht, ob er das Angebot als solches erkannte. »Eure Fürsorge ist reizend, mein Fräulein. Doch ich versichere Euch, dass es mir an nichts mangelt. Ihr könnt Euch beruhigt zurückziehen. Ich wünsche Euch einen erholsamen Schlaf. Auf Wiedersehen.«

Damit schloss er die Tür vor Gabrielles Nase, wandte sich ab und stieß ein kurzes, gepresstes Lachen aus. »Ich frage mich, ob Dorothée sich das ausgedacht hat. Ein kindischer Versuch, mich auf die Probe zu stellen, vielleicht. Das sähe ihr ähnlich. Ach, vergessen wir das. Du bist hier, das zählt! Noch etwas Wein?«

Die Unterbrechung hatte Helenas Entschlossenheit aufgeweicht. Ein weiterer Aufschub wäre ihr nur zu recht gewesen, doch gerade deshalb wollte sie ihn vermeiden. »Ich trinke einen Schluck aus Eurem Glas, während Ihr …«

»Während ich …?«

»Während Ihr Euch die Häkchen hinten an meinem Kleid anseht. Mir scheint, sie stören uns.«

Er gluckste belustigt und kümmerte sich nicht weiter um den Wein, sondern kam zu ihr. Einen Augenblick verharrte er und betrachtete sie, bevor er hinter sie trat, um sich an ihrem Kleid zu schaffen zu machen. »Ich kann gar nicht beschreiben, wie gut du mir gefällst. Fräulein Gabrielle ist gewiss ein hübsches Ding. Honigsüß ist sie und gerade das … Mir kommt es immer vor, als müsste ich an ihr festkleben, wenn ich sie berührte. Du hingegen … So frisch und klar. Und du redest kein dummes Zeug. Und …« Er fasste sie bei den Schultern, drehte sie um und vergrub wieder sein Gesicht in ihrem Ausschnitt.

Sie unterdrückte einen Seufzer der Resignation. Hätte sie sich doch lieber betrinken sollen? Was sollte sie tun, um die Sache zu beschleunigen? Gerade als sie überlegte, ob sie ihm weiche Knie vorspielen sollte, hob er sie hoch und trug sie die zwei Schritte zum Bett, wo er sie absetzte.

»Ich habe heute keine Geduld für die tausend Häkchen und Schleifchen an deinem Kleid, verzeih. Wenn es Schaden nimmt, kaufe ich dir ein neues«, murmelte er.

Gleich darauf nahm das Kleid in der Tat Schaden. Die Nähte knackten und rissen, als er den Ausschnitt auseinanderzog, ohne es zu öffnen. Er schlug ihre Röcke hoch und drängte sich zwischen ihre Schenkel, vergnügte sich jedoch vorerst noch damit, sie am ganzen Leib abzuküssen. Claras Rat beherzigend, griff sie behutsam nach seinen noch durch die Bruche verhüllten männlichen Teilen, als sich die Gelegenheit bot. Und endlich beschleunigte sich die Sache. Mit einem Aufstöhnen lehnte er sich auf dem Bett zurück. »Oh mein Gott, ja, bitte, mach damit weiter!«

Mit zusammengebissenen Zähnen erfüllte sie seinen Wunsch und hoffte dabei, dass die Dunkelheit jede Spur ihres Widerwillens verbarg. Doch lange ließ er sie ohnehin nicht gewähren. Mit einem spielerischen Grollen warf er sie auf den Rücken und wälzte sich über sie.

Das Klopfen an der Tür hatte dieses Mal einen völlig anderen Klang. Laut und entschieden donnerte es und verhieß eine wahrhaft dringende Angelegenheit. Auch kam es von der anderen Tür her. »Euer Hochwohlgeboren? Eine eilige Nachricht! Eine gefährliche Lage bei Euren Truppen! Seid Ihr wach?«

»Verdammt!«, stieß Georg Ludwig hervor. »Verzeih mir, Helena, aber das muss ich mir anhören. Warte, bleib hier, ich gehe zu ihm.«

Helena presste sich in die Kissen und faltete die Hände zu einem Stoßgebet, wusste aber nicht, worum sie bitten sollte. Der Wunsch, den Prinzen loszuwerden, mischte sich mit Sorge. Was würde Gräfin von Platen unter diesen Umständen mit ihr machen? Würde sie ihre Bemühungen gelten lassen? Oder war sie für Claras Ansprüche nicht weit genug gegangen? Gedämpft hörte sie mehrere aufgeregte Männerstimmen aus dem Nebenraum, und schließlich kam Georg Ludwigs Kammerdiener durch die Tür. Eilig legte er einen Satz Kleidung für seinen Herrn bereit und trat dann mit diskret abgewandtem Blick zu ihr ans Bett.

»Seine Hochwohlgeboren muss zu seinen Truppen, gnädiges Fräulein. Jetzt wäre der passende Moment für Euch, zu gehen, bevor weitere Herren hereindrängen«, flüsterte er. Rücksichtsvoll zog er den Bettvorhang zu, sodass sie sich wieder manierlich ankleiden konnte.

Sie war aufgestanden und schlüpfte gerade in ihre Schuhe, als Georg Ludwig zurückkehrte.

»Diese Narren! Stell dir das vor: Zwei unserer besten Hauptleute haben sich duelliert. Einer von ihnen wurde dabei schwer verletzt. Daraufhin sind ihre Regimenter aneinandergeraten, und man fürchtet, dass der Hader sich ausbreitet. Es hilft nichts, ich muss sogleich dorthin und sie zur Raison bringen. Es wird sich nicht lohnen, hierher zurückzukommen, bevor wir nach Wien

aufbrechen. Doch ich hoffe, du wirst auf mich warten. Die Türken werden wir schließlich bald geschlagen haben.« Gepresst lachte er und verriet damit, dass er sich selbst nicht glaubte.

Wie vom Kammerdiener vorhergesagt, sammelten sich im Vorzimmer tatsächlich mehr und mehr Herren, die sich entweder noch rasch von Georg Ludwig verabschieden oder ihn begleiten wollten. Helena bewegte sich zur Dienstbotentür, während Georg Ludwig sich ankleiden ließ. »Meine guten Wünsche begleiten Euch. Kehrt unversehrt und erfolgreich zurück«, sagte sie. Hastig öffnete sie die Tür und sank erst dann in einen tiefen Knicks.

Seiner Miene war anzusehen, dass er in Gedanken schon bei seinen Truppen war. Dennoch nickte er ihr lächelnd zu. »Auf Wiedersehen, meine Freundin. Bleib mir gewogen!«

Zum ersten Mal in dieser Nacht lächelte sie ihm aus einem ehrlichen Gefühl heraus zu. Wie sehr sie ihre Lage auch verabscheuen mochte, seine Schuld war es eigentlich nicht. »Das werde ich. Auf Wiedersehen.«

Verstohlen und doch kopflos hetzte sie über die Flure des Schlosses davon, bis sie die Tür ihres eigenen Gemachs hinter sich schließen konnte. Zu ihrem Ärger fand sie dort Frida vor, die beim Licht einer rußenden Talgkerze mit offenstehendem Mund selig auf ihrem Bett schlief, obwohl sie ihr deutlich gesagt hatte, dass ihre Dienste in dieser Nacht nicht mehr benötigt wurden. Sie konnte sich denken, dass die Herzogin ihrer Dienerin entgegengesetzte Anweisungen erteilt hatte.

Beim Geräusch der zuschlagenden Tür fuhr Frida hoch und starrte Helena mit weit aufgerissenen Augen an. »Fräulein Helena. Ich habe erst später mit Euch gerechnet. Verzeiht.«

Helena spürte förmlich, wie Fridas Blick an ihr herabwanderte und jede Einzelheit aufnahm: die zerzauste Frisur, die geplatzten Nähte, den zerrissenen Strumpf. Wie passend, dass die Wolkendecke sich offenbar gelichtet hatte und mehr Mondlicht durch-

scheinen ließ als zuvor. Herzogin Sophie würde gewiss einen genauen Bericht erhalten.

»Du kannst jetzt gehen. Ich brauche deine Hilfe heute nicht mehr«, sagte sie und nahm sich zusammen, um ihre Verärgerung nicht an der Zofe auszulassen.

»Sehr wohl«, hauchte Frida und hastete aus dem Zimmer.

Mit in den Nacken gelegtem Kopf marschierte Helena in ihrer Kammer auf und ab. Laut schreien wollte sie und biss sich doch auf die Lippen. Ein wilder Wirbel von Gefühlen schüttelte sie. Erleichterung, Ekel, Angst und Wut tobten in ihr durcheinander. Vollends aus der Fassung brachte es sie jedoch, dass sie auch Sehnsucht verspürte. Sie hatte keine Wollust gespürt, als Georg Ludwig sie berührte, und sie wusste, dass sie mit ihm niemals Leidenschaft erleben würde. Warum dann sehnte sie sich jetzt wie wahnsinnig nach der Liebe und Lust, die sie früher schon erfahren und genossen hatte? Ihr Verstand schrie, dass ihr diese Gefühle nur Ärger einbringen würden, doch ihr Herz verlangte verzweifelt nach einer Welt, in der sie das Lebensglück herbeiführten, das sie verhießen.

Mit rasendem Puls ging sie zum Fenster und blickte hinab in den Herzoginnengarten. Ihr Atem stockte, als sie tatsächlich Floriano dort auf dem Boden sitzen sah. Er lehnte mit angezogenen Beinen und verschränkten Armen an einem bepflanzten Steintrog und sah zu ihr empor. Oder schlief er? Es war in der Dunkelheit nicht zu erkennen. Wie lange saß er schon so regungslos dort? Beinah wirkte es, als sei er selbst eine schöne Statue und Teil des Gartens.

Nun entdeckte er sie am Fenster und stand langsam auf, ohne den Blick von ihr abzuwenden. Sie konnte seine Augen nicht sehen, doch sie fühlte, wie ihre Blicke sich trafen. Ohne einen klaren Gedanken zu fassen, hob sie die Hand und bedeutete ihm, dass sie zu ihm hinabkommen würde. Er zeigte wortlos in Rich-

tung des Boskettgartens, und sie nahm sich nur noch die Zeit, sich ihren dunklen Umhang überzuwerfen, bevor sie sich auf den Weg machte.

Schon als er sich unter Helenas Fenster zum Warten niedergesetzt hatte, war sich Floriano bewusst gewesen, dass er mindestens seine Stellung riskierte. Wenn es einem der Oberhäupter der höfischen Verwaltung zugetragen wurde, dass er auf diese Weise einer Hofdame nachstellte, würde man ihn umgehend hinauswerfen. Doch nachdem Fräulein Helena in der vorherigen Nacht mit dem Ausdruck von Verzweiflung von ihrem Fenster verschwunden war, hatte er nicht anders gekonnt. Sie hatte Sorgen, und das war ihm in einem Maße unerträglich, das er sich nicht erklären konnte.

Darüber nachzudenken, in welcher Bedrängnis sie sich befinden mochte, beschäftigte ihn schon länger. Doch seit ihrem letzten Gespräch an diesem Fenster war in seinen Gedanken für kaum noch etwas anderes Raum. Sogar Gabrielle kam ihm nur noch selten in den Sinn. Seine ehemalige Geliebte hatte ihm seit ihrem Kuss im Garten kein weiteres Zeichen von Zuneigung mehr gegeben, was ihn tief hätte kränken müssen, es jedoch nicht tat. Er hatte sich eingestanden, dass ihm jedes kleine Zeichen dieser Art von Fräulein Helena tausendmal mehr bedeutet hätte.

Wäre es nicht ein arbeitsfreier Sonntag gewesen, an dem er sich hatte ausruhen können, dann wäre er in der langen Wartezeit wohl eingeschlafen. Doch so hatte er den süßen Duft von Levkojen, Lilien und ersten Oleanderblüten eingesogen und den Geräuschen der Nacht gelauscht – dem Gesang der Nachtigall, dem Rufen der Käuzchen, dann dem Hufschlag eines herantrabenden Pferdes, dessen Reiter offenbar trotz der späten Stunde im Schloss zu tun hatte. Und mit jedem Atemzug empfand er die

unvernünftige Sehnsucht deutlicher, mit der er sich Helena ans Fenster herbeiwünschte.

Als sie schließlich wirklich dort erschien, wusste er sofort, dass ihnen beiden etwas Besonderes bevorstand. Sie war so aufgewühlt, dass er es beinah körperlich spürte, und ihr Blick traf ihn wie ein Lichtstrahl. Es wunderte ihn nicht, dass sie zu ihm herabkommen wollte. Vielmehr schien es das einzig Mögliche zu sein, als hätte das Schicksal diesen Moment von langer Hand vorbereitet.

Eilig, aber dennoch vorsichtig schlich er kurz darauf im Schatten der seitlichen Alleen auf Umwegen zu dem Boskettgarten, wo sie sich schon einmal getroffen hatten. Mit geschlossenen Augen und weichen Knien lehnte er sich dort gegen den Brunnen und erwartete das Geräusch ihrer Schritte.

Endlich hörte er sie – noch viel leiser, als er erwartet hatte. Auch sie war vorsichtig. Als sie vor ihm stand, flüsterte er trotzdem nicht, sondern sang zwei Zeilen eines italienischen Liedes, das ihm plötzlich in den Sinn kam. Es handelte von einem Mädchen, das schön war wie der Mond selbst.

Sie lächelte. »Die Worte verstehe ich nicht, aber du solltest den ganzen Tag singen. Die Welt würde dadurch schöner.«

»Ich muss singen, um das zu erreichen. Du hingegen musst einfach nur sein«, sagte er.

Ihre Augen wurden dunkler. »Schmeicheleien ertrage ich heute nicht mehr.«

»Es ist die Wahrheit. Meine Wahrheit.«

»Hast du deinen Liebeskummer überwunden?«

»Ich habe neuen, fürchte ich. Was ist mit dir? Bist du wieder hungrig?«

Als würde der Mond ihnen zuliebe seine Kräfte zusammennehmen und die Wolken beiseiteschieben, wurde es heller. Der Amor lächelte auf seinem Sockel beim Brunnen, und sein wei-

cher Schatten berührte sie beide. Helena streckte die Hand hinter sich aus und legte sie auf den steinernen Brunnenrand.

»Nein, im Gegenteil. Mich plagt Appetitlosigkeit. Nichts, was die Hofküche zu bieten hat, schmeckt mir noch.«

»Die Köche wären bestürzt, das zu hören. Ist es denn ihre Schuld?«, fragte er.

Sie schüttelte den Kopf. »Es ist ganz allein meine Schuld. Ich habe mir die unappetitliche Suppe eingebrockt, nun muss ich sie auslöffeln. Ein klügerer Mensch als ich wäre beizeiten vom Tisch aufgestanden und wäre gegangen. Doch ich habe die Tür nicht gesehen. Und ich finde sie noch immer nicht.«

Er seufzte und schüttelte sich theatralisch. »Du sprichst so gekonnt durch die Blume, dass der ganze Garten davon duftet, aber mein Geist ist auf Dauer zu schwerfällig dafür. Können wir einfach in klaren Worten sprechen? Lass es mich versuchen: Aus Gott-weiß-welchen Gründen hast du dich darauf eingelassen, Prinz Georg Ludwig zu umgarnen oder dich von ihm umgarnen zu lassen. Und nun stellst du fest, dass die fällige Einlösung all der zarten feurigen Versprechungen dir überhaupt nicht zusagt. Ich maße mir kein Urteil darüber an, ob du einen anderen Weg hättest gehen sollen. Aber es ärgert mich, dass du an diesem Spiel teilnimmst, in dem Menschen für den Abglanz der Macht alles tun. Wie kam es dazu?«

Obgleich Helenas Kleid seit ihrem Besuch bei Georg Ludwig nicht mehr fest geschnürt war, hatte sie die ganze Zeit flach geatmet. Nach Florianos Worten fühlte sie zum ersten Mal seit Stunden, wie ihre Brust sich weitete und frische Luft in ihre Lungen strömte. Sie wollte seine Freundschaft, wollte ihm alles erzählen, all die Zwänge offenlegen, in die sie sich verstrickt hatte. Gleichzeitig bekam sie Herzklopfen vor Angst, wenn sie sich vorstellte, dadurch seinen Respekt zu verlieren. *So weit war es mit*

der Jungfer von Minnigerode gekommen, dass sie befürchtete, der guten Meinung eines Gärtners nicht würdig zu sein, verspottete sie sich selbst. Dennoch fand sie nicht die richtigen Worte für den Anfang ihrer Geschichte. Verzweifelt stieß sie die Luft aus und sah ihm in die Augen.

»Aus deiner Sicht muss unerhört wirken, was ich getan habe. Du lebst unter Menschen, die sich mit dem Fleiß ihrer eigenen Hände ihren Unterhalt erarbeiten. Das ist gewiss nicht immer ein leichtes Leben, doch scheint mir darin eine große Freiheit zu liegen. Einer Frau wie mir steht diese Wahl nicht offen, und ich bezweifle auch, dass ich dazu fähig wäre. Mein Plan war es, zu heiraten und die Aufgaben einer Ehefrau ehrlich zu erfüllen. Georg Ludwigs Mätresse zu werden war nie meine Absicht.«

»Aber nun bist du es?«, fragte er und verschränkte die Arme, als würde er sich gegen ihre Antwort wappnen.

Sie schüttelte den Kopf. »Georg Ludwig ist heute Nacht abgereist, ohne mir diesen Rang zu verleihen. Ich weiß nicht, wie es weitergeht. Wenn Gräfin von Platen den Eindruck hat, dass er nicht weiter an mir interessiert ist, dann wird sie mich vielleicht fallen lassen. Doch es ist zu spät, um noch auf eigene Faust einen wohlhabenden Gatten zu finden. In wenigen Wochen wird meine Mutter das Gut verlieren, wenn sie den Gläubigern nichts zahlen kann.«

»Und was geschieht dann? Sie wird doch sicher nicht mittellos sein, nachdem sie das Gut verkauft hat.«

»Da mein Onkel den größten Teil der Ländereien für sich beansprucht hat, ist das Gut nicht mehr so viel wert, wie man glauben könnte. Wenn wir alle Verpflichtungen ausgelöst und zumindest für meine Schwestern kleine Mitgiftsummen beiseitegelegt haben, dann wird der Rest nicht genügen, um eigenständig und würdevoll zu leben, bis die Mädchen alt genug zum Heiraten sind. Wir wären abhängig vom Wohlwollen meines Onkels, und

das reicht nicht weit. Außerdem wäre es ein ungeheurer Schlag für meine Mutter, die nicht nur die angestammte Residenz ihrer Familie verliert, sondern vieles, wofür sie gelebt hat. Sie liebt Minnigerode mit allen, die dort wohnen und arbeiten.«

»Und du?«

»Ich liebe es ebenso, doch da ich einen Bruder hatte, habe ich mich vor langer Zeit damit abgefunden, dass es nicht in meinem Besitz bleiben wird. Mein Leben lang glaubte ich allerdings, dass mein Bruder dort leben würde und ich jederzeit zu Gast sein könnte. Der Ort birgt so viele Erinnerungen. Mir ist, als würden sie mir alle geraubt.«

»Ich weiß, was du meinst. Meine Kindheit verlebte ich in Venedig, doch seit meinem zwölften Lebensjahr war ich nicht mehr dort, und niemand teilt meine Erinnerungen. Manchmal ist mir zumute, als hätte ich die ersten Jahre meines Lebens nur geträumt. Aber du hast immerhin noch deine Mutter und deine Schwestern, und sie haben dich. Ich bin überzeugt davon, dass Menschen, die sich lieben, gemeinsam viel Ungemach aushalten und trotzdem glücklich sein können. Glaubst du das nicht?«

Zuerst hielt sie seinen Blick nur für freundlich, dann jedoch spürte sie eine Zärtlichkeit darin, die über Mitgefühl hinausging. War ihm bewusst, wie er sie ansah?

»Ich würde es gern glauben. Doch gerade bei denen, die man liebt, bereitet es besonderen Kummer, wenn man sie nicht vor Unheil und Not schützen kann. Wenn das Spiel noch nicht vorüber ist, dann gibt es noch eine Aussicht auf Erfolg, und ich muss weiterspielen. Verachtest du mich dafür?«

Sein Blick wanderte über ihr Gesicht, als würde er es streicheln. »Ich verachte jene, die dich für ihre eigenen Zwecke benutzen, ohne dabei an dein Wohl zu denken.«

Ein Windhauch ließ ihre gelösten Haarsträhnen über ihre Wangen tanzen und ihre Haut kitzeln, als würden Florianos Bli-

cke sie berühren. Sie ging auf ihn zu, bis sie unmittelbar vor ihm stand und ein wenig zu ihm aufblicken musste.

»Ich war heute Abend bei ihm, und es war furchtbar. Ich will ihn nicht«, brach es aus ihr hervor.

Er sah ihr in die Augen und breitete die Arme aus. Ohne zu zögern, nahm sie das Angebot an. Seine Umarmung trieb ihr die Tränen in die Augen. Als sie den Kopf an seine Brust legte, fühlte sie sich zum ersten Mal seit vielen Monaten geborgen. »Wenn ich nicht wüsste, dass du Liebeskummer hast, würde ich dich bitten, mich zu küssen«, murmelte sie.

Er strich ihr sanft die Haare aus dem Gesicht. »Wenn du nicht bitten willst, dann bitte ich. Würdest du mich küssen, bitte? Ich kann mir keine bessere Medizin gegen meinen Kummer vorstellen.«

Eilig legte sie den Kopf in den Nacken und stellte sich auf die Zehenspitzen. Seine Lippen waren wärmer als die ihren, und seine Zunge weit raffinierter als die der beiden anderen Männer, die sie in ihrem Leben bisher geküsst hatte. Ihr Herz schlug heftig, ihr Leib sog gierig die Freude auf, die sie durchströmte.

Da war es, das Gefühl von Lust und Leidenschaft, das Summen von Zärtlichkeit und Liebe in ihren Adern. Es trug sie beide davon, bis sie im Durst nach der Haut und Wärme des anderen alle Bedenken vergaßen und sich vereinten wie eine Frau und ein Mann, die füreinander bestimmt waren. Sie liebten sich im weichen Gras, ohne Hast und doch leidenschaftlich, schweigend und doch ohne Missverständnisse.

Die ersten Vögel stimmten schon ihre Morgenmelodien an, als Helena sich schließlich von Floriano losmachte. »Ich muss hineingehen. Und ich fürchte, nun haben wir beide Liebeskummer«, sagte sie.

Und Floriano strich ihr noch ein letztes Mal mit dem Finger über die Lippen.

29. Kapitel

Jeden Morgen wurde Floriano zuerst von den zahlreichen Hähnen des nahegelegenen Geflügelhofs geweckt. Etwas später klopfte dann der für das Wecken eingeteilte Knecht an die Tür seines Kämmerchens, das er dank seines höheren Ranges allein bewohnen durfte. Wie die anderen Gärtner war er vor der Ankunft der herzoglichen Gesellschaft vom Dienstbotentrakt des Herrenhäuser Schlosses in das Gebäude der höfischen Meierei umgezogen. Anton Bauer wohnte mit seiner Familie in einem Häuschen auf der anderen Seite des Hofs.

Am Montagmorgen hatten gerade erst ein oder zwei Hähne gekräht, da hörte Floriano den Oberhofgärtner schon draußen herumbrüllen. Er hatte kaum geschlafen, weil er nach den heimlichen Stunden mit Helena auch in den verbliebenen zwei, drei Nachtstunden nicht zur Ruhe gekommen war. Nun fühlte er sich zerschlagen, zugleich jedoch erstaunlich wach.

Da es noch nicht einmal richtig hell war, wunderte ihn Bauers Toben. Was konnte schon um diese Zeit den Zorn seines reizbaren Vorgesetzten erregt haben? Sein Atem stockte kurz, als ihm ein böser Verdacht kam. Hatte es etwas mit ihm selbst zu tun? War sein Treffen mit Helena trotz aller Vorsicht jemandem aufgefallen? Der Gedanke trieb ihn in Windeseile aus dem Bett. Wenn er gleich enthauptet werden würde, dann wollte er dazu wenigstens nicht nackt und mit voller Blase aus seiner Kammer gezerrt werden.

Doch auch während er sich in den Nachttopf erleichterte und dann ankleidete, schimpfte Bauer draußen weiter, was gegen

Florianos Befürchtung sprach. Von seinem winzigen Fenster aus konnte er den Hof nicht überblicken und weder Bauer noch die anderen Beteiligten sehen.

Mit einem tiefen Seufzer beschloss er, sich in den Kampf zu werfen. Es gab Menschen, die unter Bauers Wutausbrüchen stärker litten als er, zumal wenn es sie unschuldig traf. Es war ihm schon zur Gewohnheit geworden, sich einzumischen, um den Schaden zu begrenzen, den Bauer mit seinem Jähzorn anrichtete.

Die Schönheit des Sonnenaufgangs war an diesem Morgen an alle vergeudet, die sich mehr oder weniger schlaftrunken auf den Hof gewagt hatten. Anton Bauer war so außer sich, dass man ihn für tollwütig halten konnte. Halb erwartete Floriano, Schaum von seinen Lippen tropfen zu sehen. Sein Vorgesetzter schlug mit einer Schaufel um sich und prügelte auf alle ein, die ihm nicht schnell genug auswichen. Eine Magd, die mit einem Korb voll Kaninchenfutter über den Hof gegangen war und nicht schnell genug begriff, traf es zuerst, dann den Hofhund. Sowohl die junge Frau als auch der Hund heulten auf, liefen davon und verbargen sich hinter dem Gesinde, das sich ängstlich vor der Seitentür des Meiereihauses aneinanderdrängte. Bauer verfolgte sie nicht, sondern jagte drei Ziegen nach, ohne sie zu erwischen. Stattdessen schlug und trat er auf einen Wassereimer und eine Schubkarre ein, die umkippten. Dabei brüllte er ohne Unterlass unartikuliert oder in Flüchen, die der Pastor nicht hören durfte.

Hinter Floriano waren inzwischen noch einige Gärtner aus dem Gebäudeflügel gekommen, den sie bewohnten. Schweigend gesellten seine Gefährten sich zu ihm, räusperten sich, husteten, stopften ihre Hemden in die Hosen, rückten die Westen, Jacken oder Kappen zurecht. Der Dunst ihrer Fahnen verriet Floriano, wie die meisten von ihnen den Vorabend verbracht hatten. Er hätte erwartet, dass wenigstens einer fragte, was passiert war. Sie waren alle daran gewöhnt, dass der Oberhofgärtner zürnte, doch

die Umstände waren ungewöhnlich. Niemand stellte die Frage, und das machte Floriano misstrauisch. Mit gerunzelter Stirn musterte er seine Mitarbeiter und fand in ihren Mienen sowohl schlecht verhohlene Belustigung als auch Schuldbewusstsein.

»*Mio dio!* Was habt ihr angestellt?«, flüsterte er.

Otto, der sich das Grinsen kaum verkneifen konnte, sprach leise hinter vorgehaltener Hand. »Die Ziegen sind gestern Nacht wieder ausgebrochen. Und Bauer hat seine Küchentür nicht verschlossen. Die Tiere wollten wohl bei ihm wohnen.«

Floriano stöhnte und rieb sich mit beiden Händen das Gesicht. Hatte er nicht gerade genug Schwierigkeiten? »Ihr habt die Ziegen in sein Haus gelassen? Seid ihr närrisch?« Er hätte gern noch viel mehr dazu gesagt, wollte jedoch nicht Bauers Aufmerksamkeit auf sich und die anderen ziehen.

Doch er hätte sich die Vorsicht sparen können, denn einen Atemzug später kam Bauer dennoch auf sie zugestürmt. »Ihr wart es! Ihr versoffene Bande von Taugenichtsen habt die verfluchten Ziegen in mein Haus gesperrt! Na wartet, ich bringe euch um!«

Wie von einer Sturmböe auseinandergeblasen, zerstreuten sich Florianos Gefährten. Nur er selbst blieb mit erhobenen Händen stehen. »Herr Bauer, bitte! Was ist vorgefallen? Sicher lässt sich alles aufklären und der Schaden beheben.«

Bauer schlug mit der Schaufel nach ihm, ohne innezuhalten, doch Florianos akrobatische Reflexe waren gut genug, um ihm ausweichen zu können.

»Schaden beheben? Ha! Den Teufel kannst du! Na warte!«

Wieder ging der Wütende auf ihn los, und wieder wich Floriano aus. So trieb Bauer ihn kreuz und quer über den Hof, während er versuchte, mit ihm zu reden. »Beruhigt Euch doch! Lasst uns in Ruhe – also wirklich, Ihr werdet Euch noch verletzen!«

»Verletzen werde ich dich, du Hundsfott. Ihr steckt doch alle unter einer Decke! Im ganzen Haus waren die Biester! Ihr Ka-

naillen! Schaden beheben, ja, das wünscht man sich! Die Mühe von Monaten ist verloren!«

Erneut brachte Floriano sich durch einen gewandten Sprung in Sicherheit – dieses Mal hinter die Pferdetränke. »Sprecht Ihr von den Ziegen? Was haben sie angerichtet?«

»Spreche ich von den … Als ob du das nicht wüsstest! Meine ganze Nachzucht haben sie mir abgefressen: Ingwer, Zitronen, Myrten, Granatäpfel und meine jungen Palmen. Ein Geschenk für die Herzogin sollten die Pflanzen werden, und nun … Wer war es? Sag es mir!« Überraschend machte er eine Kehrtwende und überrumpelte Otto, der in der irrigen Annahme, dass sich Bauers Wut allein auf Floriano richtete, gebannt dagestanden hatte. Er packte den Jungen beim Kragen und schüttelte ihn. »Sag es mir! Wer hat die Ziegen in mein Haus gelassen? Alle Böden haben sie vollgeschissen, und die Treppe sind sie hinauf …«

Mit verzerrtem Gesicht holte er aus und zog dem Jungen die Schaufel über, während er ihn mit der anderen Hand festhielt. Otto schrie auf, und in seinen Augen spiegelte sich Todesangst. Nach dem zweiten Schlag stürzte Floriano auf die beiden zu und hielt Bauers Arm fest. »Na, na, Herr Bauer, Ihr könnt den Jungen nicht wegen ein paar Zitronen totschlagen. Zeigt mir doch erst einmal den Schaden. Vielleicht ist es ja bei Tageslicht betrachtet nicht ganz so schlimm, und es lässt sich etwas retten.«

Noch einmal riss Bauer seinen Arm los und versetzte Otto einen Schlag, stieß ihn aber auch weg, sodass der Lehrling davonlaufen konnte. An seiner Stelle packte er nun Floriano, doch wegen ihrer ebenbürtigen Größe war die Wirkung geringer. »Ich werde herausfinden, wer in dieser Nacht draußen herumgeschlichen ist und die Tat begangen hat, das schwöre ich! Und dann sei ihm Gott gnädig!«

Mit größtmöglicher Gelassenheit ignorierte Floriano die fremde Hand an seinem Hemd. »Selbstverständlich, Herr Bauer.

Aber … Bevor Ihr der Angelegenheit noch mehr von Eurer kostbaren Zeit widmet: Ist es ganz unmöglich, dass die vermaledeiten Ziegen sich selbst Einlass verschafft haben? Ihr kennt den Erfindungsreichtum dieser Biester. Vielleicht haben sie in Eurem Haus Leckereien gewittert und …«

Nun stieß Bauer auch ihn von sich. »Die Tür wird abends von innen verriegelt. Öffnen Ziegen verriegelte Türen?« Er hatte den Mund noch offen, um weiterzusprechen, hielt aber kurz inne, weil ihm offenbar selbst der Haken an seinem Gedankengang aufgefallen war. Wie sollten die Gärtner die Tür für die Ziegen geöffnet haben, wenn sie tatsächlich von innen verriegelt gewesen war? »Verdammter Unsinn!«, stieß er nur noch hervor und marschierte zurück zu seinem Haus.

»Darf ich Euch mit den Pflanzen helfen, Herr Bauer?«, rief Floriano ihm nach. Er war bisher nie in Bauers Haus gewesen und hätte tatsächlich zu gern gewusst, welche Art Pflanzen sein Vorgesetzter dort zog und was ihnen zugestoßen war.

Bauer sah sich über die Schulter zu ihm um. »Helfen? Du verstehst nichts von diesen feinen Sämlingen und würdest alles noch schlimmer machen. Du könntest höchstens den Ziegendreck zusammenfegen, und nicht einmal dafür würde ich dich ins Haus lassen.«

Floriano atmete wieder einmal tief durch und hielt seine Erwiderung zurück. Es war eine grobe Unwahrheit, dass er nichts von kostbaren Sämlingen verstand. Perronet hatte sich ausgiebig mit der Aussaat und Zucht exotischer Pflanzen befasst und ihn dabei mitarbeiten lassen. Eigentlich wusste Bauer das. Aber sollte er sich ruhig allein um den Schaden kümmern. Hauptsache, es ging von ihm keine Gefahr mehr für Leib und Leben der ihn umgebenden Menschen aus.

Die anderen Gärtner warteten drinnen auf der Diele und begrüßten Floriano mit gedämpftem Lachen und Schulterklopfen.

»Ich habe mal auf dem Jahrmarkt einen Löwenbändiger gesehen. Der hat es so ähnlich gemacht wie du«, sagte einer der älteren Gesellen.

Otto war offenbar nicht so heiter zumute, er sah bleich aus und war stiller als der Rest. »Dachte, nun hat er mich und macht mich kalt. Danke, Flori«, sagte er nur leise.

»Nehmt euch in nächster Zeit besonders in Acht. Der Meister wird das nicht so schnell vergessen.«

An diesem Tag hielt Floriano sich von allen Orten fern, wo er Helena hätte begegnen können. Er traute sich nicht die Selbstbeherrschung zu, die nötig war, um ihr gemeinsames Geheimnis zu bewahren. Noch spürte er ihre Lippen und war sicher, dass er sie anstarren würde wie den vom Himmel gefallenen Mond, wenn er ihr gegenüberstünde. Daher beschäftigte er sich im Küchengarten, der nahe der Meierei neu angelegt worden war. Er wies seinen Helfern Beete zu, in denen die schon aufgegangenen Reihensaaten ausgedünnt und weitere Sorten ausgebracht werden mussten, lichtete selbst Weinreben aus und beschnitt Obstbäume. Mittags schickte er die Rasenstutzer zu den Flächen im großen Garten, die an der Reihe waren, und machte einen Plan von den Kübeln und Beeten, wo im Laufe der Woche die Zwiebeln von verblühten Frühlingsblumen aus der Erde genommen werden sollten. Und die ganze Zeit spürte er Helenas Taille in seinen Händen, ihre zarte Haut und ihre weichen Locken, hörte ihre ernste, warme Stimme und ihr leises Lachen.

Es war ihm unbegreiflich, wie er zum zweiten Mal in die gleiche Falle hatte tappen können. Dabei hatte er doch gerade begriffen, wie er sich in Gabrielle geirrt hatte und wie unsinnig seine Liebe zu ihr gewesen war. Was trieb ihn nur dazu, sein Herz solchen Frauen nachzuwerfen, mit denen er niemals glücklich werden konnte? Er musste diesen Wahnsinn beenden, bevor er

sie beide in den Abgrund zog. Keine adlige Dame durfte jemals wieder seine Gedanken derart beherrschen. *Schluss damit, Floriano. Schlag sie dir aus dem Sinn.*

Doch er vermisste sie schon jetzt. Jeden Augenblick, den er mit ihr verbracht hatte, erlebte er in Gedanken wieder und wieder. Es gab noch so unendlich viele Dinge, die er mit ihr besprechen wollte, und so vieles, was er ihr gern gezeigt hätte. Den Gedanken an ihre Notlage konnte er kaum ertragen, geschweige denn die Vorstellung, dass Prinz Georg Ludwig oder ein anderer sie berührte.

Obwohl er nach der schlaflosen Nacht und dem arbeitsreichen Tag nach Feierabend vor Müdigkeit kaum noch die Stiege zu seiner Kammer hinauf bewältigte, lag er noch eine Weile wach und fragte sich, warum er sich nicht in ein Mädchen wie Lina verlieben konnte.

Der Dienstag begann friedvoller als der Montag. Die Hähne krähten, der Knecht klopfte, und Floriano wusch sich voller guter Vorsätze im Hof mit eiskaltem Wasser. Im nüchternen Licht des bewölkten neuen Tages beschloss er, Helena nicht weiter auszuweichen, ihre Nähe jedoch auch nicht zu suchen. Mit einiger Anstrengung richtete er seine ganze Aufmerksamkeit auf den Blühpflanzenwechsel in der großen Gartenanlage.

Erst am Nachmittag fand er sich am Irrgarten wieder, wo Schäden entstanden waren, als einige betrunkene Herrschaften sich kurzerhand durch die Hecken hindurchgewühlt und -gehackt hatten, statt dem Weg zu folgen. Floriano wünschte den unbekannten Vandalen zerfetzte Kleider und Schrammen an den Leib und begann, die gebrochenen Hainbuchenäste zu beschneiden. Die entstandenen Lücken auf ansehnliche Weise wieder aus-

zufüllen, würde ihn mehr als nur einen halben Tag Arbeit kosten. Er würde ganze Pflanzen austauschen müssen, und die neuen mussten erst einmal herbeigeschafft werden.

Als er sich beinah bis in die Mitte des Labyrinths vorgearbeitet hatte, spazierte der Hofbibliothekar Leibniz an ihm vorüber, die Hände auf dem Rücken verschränkt.

Eilig zog Floriano seinen Hut. »Guten Tag, Herr Leibniz!«

Leibniz sah ihn erstaunt an, sichtlich aus seinen Gedanken gerissen. »Oh! Ja, ja, einen guten Tag, Herr … Nun, wir kennen uns, nicht wahr? Ich erinnere mich an unser Gespräch in der Bibliothek. Ihr befindet Euch wohl, hoffe ich? Diese Löcher in den Hecken sind aus Eurer Sicht wohl bedauerlich. Doch ich frage mich, ob sie nicht quasi ein Sinnbild sind für … Sagt, habt Ihr Euch in letzter Zeit einmal die Vögel in den Käfigen angesehen?«

Es war nicht selbstverständlich, dass der Gelehrte sich so höflich auf eine Unterhaltung mit Floriano einließ. Obwohl Leibniz nicht adlig war, stand er im Rang weit über ihm. Doch Floriano hatte zu seinem Glück schon einige Male die Erfahrung gemacht, dass gebildete Menschen sich nicht mit Standesdünkel abgaben. Auch sein Meister Perronet war ein solcher Mensch und hatte sich oft unbefangen mit ihm ausgetauscht. Floriano war dankbar für alles, was er dabei gelernt hatte.

»Nein, ich hatte keinen Anlass dazu. Ist etwas mit den Tieren nicht in Ordnung? Es gibt doch Diener, die sich um die Fütterung und alles andere kümmern, nicht wahr?«, erwiderte er.

»Traurig sind sie. Nicht die Papagoyen, die scheinen mir lustig genug. Aber die Nachtigallen … Nein, nein, diese Vögel gehören nicht in Käfige, da bin ich sicher. Glaubt Ihr nicht auch, Herr …«

»Piras. Floriano Piras, Herr Leibniz.«

Der Bibliothekar schlug sich spaßhaft gegen die Stirn. »Natürlich. Piras. Glaubt Ihr nicht auch, Herr Piras, dass die Nachtigal-

len ihrer Durchlaucht der Frau Herzogin mehr Freude machen würden, wenn sie ihre Freiheit im ganzen wunderbaren Garten genössen und an überraschenden Orten ihr Lied sängen?«

Floriano ließ die Hände mit Hut und Heckenschere sinken und dachte an Helena, die aus ihrem ganz eigenen Käfig keinen Ausweg fand. Wie viel heller würde ihre Persönlichkeit strahlen, wenn sie von ihren Sorgen und verhassten Pflichten frei wäre? Welchen Aufgaben würde sie sich dann aus freien Stücken widmen? Er zuckte mit den Schultern und sah dem Hofbibliothekar in die Augen.

»Solange die Herzogin wünscht, dass die Nachtigallen im Käfig leben, sollte ich besser keine Meinung dazu äußern, da ich kein Philosoph bin. Aber weil Ihr mich gefragt habt … Ich denke, es gibt kein Wesen auf dieser Welt, das sein Leben im Käfig fristen sollte. Es sei denn, es ist gefährlich und man weiß kein besseres Mittel, um sich vor ihm zu schützen.«

»Aus Euch spricht große Freiheitsliebe, mein Bester. Doch meine Lebenserfahrung sagt mir, dass viele es vorziehen, gefangen zu sein, weil es sie der anstrengenden Mühe enthebt, selbst nachzudenken und ohne die haltende Hand ihres Herrn aufrecht zu stehen. Wenn ich recht darüber nachdenke, gilt es sogar für die meisten von uns, dass wir ohne Käfig gar nicht leben wollen. Wenn die Stäbe des einen um uns herum zerbrochen sind, streben wir geradezu danach, möglichst schnell einen neuen zu finden oder gar eigenhändig zu bauen. Gerade die Käfige, die wir uns selbst bauen, sind oft die engsten. Reine Freiheit ist doch für den Menschen gar nicht zu ertragen, oder … Verzeiht, nun schweife ich ab. Es ging ja um die Trauer der Nachtigallen. Ihre Melancholie finde ich schwer zu ertragen. Und ich fürchte um ihr Leben.«

Leibniz hatte Floriano mit seinem plötzlichen Vortrag überrumpelt. Ein einfacher Gärtner tat besser daran, solche Gespräche über Freiheit und Unfreiheit nicht öffentlich zu führen, wenn

er seine Stelle behalten wollte. Doch er hatte sich noch nie mit einem Hofgelehrten unterhalten und hätte gern mehr gehört.

»Ich denke, Menschen sind verschieden, und auch unter uns gibt es einige, die in Freiheit am besten gedeihen. So oder so ist der Käfig, den man selbst wählt, dem vorzuziehen, in den man von fremden Händen gesteckt wird. Aber die Nachtigallen … Glaubt Ihr denn, dass es Wesen gibt, die an Unfreiheit sogar sterben können?«

Leibniz' Laune hatte sich sichtlich verbessert, seit sie ihr Gespräch begonnen hatten. Seine Augen leuchteten. »In der Tat, davon bin ich überzeugt. Begleitet Ihr mich zu den Vögeln?«

Floriano warf einen bezeichnenden Blick auf die Kiepe voll abgeschnittener Zweige zu seinen Füßen. »Ich bedaure, aber …«

Leibniz winkte ab. »Verstehe, verstehe! Wir wollen nicht, dass hier jemand ins Straucheln gerät, weil ich Euch von der Arbeit abhalte. Ich darf Euch übrigens sagen, dass die Frau Herzogin äußerst zufrieden mit ihren Gärtnern ist. Und heute werde auch ich ihr wieder einmal von Eurem Fleiß berichten können. Einen angenehmen Tag wünsche ich.«

»Das wünsche ich ebenfalls, Herr Leibniz.«

Floriano wartete noch, bis der Hofbibliothekar hinter der Hecke verschwunden war, bevor er seinen Hut wieder aufsetzte und die Kiepe schulterte. Den ganzen Tag nichts anderes zu tun zu haben als nachzudenken und Schriften zu ordnen, erschien ihm wie eine besondere Art von Hölle. Doch auch wenn er von zu viel Grübelei nichts hielt, ging ihm alles, was Leibniz gesagt hatte, für den Rest des Tages durch den Sinn.

Deshalb ging er in der Dämmerung, nachdem alle Aufgaben für den Tag erledigt waren und er sein Abendessen verspeist hatte, noch einmal zum Labyrinth.

Die Vögel hockten still auf ihren Stangen, die Köpfe eingezogen oder unter die Flügel gesteckt. In den Weiten des Gartens

hingegen jubilierten noch die frei lebenden Singdrosseln und Rotschwänze.

Neben den Vogelstimmen drangen allerdings die Stimmen von zwei dem Klang nach betrunkenen Männern zu ihm, die näherkamen. Mit einem Seufzer wich Floriano den beiden aus, indem er das Zentrum des Irrgartens zur anderen Seite hin verließ. Er gönnte jedem seinen Rausch, doch derzeit kam es ihm vor, als ob er zu oft ausbaden musste, was Betrunkene anrichteten. Hoffentlich zerstörten diese zwei nicht weitere Pflanzen. Mehr als die Hoffnung blieb ihm nicht, denn in den Weg stellen durfte er sich den Herrschaften nicht. Er wollte sich entfernen, doch da fing er einen Satz auf, der ihn zurückhielt.

»Das Fräulein Helena wird sich noch wundern. Wartet ab, von Rauchhaupt, wartet ab!«

»Sie ist ein überhebliches Weibsbild. Wenn es nicht zu unser aller Vorteil und Nutzen wäre, hätte ich längst verworfen, sie zu heiraten. Aber in der Ehe werde ich sie schon Manieren lehren. Darauf könnt Ihr Euch verlassen«, sagte von Rauchhaupt, der nüchterner klang als der erste Mann.

»Da habe ich keinen Zweifel«, lallte der andere. »Und Ihr könnt Euch darauf verlassen, dass Gräfin Clara und ich … dass wir die Herzogin im Griff haben. Sie wird ihre Krallen nicht länger nach dem Fräulein ausstrecken, wenn wir unseren Plan umgesetzt haben. Ha! Ich freue mich schon darauf, ihr Gesicht zu sehen, wenn sie erfährt, was ihr Töchterchen …« Der Mann zischte, wie Leute es taten, die mit dem Finger vor den Lippen zum Schweigen mahnten, und brach dann in Gelächter aus.

»Aber die Tat ist noch nicht vollbracht«, wandte von Rauchhaupt ein.

Floriano hielt den Atem an. Welche Tat? Was hatten die beiden mit Prinzessin Figuelotte vor? Womit wollten sie die Herzogin unter Druck setzen?

»Aber so gut wie vollbracht. Das Kindchen betet mich an! Seht Ihr das nicht? Ich kann sie zu allem bringen! Zu allem!«

»Aber davon darf jetzt niemand etwas erfahren. Vergesst das nicht und seid vorsichtig! Ihr könnt uns das Spiel leicht noch ruinieren.«

»Wollt Ihr mich beleidigen? Gräfin Clara und ich … Wir arbeiten nicht erst seit gestern Hand in Hand. Was glaubt Ihr, warum sie so große Stücke auf mich hält, dass sie mir solche Aufträge anvertraut? Ha! Wir sind eingespielt. Das sind wir: eingespielt!«

»Gewiss doch. Ich nehme also beruhigt zur Kenntnis … Hoppla, fallt nicht! … zur Kenntnis, dass die Gräfin beabsichtigt, an Fräulein Helena als Kandidatin festzuhalten. Und dass meine Position in der Sache unverändert bleibt.«

»Darauf könnt Ihr wetten. Wäre der Adjutant des Prinzen nicht hereingeplatzt, seine Hochgohlwebo… Hochgo… Hochwohlgeboren hätte unser Fräulein schon bestiegen. Oh, Verzeihung, wollte nicht respektlos gegen Eure zukünftige Ehegemahlin sein.« Wieder lachte er albern und schmutzig.

Gewalt war Floriano immer zuwider gewesen, doch in diesem Fall juckten ihm die Fäuste. Wer war dieser widerliche Kerl? Zu gern hätte er durch die Hecke gespäht, doch dank seiner eigenen Arbeit war sie zu dicht. Zudem schienen die beiden nun umzukehren und das Labyrinth wieder zu verlassen.

Er beeilte sich, leise an anderer Stelle aus dem Irrgarten zu gelangen, um noch einen Blick auf die Männer zu erhaschen. Doch in der Dunkelheit und von hinten brachte ihm das nichts. Sie waren fein gekleidet und von gewöhnlicher Statur. So blieben ihm nur die Namen als Hinweis: von Rauchhaupt und Gräfin Clara.

Das Herz schlug ihm bis zum Hals. Hatten die Männer im vollen Ernst über eine Verschwörung gegen die Herzogin und ein

Verbrechen gegen ihre Tochter gesprochen? Und Helena würde in diese üblen Machenschaften verwickelt werden, ob sie es nun wollte oder nicht. Er musste einen Weg finden, das Verbrechen zu verhindern. Doch wem konnte er sich anvertrauen?

Drei Gärtner saßen noch im Dunkeln auf dem Meiereihof auf der Bank, tranken ihr Bier und rauchten ihre Tabakspfeifen, als Floriano dort ankam. Lina stand bei ihnen, mit einem leeren Korb unter dem Arm, als hätte sie noch Küchenabfälle in die Ställe gebracht.

»Da kommt er ja«, sagte sie. Ihr Lächeln wirkte ein wenig mitleidig.

»Hat mich jemand vermisst?«, fragte er.

»Bauer hat dich gesucht«, gab sie zurück. »Er war bei der Herzogin. Und er sah schon wieder nicht glücklich aus.«

Der Altgeselle auf der Bank schmauchte seine Pfeife und brummte. »Manche Leute können noch so hoch aufsteigen, sie sind doch nie froh.«

Der zweite Geselle wischte sich ein Bierschäumchen von der Oberlippe. »M-hm. Die Armen sind nicht froh, weil sie nichts haben. Die Reichen sind nicht froh, weil sie sich davor fürchten, ihre Habe zu verlieren.«

Floriano rieb sich die Stirn bei dem Gedanken, Bauer zu so später Stunde noch gegenüberzutreten. Aber vielleicht war das gerade die Gelegenheit, ihm von dem zu erzählen, was er gehört hatte. »Weise Worte«, sagte er, »aber wer weiß, was die Herzogin von Bauer wollte? Vielleicht möchte sie nun doch bis übermorgen die Gärten von Versailles nachgebaut haben. Da wäre ich dann an seiner Stelle auch nicht froh.«

»Du siehst auch so nicht froh aus. Grämt di wat?«, fragte Lina.

Er hätte ihr und den anderen zu gern erzählt, worum er sich sorgte. Doch wenn es damit zu tun hatte, dass Prinzessin Figue-

lotte einen anrüchigen Anteil daran hatte, durften so wenig Menschen wie möglich davon erfahren. Trotzdem konnte er nicht lügen.

»Ja, das kannst du wohl sagen. Aber ich kann nicht darüber sprechen.«

Sie hakte ihn unter und führte ihn von den anderen weg. »Hat es etwas mit den Briefchen zu tun, die ich für dich geschrieben habe?«, flüsterte sie.

Er zuckte mit den Schultern. »Das ist ein Teil davon.«

»Kannst du dir diese Dame denn nicht aus dem Sinn schlagen? Es gibt einige nette Deern hier, die sich freuen würden, wenn du sie beachtest. Und sie würden besser zu dir passen. Vielleicht würdest du bei einer von ihnen dein Glück finden.«

Forschend sah er sie an. »Du sprichst nicht von dir, oder?«

Sie lachte. »Nee, nee. Ich kann dich gut leiden, aber im Herbst kommt mein Thomas von der Walz zurück, und denn heiraten wir. Ich meine die Anne, die Bärbel und die Margot. Die würden alle gern mal mit dir tanzen. Du bist ja schließlich ein schmucker langer Kerl, der ins Auge fällt. Und fründlich dor överto. Überleg dir das doch. Ob du nicht wenigstens mal hinsehen willst, meine ich.« Mit einem sanften Schulterklopfen ließ sie ihn los.

Er drückte ihre Hand. »Bist eine Liebe, Lina. Dein Thomas hat Glück. Ich werde hinsehen, ich versprech's. Aber gerade habe ich noch andere Sorgen. Der Alte hat immer noch schlechte Laune, sagst du?«

Sie nickte. »Klopp beter mal an sien Achterdöör. Er hat bestimmt noch in der Abstellkammer mit seinen Pflänzchen zu tun.«

So wenig Lust, wie Floriano auch dazu verspürte, musste er es doch tun. Vielleicht hatte Bauer nur etwas ganz Gewöhnliches mit ihm zu besprechen. Und womöglich bot sich die Chance, die Verschwörung zu erwähnen.

Entschlossen marschierte er zu Bauers Haus und hielt erst an der Tür wieder an, um seinen Kittel stramm zu ziehen und noch einmal tief durchzuatmen. Dann klopfte er an die Tür, durch die die Ziegen eingebrochen waren.

Bauers tiefe Stimme dröhnte ihm durch das Holz entgegen. »Was?«

»Ich bin's, Herr Bauer. Man hat mir gesagt, Ihr hättet mich gesucht.«

Die Tür wurde aufgerissen, und sein Vorgesetzter stand ihm Auge in Auge gegenüber. »Darauf hätte ich heute Abend nun auch verzichten können. Wo hast du dich herumgetrieben?«

»Im großen Garten. Ich habe noch einmal überschlagen, wie viele Hainbuchen wir brauchen, um die Lücken im Irrgarten zu …«

»Hast du gehofft, den Herrn Hofbibliothekar noch einmal zu treffen? Oder gar die Herzogin selbst? Du liegst wohl den ganzen Tag dafür auf der Lauer, was? Dass du dich nicht schämst, dich derart bei ihrer Durchlaucht einzuschmeicheln. Glaub nicht, dass ich nicht wüsste, was du vorhast!«, fuhr Bauer ihn an.

Floriano blieb der Mund offen stehen. Wovon sprach der Oberhofgärtner? War ihm nun endgültig das Dachstroh davongeflogen? Was war das nur für eine absurde Woche?

Mühsam fing er sich wieder. »Verzeihung, Herr Bauer, aber ich weiß gerade nicht, was Ihr meint. Was habe ich denn vor?«

»Du willst meine Stellung haben. Das habe ich gleich gewusst, als du hier ankamst mit deinem feinen Empfehlungsschreiben. Hast wohl geglaubt, Prinzessin Dorothée würde dir helfen, was? Dabei hätte dir jeder sagen können, dass die Kleine hier in Hannover nichts zu melden hat. Und nun dachtest du, du schleichst dich persönlich an Herzogin Sophie heran und machst dich Liebkind bei ihr. Aber ich durchschaue dich schon lange, und ich werde dafür sorgen, dass du auf Granit beißt. Das ist es, was

ich dir sagen wollte. Und nun kannst du zu Bett gehen. Morgen wirst du im neuen Berggarten beim Roden und Einebnen helfen.«

Floriano wollte noch etwas sagen, doch Bauer schlug ihm die Tür vor der Nase zu.

Ausnahmsweise konnte er trotzdem nicht schweigen. »Ihr irrt Euch!«, rief er. »Nichts liegt mir ferner, als Eure Stellung zu wollen. Herr Leibniz hat ein Gespräch mit mir angefangen, das ist alles. Gute Nacht!«

Mit einem Summen im Schädel ging er über den Hof zurück zu seinem Quartier. Noch nie zuvor im Leben hatte er sich so müde gefühlt. Die Gärtnergesellen hatten inzwischen die Bank geräumt, und auch von Lina war nichts mehr zu sehen. An wen auch immer er sich wenden würde, um die Verschwörung zu hintertreiben – es würde nicht mehr an diesem Tag geschehen. Aber war er es Helena nicht schuldig, sie so schnell wie möglich zu warnen?

Mit jedem Schritt wurde der Zweifel stärker, bis er zum Stillstand kam.

30. Kapitel

Ende Mai 1683

Zwei Tage und zwei Nächte waren vergangen, seit Helena sich im Garten von Floriano getrennt hatte, und keinen Augenblick war er ihr aus dem Sinn gegangen.

Sie hatte sich in seiner Umarmung wohlgefühlt wie in einem warmen Bad, und seine Küsse hatten sie daran erinnert, dass es Dinge gab, für die allein zu leben sich lohnte. Sie gab sich Mühe, nicht an ihn zu denken, doch ihre Haut erinnerte sich bei jedem ihrer Atemzüge an seine Berührungen. Wenn sie die Gestalt eines Mannes sah, die der seinen ähnelte, oder ihr ein Geruch in die Nase stieg, den sie mit ihm in Verbindung brachte, schlug ihr Herz schneller, und ihre Gedanken schweiften ab.

Dabei hatte sie dringende Dinge zu bedenken. Nachdem am Montagmorgen auch Georg Ludwigs Gefolgschaft abgereist war und feststand, dass der Prinz vor dem Feldzug nicht noch einmal nach Hannover zurückkehren würde, spürte sie bereits, dass die verbliebenen Höflinge ihr – mit Ausnahme vielleicht von Baron von Eichhorn – anders begegneten als zuvor. Ihr war zumute, als würde die Hofgesellschaft sie belauern. Die Blicke der Leute verweilten stets etwas länger als üblich bei ihr, oder sie wichen ihr gänzlich aus. Alle warteten auf ein Zeichen, das ihre Stellung klären würde.

Helena hätte ihnen dieses Zeichen gern gegeben, doch sie wusste selbst nicht genug. Weder am Montag noch am Dienstag hatte sie mit Herzogin Sophie unter vier Augen sprechen können. Erst für diesen Morgen hatte die Landesherrin ihr eine Audienz gewährt. Gräfin von Platen empfing derzeit gar keinen Besuch,

und auch Graf von Rauchhaupt und Viktor von Briesen, von denen sie vielleicht etwas hätte erfahren können, waren abwesend.

Zur Krönung ihrer Ungewissheit hatte Helena am Dienstagabend einen Brief ihrer Mutter erhalten, die behutsam über Nichtigkeiten schrieb, um schließlich doch auf die eine, alles andere bestimmende Frage zu kommen: Wird es eine Heirat geben? Helena erkannte den Hilferuf zwischen den Zeilen, selbst wenn sie die getrockneten Flecken auf dem Papier nicht als Tränen deutete. Ganz gleich, wie peinlich es ihr in ihrer Lage war: Sie musste nun ohne weiteren Aufschub Geld für ihre Mutter auftreiben.

Entschlossen, ihren Stolz zu überwinden, betrat sie daher am Mittwochmorgen das Gemach der Herzogin. Die Fürstin allerdings hatte kein Gespräch in der Abgeschiedenheit ihrer Kammer im Sinn, sondern wollte spazieren gehen. Zofen und Diener folgten ihnen im gebührenden Abstand mit Schirm, Fächer, Mantel, Stuhl, Erfrischungen und einem leeren Korb für Schnittblumen, als sie sich auf den Weg machten.

Für die Höflinge würde dieser gemeinsame Spaziergang das Zeichen sein, auf das sie gewartet hatten. Helena wusste, dass sie sich überaus geehrt fühlen durfte, fürchtete jedoch Clara von Platens Antwort auf diesen weiteren Gunstbeweis der Herzogin. Außerdem bedeutete die Zurschaustellung ihres vertrauten Verhältnisses noch nicht, dass ihre drängendste Sorge aus der Welt geschafft werden würde.

»Ich war in den vergangenen Tagen sehr beschäftigt damit, wichtige Briefe zu beantworten und einige Anliegen meines Gatten zu erledigen. Auch die Vorbereitungen für das Fest am Samstag binden meine Aufmerksamkeit«, eröffnete Herzogin Sophie die Unterhaltung. »Ihr werdet verzeihen, dass Eure Bitte um ein vertrauliches Gespräch warten musste. Ich nehme an, es geht um die Frage, in welcher Form wir unsere Absprache weiterführen, nun, da mein Sohn uns verlassen hat?«

Helena nickte. »Ich frage mich, ob der Anlass für unsere Absprache noch besteht, Eure Durchlaucht. Seine Hochwohlgeboren Prinz Georg hat mir vor seiner Abreise zwar versichert, dass er mir zugeneigt ist, und der Hoffnung Ausdruck verliehen, mich bei seiner Rückkehr wieder hier anzutreffen. Doch darüber hinaus hat er keine Vereinbarung mit mir getroffen. Das bringt mich in eine schwierige Lage. Er hat Euch gegenüber wohl nichts geäußert, was helfen könnte, die Verhältnisse zu klären?«

Die Herzogin sah sie von der Seite an, stutzte und stieß dann ein trockenes Lachen aus. »Das ist eine rührende Offenherzigkeit für eine Frau, die beim Kartenspielen meisterhaft ihr Blatt verschleiert und ihre Spielzüge gerissen vorausplant. Wäre es nicht eher in Eurem Interesse gewesen, mich glauben zu lassen, dass mein Sohn Euch anbetungsvoll das Blaue vom Himmel versprochen hat und sich nach keiner anderen mehr umschauen wird?«

»Ich hätte das nicht als geschickten Spielzug empfunden, sondern als eine kurzlebige Schwindelei. In der Tat hat Euer Sohn mir gewisse Sicherheiten zugesagt, falls wir unser Verhältnis vertiefen. Doch da es dazu nicht kam …«

»Ersparen wir uns die Peinlichkeit, hier weiter ins Detail zu gehen, Fräulein Helena. Selbstverständlich dürft Ihr an meinem Hof zu Gast bleiben, bis Georg zurückkehrt. Bis dahin empfehle ich Euch, die Bekanntschaft mit Baron von Eichhorn zu pflegen. Ich ahne, dass er sich Euch früher oder später erklären wird. Er würde Eurer Beziehung zu Georg nicht entgegenstehen, das hat er mich wissen lassen.«

Helena unterdrückte mühsam einen Seufzer. »Gräfin von Platen hegt den Verdacht, dass ich sie hintergehe, um in Eure Dienste zu treten. Sie drohte mir und erwartet, dass ich Graf von Rauchhaupt heirate. Das heißt, sie wird es erwarten, wenn ihr noch immer an meinen Diensten liegt, was ich seit Montag nicht in Erfahrung bringen konnte. Angenommen, sie hält an ihrem

Plan fest, dann darf ich mich nicht weiter um Baron von Eichhorn bemühen. Leider bringt es mich und meine Mutter in eine Notlage, wenn über meine Zukunft nicht schnell entschieden wird. Nur ein sicheres Verlöbnis mit einem wohlhabenden und angesehenen Mann könnte unsere Gläubiger noch beschwichtigen. Ihr dürft nicht glauben, dass das ein Fehler meiner Mutter ist. Es hat sich aus den Schicksalsschlägen ergeben, die uns getroffen haben. Was also ratet Ihr mir?«

Die Herzogin blieb stehen, bückte sich und hob mit dem Finger die Blüte eines Maiglöckchens an, um sie zu betrachten. »In diesem Fall tut Ihr wohl besser daran, Graf von Rauchhaupt zu schmeicheln. Was Eure Notlage angeht, rate ich Euch dringend, der Gräfin gegenüber Eure Karten anders auszuspielen, als Ihr es bei mir getan habt. Macht Ihr vor, dass Euer Verhältnis zu Georg besiegelt wurde und er es fortzusetzen wünscht. Und dann zieht ihr das Geld aus dem Säckel! Sagt ihr, dass Ihr auf keinen Fall bleiben könnt, wenn Eure Mutter das Gut verliert. Madame Maîtresse kann es sich leisten, Eure Gläubiger auf Abstand zu halten, also soll sie es tun und sich vorgaukeln, dass sie in ihre Zukunft investiert. Auf diese Art trägt sie wenigstens die Kosten für ihre Intrige selbst.«

Helena spürte ihr Herz schwerer werden. Offenbar konnte sie bei der Lösung ihres Problems auf die Herzogin nicht zählen. Für ihre Durchlaucht war die Rettung von Helenas Zuhause nur eine Nebensache, die unerwünschte Kosten verursachte. Viel konnte ihre Vereinbarung ihr also nicht wert sein. Nun ärgerte Helena sich doch darüber, dass sie ihre Karten so offenherzig ausgespielt hatte. Sie hatte sich zu sehr darauf verlassen, dass ihre Fürstin Verständnis und Mitgefühl zeigen würde.

»Wenn ich Gräfin von Platen um Geld bitte, wird sie mich an Graf von Rauchhaupt verweisen. Er aber wird mir nur gegen ein Heiratsversprechen helfen. Ist das in Eurem Interesse?«, fragte sie.

»Nun, wenn ich es mir recht überlege … Von Rauchhaupt ist reicher als Kaspar von Eichhorn. Wenn Ihr erwartet, dass Euer Gemahl langfristig die Kosten für das Gut Eurer Mutter trägt, ist er vielleicht doch die bessere Wahl. Ihr müsst eine rechtskräftige Abmachung mit ihm treffen. Ihn zu heiraten hätte auch den Vorteil, dass Gräfin von Platen sich in Sicherheit wiegt, was Eure Treue zu ihrer Sache angeht. Umso leichter fiele es uns, unsere eigene Abmachung einzuhalten.«

»Ich bitte um Verzeihung, Eure Durchlaucht, aber meine Verhandlungsposition ist schwach. Wenn ich dem Herrn in der derzeitigen Lage Bedingungen stelle, wird er sie beiseitewischen. Bedingungslos in eine Ehe einzuwilligen, halte ich jedoch für zu gewagt. Hagen von Rauchhaupt strebt ehrgeizig nach Macht, und als seine Ehegattin werde ich es nicht verhindern können, wenn er meine Handlungsfreiheit einschränkt.«

»Was erwartet Ihr? Dass die Gesetze der Welt sich für Euch ändern? Gleichgültig, welchen Mann Ihr heiratet, er wird ganz gewiss Eure Freiheit auf die eine oder andere Weise einschränken. Aber überlegt doch richtig: Wenn von Rauchhaupt Euch in dieser Lage heiraten will, dann sieht er handfeste Gründe, die dafür sprechen. Gerade weil er ehrgeizig und machtgierig ist, könnt Ihr davon ausgehen. Das genügt, um einige Bedingungen zu stellen. Ihr müsst nur geschickt und hartnäckig verhandeln.«

Dieses Mal konnte Helena sich einen hörbaren Seufzer nicht verkneifen. »Und wie verbleiben wir für den Fall, dass Gräfin von Platen und Graf von Rauchhaupt keinen Wert mehr auf meine Person legen?«

»Dann könnt Ihr immer noch Baron von Eichhorn heiraten. Und wenn Georg zurückkommt, sehen wir weiter.«

»Bis dahin könnte meine Mutter das Gut verloren haben.«

Die Herzogin schnalzte mitleidig mit der Zunge. »Als ich mein Schloss und meine Gärten in Osnabrück aufgeben musste,

schmerzte mich das auch. Doch das ist der Lauf der Dinge. Wir opfern das Alte, um das Neue zu erringen.«

Helena wollte widersprechen, obwohl sie wenig Hoffnung sah, ihre Durchlaucht umzustimmen. Doch bevor sie dazu kam, lenkte ein Schwarm junger Damen, die aus den Bosketten kamen, die Herzogin ab.

»Meine Tochter«, sagte sie, und ein warmes, wehmütiges Lächeln veränderte ihr Gesicht. »Die Verhandlungen über ihr Verlöbnis gehören jetzt zu meinen vornehmlichsten Aufgaben. Figuelotte heiratet ganz gewiss in höchste Ränge ein. Doch deshalb wird sie mich bald verlassen. Ach ja! Wir opfern das Alte, um das Neue zu erringen. So ist es eben.«

Prinzessin Figuelotte näherte sich winkend in Begleitung von Franziska Rose und anderen jungen Damen. Noch wirkte sie mit ihren wippenden Locken unbeschwert wie ein Kind. Helena fragte sich, ob sie schon wusste, wen sie heiraten sollte, und ob sie am Tag ihrer Eheschließung noch ebenso fröhlich sein würde. »Ich hoffe, sie wird in ihrer Ehe glücklich«, sagte sie.

Herzogin Sophie zuckte mit den Schultern. »Figuelotte kennt ihre Bedeutung und wird ihr Glück darin finden, durch ihre Heirat dem Haus zu dienen, dem sie entstammt. Dazu haben wir sie erzogen. Es besteht kein Zweifel daran, dass sie ihre Aufgabe untadelhaft erfüllen wird.«

Ihr Tonfall war schärfer geworden, so als hätte Helena etwas Ungebührliches geäußert. Sie beeilte sich, zu beschwichtigen. »Selbstverständlich. Das wollte ich nicht bezweifeln.«

»Hm. Lasst Euch sagen, dass gerade Euch das auch keinesfalls zustünde. Bei allem Verständnis für Eure Zwangslage steht für mich doch fest, dass Ihr und meine Tochter in Sachen der Moral auf ganz unterschiedlichen Stufen steht. Doch nun genug davon!«

Die Worte trafen Helena wie eine Ohrfeige. Errötend knickste

sie und tat es gleich noch einmal, weil Figuelotte inzwischen auf Gesprächsnähe herangekommen war.

»Ich freue mich so auf unser Fest am Samstag, Euer Liebden«, rief sie ihrer Mutter zu. »Aber sollten die Vorbereitungen nicht viel weiter vorangeschritten sein? Seit meinem Morgenspaziergang heute mache ich mir Sorgen. Einige unserer Gäste werden doch schon am Freitag anreisen. Müsste dann nicht die meiste Arbeit getan sein? Genügen denn zwei Tage, um die gesamte Beleuchtung, die Tafeln und das Feuerwerk aufzustellen?«

Die Herzogin bedeutete ihr, näher zu kommen. »Gerade mache ich einen Gang durch die Gärten, um mir den Stand der Dinge anzusehen. Begleitest du mich?«

Figuelotte stimmte zu, und damit war Helenas vertrauliches Gespräch mit der Herzogin beendet. Sie wandelte geistesabwesend den beiden hohen Damen im Tross hinterdrein und hörte dabei mit einem Ohr dem Getuschel von Franziska Rose zu, die jedes Wort wiedergab, das Figuelotte im Laufe ihres Morgenspaziergangs gesprochen hatte. Auch ihre hartnäckig einsilbigen Antworten brachten ihre ehemalige Zimmergefährtin nicht davon ab. Als Helena neben einem der für das Fest neu errichteten Pavillons Floriano entdeckte, der mit der Harke in den Händen zu ihr herüberblickte, als wäre er in seiner Bewegung erstarrt, unterbrach sie den Redestrom.

»Verzeih, aber mir fällt gerade ein, dass ich eine Verabredung vergessen habe. Ich muss rasch gehen und mich umkleiden. Entschuldige mich bitte bei ihrer Durchlaucht, falls sie fragt.«

Franziska Rose nickte und vergaß Helena vermutlich im selben Augenblick, denn sie wendete sich übergangslos einer der anderen Damen zu.

Als hätte sie es tatsächlich eilig, hastete Helena zum Schloss zurück, so schnell, wie es gerade noch mit Anmut und Anstand zu

vereinbaren war. Ebenso zügig lief Floriano auf einem anderen Weg in dieselbe Richtung und traf sie am Eingang der Grotte neben dem westlichen Schlossflügel.

Die künstliche kleine Höhle hatte ein Schmuckstück voller glitzernder Verzierungen und Wasserspiele werden sollen, war jedoch wegen der anhaltenden Schwierigkeiten mit den Wasserleitungen noch nicht fertiggestellt und wurde daher kaum besucht. Ohne ein Wort zu wechseln, doch mit verstohlenen Blicken über ihre Schultern huschten sie hinein und waren zu Helenas Erleichterung tatsächlich allein.

»Wir dürfen hier nur einen Augenblick bleiben«, sagte sie. »Es kann jederzeit jemand hereinkommen.«

Sein Blick war so durchdringend, als würde er versuchen, sie damit an sich zu ziehen. Doch er berührte sie nicht. »Ja. Keine Sorge, ich werde dir nicht zu nahe kommen. Aber ich muss dir etwas Wichtiges erzählen, das nichts mit uns zu tun hat. Leider weiß ich nicht, wem ich es sonst sagen könnte, sonst würde ich dich nicht damit behelligen. Ich habe unbeabsichtigt ein Gespräch zwischen zwei Männern mit angehört, die etwas Übles planen. Es waren Graf von Rauchhaupt und ein anderer, den ich nicht kenne. Sie haben auch dich erwähnt.«

Kein Augenblick war seit ihrer leidenschaftlichen Begegnung vergangen, in dem Helena sich nicht an Florianos Berührungen erinnert hatte. Als sie nun vor ihm stand, loderte die Sehnsucht auf, und sie konnte nur mit Mühe der Versuchung widerstehen, die Hände nach ihm auszustrecken. Doch den Namen von Rauchhaupt in Verbindung mit einem üblen Plan zu hören ernüchterte sie.

»Was haben sie vor?«

»Ich weiß es nicht genau. Es hat etwas mit Prinzessin Figuelotte zu tun. Der zweite Mann sagte, sie wäre ihm so gefügig, dass er sie zu allem bringen könnte. Wozu er sie bringen will, hat er

nicht gesagt. Aber es soll dazu dienen, die Herzogin zu erpressen. Dabei geht es auch um dich. Offenbar ist Gräfin von Platen wütend, dass die Herzogin dich in irgendeiner Weise beansprucht, und will sie davon abhalten. Kann das sein?«

Helena vergrub ihr Gesicht in den Händen. »Das alles wird immer schlimmer. Sie wollen Figuelotte benutzen, um die Herzogin zu erpressen, damit sie sich nicht in Gräfin von Platens Pläne einmischt. Wer kann sich nur so etwas ausdenken? Hast du den zweiten Mann gesehen? Kannst du ihn mir beschreiben? Ich nehme an, es war Viktor von Briesen. Den würde die Gräfin für so eine Sache einspannen. Und die Prinzessin hat sich längst von ihm betören lassen. Was sollen wir jetzt tun?«

»Ich habe sein Gesicht nicht gesehen, sondern nur seine Stimme durch die Hecken gehört. Fällt dir ein Weg ein, die Herzogin zu warnen? Ich kann schlecht zu ihr gehen und ihr erzählen, wie ihre Tochter sich demnächst zu Fall bringen wird. Man würde mich wohl nicht einmal vorlassen. Und am Ende war das Ganze nur betrunkenes Gerede von ein paar gehässigen Herren, und ich werde bis an mein Lebensende zum Torfstechen in die Moore verbannt.«

Deutlich sah Helena die missbilligend gespitzten Lippen der Herzogin vor sich. Es ging ihr nicht anders als Floriano. Sie konnte ihrer Durchlaucht unmöglich erklären, dass ihre untadelhafte Tochter kurz davorstand, sich verführen zu lassen. Vielleicht sollte sie es mit einem anonymen Brief versuchen? Doch wie viel Hoffnung gab es, dass diese Warnung die Herzogin tatsächlich diskret erreichte – an einem Hof, wo angeblich die *Maîtresse en titre* den Inhalt jeder Nachricht erfuhr? Und was hätte sie überhaupt schreiben können, da sie nichts Genaues wusste?

»Die Herzogin davon zu unterrichten ist unmöglich. Das Einzige, was mir einfällt, ist, die Prinzessin zu bewachen und die Tat zu verhindern. Ich werde mich an ihre Fersen heften und dafür

sorgen, dass sie nicht mit Viktor von Briesen, von Rauchhaupt oder anderen Verbündeten der Gräfin allein ist. Und Gräfin von Platen werde ich versichern, dass ich sie auf keinen Fall zugunsten der Herzogin hintergehen werde. Was bedeutet, dass ich Graf von Rauchhaupt …« Der Rest ihres Satzes blieb ihr in der Kehle stecken.

Florianos Blick wirkte so fiebrig, wie sie sich fühlte. Ihm gegenüber konnte sie nicht aussprechen, dass sie Graf von Rauchhaupt heiraten musste.

Doch offenbar wusste er ohnehin, woran sie dachte. »Er wird dich schlecht behandeln«, sagte er. »Ich kann den Gedanken nicht ertragen, dass du ihn heiratest und er damit die Macht über dich bekommt. Wie freundlich er sich auch jetzt noch verhalten mag, er ist in Wahrheit anders. Da bin ich sicher. Wenn du nur die kleinste Möglichkeit siehst, den Hof zu verlassen und dich alldem hier zu entziehen, dann solltest du es tun. Ich würde dem Himmel danken, wenn du es tätest.«

Erschöpft schüttelte sie den Kopf. »Vielleicht legt Gräfin Clara keinen Wert mehr auf mich, nun, da Georg Ludwig fort ist. Das ist derzeit meine einzige Hoffnung. Dann könnte ich möglicherweise Baron von Eichhorn heiraten, und alles würde doch noch gut werden. Alles, bis auf …« Sie sah ihm in die Augen, erneut unfähig, zu Ende zu sprechen.

Sie konnte beobachten, wie er schluckte und sich aufrichtete. »Wenn für dich alles gut würde, wäre es auch für mich gut. Glaubst du, dass ich dir helfen kann, die Prinzessin zu bewachen?«

»Hast du Vertraute unter den Gärtnern, die eine Nachricht überbringen würden, ohne Fragen zu stellen und etwas auszuplaudern? Das würde es leichter machen, sie draußen im Auge zu behalten, ohne Verdacht bei ihr zu erregen. Ich müsste dann nicht auf Schritt und Tritt bei ihr sein.«

Hastig trafen sie eine Vereinbarung, wie sie sich verständigen würden, und gingen dann auseinander.

Trotz der wohligen Maisonne überliefen Helena eisige Schauder, und sie fühlte sich krank. Vom Eingang der Grotte aus folgte sie Floriano mit ihrem Blick, als er an seine Arbeit zurückging. Inzwischen war auch Prinzessin Dorothée mit ihrem Gefolge zu einem Morgenspaziergang in den Garten gekommen. Floriano wich den Damen respektvoll aus und verbeugte sich.

Ausgerechnet Gabrielle de Brionne ließ direkt vor seinen Füßen ihren Fächer fallen. Er hob ihn auf und wechselte einen auffällig langen Blick mit der Hofdame. Zwar wandte er sich nach einer weiteren Verbeugung ab und ging, dennoch spürte Helena schmerzhaft den Stachel der Eifersucht und des Misstrauens. Was hatte er mit Gabrielle zu tun? Stand er gerade dieser Frau nahe, die am aufdringlichsten mit ihr um die Gunst Georg Ludwigs konkurrierte? Hatte er sie schon in Celle gekannt, woher sie beide gekommen waren?

Während Gabrielle weiterging, wedelte sie wild mit den Händen, als würde sie Insekten verscheuchen. Sie wirkte wütend dabei, aber dennoch auf ihre lebhafte Art anmutig. Helena versuchte, sich ihre Gefühle zu verbieten. Weder die Liebe zu Floriano noch die Eifersucht standen ihr zu. Doch ihre Vernunft unterlag, und noch elender als zuvor suchte sie ihr Gemach auf, um sich auf die Begegnung mit Clara von Platen vorzubereiten.

Eine Stunde nachdem Helena der Gräfin eine Nachricht geschickt hatte, erhielt sie dieses Mal von ihr eine Einladung, und dazu wartete auch gleich die Kutsche vor dem Schlosstor.

Um die Mittagszeit traf sie auf dem Anwesen der von Platens ein, wurde jedoch nicht ins Haus gebeten. Stattdessen stieg die

Gräfin zu ihr in die offene Kalesche und brachte einen ihrer italienischen Windhunde mit. Mit drei weiteren Hunden besetzte ihr Pikör einen Wagen, der hinter ihnen herfuhr.

»Zur Hasenhatz fahre ich gewöhnlich gemeinsam mit dem Herzog. Doch da es nun aussieht, als würde er viel später zurückkehren als erwartet, will ich die Gelegenheit nutzen. Im Mai jagt man eigentlich keine Hasen mehr, musst du wissen. Aber ich verfüge über das Privileg, es dennoch zu tun, wann immer ich Lust dazu habe. Schließlich müssen die Hunde in Übung bleiben. Und die Hasen vermehren sich ohnehin wie Ungeziefer, habe ich mir sagen lassen. Wir fahren zu den Leinewiesen, wo man vom Wagen aus schön die Hatz beobachten kann. Die kleine Isabella hier ist meine Favoritin. Sie ist so klug und schnell! Das war nicht immer so. Der Pikör musste ihr die Verspieltheit erst austreiben. Aber eine Weile zu hungern hat noch jeden Hund zum Jagen gebracht. Habt ihr auch Windhunde daheim?«

»Nein. Nach dem Tod meines Vaters hat meine Mutter die Windhunde fortgegeben. Niemand hatte Zeit, sich um sie zu kümmern, und sie konnte nicht mit ansehen, wie sie immer nur in ihrem Zwinger eingesperrt waren. Leider blieben sie nicht beim Haus, wenn man sie frei laufen ließ.«

Clara kraulte mit den spitzen Fingern ihrer molligen Hand die Hündin hinter dem Ohr. »Dein Vater war offensichtlich nicht besonders fähig darin, Gehorsam zu lehren. Aber lassen wir das. Ich bin heute recht zufrieden mit dem Tag, mit mir und mit dir. Wie gehen die Vorbereitungen für das große Gartenfest voran? Ich bin sicher, dass die Herzogin alles tun wird, um die Abwesenheit unserer höchsten Herren wettzumachen. Die noblen Gäste werden es ihr danken. Eine Maskerade im farbigen Lichtermeer – das wird sicher zauberhaft. Hast du dich schon mit unserem verehrten Herrn von Rauchhaupt über die Kostüme ausgetauscht, die ihr tragen werdet? In Georgs Anwesenheit wäre

es natürlich etwas anderes, doch nun, da er traurigerweise abwesend ist, musst du unbedingt deine Verbundenheit mit deinem zukünftigen Gatten zeigen.«

Die langbeinige, hagere Hündin wandte sich Helena zu, beschnupperte ihr Kleid und versuchte, ihre Hände abzulecken. Helena hielt es für möglich, dass das Tier noch immer hungerte, und fühlte ihre Kehle enger werden. Doch bei allem Mitgefühl war sie froh, als die Hündin sich unter die Bank der Mätresse legte. Sie durfte sich nicht ablenken lassen. »Ihr wollt also mit dem Plan fortfahren?«, fragte sie.

»Der Kaiser wird die Türken bald zurückschlagen, wenn seine Verbündeten bei Wien eingetroffen sind. Georg und sein Vater werden dann noch dort bleiben, den Ruhm genießen und Verhandlungen mit Kaiser Leopold führen. Wir beide, du und ich, wir werden dann dorthin reisen und das Glück der Herren vollkommen machen. Mag sein, dass Georg sich in der Zwischenzeit mit Marketenderinnen tröstet, doch bei der Rückkehr ins höfische Leben wird er es umso mehr genießen, wieder eine Dame seiner Wahl an seiner Seite zu haben.«

»Was ist mit Prinzessin Dorothée und Herzogin Sophie? Wird ihnen nicht ebenfalls daran gelegen sein, ihre Ehegatten in Wien zu treffen?«

»Möglicherweise. Doch werden sie mit allem Zeremoniell reisen und entsprechend empfangen werden müssen. Dazu wird noch die Rücksichtnahme auf die schwangere Prinzessin zu Verzögerungen führen. Der Aufwand ist gewaltig und kostet viel Zeit. In solchen Fällen stellt es sich in der Regel als Vorteil heraus, nicht in den Genuss derartiger Ehren zu kommen. Wir werden inkognito in Wien sein und die Männer schon tagelang bezaubert haben, ehe die Damen eintreffen. Das lässt sich alles so arrangieren, dass die Leute es für selbstverständlich halten. Du wirst das nötige Fingerspitzengefühl noch lernen.«

»Ihr seid also überzeugt davon, dass Georg Ludwig genug an mir liegt?«

Clara warf den Kopf in den Nacken und lachte. »So bedauerlich es ist, dass er abreisen musste, hätte es doch für uns nicht besser ablaufen können. Gerade dass er bei dir nicht ganz zum Ziel kam, wird ihm im Gedächtnis bleiben. Du hast die Aufgabe ordentlich gemeistert, würde ich sagen. Ein Brieftäubchen hat mir zugegurrt, dass er sogar im Feldlager noch begeistert von dir sprach.«

Das machte die Sache einfacher, stellte Helena fest. Nun würde sie keine Liebesschwüre erfinden müssen, die Georg ihr angeblich geleistet hatte. »Wie erfreulich, dass mein Eindruck sich bestätigt. Wir bleiben also bei unserer Vereinbarung. Allerdings muss ich Euch um etwas bitten, das sich nicht aufschieben lässt. Ich brauche sofort Sicherheiten, um die Gläubiger meiner Mutter zu beschwichtigen. Wenn wir das Gut verlören, würde mein Ansehen leiden. Außerdem würde ich mich verpflichtet fühlen, meiner Mutter persönlich beizustehen, und müsste dazu Herrenhausen für längere Zeit verlassen.«

»Verfügst du über eine schriftliche Aufstellung der Schulden und Gläubiger? Ich werde deiner Mutter die drängendste Summe leihen und den Gläubigern schreiben, um für euch zu bürgen. Meine Bürgschaften bleiben gültig, solange du dich an unsere Abmachungen hältst. Dazu gehört, dass du dich nicht auf die Seite der Herzogin stellst. Das ist wohl kaum der Erwähnung wert, nicht wahr? Sobald du mit von Rauchhaupt verheiratet bist, kannst du anfangen, ihm Geld abzuschwatzen, um deiner Mutter zu helfen. Und wenn du geschickt bist, wirst du Georg bald dazu bringen, dass er dir ein paar kleine Ländereien überlässt, mit deren Erträgen ihr das Gut über Wasser halten könnt. Im Laufe der Zeit wird dann alles einfacher werden. Abgemacht?«

Der Wagen hatte die glatte Straße verlassen und holperte nun

über einen schmaleren Weg, der zu den Leinewiesen führte. Helena dachte an die Vereinbarung, die sie mit Floriano getroffen hatte. Was würde Clara tun, wenn sie erfuhr, dass sie von der Verschwörung wusste und sie aufhalten wollte? Sie fühlte sich müde. Auf einmal wirkte der Gedanke verführerisch, der erfahrenen und einflussreichen Mätresse einfach zu gehorchen. Die Spinne würde das Gut retten. Sie würde ihr helfen, ihre Zukunft zu sichern. Ein gutes Einvernehmen mit ihr würde auch dabei helfen, eine Ehe mit Graf von Rauchhaupt erträglich zu gestalten. Und im Grunde hatte die Herzogin sie dazu gedrängt, oder nicht? Andererseits beabsichtigte diese Frau, skrupellos einem vierzehnjährigen Mädchen Schaden zuzufügen, nur um Macht über ihre Gegnerin zu gewinnen. Doch vielleicht ließ die Gräfin ja freiwillig von dem Vorhaben ab, wenn sie nicht länger an Helenas Treue zweifelte.

»Abgemacht. Ich lasse Euch noch heute eine Liste unserer Gläubiger und unserer Schulden zukommen.«

»Und auf dem Fest am Wochenende trägst du das Sternenhimmel-Kostüm, das ich vorsorglich habe anfertigen lassen. Es ist traumhaft und passt bestens zum Anzug deines zukünftigen Gemahls. Nachtblaue Seide mit Brillanten und Perlen bestickt, die im Mond- und Fackellicht schimmern werden wie Sterne. Du wirst es lieben!«

Offensichtlich war Clara überzeugt davon gewesen, dass alles weiterhin nach ihrem Plan ablaufen würde.

»Euer Sinn für Kleidung ist erlesen, gnädige Frau. Obwohl die Damen sich in letzter Zeit bemühen, den Stil der Roben zu imitieren, die Prinzessin Figuelotte aus Frankreich mitbrachte, hat Eure Auswahl für mich viel Anerkennung gefunden.«

»Ah. Fühlst du dich ein wenig bevormundet? Nun, keine Sorge, ich habe den Wagen nur angeschoben, damit er in Fahrt kommt. Bald bestimmst du selbst über deine Garderobe. Sieh

nur, Isabella, wir sind da! Komm, braver Hund, du darfst jagen gehen. Freust du dich, ja?« Sie schnalzte mit der Zunge und schnippte mit den Fingern, um die Hündin unter der Bank hervorzulocken, und die gehorchte winselnd.

Kurz darauf beobachtete Helena, wie vier Windhunde den ersten Hasen über die Wiese hetzten. Clara von Platen stand im Wagen und gestikulierte aufgeregt, um ihr zu erklären, welcher der Hunde sich besonders geschickt verhielt und den Hasen am Ende erwischen würde.

Helena stand neben ihr und schloss die Augen.

31. Kapitel

FIGUELOTTE VERBRACHTE den ganzen Mittwoch mit ihrer Mutter, die mit den Vorbereitungen für das samstägliche Fest und den Empfang der Gäste am Freitag beschäftigt war. Wie eine gute Hofdame und Gesellschafterin schloss Helena sich ihrem Gefolge an, um jederzeit kleine Aufgaben übernehmen zu können.

Mutter und Tochter dabei zu beobachten, wie sie in bestem Einvernehmen die Köpfe über der Speiseliste für das Abendmahl zusammensteckten, weckte in Helena heftige Sehnsucht nach ihrer eigenen Mutter. Doch zum ersten Mal in ihrem Leben hätte sie sich außerstande gesehen, ihr gegenüberzutreten. Dem würde sie sich erst stellen können, wenn sie ihr vollendete Tatsachen präsentieren konnte: Schriftstücke über Bürgschaften, einen unterschriebenen Ehevertrag, das Ende ihrer Notlage. Sie hatte Gräfin Clara bereits eine Aufstellung der wichtigsten Namen und Beträge zukommen lassen.

Was den Rest ihrer Vereinbarung betraf, schob sie alle Bedenken auf. Prinzessin Figuelotte nur im Auge zu behalten verstieß nicht gegen Claras Anordnung. Und vorerst ließ sich dieses Vorhaben ohnehin leicht und unauffällig umsetzen. Was sie tun würde, wenn Figuelotte sich tatsächlich in Gefahr brachte, konnte sie dann immer noch entscheiden.

Zu ihrer Erleichterung erübrigte sich ein Teil der Überwachung, weil die Prinzessin grundsätzlich stark unter Beobachtung stand. Im Gegensatz zu ihr selbst konnte es Figuelotte unmöglich gelingen, nachts aus ihren Gemächern und hinaus ins Freie zu

schleichen. Eine Leibgarde bewachte ihre Türen und würde sie zweifellos in der Dunkelheit keinen Schritt allein gehen lassen.

Am nächsten Morgen allerdings machte Helena es sich zur Pflicht, bereits bei Sonnenaufgang aufzustehen und sich, mit ihrem Zeichenbrett gegen Langeweile gewappnet, auf der Dachterrasse des Westflügels niederzulassen. Von hier aus überblickte sie auf einer Bank sitzend die Freitreppe, über die Figuelotte zu ihrem Morgenspaziergang in den Garten gehen würde. Dann konnte sie sich ihr zwanglos anschließen und sichergehen, dass die Prinzessin keine romantische Nische des Bosketts für ein heimliches Treffen nutzte.

Helena hatte einen ganzen Briefbogen mit Kritzeleien gefüllt, bevor leise Stimmen ihr verrieten, dass sie nicht die einzige Frühaufsteherin war. Zwei Männer erschienen auf der Terrasse des Ostflügels auf der anderen Seite des Schlosshofs. Sie duckte sich auf ihrer Bank, so gut es in ihrem steifen Kleid möglich war, und spähte durch die Verzierungen der Balustrade.

Seite an Seite flanierten Viktor von Briesen und Adrian über das Dach und sprachen leise miteinander. Leicht war zu erkennen, dass es auch ihnen darum ging, die Freitreppe im Blick zu behalten. Helenas letzter Zweifel an ihrer Annahme verflog. Viktor hatte gewiss keinen anderen Grund, um diese Zeit hier zu sein, als auf sein Opfer zu warten. Und Adrian diente ihm als williger Helfer. Eine Woge von Zorn ließ Helenas Schläfen pochen. Ob ihr ehemaliger Verlobter wusste, was Viktor genau im Schilde führte, spielte kaum eine Rolle. Nach dessen Verrat an ihr und ihrem gemeinsamen Geheimnis hätte ihm der schäbige Charakter seines falschen Freundes klar genug sein müssen. Wie konnte er sich nur weiterhin mit ihm abgeben?

Da es ohnehin nicht zu vermeiden sein würde, dass sie den beiden begegnete, richtete sie sich wieder auf und tat, als wäre sie

zu sehr von ihrer Zeichnung gefesselt, um sie auf dem anderen Dach zu bemerken.

Als Figuelotte mit ihrer Zofe und Frau von Harling aus dem Gebäude kam, verließ Helena die Dachterrasse über die Seitentreppe. Viktor und Adrian hingegen zögerten noch. Geübt setzte Helena ein Lächeln auf und trat der Prinzessin am Tor zu den Gärten entgegen.

»Guten Morgen, Eure Hochwohlgeboren. Wie weise Ihr seid, diese frühe Stunde hier draußen zu genießen. Ich habe mir heute den Sonnenaufgang angesehen, und das Licht war zauberhaft. Gestattet Ihr, dass ich Euch auf Eurem Gang begleite?«

Auch die erst vierzehnjährige, doch mit dem höfischen Umgang aufgewachsene Figuelotte hatte zweifellos viel Übung darin, ihr Lächeln im richtigen Moment einzusetzen. Dennoch wirkte ihre heitere Miene an diesem Morgen ein wenig gequält, und kurz tat es Helena leid, dass sie sich ihr aufdrängte.

»Ich wollte heute noch einmal die Winkel des Gartens abgehen, wo wir für das Fest Überraschungen verbergen werden. Wenn Euch das nicht zu sehr langweilt, seid Ihr willkommen, Fräulein Helena.«

Frau von Harling lächelte nicht, sondern betrachtete Helena kühl und nickte ihr so hoheitsvoll zu, als wäre sie selbst die ranghöchste Anwesende. Dabei wies ihr Kleid keine Schleppe auf, während die Schleppe der Herzogstochter ohne die Hilfe der Zofe kaum noch zu handhaben war. Helena hielt der Würde ihres alten Adelsnamens entsprechend die Mitte und war froh, dass sie mit ihrem Gewand gerade noch ohne Hilfe zurechtkam. Dennoch deutete sie einen respektvollen Knicks gegen die ältere Dame an, nahm dann allerdings keck den Platz an Figuelottes Seite ein, ohne weiter auf sie zu achten.

»Kennt Ihr denn wirklich schon alle versteckten Nischen und Winkel in diesem Garten? Wer weiß, vielleicht entdecken wir

heute zusammen einen Ort, wo Ihr noch nie gewesen seid? Wäre das nicht aufregend?«

Figuelotte zuckte mit den Schultern. »Es ist leider nur ein deutscher Garten und nicht das Feenreich. Ich bezweifle, dass mich hier noch etwas verblüffen kann.«

»Ach, ich glaube, wir können überall und jederzeit noch etwas Neues entdecken, wenn wir den Blick auf das Kleine richten. Vor einer Weile hat mich einer der Gärtner durch die Anlage geführt und mir die Augen für vieles geöffnet, was ich bis dahin noch gar nicht entdeckt hatte. Wenn Ihr mögt, werde ich Euch gern zeigen, was ich meine.« Helena hörte sich selbst plappern und wunderte sich, wie leicht es ihr fiel. Auf einmal sah sie in der Prinzessin nur noch ein Mädchen wie eine jüngere Schwester, die sich langweilte und unterhalten werden wollte.

»Ihr redet wie Leibniz. Der begeistert sich auch für das Kleine und die allerkleinsten Teilchen darin. Habt Ihr ihn schon einmal über seine Monadenlehre sprechen gehört? Davon summt einem schnell der Kopf. Aber er ist ein angenehmer Mensch, ich mag ihn. Lasst uns gehen, und Ihr erzählt mir die Geschichten von Eurem Gärtner. Allerdings habe ich gar nicht so lange Zeit, denn heute Vormittag muss ich noch einmal mit meinem Musiklehrer die Cembalostücke üben, die ich auf dem Fest am Samstag darbieten will.«

»Ihr habt eine wundervolle Begabung für die Musik. Ich beneide Euch ein wenig darum. Seid Ihr zufrieden mit Eurem Lehrer?«

»Derzeit ist er der Beste, den man hier in Hannover bekommen kann. Würdet Ihr Euch gern unterrichten lassen? Ich stelle ihn Euch gern vor, wenn Ihr später in meine Gemächer kommt.«

»Oh, ich fürchte, seine Mühe wäre vergeudet. Was Gesang und Musikalität betrifft, sind an mich Hopfen und Malz vergeudet. Dennoch würde ich mich freuen, die Bekanntschaft eines so

fähigen Künstlers zu machen. Auch würde ich es genießen, Euch bei Eurer Probe zuzuhören. Doch weiß ich selbstverständlich, dass Zuhörer nicht immer erwünscht sind.«

»Nun, es soll gewiss heute kein öffentlicher Auftritt werden, doch einen kleinen Kreis von Zuhörern habe ich immer um mich, und es wäre mir eine Ehre, wenn Ihr Euch hinzugesellt.«

Freundlich weiterplaudernd marschierten sie auf einem Weg durch die Gartenanlage, den die Prinzessin sich offenbar vorher überlegt hatte. An den Kreuzungen zögerte sie nicht, sondern steuerte stets zielstrebig das nächste Gärtchen an, wo sie Helena erklärte, welche Art Inszenierung für den Festabend an dieser Stelle geplant war. Sie kannte sich ausgezeichnet im Garten aus. Und doch mied sie einen Ort, der Helena wohlbekannt war. Mit unbewegter Miene ging sie an dem Liebesgärtchen vorüber, in dem Helena sich mit Floriano getroffen hatte. Und mit ebenso maskenhaftem Gesicht begrüßte sie Viktor und Adrian, die ihnen kurz darauf entgegenkamen.

Viktor zog schwungvoll seinen Hut und dienerte so tief, dass er mit dem Handrücken den Boden berührte. »Erst jetzt ist die Sonne wahrhaftig aufgegangen. Durch diese Begegnung bin ich heute vor Melancholie gefeit.«

»Graf von Briesen, Baron von Schwanewede. Welch angenehme Überraschung!«

Figuelotte verriet Helena unbewusst alles über ihr Verhältnis zu Viktor. Ihre Gesichtsfarbe wurde rosiger, die Augen glänzten, die Tonlage ihrer Stimme veränderte sich. Jede Wette wäre Helena eingegangen, dass die Prinzessin verliebt war.

Adrian räusperte sich. »Und in welch angemessener Begleitung die Sonne heute aufgeht, wenn ich mir die Bemerkung erlauben darf. Auch Ihr leuchtet im Wettstreit mit dem Himmelsgestirn, Fräulein Helena. Ich bin erst gestern Abend an den Hof zurückgekehrt und heute Morgen schon wieder vom Glanz geblendet.«

Helena strengte sich an, um ihre Zunge im Zaum zu halten, und konnte doch nur die Beschimpfung unterdrücken, mit der sie herausplatzen wollte. *Unverschämter Narr!* »Ihr Ärmster! Geblendet zu sein ist ein entsetzliches Schicksal, nicht wahr? Nicht mehr klar sehen zu können, bedeutet ja auch, nicht länger zu durchschauen, was um Euch herum vorgeht. Da kann man Euch nur wünschen, dass die Verwirrung bald wieder nachlässt.«

Viktor stieß ein gekünsteltes Lachen aus. »Aus Euch spricht zweifellos die langjährige Erfahrung im Umgang mit geblendeten Männern, gnädiges Fräulein von Minnigerode. Doch lasst Euch versichern, dass einige von uns gerade im geblendeten Zustand am klarsten sehen.«

Lächelnd und mit einem vielsagenden Augenaufschlag wechselte er einen Blick mit Figuelotte, die der Ansturm ihrer Gefühle geradezu ins Schwanken zu bringen schien.

Helena konnte sich nur mit eiserner Selbstbeherrschung davon abhalten, mit den Augen zu rollen. Auch Frau von Harling waren der Unterton von Viktors Schmeichelei und Figuelottes Reaktion darauf offenbar nicht entgangen, denn ihre Mundwinkel senkten sich noch etwas verkniffener abwärts als zuvor.

»Wie überaus freundlich von den Herren, für die Festvorbereitungen anwesend zu sein«, sagte Figuelottes ehemalige Kinderfrau. »Darf ich fragen, ob Eure Wohlgeboren einen Beitrag leisten, Herr von Briesen?«

»Aber gewiss dürft Ihr das, verehrte Frau von Harling. Ihr wisst sicher, dass unsere Pagen einen Chorgesang einstudiert haben? Ich werde die Knaben in der tieferen Stimmlage begleiten. Selbstverständlich bleibe ich dabei im Hintergrund, dennoch wird es mir eine Freude sein. Die Musik ist vielleicht nicht mein Ein und Alles, doch wird sie nur von Wenigem übertroffen.« Wieder warf er Figuelotte einen schmachtenden Blick zu, und das Musik liebende Mädchen himmelte ihn sichtlich an. Dabei

konnte Helena sich nicht daran erinnern, dass sie ihn jemals singen oder musizieren gehört hatte. Nicht einmal zu den leidenschaftlichen Zuhörern gehörte er.

»Darin sind wir uns ganz einig«, flötete Figuelotte.

Adrian hatte sich der Antwort auf Frau von Harlings Frage enthalten und blickte schmunzelnd über ihrer aller Köpfe hinweg in die Baumkronen der Allee. Sein seltsam wissendes Schmunzeln ließ vermuten, dass er über die Tändelei zwischen Viktor und der Prinzessin Bescheid zu wissen glaubte. Kurz stellte Helena sich vor, ihm gegen das Schienbein zu treten, und bedauerte sogar flüchtig, dass sie keine Reitstiefel, sondern nur weiche Brokatschuhe trug.

Sie musste tief durchatmen, um ruhig zu bleiben. »Wie ist es mit Euch, Herr von Schwanewede? Habt Ihr auch eine wichtige Aufgabe bei ihrer Hochwohlgeboren Willkommensfest? Ich gestehe, ich bin überrascht, Euch hier zu sehen. Ein militärischer Posten in unserer herzoglichen Armee wäre Euch doch gewiss sicher gewesen? Ihr verfügt immerhin über die entsprechende Ausbildung.«

Mit Genugtuung beobachtete sie, wie sein überhebliches Schmunzeln verflog. »Ich war in der Tat entschlossen, mich dem Heer anzuschließen. Doch mein Vater rief mich zurück. Mit seiner Gesundheit steht es nicht zum Besten, deshalb will er seinen einzigen Nachkommen in der Nähe behalten. Auch wenn ich es bedaure, meinem Herzog keine Dienste in der Kriegsführung leisten zu können, habe ich Verständnis für den Wunsch meines Vaters.«

An die Krankheit seines Vaters glaubte sie nicht, doch ebenso wenig an Adrians Waffenkunst. Hervorgetan hatte er sich darin nie, deshalb wunderte es sie in Wahrheit nicht, dass er sich vor dem Feldzug drückte. »Wie rührend von Euch, dass Ihr Eurem Vater zuliebe verzichtet. Ich hoffe, er wird bald genesen und

Euch noch viele Jahre von den Pflichten des Familienvorstands freihalten. Und was werdet Ihr nun zum Ersatz für die erstrebten Heldentaten unternehmen? Vielleicht zeigt Ihr uns am Samstag auf der Bühne ein paar elegante Kunststücke und Scheingefechte mit dem Degen? Oder schlagt Ihr lieber in einer der verborgenen Nischen die Laute?«

»Mein Lautenspiel ist nicht so schlecht, wie Ihr wisst. Es wäre eine Überlegung wert. Ich werde mich anbieten«, erwiderte er und wich ihrem Blick aus wie ein beleidigter kleiner Junge.

Sie applaudierte mit kühler Miene. »Ihr hört es, Eure Hochwohlgeboren. Wenn noch ein Winkel in einer Hecke freigeblieben ist, wird Baron von Schwanewede sich mit seiner Laute hineinsetzen.«

Figuelotte nickte Adrian würdevoll zu. »Das stelle ich mir durchaus stimmungsvoll vor.«

Helena zupfte ihre Handschuhe zurecht. »Nicht wahr? Und Herr von Briesen kann in tiefer Stimmlage dazu singen.«

Frau von Harlings Seufzen verriet ihre Ungeduld. »Bei all diesen musikalischen Einfällen dürfen wir Euren Unterricht nicht vergessen, Eure Hochwohlgeboren. Es wird Zeit, dass wir hineingehen.«

Anmutig, wie man es sie zweifellos gelehrt hatte, hob die junge Herzogstochter ihren Rocksaum leicht an, um schneller gehen zu können. Die Zofe trug eilig Sorge, dass ihre Schleppe sich nicht an den Beetumrandungen verfing. Die beiden Männer verbeugten sich, Helena und Frau von Harling deuteten einen Knicks an, und das Zusammentreffen war beendet.

Auf dem Weg zur Freitreppe schloss Helena eine Wette mit sich selbst darauf ab, dass Figuelotte sich noch einmal nach Viktor umsehen würde. Sie tat es bereits, als sie das Parterre noch nicht einmal halb überquert hatten.

Gerade der Umstand, dass sie die Männer dabei nicht er-

wähnte, so als wolle sie auf keinen Fall interessiert an ihnen erscheinen, bestätigte Helena in ihren schlimmsten Befürchtungen. Doch da auch Frau von Harling Zeugin des Geschehens gewesen war und über einen reichen Erfahrungsschatz verfügen musste, was die Herzensangelegenheiten ihrer Zöglinge betraf, fiel ein wenig Verantwortungsgefühl von Helena ab. Gewiss würde die vertraute Erzieherin die richtigen Worte finden, um der Prinzessin unter vier Augen den Kopf zurechtzusetzen. Vielleicht tat sie es sogar so gründlich, dass damit bereits Claras ganzer Plan hinfällig wurde. Helena hoffte sehr darauf, wollte aber dennoch wachsam bleiben.

Um die Prinzessin im Blick zu behalten und gleichzeitig an ihre Anwesenheit zu gewöhnen, lauschte Helena hingebungsvoll der Cembalo- und Gesangsprobe und erschmeichelte sich die Gunst, auch bei der Anprobe ihres Schäferinnenkostüms dabei sein zu dürfen. Den Unterricht in Englisch und Spanisch am späten Donnerstagnachmittag ließ sie aus, um ihr eigenes Kostüm anzuprobieren. Die größte Aufregung des Tages war letztlich ein abendlicher Regenschauer, der bei den Hofleuten düstere Befürchtungen auslöste, was das Wetter für die nächsten Tage anging.

Bei der Abendmahlzeit und dem anschließenden Kartenspiel sah Helena Figuelotte aus der Ferne, und am nächsten Tag war die Prinzessin so eingespannt in den Empfang der Gäste, dass Helena sich glücklicherweise mit ihrer Überwachung zurückhalten konnte.

Beruhigt war sie deshalb noch lange nicht. Allzu gut erinnerte sie sich an die Zeit ihrer heimlichen Treffen mit Adrian und daran, wie stark der Drang gewesen war, alle Hindernisse zu überwinden und passende Gelegenheiten zu schaffen. An Figuelottes Stelle hätte sie über ein nächtliches Lichterfest gejubelt. Fla-

ckernde Beleuchtung, Menschengedränge und Kostüme – es gab keine bessere Möglichkeit, sich wachsamen Blicken zu entziehen.

Als die Gäste am Samstag bei Einbruch der Dunkelheit die Dachterrassen des Schlosses betraten, lagen die Herrenhäuser Gartenanlagen vor ihnen wie ein prunkvoll mit Stickereien und glitzernden Juwelen übersätes Kleid. Hunderte von farbigen Glaslampen, klaren Laternen, Fackeln, raffiniert platzierten Spiegeln, Draperien aus weißem Tuch und glänzenden vergoldeten Skulpturen durchbrachen die Dunkelheit, ließen hier und da nächtlich geöffnete Blüten aufschimmern und die Szenerie wirken wie einen fantastischen Traum. Die staunenden Damen und Herren brachen in die angemessenen »Ohs« und »Ahs« aus und plätscherten dann nach und nach die Treppen hinab wie das Wasser die Kaskaden.

Seit dem kurzen Regen zwei Tage zuvor war es trocken und warm geblieben, sodass die Damen voller Freude ihre Umhänge und Tücher in den Händen der Zofen zurückließen und ihre leichten Kostüme mit passenden Masken präsentierten. War der weitgehend menschenleere Garten schon vorher farbenprächtig gewesen, wirkte er nun wie ein Feuerwerk der Schneiderkunst.

Helena trat brav als Sternenhimmel auf und ließ sich ohne Widerspruch von Graf von Rauchhaupt, der passend zu ihrem Kostüm in nachtblaue, silbern bestickte Seide gekleidet war, in die Gärten führen. Er hatte darauf bestanden, mit ihr und zwei weiteren Paaren drei Tänze vorzutanzen, und bis sie an der Reihe waren, mussten sie sich in der Nähe aufhalten. Das passte Helena, weil ihr Auftritt kurz nach dem von Figuelotte stattfinden sollte, und auch die Prinzessin sich vorher nicht aus der Umgebung der Bühne entfernen würde.

Tatsächlich entdeckte Helena die junge Dame in dem durch Kübelpflanzen und Paravents abgeteilten, scherzhaft »Herzogsbusch« genannten Raum im Zuschauerbereich, der für den vornehmsten herzoglichen Kreis reserviert war. Sie war dort von ihrer Mutter, ihren beiden jüngeren Brüdern und etlichen Cousins und Cousinen umgeben. Und da sie im Mittelpunkt der Aufmerksamkeit stand, würde es ihr nicht so bald gelingen, zu verschwinden.

Der Abend begann damit, dass einige der fünf- bis achtjährigen bei Hof anwesenden Kinder einfache Stücke auf ihren Instrumenten vorspielten und dafür gerührten Beifall ernteten. Dann sang der Chor der Pagen, den außer Viktor von Briesen noch weitere tiefe Stimmen begleiteten. Allmählich steigerte sich der Anspruch der Auftritte, bis endlich Figuelotte auf die Bühne schritt und am Cembalo Platz nahm. Obgleich sie Helena gestanden hatte, dass sie vor solchen Auftritten aufgeregt war, sah man es ihr nicht an. Die Vierzehnjährige wirkte, als wäre das Musizieren vor einem großen Publikum ihre tägliche Gewohnheit, und sie spielte und sang so gut, dass niemand nur aus Freundlichkeit oder Schmeichelei applaudieren musste.

Helena hatte vor ihrem eigenen Einsatz noch genug Zeit zu beobachten, wie die Prinzessin durch die begeisterten Gäste wieder zu ihrem Zuschauerplatz geleitet wurde, dann wurden etliche Lichter gelöscht, weil Akrobaten Kunststücke mit Fackeln vorführten.

Im Anschluss war Helena mit den fünf anderen Tänzern an der Reihe und betrat mit ihnen im Dunkeln die Bühne. Erst als sie Aufstellung genommen hatten, kamen Laternenträger hinzu, die in der Formation ihre eigenen Figuren tanzten. Geprobt hatten sie nur bei Tageslicht, doch dem Raunen der Zuschauer nach, das die Musik übertönte, gefiel den Leuten der Effekt.

Am Ende des Auftritts gingen sie seitlich von der Bühne ab

und mischten sich wieder unter die Zuschauer. Helena entwischte Graf von Rauchhaupt, als er von einem Bekannten angesprochen wurde und das Gespräch sich ausdehnte. Während auf der Bühne bereits wieder musiziert wurde, bahnte sie sich unauffällig den Weg zu einer Stelle, von der aus sie in den Herzogsbusch blicken konnte.

Da waren die Herzogin, die sich mit dem Kurfürsten von Brandenburg unterhielt, ihre Söhne, die pfälzischen Cousins und Cousinen. Figuelotte war nicht zu sehen.

Eine Gänsehaut überlief Helena. Auf einmal war sie sicher, dass der Moment gekommen war, den sie vorausgeahnt hatte: Die Prinzessin hatte die erstbeste Gelegenheit genutzt, sich davonzustehlen.

Langsam drehte sich Helena im Kreis und suchte dabei die Menschenmenge ab. *Nur nicht den Kopf verlieren, sondern alle Möglichkeiten im Sinn behalten.* Vielleicht tat sie Figuelotte Unrecht, und sie hatte sich nur zu Bekannten gesellt? Wenn es so war, dann nicht hier. Auch bei einer zweiten Runde um die eigene Achse sah sie keine Spur von ihr. Und damit war der Fall eingetreten, den sie mit Floriano besprochen hatte: Sie brauchte Hilfe, um nach der Prinzessin zu suchen.

Lächelnd und mit entschuldigenden Worten drängte sie sich durch den Zuschauerbereich der Bühne, bis die Menge sich lichtete, dann ging sie schnurstracks zum nächsten livrierten Gärtner, den sie entdeckte.

»Kennst du Floriano Piras?«, fragte sie.

»Jeder von uns kennt Floriano. Seid Ihr Fräulein Helena? Er sagte, dass Ihr möglicherweise heute Nacht seine Dienste benötigt.«

Sie nickte. »Leider ist es so weit. Kannst du ihm Bescheid geben? Sag ihm, dass ich die Suche schon begonnen habe.«

Nach einer schnellen Verbeugung lief der junge Mann los,

und sie ging zunächst einmal auf dem kürzesten Weg zum ersten Ort, der ihr für ein heimliches Stelldichein geeignet schien.

Auch wenn sich die Leute bei der großen Bühne am dichtesten drängten, war der Rest des Gartens keineswegs menschenleer. An die sechshundert Höflinge und andere Gäste waren der Einladung zum Fest nachgekommen und tummelten sich nun in der Anlage. Dabei handelte es sich wegen des kürzlichen Aufbruchs der Armee um ein eher kleines Fest. Die Herzogin hatte bereits weit größere Veranstaltungen angekündigt und ihren Gartenarchitekten Charbonnier darauf vorbereitet, dass sich die Fläche der Anlage im Laufe der kommenden Jahre ungefähr verdoppeln müsse.

Für den Moment fand Helena sie schon zu groß. Am liebsten wäre sie gerannt, doch damit hätte sie Aufsehen erregt, das es unbedingt zu vermeiden galt. Zudem war die Beleuchtung der Wege zwar hübsch und einfallsreich, doch auch tückisch. Die flackernden Lichter sprenkelten den Boden mit einem Muster aus hellen und dunklen Flecken, das die wahre Beschaffenheit des Untergrunds verbarg. Auch stellten die herumspazierenden Kostümierten in ihrer angeregten Stimmung Hindernisse dar. Während Helena so schnell wie möglich und dennoch würdevoll durch die Boskette marschierte, begegneten ihr Herrschaften in Harlekinmasken, einige, deren Kopfputz Paradiesvögeln glich, andere, die Katzenmasken trugen und dazu Katzenjunge in Körbchen präsentierten. Ein Paar trat als Jäger und Jägerin auf und führte drei braune Möpse an der Leine, denen man kleine Geweihe aufgesetzt hatte. Auf den engeren Wegen streiften Helena falsche Engelsflügel und die farbigen Schleier einer Haremsdame.

Ferne Musik, Gesang, Stimmengewirr und Lärm erfüllten den ganzen Garten. In dem wilden Trubel konnte sie von Glück sagen, dass sie Figuelottes zartblaues Schäferinnenkleid genau

kannte. Andernfalls hätte sich die Prinzessin an diesem Abend mit einer Maske spielend leicht unter all den Maskierten verbergen können.

Endlich erreichte sie das Boskettgärtchen mit dem Rosentempel. Es hatte von allen vier Seiten Eingänge, von denen jedoch drei sogleich in Sackgassen endeten. In zwei dieser falschen Eingänge saßen dem Klang nach Lautenspieler, die sich mit ihren Melodien abwechselten. Adrian gehörte ganz sicher nicht zu ihnen. Kurz fragte sie sich, was er an diesem Abend tatsächlich tat, doch es war ihr nicht wichtig genug, um darüber nachzudenken. Zielstrebig betrat sie das Gärtchen durch den richtigen Eingang und folgte dem stockdunklen Gang zwischen den hohen Hecken hindurch bis zur Mitte.

Drei Paare hielten sich im Tempel auf, doch weder Figuelotte noch Viktor gehörten zu ihnen. Eilig kehrte sie um und hastete weiter zu dem Ort, von dem sie wünschte, er würde ihr allein gehören.

Als sie den Eingang erreichte, kam Floriano aus der anderen Richtung herbeigeeilt. Sie wartete, bis er bei ihr war, dann gingen sie wortlos gemeinsam hinein.

Die Steinvase am Ende der scheinbaren Sackgasse war mit kleinen Kerzen in Gläsern geschmückt, darüber hinaus fehlte auch hier die Beleuchtung. Helena folgte Floriano durch den schmalen Durchgang ins Innere und hoffte auf einmal, dass Figuelotte ihre Dummheit nicht ausgerechnet hier beging – am einzigen Ort, mit dem sie selbst in der Residenz Herrenhausen eine schöne Erinnerung verband.

Als hätten sie sich abgesprochen, vermieden sie beide jedes Geräusch. Im ersten Moment wirkten der Brunnenplatz und die Bänke leer. Doch sie hörten deutlich Seufzen und Flüstern, und schließlich entdeckten sie den Schimmer von Figuelottes hellblauem Kleid zwischen den Fliedersträuchern. Die Prinzes-

sin hatte einen schwarzen Umhang übergeworfen, der ihr Kleid weitgehend, aber doch nicht ganz verdeckte.

Helena wechselte einen Blick mit Floriano, und wieder einigten sie sich wortlos auf ihr weiteres Vorgehen. Während Helena geradeaus und schnell auf das zwischen den Sträuchern mit sich selbst beschäftige Paar zuging, blieb er beim Ausgang, um den Fluchtweg zu versperren.

Sie räusperte sich und trat fester auf als vorher. »Eure Hochwohlgeboren, da seid Ihr ja! Ich habe Euch überall gesucht!«, rief sie.

Kurz erstarrten die Ertappten, dann raschelten die Büsche heftig, als die Prinzessin versuchte, eiligst ihre Kleidung in Ordnung zu bringen. Allerdings war es zu spät. Helena hatte deutlich gesehen, dass Viktor sich mit beiden Händen unter ihren Röcken zu schaffen gemacht hatte. Zwar war er nun in den Schatten zurückgewichen und hatte sich abgewandt, doch auch an ihm hatte sie den Beweis seines Vorhabens erkannt. Seine Hose war geöffnet und ließ den Blick auf eine Schwellung frei, die aus der Bruche platzen wollte.

Sie war keinen Augenblick zu früh gekommen. Wie hatte sie je daran zweifeln können, ob es ihr wichtig genug war, ein junges Mädchen vor den Machenschaften eines gewissenlosen Widerlings zu schützen?

Ohne auch nur mit einem Zucken ihrer Brauen auf den Zustand der Ertappten einzugehen, ergriff sie sanft, aber bestimmt Figuelottes Arm und führte sie zwischen den Sträuchern hervor in das etwas hellere Licht beim Brunnen. Kommentarlos und ohne Viktor einen Blick zu widmen, richtete sie dort die Röcke und das Mieder der Herzogstochter, wobei die ihr mit zitternden Händen half.

Helena bemühte sich, ihre Stimme beruhigend klingen zu lassen. »So viele vornehme Gäste sind heute hier, um Eure Rück-

kehr zu feiern, Euer Hochwohlgeboren. Sie werden sich bald ebenso wundern, wo Ihr hingeraten seid, wie ich es tat. Lasst uns gehen und noch ein wenig die Kunststücke der Akrobaten und Jongleure genießen, bevor das Feuerwerk beginnt.«

Figuelottes Seufzen klang halb wie Schluchzen. »Ihr dürft es niemandem sagen«, wisperte sie. »Bitte, Fräulein Helena, sagt es nicht meiner Mutter!«

Helena nickte. »Es ist nichts geschehen. Daher gibt es nichts, was irgendjemand irgendjemandem erzählen könnte. Nicht wahr, Herr von Briesen?«

Viktor antwortete nicht; auch er hatte sich inzwischen wieder anständig bekleidet. Mit leiser Genugtuung stellte sie sich vor, wie er sich gerade ein Loch in die Zunge biss, um sie nicht laut zu beschimpfen.

Mit einer Geste bat sie Figuelotte, zum Ausgang voranzugehen, und hielt sich dann so hinter ihr, dass sie die Prinzessin gegen Viktor abschirmte. Doch er versuchte nicht, sie aufzuhalten oder ihnen zu folgen. Möglicherweise lag das auch an Floriano, der mit verschränkten Armen neben dem Ausgang stand. Er überragte Viktor um Haupteslänge, und ausnahmsweise wirkte seine Miene furchteinflößend. Im Vorübergehen streifte Helena wie unabsichtlich mit der Hand seinen Arm und hoffte, dass er es als Dank auffassen würde.

Zügig entfernte sie sich mit Figuelotte aus der Nähe des Gärtchens, strebte allerdings noch nicht den Menschenmengen zu. »Eure Hochwohlgeboren werden mir hoffentlich verzeihen, wenn ich Euch jetzt einen Rat gebe. Darf ich sprechen?«

Die Herzogstochter wich ihrem Blick aus und nickte. Im verwirrenden Licht der Festbeleuchtung war ihr Gesicht nicht genau zu erkennen, doch Helena glaubte, in ihren Augen Tränen glänzen zu sehen.

»Ich vermute, dass Ihr nicht hören möchtet, was ich zu sagen

habe, doch ich sage es trotzdem, denn es ist wichtig für Euer Lebensglück: Lasst Euch nicht auf Viktor von Briesen ein. Er fühlt für Euch nicht das, was er vorgibt. Ich bin ganz sicher, dass er Euch nur für seine unehrenhaften Zwecke missbrauchen will. Es tut mir sehr leid, Euch mit dieser Wahrheit Schmerzen zuzufügen. Aber es würde Euch noch viel tiefer verletzen, wenn Ihr diesen Weg mit ihm weiter beschreiten würdet.«

Figuelotte schniefte und sah sie nun an. »Seid Ihr mir deshalb in den letzten Tagen nicht von den Fersen gewichen? Weil Ihr wusstet, was er vorhatte, und nicht wagtet, mich davon abzuhalten? Oder seid Ihr gar seine Komplizin und wollt mich nun erpressen? Wie konnte ich so dumm sein? Als könnte ich jemals etwas nur für mich allein tun! Als dürfte ich jemals etwas wirklich Aufregendes erleben, ohne dass man mir gleich die Folgen um die Ohren schlägt. Und als könnte jemals eine Hofdame wie Ihr nur um meiner selbst Willen Interesse an mir haben!«

Die Verzweiflung des Mädchens überraschte Helena nicht, doch sie schien mehr Ursachen zu haben, als sie gedacht hätte.

»Ihr werdet von aller Welt bewundert, Figuelotte, und das zu einem guten Teil um Eurer selbst Willen. Ihr seid eine kluge, gebildete und musikalisch höchst begabte junge Dame und werdet in Eurem Leben gewiss noch viele wunderbare Aufregungen erleben, die Euch niemand streitig macht. Ich versichere Euch, dass mir nicht in den Sinn käme, Euch zu erpressen. Ich ahnte, dass Viktor etwas Übles mit Euch im Schilde führt. Aber wegen einer Ahnung konnte ich Euch nicht beunruhigen. Nun kann ich nur hoffen, dass Ihr mir glaubt, was ihn betrifft, und einsichtig seid.«

Figuelotte betupfte sich mit dem Handrücken die Wangen. »Ihr müsst mich für eine kleine Gans halten. Ihr mit Eurer Art, die Männer zu betören. Euer Leben ist wirklich aufregend. Wie Ihr meinen Bruder umgarnt habt! Wie viele Möglichkeiten Ihr Euch herausnehmt! Ich hingegen werde verwaltet wie ein teurer

Acker. Alles darf sich für mich nur darum drehen, bestmöglich verheiratet zu werden. Und nicht einmal das scheint meinen Eltern gut von der Hand zu gehen, wenn man bedenkt, was meine Mutter schon alles versucht hat. Am Ende werde ich als alte Jungfer ins Kloster gehen.« Ein Aufschluchzen brach aus ihr hervor.

Helena erwischte sich dabei, wie sie sich die Stirn rieb. »Ihr seid erst vierzehn Jahre alt. Da besteht nicht der geringste Grund zu solchen Befürchtungen. Und was mich und mein Leben angeht, so irrt Ihr Euch gänzlich. Doch das werde ich Euch ein anderes Mal erklären. Versprecht mir vorerst, dass Ihr Viktor nicht mehr treffen werdet.«

»Ja, ja, meinetwegen. Ich habe ohnehin nicht gemocht, was er vorhin getan hat.«

Ehe sie weitersprechen konnte, erklang ein erleichterter Aufschrei, und Frau von Harling kam auf sie zugestürzt. »Dem Himmel sei Dank! Ich habe Euch überall gesucht, Euer Hochwohlgeboren. Wie konntet Ihr so plötzlich verschwinden?«

Figuelotte warf Helena noch einen ängstlichen Blick zu, hakte sich aber hastig bei ihrer ehemaligen Erzieherin unter. »Ich litt unter Magendrücken und brauchte etwas Ruhe. Fräulein Helena war so freundlich, mich auf einem kleinen Spaziergang zu begleiten. Es geht mir nun besser, und wir können zu den anderen zurückgehen.«

Damit niemand auf den Gedanken kam, dass Prinzessin Figuelotte allein unterwegs gewesen war, folgte Helena ihr und Frau von Harling zurück zur großen Bühne. Erst als sie sich davon überzeugt hatte, dass das Mädchen sich wieder in sicherer Obhut befand, dachte sie über alles Weitere nach.

Was würden Viktor und vor allem Clara von Platen nun tun? Gräfin von Platen war in Begleitung ihrer Kinder und anderer Fa-

milienangehöriger auf dem Fest und würde wohl erst später von dem Vorfall erfahren. Würde sie die Sache auf sich beruhen lassen oder Helena für ihr Eingreifen bestrafen? Helena konnte sich jede Möglichkeit vorstellen. Ein Schauder überlief sie bei dem Gedanken an die unweigerliche Aussprache mit der Mätresse.

Ileana und Franziska Rose standen mit Graf von Rauchhaupt zusammen in der Nähe des Herzogsbusches und winkten sie zu sich her. Sie winkte lächelnd zurück, schlug aber die entgegengesetzte Richtung ein. Etwas Zeit brauchte sie noch für sich, bevor sie das höfische Spiel wieder mitspielen konnte. Sollte sie noch einmal durch die Gärten gehen und versuchen, Floriano wiederzufinden?

Sie war noch nicht weit gekommen, als jemand sie mit einer behutsamen Berührung am Arm zurückhielt.

»Fräulein Helena! Darf ich Euch zu dem gelungenen Auftritt und Eurem hübschen Kostüm beglückwünschen?«, fragte Baron von Eichhorn. »Die Sache mit den tanzenden Laternen war wunderbar ausgedacht und hat Eure Anmut hervorgehoben. Euch dort in Eurem Sternenhimmel-Kleid dahinschweben zu sehen, hat in mir die Sehnsucht geweckt, eine warme, stille Nacht in guter Gesellschaft im Garten zu verbringen und die echten Sterne zu betrachten.«

Sie lächelte ihn an. »Ein Plan, den ich nur gutheißen kann. Die natürliche Stille der Nacht nimmt es leicht mit den Konzerten berühmter Komponisten auf. Und die echten Sterne bleiben eindrucksvoller als all unsere Laternen und Fackeln, so viel Mühe wir uns auch damit geben mögen.«

Er bot ihr seinen Arm an. »Ihr würdet mir also in einer solchen Nacht Gesellschaft leisten?« Sein Blick wanderte in die Richtung, wo sie Graf von Rauchhaupt zurückgelassen hatte.

Sie legte ihre Hand auf seinen Arm, um ein Stück mit ihm zu gehen. Nach dem, was sie gerade getan hatte, würde es wohl

für Clara von Platen und Graf von Rauchhaupt keinen großen Unterschied mehr machen, wenn sie auch noch dem Baron ein wenig Aufmerksamkeit schenkte. »Läge die Entscheidung nur bei mir, würde ich das mit Vergnügen tun«, sagte sie.

Er sah ihr in die Augen und nickte. »Ich hatte kürzlich die Ehre, ausführlich mit Ihrer Durchlaucht Herzogin Sophie zu sprechen. Sie sagte mir, wie heikel Eure Lage sich in letzter Zeit entwickelt hat. Ich bedaure sehr, dass ich selbst Euch gegenüber nicht wach genug war, um es zu bemerken. Schon seit Wochen trage ich mich mit dem Gedanken, Euch eine gewisse Frage betreffend der Zukunft zu stellen. In meiner Eigensucht glaubte ich, dass wir alle gleich viel Zeit hätten, unser Schicksal auf uns zukommen zu lassen. Nun bin ich eines besseren belehrt, suche aber trotzdem noch nach dem richtigen Moment. Auch heute Nacht, im Trubel dieses Fests, sehe ich ihn nicht gekommen und hoffe, dass Ihr mir darin zustimmt. Doch als ich Euch vorhin sah, beschloss ich, zumindest eine Andeutung zu versuchen. So habt Ihr Zeit, Euch mit dem Gedanken zu befassen und die Antwort zu überlegen, die Ihr mir geben könnt, wenn ich bald mit der Frage zu Euch komme. Versteht Ihr, wovon ich spreche?«

Beinah hätte sie laut geseufzt. Da war er endlich, nach all den Monaten des zähen Hoffens und Wartens: der Antrag, der Gut Minnigerode auch ohne die Hilfe der Gräfin möglicherweise gerade noch retten konnte. »Was Ihr andeutet, empfände ich als große Ehre, und ich versichere Euch, dass ich mehr als wohlwollend darüber nachdenken werde.«

Ein zufriedenes Lächeln breitete sich auf seinem Gesicht aus. »Wie schön. Wollen wir dann für heute noch einen kleinen Gang durch den Garten machen und uns die beste Stelle aussuchen, um das Feuerwerk zu betrachten? Sicher wird es bald beginnen.«

Nach dem, was sie gerade angesprochen hatten, konnte sie ihm diesen Wunsch unmöglich abschlagen. Die Hoffnung ver-

ursachte ihr so wildes Herzklopfen, dass es ihr nicht schwerfiel, sich hocherfreut zu geben, obwohl sie in Gedanken noch bei dem verhinderten Anschlag auf Figuelottes Unbescholtenheit, Claras drohender Rache und Florianos schönen, dunklen Augen war.

32. Kapitel

Auch nachdem die Frauen das Boskettquartier verlassen hatten, blieb Floriano noch neben dem Ausgang stehen, als würde er dienstbereit auf weitere Anordnungen warten. Von Briesen hatte sich abgewandt und zerrte mit ruckartigen Bewegungen seine Kleidung zurecht. Dann fuhr er auf einmal herum und kam auf ihn zu.

»Du feixender Ochse, was machst du für ein blödes Gesicht? Bist wohl auch einer von denen, die ihren Platz nicht kennen! Was hast du mit dem Fräulein Helena zu schaffen? Habt ihr es miteinander getrieben? Das würde passen. Wenn sie glaubt, sie käme damit davon, dann hat sie sich geirrt.«

Floriano stellte sich vor, er wäre ein Baum, und seine Füße würden tief in der Erde wurzeln. Worte konnten ihm nichts anhaben, und er würde nicht zurückweichen. »Verzeiht, Eure Wohlgeboren, ich weiß nicht, was Ihr meint. Das Fräulein war auf der Suche nach Prinzessin Figuelotte und hat dabei meine Hilfe in Anspruch genommen.«

Von Briesen stieß ein höhnisches Gelächter aus. »Ausgerechnet deine Hilfe? Glaub nicht, ich hätte nicht gesehen, wie du früher schon mit ihr im Garten herumspaziert bist.«

Nun musste er doch schlucken. Wann hatte der Dreckskerl sie gesehen? Oder riet er nur ins Blaue hinein? Jedenfalls durfte er das nicht einfach so stehen lassen. »Ich möchte Euch bitten, mit Euren Worten ein wenig vorsichtiger zu sein. Ihr solltet wissen, wie leicht dem Ruf einer Dame Schaden zugefügt werden kann.«

Von Briesen rückte ihm noch näher, so nahe, dass er die Spu-

cke abbekommen hätte, die dem wütenden Höfling beim Sprechen aus dem Mund sprühte, wenn er ihn nicht überragt hätte.

»Du willst mir den Mund verbieten, du lächerlicher Mistkratzer? Du wagst es, einen Adligen derart zu beleidigen?«

Von Briesen holte aus und schlug ihm die Faust mit solcher Wucht ins Gesicht, dass er sofort Sterne sah und Blut schmeckte. Manch einer hätte nun unwillkürlich zurückgeschlagen und sein Leben verwirkt, doch Floriano ballte nicht einmal die Fäuste, sondern hob nur den Arm, um den nächsten Schlag abzufangen. Prompt hieb von Briesen die Faust auf seinen angespannten Unterarm, was dem Schläger an den Fingern vermutlich schlimmere Schmerzen zufügte als ihm. Tatsächlich holte er kein drittes Mal aus, sondern stürmte an ihm vorbei aus dem Gärtchen.

Im Gang vor der Vase begegnete er jemandem, der auch etwas von seinem Zorn ausgeteilt bekam.

»Du kommst verdammt zu spät, Adrian!«, fuhr von Briesen seinen Bekannten an.

»Was wolltest du mir denn zeigen?«, fragte Adrian.

»Es ist weg. Vergiss die Sache!«, schnauzte von Briesen, und die Schritte der beiden entfernten sich.

Floriano spuckte Blut in die Hecke und betastete behutsam sein schmerzendes Gesicht. Auch wenn er nicht um sein Leben hätte fürchten müssen, hätte er von Briesen nicht schlagen wollen. Davon hielt er nichts. Doch wenn er auf den Schlag gefasst gewesen wäre, dann wäre er zumindest ausgewichen. Nun sah er aus, als hätte er sich geprügelt, und würde sich einiges dazu anhören müssen. Seufzend legte er sich zurecht, dass er in der Dunkelheit gestolpert und gegen einen Baum gelaufen war. Wenn er gleich ging und sich das Gesicht kühlte, würde es mit der Schwellung vielleicht nicht ganz so schlimm werden.

Ob es die Sache wert gewesen war, würde er erst wissen, wenn feststand, welche Folgen sie für Helena hatte. Auch wenn ihn

das wohl eigentlich nichts anging. Nachdem sie Figuelotte gefunden hatte, war es auf einmal gewesen, als wäre er tatsächlich nur ein Diener für sie. Und so würde es immer sein. Wenn sie in den Kreisen verkehrte, in die sie gehörte, war er kaum mehr als Luft für sie. Diese Lektion sollte er zu Genüge gelernt haben. Wahrscheinlich dachte sie schon jetzt nicht mehr an ihn, sondern scherzte mit Grafen und Prinzen.

Seufzend entschied er, seinen Dienst schon vor dem Feuerwerk zu beenden und sich in seiner Kammer die Lippe zu kühlen.

Am Sonntagmorgen blieb er so lange wie möglich in seiner Kammer und ging erst hinab, als die anderen schon zum Kirchgang aufbrachen. Da Anton Bauer mit seiner Familie immer voranging, blieb ihm so die Begegnung mit ihm noch eine Weile erspart. Den Gottesdienst ganz auszulassen kam nicht infrage, weil er sich damit nur eines schlechten Gewissens verdächtig gemacht hätte.

In einen Spiegel hatte er nicht gesehen, aber dem Gefühl nach musste sein zerschlagenes Gesicht jedem auffallen. Mit weitem Abstand trödelte er daher den Kirchgängern hinterher und kam erst bei der Tür der Marienkirche an, als alle schon hineingingen. Als einer der Letzten trat er ein und blieb ganz hinten stehen.

In seiner venezianischen Kindheit hatte er nur selten eine Kirche von innen gesehen und sich später einfach zum Protestanten erklärt, obwohl er nicht sicher wusste, ob er überhaupt getauft war. Dennoch hatte ihn nicht der Blitz getroffen, und auch deshalb war es mit seiner Gottesfurcht nicht weit her. Außerdem fühlte er auf einem Gemüsefeld häufiger tiefe Andacht als in der Kirche. Trotzdem besuchte er die protestantischen Gottesdienste der Deutschen gern. Er mochte das Singen und die ruhige Stim-

mung, die entstand, weil nur hier alle wirklich einmal von jeder Arbeit befreit waren. An diesem Tag allerdings konnte er weder die Ruhe noch das Singen genießen, weil er spürte, wie der Ärger unausweichlich näherkam.

Beim Hinausgehen verließen üblicherweise nicht diejenigen zuerst das Gebäude, die am weitesten hinten standen, sondern die Vornehmsten, die auf ihren Stammplätzen vorn in der Kirche gestanden und gesessen hatten. Zu ihnen gehörte auch Bauer, deshalb wappnete Floriano sich schon einmal für finstere Blicke.

Doch die ersten vornehmen Leute, die den Mittelgang entlangkamen, waren nicht die erwarteten, sondern fremd in dieser Kirche. Ein adliger Herr führte an jedem Arm eine Dame hinaus: rechts Helena, links ein weiteres Hoffräulein. Helena blickte nach rechts und entdeckte ihn daher auf der linken Seite nicht.

Ihr Name lag ihm so weit vorn auf der Zunge, dass er einen Ausruf kaum unterdrücken konnte. Sein Herz begann zu hämmern, als sei er jetzt gerade erst richtig aufgewacht. Er musste hinaus und versuchen, ein paar Worte mit ihr zu wechseln. Nur mühsam konnte er sich davon abhalten, auf der Stelle hinauszudrängen. *Hör auf, dir den Hals nach ihr zu verrenken!* Gewaltsam wandte er sich ab.

Prompt fiel sein Blick auf Bauer, der soeben an ihm vorbeiging und ihn bedrohlich anstarrte. Floriano seufzte und schloss für zwei tiefe Atemzüge die Augen. Gestolpert und gegen einen Baum gelaufen. Gleich würden alle fragen, und niemand würde ihm die Ausrede glauben.

Draußen stand Bauer mit seiner Frau und seinen beiden kleinen Söhnen mit dem Küster zusammen. Helena und ihre Begleitung sprachen vor der auf sie wartenden Kutsche mit dem Pastor, der sich die Ehre nicht hatte nehmen lassen, sich noch persönlich von den ungewöhnlichen Gästen zu verabschieden. Floriano näherte sich ihnen langsam, wurde aber von Otto aufgehalten,

der den durch seinen Augenverband noch immer blinden Willi untergehakt hatte.

»Floriano, was hast du mit deiner Lippe gemacht? Gab es Streit?«

Ottos Ausruf hatte Helena auf ihn aufmerksam gemacht. Ihre Blicke trafen sich, und einen Wimpernschlag lang zögerte sie, doch dann hob sie die Hand und winkte ihm. »Guten Tag, Herr Piras!«

Er verbeugte sich und fiel beinah vornüber, weil sein Herz so heftig schlug und das ihm zu Kopf steigende Blut seine geschwollene Lippe zum Pochen brachte. Hatte es wirklich eine Zeit gegeben, in der er sich mehr Aufregung gewünscht hatte? Als er sich wieder aufrichtete, sah er in ihren Augen das Entsetzen über sein misshandeltes Gesicht und zwang sich zu einem Lächeln. Unwillkürlich trugen ihn seine Beine gegen jedes bessere Wissen näher zu ihr.

»Einen gesegneten Sonntag, Eure Hochwohlgeboren. Wie freundlich von Euch, dass Ihr heute die kleine Marienkirche mit Eurem Besuch beehrt habt«, sagte er, obwohl er sagen wollte, wie unendlich froh sie ihn damit machte, hier erschienen zu sein.

»Ich wollte die Marienkirche schon immer besuchen. Und heute ist es mit all den hohen Gästen in der Schlosskirche so gedrängt voll, dass sich die Gelegenheit anbot. Baron von Eichhorn und Fräulein Ileana waren zu meiner Freude für den Einfall aufgeschlossen. Herr Baron, das ist Floriano Piras, einer der fleißigen und stilsicheren Herrenhäuser Gärtner.«

Der Baron nickte ihm wohlwollend zu. Er schien ein umgänglicher Mann zu sein. Trotzdem hätte Floriano ihn am liebsten samt der anderen Dame in die Kutsche geschubst und dem Kutscher die Peitsche in die Hand gedrückt, um Helena für sich allein zu haben.

»Wir alle bewundern die Früchte eurer harten Arbeit täglich,

junger Freund«, sagte Baron von Eichhorn. »Manch einem ist vielleicht nicht bewusst, wie viel Sorgfalt und Ausdauer in einer Anlage wie unseren herzoglichen Gärten steckt, doch meiner Anerkennung dürft ihr euch sicher sein. Wunderbar, ganz wunderbar!«

Floriano erwies ihm eine erneute Reverenz. »Vielen Dank, Eure Hochwohlgeboren.«

»Hattet Ihr …« Helena deutete auf ihre Lippen. »Hattet Ihr einen Unfall, Herr Piras?«

Er stieß verlegen die Luft aus. »So könnte man es nennen, ja. Ich bin da in etwas hineingestolpert.«

Wieder trafen sich ihre Blicke, und dieses Mal sah er in ihren Augen, dass sie genau wusste, in was er hineingestolpert war. Sie nickte ernst und blickte zu Boden. »Das tut mir leid.«

»Euer Mitgefühl ehrt mich, doch es war meine eigene Schuld. Und um ehrlich zu sein: Ich würde beim nächsten Mal denselben Weg wieder gehen, obwohl ich nun weiß, dass man dort stolpern kann. Ihr seht also, dass …«

Auf einmal stand Bauer neben ihm. »Piras, ich denke nicht, dass die Herrschaften ihre kostbare Zeit damit verbringen wollen, deinem Stammeln zu lauschen. Sieh dir die Damen an, sie sind schon ein wenig bleich, weil sie deinen Anblick ertragen müssen. In so einem Zustand zeigt man sich nicht vor Leuten von Qualität. Also hör auf, dich aufzudrängen.«

»Nein, nein, Herr Bauer, ist schon gut. Das macht doch nichts«, sagte nun Fräulein Ileana. »Es war ja Fräulein Helena, die ihn ansprach.«

»Ich bezweifle, dass der junge Mann Eure großzügige Nachsicht verdient. Es wird schon seinen beklagenswerten Grund haben, dass er so zugerichtet ist. Also, Piras, du hast mich gehört. Verabschiede dich!«

Bauers Tonfall war ätzend, und Floriano spürte, wie ihm der

Schweiß ausbrach. Wenn der Oberhofgärtner noch ein einziges Mal den Mund aufmachte, um ihn zu beleidigen, würde er sich nicht länger beherrschen können. Plötzlich kam es ihm vor, als täte er seit einem halben Jahr nichts anderes, als geduldig die Folgen von Bauers unsinnigen Ausbrüchen auszubaden. Dass er sich nun auch noch duldsam von einem abscheulichen Adligen hatte schlagen lassen, brachte das Fass beinah zum Überlaufen.

Ob Helena ahnte, was in ihm vorging, wusste er nicht. Doch ehe Bauer noch etwas sagen konnte, trat sie ein Stück vor und strich dabei energisch eine Daune von ihrem Rock. »Ich bin im Gegenteil überzeugt davon, dass die Erklärung für den beklagenswerten Zustand von Herrn Piras für ihn sprechen würde. Für ebenso gewiss halte ich es, dass er gute Gründe hat, wenn er nichts erklärt. Oft trügt der äußere Schein, Herr Bauer. Also urteilt nicht danach. Und nun brechen wir wohl besser auf. Ich wünsche Euch noch einen angenehmen Sonntag, Herr Piras.«

Damit ließ sie sich von dem Lakaien, der bei der Kutsche wartete, zu den anderen beiden hineinhelfen, und kurz darauf war von dem Wagen nur noch die Staubwolke zu sehen.

Der Pastor wandte sich Herrn Bauer zu. »Was für eine Ehre, dass die Herrschaften meine Kirche besuchen! Und welch großzügige Spende der Herr Baron uns hinterlassen hat. Der Herr im Himmel hat uns diese noblen Menschen geschickt. Aber dein Meister hat recht, mein Junge. Du solltest dich nicht schlagen, denn solche unnütze Gewalt heißt unser Herr Jesus nicht gut.«

Floriano seufzte. »Ich habe mich nicht geschlagen, Herr Pastor. Ich habe mich schlagen lassen. Das ist ein großer Unterschied. Ich war immer ein recht friedfertiger Mensch. Ich gestehe aber, dass ich gerade Gefahr laufe, das zu bereuen.«

»Ach, so ist das. Dann nehme ich meinen Tadel zurück und rate dir, immer an unseren Herrn Jesus zu denken, der lehrte, auch die andere Wange hinzuhalten«, sagte der Pastor, klopfte

ihm sacht den Arm und verabschiedete sich zu seinen anderen Schäfchen.

»Unsinn!«, stieß Bauer hervor. »Die Schuld liegt bei dem Taugenichts, der einen anderen dazu reizt, ihn zu schlagen. Mich kannst du nicht täuschen. Ich weiß genau, wie gern du jemanden mit deiner Art in Wut versetzt. Von wegen friedfertig! Ein gerissener Schleicher bist du, immer darauf bedacht, dich bei den hohen Herrschaften einzuschmeicheln und wichtig zu machen, damit sie dich schützen. Widerwärtig!« Ganz offensichtlich konnte der Oberhofgärtner sich gerade noch davon abhalten, direkt vor der Kirchentür auszuspucken.

Floriano stieß die Luft aus, die er unwissentlich angehalten hatte. »Bei allem Respekt vor unserem Herrn Jesus und den Worten des Pastors: Verlasst Euch nicht darauf, dass ich Euch die andere Wange hinhalte, Herr Bauer. Wenn jemand es versteht, den Zorn von anderen zu reizen, dann bin nicht ich das. Wenn Ihr mich fragt, habt Ihr selbst es darin zu hoher Kunstfertigkeit gebracht, und Ihr steigert Euch täglich. Ich will Euch nichts fortnehmen und auch sonst nichts Übles antun. Manchen mag es aber anders gehen. Allmählich solltet Ihr vorsichtig sein, damit sich Eure Streitsucht nicht rächt.«

Sofort stieg Bauer die Röte ins Gesicht. »Meine Streitsucht? Da soll mir doch der Teufel …« Abrupt bremste er sich und schwieg. Einen hasserfüllten Blick warf sein Vorgesetzter ihm noch zu, dann ging er wieder zu seiner Familie.

Noch am Vortag hätte Floriano es nicht wahrhaben wollen, doch nun gestand er sich ein, dass er als Bauers Untergebener keine weitreichende Zukunft hatte. Eher früher als später würde er Herrenhausen verlassen müssen. Zu hoffen, dass der Oberhofgärtner ihm dazu gute Empfehlungsschreiben ausstellen würde, war vermutlich müßig. Müde rieb er sich mit der Hand über das Gesicht und zuckte zurück, als er den Bluterguss berührte.

Vielleicht sollte er in die Heimat seiner Kindheit zurückkehren? Doch wie viele Gärtner wurden in Venedig gebraucht? Missmutig schüttelte er den Kopf.

Als er sich den Gärtnern und dem Meiereigesinde anschloss, zog sein Gesicht zwar noch neugierige Blicke auf sich, doch niemand wagte mehr, ihn danach zu fragen, was geschehen war.

Nachdem Viktor von Briesen sich von ihr verabschiedet hatte, wartete Clara mit eingefrorenem Lächeln, bis sich die Tür ihres Empfangszimmers hinter ihm geschlossen hatte. Dann nahm sie eine Vase aus kostbarem chinesischem Porzellan in beide Hände, hob sie hoch über den Kopf und warf sie mit aller Kraft gegen ein Porträt der Herzogin. Klirrend zerbarst das teure Stück, und sie fand das Geräusch äußerst befriedigend.

Das Porträt allerdings hatte keinen Kratzer abbekommen. Kurz fühlte sie sich in Versuchung, die Leinwand mit ihrem Briefmesser zu zerschlitzen. Die Herzogin hatte ihr das Bild geschenkt, selbstverständlich als Provokation – die sie jedoch abgeschmettert hatte, indem sie es hier aufhängte, wo alle es sehen konnten. Und wer zu ihr kam, betrachtete es nicht mit Hochachtung, sondern allenfalls mit leisem Mitleid: die arme Herzogin Sophie, der eine Mätresse so viel von ihrer Macht, der Zuwendung ihres Gatten und ihrem Ansehen geraubt hatte!

Dennoch zuckten Claras Finger, als sie das Bild nun musterte. Wie hatte Helena von ihrem Plan gegen die Herzogin und das Prinzesschen erfahren? Es konnte im Grunde nur Viktor selbst gewesen sein, der den Mund nicht gehalten hatte. Doch der Herzogin selbst hatte es niemand zugetragen. Wenn die davon gewusst hätte, dann wäre es Viktor gar nicht erst gelungen, Figuelotte in das dunkle Boskettquartier zu locken.

Jedenfalls war der Plan zerstört, und das Fräulein Helena kam sich nun gewiss ungeheuerlich gerissen vor. Diese unverfrorene Person hatte nun schon viel zu viel Ärger gemacht. Sie würde ihre Sturheit und ihren Ungehorsam bitter bereuen. Und ihr Untergang ließ sich bestens so einfädeln, dass er auch noch als Ohrfeige für Ernst Augusts dünkelhafte Gemahlin diente. Herzogin Sophie sollte es sich gut überlegen, ob sie noch einmal gegen die Interessen der *Maîtresse en titre* intrigierte.

33. Kapitel

Am Montag regnete es, sodass Diener Baldachine für die abreisenden Gäste aufspannten, damit sie trockenen Hauptes zu ihren Wagen gelangten. Auch Baron von Eichhorn hatte Herrenhausen schon am Sonntagnachmittag vorübergehend verlassen, um auf seinen heimischen Gütern einige Angelegenheiten zu regeln. Ende der Woche wollte er zurückkehren und Helena die umständlich angekündigte schicksalhafte Frage stellen. Am liebsten hätte sie bis dahin ihr Gemach nicht verlassen. Es reizte sie gar nicht, Viktor von Briesen oder gar Gräfin von Platen zu begegnen, aber auch auf Figuelotte oder Frau von Harling hätte sie gern für längere Zeit verzichtet. Tatsächlich fühlte sie sich am Montagvormittag kränklich genug, um im Bett zu bleiben. Erst zur Abendmahlzeit ließ sie sich ankleiden und ging hinab in den Saal.

Die Herzogin und ihre Tochter waren nicht anwesend, auch nicht Viktor. Grund zur Erleichterung war das allerdings nicht, denn die angewiderte Art, auf die Graf von Rauchhaupt sie ansah, als sie zu ihrem Platz neben Ileana und Franziska Rose ging, ließ sie Böses ahnen. Auch war ihr so, als würde der eine oder andere am Tisch verstummen, als sie sich näherte. Bei Ileana und Franziska Rose gab es daran keinen Zweifel. Sie unterbrachen ihr angeregtes Getuschel, als sie noch lange nicht in Hörweite war, und warfen ihr schlecht verhohlene neugierige Blicke zu.

Fräulein Louise, die zu ihrer anderen Seite saß, wirkte, als hätte sie dem Gespräch der beiden gelauscht. Sie hatte rote Ohren, erwiderte Helenas Gruß nur einsilbig und wandte sich eilig ihrer Sitznachbarin zur anderen Seite zu.

Franziska Rose lächelte verkniffen und fingerte an ihrer Serviette. Ileana, die zwischen ihnen saß, spitzte die Lippen und nippte an ihrem Wein, bevor sie etwas sagte. »Helena! Wir hörten, dass du dich unwohl fühlst und das Bett hütest. So schlimm war es wohl doch nicht?«

Helena sah sich nach einem Lakaien um, der ihr beim Hinsetzen helfen würde. Wie üblich musste sie einen Augenblick warten, bis einer von ihnen frei wurde.

»Mein Kopf schmerzte, doch es ist vergangen. Es war wohl nur Müdigkeit. Ist ihre Durchlaucht noch mit ihren Gästen beschäftigt?«

Franziska Rose war sichtlich froh über den Themenwechsel. »Ihre Hoheit Kurfürstin Dorothea von Brandenburg bleibt noch bis übermorgen. So lange werden die hohen Herrschaften in den herzoglichen Gemächern speisen. Prinzessin Dorothée wird uns aber die Ehre geben. Sie ließ ausrichten, dass wir uns schon setzen dürfen.«

»Wie freundlich von ihr«, sagte Helena und nahm auf dem Stuhl Platz, den der inzwischen herbeigeeilte Lakai ihr bereitstellte.

Ileana verzog das Gesicht, als hätte sie in etwas Saures gebissen, und senkte die Stimme. »Du solltest wissen, dass über dich gesprochen wird. Und zwar nicht so vorteilhaft, wie du es gewöhnt bist. Es sind Gerüchte im Umlauf, die auch ihre Durchlaucht stören dürften.«

Helena sah zu Graf von Rauchhaupt hinüber, der ihr an der breiten Tafel schräg gegenüber saß. Gerade sprach er zu seiner Sitznachbarin, doch Helena hatte den Eindruck, dass er sie aus dem Augenwinkel beobachtete. Die Häme dünstete geradezu aus ihm heraus. Hatte Clara so schnell gehandelt? Hatte die Spinne ihr Gift schon verspritzt?

»Worum geht es bei diesen Gerüchten?«, fragte sie.

Ileana zog in übertriebener Verwunderung die Brauen hoch. »Nanu? Die Sache scheint dich kaum zu berühren. Ich an deiner Stelle wäre empört, würde man mich derart verleumden. Oder hast du etwa mit einem Skandal gerechnet? Dann könnte man nur darüber staunen, wie ruhig und selbstsicher du dich in all den Monaten hier bei Hof bewegt hast.«

Genugtuung also auch aufseiten des tugendhaften Freifräuleins. Im Grunde hatte Helena mit nichts anderem gerechnet. Und wenn sie »ruhig und selbstsicher« sagte, dann meinte sie in diesem Fall »dreist«. »Würdest du mir bitte einfach sagen, was ich den Gerüchten nach getan haben soll? Wie kann ich sonst beurteilen, um welche Art Missverständnis es sich handelt?«

»Möglicherweise ist es ein Missverständnis. Möglicherweise ist es auch nur eine Verzerrung der Wahrheit, wie es oft in solchen Fällen geschieht. Man sagt, du sollst schon Liebhaber gehabt haben, als du zum ersten Mal bei Hof warst, und auch, nachdem du ihn wieder verlassen hast. Angeblich ist das der Grund dafür gewesen, dass deine Verlobung aufgelöst wurde. Der Vater deines Zukünftigen hat davon erfahren und wollte keine entehrte Braut für seinen Sohn. Wenn das die Wahrheit ist, dann ist mir nun auch klar, dass du es hier nie auf eine angemessene Eheschließung abgesehen hattest, wie du uns glauben ließest. Du hast es von Anfang an darauf angelegt, Georg Ludwig zu ködern. Äußerst geschickt hast du das angestellt. Ich bezweifle allerdings, dass du die Früchte deiner Arbeit noch wirst ernten können. Auf ihre Durchlaucht Herzogin Sophie!« Mit höhnisch verzogenen Lippen hob Ileana ihr das Glas entgegen, sodass ihr nichts anderes übrig blieb, als zu ihrem eigenen zu greifen.

Sollte sie sich rechtfertigen? Ileana glaubte ohnehin bereits nur das, was sie glauben wollte, und würde sich nicht umstimmen lassen. Dennoch brachte Helena es nicht über sich, den Unsinn so im Raum stehen zu lassen.

»Als ich zum ersten Mal bei Hof war, hatte ich vor allem den Abschiedsschmerz von meinen Pferden und meinem Zuhause im Kopf und ganz gewiss keine Liebhaber. Außerdem ging es am Hof von Herzogin Benedikta freundlich und gesittet zu. Sie hätte eine so junge Hofdame, wie ich es damals war, vor derartigen Dummheiten bewahrt. Glaube von mir, was du willst, aber solchen Unsinn zu verbreiten beleidigt nicht nur mich.«

»Nun, immerhin leugnest du nicht, dass du mit der Absicht gekommen bist, Georg Ludwigs Mätresse zu werden. Das wäre auch sinnlos.« Mit einem Schulterzucken stellte Ileana ihr Glas ab.

Der Hofmeister trat ein und klatschte in die Hände. »Werte Herrschaften: Prinzessin Dorothée!«

Die Schwangerschaft der Prinzessin war inzwischen nicht mehr zu übersehen, ihre Kleider wurden nun weiter geschnitten. Die anfängliche Übelkeit schien sie überwunden zu haben. Mit strahlendem Lächeln grüßte sie nach rechts und links, während sie zu ihrem Platz an der Ehrentafel schritt. Ausnahmsweise war sie die Ranghöchste im Saal. Vor Helena verzögerte sie kurz ihren Schritt und warf ihr einen Blick zu, der von Verachtung troff. Gleich darauf lächelte sie dem nächsten Höfling zu.

Ileana stieß ein gerade nur für Helenas Ohren hörbares, belustigtes Schnauben aus. Bis hierher hatte Helena geglaubt, sie würde das Geschwätz aushalten können, ohne es sich allzu sehr zu Herzen zu nehmen. Doch das Urteil der Prinzessin spürte sie sogar körperlich. Das Herz schien ihr in der Brust zu schrumpfen, und sie hatte Mühe, die Kraft für den nächsten Atemzug zu finden.

Es gab nur einen einzigen Grund, warum sie nicht hinauslief und sich in die nächste Kutsche warf, um nach Hause zu fahren: Wenn sie verschwand, bevor Baron von Eichhorn zurückkehrte, hatte sie die allerletzte Chance vertan, ihr Zuhause zu retten. Sie

musste sich daran klammern, dass er ihre Erklärung anhören, Verständnis zeigen und trotz allem um sie anhalten würde.

Drei Tage dauerte es, neben der laufenden alltäglichen Arbeit alle Spuren des rauschenden Fests aus der Gartenanlage zu beseitigen. Floriano allerdings betrat den großen Garten in dieser Zeit nicht. Bauer ließ ihn auf den Gemüsefeldern des neuen Küchengartens arbeiten – möglichst weit entfernt von allen hohen Herrschaften, bei denen er sich angeblich dauernd anbiedern wollte. Daher hörte er nur bei der Abendmahlzeit, was die anderen Gärtner und das Gesinde vom Leben der Hofgesellschaft aufschnappten und weitererzählten. Am Mittwochabend stieß Otto ihm beim Essen in der Meiereiküche den Ellbogen in die Seite.

»Floriano, diese Dame, die du kennst, die am Sonntag bei uns in der Kirche war: Weißt du schon, was man über die redet?«

Jeden Tag hatte er mit sich gekämpft, ob er sich nach Helena erkundigen sollte oder versuchen wollte, sie zu sprechen. Nun kamen die Neuigkeiten ungefragt zu ihm. Besser, er tat so, als wäre es ihm nicht wichtig. »Die mit mir gesprochen hat? Fräulein von Minnigerode? Was ist mit ihr?«

»Sie ist an den Hof gekommen, weil ihr Verlobter sie nicht mehr wollte. Weil sie schon so viele Liebhaber gehabt hätte, sagen sie. Jemand, der sie von früher kannte, hat es ausgeplaudert. Scheint ja ein sauberes Früchtchen zu sein, das Fräulein. Hat wohl viel geübt, damit sie sich am Ende auch Prinz Georg Ludwig angeln kann. Und beim Spielen betrügt sie, um ihren Beutel zu füllen, sagt man.«

Floriano spürte, wie die Empörung seinen Puls beschleunigte, und hatte den Mund schon geöffnet, um für Helena in die Bresche zu springen, da besann er sich. Ihm war es gleichgültig, wie

viele Liebhaber sie gehabt hatte. Sogar Falschspiel hätte er ihr vermutlich nachgesehen, wenn sie denn darauf hätte zurückgreifen müssen. Denn sie hatte ihn durch alles, was er von ihr gesehen, gehört und gespürt hatte, für sich und ihre Beweggründe eingenommen. Ein Leumundszeugnis für sie ablegen konnte er jedoch nicht, denn eigentlich kannte er sie kaum. Und wenn er sie blind verteidigte, würde er zu viel Aufmerksamkeit auf sein Verhältnis zu ihr lenken.

»Klingt für mich wie Geschwätz, das man nicht einfach glauben sollte. Und weitertratschen schon gar nicht. Ich habe gehört, dass ihre Verlobung aufgelöst wurde, weil sie ihrem Bräutigam nicht mehr reich genug war. Und wenn sie all die Monate über die Hofleute an den Spieltischen betrogen hätte, ohne dass es jemandem aufgefallen wäre, dann wollten es wohl alle nicht sehen.«

Otto zuckte mit den Schultern und grinste. »Aber es steht fest, dass sie mit seiner Hochwohlgeboren durchs goldene Himmelbett gerollt ist. Wenn so was eine Hühnermagd mit einem verheirateten Schankwirt täte, dann wüssten wir, wie wir sie nennen würden. Oder nicht?«

Die Kehle schnürte sich ihm zu, als er sich Helena mit einem anderen Mann im Bett vorstellte. Aber er wusste, dass sie es nicht mit Georg Ludwig getrieben hatte. Noch nicht.

»Sie ist keine Magd, und er ist kein Wirt. Die hohen Herrschaften haben ihre eigenen Sitten, und uns geht das nichts an.«

Nickend griff Otto zum Krug mit Dünnbier und schenkte ihm nach. »Ich sehe schon, du möchtest nicht schlecht von ihr denken. Du willst überhaupt nie jemandem etwas Böses, darüber haben wir gerade neulich gesprochen. Keiner von uns hat dich schon mal richtig wütend gesehen, weißt du das? Wie du am Sonntag Bauer die Meinung gesagt hast, das war schon ein Ding. Aber du warst immer noch ganz ruhig dabei. Du bist so

was wie … Wie sagt man das? So was wie ein Fels in der Brandung. Nicht, dass ich die Brandung schon mal gesehen hätte.«

Floriano schmunzelte über Ottos Offenherzigkeit. »Das ist zu viel der Ehre. So ein Fels ist ja etwas arg Hartes. Wenn mir einer dumm kommt, stelle ich mir immer vor, ich wäre ein Baum, an dem sich die Säue schubbern.«

Otto lachte mit ihm, sie stießen an, und dann wandten sie sich wieder Fragen des Säens und Pflanzens zu.

Dass er in letzter Zeit ein Gefühl hatte, als würde an seinen Wurzeln gesägt, verschwieg Floriano. Ein schmerzhaftes Ziehen hatte sich in seiner Herzgegend festgesetzt und raubte ihm die Ruhe, die ihn doch nicht einmal während der schlimmsten Sehnsucht nach Gabrielle verlassen hatte. Auch offenbarte er nicht, wie nahe er daran war, seine Wut über die Ungerechtigkeiten des Lebens nicht mehr im Zaum halten zu können.

Nach dem Abendessen aber, als die anderen sich nach und nach zur Ruhe begaben, machte er sich heimlich auf den Weg zum Schloss. Er musste wissen, wie es Helena bei alldem ging. Auch wenn er kein Recht dazu hatte, sich einzumischen, konnte er dennoch kaum ertragen, dass sie sich der Abscheu und dem Spott der Hofgesellschaft allein stellen musste. Oder war sie schon geflohen?

Wäre er nicht so in seine Gedanken vertieft gewesen, dann hätte er die beiden Männer, die im Schatten einer alten Eiche am Rande des Meiereihofs lauerten, eher bemerkt. »Das ist er«, hörte er Viktor von Briesen sagen. Und dann waren sie auch schon bei ihm und packten ihn von beiden Seiten an den Armen.

»Halt bloß das Maul. Du kommst mit uns mit«, sagte von Briesen.

Gehorsam schwieg er und ließ sich mitzerren, bis zur Ruine einer von hohem Unkraut umgebenen alten Hütte, die abgerissen werden sollte, um den Küchengarten zu vergrößern. Das Dach

fehlte, auch Türen, Fensterrahmen und Deckengebälk hatten sie schon im Winter verheizt, doch die hohen Wände standen noch. Um diese Zeit lag alles still da, nur Vogelzwitschern, Grillen und das Gesumm einiger spät heimkehrender Bienen waren zu hören.

»Halt ihn fest, Adrian!«, stieß von Briesen hervor und schlug ihm übergangslos die Faust in den Magen.

Stöhnend krümmte er sich und schalt sich einen hirnlosen Tagträumer, weil er erneut nicht mit einem Hieb gerechnet hatte. Dabei war seine Lippe noch nicht einmal ganz verheilt. Auf den nächsten Schlag wartete er nicht. Mit einer blitzschnellen Bewegung schlüpfte er aus seiner Jacke und entkam von Briesens Helfer. *Adrian.* War das Adrian von Schwanewede, Helenas ehemaliger Verlobter?

Von Briesen griff nach ihm, erwischte ihn jedoch nicht. Möglicherweise hätte er weglaufen können, doch danach war ihm nicht. Mit ein paar langen Sprüngen und akrobatischem Geschick erklomm er das steil aufragende, glatte Mauerwerk der Ruine. Er hatte sich nicht geirrt: Keiner der beiden machte Anstalten, ihm zu folgen. Mit zusammengekniffenen Lippen setzte er sich im Schneidersitz auf die Krone der ehemaligen Hauswand, rieb sich den Bauch und blickte auf von Briesen und Adrian hinab.

»Ich möchte die Herren freundlichst bitten, ihren Zorn an etwas anderem auszulassen als an mir«, sagte er. »Allem anderen vorzuziehen wäre es, Herr von Briesen, wenn Ihr Euren eigenen Kopf gegen die Steine schlagen würdet. Oder lasst Euch selbst einen Buchenast ins Gesicht schnellen. Das ist äußerst wirksam, kann ich Euch versichern. Und verdient habt Ihr es gewiss. Vielleicht kann Euer Freund Euch dabei helfen. Mit wem habe ich die zweifelhafte Ehre, mit Adrian von Schwanewede?«

»So ein dummdreistes Stück Dreck«, sagte von Briesen mit schneidender Stimme. »Wie lange wirst du es da oben aushalten, bis die Müdigkeit dich überwältigt? Wir sind zu zweit und

können dich im Auge behalten. Mit Vergnügen werde ich noch weitere helfende Hände herbeirufen. Dann holen wir dich herab und reißen dich in Stücke.«

»Aber gewiss doch. Damit könnt Ihr auch die Nachricht von Eurer Ruhmestat viel schneller verbreiten. Einen Gärtner mit Hilfe einer Armee in Stücke zu reißen klingt beeindruckend. Beinah so großartig wie das, was Ihr mit der jungen Dame vorhattet. Wie schlecht muss Eure Mutter oder Eure Amme Euch behandelt haben, dass Ihr für ein bisschen schmutzige Macht ein argloses junges Mädchen ins Verderben stürzen würdet? Haben sie Euch auf Euer empfindliches Haupt fallen lassen, als Ihr noch klein wart? Vielleicht mehrfach?« Je länger Floriano sprach, desto weniger konnte er sich zurückhalten, obwohl er wusste, dass er sich um Kopf und Kragen redete. Aber das Fass lief über, er konnte es nicht mehr verhindern.

Von Briesen lief vor der Wand auf und ab und starrte dabei zu ihm hinauf wie eine hungrige Katze zum Vogel auf dem Dach. »Da hörst du, was ich meine. Der Abschaum braucht eine Lektion«, zischte er.

Adrian zog die Brauen zusammen und musterte seinen Freund. »Was meint er mit dem arglosen Mädchen? Du hast gesagt, er hätte dich auf dem Fest respektlos behandelt. Gewiss kann man das nicht so hingehen lassen. Aber …«

»Nichts aber! Ganz gleich, was ich tue, dem Mistkratzer steht es nicht zu, eine Meinung dazu zu haben. Und ganz sicher hat er kein Recht, mich in meinem Tun zu behindern. Ich werde ihn lehren, was ein Graf von Briesen im Vergleich zu ihm ist. Wenn du dein weiches Herz entdeckt hast, von Schwanewede, dann geh ruhig.«

Floriano stieß ein trockenes Lachen aus. »Da seid Ihr Eurem Freund blind nachgerannt und wisst eigentlich gar nicht, worum es geht. Glückwunsch zu so viel bedingungsloser Treue, Baron

von Schwanewede. Sonst liegt Euch die Treue ja nicht so sehr, wie ich hörte. Es ist in allen Kreisen üblich, Ehen aus Berechnung zu schließen. Und eine Verlobung aufzulösen, weil die Rechnung nicht mehr stimmt, kommt sicher häufig vor. Doch tiefe Liebe vorzugaukeln, gar das Gras der blühenden Wiese heimlich zu ernten und dann auf der Suche nach fetteren Weiden weiterzuziehen, das ist in meinen Augen erbärmlich. Noch viel armseliger ist es allerdings, ein Geheimnis, von dem für eine Dame alles Glück abhängt, auszuplappern. Dann noch an jemanden, der keine Skrupel kennt, es sich zu jedem widerlichen Zweck zunutze zu machen! An Eurer Stelle wäre ich tief beschämt. Aber wie ich Männer wie Euch kenne, werdet Ihr Euch nun nicht schämen, sondern wüten. Ehe Ihr Euch und anderen eingesteht, ein Unrecht begangen zu haben, schlagt Ihr Euch lieber mit allen, die das behaupten. Es gilt immer nur, nicht das Gesicht zu verlieren, gleichgültig, ob man im Recht oder im Unrecht ist.«

Die Worte waren so rasch aus ihm herausgebrochen, dass er nun erst einmal tief Luft holen musste. In seinem ganzen Leben hatte er sich noch niemals einem Adligen gegenüber so unverschämt verhalten.

Adrians bartlose Wangen waren rot geworden. Er wich einige Schritte von der Wand der Hütte zurück, und einen Moment lang glaubte Floriano, dass er Anlauf nehmen wollte, um anzugreifen.

Stattdessen wandte Adrian sich Viktor zu. »Erklär mir, was er damit meint. Was wolltest du mit welchem schutzlosen Fräulein tun? Hat das etwas damit zu tun, dass ich dich auf dem Fest nachts in dem Boskettquartier treffen sollte? Wofür hältst du mich? Wenn ich gesagt habe, dass ich kein Klosterbruder bin, dann hieß das nicht, ich würde bei üblen Geschäften mitmachen.«

»Ach, nun hast du auf einmal ein weiches Herz und eine weiße

Weste? Du warst ganz wild darauf, dass dein Fräulein Helena Mätresse wird und dich noch nebenbei nimmt. Glaubst du, dieses Spiel kann man spielen, ohne dabei schmutzig zu werden? Ich ahnte ja immer, dass du eine Memme bist. Schlachten schlagen dürfen andere für dich, nicht wahr? Und nun lässt du dich von diesem Lumpen zurechtweisen, als stünde er über dir. Ein lächerlicher Hanswurst bist du. Wäre Herzog Ernst August hier, dann hätte ich schon dafür gesorgt, dass der Ackerknecht für seine Unbotmäßigkeit aufgehängt wird. Du gibst ihm stattdessen recht.«

Adrian starrte Viktor an und wich noch zwei Schritte zurück. »Hol dich der Teufel!«, zischte er dann, drehte sich um und stapfte davon.

Floriano stieß einen hörbaren Seufzer aus und blickte in die Richtung, in die Adrian verschwunden war. »Nun stünde es Mann gegen Mann. Das heißt, so stünde es, wenn Ihr für einen Moment die feine Jacke samt der vornehmen Titel ablegen und auf die Privilegien verzichten würdet, die Euch vor Leuten wie mir schützen. Doch das entspricht gewiss nicht Eurem Geschmack. Ich denke, Ihr seid ein Mann, der nach Macht giert, weil er sich gerade nicht im ehrlichen Kampf mit jemandem messen will. Vielleicht lasst Ihr mich also für heute in Ruhe und geht zu ihrer Durchlaucht Herzogin Sophie, um Euch über mich zu beschweren. Es sei denn, natürlich, dass Ihr mit ihr nicht auf gutem Fuße steht.«

Der nächste Atemzug stockte ihm. Viktor hielt auf einmal eine Pistole in der Hand und zielte auf ihn.

Floriano wartete keine weitere Erklärung ab, sondern warf sich zur Seite und sprang auf der anderen Seite der Mauer hinab in die Ruine. Der Knall des Schusses scheuchte Schwärme von Vögeln aus den Bäumen auf.

Statt aus der Türöffnung zu fliehen, rannte er zur gegenüberliegenden Wand, erklomm sie und sprang wieder auf der anderen

Seite hinab, bevor Viktor den Eingang erreichte. Kaum aufgeprallt, hetzte er um die Ruine herum, solange die Vögel noch lärmten, und rempelte Viktor von hinten um. Eilig entriss er ihm die Pistole und warf sie in weitem Bogen zwischen die hohen, dichten Brennnesseln.

»Verzeihung, der Herr, ich bin gestolpert«, stieß er hervor, während er Viktor mit seinem Gewicht zu Boden hielt. »Aber wo wir uns schon einmal so nahe sind: Es kann nicht in Eurem Interesse sein, Fräulein Helena oder mir Schaden zuzufügen. Wenn die Herzogin erfährt, was Ihr mit ihrer Tochter vorhattet, wird sie womöglich dafür sorgen, dass Ihr Euren letzten Atem vorzeitig aushaucht. Und nun bitte ich, mich entfernen zu dürfen, bevor jemand uns in dieser peinlichen Lage entdeckt.«

Damit stand er auf und marschierte davon, ohne sich noch einmal nach Viktor von Briesen umzusehen. Leicht fiel ihm das nicht, denn sein Nacken kribbelte, als könnte ihn jeden Augenblick ein Wolf von hinten anspringen.

Doch sein Gegner folgte ihm nicht, sondern rief ihm nur hinterher: »Es ist längst zu spät! Dein Hurenfräulein geht vor die Hunde. Das hält niemand mehr auf.«

Helena hielt sich viel allein in ihren Gemächern auf und wartete darauf, dass Baron von Eichhorn zurückkehrte. Noch hatte die Herzogin sich nicht zu ihrer neuen Situation geäußert; möglicherweise hatte sie die umlaufenden Gerüchte in all ihrer Gemeinheit noch nicht wahrgenommen. Ganz gewiss jedenfalls hatte Figuelotte sich ihrer Mutter nicht anvertraut. Der Herzogstochter begegnete Helena in der ganzen auf das Fest folgenden Woche nicht ein einziges Mal.

Der Rest der Hofgesellschaft behandelte sie kühl. Sie wurde

nicht mehr an Spieltische, zum Tanzen oder zu Versammlungen im kleinen Kreis gebeten. Viele zeigten ihr sogar bei Begegnungen auf den Gängen oder im Garten die kalte Schulter, andere sprachen nur noch herablassend zu ihr. Graf von Rauchhaupt hatte ihr mit Genugtuung zugezischt, dass ihr Sturz ihr recht geschehe und dass sie für ihn selbstverständlich nicht mehr als Braut infrage komme.

Am Freitagnachmittag klopfte ein Bote an ihre Tür, der ihr endlich eine Nachricht von Baron von Eichhorn brachte, mit der Einladung zu einer Ausfahrt.

Eine Stunde später stieg sie zu ihm in die Kutsche, und der Kutscher lenkte die Pferde auf die Straße stadtauswärts.

Helenas Hände zitterten, und eine leichte Übelkeit schnürte ihr die Kehle zu. Sie fragte sich, ob es vielen jungen Frauen so ging, die auf einen Antrag hofften. Konnte Kaspar von Eichhorn darüber hinwegsehen, dass sie bei der höfischen Gesellschaft in Ungnade gefallen war? Sie hatte inständig dafür gebetet. Wenn er sie heiratete und zu ihr stand, würde sie ihren guten Ruf mit etwas Geduld wiederherstellen können, da war sie sich sicher. Er musste sie nur fragen, durfte damit aber nicht mehr zögern. Denn die Frist, in der sie ihr Zuhause noch retten konnte, war so gut wie abgelaufen. Wenn sie an Zauberei geglaubt hätte, wäre sie sogar bereit gewesen, auf einen Liebeszauber zurückzugreifen, um den freundlichen Baron zu einem Antrag zu bewegen.

»Fräulein Helena, ich muss Euch gestehen, dass ich bereits vorgestern nach Herrenhausen zurückgekehrt bin. Ich zögerte damit, Euch zu begegnen, weil sich die Stimmung bei Hof gravierend verändert hat, was Euch betrifft. Ich wollte mir etwas Zeit nehmen, die neuen Umstände zu ergründen. Ihr müsst wissen, dass meine Familie sich seit vielen Generationen dem pfälzischen Fürstenhaus, dem ihre Durchlaucht Herzogin Sophie entstammt, zutiefst verbunden fühlt. Meine Vorfahren waren stets bemüht,

sich den Angehörigen dieses Hauses als Freunde und Verbündete zu erweisen. Und ich möchte diese Tradition fortsetzen. Ich erlaube mir, offen zu sprechen, und hoffe, Ihr werdet es mir vergeben. Euch zu heiraten, Eure Mutter zu unterstützen und dabei Euer Verhältnis mit Georg Ludwig zu akzeptieren wäre eine Herausforderung, der ich mich bereitwillig gestellt hätte, weil es der Wunsch der Herzogin war. Nun allerdings fürchte ich ...«

Helena krampfte ihre Hände ineinander und blickte starr aus dem Kutschenfenster. Lieber noch wäre sie hinausgesprungen. Es strengte sie ungeheuer an, ihre Tränen zurückzuhalten, doch sie würde auf keinen Fall vor diesem oder irgendeinem anderen Mann der Welt heulend zusammenbrechen.

»Sprecht nicht weiter. Es ist nicht nötig. Ich verstehe, dass Ihr unter den neuen Umständen von einem Antrag Abstand nehmen wollt. Um unserer Freundschaft willen möchte ich Euch allerdings sagen, dass nur der kleinste Teil der umlaufenden Gerüchte über mich der Wahrheit nahekommt. Es würde mich schmerzen, wenn Ihr glaubtet, ich hätte Euch je betrogen oder belogen.«

Er seufzte. »Bedauerlicherweise genügt der kleinste Teil der Gerüchte, um ihre Durchlaucht dazu zu bringen, Euch vom Hof zu verweisen. Ich sprach bereits mit ihr. Sie hatte noch nicht gehört, was gegen Euch geäußert wird, und wollte sich zuerst erkundigen. Aber ich fürchte, Ihr müsst damit rechnen, dass sie sich gegen Euch entscheidet. Selbst wenn ich Euch glaubte, wäre damit unserer Verbindung ein Riegel vorgeschoben. Der Wunsch, meiner Herzogin bestmöglich zu dienen, lässt sich nicht damit vereinbaren, dass ich eine Dame heirate, die sie nicht an ihrem Hof duldet. Das ist schlicht nicht möglich. Und falls Ihr in Erwägung zieht, Georg Ludwig wegen der Sache zu benachrichtigen oder ihm gar nachzureisen, rate ich Euch dringend ab. In der Stellung als seine Mätresse könnt Ihr Euch unmöglich halten, wenn Euch sowohl die Unterstützung der Herzogin als

auch die von Gräfin von Platen fehlen. Ihr würdet nur großen Unfrieden stiften.«

»Seid unbesorgt. Ich hatte nicht die Absicht, ihn einzubeziehen. Seine Mätresse zu werden war nie mein eigenes Ziel. Nun, da die beiden Damen kein Interesse mehr an mir haben, liegt mir nichts mehr an dieser Stellung. Ich muss mich damit abfinden, dass für mich verloren ist, was ich zu gewinnen hoffte. Ich bin sicher, Georg Ludwig wird meinen Abschied vom Hof schnell verschmerzen, falls er überhaupt noch an mich denkt.«

Baron von Eichhorn spielte verlegen mit seinen Fingern und sah zu Boden. »Ich würde gern das Gegenteil behaupten, um Euch zu trösten. Doch das würde Euren Verstand beleidigen. Georg Ludwig wird schnell Ersatz für Euch finden, das ist die Wahrheit, und das wissen wir beide. Und um ehrlich zu sein: Wenn es wirklich nie Euer eigener Ehrgeiz und Eure Neigung waren, die Euch in seine Arme trieben, dann ist es am Ende vielleicht auch für Euch besser, dass es nun anders kam.«

Nun entfuhr Helena doch ein Laut der Verärgerung. »Das klingt recht versöhnlich. Allerdings kam es nicht rein zufällig so. Mein Ansehen wurde gezielt vernichtet. Das zu vergessen wird mir nicht so schnell gelingen. Ginge es nur um meinen Stolz, dann könnte man vielleicht sagen, ich hätte es nicht anders verdient. Warum ließ ich mich in diesem schmutzigen Spinnennetz fangen? Doch all das hat nicht nur meinem Leben Schaden zugefügt. Meine Mutter, meine Schwestern und alle, die zum Haus gehören, verlieren wegen dieser Sache ihre Heimat. Ihr versteht wohl, dass es mir schwerfällt, Euch zuzustimmen.«

Nun sah er aus dem Fenster und kniff die Lippen zusammen. »Ja, die Sache mit Eurem Familiengut. Eine traurige Angelegenheit«, presste er hervor. »Ich wünschte, ich könnte Euch helfen. Doch Ihr müsst verstehen … Meine Heirat wird ja dennoch stattfinden und hohe Ausgaben nach sich ziehen. Zudem ist es

meiner Braut kaum zuzumuten, dass ich Euch in großem Rahmen unter die Arme greife, während ich sie … Vergebt mir.«

Helena fühlte sich auf einmal benommen, in ihrem Schädel summte es, und die ganze Welt samt Baron von Eichhorn schien vor ihr zurückzuweichen. »Ihr habt schon eine andere Braut gewählt? Das … Nun, das ging ja schnell. Wer ist es?«

»Ich habe mich mit Fräulein Ileana von Carnitz geeinigt und bereits den Brief an ihre Frau Mutter verfasst. Wenn ihre Person auch nicht so schillernd wirkt wie Ihr, ist sie doch recht geistreich und hat feste Grundsätze. Ich bin überzeugt davon, dass wir gut miteinander auskommen werden.«

Für einen absurden Moment fühlte Helena nur die Dankbarkeit dafür, dass sie mit ihm nicht mehr als eine oberflächliche Freundschaft verband. Womöglich hätte dieser weitere Hieb sie sonst doch gefällt. Sie zwang sich, tief zu atmen, um das Schwindelgefühl zu vertreiben. »Ileana ist sicher glücklich über diese Entwicklung. Ich wünsche Euch und ihr eine lange, zufriedene und fruchtbare Ehe.«

Er nickte und sah ihr ins Gesicht. »Danke. Um ehrlich zu sein, hatte ich die ganze Zeit schon das Gefühl, dass Ihr für mich … Eure Schönheit, Euer Geist … Tief im Herzen bin ich doch der Ansicht, dass der Mann dem Eheweib, wenn nicht überlegen, so doch wenigstens ebenbürtig und gewachsen sein sollte. Es fällt sonst schwer, den eigenen Stolz zu wahren.«

Helena atmete tief, und ihre Benommenheit verging.

Sie hätte verzweifelt sein müssen. Stattdessen fiel der größte Teil ihrer Anspannung von ihr ab. Es war vorbei. Dem Elend, das nun kam, würde sie sich stellen müssen. Die Vorstellung, wie ihr Misserfolg ihre Mutter und ihre Schwestern und alle anderen treffen würde, war schmerzhaft. Doch sie konnte es nicht mehr ändern. Es lag nicht mehr bei ihr, das Unglück abzuwenden, und das war auch eine Befreiung.

»Lasst uns nicht mehr davon sprechen, lieber Baron. Ihr habt Eure Wahl getroffen, und ich respektiere Euch weiterhin.«

Eine Weile fuhren sie noch durch die frühsommerliche Landschaft und plauderten höflich über die üblichen Nichtigkeiten, als hätten sie tatsächlich vor, weiterhin Freunde zu bleiben. Dabei wussten sie beide beim Abschied an der Kutsche, dass sie einander nur wiedersehen würden, wenn der Zufall es ergab.

Als hätte das Gespräch mit dem Baron nicht für einen Tag schon genug Selbstbeherrschung von ihr gefordert, wartete bei ihrer Rückkehr Adrian vor der Tür ihres Gemachs. Sie überlegte, einfach an ihm vorbeizumarschieren und ihm die Tür vor der Nase zuzuschlagen. Doch er kam ihrem Entschluss zuvor, indem er beschwichtigend die Hand hob.

»Hör mich an, Helena, bitte! Lass uns hineingehen. Ich werde mich kurz fassen.«

Mehr um nicht mit ihm auf dem Gang gesehen zu werden, als um ihn anzuhören, ging sie mit ihm ins Zimmer und schloss die Tür. »Ich kann mir nicht vorstellen, was du noch von mir wollen könntest«, sagte sie. Erschöpft warf sie ihren Beutel und ihren Hut aufs Bett und schüttelte sich die Schuhe von den Füßen.

»Mir ist gestern Abend vor Augen gehalten worden, dass ich mich in allen Dingen, die dich betreffen, verhalten habe wie ein blinder Hohlkopf. An den Gerüchten, die man über dich verbreitet, bin auch ich schuld, und das tut mir leid. Ich weiß, dass du nicht so bist, wie die Leute dich nun sehen. Dass die Lügen mich dabei besser dastehen lassen als die Wahrheit, beschämt mich. Ich habe heute begriffen, was ich dir angetan habe. Und ich möchte dir sagen … Ich möchte dir vorschlagen, dass ich mit Vater rede. Ich werde mit ihm sprechen und ihn davon überzeugen, dass wir trotz allem heiraten müssen. Das bin ich dir schuldig. Ich verstehe das jetzt. Bitte verzeih mir, Helena. Bitte heirate mich!«

Ihr wurde bewusst, wie jämmerlich er aussah. Seine Kleidung

wirkte, als hätte er die letzte Nacht darin geschlafen. Sein Haar war zerzaust, und unter seinen Augen lagen dunkle Ringe. Die Entscheidung, den Kampf mit seinem Vater aufzunehmen, um sie doch noch heiraten zu können, musste ihn schwer gebeutelt haben. Sie konnte sich vorstellen, wie seine Entschlusskraft zerfallen würde, wenn die Schlacht tatsächlich begann. Seine Stimme klang bei Weitem nicht überzeugend genug, um sie an seine Worte glauben zu lassen.

Doch ohnehin bestätigte sein Anblick sie darin, dass dieses Spiel für sie ausgespielt war. Sie wollte ihn nicht mehr. Und sie konnte nicht damit rechnen, dass eine im Raum stehende Heirat mit ihm ihr Zuhause noch retten würde. Daher gab es keinen Grund, sie erneut in Erwägung zu ziehen.

»Wer war es, der dir diese späte Erkenntnis vermittelt hat? Man muss ihn zu seiner Weisheit beglückwünschen«, sagte sie leise und ging zum Fenster.

Er war bei der Tür stehen geblieben, als würde er endlich merken, wie unwillkommen er ihr war. »Viktor von Briesen hatte Streit mit einem Gärtner, der ihm gegenüber unverschämt war. So behauptete er. Er forderte mich auf, den Mann mit ihm zusammen zur Rechenschaft zu ziehen. Doch als wir ihn stellten, sagte er einige Dinge, die auch mich und dich betrafen. Er schien mit dir bekannt zu sein, es war so ein hochgewachsener Kerl.«

Ihr Herz überschlug sich vor Sorge. »Was habt ihr mit ihm gemacht?«

»Nichts. Er ist wie ein Affe auf eine Wand geklettert und hat von oben zu uns herabgeredet. Ich hätte nicht gedacht, dass es überhaupt möglich wäre, da hinaufzugelangen. Dann bin ich gegangen. Ich habe mit Viktor gebrochen. Das hätte ich viel früher tun sollen. Allein hat er es mit dem Gärtner sicher nicht aufgenommen.«

Mit dem sehnsüchtigen Wunsch, Floriano unten zu entde-

cken, starrte sie aus dem Fenster in den Herzoginnengarten. Sie wünschte es so sehr, dass das Gefühl allein ihn dort hätte erscheinen lassen müssen. Doch statt ihm lockerten zwei andere Gärtner gerade die Erde zwischen den Pflanzen.

Sie atmete tief durch und drehte sich zu Adrian um.

»Ich freue mich, dass du zu mir gekommen bist, um mir all das zu sagen. Es ist schön zu hören, dass du zur Vernunft gekommen bist, bevor du dich zu Viktor von Briesens Handlanger gemacht und einem Mann Schaden zugefügt hast, der sich aus guten Gründen gegen ihn gestellt hat. Auch dein Vorsatz, deinen Vater umzustimmen, ehrt dich. Doch er kommt zu spät. Ich werde dich nicht heiraten, Adrian. Alles, was ich dir noch anbieten kann, ist, dass wir nicht als Feinde auseinandergehen.«

Sein Adamsapfel zeigte, wie er schluckte. »Was wirst du nun tun?«

»Ich werde vom Hof Abschied nehmen und Maman und die Kleinen darauf vorbereiten, dass wir das Gut verlassen müssen.«

Seine erschütterte Miene verriet ihr, dass er wirklich erst jetzt begriffen hatte, dass es für sie nicht nur um ein aufregendes Abenteuer gegangen war. »Das tut mir leid. Ich dachte die ganze Zeit … Ich dachte, es würde sich noch alles auflösen. Herrgott, ich war dir wahrhaftig kein Freund. Vielleicht kann ich Vater fragen, ob er etwas für Euch tun kann. Vielleicht …«

»Spar dir die Mühe. Wir wissen beide, dass er keinen Grund hat, sich dazu berufen zu fühlen. Und nun gehst du besser, bevor der nächste plapperhafte Mensch bemerkt, dass du bei mir bist, und sich das Geschwätz noch weiter aufbläht.«

Er zog den Kopf zwischen die Schultern und blickte zu Boden wie ein gescholtener Hund. »Ich mache mich noch heute auf den Weg nach Hause. So bald bringt mich nichts zurück an den Hof. Werden wir uns irgendwann wiedersehen?«

»Wenn der Zufall unsere Wege kreuzt. Leb wohl, Adrian.«

Angespannt wartete sie, bis er die Tür hinter sich geschlossen hatte.

Das Gespräch mit ihm hatte ihr deutlich gemacht, dass die Zeit zum Abschiednehmen gekommen war. Hastig setzte sie sich an ihr Tischchen, um an die Hofleute, die sie noch einmal sprechen wollte, Mitteilungen zu verfassen.

Die erste ging an Clara von Platen.

34. Kapitel

AM SAMSTAGMORGEN erhielt Helena den erwarteten Brief von Herzogin Sophie.

> *Ich bedaure, Euch mitteilen zu müssen, dass mir Eure Anwesenheit an meinem Hof nicht länger erwünscht ist. Den vollen Wahrheitsgehalt der Gerüchte zu ergründen, die über Euch im Umlauf sind, ist mir nicht möglich. Doch Ihr werdet verstehen, dass das nicht notwendig ist, um den Schaden an Eurer Reputation als irreparabel zu erkennen. Um Euren Verstand nicht zu beleidigen, enthalte ich mich weiterer Erklärungen. Von einem persönlichen Gespräch sehe ich ab, da meine Aufmerksamkeit derzeit von anderen Dingen ausgiebig in Anspruch genommen wird. Es besteht für Euch zwar kein Grund zur überhasteten Abreise, doch ich erwarte, dass Ihr Euch noch vor der kommenden Woche entfernt.*

Damit erstarb auch der letzte Funke von Hoffnung darauf, dass Helena sich ihrer Landesherrin wenigstens hätte erklären können. Doch ein Teil von ihr wusste, dass sie damit ohnehin nichts geändert hätte, und war beinah erleichtert, weil sie sich der Herzogin nicht noch einmal stellen musste.

Der Gräfin von Platen allerdings wollte sie sich stellen. Kein anderer Gedanke beherrschte sie an diesem Tag stärker. Doch die *Maîtresse en titre* hatte ihr ausrichten lassen, dass sie nicht bereit sei, sie zu empfangen. Daher blieb Helena nur übrig, sich vorerst von den wenigen Bekannten bei Hof zu verabschieden, die ihr

noch wohlgesonnen genug waren, um ihre Einladung zu einem Gespräch unter vier Augen anzunehmen. Um niemanden damit in Verlegenheit zu bringen, mit ihr gesehen zu werden, empfing sie ihre Besucher mit ausreichenden zeitlichen Abständen in ihrem Gemach. Ileana gehörte zu denen, die sich entschuldigen ließen, Franziska Rose jedoch erschien.

Unsicher wrang ihre frühere Zimmergefährtin die Hände und blickte sich im Raum um, als könne jeden Augenblick ein nackter Mann aus einer Ecke hervorspringen. Allgemein jedoch wirkte sie blühender denn je. »Du verlässt also den Hof?«, fragte sie.

Helena bat sie mit einer Geste, sich zu ihr an den mit Kaffeegeschirr und Gebäck gedeckten kleinen Tisch zu setzen. »Ich reise morgen ab.«

Durch die Enge des Raums in ihrem ausladenden Kleid etwas unbeholfen, nahm Franziska Rose Platz. »An deiner Stelle wäre ich schon vor Tagen geflohen. Wie du es ausgehalten hast, in einer Gesellschaft auszuharren, wo du so offensichtlich unerwünscht bist, ist mir ein Rätsel. Ich hätte das nicht ertragen.«

»Mir war in den vergangenen Monaten oft nach Flucht zumute. Ich habe mich wohl an das Gefühl gewöhnt. Und in diesem Falle hätten die Leute es vermutlich als Schuldbekenntnis aufgefasst, wenn ich gleich verschwunden wäre.«

»Das werden sie auch jetzt noch tun. Du hast ja nichts unternommen, um dich zu rechtfertigen. Ich glaube zwar nicht alles, was man erzählt, aber da du nicht einmal Ileana und mir erklärt hast, woher all die Gerüchte über dich stammen, konnte ich dich auch nicht verteidigen. Das wirst du wohl verstehen.«

»Die Gerüchte wurden von Leuten in Umlauf gesetzt, die mir übel gesonnen sind. Sie sind mächtiger als ich und mächtiger als die Wahrheit. Mich zu erklären hätte nichts geändert. Ich möchte darüber heute gar nicht mehr sprechen, sondern mich nur von

dir verabschieden. Du warst mir eine freundliche Gefährtin, dafür danke ich dir. Und ich hoffe, du wirst von mir nicht nur das böse Gerede der letzten Woche in Erinnerung behalten.«

Franziska Rose lächelte breit. »Gewiss nicht. Du warst eine aufregende Freundin. Nicht auszudenken, wenn du tatsächlich die Mätresse des Prinzen geworden wärst! Wahrscheinlich werde ich dich vermissen. Andererseits geschieht nun auch in meinem Leben Aufregendes. Stell dir vor: Graf von Rauchhaupt hat um meine Hand angehalten. Dabei dachte ich die ganze Zeit, er hätte nur Augen für dich.«

Beinah hätte Helena sich an ihrem gewässerten Wein verschluckt. »Du willst Graf von Rauchhaupt heiraten? Hast du dir das gut überlegt?«

Franziska Rose spielte geziert mit dem Stückchen Gebäck auf ihrem Teller. »Ich habe ihm zugesagt, und er hat einen Brief an Vater aufgesetzt. Warum sollte ich lange überlegen? Er ist ein äußerst wohlhabender Mann von hoher Qualität. Dazu noch schneidig und gutaussehend. Ach, gib es zu, das findest du doch selbst. Er sagt, du hättest ihm Avancen gemacht und einer Heirat mit ihm auch zugestimmt, wenn er dich gewählt hätte. Dass du so viel Pech hattest, tut mir wirklich leid, aber du könntest mir das Glück ruhig gönnen.«

Helena stieß unwillkürlich einen langen Seufzer aus. »Ich gönne dir jedes Glück. Gerade deshalb frage ich, ob du dir sicher bist. Graf von Rauchhaupt ist nie besonders respektvoll mit dir umgegangen, wenn ich zugegen war. Würdest du dir nicht einen Ehemann wünschen, der dir mehr Achtung entgegenbringt?«

»Nicht respektvoll? Ach, da irrst du dich. Er ist ein besonders selbstsicherer und gebildeter Mann und verfügt über viel Erfahrung in allen Dingen. Ich verstehe von so vielem nichts und bilde mir nicht ein, besonders klug zu sein. Im Vergleich zu ihm bin ich nur ein dummes Gänschen. Umso mehr schmeichelt es mir,

dass er mich will. Ich werde mein Bestes geben, ihm eine gute Gemahlin zu sein, und darauf hoffen, dass er mich in allem anleitet, was ich nicht beherrsche.«

Helenas Fassungslosigkeit wuchs, doch sie spürte, dass keine Warnung bei Franziska Rose fruchten würde. »Glaubst du denn, dass er dich immer freundlich behandeln wird?«

Die zukünftige Braut nickte so fröhlich, dass ihre Locken wippten. »Er ist vielleicht ein wenig streng, aber das meint er ja nicht böse. Er sagt, so würde ich schneller begreifen, und damit hat er gewiss recht. Außerdem …« Sie beugte sich vor und flüsterte weiter. »Außerdem überläuft mich immer so ein erregender Schauder, wenn er streng mit mir spricht. Dann werden meine Knie ganz weich, und ich würde alles für ihn tun, wenn du verstehst, was ich meine.«

Sprachlos quälte Helena sich ein kurzes Lächeln ab und nickte.

Als Franziska Rose eine Weile später wieder ging, war sie erleichtert und auch bei ihr sicher, dass sie sie nicht wiedersehen würde.

Am frühen Abend, nachdem sie all ihre Abschiedsbesuche durchgestanden hatte, erhielt sie von Clara von Platen eine abschlägige Antwort auf ihre erneute Anfrage nach einem Gespräch. Damit war der Moment gekommen, auf den sie sich im Laufe des Tages innerlich vorbereitet hatte.

Sorgfältig kleidete sie sich in eine ihrer alten Garnituren, die sie im Januar von zu Hause mitgebracht hatte. Alle Teile der Garderobe, die Gräfin von Platen für sie angeschafft hatte, stopfte sie eigenhändig in Leinensäcke, die sie sich zu dem Zweck hatte kommen lassen. Anschließend ließ sie sich einen Wagen rufen und Diener, die ihr die Säcke hinabtrugen und einluden.

Wenig später hielt der Kutscher vor der Tür des von Platenschen Anwesens, und sie stieg aus. Dem ersten Diener, dem sie begegnete, befahl sie, sich um das Entladen der Säcke zu küm-

mern und sie ihr hinterherzutragen. Dann marschierte sie zu den Gemächern der Gräfin und überhörte geflissentlich jeden Hinweis darauf, dass die Mätresse nur angemeldete Gäste empfing.

Obgleich ihr nichts ferner lag, als sich noch höflich an das Zeremoniell zu halten, das die Gräfin für ihr Haus entworfen hatte, hielt sie vor ihrer Tür inne und bat den Türsteher, anzuklopfen und sie anzukündigen.

Er errötete und schüttelte den Kopf. »Verzeiht, Eure Wohlgeboren, aber ich kann Euch weder ankündigen noch einlassen, wenn Ihr keine Einladung vorweisen könnt.«

Helena nickte lächelnd. »Gut. Immerhin habe ich es versucht.« Bevor er begriff, was sie vorhatte, stieß sie die Tür auf und stürmte ins Vorzimmer und ohne Zögern weiter in Claras Empfangszimmer.

Die Mätresse hatte Besuch von einer Dame und einem jungen Mädchen, das dem Aussehen nach deren Tochter sein konnte. Alle drei sahen Helena mit weit aufgerissenen Augen an. Sie knickste flüchtig und winkte dann die Diener heran, die verunsichert mit den Säcken auf dem Flur stehen geblieben waren.

»Ich bringe Euch zurück, was Euch gehört, Gräfin von Platen. Aber keine Sorge, ich weiß, dass Ihr mir nicht zurückerstatten könnt, was Ihr mir gestohlen habt.«

Die mollige Mätresse stand wesentlich schneller auf, als man es von ihr erwartet hätte. »Was für eine hässliche Szene Ihr macht, Fräulein. Passend zu Eurem Charakter. Verlasst mein Haus, bevor ich Euch hinauswerfen lasse!«

Helena setzte ihr falsches Hoflächeln auf und wandte sich an die Besucherin der Gräfin. »Gnädige Frau, möglicherweise wird dies wirklich eine hässliche Szene, die Ihr den zarten Augen und Ohren Eurer jungen Begleiterin nicht zumuten möchtet. Es wäre besser, Ihr würdet gehen.«

Mit erschrockener Miene sprang die Dame auf, fasste ihre

Tochter beim Arm und stob mit ihr hinaus. »Ein andermal, Gräfin von Platen, wir finden ein anderes Mal Zeit!«, stieß sie noch hervor.

Clara von Platen kam auf Helena zugeschossen wie eine wütende Katze mit ausgefahrenen Krallen, hielt aber vor dem Zusammenstoß inne. »Wie kannst du es wagen!«

»Ich? Wie könnt Ihr es wagen, mich nicht vorzulassen? Wie könnt Ihr es wagen, mein Ansehen und meine Zukunft mit Euren Lügen zu zerstören und Euch mir dann nicht einmal zu stellen? Ihr fühlt Euch so sicher in Eurem Spinnennetz, dass Ihr vergesst, wozu jemand in der Lage sein könnte, der nichts mehr zu verlieren hat. Ihr könnt mir nicht mehr drohen. Was hält mich ab, dem Herzog zu schreiben, dass Ihr seine geliebte Tochter einem Eurer schmutzigen Handlanger zum Fraß vorwerfen wolltet, nur um ihre Mutter – seine Gemahlin – zu ohrfeigen? Was hält mich davon ab, Georg Ludwig zu schreiben, dass Ihr meinen Ruf gemordet habt, um mich vom Hof zu vertreiben, damit ich nicht seine Mätresse werde? Was hält mich ab, Prinzessin Dorothée zu erklären, dass Ihr es seid, die ihrem Gemahl die nächste Geliebte zuführen wird? Sollte ich ihr nicht besser raten, ihren Einfluss auf ihren Onkel und ihre Tante zu nutzen, solange sie möglicherweise den begehrten Thronfolger im Bauch trägt, um Euch zu maßregeln? Aber keine Sorge, ich habe von diesem Spiel mehr als genug. Ich bringe Euch nur diese Lumpen zurück, um mich zu verabschieden. Spinnt weiter Eure klebrigen Fäden und labt Euch an den Fliegen, die Ihr fangt.« Mit einem tiefen Atemzug machte sie auf den Fersen kehrt und wollte ebenso entschlossen hinausmarschieren, wie sie hereingekommen war.

Clara von Platen lachte, und es klang nicht nach einem falschen Lachen. »Wie konnte ich je glauben, dass du für die Aufgabe taugst, für die ich dich auserwählt hatte? Kaum mehr als

ein simples Landmädchen bist du. Du glaubst, du hättest nichts mehr zu verlieren? Wie lächerlich. Du hast noch dein Leben, nicht wahr? Du hast deines, deine Mutter ihres, deine kleinen Schwesterchen die ihren. Wenn du mich für eine Spinne hältst und dich für eine Fliege, was lässt dich glauben, dass ich dir nicht jedes Glied einzeln ausreißen würde, wenn es mir ernst wäre? Nimm dich in Acht mit deinen Unverschämtheiten und schätz dich glücklich, dass nichts von dem, was du noch tun könntest, für mich wichtig ist. Hüte dich nur, mir je wieder unter die Augen zu kommen!«

Helena starrte sie an und konnte trotz des kalten Schauders, der sie bei ihrer neuen Drohung überlief, nicht an sich halten. »Wie dick Ihr die fette weiße Schminke auch auf Euer Gesicht schmieren mögt, sie wird die Hässlichkeit Eurer Seele doch niemals verdecken können.«

Dieses Mal blieb Clara der Mund offen stehen, als Helena sich umdrehte und hinausstürmte.

Am Sonntag packte Helena ihre Sachen, während die Gesellschaft in der Kirche war. Schon am Samstag hatte sie Nachricht nach Minnigerode geschickt, um am frühen Nachmittag abgeholt zu werden. Es gab nur eine letzte Angelegenheit, die sie erledigen wollte, bevor sie Herrenhausen endgültig verließ.

Rechtzeitig zur Rückkehr der Leute vom Kirchgang fand sie sich auf dem Hof der Meierei ein und wartete auf Floriano. Vor ihm erschien Oberhofgärtner Bauer, dessen Augen sich bei ihrem Anblick weiteten.

»Fräulein von Minnigerode! Was verschafft uns die Ehre?« Er erwies ihr seine Reverenz, und seine Frau knickste, während sie

dafür sorgte, dass sich auch ihre beiden kleinen Söhne ordentlich verbeugten.

»Ich möchte mich verabschieden und Euch und Euren Gärtnern zuvor noch meinen Dank für Eure hervorragende Arbeit ausdrücken. Die Zeit, die ich in der Gartenanlage verbrachte, oder damit, sie zu betrachten, war mir die größte Freude der vergangenen Wochen.«

Bauers verblüffte Miene und sein anschließendes Lächeln ließen sie vermuten, dass sich nicht oft jemand außer der Herzogin die Mühe machte, ihm für seine Arbeit zu danken. Außerdem verriet ihr seine Reaktion, dass zumindest bei ihm die bösen Gerüchte über sie noch nicht angekommen waren.

»Das ist überaus freundlich von Euch, Eure Hochwohlgeboren, überaus freundlich. Und Ihr verlasst den Hof? Wie bedauerlich. Ich hoffe, Eure Abreise hat keine unerfreulichen Ursachen. Erwähntet Ihr nicht, dass Eure Frau Mutter ebenfalls eine Gartenliebhaberin ist? Darf ich mir erlauben, Euch eine Kleinigkeit für sie mitzugeben? Ich habe einige junge Maulbeerbäumchen, die recht gut gedeihen. Glaubt Ihr, dass es ihr gefallen würde, eines davon in ihre Obhut zu nehmen?« Er berührte seine Frau an der Schulter. »Geh doch bitte, und hol eines davon, mein Schatz!«

Obwohl Helena wusste, wie schwierig und ungerecht Bauer sein konnte, berührte seine Geste sie. Er wusste es sicher nicht, aber mit nichts anderem hätte man ihr in diesem Moment eine größere Freude machen können, als mit einem solchen Mitbringsel für ihre Mutter. Dabei bedrückte es sie nur, dass Bauer seine Großzügigkeit womöglich bereuen würde, wenn er von den Gründen für ihre Flucht vom Hof erfuhr. Doch die Gabe abzulehnen, brachte sie nicht über sich. »Meine Mutter ist in der Tat beinahe verwachsen mit ihren Pflanzen, so sehr liebt sie sie. Niemand könnte Euer Maulbeerbäumchen besser hüten als

sie. Und Eure Freundlichkeit wird sie entzücken, so wie sie mich entzückt. Ich danke Euch. Und ich wünsche Euch für all Eure zukünftigen Unternehmungen stets gutes Glück mit dem Wetter.«

Ein richtiges Lachen war es nicht, was er nun ausstieß, eher ein belustigtes Schnaufen. »Der richtige gute Wunsch für einen Gärtner, nicht wahr?«

Über seine Schulter hinweg sah sie Floriano, der im Kreis der anderen Gesellen auf den Hof schlenderte. Sein Schritt stockte, als er sie sah, und er wandte den Blick nicht von ihr ab, während er näherkam.

»Gesegneten Sonntag, Herr Piras!«, rief sie ihm zu.

Auch er verbeugte sich so formvollendet vor ihr, als wolle er damit ein Zeichen setzen. Wollte er den anderen zeigen, dass sein Respekt vor ihr durch das Gerede nicht abgenommen hatte? Oder zeigte er ihr, dass er sich auf den Rangunterschied zwischen ihnen besonnen hatte und ihr unstandesgemäßes Verhältnis als beendet betrachtete?

»Ihre Hochwohlgeboren Fräulein von Minnigerode reist ab«, teilte Bauer ihm mit. »Sie hat mir freundlicherweise ihre Zufriedenheit mit unserer Arbeit ausgedrückt. Ich hoffe, du nimmst das als Ansporn für mehr Fleiß und noch mehr Genauigkeit in der Ausführung meiner Anweisungen.«

Floriano sah ihr in die Augen. »Wenn Fräulein Helena abreist, werden wir uns anstrengen müssen, den Verlust auszugleichen. Ihre Anwesenheit war ein kaum zu ersetzender Schmuck für die Gärten.«

Nach all den Schmeicheleien und hohlen Komplimenten, die sie über Monate hinweg bei Hof gehört hatte, war sie beinah taub dafür geworden. Dennoch errötete sie bei seinen für Hofleute so üblichen Worten. Von ihm wünschte sie sich, er würde sie wahrhaftig so sehen und so in Erinnerung behalten.

»Ich gestehe, dass ich eine wohlformulierte Schmeichelei zu genießen weiß. Doch noch einige Monate, und das, was ihr hier geschaffen habt, wird jede andere Schönheit in den Schatten stellen. Ich hoffe, dass ich eines Tages wieder einmal einen Blick auf die Gärten von Herrenhausen werfen darf. Jetzt muss ich Lebewohl sagen. Vielleicht wartet mein Wagen schon.«

Bauer, der unruhig von einem seiner großen Füße auf den anderen trat, aber hartnäckig bei ihnen stehen blieb, schnalzte ungeduldig. »Wo bleibt sie denn mit dem Bäumchen? Wir wollen Euch schließlich nicht aufhalten. Piras, geh und sieh nach!«

Zögernd löste Floriano den Blick von ihrem Gesicht, ging dann aber folgsam zu Bauers Haus hinüber, wohin auch dessen Frau verschwunden war.

Kurz darauf kehrte er mit einer eingetopften und in Leinen gehüllten Pflanze zurück. »Ich trage sie für Euch zum Wagen«, beeilte er sich zu sagen, bevor Bauer etwas anderes anordnen konnte.

»Ja, bitte, das wüsste ich zu schätzen«, gab sie ebenso rasch zurück, doch nicht so schnell, dass Bauer hätte misstrauisch werden müssen.

So fügte der Oberhofgärtner sich denn auch, und sie verließ die Meierei nach einem höflichen Abschiedsgruß mit Floriano an ihrer Seite.

Von Ungestörtheit konnte allerdings keine Rede sein. Zwischen Meierei und Schlosshof schwirrte es nur so vor sonntäglich heiteren heimkehrenden Kirchgängern, denen jede ungewöhnliche Vertrautheit zwischen ihnen auffallen würde.

»Ich hatte gehofft, dass sich noch eine Gelegenheit für ein Gespräch ergeben würde«, sagte Floriano. »Leider ist es mir nicht gelungen, es einzurichten.«

Ihr Herz schlug schmerzhaft heftig. Sie konnte ihm nicht sagen, wie sehr sie ihn vermissen würde, konnte ihm überhaupt

nichts von dem sagen, was in ihr vorging. Denn sonst würde sie noch im letzten Moment vor den Augen aller auf dem Schlosshof die Fassung verlieren. Vielleicht hatte er schon mit ihr abgeschlossen und brachte es deshalb fertig, so unverbindlich mit ihr zu sprechen? Dann war es für sie beide besser, wenn sie es dabei beließ.

»Nun, das ist schade. Aber es freut mich, dass wir uns noch verabschieden können. Ich bin dir dankbar für jede Freundlichkeit, die du mir erwiesen hast.«

Er sah starr geradeaus und ging weiter – an ihrer Seite, doch einen halben Schritt hinter ihr, wie es der Anstand gebot. »Es tut mir leid, dass wir nicht verhindern konnten, was man dir angetan hat und was nun vor dir liegt. Wirst du zurechtkommen?«

Helena nickte. »Ich habe in der einen Aufgabe versagt. Noch einmal werde ich das nicht. Ich werde alles tun, was ich kann, um die kommenden Veränderungen für meine Mutter, meine Schwestern und die Angehörigen des Guts so erträglich wie möglich zu machen. Auch wenn ich meine Machtlosigkeit jetzt schon spüre.«

Sie näherten sich dem Schlosshof, wo Hinner bereits mit der Kutsche wartete und nach ihr Ausschau hielt. Als er sie entdeckte und die Hand zum Gruß hob, traf sein schwermütiger, mitleidvoller Blick sie wie ein Stich. Floriano hatte nachdenklich geschwiegen und blieb nun stehen, woraufhin sie sich zu ihm umwandte und ihm in die Augen sah.

»Wären du und deine Mutter keine adligen Damen, müsstet ihr euch keinen Tag sorgen. Ihr seid klug genug, um alles zu lernen, was euch ein gutes und ehrliches Auskommen sichern könnte. Und du bist schön genug, um … Ich will nur sagen: Vertrau auf dich. Du bist fähig, dich in jedem neuen Leben einzurichten. Und falls ihr je Hilfe braucht, dann … Herr im Himmel, ich plappere. Leb wohl.«

Sie streckte die Hände aus, und er reichte ihr den Pflanztopf. Sorgfältig vermieden sie es, sich dabei zu berühren.

Einige Tage nachdem Helena aus Florianos Leben verschwunden war, führte ihn seine Arbeit wieder einmal zu dem Liebesgärtchen, das er seit dem Fest nicht mehr betreten hatte. Ein Gewitter hing in der schwülen Luft, die Insekten waren aufdringlich, das Sonnenlicht vor dem dunklen Himmel geisterhaft. Die Herrschaften genossen die Kühle im Inneren des Schlosses, sodass der Garten für einen Sommertag unüblich still dalag.

Für einen Augenblick stellte Floriano sich vor, dass er in das Gärtchen hineinging und Helena wieder dort auf der Bank saß wie bei ihrer ersten Begegnung an diesem Ort. Würde er sie dieses Mal genauer fragen, was sie bedrückte, und würde er ihr raten, den Hof zu verlassen und sich all den Ärger und Kummer zu ersparen, der auf sie wartete? Würde er sich wissentlich der Stunden berauben, die er sie hier draußen hatte lieben dürfen? Oft bildete er sich ein, sie aus der Ferne zu sehen, und jedes Mal spürte er den kleinen Ruck, mit dem sein Puls sich beschleunigte. Jedes Mal sagte er sich, dass die Sehnsucht bald vergehen würde.

Niemand saß auf der Bank, als er die Mitte des Gärtchens erreichte. Ein toter Vogel lag am Rande der Fliederbüsche, und er begrub ihn rasch zwischen den Sträuchern, bevor er wieder ging. Gedankenversunken erreichte er den Schwanenteich, wo er nach den Seerosen sehen wollte, und schrak zusammen, weil er doch nicht so allein war, wie er geglaubt hatte.

Gabrielle trat auf den Platz. »Hier bist du! Ich habe dich gesucht.«

Die Fröhlichkeit und Lebenslust, die sie sonst ausstrahlte, fehlten ihr heute. Ihre Mundwinkel waren so verkniffen, dass

sie nach unten zeigten, und ihr Gesicht zeigte Tränenspuren. In seinem früheren Leben wäre das Grund genug für ihn gewesen, sie zu umarmen und den Grund für ihren Kummer zu erfragen. Doch diese Zeiten waren vergangen. Schweigend wartete er darauf, dass sie sprach.

Sie sah ihn mit großen Augen an und schauderte. »Was du für einen kalten Blick haben kannst!« Neben ihr summten Bienen in einem Ginsterstrauch, und sie wich ängstlich aus. »Diese widerlichen Biester. Das fehlte mir gerade noch, dass sie mich stechen. Ich habe dich gesucht. Freust du dich denn gar nicht, mich zu sehen?«

Er seufzte und setzte sich ohne Rücksicht auf Rangfragen auf die Umrandung des Schwanenteichs. »Was willst du?«

Mit einem ruckartigen Heben ihres Kinns überspielte sie ihre unübersehbare Niedergeschlagenheit. »Ich gehe zurück nach Celle. Es gefällt mir hier nicht mehr. Und ich frage mich, ob es dir vielleicht hier auch nicht mehr gefällt. Frage mich, ob mein kleiner Gärtner mit mir zurückkehren möchte. Wir hatten es dort gemeinsam gut, findest du nicht?«

Die Art, wie sie seinem Blick auswich und unstet an ihren Röcken zupfte, machten ihn nun doch neugierig. »Du willst fort, weil es dir auf einmal nicht mehr gefällt? Weil die Pracht hier dich überwältigt? Weil die Gesellschaft dir zu vornehm ist? Wem willst du das weismachen, Gabrielle? Was ist geschehen?«

Ihre Schultern sanken herab, ebenso ihr Kinn. Tief seufzend setzte sie sich neben ihn. »Sie will mich hier nicht mehr haben. Dorothée. Zwischen all dem Geschwätz darüber, dass ihr Gemahl sich diese hagere Spielerin ins Bett holen wollte, hat ihr jemand erzählt, dass ich es ebenfalls darauf angelegt hätte, diesen Platz zu bekommen. Sie war darüber nicht amüsiert und hörte mir gar nicht mehr zu. Dabei dachte ich immer, wir wären Freundinnen. Auf einmal bin ich nur noch Schmutz unter ihren Schuhen.«

Floriano verkniff sich das bittere Lachen, das aus ihm herausdrängte. »Du dachtest, ihr wärt Freundinnen, wolltest aber dennoch Georg Ludwig verführen? Passt das für dich zusammen?«

Sie verbarg ihr Gesicht in beiden Händen. »Diese Angelegenheit ist nicht so, wie du glaubst. Mich zu seiner Mätresse zu machen sollte zu ihrem Besten sein. *Croi-moi!* Ihr Vater hat mich darum gebeten und hätte mich dafür entlohnt, wenn es mir gelungen wäre. Er wusste, dass Georg Ludwig Dorothée nicht lange treu sein und seine Mätresse bald mehr Einfluss auf ihn haben würde. Ich sollte die Rolle spielen und ihr dabei eine heimliche Verbündete sein. Doch ich habe mich zu dumm angestellt. Und wer hätte auch gedacht, dass sie dann doch noch einen Narren an ihm frisst und es nicht leiden kann, wenn er untreu ist? Sie mochte ihn früher ja gar nicht und wollte ihn nicht heiraten. Willst du mich wirklich genau so hart verurteilen wie sie?«

»Hast du ihr deine Gründe erklärt?«

»Das durfte ich nicht. Sie wäre furchtbar enttäuscht von ihrem Vater, wenn sie davon erführe. Und daran wäre ich schuld, was ihn verärgern würde. Dann könnte ich nicht einmal zurück nach Celle. Sag: Könntest du dir nicht vorstellen, mit mir zurückzukommen? Du warst doch dort nicht unglücklich.«

Ihre weit aufgerissenen Kinderaugen rührten ihn nun doch ein wenig. »Warum hast du solche Angst, allein zurückzukehren? Die Aufgabe, die der Herzog dir gestellt hatte, war nicht einfach. Er konnte nicht erwarten, dass du sie meisterst. Es gibt also keinen Grund, warum du bei ihm in Ungnade gefallen sein solltest. Du wirst dir am Celler Hof schnell wieder eine gute Stellung verschaffen können. Und falls du heiraten willst, findet sich sicher bald ein passender Bewerber.«

»Und das ist dir ganz gleichgültig? Ist nichts mehr übrig von deiner Liebe zu mir?« Tränen flossen langsam über ihre schon vom Weinen gezeichneten Wangen.

Er wischte die Tränen behutsam mit dem Zeigefinger fort, ohne sie sonst zu berühren. »Ach, Mademoiselle. Wenn ich in der Zeit hier eines gelernt habe, dann ist es, dass wir beide uns nicht lieben. Wir waren eine Weile verrückt nacheinander, das ist alles. Und denk doch an die Bienen! Du könntest mit einem Gärtner niemals glücklich sein.«

Sie schluchzte und versuchte dabei zu lachen. »Auf welche Art hast du das herausgefunden?«

Er sah über ihren Kopf hinweg in die Ferne, wo zwischen finsteren Wolken gleißendes Sonnenlicht eine Leiter zum Himmel erscheinen ließ. »Ich weiß jetzt, wie sich Liebe wirklich anfühlt.«

35. Kapitel

September 1683

Vor langer Zeit hatte Helenas Vater ein eigenes Stadthaus in Hannover besessen, doch es war mit etlichen anderen Häusern auf Wunsch des Landesherrn abgerissen worden, um das Stadtbild zu verändern. Maman sagte, dass es nicht schöner gewesen wäre als das von Roderick, dennoch glaubte Helena, dass es ihnen darin besser gegangen wäre. In einem Haus zu leben, das ihnen nicht gehörte und in das sie abgeschoben worden waren wie lästiger Kehricht, fügte den Einschränkungen ein bitteres Grundgefühl hinzu. Zumal ihnen nicht einmal erlaubt war, das gesamte Haus zu nutzen. Neben der Küche und dem Wirtschaftsraum im Erdgeschoss durften sie nur sechs Räume in den oberen beiden Stockwerken bewohnen, von denen vier kaum mehr als kleine Dienstbotenkammern waren. Der Saal, die drei großen Hauptgemächer und alle weiteren kleinen Zimmer blieben Roderick, seinen Gästen und seinem Gesinde für seine raren Besuche in der Stadt vorbehalten. Helena hoffte inständig, dass ihr Onkel weiterhin nur selten im Haus übernachten würde.

Das beengte Leben bedeutete eine große Umstellung, doch es war nicht das Unangenehmste an der neuen Lage. Denn auch wenn sie alle Räume in dem alten Haus hätten bewohnen dürfen, wäre es doch ein dunkles Gebäude mit winzigen Fenstern geblieben, in dem es nach Moder, Schimmel und Kohlenrauch roch. Es lag etwa eine halbe Stunde Fußmarsch entfernt von der Marktkirche, in der Nähe des Flusses an einer betriebsamen Straße. Schon früh am Morgen begann der Lärm vor ihren Fenstern, und er dauerte bis spät in den Abend an. Die gut zwei Mo-

nate, seit denen sie nun hier lebten, hatten noch nicht genügt, sich daran zu gewöhnen.

Amelis Husten ließ seit ihrem Einzug nicht nach. An vielen Tagen war sie so schwach, dass sie nur im Bett liegen bleiben wollte. Auch Lore war nicht mehr der blühende kleine Irrwisch, der sie auf dem Gut gewesen war. Still und mit gebeugten Schultern saß sie im Wohnzimmer oder in der Kammer, die sie sich mit Ameli teilte, und beschäftigte sich mit dem Erlernen von Handarbeiten, die Maman ihr zu tun gab, oder mit den Schreib- und Rechenaufgaben, die Helena ihr auferlegte. Spaziergänge in den engen, schmutzigen Straßen der Stadt machten beiden Mädchen derzeit noch mehr Angst als Freude.

Noch wochenlang nach dem Abschied vom Gut war Helena mit ihrer Mutter alle Urkunden, Abrechnungen und Forderungsschreiben durchgegangen, die ihnen über ihre Schulden vorlagen, um mit den Gläubigern ins Reine zu kommen. Inzwischen konnten sie zumindest mit diesem Teil ihrer misslichen Lage abschließen. Sie schuldeten niemandem mehr etwas und wussten, was ihnen noch zur Verfügung stand, um ihren Lebensunterhalt zu bestreiten. Bei einem bescheidenen Lebensstil konnten sie sich erlauben, für jedes der Mädchen eine anständige Mitgift beiseitezulegen und langfristig als Bedienstete die ältere Marie, Therese und Moritz bei sich zu behalten. Den Rest des Gesindes hatten sie entlassen müssen. Auch von allen Pferden hatten sie sich getrennt, worüber Lore besonders trauerte. Nicht einmal Major, ihr alter Hund, hatte sie in das Stadthaus begleitet. Er war an Altersschwäche gestorben, kurz nachdem Helena den Herzogshof verlassen hatte.

Helena stand morgens an dem mit Butzenscheiben verglasten Fensterchen ihrer Kammer und sah hinaus. Das Glas war nicht klar genug, um draußen viel erkennen zu können, doch die Farbe des Lichts verriet ihr immerhin, wie sich das Wetter entwickelte.

Die Spätsommersonne kämpfte mit den Wolken, so wie Helena mit den Wolken in ihrer Seele kämpfte.

Wir blicken nicht mehr zurück, hatte sie sich gemeinsam mit ihrer Mutter am Vortag vorgenommen. Und wenn Maman das konnte, die mit dem Gut und ihrem Garten beinah den Sinn ihres Lebens verloren zu haben schien, dann musste sie es viel leichter können. Dieser Tag sollte der erste ihres neuen Lebens sein. Nützlich würde sie sich machen. Endlich nützlich im Kleinen, nachdem sie im Großen so jämmerlich gescheitert war.

Wild entschlossen ging sie die enge Treppe hinab ins erste Stockwerk, dann die breitere ins Erdgeschoss und in die Küche, wo Therese gerade ihre Schürze abband.

»Da seid Ihr ja, Eure Hochwohlgeboren. Dann lasst uns mal losgehen. Moritz kommt mit und hilft uns tragen.«

Helena seufzte. »Das hätte er sich wohl auch nicht träumen lassen, dass er so etwas in seinem Leben noch einmal tun muss.«

Therese rückte ihre weiße Haube zurecht. »Da macht Euch mal keine Gedanken. Unser Moritz war sich nie zu schade, mit anzufassen, wo noch ein Paar Hände gebraucht wurden. Nur weil er feine Manieren und eine Bildung hat, muss er ja seine starken Arme nicht verkümmern lassen.«

Moritz kam in die Küche und hielt Therese seinen Arm hin, damit sie ihm beim Aufkrempeln der Ärmel half. »Eure Besorgnis ist sehr freundlich, Eure Hochwohlgeboren, aber nicht notwendig. So geehrt ich mich stets fühlte, die gehobene Hausdienerstelle innezuhaben, stört es mich doch nicht im Geringsten, meine Tätigkeit auf andere Bereiche auszudehnen.«

Lächelnd nahm Helena einen der leeren Körbe vom Tisch. »Ist es vielleicht möglich, dass ihr das ›Hochwohlgeboren‹ fallenlasst? Unter den Umständen kommt es mir unpassend vor.«

»Nein, Eure Hochwohlgeboren, das ist nicht möglich. Das würde uns stören«, sagte Therese in entschiedenem Tonfall.

Moritz nickte und hielt der Köchin seinen anderen Arm hin. »Gerade unter den Umständen scheint es geraten, ein Mindestmaß an Form zu wahren. Der Pöbel auf der Straße sollte nicht in Versuchung kommen, Euren Rang infrage zu stellen.«

»Es kommt mir vor, als hätte dieser Rang nicht mehr viel Bedeutung«, sagte Helena.

»So oder so: Ich möchte nicht erleben, dass jemand Euch auf der Straße behandelt wie ein Bäckersweib oder etwas in der Art«, stieß Therese hervor, beendete das Krempeln von Moritz' Ärmeln und nahm ihr den Korb aus der Hand.

Mamans Schritte waren auf der Treppe zu hören. »Helena? Bist du noch da? Hör mal, ich habe einen Plan!« Sie kam zur Küchentür, und zum ersten Mal, seit sie im Stadthaus wohnten, strahlte ihr Gesicht. »Mir ist eingefallen, womit ich meiner Zeit hier einen Sinn verleihen kann. Ich werde mein Wissen über die Gartenkunst schriftlich festhalten. Ja, ich verfasse Anleitungen für die Zucht und Pflege von Pflanzen, die jedermann verstehen kann. Was hältst du davon?«

Helena dankte dem Himmel für den Lebenswillen ihrer Mutter, der es ihr ermöglichte, immer das Beste aus ihrer Lage zu machen. »Ein wunderbarer Gedanke. Wenn du es wünschst, können wir später darüber sprechen. Jetzt wollen wir aber erst einmal losgehen.«

»Gewiss. Viel Vergnügen. Was genau wolltest du tun?«, fragte Maman, sichtlich in Gedanken schon bei ihrem Werk.

»Ich werde mir von Therese zeigen lassen, wie man auf dem Markt einkauft. Und später zeigt sie mir, wie wir alles für den Winter haltbar machen können. Salzgurken, Essiggurken, Sauerkraut und Dörrpflaumen. Wir lagern auch Äpfel und Möhren ein und räuchern Schinken. Ich will genau wissen, wie man all das macht, was bisher andere für uns getan haben.«

Ein Schatten glitt über die Miene ihrer Mutter. »Ich hoffe, du

behältst im Sinn, dass sich viele Arbeiten für eine junge Dame von Stand nicht geziemen, Helena. Lerne, was du möchtest, aber sorg dafür, dass es unter uns bleibt. Du magst den Gedanken an eine vorteilhafte Heirat vorerst aufgegeben haben. Ich habe das noch lange nicht. Eines Tages wirst du dich erholt haben, und dann werden wir wieder beginnen, uns nach einem Mann für dich umzusehen.«

In diesem einen Punkt waren sie sich uneinig. Helena zuckte mit den Schultern. »Wie du meinst. Aber dieser Tag wird nicht so bald kommen.«

Therese und Moritz ließen sie respektvoll einen Schritt vorausgehen, obwohl Therese die Richtung angab. Es war nicht das erste Mal, dass Helena zum Markt ging, doch das erste Mal, dass sie sich genau erklären ließ, wie Therese ihre Einkäufe machte. Am Ende kehrten sie mit vollen Körben zurück zum Haus und hatten noch Äpfel, Karotten und Kohl bestellt, die geliefert werden würden.

Die alte Marie öffnete ihnen die Tür. »Ein Besucher sitzt bei Eurer Mutter, Eure Hochwohlgeboren. Ich soll Euch von ihr sagen, Ihr sollt Euch hinzugesellen. Mit sauberen Händen und allem natürlich.«

»Wer ist es?«

Marie schüttelte den Kopf. »Ich kenne ihn nicht. Eure Mutter auch nicht, soweit ich es verstanden habe.«

Helenas Kehle verengte sich ein wenig. Hatte doch noch ein weiterer Gläubiger den Weg über ihre Schwelle gefunden? Andere Besucher hatten sie bisher in ihrer neuen Behausung nicht empfangen. Nicht dass sie damit rechnete, dass sich so bald ein Angehöriger der guten Gesellschaft zu ihnen verirren würde. Eilig wusch sie sich die Hände und ließ sich von Marie Haar und Kleidung in Ordnung bringen, bevor sie die Treppe hinaufstieg.

Die Stimme ihrer Mutter drang durch die offen stehende Tür

ihres besten Zimmers, das sie für besondere Anlässe ausgestattet hatten. Maman erzählte angeregt über ihren Plan, ihre Gartenerfahrungen zu Papier zu bringen.

Der Gast saß mit dem Rücken zur Tür, dennoch erkannte Helena ihn sofort. Überrascht verharrte sie auf der Schwelle.

»Ihr könntet Beispiele für Bepflanzungen im Jahreslauf ausarbeiten, die auf vorteilhaften Pflanzengemeinschaften beruhen. Das würde sicher Anklang finden. Fräulein Helena erwähnte, dass Ihr Euch besonders mit der Wechselwirkung zwischen Pflanzen befasst habt«, sagte Floriano.

Maman hielt ihm einen Teller mit Schmalzgebäck hin. »In der Tat, das habe ich, und ich werde es in meinen Schriften herausstellen. Soweit ich weiß, ist das alte Wissen von diesen Zusammenhängen ein wenig in Vergessenheit geraten und vielen Gartenliebhabern gar nicht mehr bekannt … Ah, Helena, Kind. Komm herein. Sieh doch nur, wer uns besucht! Herr Piras, von dem du mir so viel erzählt hast. Er sagt, dass in deutscher Sprache verfasste Gartenhandbücher zum praktischen Gebrauch gute Aussichten hätten, weithin wahrgenommen zu werden.«

Floriano war aufgesprungen, als Maman ihren Namen genannt hatte, und verbeugte sich nun. »Guten Tag, Fräulein Helena. Ich hoffe, Ihr verzeiht mir mein unangemeldetes Erscheinen. Eure gnädige Frau Mutter war so großmütig, mich hereinzubitten. Ich wollte mich nur nach Eurem Befinden erkundigen und von gewissen Geschehnissen berichten, die Euch möglicherweise interessieren. Aber wenn ich Euch störe, dann sagt es nur. Ich …«

Helena konnte sich nicht erinnern, wann sie zuletzt so glücklich gewesen war. »Bitte setz dich wieder. Ich freue mich, dass du gekommen bist, und bin der Formalitäten schrecklich müde. Maman weiß, dass wir uns gut kennen. Sie weiß auch von der Angelegenheit mit Figuelotte und Viktor von Briesen und der Rolle, die du dabei gespielt hast. Wie hast du uns gefunden?«

»Ich habe mich zum Haus von Roderick von Brünneck durchgefragt. Du hattest erwähnt, dass dein Onkel euch hier Unterkunft gewähren würde. Ich habe also einfach mein Glück versucht.«

»Und Herr Bauer hat dich heute gehen lassen? Ist es nicht ein ganz gewöhnlicher Arbeitstag?«

»Ich habe gesagt, er muss mir einen freien Tag geben, weil ich sonst meine Stellung kündige. Es ist etwas geschehen, wovon du erfahren solltest, und ich wollte es dir selbst sagen. Viktor von Briesen ist tot. Jemand hat ihn erstochen. Ich habe mir zuerst nicht so viel dabei gedacht, aber dann bin ich mal wieder Herrn Leibniz im Garten begegnet, und er sagte etwas Seltsames zu mir, als wir darauf zu sprechen kamen: ›Graf von Briesen hielt sich für äußerst listig, war jedoch in der Wahl seiner Allianzen nicht klug. Mag sein, dass er seine Grenzen überschritten hat. Es ist nur so ein Gedanke, aber manche Frau ist wie eine reißende Löwin, wenn es darum geht, ihre Jungen zu beschützen.‹ Darauf sagte ich, ich wüsste von einer Frau, deren Kind von Briesen beinah übel mitgespielt hätte, und die sei gewiss eine Löwin, doch sicher nicht zum Meuchelmord bereit. Da wurde er ganz aufgeregt und fragte, was ich von der Sache wüsste, und ich solle bloß zu niemandem sonst davon sprechen. Er bedrängte mich zu reden, und da erzählte ich ihm, dass ich Zeuge gewesen wäre, als eine tapfere und schweigsame junge Dame die Prinzessin im letzten Moment vor jedem Schaden bewahrt hätte. Sein Gesicht war ernst, als er sich von mir verabschiedet hat, und ich kann mir keinen Reim darauf machen, was er nun mit der Sache anfängt. Aber ich dachte, du musst davon erfahren. Ich hoffe, Herzogin Sophie sieht uns nicht als Bedrohung für etwas, das sie geheim halten will.«

Obwohl Viktor Helena zuwider gewesen war, schauderte sie bei der Vorstellung, dass jemand ihn ermordet hatte. »Ich glaube nicht, dass die Herzogin zu so etwas fähig wäre.«

Maman räusperte sich. »Bei allem Respekt für ihre Durchlaucht, aber die Dame ist eine ehrgeizige Fürstin von uraltem Adel. Diese Menschen sind nicht so mächtig geworden und geblieben, weil sie sich durch Skrupel auszeichnen. Ich bin sicher, sie wäre fähig, einen Mord in Auftrag zu geben, wenn sie es für unabdingbar hielte, um die Interessen ihres Hauses zu schützen.«

Helena rieb sich die Arme, um die Gänsehaut darauf zu vertreiben. »Wie dem auch sei: Ganz gewiss wird sie aus unserem Schweigen geschlossen haben, dass wir nicht beabsichtigen, unser Wissen zu ihrem oder Figuelottes Schaden einzusetzen. Oder meint ihr nicht?«

Floriano seufzte. »Ich hätte meinen Mund halten sollen.«

»Gib dir keine Schuld. Sie wusste doch offenbar schon davon. Sonst hätte auch Leibniz nicht diese Andeutungen gemacht. Sie hat die Angelegenheit sicher mit ihm besprochen. Vielleicht hat Figuelotte es ihrer Mutter erzählt. Ich hatte damit gerechnet, dass sie das früher oder später tut«, sagte Helena.

Ihre Mutter rieb sich kopfschüttelnd die Stirn. »Mag sein, dass die Prinzessin ihrer Mutter gebeichtet hat, doch es bleibt dahingestellt, ob sie ihr die ganze Wahrheit erzählt hat.«

»Was sollen wir denn deiner Ansicht nach tun?«

»Ich werde darüber nachdenken, wenn mein Kopf nicht mehr schmerzt. Verzeiht ihr jungen Leute mir, wenn ich mich nach nebenan zurückziehe? Ihr habt gewiss noch einige Neuigkeiten auszutauschen«, sagte Maman und erhob sich.

Eilig öffnete Floriano ihr die Tür zum Nebenzimmer. Dabei musterte er sie besorgt. »Ich hoffe, mein Kommen ist nicht schuld an Eurem Unwohlsein.«

Maman winkte ab. »Im Gegenteil, junger Mann. Euer Besuch war eine willkommene Abwechslung. Ich würde gern Eure Meinung hören, wenn ich ein Stück meines Gartenhandbuchs niedergeschrieben habe. Besucht uns gern wieder.«

Nachdem sie den Raum verlassen hatte, setzte sich Floriano Helena gegenüber und sah ihr in die Augen. »Wie schlimm ist es nun?«

»Uns allen fehlt das Gut wie ein Stück von unserer Seele. Doch wir sind tapfer, behalten unseren Kummer für uns und versuchen, uns ein neues Leben zu erfinden. Wie ist es dir ergangen? Geht es besser mit Herrn Bauer?«

Er wich ihrem Blick aus und zog ein paar schlichte, aber schöne Handschuhe aus seiner Westentasche, nur um sie sorgfältiger gefaltet wieder dort zu verstauen. »Nein. Er wollte Willi hinauswerfen, weil er nur auf einem Auge die Sehkraft zurückgewonnen hat und deshalb noch nicht wieder so geschickt ist wie vorher. Ich habe die anderen veranlasst, gemeinsam eine Beschwerde darüber bei Charbonnier einzureichen. Daraufhin durfte Willi bleiben, aber Bauer hat für alle die Mittagspause verkürzt. Wenn er mein Wissen nicht dann und wann brauchte, würde er mich nur noch auf dem Acker Mist untergraben lassen. Ich wäre am liebsten längst …« Er brach ab, und sein Blick wanderte zum Fenster, jedoch gleich wieder zu ihr zurück, als er feststellte, dass man nicht hinaussehen konnte. »Glaubst du, dass wir in Gefahr sind?«

Sie sah ihm an, dass sein fortwährender Zwist mit Bauer ihn mehr bedrückte, als er zugab. Was hielt ihn in Hannover? Gewiss konnte er überall bessere Arbeit und ein glückliches Leben finden. Was die Gefahr betraf, die von der Herzogin ausging, war sie ratlos. Doch auch in dieser Hinsicht wäre es wohl sicherer für ihn, die Stadt zu verlassen. Sie zuckte mit den Schultern.

»Ihre Durchlaucht muss doch zu dem Schluss kommen, dass einer von uns längst versucht hätte, Gewinn aus der Sache zu schlagen, wenn wir es vorhätten. Trotzdem glaube ich, dass du in der Hofgärtnerei keine Zukunft hast.«

Sein Blick schweifte immer wieder durch den Raum, als wolle er sich alles einprägen. Sie hingegen konnte ihren Blick nicht von

ihm abwenden. Allein, noch einmal sein Gesicht zu sehen und seine Stimme zu hören, nachdem sie es schon nicht mehr erwartet hatte, erschien ihr wie ein Geschenk des Himmels.

Zustimmend nickte er. »Was nicht an der Herzogin liegen muss. Dafür genügt Bauer. Ich bin sicher, er hält schon Ausschau nach einem neuen Gehilfen. Sobald er ihn gefunden hat, wird er mich hinauswerfen.«

Wie hatte sie glauben können, sie hätte sich damit abgefunden, ihn nicht wiederzusehen? Sie wusste genau, welchen Rat sie ihm nun geben musste, und brachte ihn dennoch nur mit Mühe über die Lippen. Doch noch schlechter als seinen Abschied würde sie ertragen können, ihn dauerhaft unglücklich oder gar in Gefahr zu wissen. Sie gab sich einen Ruck. »Darauf solltest du nicht warten. Bauer vergeudet dein Talent. Gewiss wird man dich anderswo mehr zu schätzen wissen.«

Sein Blick kehrte zu ihr zurück und ließ sie nun nicht mehr los. »Ich war schon drauf und dran, zu gehen. Aber dann kam die Sache mit von Briesen und Leibniz, und ich wusste, dass ich nicht verschwinden kann, ohne noch einmal …«

»Du musst dir um mich keine Sorgen machen«, fiel sie ihm ins Wort. »Ich werde mich hier einleben, und Herzogin Sophie wird vergessen, dass es mich gibt. Wenn du gehen willst, dann geh.«

Betroffen blickte er zu Boden. »Ich weiß nicht, wohin es mich verschlagen wird. Wahrscheinlich werde ich lange auf Wanderschaft sein. Und leider kann ich nicht schreiben und lesen. Vielleicht werden wir uns also nie wiedersehen. Das ist wohl auch besser so. Aber gerade drückt mich der Gedanke wie Blei.«

Lächeln und Tränen fanden sich zur gleichen Zeit ein. »Dann sorg dafür, dass wir uns wiedersehen. Komm eines Tages zurück und erzähl mir, wie du dein Glück gemacht hast.«

Als Helena am Morgen nach Florianos Besuch erwachte, waren ihre Gliedmaßen bleischwer, und sie glaubte sich niemals mehr erheben zu können. Ihre Kehle schmerzte von ungeweinten Tränen. Einfach ein Bündel schnüren und sich auf die Wanderschaft machen, alles Missglückte hinter sich lassen, in der Zuversicht, dass die eigenen Fähigkeiten schon für ein Auskommen sorgen würden – warum konnte sie das nicht? Mit Floriano gemeinsam wäre sie zu Fuß um die ganze Welt gelaufen. Doch sie konnte nichts, was ihr ein Auskommen sichern würde. Im Gegenteil wäre sie in vielerlei Hinsicht eine Last für ihn.

Würde er wirklich eines Tages zurückkehren? Wie lange würde sie ihn nicht wiedersehen? Doch ganz gleich, wie lange er fort sein oder ob er niemals zu ihr zurückkommen würde, sie würde warten. Es würde keine Ehe aus Vernunftgründen für sie geben, auch nicht um der Kinder willen, die sie sich wünschte.

Ein Klopfen an ihrer Tür, sanft, und doch bestimmt, dann trat ihre Mutter ein. »Guten Morgen, Leni. Verzeih, dass ich dich wecke, aber du musst aufstehen und dich um die Mädchen kümmern. Sie essen in der Küche ihr Frühstück. Ich gehe aus dem Haus.«

Mit einem Ruck riss Helena sich aus ihrer Melancholie. »Gewiss. Ich bin schon so gut wie aufgestanden. Wohin gehst du?«

Maman hob das Kinn und zog mit spitzen Fingern ihre Handschuhe glatt. »Ich statte Herzogin Sophie einen Besuch ab.«

Helena verwickelte sich beim Aufstehen im Bettzeug, verlor das Gleichgewicht und wäre beinah aus dem Bett gefallen, statt auf den Füßen zu landen. »Bitte, tu das nicht! Auch falls sie nicht gefährlich für Floriano und mich ist, bin ich in Ungnade, und alle wissen es. Du wirst ihre Verachtung und den Hohn der Hofleute zu spüren bekommen. Das darfst du dir nicht antun.«

»Im Grunde bedeutet mir die Meinung dieser Leute überhaupt nichts. Die Art, wie sie dich haben fallen lassen, hat mich

endgültig gelehrt, wie wenig es in Wahrheit wert ist, bei diesen Menschen hochangesehen zu sein. Die gute Meinung der kranken Bauern, denen du im Winter das Brennholz bringst – das ist es, was zählt. Ich hätte dich nie an den Hof schicken sollen. Diesen ganzen unseligen Plan auszuhecken, nur um mich an meinem Stolz und meinem Besitz festzuklammern! Wir hätten gleich beschließen sollen, uns von dem Gut zu trennen, dann hätten wir vieles noch leichter in unserem Sinne lenken können.«

Mamans Stimme brach bei ihrem letzten Satz, und in ihren Augen stand der Schmerz über den Verlust des Guts deutlich zu lesen, obgleich sie etwas anderes behauptete. Helena ging zu ihr und nahm ihre Hand.

»Um Stolz und Besitz mag es uns gegangen sein. Aber auch um etwas, das wir liebten, und um eben die Menschen, deren Urteil für uns etwas bedeutet.«

»Andere werden vielleicht besser für sie sorgen. Ist es nicht auch anmaßend, sich unentbehrlich zu dünken? Wie dem auch sei: Ich kann mich mit unserem neuen Leben abfinden. Wir werden uns daran gewöhnen. Doch ich werde nicht die Angst dulden, dass uns auch hier noch die Boshaftigkeit der Hofintrigen treffen könnte. Das gilt es mit ihrer Durchlaucht zu klären.«

Ein eisiger Schauder überlief Helena. Wenn tatsächlich Gefahr von Herzogin Sophie ausging, dann würde sie auch Maman einschließen. »Dann muss ich zu ihr gehen. Nicht du. Du darfst dir die Herzogin nicht auch noch zur Feindin machen. Was soll aus Ameli und Lore werden, falls uns beiden etwas zustößt?«

»Du wirst auf keinen Fall gehen. Es wird mir nichts geschehen. Aber falls ich tatsächlich nicht zurückkehre, nimmst du die Mädchen und unser Vermögen und fliehst aus dem Herzogtum. Du wirst dann schon wissen, was zu tun ist, um euch ein Leben in Sicherheit zu verschaffen.«

»Wie soll ich es aushalten, wenn dir etwas Schlimmes geschieht?«

»Wie sollte ich es aushalten, wenn auch dir noch etwas geschähe? Ich passe schon auf mich auf, Kind. Aufhalten kannst du mich nicht.«

Helena gab ihren Widerstand auf. Ohne weitere Worte umarmten sie sich zum Abschied.

Nachdem ihre Mutter gegangen war, beruhigte Helena sich mit der Hoffnung, dass sich alles als unnötige Aufregung herausstellen würde. Doch als sie später auf dem Tisch im Gemach ihrer Mutter die verschnürte Ledermappe fand, in der alle wichtigen Urkunden zusammengefasst waren, die ihr Vermögen betrafen, und daneben eine Tasche mit Mamans Schmuck und ihren anderen verbliebenen kleinen Kostbarkeiten, hämmerte ihr Herz erneut.

Während Ameli und Lore über ihren Aufgaben saßen, legte sie unauffällig einige Dinge bereit, die sie unbedingt mitnehmen wollte, falls sie eilig würden fliehen müssen. Ruhelos wechselte sie anschließend zwischen dem Unterricht der Mädchen und dem Spiel mit ihnen, der Arbeit in der Küche und dem wiederholten Gang zu Haustür hin und her. Immer wieder trat sie vor die Tür und starrte die Straße entlang, um nach Mamans Kutsche Ausschau zu halten oder nach Menschen, die ihr verdächtig erschienen.

Die Stunden schlichen dahin, bis sie am Nachmittag das Warten nicht länger ertrug. In aller Eile packte sie die wichtigsten Dinge in einen großen Deckelkorb und sorgte dafür, dass ihre Schwestern vernünftige Kleidung trugen, um mit ihr auszugehen. Marie stellte keine Fragen, während sie ihr half. Offenbar war sie in gewissem Maße eingeweiht.

»Wir gehen in die Marktkirche. Falls jemand anders als Ma-

man nach uns fragt, dann sag nicht, wo wir sind, sondern schick mir heimlich einen Boten.«

Mit dem Korb über dem Arm, Ameli an der Hand und Lore neben sich machte sie sich auf den Weg. Doch sie hatten ihre Straße noch nicht verlassen, als die Kutsche ihnen entgegenkam, in der ihre leichenblasse, regungslose Mutter saß.

Lore entdeckte sie ebenfalls. »Maman!«

Sie zuckte zusammen, als hätte Lore sie mit ihrem Ruf grob aus einer Art Schlaf gerissen. Hastig ließ sie den Kutscher halten und winkte sie zu sich. »Steigt ein! Rasch!«

Vor den Mädchen wagte Helena nicht, etwas zu fragen, und musterte ihre Mutter daher nur. Alles an Maman verriet, dass sie sich mit aller Kraft zusammenriss, um nicht die Fassung zu verlieren.

Als sie ins Haus gingen, klammerte sie sich schmerzhaft fest an Helenas Arm. Zusammen schafften sie es bis zu einem der mit Leintüchern verhüllten Sessel im Erdgeschoss, dann schickte Helena die Mädchen nach oben. Mamans Beine schienen sie keinen Schritt weiter tragen zu können, so schwer sank sie nieder.

»Was ist geschehen? Müssen wir fliehen?«, fragte Helena.

Maman schüttelte den Kopf, schlug die Hände vors Gesicht und stöhnte. »Ich habe ihr meine Meinung gesagt. Oje. Ich konnte mich nicht mehr beherrschen, Leni. Mit allem bin ich herausgeplatzt, alles habe ich ihr an den Kopf geworfen: Was ich davon halte, dass sie meine Tochter in ihre Obhut nimmt und verspricht, uns zu helfen, und dann gestattet, dass sie in ein so widerwärtiges Intrigengespinst verwickelt wird. Was ich davon halte, dass sie ihren Sohn zu einem Mann erzogen hat, der seiner Gemahlin schon Wochen nach der Eheschließung so wenig Respekt entgegenbringt. Dass sie sich dann noch zur Mitspielerin im Theater der Mätressen macht! Ich habe ihr gesagt, dass man eine junge Frau nicht dem alles verschlingenden, verlogenen

Lästermaul des Hofes zum Fraß vorwirft, selbst wenn sie einen jugendlichen Fehltritt begangen haben sollte. Ganz zu schweigen davon, dass diese junge Dame auch noch ihre eigene Tochter davor bewahrt hat, einen ähnlichen Fehler zu begehen. Und dass sie sich ja nicht einfallen lassen solle, uns weiter zu schaden, nur weil sie fürchtet, dass wir ein Geheimnis preisgeben könnten, das uns so gleichgültig ist wie ein Sack Sand aus der Heide.« Noch einmal stöhnte sie und vergrub sich noch tiefer im Sessel und in ihren Händen.

Helenas Hände zitterten. »Und was hat sie gesagt?«

»Dass ich aufhören soll, sie auszuzanken. Sie hätte die Wahrheit längst von anderen gehört. Dich vom Hof zu verweisen hätte sein müssen, doch im Grunde wäre es zu deinem Besten geschehen, und wenn ich nicht zu ihr gekommen wäre, hätten wir bald von ihr gehört.«

Inzwischen hatte Helena sich ebenfalls gesetzt, hockte aber angespannt auf der Stuhlkante. »Was hätten wir von ihr gehört?«

Ihre Mutter sog mit einem schluchzenden Geräusch die Luft ein. »Sie hat Roderick Gut Minnigerode abgekauft. Eine Pflanzenzucht für ihre Gärten will sie dort einrichten. Sie will mein Gut als Anzuchtbeet für ihre Gärten benutzen. Ich konnte sehen, wie großmütig sie sich fühlte, als sie mir mitteilte, dass sie uns gestatten würde, zurück in unser Haus zu ziehen. Wir dürften es bewohnen, bis ihr drei Mädchen verheiratet seid. Eine von euch könne mich dann ja zu sich nehmen.«

Helena schlug sich die Hand vor den Mund. »Was hast du dazu gesagt?«

Nun nahm ihre Mutter die Hände vom Gesicht und richtete sich auf. »Ich habe sie gefragt, wie sie sich fühlen würde, wenn ich ihr ein begrenztes Wohnrecht im Herrenhäuser Schloss einräumen würde, während ich in ihren Gärten Futterrüben für

meine Pferde ziehe. Ich hätte sie missverstanden, meinte sie da. Sie möchte mich eigentlich als Verwalterin auf dem Gut sehen, wollte es aber nicht so plump sagen, um mich nicht in meiner Würde zu verletzen. Wir könnten alles dort einrichten, wie wir es für gut hielten, sollten ihr nur helfen, neue Sorten für den Küchengarten und die Schlossgärten hervorzubringen. Das ließe sich auch mit der recht kleinen Fläche bewerkstelligen, die noch zum Gut gehört.«

Helena stand der Mund offen. »Sie gibt uns das Gut zurück?«

»Nicht ganz. Es gehört ihr. Und glaub nicht, dass mich das nicht ärgert! Aber wir können dort leben. Zumindest, bis ihrer Durchlaucht etwas anderes in den Sinn kommt.«

Auch wenn sie ihren Stolz überwinden mussten, hätten sie das Angebot der Herzogin allein wegen Lore und Ameli angenommen. Die beiden waren außer sich vor Freude, als sie von der Rückkehr aufs Gut erfuhren. Dabei würde dort einiges nicht mehr so sein wie früher. Das Gesinde war in alle Winde verstreut und würde nicht so bald zurückzurufen sein. Einen großen Teil ihrer Einrichtung hatten sie verkauft wie auch das Vieh. Und viele Einschränkungen würden ihnen zumindest vorerst erhalten bleiben, da die Herzogin zwar den Unterhalt des Gutes übernahm, jedoch nicht von einem zusätzlichen Einkommen für sie gesprochen hatte.

Dennoch war Helena froh, als der Wagen, in dem sie mit ihren Schwestern und Maman saß, in die Allee einbog, die zum Gutshof führte. Sie wusste noch nicht, wie es zu bewerkstelligen sein könnte, doch eines Tages würde sie das Gut von Herzogin Sophie zurückkaufen. Und zwar nicht mit dem Geld eines Ehegatten,

sondern mit ihrem eigenen. Sie würde eine Gärtnerei aufbauen, deren außergewöhnliche Erzeugnisse weithin begehrt sein würden. Und wenn eines Tages Floriano zu ihr zurückkehrte, dann würde er bleiben können und das tun, was er liebte.

Der Wagen rumpelte über die noch immer schadhafte Brücke und hielt zwischen dem Burggraben und den Stallungen. Knapp drei Monate waren sie fort gewesen, und niemand hatte in dieser Zeit die sommerlich wuchernden Nesseln, das Gras und das Kraut gebändigt. Viel Arbeit stand ihnen bevor.

Kaum hatte Helena den Gedanken zu Ende gedacht, kam Hinner um die Stallecke, an einer Hand Pontius, an der anderen Pilatine. Die kleinen Pferde rissen das hohe Gras ab und mampften, als wäre es ihnen ein Leichtes, im Handumdrehen wieder für Ordnung zu sorgen. Ameli und Lore sprangen vom Wagen und rannten mit Jubelgeschrei zu Hinner. Abwechselnd umarmten sie die beiden Pferdchen und ihn.

Er lachte laut und winkte Helena und ihrer Mutter zu. »Habe die beiden vom Bauern zurückgeholt, als ich hörte, dass Ihr wiederkommt, Eure Hochwohlgeboren. Dem Mann waren sie zu nicht viel nütze. Bin auch selbst wieder hier, wenn Ihr mich wollt. Der Vogt lässt ebenfalls fragen, ob Ihr Verwendung für ihn habt.«

Maman schossen die Tränen in die Augen. »Ich habe für alle Verwendung, die wiederkommen wollen.«

»Auch für andere?«, fragte eine Männerstimme hinter ihnen. Helena fuhr herum und sprang dann ebenso vom Wagen wie ihre Schwestern.

Floriano verbeugte sich vor ihr. »Mir kam zu Ohren, dass auf diesem Gut ein Gärtner gebraucht werden könnte. Ich bin auf der Wanderschaft und suche Arbeit. Meine Zeugnisse sind recht durchwachsen, aber ich kann Radschlagen und auf Bäume klettern. Außerdem weiß ich aus dem Grün von Mohrrüben einen

Blumenstrauß zu binden und aus einer Melone eine Ananas zu schnitzen.«

Helena fühlte, wie ein Lächeln ihr ganzes Sein erfüllte. »Oh ja, ich brauche einen Gärtner«, sagte sie.

36. Kapitel

Ende Oktober 1683

Am vorletzten Tag des Oktober 1683 kam Prinzessin Dorothée mit einem Sohn nieder, der den Namen Georg August erhielt. Clara von Platen ließ den Blick über die kostbaren Geburts- und Taufgeschenke für Mutter und Kind schweifen, die sie auf ihrem Bett ausgebreitet hatte.

»Ich gehe jede Wette ein, dass die kleine Ehefrau sich damit noch für eine Weile Georgs Wohlwollen gesichert hat. Gleich beim ersten Versuch ein Sohn, da schlägt doch das Herz jedes Adelsmanns höher! Und nun, da der Kurfürstentitel winkt, erscheint es wie ein Zeichen des Schicksals, dass der Erstgeborene des Hauses schon einen Nachfolger hat«, sagte sie.

»Vielleicht hat es dann mit der neuen Mätresse noch etwas Zeit«, erwiderte ihr Gatte. Er saß in einem Armlehnstuhl beim Fenster und studierte Handelsberichte aus England und Frankreich. »Du solltest deine ganze Aufmerksamkeit Ernst August widmen. Die Angelegenheit mit dem Kurfürstentitel ist komplizierter und langwieriger, als er dachte. Die Unterstützung des Kaisers zu gewinnen war nur das erste Hindernis. Ich will nicht, dass seine Durchlaucht die Geduld verliert und doch noch Abstand von unserem Plan nimmt. Zumal die Herzogin jüngst erstmalig Bedenken gegen die Primogenitur aussprach. Stärk ihm also den Rücken.«

Mit dem Rücken zu ihm verdrehte sie die Augen. Er würde es wohl nie lernen. »Dass du immer denkst, du wüsstest mehr über die Politik als ich, Franz. Ich bin gut in der Lage, sämtliche Fäden in der Hand zu behalten. Der Herzog weiß längst, dass

die Affenliebe seiner Frau zu ihren jüngeren Söhnen nicht der glorreichen Zukunft seines Landes entgegenstehen darf. Und der Herzogin wird jeden Tag erneut von jemandem klargemacht, wie der Kurfürstentitel das Ansehen des Hauses in den Himmel heben könnte. Ganz unverdächtig natürlich. Warum sollte mich all das davon abhalten, ein Auge auf die jungen Damen zu haben, die für Georg Ludwigs Bett infrage kämen?«

Mit gerunzelter Stirn blickte er von den Papieren auf. »Wenn Herzogin Sophie bemerkt, dass du sie manipulierst, wird sie sich erst recht gegen die Änderung des Erbrechts stemmen.«

Clara lachte auf und ging zur Tür, um die Diener hereinzurufen, die der Prinzessin die ersten Geschenke zur Geburt ihres Sohnes überbringen sollten. »Du unterschätzt ihre Eitelkeit. Ihre Abneigung gegen mich wird am Ende weniger zählen als die Gier nach hohen Ehren. Sogar die Sorge um den Frieden zwischen ihren Kinderchen wird zurückstehen. Im Grunde ziehen wir beide in dieser Sache an einem Strang.«

Franz von Platen seufzte und senkte den Blick zurück auf seine Lektüre. »Lieber einem Heer von Türken gegenüberstehen als zwei Weibern, die an einem Strang ziehen.«

37. Kapitel

Mai 1684

Florianos Kammer im Gutshaus war so groß und gemütlich, dass man sie schon fast ein vornehmes Gemach nennen konnte. An einer der Wände hingen kolorierte Drucke botanischer Zeichnungen, die Helena ihm im Laufe der vergangenen acht Monate geschenkt hatte. Auch die Mohnblüte mit dem Stieglitz von Sybille Merian war dabei. Über Winter hatte er gut genug lesen gelernt, um die Titel der Bilder entziffern zu können, die sie in ihrer sauberen Handschrift an die unteren Ränder geschrieben hatte. Und er würde es noch besser lernen, denn so wollte es die kleine Lore, die den Gedanken kaum ertragen konnte, dass ihr neuer Freund eine so wichtige Fertigkeit nicht beherrschte. Er schmunzelte bei dem Gedanken an ihr empörtes Gesicht, als sie davon erfahren hatte.

Er spürte, wie sein Herzschlag sich beschleunigte, als er auf Helena hinabblickte, die noch für einen süßen Augenblick in seinem Bett döste, bevor sie sich in ihr eigenes Gemach schleichen würde. Sie hatten es nicht gleich gewagt, ihre Affäre ungehemmt fortzusetzen, sondern sich nur heimliche Momente erlaubt. Doch etwas hatte sich verändert, nachdem Helena mit ihrer Mutter ein paar Wochen zuvor aus Wien vom Grab ihres Bruders zurückgekehrt war. Maman selbst hatte Helena vorgeschlagen, dass sie sich über das Hindernis ihrer unterschiedlichen Herkunft hinwegsetzen und heiraten sollten. Sie hatte es auf sich genommen, die Einwilligung der Herzogin einzuholen. Als Antwort hatte Herzogin Sophie sich für den Vortag zu einem Besuch angekündigt – offiziell, um die neuen Gewächshäuser zu

besichtigen. Zusammen mit Herrn Leibniz, Monsieur Charbonnier und einem kleinen Gefolge von Dienerschaft war sie um die Mittagszeit eingetroffen und hatte sich das Gut zeigen lassen.

Nachdenklich riss er seinen Blick von Helenas unwiderstehlich zerwühltem Haarschopf los und sah aus dem Fenster. Leibniz hatte vorgeschlagen, Maulbeerbäume für die Zucht von Seidenraupen anzupflanzen. Es klang ganz einfach, wie er es darstellte, doch Floriano war sicher, dass er die Schwierigkeiten unterschätzte.

Helena seufzte und rekelte sich wohlig. »Denkst du an Leibniz' Seidenmanufaktur?«, fragte sie. Wie hatte sie so schnell lernen können, seine Gedanken zu lesen?

»M-hm. Könnte ein grandioser Fehlschlag werden. Stell dir die Menge an Bäumen und Raupen vor, die man bräuchte, bis das Geschäft etwas abzuwerfen beginnt.« Er wandte sich ihr wieder zu und setzte sich auf den Rand des Bettes.

Sie streichelte träge seinen Arm. »Trotzdem wird uns nichts anderes übrigbleiben, als uns darauf einzulassen, wenn sie es unbedingt wollen. Es klang ein wenig, als würde Charbonnier alles daransetzen, die Maulbeerplantage bei der Vergrößerung der Gartenanlage nicht einplanen zu müssen. Aber noch ist es ja nicht beschlossen.«

»Die Herzogin wirkte unglücklich. Der Streit zwischen ihren Söhnen und dem Herzog scheint ihr zu schaffen zu machen.«

»Bin ich ein böser Mensch, wenn mir das gleichgültig ist, solange es deshalb keinen Krieg gibt?«

Er beugte sich hinab und gab ihr einen sanften Kuss. »Ein bisschen böse. Immerhin war sie gerade gut zu uns.«

Sie lächelte, packte ihn am Hemd und zog ihn zu sich hinab. »Da Maman es in Ordnung findet, hätte ich dich auch ohne herzogliche Einwilligung geheiratet. Komm noch ein Weilchen zurück ins Bett.«

Die Versuchung war groß, doch er küsste sie nur noch einmal und schüttelte dann den Kopf. »Es ist schon spät. Man wird uns vermissen, und alle werden daraus ihre Schlüsse ziehen. Willst du dich mit ihrem spöttischen Grinsen herumärgern?«

Stöhnend schob sie ihn von sich und richtete sich auf. »Wie widerwärtig vernünftig du sein kannst.«

Kurz darauf standen sie beide angekleidet am Fenster und beobachteten, wie ein schwarz gekleideter Reiter auf dem Hof vom Pferd sprang und mit einem Brief in der Hand über die Brücke zum Gutshaus kam.

»Bitte keine schlechten Nachrichten«, murmelte Helena.

Doch als sie unten in der Halle ankamen, fanden sie dort Maman vor, die mit leuchtenden Augen den Brief in die Höhe hielt.

»Ein weiterer Todesfall hat uns getroffen«, sagte sie, ohne dabei kummervoll zu klingen. »Helena, ich muss dir mitteilen, dass dein armer Onkel Roderick vor zwei Tagen verstorben ist. Wie traurig, so kurz vor seiner Verlobung, nicht wahr? Ist ihm doch nach all der Mühe nun doch der männliche Erbe verwehrt geblieben. Ich schlage vor, wir besprechen unsere Pflanzpläne neu. Denn es sieht so aus, als hätten meine Töchter als einzige noch lebende Verwandte soeben die beträchtlichen Ländereien ihres lieben Onkels geerbt.«

Nachwort

Helena und ihr nervenaufreibender Aufenthalt am Hannoverschen Hof sind zwar Fiktion, nicht aber die Begleitumstände. Clara von Platen, die Mätresse von Herzog Ernst August, beherrschte gemeinsam mit ihrem Ehemann auf ihre Weise ihren mächtigen Liebhaber und die Hofgesellschaft. Das Verhältnis zur äußerst standesbewussten Herzogin war denkbar angespannt, zumal niemand ernsthaft in Zweifel stellte, dass zumindest die Tochter der Mätresse auch das Kind des Herzogs war. Bei Claras Sohn Ernst August war man sich darüber offenbar weniger sicher, und so sind es die Historiker bis heute nicht. Historisch korrekt wäre es übrigens, Clara erst ab 1689 Gräfin zu nennen, denn offiziell trug sie vor diesem Jahr nur den Titel einer Baronin. Da sie in der Literatur aber meistens »Gräfin« genannt wird, habe ich diesen Umstand für den Roman vereinfacht. Inwiefern sie Einfluss auf Prinz Georg Ludwigs Wahl seiner Geliebten genommen hat, wissen wir nicht. Bekannt ist aber, dass Georg Ludwig 1691 Melusine von der Schulenburg zu seiner Mätresse nahm und mit ihr bis zu seinem Lebensende 1727 zusammenblieb.

Das System der deutschen Adelstitel und Fürstentümer ist insgesamt bemerkenswert kompliziert, und es ist immer ein wenig schwierig, die Adelstitel im Roman so zu verwenden, dass alle Leser sich die Wertigkeit der Ränge vorstellen können, aber nicht durch Doppel- oder Dreifachtitel verwirrt werden. Auch hier bitte ich die »Kenner« zu entschuldigen, dass ich an einigen Stellen vereinfacht habe. Die Titel »Prinz« und »Prinzessin« wurden, nebenbei bemerkt, in Deutschland nicht nur für Nach-

kommen königlicher, sondern auch einiger anderer hochadliger Häuser verwendet.

Herzog Ernst August betrieb über Jahre hinweg enormen Aufwand, um für das Land Hannover (das manchmal auch nach dem herzoglichen Stammhaus »Braunschweig-Lüneburg« oder nach dem Teilfürstentum »Calenberg« genannt wird) die Kurwürde und für sich und seine Nachkommen den Kurfürstenhut zu erringen. Die dazu notwendige Einführung der Primogenitur, nach der nur ein Erstgeborener Haupterbe aller Titel und Würden werden konnte, entzweite tatsächlich seine Familie, wie im Roman angedeutet wird. Dennoch ließ der Herzog in seinen Bestrebungen nicht nach, und 1692 wurde vom Kaiser endlich die neunte Kur geschaffen und Ernst August die Kurwürde verliehen. Von Seiten vieler hoher deutscher Fürsten gab es allerdings ausgeprägten und sogar kriegerischen Widerstand gegen diesen Schritt. Der Reichstag erkannte die Kurwürde für das Haus Hannover erst 1708 an – zehn Jahre nach Ernst Augusts Tod.

Während die große Errungenschaft des Herzogs die Kurwürde für Land und Familie war, bleibt Herzogin Sophie vor allem für zwei andere Dinge im historischen Gedächtnis: Zum einen kam über sie die englische Königswürde in die Familie. Sie selbst wurde zwar nicht mehr Thronfolgerin, aber ihr Sohn Georg Ludwig wurde 1714 in London zu King George I. gekrönt. Zum zweiten gilt Sophie als die wichtigste Schöpferin der weltberühmten Hannoverschen Barockgärten, der »Herrenhäuser Gärten«. Einen Besuch der Gärten lege ich jedem ans Herz, muss allerdings warnen: Wer auf den Spuren des Romans wandelt, findet nicht alles so vor wie in Helenas Geschichte. Der »Große Garten von Herrenhausen« sah 1683 noch nicht aus wie heute. Er war wesentlich kleiner, es gab andere Wasserbecken, noch keine Orangerie und keine Galerie, keine Graft und keine funktionierende Wasserkunst. Der Berggarten, der schließlich als

botanischer Garten berühmt wurde, war offenbar vorerst nur ein Küchengarten. Darüber hinaus wissen wir nicht im Detail, wie die Anlage gestaltet war, sodass ich spekulieren durfte. Der mit einer Statue geschmückte Ziehbrunnen in der Geschichte ist z. B. völlig fiktiv.

Noch einige historische Kleinigkeiten zum Schluss:

Der von Floriano kurz erwähnte Tunnel, der 1679 bis 1681 als einer der ersten mithilfe von Schießpulversprengung gebaut wurde, war der Malpas-Tunnel im französischen Languedoc, ein ca. 160 Meter langer Kanaltunnel.

Der Kastrat Carioso, den die Herzogin im Roman beim Fest in ihren Gärten auftreten lässt, ist keine historische, sondern eine fiktive Person. Wahr ist allerdings, dass für die Musikbegeisterung der höfischen Gesellschaft im 17. Jahrhundert die Oper eine große Rolle spielte und die Gesangsstimmen von Kastraten aus den damaligen Aufführungen kaum wegzudenken waren. Etliche der entmannten Sänger genossen den Ruhm heutiger Popstars, obwohl sie durch ihre körperliche Andersartigkeit vielen Menschen auch unheimlich waren und diskriminiert wurden.

Zu guter Letzt: Der Begriff »Pony« wurde im 17. Jahrhundert in Deutschland höchstwahrscheinlich noch nicht verwendet. Aber wie man die besonders kleinen Pferde stattdessen nannte, auf denen man Kinder reiten ließ, konnte ich nicht herausfinden.

Personen

Reale historische Persönlichkeiten sind ***kursiv*** gesetzt.

HELENAS FAMILIE / GUT MINNIGERODE

Helena Lucia von Minnigerode Tochter von Adelheit von Minnigerode und Theodor von Brünneck-Minnigerode

Adelheit von Brünneck-Minnigerode Helenas Mutter

Lore (Leonore) von Minnigerode Helenas Schwester

Ameli (Amalie) von Minnigerode Helenas Schwester

Laurentz von Minnigerode Helenas Zwillingsbruder

Baron Roderick von Brünneck Helenas Onkel väterlicherseits, Erbe der Familienländereien

Alte Marie Mamans Magd

Mariechen (jüngere Marie) Kindermädchen und Magd auf Gut Minnigerode

Therese Köchin auf Gut Minnigerode

Hinner Stallknecht auf Gut Minnigerode

Martin Vogt Verwalter auf Gut Minnigerode

Moritz Hausdiener auf Gut Minnigerode

Kuhfuß Oberjäger in Rodericks Diensten

DAS UMFELD DER GÄRTNER

Floriano Piras aus Venedig stammender Hofgärtner in Celle, dann in Hannover-Herrenhausen

***Anton Heinrich Bauer** (1627–1689)* Oberhofgärtner in Hannover-Herrenhausen

***Martin Charbonnier** (um 1655–1720)* Gartenarchitekt für den Schlossgarten von Hannover-Herrenhausen

Henry Perronet (Geburtsjahr unbekannt – 1690) Gartenarchitekt am Herzogshof von Celle

Willi und Otto Gärtnerlehrlinge

Lina Küchenmagd auf der herzoglichen Meierei, eine Freundin von Floriano

DIE HERZOGLICHE FAMILIE

Herzogin Sophie von Braunschweig-Lüneburg/Prinzessin Sophie von der Pfalz *(1630–1714)* Mutter von Prinz Georg Ludwig

Herzog Ernst August von Braunschweig-Lüneburg *(1629–1698)* zukünftiger Kurfürst von Hannover

Georg Ludwig von Braunschweig-Lüneburg *(1660–1727)* erstgeborener Sohn des Hannoverschen Herzogspaars; zukünftiger Kurfürst und König Georg I. von England, Schottland und Irland

Prinzessin Dorothée (Sophie Dorothea) von Braunschweig-Lüneburg *(1666–1726)* gleichzeitig Gemahlin und Cousine von Georg Ludwig

Figuelotte (Sophie Charlotte) von Hannover *(1668–1705)* einzige Tochter des Herzogpaars von Hannover, Georg Ludwigs Schwester

Maximilian Wilhelm von Braunschweig-Lüneburg *(1666–1726)* Sohn des Herzogspaars, Georg Ludwigs jüngerer Bruder

Liselotte von der Pfalz/Herzogin von Orléans *(1652–1722)* eine Nichte von Herzogin Sophie, Schwägerin von Ludwig XIV. von Frankreich

Benedikta Henriette von Simmern/Herzogin von Braunschweig-Calenberg *(1652–1730)* Gattin des verstorbenen Herzogs Johann Friedrich, Nichte von Herzogin Sophie

DIE MÄTRESSE

Clara Elisabeth von Platen *(1648–1700)* die Maîtresse en titre von Herzog Ernst August von Braunschweig-Lüneburg/Hannover

Ernst August (1674–1726) und Sophie Charlotte (1675–1725) Claras Kinder aus ihrem Verhältnis mit Ernst August

Graf Franz Ernst von Platen-Hallermund (1631–1709) Ehegemahl von Clara von Platen; zuerst Kammerjunker bei Ernst August, später Geheimrat, Hofmarschall und Premierminister

Maria Catharina von Busche Claras Schwester

WEITERE

Franziska Rose von Wittenburg Hofdame, Helenas Zimmergefährtin

Ileana Cecilia von Carnitz Hofdame, Helenas Zimmergefährtin

Gabrielle de Brionne Hofdame von Prinzessin Dorothée, Florianos Geliebte

Baron Adrian von Schwanewede Helenas ehemaliger Verlobter

Graf Viktor von Briesen Höfling in Diensten von Clara von Platen

Baron Kaspar von Eichhorn heiratswilliger Hofadliger

Graf Hagen-Falko von Rauchhaupt heiratswilliger Hofadliger

Gottfried Wilhelm Leibniz (1646–1716) Hofbibliothekar des Herzogshauses, Naturwissenschaftler und Philosoph

Frau von Wolden Hofmeisterin im Leineschloss

Frau Katharina von Harling (1624–1702) ehemalige Kinderfrau der Herzogsfamilie, später auch Hofmeisterin von Herzogin Sophie

Fräulein Eleonore von dem Knesebeck (1655–1717) Hofdame von Prinzessin Dorothée

Marinus Cadart (Lebensdaten unbekannt) ab 1675 in Hannover angestellter Fontänenmeister

Glossar

Andouille! (franz.) Dussel!
Au secours! (franz.) Zu Hilfe!
Bangbüx (plattdt.) Angsthase
Belle, Flux et Trente-et-Un (oder Les trois jeux) Altes Kartenspiel, bedeutet so viel wie »Schönheit, Fluss und Einunddreißig« / Die drei Spiele
Boskettgärten Durch Gehölzpflanzungen gestaltete Gartenbereiche des Barockgartens
C'est incroyable (franz.) Das ist unglaublich
compliqué (franz.) kompliziert
Croi-moi! (franz.) Glaub mir!
Dinte (plattdt.) Tinte
Divertissement (franz.) Unterhaltung/Zeitvertreib
Enchanté! (franz.) Sehr erfreut!
Ennui (franz.) Langeweile
Fauxpas (franz.) Fehltritt
Formidable! (franz.) Fabelhaft/Toll!
Goden Avend (plattdt.) Guten Abend
Görgen Kosename für »Georg«
Hartsehr (plattdt.) Herzleid, Kummer
Justaucorps lange, auf Figur geschnittene Herrenjacke
Kavalierstour Bildungsreise junger adliger Männer
Klopp beter mal an sien Achterdöör (plattdt.) Klopf besser mal an seine Hintertür
Köhlenpann (plattdt.) Kohlenpfanne
Maîtresse en titre die offizielle Mätresse/Geliebte eines Mannes
Mallet der hölzerne Schläger beim Paille-Maille-Spiel

Merveilleux! (franz.) Wunderbar!
Mesdames (franz.) Meine Damen
Moi aussi (franz.) Ich auch
Mon cœur! (franz.) Mein Herz!
Mon Dieu! (franz.) Mein Gott!
Naverslüüd (plattdt.) Nachbarn
N'est-ce pas? (franz.) Nicht wahr?
N'importe! (franz.) Das ist gleichgültig!
Nu segg mol, wat schall ik schrieven? (plattdt.) Nun sag mal, was soll ich schreiben?
ok (plattdt.) auch
Parterre ornamental angelegte Beete aus kleinwüchsigen oder kurz gestutzten Gewächsen im Barockgarten
Petits oiseaux heureux (franz.) kleine, glückliche Vögel
Pliés, s'il vous plaît, dann relevés (franz.) Knie beugen, bitte, dann auf die Fußballen erheben
Quelle représentation magnifique! (franz.) Was für eine wunderbare Darstellung!
Quelle tristesse! (franz.) Wie traurig!
remediert behoben
Ries (plattdt.) Reisig
Siate calmi, vigliacco! (ital.) Sei beruhigt, Hasenfuß!
Süster (plattdt.) Schwester
Tieni a freno la lingua o ti faccio vedere, chi è il vigliacco (ital.) Hüte deine Zunge, sonst zeige ich dir, was ein Hasenfuß ist!
Très bien! (franz.) Sehr gut!
Très jolie (franz.) Sehr hübsch
Und fründlich dor överto (plattdt.) Und freundlich noch dazu

Lesejury